Dersu
Uzala

在乌苏里的莽林中

上

［苏联］弗·克·阿尔谢尼耶夫 著

西蒙 译

广西师范大学出版社
GUANGXI NORMAL UNIVERSITY PRESS
·桂林·

在乌苏里的莽林中
ZAI WUSULI DE MANGLIN ZHONG

图书在版编目（CIP）数据

在乌苏里的莽林中 ：上、下 / （苏）弗·克·阿尔谢尼耶夫著 ；西蒙译. --桂林 ：广西师范大学出版社，2021.8（2022.9 重印）
（纯粹译丛）
ISBN 978-7-5598-3809-4

Ⅰ. ①在… Ⅱ. ①弗… ②西… Ⅲ. ①报告文学—苏联 Ⅳ. ①I512.55

中国版本图书馆 CIP 数据核字（2021）第 095368 号

广西师范大学出版社出版发行
（广西桂林市五里店路 9 号 邮政编码：541004
网址：http://www.bbtpress.com）
出版人：黄轩庄
全国新华书店经销
珠海市豪迈实业有限公司印刷
（珠海市香洲区洲山路 63 号豪迈大厦 邮政编码：519000）
开本：880 mm × 1 230 mm 1/32
印张：26.875 字数：528 千
2021 年 8 月第 1 版 2022 年 9 月第 2 次印刷
印数：6 001~9 000 册 定价：98.00 元（上、下）

序言

张炜

今天要谈到一部杰作，出自俄罗斯，它是阿尔谢尼耶夫的《在乌苏里的莽林中》。这部作品翻译于20世纪50年代，最早是黑龙江大学俄语系组织翻译的内部参考资料。它的老版本是上、下两册，纸张和装订技术都似乎不如现在“先进”，但翻阅起来那么舒服。我有一个朋友就说，他最不愿看现在的出版物，一股化纤味，封面花哨，华而不实。他最爱读以前出版的鲁迅作品选，那么朴素自然。过去是铅字印刷，仔细看书上的字都是有力度的，稍稍压进了纸里。后来电脑排版告别了“铅与火”，印在纸上的字只是浅浅的一层，字体也不好看，感觉是轻浮的，很长时间难以习惯。

《在乌苏里的莽林中》是一个地理探险学者对东北乌苏里地区的考察笔记，其中有山脉、河流、动物以及罕有的人迹记录。它读起来不完全像一部地理志或单纯的学术著作，而是一首长诗。一位朴实的、有学问有修养的学人，笔下流淌的文字是最朴素、最动人的。这是那些拿腔拿调、所谓专业修养的空头文学家不可再现也不可演绎的文本。这本书我读得很早，当年躺在胶东半岛的大炕上，拿起来就读，每一次都陷入感动。比如写兴凯湖风暴的一章：学者和一位赫哲族老猎人德尔苏一起去探究那里的地形地貌。老人只会说很少几句俄语，他在湖岸仰脸一看天色，发出警告说要快走快走，不然就来不及了。学者迟疑不决时，猎人已经急急伏身，拼命拽草。学者惊问为什么要这样，猎人嘴里蹦出一个字：死。

接下来写了整个得救的过程。学者被老猎人的满脸惊恐吓住了，没有也来不及听更多的解释，只好跟上老人拼命拔草。但老人特意留下了几处草棵没有拔掉。大风暴说来就来，气温陡然下降，他们赶紧动手搭帐篷，而帐篷就拴在那些没有拔掉的茅草棵上。刚才拽下的大量茅草全部堆进帐篷里，他们两个拱了进去。这一夜的大风雪太骇人了，如果不是这个帐篷和这堆茅草，他们这一次必死无疑。

书中的某一章这样写北极星：长长的夜晚，学者和老猎人一块儿烤火聊天。篝火里的木柴不时发出炸响。老猎人是万物有灵论者，他把一切都说成"人"：这炸响的木柴是"坏人"，正常燃烧的木柴是"好人"。他们仰望北方的天空，老人指着北极星说："那是一个最大的人。"北极星看上去只是一个不甚清晰的亮点，渺小而微弱，但它恒定不动，是用来指引方向的，所以老人说它是"最大的人"。

直到现在，我还没有读到哪一部荒野之诗比《在乌苏里的莽林中》更美，滋味更绵长、更丰富从容，也更激动人心。这部作品冷静而激越，实在难以超越。我们不能狭隘地理解文学写作，认为杰作只会出于职业作者之手，只会是一门娴熟机巧的“专业”。最好的文学很可能不是文学家写就的，而是另一些不以文学为志业的人，他们以非专业的心态、非文学的目的创造出来的文字，却能踞于最高的地位。这样的作品因为特别纯粹的气质，往往是那些匠人难以望其项背的。

2021 年春

原序

（1930年版）

呈献给读者的这部作品，是我1906年在锡霍特山区旅行的通俗性概述。内容包含考察所经之处的地理描述和旅行日记。

在我的书里，读者将会看到对这个地区的大自然和居民的描绘。其中许多记述已经成为过去，只具有历史意义了。近15年来，乌苏里地区发生了巨大的变化。

这个地区的大部分原始处女林已经被烧光，代之而起的是一片片落叶松、白桦林和白杨树林。在过去老虎吼叫的地方，如今机车轰鸣；从前稀落孤单的捕兽人居住地，如今出现了一座座俄国大村庄；异族人已经离开，去了北方，原始森林中的野兽数量锐减。

这个地区丧失了自己的本色，正经历着文明所带来的不可避免的变化。变化主要发生在乌苏里地区的南部和乌苏里江右侧各支流的下游地带，而在北纬45°以北的锡霍特山区，则完全保留了荒漠山林的原貌，如同布季谢夫和维纽科夫时代（1851—1869 年）那样。

首先，我认为应该感谢用各种办法促使我展开对乌苏里地区进行考察事业的人士。

在远东的水兵中，我找到了同情者和朋友。1906 年他们为我在大海沿岸建立了一批食品基地，并且除了我的那些箱子外，他们还在每个基地多放了自己的一箱红葡萄酒、罐头、干饼、饼干等食品。

如果说我的旅行取得了很好的成果，那么在相当程度上当归功于我的同行者。

这些成果的大部分我认为应该归功于跟我一起旅行的士兵和哥萨克们，归功于他们的堪称典范的忘我精神和忠诚服务。

我不仅不用鼓励他们，相反，由于担心，常常不得不制止他们不要过分劳累而损害了自己的健康。虽然很艰苦，可是这些朴实勤劳的人却耐心地忍受着行军生活的艰难险阻，我从未听到过他们有一句怨言。他们中的许多人在 1914—1917 年的战争中牺牲了。其余的人我至今还同他们保持着通信联系。

旅行期间，舰长、教师、医生以及许多其他朋友，经常给予我各种各样的帮助，提出建议和问题，不止一次地协助我解决困难。我谨向他们致礼，并感谢他们的诚挚热情的款待。

每当我回首往事的时候，我的眼前便出现了乌苏里江上游的赫哲人德尔苏·乌扎拉的身影。他如今已经去世了。只要我一回想起他，以及我和他徒步旅行的共同生活，我的心便悲痛欲绝。

如果我们看一看乌苏里地区民族分布图，在上面找一找赫哲人，那么就可以看到，这些土著人分布在由乌苏里江河谷到刀毕河河口的一条狭窄的地带上。更早些时候，还有一部分赫哲人居住在乌拉河及其支流上。我们感兴趣的正是这后一部分人。

把这些人归入某种特殊的部族并与其他赫哲人区别开来是错误的。从人类学的角度看，他们同自己的邻居——那些散居在乌苏里流域的渔民毫无差别。他们的特点是酷爱打猎。

这些人生活在少有鱼类的地方，而原始森林里野兽极多，于是他们便全力从事狩猎了。这些赫哲人在捕貂、猎取贵重的鹿茸，以及寻找能治百病的人参时，远远地深入北方，而且不止一次走到锡霍特山岭最遥远的角落。他们是优秀的猎手和令人称奇的踪迹辨认者。我跟德尔苏一起旅行时，会仔细观察他的踪迹辨识方法，每次我都会感到，他的这些能力已然发展到了令人吃惊的程度。这个赫哲人面对踪迹就像在读一本书那样，能够按照严格的顺序恢复事件发生的全部过程。

很难一一列举这个人给我和我的队员们提供的所有帮助。他不止一次冒着生命危险，勇敢地去抢救濒临死亡的人，他对许多人都有救命之恩，其中也包括我本人。

德尔苏在我的几次旅行中都起到了重要的作用，因此，我首先叙述了 1902 年沿济木河和勒富河的旅行，那时我第一次同他见面，然后再记述 1906 年的考察。

我的三次旅行是在 1910 年结束的。接下来的三年，我在著名专家 Л.С. 别尔格、И.В. 帕利宾、С.А. 布图尔林和 Я.С. 埃德利什坦因的亲切协助下，整理已搜集到的资料。

1917 年，手稿已经完成了，当时就在我的一些朋友和熟人中间传阅，其中不少人是教师。

他们的评价和反应使我深信，有关边区的这种科学普及读物，青年学生将可以从中汲取不少既有趣又有益的知识。

B. 阿尔谢尼耶夫

符拉迪沃斯托克，1930 年

目　录

第一章　玻璃沟

麦通港　什科托沃村　北岔河　遇到豹子　大尖山　马鹿

1902年，我曾带领一支狩猎勘查队到过济木河[1]上游。这条河在什科托沃村附近流入了乌苏里湾。我的勘查队由6名西伯利亚步兵加4匹驮马组成。我们的目的是从军事角度对什科托沃地区进行考察，研究大尖山[2]山脉交点的几个山口，探寻那里的4条河流（济木河、麦河、刀毕河[3]和勒富河[4]）的发源地。其次，我还应当查明兴凯湖旁边和乌苏里铁路附近所有的小路。

这里所说的大尖山山脉始于伊曼附近，走势向南，与乌苏里江平行，再自东向北，再向北，一直延伸至西南，它的西面

---

1 流送木材的河流。（本书全部脚注均译自原书，大部分是对中国音译地名做的说明，主要是为给俄罗斯人提供阅读方便。——译者注）

2 尖顶的大山。

3 又译作刀兵河，在这条河上曾有过多次战斗。

4 又译作猎福河，猎人的幸运河。

是松阿察河和兴凯湖，东面是刀毕河。这条山脉继续延伸便分为两支：一支走向西南，就是贯穿整个穆拉维约夫–阿穆尔斯基半岛的鲍加塔亚格里瓦山脉；另一支向南延伸，与一座高岭连接。这座高岭是刀毕河和苏昌[1]河之间的分水岭。

乌苏里湾的湾头叫作麦通港。最初，麦通港伸入陆地相当深远，这一点一目了然。如今岸边的悬崖向陆地纵深推进了约5公里。现在的散湖[2]和二泡子[3]湖曾经是塘沟子[4]河的河口，而麦河[5]河口以前曾位于现在铁路线和麦河交叉处不远的上方。这片面积为22平方公里的土地全部是低沼泽地，淤积了麦河和塘沟子河的冲积物。[6]沼泽地里还留下了一些小湖泊，说明这里曾是港湾最深的地方。这种海洋退缩和陆地扩展的缓慢过程现在仍在进行。而且，麦通港也会遇到同样的命运。港湾里的水现在已经相当少了。港口西岸由斑岩构成，东岸则由第三纪沉积层构成：麦河河谷里到处都是花岗岩和正长岩，而河谷以东则是玄武岩。

什科托沃村位于济木河右岸，离河口不远。它建于1864年，1868年曾被红胡子放火烧毁，但在次年又重新建了起来。据普尔热瓦尔斯基1870年统计，全村有6户人家，男女共计34口

---

1 种植苏子的地方。中国人用苏子榨草籽油。

2 泛滥的湖泊。

3 第二个小河湾。

4 有沼泽的山谷。

5 沿岸种有许多小麦的河流。

6 见Д.Н. 穆什克托夫所著《1919年苏昌铁路地区地质记述》。

人。[1]我来到这里时，什科托沃已经是一个相当大的村庄了[2]。

我们在这里住了两天两夜，对这一带进行了考察，并准备继续远途跋涉所需的物资。30公里长的济木河呈东西流向，右面有一条支流——北岔河。

当地居民将北岔河流经的河谷称为“玻璃沟”。这个名称来源于中国猎人的一所碓子房（供猎人用的小房子），这所房子的窗户[3]上镶着一块不大的玻璃。需要说明的是，当时全乌苏里地区没有一座玻璃厂，因此玻璃在穷乡僻壤就显得特别珍贵。在深山老林里，玻璃是以物易物的一种计量单位。用一个空玻璃瓶可以换到面粉、盐、小米，甚至还可以换到毛皮。老住户们说，过去发生斗殴的时候，仇人们都拼命闯进对方家里，砸碎玻璃器皿。因此，将中国房子窗户上那一小块玻璃看作一件奢侈品，也就不足为怪了。它受到当地头一批移民的珍视，他们不仅把那所房子和小河叫作“玻璃房子”“玻璃河”，而且还将整个区域都称呼为“玻璃沟”。

从什科托沃村沿济木河河谷上行，起初是一条乡村大道，过了诺沃罗西斯科耶村，大道变成了小路。顺着小路可以走到苏昌河、干沟子[4]河，这两条河通往诺沃涅仁诺村。小路一会儿在河这岸，一会儿又转到河对岸，来回绕了好几次，这也是春

---

1 见H.M.普尔热瓦尔斯基所著《乌苏里地区旅行记》，1869年版，第135—136页。

2 1902年村中有88户人家。

3 中国房子的格子窗上糊着薄纸。

4 干涸的小河谷。

汛期间这条路无法通行的原因。

我们一大早从什科托沃村出发，当天即到达了玻璃沟沟口，并且进了沟。北岔河一直向西—南—西方向流去，仅在河口不远处才向正西流去。玻璃沟宽窄不一：窄的地方只有 100 米，宽的地方有 1 公里多。它像乌苏里地区的大多数河谷一样，地势出奇地平坦。沟两侧的山岭很陡峭，上面长满了弯曲的柞树。平地与山岭的界线极为明显。这说明，这里曾经发生过严重的剥蚀。河谷早先深得多，后来被河流的冲积物填充了不少。越深入山区，植物长得越好。茂密的混交林代替了稀疏的柞树林。混交林中有许多红松。我们沿着中国猎人和挖参人踏出的小路前进，走了将近两天，到达了“玻璃房子”，但是曾经镶着玻璃的房子已经变成了废墟。这条小道越来越难走，显然已经很久没有人从此经过了。小道上野草横生，许多地方被风倒木挡住去路。很快，我们竟完全找不到这条小道了。我们发现了有野兽出没的小路；只要这小路和我们行走的方向一致，我们就顺着它走。不过，所经之地大多都是无路的荒野。第三天傍晚，我们来到大尖山山脚下，这里的山势为南北走向，平均高度约 700 米。我将人马留在山下，独自登上近处的一座山峰，看看这里离山口究竟还有多远。登高远望，群山历历在目。原来，分水岭离我们还有两三公里远。显然天黑以前走不到那里了。即使能走到，也要冒着在没有水的地方过夜的危险，因为在这个季节，山溪的源头几乎全部干涸了。我决定就在人马停留的山脚下宿营，明天再向山口进发。

一般而言，在勘察中我还从没有拖延到黄昏才宿营，因为总要趁天还没有黑的时候搭起帐篷，准备过夜用的烧柴。当士兵们张罗宿营的时候，我会利用这段时间出去察看附近的环境。经常陪我出去进行这类观察活动的是波利卡尔普·奥连季耶夫——一个非常优秀的人，还是一名出色的猎手。他那时大约 26 岁，中等身材，十分匀称。他长着淡褐色的头发，脸部线条粗犷，留着两撇小胡子。这样描述一下，读者对他的外貌就会留有几分印象了。奥连季耶夫是个乐天派，甚至在我们遇到很头疼的境况时，他依然不会失去好心情，并且竭力劝我相信，"在这个美好的世界上，一切都会更加美好的"。我做了一些必要的安排之后，我们便带上枪，一同出去观察。

太阳刚刚沉入地平线，当它的金色光辉还映照着山尖的时候，河谷里却已经呈现出昏暗的暮色。树梢的黄叶在淡白色天空的映衬下，显得格外分明。在飞禽中、昆虫中、枯草中，甚至在空气中，处处都能感觉到秋天临近了。

翻过一座不高的山岭，我们进入了相邻的峡谷。这里密林丛生。山间的溪流已经干涸，宽阔的河床横穿峡谷。我和奥连季耶夫就在这里分了手。我沿着砾石滩向左走，他往右去。走出不到两分钟，我突然听到他那边传来一声枪响。我转过身来，就在这一瞬间，看到空中闪过一道五彩斑斓的弧线。我即刻向奥连季耶夫那奔去。他正在着急地装子弹，可是，一颗子弹偏偏卡在弹舱里，枪栓推不上去。

"你打什么呢？"我问他。

“好像是老虎，”他回答，“它卧在树上。我瞄得很准，应该是打中了。”

卡住的那颗子弹终于被取出来了。奥连季耶夫又装好一颗子弹，我们两人便朝野兽隐没的地方小心翼翼地走去。枯草上沾有血迹，说明野兽确实被打伤了。突然，奥连季耶夫停住脚步，侧耳细听。就在我们前面稍稍偏右一点的地方，传来呼哧呼哧的声音。眼前是一片密密的蕨草丛，什么也看不见。横在地上的大树挡住了我们的去路。奥连季耶夫刚想从倒木上爬过去，受伤的野兽却抢先一步，突然迅猛地向他迎面扑来。奥连季耶夫即刻朝它开了一枪，甚至没来得及用肩膀顶住枪托。这一枪打得准极了，子弹直接射中了野兽的头部。它倒在横木上，头和前爪垂在一边，后半身垂在另一边。

垂死的野兽还抽搐了几下，并开始啃地。这时，它的重心改变了，整个身躯缓缓向前移动，最后沉重地倒在猎人的脚下。

我一眼就看出，这是一只满洲黑母豹[1]。当地居民称它为“雪豹”。这只华美的典型猫科动物很大，身长（自鼻端至尾基）1.4 米，体侧和背部的毛为黄褐色，腹部呈白色，全身布满黑色的斑点，排列成行，就像老虎身上的斑纹。它的体侧、四爪和头上布满小斑点，颈部、背部和尾部的斑点很大，呈环状。

乌苏里地区的雪豹仅生长在南部，主要在绥芬河、波西耶特和巴拉巴什一带。它们主要捕食梅花鹿、野狍子和野鸡。这

1 动物学名是我（指作者弗·克·阿尔谢尼耶夫。——译者注）从符拉迪沃斯托克博物馆管理员 A.H. 切尔斯基那里得到的。

种动物很机警狡猾。为了摆脱猎人的追捕，它们经常会爬到树上，那棵大树与它们留在地上的脚印相对，并正好对着猎人的视线。雪豹全身紧贴树干，头放在前爪上，一动不动地静卧在那里，始终保持这种姿势。它们非常清楚，头朝前将躯体紧贴在树干上，比身子朝前更难被猎人发现。

我们剥豹皮用了一个多小时。当我们动身返回宿营地时，暮色已经很浓了。我们走了很久，终于看见了宿营地上的火光。很快，可以分辨出树间的人影。人影移动着，不时遮住了火光。宿营地上的狗友好地叫了起来，欢迎我们归来。士兵们围着死豹，一边仔细观看，一边议论，一直到夜里。

第二天我们继续前进。河谷很窄，路很难走。我们在无路的荒地上行进，只考虑如何少绕弯路。

中午，我们走到那座大山前，再往上走，坡陡难行。马鼓起全身的力气向上爬，四肢发抖，常常摔倒。它们张大鼻孔，艰难而又急促地喘着气。为了减轻上山的困难，我们盘旋前进，常常停下来整理驮物。最后，我们终于爬上了山脊，在这里休息了半个小时。在长满树木的山脊上走路，时时都要小心，应当经常停下来，观察一下周围的情况，否则很容易迷路，雾天尤其如此。我记得以前曾经这样迷过好几次路。为了不犯同样的错误，我让大家停下，选择了一棵杉松，毫不费力地爬到了树顶。

我从树顶上俯视，大尖山整个山脉一览无余。它绵延向北，微微向东弯曲。我们所在的这段山脉轮廓模糊不清，但是向东绵延的那一段山峦高大雄伟，似乎位于刀毕河和乌拉河[1]上游。山脉的西侧陡峭险峻，而东面则比较平缓。左面与麦河和济木河遥遥相望。向右可以看到复杂的苏昌河流域。从这面望去，山势地形交叉纵横，以致我久久没有弄清楚，这些小河究竟流向什么地方，属于哪个流域。向前看，约 5 公里远的地方耸立着一座圆顶山峦。我就把这座山定为下一次测定方位的地点。

大尖山顶上生长着高大洁净的森林，因此，我们牵着驮运行李的马匹走得相当快。在一个地方，我们吓跑了两只马鹿，一公一母。马鹿跑出几步，就停下来，像被钉子钉住了，站在那里回头望着我们。一个哥萨克想向它开枪，被我制止了。我们有足够的食物，马驮的东西又过重，打死马鹿我们也带不走。我看着马鹿，欣赏了足有几分钟。那只公鹿终于忍不住了，它短促地仰起头叫了一声，双角抵背，矫健地跳起来，顺着山坡向山下跑去。

在滨海边区生长的赤鹿叫作马鹿。这是一种体形匀称美丽的动物，身长 1.9 米，高 1.4 米，体重可达 197 公斤。夏天，马鹿的毛呈赤褐色，冬天变为灰褐色，并有浅黄色的臀斑。马鹿的颈长而有力，公鹿有着漂亮的鬃毛，头很美，耳朵大，呈筒状，可以灵活转动。马鹿的两只角分居左右，呈叉状，前部有一对眉枝，上部有几个分枝。鹿角冬季脱落，春季重生，而且每年新长出一个分枝。因此，根据分枝的数目就可以推算出马

1 生长着许多乌拉草的河流。“乌拉”是一种特殊的苔草，中国猎人用它垫鞋底。

鹿的年龄，不过要多加 1 岁，因为初生的鹿仔当年不长角（无角幼鹿）。但是，分枝的数目是有限的。一只成年公鹿角上的分枝通常不超过 7 个，以后只是越长越重、越大、越粗。春季新生的、充满血液的、尚未硬化的茸角，被称作鹿茸。

马鹿生长在乌苏里地区南部，乌苏里江的整个河谷及其支流附近都是它栖息的地方，其活动范围不超过锡霍特山脉针叶林区的界线。在沿海一带，直至奥林匹克角，都有它的踪迹。

马鹿夏季栖息在森林茂密的山峦背阴面，冬季则在阳光充足的河谷，以及旷地和幼林相间的平原森林中活动。马鹿夏天最喜爱的食物是胡枝子，冬天则是山杨、甜杨和矮桦的枝条。

中午，我们休息了很长时间。据我估计，我们现在的所在地离圆顶子山应该不远了。

长途跋涉中不仅要考虑到人的体能，还要想到载重的畜力。它们背上的东西确实很重。因此，每当停下来休息时，无论时间长短，都必须将马背上的辎重卸下。

刚一卸下马鞍和驮包，我们立刻把马放开了。地上，在落叶的下面，草还是绿色的，这可以让马匹就地吃个饱。

第二章　初遇德尔苏

夜宿森林　夜间客人　无眠之夜　曙光

休息后，我们这支队伍又上路了。这一次我们不断碰到风倒木，因此行进速度非常缓慢。下午 4 点前，我们已快爬到某座山的山顶了。我将人马留在原地，独自爬上山峰，以便再次观察周围的情况。

爬到树上这件事一定要亲自去做，不能委托士兵，因为需要亲自观察。无论士兵把他所看到的景物描述得多么详尽清晰，依据他的话仍然难以确定方位。

我从高处看到的一切，顿时打消了我的疑惑。我们此刻所在的这座圆顶子山，正是我们所要寻找的那座山的山顶。一道高岭从这里向西延伸，岭北是垂落着的悬崖峭壁。这条分水岭以北的河谷都是西北走向，大概，这就是勒富河的源头了。

我从树上下来，回到队伍里。太阳已经落到地平线上。人和马都急需饮水，所以要马上去寻找水。从圆顶子山往下走，起初坡度平缓，后来变得险峻。马弯曲着后腿下行。驮包不断向前滑去，如果驮鞍上没有马套绳，重物早就滑到马头上去了。路上有极多的风倒木，横七竖八，我们不得不拉长距离迂回行走。下山远不是一件轻松的事。

翻过山口，我们立即进入了峡谷。这里的地形切割严重。深深的山谷中充斥着倒木、湍急的溪流、布满苔藓的岩石——所有这一切使我回想起“瓦利普尔基之夜”（德国民间传说，5月1日前夕女妖们在布罗肯峰的狂欢之夜。——译者注）的画面。很难想象有比这条峡谷更荒凉、更使人感觉不愉快的地方了。

有时候遇到的山野和森林风光迷人，赏心悦目，让人想永远留在这里。有时候则相反，山岭给人的感觉阴森荒凉。真是奇怪！这往往并非个人的主观感受，而是全体队员的共同感觉。我多次验证过，每次都得到了证实，确实如此。现在就是这样。周围的环境使我们感到莫名的压抑、可怕和不愉快。大家对此的感觉完全一致。

“没关系，”士兵们说，“凑合一夜吧，咱们又不是要在这儿待上一年。我们明天准能找到一个让人快乐的地方。”

我不愿意在这里留宿，可是没有办法。黄昏已近，应当赶快安排宿营。谷底的流水哗哗地响着，我走过去，选择了一块比较平坦的地方，命令支起帐篷。

斧头声和人声顿时响彻静谧的森林。士兵们动手拉柴、卸马、做晚饭。

可怜的马儿啊！这里只有乱石和倒木，它们只好挨饿了。不过，明天如果有幸遇到农舍，我们一定喂饱它们。

森林里的黄昏总是来得很早。透过浓密的针叶林，还看得见西边某处灰白色的天空。可是下面，大地上已被夜的阴影笼罩。篝火燃烧得越旺，黑暗中的树丛、树干就被照得越清晰。乱石堆里被惊扰的鼠兔突然不知受到了什么惊吓，发出了刺耳的尖叫，匆忙躲进洞里，再也没有出来。

终于，我们的宿营地渐渐安静了。喝过茶后，每个人都开始做自己的事：有的擦拭步枪，有的修理马鞍或缝补破损的衣服。这类活儿总有很多。干完自己的活儿，士兵们就去睡觉了。他们一个紧挨一个躺下，身上盖着军大衣，酣睡得像死人一样。马在森林里没有找到草吃，又回到帐篷旁，垂下脑袋，打起盹儿来。只有我和奥连季耶夫还没有睡。我在日记本上记下走过的线路，他在修理自己的靴子。夜里 10 点钟左右，我合上日记本，用毡斗篷裹住全身，在篝火旁躺了下来。热气随着黑烟升腾，我们头上的老云杉树的枝叶摇曳不定。于是，繁星闪烁的夜空时隐时现。一根根树干好像长长的柱廊，伸进密林深处，渐渐消融在黑暗的夜色中。

马突然抬起头，警惕地竖起耳朵。然后它们安静下来，又开始打起了盹儿。起初我们对此并没有特别在意，而是继续说话。过了几分钟，我问奥连季耶夫一件事，没听到回答，便转过身去看他。奥连季耶夫已经警觉地站了起来，用一只手遮住火光，向某个方向张望着。

“有什么情况？”我问他。

“有动物下山。”他低声回答。

我们俩侧耳细听，可周围一片寂静。这正是森林里寒冷的秋夜才会有的那种寂静。突然，一些小石子从山上滚落下来。

“可能是只熊。”奥连季耶夫说着就动手给步枪装子弹。

“不要开枪！我，人！……”这声音从黑暗中传来。几分钟之后，一个人走近我们的火堆。

只见来人身穿熟鹿皮做的短上衣，鹿皮裤，头上扎着块包头布，脚上穿一双翁得[1]，背着一个大背囊，手里拿着架枪用的木杈和一支旧的贝尔登步枪。

“你好，长官。”来人对我说。然后他把枪靠在树上，从背上放下行囊，用衬衫袖子擦了擦脸上的汗水，在火堆旁坐下。现在我可以仔细地打量他了。来者看上去有45岁左右，个头不高，身材粗壮结实，显然有足够的力气。他的胸部突出，手臂强壮有力，肌肉发达，腿有点罗圈。晒得黝黑的面孔具有土著人的特征：高颧骨、小鼻子、蒙古人式的眼皮、阔嘴和坚实的牙齿。他的上唇覆盖着一圈深褐色的短髭，微微发红的短胡须遮住了下巴。而最引人注目的是他的眼睛，深灰色，而不是褐色，目光安详而又带点稚气。透过这双眼睛可以看出，此人果断，直爽，心地善良。

---

1 一种毛朝里的兽皮靴，用鞣制得像鹿皮一样的驼鹿皮或马鹿皮缝制。

陌生人并没有像我们打量他那样仔细打量我们。他从怀里掏出烟荷包，拿起自己的旱烟袋，装了一袋烟，默默地抽起来。我没问他是什么人，从哪里来，就请他吃东西。这是原始森林里的规矩。

“谢谢，长官。”他说，“我的非常想吃，今天我的吃的没有。”

他吃饭的时候我继续观察他。在他腰间挂着一把猎刀。显然，他是个猎人。他的手十分粗糙，布满划痕。脸上同样有两道伤疤：一道在额头上；另一道在腮边靠近耳朵的地方，比手上的划痕深。陌生人摘下包头布，我看到，他有一头浓密的淡褐色头发，乱蓬蓬的，很长，一绺一绺地垂下。

我们的不速之客沉默寡言。奥连季耶夫终于忍不住了，开口问道：“你是什么人？”

“我的是赫哲人。”他简短地回答。

“那你就是猎人喽？”我又问他。

“是的，”他答道，“我的长期狩猎，别的活儿不干，捕鱼的也不会，只会打猎一个。”

“你住在哪里？”奥连季耶夫继续问。

“我的没有家。我的老在山里住。笼一堆火，支个帐篷睡觉。老是走动打猎，哪能家里的住？”

然后，他讲述了今天猎马鹿的事。他打伤了一只母鹿，不过伤得不重。在追赶受伤的母鹿时，偶然看到了我们的足迹。于是，他顺着脚印走进峡谷。天黑以后，他看见了火光，便一直走向这里。

“我的悄悄地走，”他说，“想，什么人老远来到山里？一看，有长官，有兵。于是我的就直奔来了。”

“你叫什么名字？”我问这个陌生人。

“德尔苏·乌扎拉。”他回答。

这个人引起了我的兴趣。他身上有着某种独特而本真的东西。他说话简单，平静，朴实谦逊，不讨好巴结人。我们聊了起来。他向我讲述了自己的生活，讲了很久。他讲得越多，我对他的好感越多。原来，我面前坐着的竟是一位在原始森林里度过了大半生的原生态猎人。他与伴随着城市文明所带来的种种诟病格格不入。从他的讲述中我了解到，他以狩猎为生，用自己的猎获物换取烟叶、子弹和火药，步枪是父亲留给他的遗产。后来他还告诉我，他今年53岁了，自己从来没拥有过房屋，长年露宿，只有在冬天才用桦树皮或什么树皮给自己搭个临时的栖身帐篷。他最早的童年记忆是河流、窝棚、火堆、父亲、母亲和小妹。

“早就都死了，”他停下来，陷入沉思。沉默了一会儿，又接着说，“我从前也有老婆、儿子和女儿。天花，人都死了。现在，我的一个人只剩下了……”

痛苦的回忆使他的脸色变得很忧伤。我试图安慰他，可是，我这些宽慰的话对一个被死亡夺去了家庭的孤苦伶仃的人来说，又能起什么作用呢？家庭是老年人的唯一慰藉。他一直沉默，头垂得更低了。我很想用某种方式表达我对他的同情，为他做点什么，可我却不知道该做点什么好。后来，我终于想出了主意：我建议他用旧枪换我的新枪。但他拒绝了，他说这支贝尔登步枪对他很宝贵，是父亲的纪念品。这支枪他用惯了，很好用。他伸手拿起靠在树上的枪，抚摸着枪托。

天上的星星移位了，表明已经过了子夜。一小时接着一小时在飞逝，我们仍坐在篝火旁交谈。大部分时间是德尔苏在说，我兴趣盎然地听。他讲述自己怎么打猎，讲述有一次他怎么被红胡子掳去，又怎么逃了出来。他描述自己遇见老虎的经历，他说不能开枪打老虎，因为老虎是神，守护着人参不让人挖。他还讲了关于恶魔、洪水及其他许多故事。

有一次，老虎扑到他身上，他受了重伤。妻子顺着脚印找了他好几天，终于找到了。那时，他因为流血过多非常虚弱。他养伤的时候，妻子出去打猎了。

后来，我仔细询问他，我们此刻的宿营地属于什么地方。他说，这是勒富河的河源，明天我们就可以到达头一座碓子房了。

一个士兵醒了，惊讶地看着我们俩，喃喃自语地说了些什么，又睡着了。

天空和大地仍旧一片漆黑，只有新星陆续升起的地方可以让人感到黎明即将来临。地上露水很大，这是个准确的征兆，明天一准是个好天气。万籁俱寂，仿佛大自然也在沉睡。

一个小时后，东方开始泛红。我看了下表，正是早晨 6 点。应该把值班的司务长叫醒了。我伸手摇晃他的肩膀。他坐起来，伸着懒腰。明亮的火光照得他眯起了眼睛，然后他看见了德尔苏，笑着说：

“瞧，多奇怪，这样的一个人！……”说着开始穿靴子。

天空由黑变为蓝，而后又变得灰蒙蒙，阴沉沉。夜色渐渐隐入树丛和谷底，不久我们的露营地又活跃起来，人们开始说话，马匹也醒了，旁边一只鼠兔吱吱地尖叫，另一只在下面随声附和；啄木鸟高声啼叫，黑啄木鸟笃笃地击木奏乐。原始森林从睡梦中醒来了。天越来越亮。突然，从群山后面射出万道金光，照亮了整个森林。我们的宿营地现在是另一番景象：耀眼的篝火如今只剩下一堆灰烬，几乎看不见火光了；地上扔着空罐头盒；竖起帐篷的地方只剩几根木杆和一片被压倒的乱草。

第三章　打野猪

观察人踪兽迹　关心路人　碓子房　土顶子山河　勒富河上游　野猪群　德尔苏的万物有灵论　梦

喝过茶后，士兵们开始将辎重驮上马背。德尔苏也开始收拾行装。他背起自己的行囊，拿起架枪用的木杈和贝尔登步枪。几分钟后队伍出发了。德尔苏与我们同行。

我们行走的这条弯曲的峡谷很长。同样的峡谷从左右两侧向我们延伸过来，河水哗哗地在峡谷中奔流。窄沟[1]越来越宽，渐渐变成宽阔的河谷。这里的一些树上有刀斧的痕迹，这些记号把我们引入一条小路。德尔苏走在前面，他一路都非常留心脚下，不时弯下身子，用手拨开地上的落叶。

“怎么回事？”我问他。

1 当地人称狭窄的河谷为“窄沟”。

德尔苏站住了，他说，这条小路不是马走的，而是人走的；沿途有捕貂的碓子（捕兽工具。——译者注），几天前有一个人从这条小路上走过，十有八九是个中国人。

赫哲人的这番话让我们所有人都震惊了。发现我们不大相信他的话，于是他大声说："怎么你们的就不懂？自己看吧！"

随后他举出了很多证据，立刻打消了我的满腹疑云。其实一切都如此明显、简单，可是奇怪，我刚才怎么就没有注意到呢？第一，小路上没有任何马蹄印。第二，小路沿途两旁的树枝完好无损。我们的马行进得很困难，背上的重物总是被树枝挂住。还有，路的拐弯很急，马匹无法转身，只得绕着走；过小溪的地方都有独木桥，没有一处需要涉水走过；横在路上的风倒木没有挪动过，人可以顺利走过去，而马匹只能从旁边绕着走。这一切都证明，这条小路并非是驮运队走的路。

"很久以前有个人走，"德尔苏仿佛自言自语地说，"人走完了，下雨了。"他开始计算最近一场雨是什么时候下的。

我们在这条小路上走了大约两个小时。混交林逐渐代替了针叶林，越来越经常看到甜杨、槭树、山杨、白桦、椴树等。我打算在这里安排第二次休息，但是德尔苏建议再往前稍走一段路。

"咱们的快到窝棚了。"他说着，用手指着一些被剥掉了树皮的树。

我立刻就明白了。就是说，前边不远处应当有使用这些树皮的地方。我们加快了脚步。10 分钟后，就看见小溪旁边有一座猎人或挖参人搭的一面坡顶的窝棚。我们这位新相识仔细看过窝棚四周，再一次肯定地说，几天前有一个中国人从这条小路来过，并在这座窝棚里过了夜。雨淋过的灰烬、单人睡的草铺和扔在那儿的旧大布[1]套裤都证实了这一点。

这时我才意识到，德尔苏真不简单。他是个辨认踪迹的行家。于是，我不由得想起了库柏（美国作家。——译者注）和麦因·李德（英国作家。——译者注）作品中的主人公。

该喂马了。趁此间隙，我躺在一棵红松的树荫下，立刻睡着了。过了大约两个小时，奥连季耶夫叫醒了我。醒来以后，我看见德尔苏劈了木柴，弄来了一些桦树皮，把它们全部垛在窝棚里。

我以为他想把窝棚烧毁，就劝阻他不要这样做。但是，他的回应则是向我要一撮盐和一把米。我很好奇，他要这些东西干什么？就叫人拿给他。这个赫哲人用桦树皮把火柴仔细包好，把盐和米也分别用桦树皮包扎起来，并把这些东西挂在窝棚里。接着，又把覆盖在窝棚外面的树皮修补好，这才准备动身。

“你好像还打算返回到这里来？”我问他。他摇了摇头。我又问，那为什么留下米、盐和火柴。

“无论哪个人来，”德尔苏回答，“窝棚得找到，干柴找到，火柴找到，吃的找到——就不会死掉！”

我记得，我被深深震撼了。我沉思起来……赫哲人竟这样

---

1 非常结实的蓝布，中国人用它做衣服。

关心与他素不相识的人，德尔苏可能永远见不到那个人，而那个人同样也不会知道，是谁给他准备了干柴和食物。我想起来，我们的人离开宿营地的时候，总是把树皮扔在篝火里烧掉，他们这样做并没有什么恶意，只是觉得好玩而已，我从来没有制止过他们。这个野蛮人远比我们更有仁爱之心。他关心不相识的陌路人！……为什么住在城里的人，反而泯灭了这种美好的感情和这种关心他人利益的精神了呢，而早先这种感情无疑是有的。

“马备好了！该出发了。”奥连季耶夫走来对我说。我从沉思中回过神来。

“是的，该出发了……出发！”我向士兵发出命令，沿着小路向前走去。

傍晚，我们来到一处两条小河交汇的地方，这正是勒富河的源头。这里河宽 6—8 米，流速每分钟 120—140 米。河水深浅不一，在 30—60 厘米之间。

晚饭后，我早早就躺下并且马上睡着了。

第二天当我醒来时，大家都已经起来了。我立即下令备马。当士兵们忙着备鞍上驮时，我准备好测图板，就和赫哲人一起先出发了。

河谷由我们宿营的地方开始渐渐向西延伸。左侧的山坡陡峭，右侧的则平缓。随着每一公里的路程，小路变得更宽，也更好走了。有一个地方横着一棵被斧子砍倒的大树。德尔苏走到跟前，仔细看了看说：

“是春天砍的；两个人；一个人高，他的斧子钝；一个人矮，斧子快。”

真是个令人惊讶的人。对他来说不存在什么秘密。像一个未卜先知的人，他知道这里发生过的一切。于是，我决心集中精力，尝试着自己辨认蛛丝马迹。很快，我又看见了一个被砍过的树墩子，周围有很多饱含树脂的碎木。我明白，有人曾在这里砍柴引火。此外还意味着什么？我一点也想不出来。

“房子近了。”赫哲人说，好像在回答我思考的问题。

确实，很快又看到了被剥掉了树皮的树木（我已经知道这是怎么回事了）。离这些树 200 米左右，在紧靠河边的一小块空地上，有一座碓子房。房子不大，泥墙，树皮顶。是座空屋，因为外面有一根木棍顶着房门，由此一看便知。离房子不远处有一个小菜园，被野猪拱过，左边有一座木结构的小庙，庙门照例朝南。

房子里陈设简陋。一口安在矮灶上的铁锅，灶和炕（即睡觉的地方）相连，烧灶火的时候烟从炕道通过，炕就热了；还有两三个木头削制成的小盆、一个木水瓢、一把菜刀、一把铁勺、一把炊帚、两个落满灰尘的瓶子、一些破布、一两个小板凳、一盏油灯、几块胡乱扔在地上的兽皮——这就是房子里的全部东西。

从这里沿勒富河上行有三条小路。一条我们刚刚走过，另一条向东通往山里，第三条通向西边。向西的这条小路常有人马通行。我们就沿着这条小路继续向前走。士兵们把缰绳搭在马颈上，任由马匹自己选路。这些聪明的动物走得很好，尽量不让树枝挂住背上的辎重。在沼泽地和乱石滩里，它们不是跳跃前进，而是异常小心，每迈出一步都先试探一下脚下的土地。这种本领正是习惯了在原始森林里驮运东西的本地马的特长。

勒富河由碓子房起渐渐折向东北。我们又行进了大约 6 公里，就来到一片农舍前。这些房子坐落在河右岸的一座高山脚下，中国人称这座山为土顶子[1]。

一支武装队伍突然出现，使中国人很惊慌。我吩咐德尔苏告诉他们不要害怕，继续干自己的活儿。

我很想看一看，中国人在原始森林里是怎么生活的，都干了些什么。

为了晾干而摊开的兽皮，堆在仓房里的马鹿角、鹿茸，挂着阴干的熊胆[2]、鹿胎[3]、猞猁皮、鼬鼠皮、貂皮和灰鼠皮，还有捕鱼用具——这一切表明，当地的中国人很少种庄稼，而是以打猎和捕兽为主。房子旁边有一片片面积不大的耕地，种着小麦、谷子和玉米。中国人抱怨说，不久前野猪成群地下山来，祸害庄稼。因此，不得不提前把还没有成熟的蔬菜从地里收回来。不过，现在橡实落到了地上，野猪都跑到柞树林里去吃橡实了。

太阳还很高，我决定登上土顶子山，观察一下四周的地势。

1 覆盖着土的山顶。

2 中国人用来治疗沙眼的药。

3 用受孕母鹿的胎制成的药，疗内伤。

德尔苏和我同行。我们轻装出发，随身只带了步枪。

土顶子山面向勒富河河谷的那面山坡陡峭，北面有许多深沟。树上的黄叶已经开始坠落，森林里变得四处透亮，唯有柞树林依旧保持着原有的装束，但也开始褪色了，一半树叶已经枯黄。

山很陡。我们坐下来休息了两次，然后接着向上爬。

周围的土地全都坑洼不平。德尔苏常常停下来分辨脚印。根据这些脚印他推测出动物的年龄、性别，看出了一只瘸腿野猪的脚印，发现了两只野猪追逐搏斗过的痕迹。根据他的话我清楚地想象出了当时发生的一切。我很奇怪，为什么当初我就没有发现这些脚印，即使看见了，也只能说出动物的去向而已。其余什么也看不出来。

一个小时后，我们爬到了布满乱石的山顶。

我们坐在石头上，向四外眺望。

东边，在勒富河流域和刀毕河流域之间耸立着高大的分水岭。另一条山脉由东向西蜿蜒起伏，是勒富河和麦河之间的分界岭。在东南面这两条山脉会合的地方，屹立着圆顶的大尖山。

在土顶子山顶上可以清晰地看到勒富河上游的全貌。这里分布着三条大小相同的河流，其中两条先行汇合，自东向北再向东流过来。第三条就是我们走过的那一条小河，呈南北流向。每条小河的源头由数条山涧溪流汇合而成。从地形来看，勒富河上游的山都是顶平坡陡的高地，上面覆盖着茂密的混交林，其中大部分为针叶林。

因为南面的大山延伸到这里的支脉挡住了去路，勒富河在离农舍不远的地方拐了一个小弯，接着向南流去，绕过土顶子山后，又折向东北，一直注入兴凯湖，没有再改变流向。勒富河在土顶子山对面又纳入一条支流——奥特拉德纳亚河，沿河有一条驮运道通往麦河。

“长官，你看，”德尔苏指着对面的山坡向我问道，“那是什么？”

我顺着他指的方向看去，好像有个黑乎乎的斑点。我以为是云彩的阴影，就把自己的猜测告诉了他。德尔苏笑了，指了指天空。我抬头看去，天空湛蓝，晴空万里，没有一片云彩。几分钟以后，那个黑点改变了形状，并且稍微向一旁移动了一点。

“那究竟是什么呢？”轮到我问赫哲人了。

“你的不懂，”他回答说，“要过去看看。”

于是，我们往山下走去。我很快发现那个黑点也在朝我们这里移动。大约过了10分钟，赫哲人站住了，在一块石头上坐下，同时示意我也坐下。

“我们的在这里等，”他说，“要静静地坐着，什么也不要动，说话的也不要。”

我们等待着。过了一会儿，我又看到了那个黑点。它变得很大。现在我能够看清楚了。原来这是一群动物，它们在不断地移动。

“野猪？”我惊叫了一声。

果然是一群野猪，有 100 多只。有的跑出了群，但是马上又回到群里。不久，可以清楚地看到每一只野猪了。

“一个人的大错。”德尔苏低声说。

我不懂他说的“人”是指什么，不解地看了看他。

猪群中有一只大野猪，拱起的脊背像座山丘一样。它比所有的野猪都大，体重大概能有 250 公斤。野猪群越来越近。现在已经可以清楚地听到几百只猪蹄践踏枯叶的响声，树枝折断的咔嚓声，公猪刺耳的尖叫声，母猪的哼哼声和猪崽尖细的叫声。

“大个子的人走近的还没有。”德尔苏说。我还是不懂他的意思。

那只最大的野猪走在猪群中央，旁边有很多猪，有的甚至离开猪群很远，因此，当几只离群的野猪几乎跑到我们跟前的时候，那只大野猪仍在我们的射程之外。我们坐着，一动不动。突然，离我们最近的一只野猪仰起了拱嘴。它嘴里嚼着什么。到现在我还记得它那颗大脑袋，竖起的耳朵，目露凶光的眼睛，有两个鼻孔的转动灵活的嘴脸和白色獠牙。那只野猪突然呆立不动，停止了咀嚼，用凶狠的眼睛茫然盯视着我们。它终于明白了面临的危险，随即发出一声刺耳的尖叫。瞬间，整个猪群尖叫着，呼哧呼哧向一边逃去。就在此时，枪声响了，一只野猪应声倒地。德尔苏手中的枪冒着烟。

林中树木断枝的咔嚓声还连续响了好几秒钟，然后一切归于沉寂。

乌苏里地区的野猪外形和日本野猪相似，体重可以达到295公斤。最大的野猪长2米，高1米。周身呈棕褐色，背和四肢为黑色；幼猪身上有垂直条纹。野猪的身子呈椭圆形，两肋微向内收，四肢强健有力。颈短，却很强壮；头部为楔形，面部前端有坚硬灵活的拱嘴，野猪用它拱地。野猪属于丘齿类。但是，公猪除了臼齿以外，还有一对尖利的獠牙，随着年龄的增长，这对獠牙会向后弯曲，长度可达20厘米。由于野猪喜欢在云杉、红松、冷杉的树干上蹭痒，粗硬的鬃毛上常常沾着树脂。秋天寒冷的时候，野猪会在烂泥里打滚，因此，猪毛沾水后会结冰，冰柱越来越大，有时候会形成一层厚厚的冰壳，以致妨碍它的行动。

乌苏里地区野猪分布的范围，与红松、胡桃楸、榛、柞等树木的分布有密切的关联。野猪分布区的北界从洪加里河下游开始，经过阿纽伊河中游，罗河最上游以及比金河的源头，然后再越过锡霍特山脉（老爷岭）向北，直达乌斯佩尼亚角。在科皮河、哈季河、图姆宁河一带偶尔可以遇到一些离群的野猪。野猪这种动物好动有力，眼尖耳灵，嗅觉发达。受伤的野猪尤为危险。

鲁莽的猎人不加防备就走近它，是要倒霉的。野猪在这种情况下趴在地上，头对着猎人。猎人一露面，它就会猛扑上去，行动迅猛异常，猎人往往来不及举枪射击。

被德尔苏打死的是一只两岁的母猪。我问他为什么不打公猪。

“他的老人了，”他说的是那只长着獠牙的野猪，“他的不好吃，肉的稍微稍微味道不好。”

德尔苏称野猪为“人”，使我惊讶不已。我问他为什么。

“他的和人一样，”他肯定地说，“就是衣服不一样。知道骗人，生气，什么都知道！和人的一样……”

我恍然大悟。这位原始人的宇宙观原来是万物有灵论，因此他将周围的一切都人格化了。

我们在山上逗留了很久，不知不觉已近黄昏。西天上空堆积着白云，云朵边缘异常明亮，就像熔化了的金属。透过积云的阳光在天空呈现出扇形状。

德尔苏很快就剥下了野猪皮，取出内脏，然后将它扛在肩上，我们往回走去。一个小时后我们已经在宿营地了。

中国人的房子里很挤，而且有烟，我决定和德尔苏一起在外面露宿。

“我的想，”他看着天空说，“夜里暖和，明天晚上有雨……”

我久久不能入睡。一整夜，野猪脸上张着的两个大鼻孔仿佛一直出现在我眼前。除了这两个鼻孔外，我什么都看不见。开始只看到两个小圆点，后来圆点突然变大。然后已经不是野猪的头了，而是一座山，鼻孔变成了山洞，好像山洞里还有许多这种鼻孔的野猪。

人脑的结构真是奇特。在一整天的印象中，在随时看到的大量不同现象和成千上万的事物中，对某件事物记得最清楚，而这件事物往往是无关紧要的、偶然的。我对那些没有任何奇遇的地方，反而比发生过某种事情的地方记得清楚得多。不知道为什么记住了一棵与其他树木毫无区别的树，一个蚂蚁窝，一片黄叶，一种苔藓，等等。我想，我能把这些东西画出来，而且画得细致入微。

第四章　朝鲜屯见闻

德尔苏观测天气的经验　对射　朝鲜人的冷漠　卡扎克维切沃村　观察河阶地　德尔苏露宿　通向利亚利奇村的小路

早晨，我醒得比别人都晚。第一眼就看到没出太阳。天空阴云密布。士兵们正在整装出发，做防雨的准备，德尔苏看到后说：

"不要急。我们的白天好走，晚上有雨。"

我问他为什么。

"你的自己看吧，"赫哲人回答，"你看，小鸟走来走去，玩，吃。雨快来了——它的就会安静待着，和睡觉一样。"

确实，我想起来，下雨前总是寂静而昏暗。现在则相反：森林里生气勃勃，啄木鸟、松鸦和星鸦啼鸣不断，此起彼伏，忙碌的鳾鸟不时愉快地轻声啼啭。

向中国人详细问过路后，我们便出发了。

过了土顶子山，勒富河河谷一下子变得开阔了（从 1 公里扩展为 3 公里宽）。这里开始有了人烟的迹象。

下午两点我们到达了尼古拉耶夫卡村，当时村中有 36 户人家。稍事休息后，我命令奥连季耶夫买些燕麦，把马喂饱，我自己和德尔苏先行出发了。我想快些到最近的朝鲜屯卡扎克维切沃[1]去，为我们一行人安排过夜的地方。

秋天，阴暗的黄昏总是来得很早。下午 5 点钟左右开始稀稀拉拉地掉下雨点。我们加快了脚步。道路很快分为两条。一条通向河对岸，另一条路好像直达山里。我们选择了后一条路。后来，我们还遇到与这条路交叉的其他一些岔路，通向各个不同方向。当我们走近朝鲜屯的时候，天已经全黑了。

此刻士兵们走到了一个十字路口。他们不知道该走哪条路，就开了两枪。我怕他们迷路，也回了他们两枪。突然，离我们最近的一座房子里传出喊叫声，紧接着由窗口往外打了一枪，然后又打了第二枪、第三枪，几分钟后，全屯响起一片枪声。我感到莫名其妙，雨声、喊声、枪声混成一片……出什么事了？为什么这么混乱？突然，一座房子后面露出了亮光。一个朝鲜人一只手举着煤油火把，另一只手拿着贝尔登步枪，边跑边自顾自地喊叫着什么。我们朝他迎面奔去。火把参差不齐的红色亮光沿着水洼跳动，照在朝鲜人那张因恐惧而变了形的脸上。朝鲜人一看见我们，便扔下火把，对准德尔苏开了一枪，转身

1 卡扎克维切沃村建于 1872 年。

跑掉了。洒在地上的煤油燃烧起来，冒出火苗和黑烟。

“你受伤没有？”我问德尔苏。

“没有。”他说完便去拾火把。当朝鲜人朝他开枪的时候，我看见他没有改变姿态，站在那里，挥动着手臂向朝鲜人喊话。

奥连季耶夫听到枪声后，断定我们遭到了红胡子的袭击。他留下两个士兵看守马匹，自己带着其余的人前来援救我们。离我们最近的那座房子终于停止了射击。于是德尔苏就去和朝鲜人交涉。他们无论如何不肯开门，我们怎么劝说也无济于事。朝鲜人叫骂着，威胁还要开枪。

没有办法，我们只好露宿。我们在河边点起了篝火，支起帐篷。那边有一座坍塌的破房子，旁边垛着几堆木柴，这是朝鲜人为过冬准备的。村里的枪声响了很久。离村子较远的房子那边枪声彻夜未停……他们究竟在打谁？朝鲜人自己也不知道。士兵们又骂又笑。

第二天指定为休息日。我命令士兵们检查鞍具，晾晒淋湿的物品，擦拭枪支。

雨停了，清新的西北风驱散了乌云，太阳露出脸来。

我穿好衣服，到村子里去看看。

经过昨天这场乱枪对射之后，我觉得朝鲜人应该到我们的宿营地来看看他们射击过的这些人。但是，根本没有这回事。从相邻的房子里走出来两个男人，他们穿着袖子肥大的白上衣，白色棉布灯笼裤，脚上穿着草鞋。这两个男人从我们身边走过，甚至没有看我们一眼。另一座房子前坐着一位搓绳子的老人。

我走近他时，他抬起头来，扫了我一眼，既不好奇，也不惊异。一位妇女迎面走来。她穿着白裙子，白上衣，敞着怀，头上顶着一个水罐，一直往前走，步子平稳，眼睛看着地面。走到我们面前时，她没有让路，也没有抬起眼睛看看就走过去了。在我所到之处，看到朝鲜人非常突出的特点——惊人的冷漠。“早晨般沉静的国家”——我不禁想起给朝鲜起的这个名字。

朝鲜人都居住在自己的小田园里。他们的房子很分散，彼此间隔很远，住房坐落在自家田地和菜园中间。这就是为什么一个并不大的朝鲜村落，却绵延好几平方公里的原因。

返回宿营地的时候，我顺路走进一座房子。这座房子的墙很单薄，里外都抹着黏土。房子有 3 个门，门上的窗户格糊着纸。屋顶覆盖着草，4 个斜面都用干草编的绳网罩着。

朝鲜人的房子全都一样。屋里有黏土砌的炕，炕占去一大半地方。炕的下面是灶火的烟道，灶火烧暖了炕，热气也就扩散到了全屋。烟道通向屋外一个作烟囱用的空心大树里。房子里有炕的那面住人，没炕的那面则养鸡、马和牛羊。住人的一面再用板壁隔成几个小间，里面铺着干净的席子。女人带着孩子住一间小屋，其他小屋是男人和客人住的。

在一座房子里我看见了路上遇到的那个顶水的女人。她蹲在地上，慢慢地用木瓢往锅里舀水。她将木瓢举得很高，很奇怪地反手把水倒向右边。她冷淡地扫了我一眼，继续埋头干自己的活儿。一个 50 多岁的男人坐在炕上抽烟袋。他一动不动，对我的问候也不理睬。我坐了片刻便出来找自己的旅伴去了。

午饭后我出去观察周围的地貌。游到河对岸，我登上一个山岗。这里曾经是古代的河阶地，高约20米，基底由砂岩构成，上层是多气孔的熔岩。熔岩里的气孔说明，岩浆喷射时含有强劲的气体。许多气孔中填充着某种黑色和蓝灰色的矿物质。

我站在阶地上眺望，勒富河河谷的奇妙美景展现在眼前。朝鲜屯所在的右岸地势低洼。勒富河在这里纳入了4条支流：左岸有小勒富河和皮城子河，右岸有伊凡诺夫卡河和卢下卡河。后两条支流的河口之间也有一片这样的古代河阶地，那里坐落着俄罗斯村庄伊凡诺夫斯科耶[1]，村中大约有200户人家。再往下，勒富河河谷的轮廓便模糊不清了。略高于地面的平缓的丘陵上，覆盖着稀疏的柞树和黑桦。

我在这一带游荡了大约两个小时，又回到河边的山岗上。

天色渐晚，空中浮动着玫瑰色的薄云，远山在落日的余晖下呈现出一片紫色，脱尽树叶的树枝染上了单调的灰色。朝鲜屯里仍然笼罩着一片宁静。从房子的高烟囱里飘出的白色炊烟，很快就消散在凉爽的夜空中。小路上闪动着朝鲜人的白色身影。下面，紧靠河边的地方有一处火光，那就是我们的宿营地。

我往回走的时候天已经黑了。河水变成了黑色，平静的水面上倒映出篝火和夜幕上闪烁的繁星。士兵们坐在火堆旁。一个人在讲着什么，其他人都在笑。

“开饭了！”司务长喊了一声，说笑声立刻停止了。

---

1 建村的时间为1883年。

喝过茶，我坐在火堆旁，开始在日记本上记录自己的观察结果。德尔苏在整理自己的背囊，并不时拨弄一下篝火。

“稍微一点的冷。”他耸耸肩膀说。

“你去房子里睡吧！”我提议。

“不想去，”他回答，“我的总是这样的睡觉。”

说完，他在身后插上几根柳树枝，把帐篷蒙在柳条支架上，随后，把狍皮铺在地上，坐在狍皮上，披上皮袄，抽起烟袋来。几分钟后我便听到了轻微的鼾声。他睡着了，头垂到胸前，两只手也垂了下来。已经熄灭了的烟袋从嘴里掉出来，落到了膝盖上……“他的一生都将这样度过，”我想，“为了生存，这个人付出了多么艰辛的劳动，经历了怎样的苦难啊！”但是，我转念一想：这个捕兽人未必愿意放弃自己的自由。德尔苏按照自己的意愿生活，他是幸福的。

旁边的河水发出低沉的响声；村外，狗在某处汪汪地叫着；一座房子里传出了婴儿的哭声。我用毡斗篷裹住身体，背向篝火躺下，香甜地入睡了。

第二天天刚亮，我们便都起来了。夜里，我们的马在朝鲜屯的田野里没有找到吃的东西，就跑到山脚下吃再生草去了。大家去找马的时候，司务长烧好了茶，煮好了粥。士兵们骑着马回来的时候，我已经结束了自己的工作。早上8点钟，我们出发了。

从朝鲜屯卡扎克维切沃沿勒富河河谷向前走，有两条路。一条绕远，通向伊凡诺夫斯科耶村；另一条在河左岸，少有人通行，有些地方是沼泽地。我们选择了后一条路。越往前走，河谷越像草甸子。

所有的迹象都表明，这里已是山脉尽头。群山退向一旁，取而代之的是宽阔平缓、灌木丛生的干宽谷（即灰岩盆喀斯特谷。——译者注）。这里还稀稀拉拉地生长着一些树梢已经冻死的柞树和椴树，这些树只能当烧柴用了。紧靠河边是一片茂密的柳树、赤杨和稠李树。我们的小路向左拐去，通向山里，把我们引到离勒富河大约 4 公里的地方。

这一天，我们没能走到利亚利奇村[1]。我们在离该村 6 公里的地方过了一夜。

晚上，我和德尔苏坐在篝火旁，商谈沿勒富河继续前进的路线。我很想看一看 H.M. 普尔热瓦尔斯基曾经赞美过的兴凯湖。赫哲人说，前面是一大片沼泽地，无路可走。他建议坐船过去，把马匹和一部分人员留在利亚利奇村。他的建议非常合理。我同意了，只是改变了勘探队的驻地。

1 建于 1885 年。

第五章　勒富河下游

在利亚利奇村附近过夜　草的海洋　候鸟的秋季迁徙　德尔苏的枪法　哈勒基顿村　有生命的水和有生命的火　沼泽地的鸟　地球影　睡眠后的不适　变天

第二天早上，我只留下奥连季耶夫和士兵马尔钦科，把其余的人都派到切尔尼戈夫卡村去，命令他们在那里等待我们返回。在村长的帮助下，我们很快就弄到了一条相当不错的平底小船。我们为此付了 20 卢布外加两瓶伏特加酒。修理这条船用了整整一天的时间。德尔苏亲手改装了船桨，安上了木桨固定栓，修理了座位，准备了船篙。我在一旁欣赏着，看他干活儿。他做起事来既麻利又漂亮，任何时候都不忙乱，遇事考虑周详，有始有终，毫不拖延。显然，生活将他磨炼成了一个精力充沛、实干、不浪费时间的人。我们偶然在一个农民家里发现有现成的面包干。除此而外，我们不需要别的东西。茶、糖、盐、细麦米、罐头都还绰绰有余。按照赫哲人的建议，我们当天晚上把全部物品搬上了船，人则留在岸上过夜。

夜降临了。有风，很冷。由于木柴不够，不能把火烧得太旺，所有人都冻得几乎没睡着。

我用毡斗篷尽量把身体裹严，但是冷风还是从有缝的地方钻进来，感觉很冷，一会儿是肩膀，一会儿是腰，一会儿又是后背。木柴也不好，燃烧时噼啪作响，火星四溅。德尔苏的被子被火星烧了几个洞。蒙眬中我听到他在咒骂一根木柴，按照他惯有的叫法，他称木柴为“坏人”。

“他老是这样烧——总是在叫唤，”他对某个人说，同时学着木柴，发出噼啪的声音，“他的应该赶走。”

接着我听到河里扑通一声，木柴发出哧哧的声音。显然，这个老头儿把它扔到水里去了。后来，不知怎么我感到暖和了点，然后睡着了。

半夜我醒了，看到德尔苏坐在篝火旁。他在拨弄火堆。火苗在风中摇曳不定。我身上的毡斗篷上面，盖着这个赫哲人的被子。就是说，是他给我盖上的，难怪昨晚我感到暖和了呢。士兵们的军大衣上面同样也盖着他的帐篷。我叫德尔苏躺到我睡觉的地方来，他拒绝了。

“不要，长官，”他说，“你的睡，我的看着火。他的非常坏。”他指着木柴说。

我对这个人观察得越深入，就越喜欢他。我每天都在他身上发现新的优点。我以前认为，荒野之人生性自私，而人道、仁爱、关心他人利益等感情只有欧洲人才有。莫非我错了？这样想着，又睡着了，一觉睡到了天明。

天大亮时，德尔苏叫醒了我们。他已经烧好了茶，烤好了肉。早饭后，我将勘探队的人马都送到了切尔尼戈夫卡村。然后我们将船放下水，出发了。

我们用篙竿撑着船，顺流而下，非常顺畅。行出约 5 公里我们就到达了铁路桥，在这里停下来休息。德尔苏说，他小时候同父亲一起来过这一带，来这里打狍子。关于铁路，他只听中国人说过，但是从来没有看见过。

稍事休息后，我们继续前进。铁路桥附近已经没有山了。我在这里下了船，登上最近的一个小山岗，最后一次观察一下周围的地势。一幅美丽的全景图展现在我眼前。后面，即东面，山峦起伏；南面是平缓的丘陵，丘陵上有着稀疏的阔叶林；北面地势低洼，是一片广阔的草原。我极目远望，仍然看不到这片草原的尽头。它一直延伸到远方，在某个地方隐没到地平线下面去了。风阵阵吹过草原，野草随风摇摆起伏，恰似一片汪洋大海。有些地方生长着一小片或单棵的枯萎的小白桦、凋零的落叶松以及其他什么树木。从我站的山上，顺着两岸茂密的赤杨丛和柳丛，看见勒富河奔向远方。这条河起初保持着自己原来的方向，即东北流向。在还没有流到西面约 8 公里处的山丘跟前，便向正北方流去，微微向东偏一点。两侧有数不尽的河汊、死河滩、河湾和小湖泊。这片低地看上去毫无生气，空旷荒凉，到处是在阳光下闪闪发亮的水洼。这证明勒富河河谷在雨季常常被水淹没。

在这片广阔的草原上，有两条支流从左边注入勒富河：一条是三道岗[1]河，另一条是灰泥河子[2]河。后一条河的河谷和勒富河河谷一样，地势低洼，沼泽很多。

中午，我们的船到了一座紧靠左岸的小山跟前。小山丘高120—140米，山上稀稀拉拉地长着一些柞树、桦树、椴树、槭树、胡桃楸和槐树。这里有一条小路，大概是通向离这里约12公里的位于最西边的沃兹涅先斯科耶村的。

下午的行程与上午一样。宿营相当早。

长时间坐在船上使人厌烦，大家都想上岸活动一下麻木的肢体。我总是被原野吸引。奥连季耶夫和马尔钦科动手安置宿营地，我则和德尔苏去打猎。刚迈出第一步，茂密的野草就从四面八方把我们包围起来。野草长得又高又密，走在草丛中人好像被淹没了一样。脚下是草，前面后面是草，侧面还是草，只有头上是蓝天。我们好像行走在草的大海的海底，当我爬上一个小山丘，看到草原像大海般波澜起伏的时候，这种感觉就更强烈了。我小心翼翼地从小山丘下来，又钻进草丛，继续前进。在这种地方很容易迷路，就像在森林中一样。我们好几次走入歧途，但是很快就纠正过来了。只要看到小丘，我就登上去，竭力看清楚前面有些什么。德尔苏用手分开大叶樟和艾蒿，把它们按倒。我看看前面，又看看四周，我们眼前无处不是无

1 通过山岗的第三条路，或路上遇到的第三道山岗。

2 肮脏的小河。

边无际、波浪起伏的汪洋大海般的野草。

这里的野草主要有芦苇，高达 3 米，大叶樟，高 1.5 米，艾蒿，高 2 米。还有其他一些种类。可以看到沿河岸生长的树木种类有灌木柳、欧洲山杨、白桦、赤杨等。

在这类多沼泽的草原上，它的主要“居民”是鸟类。没有在候鸟迁徙季节来过勒富河下游的人，是无法想象那种情景的。成千上万只候鸟或一大群结队，或三五成群结伴，飞向南方。有些鸟向相反的方向飞，还有一些鸟则往斜刺里飞行。一队队的候鸟一会儿飞向高空，一会儿又降到低处飞翔，远远近近，天空上全部是飞鸟的身影，特别是在地平线那一带的下面，飞鸟看上去仿佛在天边拉起了蛛网。这景象令我倾倒。

飞得最高的是鹰。它们展开强有力的翅膀，在天空盘旋、滑翔。对它们来说，距离算得了什么呢？一些鹰飞得如此高，只能勉强地被辨认出来。它们有时向下俯冲，向一群大雁飞去。这些警惕性很高的鸟队列整齐地飞翔着，艰难地展开双翅，高声鸣叫，响彻天空。和它们并排飞翔的是黑雁和天鹅。下面，离大地很近的地方，是一群嘈杂的性情急躁的野鸭。这里还有一群忧伤的绿头鸭，凭着它们翅膀发出的声音，完全可以判断，有上千只野鸭和其他小鸭在水上嬉戏。空中随处可见猫头鹰和红隼。红隼看上去像鹰，样子很漂亮，它会长时间停落在一个地方，抖动翅膀，犀利的目光寻找着地面上自己的猎物。它们在一个地方盘旋时，会突然收紧翅膀，拼命向下俯冲，几乎触到了草丛，旋即又迅速飞向高空。优雅灵活的海鸥和美丽活泼的海燕，它们的白色身影闪现在淡蓝色的天空中。杓鹬轻松地飞着，很平稳，并在飞翔中完成令人赞叹的漂亮回转。尖嘴沙鸭飞行时看着另一边，没错，它们确实找到了可以落脚的地方。金鸻鸟守在多沼泽的低洼地，显然，那一个个水洼对他们而言就成了飞行的航标，沿着这些水洼飞行可以不偏离方向。所有的鸟群都向南飞去，这是一幅浩大而壮观的画面。

突然，不知从哪里钻出来两只狍子，这完全出乎我们预料。狍子离我们大约60步之遥。茂密的野草遮挡住了它们，只是偶尔闪现出它们的头和一对分开的耳朵，以及后腿附近的白色臀斑。狍子跑出约150步远，就站住了。我放了一枪，没有打中。射击的回声沿着河流传向远方。上千只鸟从水面上飞起，惊叫着四处逃散。受到惊吓的狍子迅即离开原地，扬蹄飞奔。这时德尔苏端起枪来。一只狍子刚从草丛里露出头来，他就扣动了扳机。烟雾消散后，这两只动物已经不见了。德尔苏重新装上子弹，不慌不忙地朝前走去。我默默地跟在他后面。德尔苏向四周看了看，便回过身来，向一旁走去，然后又返回原地。显然，他是在寻找什么东西。

“你在找什么？”我问他。“狍子。”他回答。

“它们已经跑了……”

“没有，”他很有把握地说，“我的打中了他的头。”

我虽然不完全相信这个赫哲人的话，但也开始寻找被打死的狍子。我觉得是他弄错了。大约10分钟后，我们找到了那只狍子。它的头果然被子弹打穿了。德尔苏把狍子扛在肩上，不紧不慢地往回走。我们回到营地的时候，已经是黄昏了。

晚霞试图与逼近的黑暗做一番争斗，但终归无法阻挡，只好让步，退到地平线下去了。天空随即出现了星星，它们眨着眼睛，仿佛在庆幸自己终于摆脱了太阳，获得了自由。河汊旁边是一片黑黝黝的灌木丛，此刻已经无法辨认那是些什么树了：它们的样子都差不多。透过树丛可以看到我们篝火的亮光。夜晚宁静而凉爽，可以听到离我们不远的某个地方，一群野鸭扑扑地落到水里的声响。从它们飞落的声音可以断定，这是一群白眉鸭。

晚饭后，德尔苏和奥连季耶夫动手剥狍皮，我做自己的事。写完日记我就躺下了，却久久不能入睡。只要一闭上眼睛，面前立刻就出现了晃来晃去的蜘蛛网，波浪起伏的草的海洋，还有数不清的雁群和野鸭。临近早晨时，才终于睡着了。

第二天我们起得相当早。匆匆喝过早茶，把行装搬回船上，便沿勒富河继续航行。

越往前走，河道越曲折。河弯子（当地居民这样称呼河流弯曲的地方）绕了几乎整整一圈，突然掉头向后折去，又拐回来，这条河到处都是这样，没有哪怕稍微直一点的地方。

两条不大的河流从右侧注入勒富河下游，即修道院河和切尔尼戈夫卡河。还有许多河汊和长长的死河汊，它们纵横交错，形成了一个相当复杂的水流体系。

修道院山在距勒富河 8 公里处终结，这里立着一座高 290 米的无名小山。哈勒基顿村坐落在小山脚下。这是当地最后一个村庄。由此继续往北直到兴凯湖，是无人居住区。

随身携带的食物快吃完了，需要补充。我们把船拖上岸，便到村里去了。村子中间有一条大道，房舍相互都离得很远。村民几乎都是老住户，他们有份地 100 俄亩（1 俄亩为 1.09 公顷。——译者注）。我走进遇到的第一家农舍，院子不能说干净，屋里也一样。垃圾，乱扔的东西，倾斜的围墙，因合页松动掉下来的门，用过的太久不洗的发黑的脸盆……这一切都说明，这户人家不是特别喜欢干净整洁。我们走进院子的时候，迎面走出一个抱着孩子的女人。

农舍的窗户不由得引起了我的注意。这窗户为双层，镶着 4 块玻璃。两层窗玻璃之间填着某种黄灰色的东西，有半块玻璃那么高。起初我以为是锯末，就问女主人，为什么要装锯末。

“哪儿是锯末呀，”女人回答说，“是蚊子。”

我走近一看，果然是些干瘪了的蚊子。这些干蚊子至少有半公斤。“我们全靠这两层窗户挡蚊子，”她接着说，“蚊子钻到玻璃窗中间，就死在那里了。屋子里我们还用烟熏，睡觉的时候还得挂蚊帐。”

“你们把沼泽地里的草烧掉就好了。”士兵马尔钦科对她说。

“烧过，没一点用。蚊子是从水里出来的。火对它们没用！夏天草是湿的，也烧不着。”

这时，奥连季耶夫走来说，粮食已经买好了。我们在村里绕了一圈，又回到河边。德尔苏此时已经烤熟了狍子肉，烧好了茶。村里的小孩一直跟着我们跑到河边。他们站在一旁，好奇地看着我们。

半小时后，我们又出发了。我回过头，看见那群孩子站在岸上目送我们。河拐了一个弯，便看不见村子了。

在纵横交错的河道里，要辨认出勒富河的河床确实困难。这里，河的宽度在 15—80 米之间。河两侧还有一些大的死河汊，死河汊又分出一条条狭长的深水沟，这些水沟与湖泊、沼泽或小河相通，而这些小河又在下游很远的地方注入勒富河。随着我们不断接近兴凯湖，水流逐渐缓慢下来。士兵撑船用的篙常常陷进河底，陷得又深又牢，拔不出来。这一带的勒富河深浅不一，我们的船时而撞上浅滩，时而在深可没篙的水上行驶。

靠岸的泥土比较坚硬，但是只要稍远一点，马上就会陷进沼泽。灌木丛遮盖了长形的小湖泊。这些小湖泊和成行的柳丛、赤杨丛说明，勒富河以前流向另一个方向，这条河曾经几次改变了河道。

傍晚，我们走到离切尔尼戈夫卡河不远的地方，并在这条河和一道小河汊之间狭窄的陆地上宿营。

今天南飞的候鸟特别多。奥连季耶夫打落了几只野鸭，这些野鸭就成了我们味道极佳的晚餐。天色渐暗，所有的鸟都停止了飞行，四周立刻被一片寂静笼罩，甚至感觉这片草原了无生气。然而实际上，没有一个小湖泊，没有一个河湾和河汊，不栖息着成群的天鹅、大雁、红胸秋沙鸭、野鸭及其他过夜的水禽。

晚上，马尔钦科和奥连季耶夫睡得比我们早。我和德尔苏像往常一样，坐着聊天，忘了火上的茶壶，于是它一直咝咝地响。德尔苏把它挪开一点，它还是呜呜地叫。德尔苏又把它挪得更远一点，茶壶就轻轻地哼唱起来。

“他的怎么的老叫！”德尔苏说，“坏人！”他跳起来，把滚热的水倒在地上。

“什么像‘人’？”我困惑不解地问他。

“水，”他简单地回答说，“他会叫，会哭，也会玩。”

这个原始人久久地跟我谈论他的世界观。他在水中看到了生命力，看到它静静地流动，也听到过它在泛滥时的咆哮。

“看，”德尔苏指着火说，“他的也和人一个样。”

我看了看篝火，木柴爆裂出火星，噼啪作响。火舌一会儿长，一会儿短；一会儿明亮，一会儿暗淡；燃烧的木炭堆积出了城堡、洞穴的样子，然后全部坍塌了，再重新堆起来。德尔苏不再说话，我又坐了很久，看着这“有生命的火”。

河里一条鱼拍打着水面，溅起了水花。我打了个寒噤，看了看德尔苏，他坐在那儿打盹儿。草原仍然寂静无声。天空的星位表明，已经是午夜了。我往火里添了些木柴，叫醒德尔苏，我们两人就躺下睡觉了。

第二天大家不约而同地醒得都很早。

曙光初现时，成群的鸟便飞到空中，带着喧哗嘈杂声，继续向南方飞去。最先起飞的是大雁，接着是天鹅，然后是野鸭，最后动身的是其他候鸟。起初它们飞得很低，天越来越亮，它们也就越飞越高。

日出以前，我们离开宿营地航行了约 8 公里，到达长满榆树和山杨树的柴顶子[1]山，山脚下流过一条小河，名叫小河子[2]。勒富河在此处的宽度超过了 40 公里。它的左面是一大片连绵不断的沼泽地。勒富河分出很多支流，长度都在 10 公里左右。支流又分为小河汊，小河汊再分出了支脉。这些河汊沿河两岸形成宽阔的带状，纵横交错。如果不把握住主航道的方向，或者寄希望于某个支流可以缩短航程，就很容易迷路。

除了上面提到的小河子河外，还有两条小河汇入了勒富河：柳甘卡河从右边，萧家沟[3]河从左边。从这里起直到兴凯湖，就再没有任何支流了。

我们的小船沿着主河道前进，只是在万不得已时才划进旁边的河汊，并且只要有可能，就立即回到主河道来。这些河汊里长满了柳条和芦苇，完全遮住了我们的船。我们静静地前进，常常接近鸟群，距离比猎枪的射程还近。有时我们有意停下来，久久地观察它们。

我最先看到的是一只黑腿、黄绿嘴的大白鹭。它规规矩矩地在岸边走来走去，摇晃着脑袋，仔细地看着河底。发现我们的船后，它跳了两下，笨拙地向空中飞去，飞了不多远，又落在旁边的河汊上。接着我们看到了一只大麻鸻。它长着灰黄色

1 有木柴的山顶。
2 小河。
3 萧家的河谷。

羽毛，暗黄色的嘴，黄眼睛，黄腿，这副长相极不讨人喜欢。这只难看的鸟弓着背在沙地上走着。我一直盯着一只忙碌不停的蛎鹬。蛎鹬飞了不多远，刚一落到地上，大麻鸻立即向它走去，走近它时，撒腿跑上去，用自己的尖嘴使劲儿去啄它。当大麻鸻发现了我们的船后，便钻进草丛，伸着脖子，仰起头，僵立不动。船从那里经过时，马尔钦科朝它放了一枪，但是没有打中。子弹从它身边擦过，触到了它旁边的芦苇秆，大麻鸻依旧纹丝不动。德尔苏哈哈大笑起来，“他的非常狡猾的人。总是这样骗人。”他说。

果然，现在已经看不见大麻鸻了。它的灰黄色羽毛和伸出的暗黄色嘴，完全混在了芦苇丛中。

接着，我们看到了另一幅画面。在岸边贴近水面的柳枝上，孤零零地站着一只翠鸟。这只长着大脑袋大嘴的小鸟好像在打盹儿，却猛然扑进水中，潜入水底，又浮出水面，嘴里衔着一条小鱼。翠鸟吞食了猎物，落到树枝上，又进入打盹儿状态。但是，一听到我们这条船驶近的响声，就啼叫着沿河飞去，羽毛闪出一道青光。它飞了不多远，落在一丛灌木上，接着又向前飞去，最后拐了个弯，不见了踪影。

我们有两次碰到了沼泽地的骨顶鸡，这是一种黑色大鸟，大脚，会潜水，能轻松自如地在水生植物的叶面上行走。但是，它们在空中却显得十分无能。显然，天空不适合它们。它们飞行的时候，两只脚奇怪地摆动着，看上去似乎刚刚离开鸟巢不久，还没有学会应当怎样飞翔。

有些地方的死水洼里浮着鹏鹛，这种水鸟的耳羽向两边翘起，颈部有一圈彩色羽毛。它们没有飞走，而是匆忙躲进了草丛或者钻进了水里。

天气对我们非常有利。这是一个温暖的秋日，天高气爽，万里无云；微风从西面徐徐吹来。在乌苏里南部，10月份经常有这样的日子。但是这样的天气往往使人上当，因为紧接着常常会刮起寒冷的西北风。风和日丽的时间持续得越长，天气的变化就越剧烈。

上午11点钟，我们在柳甘卡河附近安排了一次较长时间的休息。午饭后，大家都躺下休息了，我沿着河岸漫步。不论我的视线落在何处，看到的只有野草和沼泽。向西远望，可以隐隐约约地看到烟雾笼罩的山脉。顺着没有树木的平原望去，可以看到某个地方点状的黑黢黢的小灌木丛，就像沙漠中的绿洲一样。

我吃力地走向灌木丛时，惊起一只很大的短耳鸮。这种鸟被称为“旷野之地的夜猫子”，白天总是藏在草丛里。它被我吓得跳向一旁，飞了不多远，又落在沼泽地上。我坐在灌木旁休息一下，突然听到一阵轻微的沙沙声。我打了个激灵，环顾四周。原来一场虚惊，是几只剖苇在芦苇丛里飞来飞去，不停地摇动着尾巴。接着我看到了两只鹌鹑。这两只好看的、浅褐色的花斑鸟一直躲在芦苇丛中，然后突然从另一处跳了出来，并重新藏到干草下面去了。同鹌鹑在一起的还有一只芦鹀。它一直顺着芦苇攀爬，歪着脑袋，不时用疑惑的目光看着我。我还在这里看到了许多其他小鸟，我叫不出它们的名字来。

一个小时后，我回到了自己人那里。马尔钦科已经烧好了茶，正等着我回来。喝足了茶之后，我们上了船，继续前进。为了充实日记的内容，我问德尔苏，自从我们出了山进入沼泽地以来，他在勒富河河谷见到过哪些动物的踪迹。他回答说，这一带有狍、貉、獾、狼、狐、兔、黄鼬、水獭、水肝、鼠和小鼢鼱。

下午，我们又走了约12公里，然后从众多的小岛中选了一个，作为宿营地。

今天，我们偶然有机会观察到了出现在东方的地球阴影。晚霞绚丽多彩，变幻莫测。起初，霞光淡白，后来变为宝石绿。以这绿色为背景，从地平线下升起两道淡黄色的光柱。几分钟后，光柱消失了，霞光由绿色变为橙黄色，继而又变为红色。最后的景象是血红的天际变得乌黑，如同被烟熏过一样。就在夕阳沉落之际，东方现出了弧形的地球阴影。它的一端连着北方的地平线，另一端则连着南方的地平线，阴影的外缘呈紫红色。太阳越往下沉，地球阴影就升得越高。很快，紫红色的光带和西天的红色晚霞融为一体，黑夜就这样降临了。

我观赏着这番美景，赞叹不已。这时，却听到德尔苏低声咕哝：“知道的没有！”

我猜他是在对我说，就问他是怎么回事。“这个的坏，”他指着天空说，“我的想，会有大风。”

昨天晚上我们在火堆旁边坐了很久。今天早晨又起得很早。

这一天下来筋疲力尽，所以吃过晚饭马上就躺下睡觉了。黎明前的一觉，我们睡得很不舒服，全身感到倦怠乏力，萎靡不振，不想动弹。因为所有人都处于这样的状态，所以我很担忧，以为我们得了寒热病，或者中了毒。但是德尔苏安慰我说，天气变化的时候总是出现这种情况。我们勉强吃了点东西，无精打采地继续向前航行。

天气很暖和，没有一丝风；芦苇一动不动，仿佛睡着了。一直清晰可见的远山，现在完全沉没在烟雾之中。灰白色的天空上浮着长条状的薄云，太阳周围出现了日晕。我注意到，周围已经不像昨天那样充满生机，大雁、野鸭和各种小鸟全都销声匿迹了，只有白尾海雕在天空翱翔。白尾海雕可能不受气候变化的影响，但是这种变化会使地面上的所有动物都变得无精打采，昏昏欲睡。

"不要紧！"德尔苏说，"我的想，半天的太阳没了，另一个半天风的有。"

我问他，鸟类为什么停止了飞行，他给我上了一堂关于候鸟迁徙的长课。

按照他的说法，鸟类喜欢顶风飞行。在完全无风的暖和天气，它们栖息在沼泽地里。如果风从它们后面吹来，它们会感到寒冷，因为冷空气从羽毛下面透进去了，这时候鸟儿就会躲在草丛里。只有在突然降雪的时候，它们才不顾风向和严寒，继续飞行。

我们越接近兴凯湖，沼泽地越平坦。河汉两岸的树木不见了，代替它们的是稀疏纤弱的灌木丛。河水流速的减慢立刻表现在植物上，这一带出现了野百合、睡莲、驴蹄菜、菱角等。有的地方水草茂密，船无法通行，我们不得不绕很大的圈子。我们还在一个地方迷了路，进了一条死河汊。奥连季耶夫想下船，但是一只脚刚踏到岸上，就陷了进去，一直陷到膝盖。于是我们只好掉转船头往回走，将船划进一个湖里，在那里偶然找到了应该走的河道。现在总算走出了长满水草的迷宫。如此轻易就走出来了，这很值得我们高兴。但是在这之后，要确定前进的方向却一天比一天困难了。

以前根据两岸的树木，可以看清楚很长一段河道，现在哪儿都没有树木，甚至连灌木丛也没有，因此几米之外都无法断定河道转向何方，向左还是向右。

德尔苏的预言实现了，中午刮起了南风。风渐渐大起来，同时改变了风向，向西吹去。大雁和野鸭又起飞了，在空中低低地飞行。

在一个地方有许多随着洪水漂来的木头。在勒富河上对这些木头不能不在意，否则宿营时就会没有柴烧。几分钟后，士兵们动手卸船，德尔苏生火，竖起帐篷。

离兴凯湖已经不远了。我知道，河流在这里转向东北，注入利比亚日湾（意思是天鹅湾。——译者注）的东角。之所以叫作利比亚日湾，是因为候鸟迁徙的时候，经常有许多天鹅在这里停留。湾长6—8公里，宽约1公里。这是一个很浅的湾，有一条小窄河与兴凯湖相通。因此，要乘船到兴凯湖去，需要再走 15 公里左右，而穿过荒地直路走过去的话，则不会超过 2.5 公里或 3 公里。就这样决定了，明天我和德尔苏徒步前往兴凯湖，黄昏时返回。奥连季耶夫和马尔钦科在宿营地留守，等待我们归来。

晚上，大家都有许多空闲时间。我们坐在篝火旁边，喝茶聊天，干柴燃起明亮的火苗。芦苇摇曳，沙沙作响，因而风声就显得比实际更大一些。天空黑蒙蒙的，只能隐约看到几颗大星星。从湖边传来浪花拍岸的阵阵响声。清晨，天空布满了一层一层的云，风从西北方吹来。天气变得有点糟，但是，还不至于影响我们的考察。

第六章　兴凯湖上的暴风雪

兴凯湖的历史与地貌　鸟群仓皇飞离　迷路　暴风雪　草窝棚　返回宿营地　到德米特洛夫卡去的路上　德尔苏为小船操心　赫哲人在村外露宿　德尔苏的计划　告别　返回符拉迪沃斯托克

兴凯湖（赫哲语为“肯卡”）位于北纬44° 36′—45° 2′之间，形状多少有点像一个鸡蛋，呈椭圆的那面向北，略尖的那头向南，两侧略向内弯。湖面最宽处为60公里，最窄处为30公里，湖长85公里，绕湖一周约260公里。总面积2400平方公里。

兴凯湖的北面还有一个附属湖——小兴凯湖（中国人称“小湖”，赫哲语为“达布库”）。小兴凯湖长15公里，宽25公里，与大湖之间仅隔一条沙梁。这条沙梁从前曾经是从满洲到乌苏里地区的通路。兴凯湖的上部（约四分之一）属于中国。

在这里，自土尔河（中国人称为“百名河”[1]）河口至松阿察河（中国人称为“松阿禅”[2]河）有一条直线为两国的国界线。松阿察河始于兴凯湖，其源头位于费罗经线北纬45°27′和接近东经150°10′处，海拔86米。

在金代兴凯湖被称作北琴海，现在则叫作汉卡湖、兴凯湖，都是“兴盛繁华”之意。需要指出的是，“汉卡”可能来自另一个词“瀚海”，就是“盆地”的意思。中国人用这个词来称呼一切低洼之地，无论它是干涸的，还是积水的盆地。例如，他们这样称呼塔克拉玛干沙漠的西部。兴凯湖及其周围的沼泽确实是一个盆地，因此称作“瀚海”完全合适。（作者此处有误。瀚海是沙漠的意思，不是盆地。——译者注）

兴凯湖的北面、西面和南面全都是泥潭和沼泽，这说明湖泊从前相当大。勒富河河口原先在哈勒基顿村附近，也许还要靠南一些。那时可能还没有松阿察河[3]。而且，兴凯湖直接与乌苏里江的一条小水道连在一起。现在兴凯湖海拔不超过50米。绥芬河[4]流域与兴凯湖之间的山脉，其平均高度为180米。这就说明，为什么河谷流域有大量的沼泽和泥潭。兴凯湖最古老的湖岸是西岸。在西岸的裸露处可以看到第三纪黏土。湖畔最古

---

1 百个姓名的河，即住着许多人的河，是一条中国河流。

2 可能是满语名称，意思为“五合”，即五道会合的光线或五条支脉等。见巴拉金编的《俄国地理学会通报》第7卷，第91页。

3 见A. 米奇：《东西伯利亚旅行记》，1868年版，第339页。作者称松阿察河为宗加禅河。

4 绥芬，满语意思是“锥子”，移居此河的一个满族部落的名称。

老的村庄是杜尔角（即旅游角）和卡缅雷博洛夫（意思为垂钓岩），中国人称后者为“红土崖子”。兴凯湖像一切有河流流过的湖泊一样，正处于枯水期。湖水最深处为10米。泥沙淤积湖底的缓慢过程仍在继续。由于水很浅，所以波涛汹涌，不大的风浪即可到达湖底，因此，不仅岸边有激浪，湖心也有。

做了必要的安排后，我就和德尔苏一起出发了。

我们打算傍晚返回，因此轻装上路，把一切不必要的东西全部留在宿营地。我在上衣里面多穿了一件毛衣，以防万一，德尔苏则带了一顶帐篷和两双皮袜子。

一路上他不时地观察天空，喃喃自语，后来向我问道：

“怎么办，长官，我们的赶紧回去不回去？我的想，夜里不好。”

我说，已经离兴凯湖不远了，而且我们并不打算在那儿久留。

德尔苏是个好商量的人，说服他总是很容易。他认为说出预先看到的危险是自己的责任。如果他看到别人不听他的，他就顺从别人，一言不发地走着，从不争论。

“好，长官，”他回答说，“你的自己看吧，我的怎么都行。”

最后这句话是他表示同意时经常用的口头禅。

现在只能沿着河汊和小湖泊比较干燥的岸边行走。我们沿宿营地旁边一条河汊的左岸走了很长时间，因为这条河汊的方向和我们行走的方向一致，但是，它突然向后转了弯。我们只好离开这条河汊，穿过一片沼泽，走向另一条窄而深的河汊。

我们跳过这条小河沟，在芦苇丛中继续前进。我记得后来左边又出现了一条河汊，我们沿着它的右岸前进。当发现它向南拐去时，我们就离开它，在无路的荒地上绕过水洼，踩着塔头墩子向前走了一段时间。这样行走了大约有3公里，最终停下来，测定方向。现在刮起了北风，恰好是从兴凯湖那面吹来。芦苇剧烈地摇摆着，沙沙作响。有时芦苇被风吹向地面，这时就可以清晰地看到前方的景物。北面的地平线蒙上了黑色，像在烟雾中。透过乌云可以隐约看到太阳，我觉得这是一个吉兆。我们终于看到兴凯湖了，湖水泛着泡沫，波涛翻滚。

德尔苏让我注意鸟群。他发现鸟群的活动有些异常，这使他感到不安。鸟群不是从容地飞行，而是匆忙逃窜，如猎人所言，“疾飞的鸟儿乱了阵脚”。大雁飞得很低，几乎贴着地皮。当它们向我们迎面飞来时，正好和我们的视线一般高，样子看上去十分奇怪，很像古代的飞龙，脚和尾巴都看不到，看到的只是一个扇动着长翅膀的短小身躯的东西，以飞快的速度飞来。不过它们一看到我们，立刻高高飞起，绕过了这个危险地，又像原来那样，贴地飞行了。

快到中午的时候，我和德尔苏走到了兴凯湖。它现在的样子很可怕，湖水像开了锅似的翻滚着。在野草丛生的沼泽地长途跋涉之后，眼前的这幅宽阔水域的自然风景，带给我们极大的享受。我坐在沙滩上望着湖水，激浪有一种特别的诱惑力。水浪拍打湖岸的景色，可以让人看上整整一个小时。

湖面空空荡荡，没有一张帆，也没有一条小船。我们在湖边漫游了约一个小时，还打了野禽。

“野鸭不走了。”德尔苏大声说。的确，候鸟一下子全都停止了飞行。一直停留在地平线上的黑雾，突然开始向上升腾。现在已经完全看不见太阳了。阴暗的天空乌云密布，一些灰白色云朵争先恐后地飞奔。云朵边缘破碎，像挂着脏棉絮一样。

“长官，我们的应当赶快往回走，”德尔苏说，“我的少少的少少的害怕。”

的确，是该考虑返回宿营地了。我们整理了一下靴子，就往回走。走到芦苇丛跟前，我停下来，向湖面投去最后一瞥。湖水完全像被铁链子拴住的一只疯狂的野兽，在岸堤里上下翻腾，掀起的水浪上泛出浅黄色的泡沫。

“水涨了。”德尔苏一面观察河汊，一面说。

他说得没错。狂风把河水推向勒富河河口，因此河水漫出岸堤，渐渐淹没平原。我们很快走到一个大河汊那儿，被挡住了去路。这个地方我觉得陌生，德尔苏也不熟悉。他停下来，想了想，然后向左走去。河汊开始转弯，向某个方向流去。我们离开它向南走去，几分钟后我们走进了泥潭，应当返回原地。于是我们又折向右面，遇到了另一条河汊，便蹚水穿过去。然后向东行走，但是又碰上了泥潭。我们在一个地方找到了一条狭窄的干土埂，像跨在沼泽地上的一座桥。我们用脚试探着，小心翼翼地向前挪步，这样走了约莫半公里，无意中来到了一片野草丛生的干地上。泥潭终于被我们抛在身后了。

我看了看表，大约是午后 4 点左右。天却好像已经是黄昏了。黑沉沉的乌云垂得很低，急速地向南飞跑。据我估计，离勒富河不到2.5公里了。远处有一座孤零零的小山，山对面就是我们的宿营地。这座小山就是我们确定方位的坐标。迷路，我们不会，只可能会晚回去一些。然而完全出乎意料，我们面前突然出现了一个相当大的湖，我们决定绕过去。但这湖很长。于是，我们向左走去，走了约150步，面前出现了一条新的河汊，它流向大湖，与其成直角。我们急忙奔向另一面，但是不久又回到了原来那个泥潭旁边。于是我决定再到右面碰碰运气。脚下很快就响起扑哧扑哧的水声，接着看到了一大片水洼。显然，我们迷路了。情况变得十分严峻。我向赫哲人建议回去找那条把我们引到这座岛上来的干土埂，德尔苏同意。我们便往回走，但是那条干土埂已经找不到了。

风突然停了。远处传来了兴凯湖的喧嚣声。天色变暗，空中开始飘起了小雪花。风停了仅仅几分钟，接着刮起了旋风，雪也下大了。

“不得不在这儿过夜了。”我心里想，突然又想起，这岛上没有木柴：没有一棵树，也没有一丛灌木，除了水和草之外，什么也没有。我非常害怕。

“怎么办？”我问德尔苏。

“我的很害怕。”他回答说。

现在我才明白，我们的处境是多么可怕。暴风雪的夜晚，我们待在这四面沼泽的小岛上，没有火，也没有御寒的衣服。我唯一的希望就是德尔苏了。我认为只有他才能救我。

“听着，长官！”他说，“好好听着！我们要快快干活儿。不好好干活儿，我们的完蛋，要赶快割草。”

我没有问他为什么要割草。对我而言只明白了一点，就是“要赶快割草”。我们迅速从身上取下所有东西，发狂似的急忙干了起来。我割一抱草的工夫，德尔苏割的草几乎有两大抱了。疾风刮来，人几乎站不住，我的衣服结了一层冰。我们刚把割下的草放到地上，立刻就被雪覆盖住了。有几个地方的草，德尔苏不让割。如果我不听他的话，他就非常生气。

“你的不懂！”他喊道，“你的要听话，干活儿。我的懂！”

德尔苏解下枪上的皮带和自己的腰带，我在口袋里又找到一根绳子。他把这些东西卷起来，塞到自己怀里。天越来越黑，也越来越冷。借着白雪的微光，勉强可以看到地面上的一些东西。德尔苏以惊人的毅力不停地做着这一切。我一停下来，他就冲我喊，要赶快干。他的喊声流露出恐惧和愤慨。于是我又挥起刀来拼命割草，直至筋疲力尽。我的衬衫上落满了雪。雪开始融化，我感觉到冰凉的雪水顺着脊背往下淌。我估计，我们割草得持续了一个多小时。彻骨的寒风和雪花扑面而来，如刀割针扎一样难以忍受。我的双手冻僵了，我呵口气暖暖手，这时刀子掉了。德尔苏发现我停止工作，又朝我喊道：

“长官，干活儿！我的很害怕！很快就全完啦！”

我说，刀不见了。

“用手薅！”他大声喊着，尽量盖过风声。

我开始机械地、几乎是下意识地用手拔芦苇，手划破了，也不敢停下，继续干着，直到没有了一丁点力气。我两眼发晕，上下牙不断磕碰，好像发疟疾一样。湿透的衣服冻硬了，窸窸窣窣地响着。困倦向我袭来。“人就是这样冻死的”——我的脑子里闪过了这一想法，接着就失去了知觉。这种昏迷状态延续了多久——我不知道。突然我感到有人在摇晃我的肩膀。我醒了过来，发现德尔苏俯身站在我面前。

“跪起来。”他对我说。

我顺从地用两手撑地跪了起来。德尔苏把自己的帐篷盖在我身上，然后开始往上面铺草，我立刻感到有了暖意，水滴落下来。德尔苏在帐篷周围忙活了很久，把雪搂过来，用脚踩实它。

我渐渐暖和过来了，接着就陷入昏睡状态。突然，我听到了德尔苏的声音：

“长官！”

我努力把自己挪到一边。赫哲人钻进帐篷，在我身旁躺下，把自己的皮上衣盖在我们两人身上。我伸出手来，摸到了自己的脚，脚上穿着我熟悉的那双毛皮靴。

“谢谢你，德尔苏，”我对他说，“你自己盖好啊。”

“没关系，没关系，长官，”他回答说，“现在不要害怕了。我的草捆得很紧，风吹坏不能。”

在我们这个临时搭的窝棚里，上面的积雪越多，里面就越暖和，也没有水从上面滴下来了。外面狂风呼啸，某个地方在鸣汽笛，敲响了安葬死者的钟声。后来，我好像梦见了一条长腰带，梦见我慢慢地朝一个地方坠落，一直在下沉，最后终于沉入绵长深沉的梦乡……我们这样睡了大约有12个小时。

我醒来时，四周漆黑，寂静。我突然发现，只有我一个人躺在帐篷里。

“德尔苏！”我惊叫起来。

“熊！”我听到他的声音从外面传来。“熊！爬出来！该去自己的熊窝，怎么在别人窝里老睡。”

我急忙爬出来，不由自主地用手遮住了眼睛。四周白雪皑皑，空气清澈新鲜。天气寒冷，空中飘浮着破碎的云，有的地方可以看到蓝天。尽管周围依然那么阴暗昏沉，但是已经使人感到很快就能看见太阳了。被雪压倒的野草躺倒一大片。德尔苏捡了一点干草枯叶，生起一小堆火，将我的靴子烘干。

现在我明白了，为什么当初德尔苏不让割有些地方的草。他把这些草搓成绳子，接上皮带和麻绳，从上面把草窝棚紧紧揽住，以免风把它吹跑。我出来后的头一件事，就是感谢德尔苏的救命之恩。

“我们的一块走，一块干活儿，不用谢。”

他似乎想改变一下话题，便说：“夜里许多人死了。”

我知道，德尔苏所说的“人”是长着羽毛的。

我们拆了草窝棚，拿上自己的武器，去寻找那条干土埂。原来，我们的宿营地离它非常近。我和德尔苏穿过沼泽，向兴凯湖方向走了不多远，然后向东面的勒富河走去。

暴风雪后的草原显得渺无人烟，荒凉空旷。大雁、野鸭、海鸥、红胸秋沙鸭都不知躲到哪里去了。在黄褐色的大地上有许多白色大斑点，那是积雪覆盖的沼泽。现在走起来很惬意，冻硬的湿土可以承受人的脚步了。我们很快就到了勒富河，再过了一小时，便回到了宿营地。

奥连季耶夫和马尔钦科没有为我们担心。他们以为我们在兴凯湖旁边找到了人家，在那里留宿了。我换了靴子，喝足了茶，在篝火旁躺下就睡熟了。我梦见我又陷入了沼泽，周围暴风雪在怒吼。我突然大叫一声，掀掉了身上的被子。这时已经是晚上了，星星在天空闪烁，银河像一条长长的带子蜿蜒在天空。夜里起了风，风吹旺了篝火，火星四溅。火堆那边睡着德尔苏。马尔钦科做好了晚饭，就把我们两个人叫醒了。

第二天早晨严寒袭来。有水的地方都结了冰，河上漂着冰凌。我们用了整整一天的时间，渡过了勒富河的许多河汊。船往往走进死河汊，然后又退回去。我们沿着一条河汊走了约两公里，随后转入旁边一条狭窄弯曲的小河汊。它和主流汇合的地方，有一座孤零零的圆锥形山丘，山丘被柞树丛覆盖着。我们就在这里过了一夜。这是我们最后一次宿营。从这里还要徒步走到切尔尼戈夫卡去，其余士兵带着马在那里等待我们。离开宿营地时，德尔苏请奥连季耶夫帮助他把船拖到岸上。他尽力清除掉船上的泥沙，用草擦干净，然后把船翻过来，底朝上，扣在一排圆木上。我知道，他这样做是为了随便什么人在需要的时候可以使用它。

早上，我们告别了勒富河，当天午后就到达位于乌苏里铁路那面的德米特洛夫卡村。越过铁路的时候，德尔苏摸了摸铁轨，向两边看了看说："嗯，我的这个听说过。周围的人说过，现在明白了。"

在村子里，我们分头住进各村民家里，但赫哲人却不愿意走进木屋去。他像往常一样露宿。晚上，我很想念他，就出去找他。

夜虽然很黑，但借助积雪的反光，还可以看清楚某些东西。各家的木屋里都生着炉子，一缕缕白烟飘出烟囱，袅袅上升，全村烟雾缭绕。各家窗户透出的灯光洒在街道上，照亮了雪堆。在另一边，即"村后面"，我看见小溪旁有火光。我猜想，那就是德尔苏露宿的地方，就径直向那里走去。赫哲人正坐在篝火旁边想着什么。

"走，到屋里喝点茶去。"我对他说。他没有回答，而是问我："明天往哪里走？"

我说，到切尔尼戈夫卡去，从那儿再去符拉迪沃斯托克，我请他和我同行。我答应很快还会回到原始森林来，并提出给他报酬……我们两人都陷入沉思中。我不知道他在想什么，但是我觉得心里挺烦闷。我又开始对他讲述城市生活的方便和舒适。德尔苏默默地听着。

最后，他叹了口气说："不，谢谢，长官。我的符拉迪沃斯托克不能去。我的在那里干什么？打猎的不能，捕貂的也不能。住在城里，我的很快完蛋。"

"其实就是这样，"我心里想，"生活在森林里的人无法在城市生存。让他离开他从小就习惯的生活道路，我这不是在做坏事吗？”

德尔苏沉默了。看来，他在考虑今后干什么。后来，好像在回答自己思考的问题，他说：

“明天，我的一直走，”他用手指向东方，“走 4 天，找到刀毕河。然后乌拉河的去，再去伏锦、祖勃一根[1]，到大海。我的听说，海边那里东西很多很多，貂的有，鹿的也有。”

我和他坐在火堆旁谈了很久。夜，寂静，寒冷。偶尔掠过一阵微风，柞树未脱落的枯叶便发出沙沙的响声。村里的人早就都睡了，只有我和同伴们住的那间木屋还亮着灯。猎户星座的位置表明，已经是午夜时分了。最后，我站起来和赫哲人告别，然后回到自己的木屋，躺下睡觉，一股莫名的惆怅笼罩在心头。我同德尔苏相处这么短的时间，却对他非常不舍。现在和他分别，我感到很遗憾。带着这样的想法，我睡着了。

第二天一早，我想起的第一件事，就是德尔苏要离开我们了。喝过茶，谢过主人，我就出去了。

士兵们已经整装待发，德尔苏也和他们在一起。

我一眼就看到，他已经做好了远行的准备，背囊装得满满的，系好了腰带，穿好了翁得。

离开德米特罗夫卡村约 1 公里的地方，德尔苏停住了脚步。艰难的分别时刻到了。

---

1 赫哲人这样称呼锡霍特山脉。

“再见，德尔苏，”我握着他的手说，“上帝保佑你一切顺利。我永远不会忘记你为我所做的一切。再见吧！也许我们以后还会见面。”

德尔苏和士兵们告别之后，又对我点了点头，就向左边的灌木丛走去。我们站在原地目送他的背影。离我们200米远的地方有一座小山岗，灌木丛生。大约5分钟的时间，他已经走到了小山岗前。明亮的天空清晰地勾画出了他的轮廓。他背着背囊，手里拿着猎枪和架枪用的木杈。这一刻，灿烂的太阳从山后升起，照亮了赫哲人。他走上山岗，回过头来朝我们挥挥手，然后就消失在山岗后面了。我心中空荡荡的，很失落，感到失去了一个亲人。

“他是个好人。”马尔钦科说。

“是的，这样的人少有。”奥连季耶夫回答。

“再见吧，德尔苏，”我心里想，“你救了我的命，我永远不会忘记。”

黄昏时分，我们到达切尔尼戈夫卡村，与侦察队会合了。当天晚上，我动身去符拉迪沃斯托克，回到了我日常工作的地方。

第七章　启程前的准备和考察队的装备（1906年）

新的考察队　考察队成员　驮运队　科学装备　服装和鞋　食品　考察者的工作　出发　乌苏里江　什马科夫卡火车站附近的植物　爬虫　啮齿动物　鸟类　旅途作息时间　乌斯片卡村　刀毕河和乌拉河　沼泽　追蜂寻蜜　蜜蜂与蚂蚁大战

4年过去了。这期间我的职位有了一些变动。我调到哈巴罗夫斯克后，俄国地理学会阿穆尔分会建议我组织一支考察队，勘查锡霍特山脉以及外乌苏里地区奥耳加湾以北的沿海地带，如果时间允许，对乌苏里江和伊曼河上游也要考察。Г.И.格拉纳特曼、阿诺弗里耶夫和А.И.麦尔兹利亚科夫被任命为我的助手。此外，还有6名西伯利亚士兵（季亚科夫、叶戈罗夫、扎古尔斯基、麦梁、图尔蒂金、鲍奇卡列夫）和4名乌苏里哥萨克（别洛诺日金、埃波夫、穆尔津、科热夫尼科夫）加入了考察队。

除上述正式任命的人员以外，时任军区参谋长的 П.К. 鲁特科夫斯基中将和植物区系学家兼林务长官 Н.А. 帕利切夫斯基也参加了考察队。此行的目的是进行自然和历史方面的考察。考察线路拟定如下：乌苏里江—乌拉河—伏锦河，使用 1889 年出版的 10 俄里地图，在沿海地区考察时使用同年出版的 40 俄里地图。

那时，有关锡霍特山脉中段的各种资料极为贫乏，都是偶然所得。至于奥耳加湾以北的沿海地带，则仅有一些来自海军军官的支离破碎的资料，这些军官是到这一带来测量港口和海湾的。

我们的准备工作自 3 月中旬开始，进行了将近两个月。上级授权我从军区所属各部队挑选士兵，除了工兵和要塞炮兵外。因此，进入考察队的人都是优秀人才，其中大部分是托博尔省和叶尼塞省的西伯利亚人。这一带的人确实有点儿阴郁，不爱交往，可是，他们从小就非常能吃苦。

申请参加考察队的士兵很多，我记下了所有人的姓名，然后到连长那里去一一查询。排除了城里人和做过生意的人，最后，只留下猎人和渔民。挑选时还特别注意到，每个人都须会游泳，并且会一门手艺。

除了士兵，经常还有很多其他人申请参加考察队。这帮“老爷们”把考察看作轻松愉快的娱乐了，他们根本不知道，这是一种艰苦的劳动。在他们的想象中考察是这样的画面：马帮，帐篷，篝火，丰盛的午餐和美好的天气。

但是，他们忘记了还有雨、“格努斯”[1]，饥饿和其他种种艰难险阻；这对每个只要经过村庄、深入到渺无人迹的林海深处考察的人来说，是经常遇到的。

打算去的人总是很多，可是最后到集合地点来的却往往只有两三个人；没等出发就开始收到这样的来信：“由于情况有变不能前往。祝一路平安……”；等等。在集合地点你也会收到同样的电报。最后，终于来了那么两个人。一位打扮得像个猎人，另一位谦逊、严肃，细心观察一切。头一位说起话来滔滔不绝，声色俱厉地批评一切，一副居高自傲的样子，当他还没有感到无聊，而且天气很好，适于旅行的时候，他一直策马走在队伍前头。不过，只要掉下几个雨点或者出现了蚊子，他就会立即掉转马头往回跑，嘴里不住地咒骂他决定踏上旅途的那一天、那一刻。第二位，也就是我说他“谦逊”的那一位，走路干活儿都一声不响。不久，大家就和他处惯了，这样的人总会给大家留下好的回忆。这次考察就是这样：打算去的人很多，而实际行动的只有这两位。

现在必须简要介绍一下驮运队的组建情况。考察队有 12 匹马。人要掌握马的习性，马也要习惯跟人，这是非常重要的。士兵要事先了解如何照料马匹、备鞍、使用马具，还应当训练

1 西伯利亚人这样称呼蚊蚋。

马匹驮货，等等。为此。驮运队全体人员早在出发前约 30 天就被召集到了一起。

配有联辕带和套绳的驮运鞍正合马体，既适于驮运重物，也适于人坐骑。不过，考察队的人其实全都步行，没有人骑马。马鞍架做得特别仔细。鞍梁很高，鞍帮按规格分展在两侧，鞍垫用的是优质毡，又厚又软。为长途跋涉做准备时，任何时候都不要在这些地方舍不得花钱。应该记住，准备时稍有疏忽大意，旅途中想弥补是不可能的。为马匹还准备了带铁环的结实耐用的马笼头、料口袋和绊绳、打铁工具和钉子、备用马掌（每匹马三对）以及放牧时引导马群的头马戴的铃铛。此外，还给每匹马缝制了一顶带护耳的头罩。若没有这种头罩保护，马会被蚋虫咬得非常痛苦。大群的蚋虫钻进马耳，把马耳咬出血来。

驮包是帆布袋和行军箱，箱子外面裹着皮革并刷上了油漆。这样的箱子很方便马匹驮运，装在船上和雪橇上也很合适。还可以当凳子和桌子使用。如果箱内的东西不弄乱，不乱放，那么很快就可以记住那些东西的位置；一旦需要某种东西，就卸下相应的那匹马背上的箱子。

除了马以外，考察队还有两只狗：一只是我的，叫阿利帕，另一只是考察队的，叫莱希。莱希是条大猎犬，体形和毛色让人想起狼。

考察队的科学装备包括下列器材[1]：施马尔卡尔登罗盘仪、

---

1 大部分器材是军事测绘局提供的，只有几件是考察队队长个人的。

计步器、秒表、两个无液气压膜盒高度计、沸点测高（温度）表、测量气温和水温的温度计、风速表、地质锤、矿山罗盘仪、卷尺、照相机、笔记本、铅笔和纸张。还有收集昆虫用的木箱、制作标本的工具、压力机、植物阴干纸、罐装甲醛水（福尔马林）等等。

除上述器材外，考察队还带了不少行军用具，如锅、茶壶、斧头、截锯、工兵锹、锡焊烙铁、刨、锉等等。

所有的士兵都配备了一支适合背挎的7.6毫米口径的骑兵步枪（无刺刀），300发子弹。子弹除50发随身携带外，其余全部运往设在海滨的供应基地。此外，考察队还有两支步枪，毛瑟式和温切斯特式，一支小口径弗兰科特猎枪和一支索尔双筒霰弹枪。

士兵的装备包括如下物品：芬兰刀、腰带式子弹袋、带环的两米长粗绳、装零碎用品（针、线、小钩子、钉子等）的小皮包。士兵们将装内衣床单的粗麻布袋缝上了两条背带，背在身后。每个考察队员的行李重量为12—15公斤。他们的夏季服装是草绿色的衬衫和马裤及单军帽。紧口套袖冬夏必备，夏天用来防蚊蚋，冬天防止冷风灌进袖筒。为考察队员制作的靴子是土著人穿的那种翁得，这种鞋最适用。不错，它沾水就湿，但是干得也很快。此外，还有呢子绑腿，自踝骨裹到膝盖。开始，绑腿总是打不好，一走就掉下来，打紧了又勒腿肚子。不过后来呢子被拉松了，大家也知道了如何打好绑腿，不管走多远的路，也不用重绑了。为过冬准备的服装有军大衣、棉服、毛衣、驼绒马裤、毛袜、风帽、无指手套和毛皮高帽。冬季穿的靴子还是翁得，只不过加大了尺码，以便可以在里面垫上干草，裹上厚包脚布也能穿上。

以往的经验说明，只有夜里睡眠充足，白天才能好好工作。白天的蚊子倒还可以防备，但夜里的蚋虫真是没有办法。这些讨厌的小虫子咬得人整夜无法合眼。人们烦躁不安，焦虑地盼望天亮。我们唯一的防护工具是透风的白纱布蚊帐。架蚊帐时，先要穿上横竿，再把帐顶角上的环子挂到树上，这样蚊帐就撑开了，像一顶纱罩似的，人在里面能躺、能坐，还能工作。下雨的时候，在蚊帐上面再撑开一顶人字形的帆布伞。每人都有几张做褥子用的薄毡，毡褥背面包着一层防水油布，蚊帐的边沿就压在薄毡下面。这样，蚊帐不仅能给大家遮雨挡风，还可以挡住那些讨厌的小虫子。考察队中从事科学工作的人员，每人有一顶特制的蚊帐。士兵们是两人合用一顶，因此他们的蚊帐比较大。秋天，夜里冷多了，小虫子也随之绝迹。我们用蚊帐支起一个个斜面帐篷，前面生起一长排篝火，既暖和又亮堂。

现在谈谈有关食品的情况。食品储备总量预计可供考察队用6个月，有面粉、饼干、大米、小米、出口食油、压缩青菜干、盐、胡椒、豌豆粉、浓缩酸果原汁、糖和茶叶。装食品的箱子被提前运到了食品供应基地，在位于吉基特湾和捷尔内伊港口的大柞树河和捷丘贺河河口处卸了下来，人们住在离那里不远的地方，食品箱留在了他们住所附近。那里的河岸十分空旷，食品箱码成一大堆，在那个地点做了标记后，盖上了防水布。

面包干只适宜在气候干燥的秋天和冬天携带。夏天，面包干大量吸收空气中的水分，防水布盖得越严实，坏得就越快。肉粉也是这样。打开一罐肉粉，24 小时后就会结成小团，再放一昼夜，便开始长毛，发出霉味。我们把切成薄片的肉烘干。不错，肉干很占地方，也会发霉，但是毕竟还可以食用。发霉的肉在下锅前必须先用火燎干净；外面发霉的一层肉烧掉后，里面的肉变软，就可以吃了。蛋白粉和巧克力是紧急备用品，用特制的锌盒装运，以备万一绝粮时食用。白面容易保存得多。只需把每袋面粉外面稍微弄湿即可。浸了面袋的水与面粉混合，形成一层一指厚的糨糊。干燥后成为硬壳，绝对防潮；同时，面袋变硬了，旅途中就不会破裂。

考察队配备了一个整洁适用的行军药箱，一套外科医疗器械（剃刀、剪刀、镊子、手术刀、针、丝缝线、持针器、耳药喷射器、洗眼杯和普拉瓦茨注射器）和大量包扎材料。5 月 14 日，一切准备就绪。15 日，驮运队全部人马沿铁路线出发；16 日，考察队其余人员也乘火车离开了哈巴罗夫斯克。集合地点定在什马科夫卡火车站，在铁路跨过乌苏里江向南一点。

对考察者提出了下列几点要求：要具有组织考察的能力，并应在出发前集训期间就地完成各项准备工作；善于搜集标本；会记日记；知道对哪些事物应当注意，即善于识别有价值的事物；妥善运送搜集品并会整理加工所收集的材料。

什么是考察？科研工作包括哪些？可惜，靠某种手册是无法回答这些问题的。这主要取决于考察者本人和他对参加此项工作的培训。

我们的第一个阶段，即准备阶段过去了。现在已经出发考察。临行前夕总是忙得不可开交。应当考虑到方方面面，想想是否忘记了什么。还要拍电报、收拾自己的东西，打电话通知某些人，等等。我整整一天在城里奔跑，进见上司，做最后的安排。晚上写信。几乎一夜未眠，心里总是惦记着：事情都办完了吗？东西带齐全了吗？第二天天刚一亮，就起床了。最后一次忙乱是在车站售票处。终于，车站的钟声敲响了，汽笛长鸣，火车开动了。这一刻才感到，那无比沉重的重担从肩头骤然落下，一切烦恼都甩到了身后。还意识到，将有整整一年的时间处于部、局、处之外，整整一年你不会被公文和电话烦扰。这让你的心境感到安宁。你会觉得自己是自由的；会愉悦地做自己的工作，连自己都会惊讶，精力怎么这样充沛。

我们乘坐的是一节单独的车厢，挂在列车尾。没有人挤我们，因此，我们在火车上如同在家里一样。白天，大家亲切交谈，研究地图，并筹划未来的工作。

天气阴沉，雨下个不停。铁道两旁是连绵不断的大片沼泽，沼泽中积满了水，水面上露出塔头墩子和枯萎的草木。窗外掠过树木、电线杆、土沟，一切都显得单调乏味。白天漫长无聊。黄昏终于来临，车厢里点起了蜡烛。

临行前最后几天，大家都忙得疲惫不堪，现在颠簸的车厢微微摇晃着，车轮有节奏地响着，大家很快就入睡了。

第二天我们到达了什马科夫卡火车站。这里是考察队开拔的起点。昨天夜里雨就停了，天气开始放晴。现在阳光灿烂。湿漉漉的树叶闪闪发光，像涂上了一层油漆。地上冒出热气……士兵们前来迎接我们，给我们指引住处。

这一天剩余的时间用来清理物品，装点驮包。第二天，即 5 月 18 日，由士兵们自行安排。他们改制自己的翁得，缝护膝，整理子弹袋，总之，做出发前的最后一次准备。一开始总有考虑不周全的地方。这时首先需要的是个人经验，不要漏掉最主要的事，这一点很重要，小问题会自己理顺。

利用这一天的空闲时间，我和鲁特科夫斯基一起出去观察周围的情况。

这一带的乌苏里江曲折多弯。如果把它拉直画在图上，长度恐怕要增加一倍多。这一带支流并不多，因此，河流多弯，呈花边状，其原因不是由于支流。

乌苏里地区几乎所有的河流在通过纵谷时，河床都相当平直，但是，当河流从山地流入低洼的平原时，便开始形成河曲[1]。此外，令人惊奇的还有，无论哪里，所有的河岸结构全都一样：草甸土下面是一层不很厚的黑土，再下面是沙壤土，砂壤土往下是厚厚的淤泥和卵石混合层。我认为，这种现象可以这样来解释：在山地，河流的偏斜度有限。由于河床底线[2]急剧下降，水流速度极快，遇到阻挡水流的物体，便被冲刷掉，水

---

1 河流的弯曲处。

2 河水流过的最低处。

流一直是直着向前流去。在这里，河流确实起到了锯子和锉刀的作用。但是到了平原，则完全是另一种情况。快速流动的河水变得相当缓慢，深度比较平均，河岸的结构更加单调一律。在这样的条件下，一点小障碍便可以改变河水的流向。例如在某个地方偶然积起一堆黏土或卵石，而旁边恰好是松软的细沙。这也就是为什么这样的曲流不是固定的。每次洪水过后都有变化，出现新的弯转处，河水夹带的泥沙将原来的曲流处堵塞了。老河床的河口常常被堵塞，形成长长的死河汊，就如我们目前在乌苏里江畔看到的那样。河流的冲积物中有大量黏土，这就是河谷沼泽化的原因。

1906年夏季雨水很多，低洼地上到处是水。如果没有树木露出水面，真可以误认为是湖泊了。由下米哈伊洛夫斯基村至卡巴尔加河，在乌苏里江右岸沼泽绵延不断。往上至下罗曼诺夫斯科耶村（乌斯片卡），江两岸都有沼泽，但左岸更多。

这一带的平原上隆起两座山丘，山丘上有过去的三角测量标志：北山（高370米）叫作麦德维日亚山，南山（高250米）还保留着中国名称，叫作汉德顶子寺[1]。这两座山丘之间是什马科夫卡矿泉。麦德维日亚山的东北部从前大概曾与第二顶子[2]山脉相连，但是后来被乌苏里江隔断了。

乌苏里江沿岸的沼泽中有许多土壤肥沃的长圆形土岗（即鬃岗，当地人称被水淹没的平原上的高地。——译者注）。农

1 设有汉德（汉人的道德）寺庙的山峰。

2 第二个山顶。

民利用这些地方种庄稼。乌苏里江向东 5 公里处开始有山。10 年前，这些山上覆盖着林木，可是现在连树木的踪影都看不到。我们在乌苏里江河谷里看到的那些植物不能称作森林，不过是些可怜的小树丛，主要有椴、黑桦、白桦和正在变成半灌木的赤杨丛、柳丛，以及像胡枝子一样枝条四外伸展的灌木丛。

发黑的树干、烧焦的树墩和看不到幼林，这都表明，这里经常发生森林火灾。这在铁路附近是难免的。

开花植物品种非常单调，好像这里根本没有生态群落似的。

目及之处，所有的土地上只有长艾蒿，或者白车轴草，要么就是长芦苇、长鸢尾草以及长铃兰等等。

由于四周都非常潮湿，这里罕见地成了各种小动物的栖息地。我在一道土岗上见到过两条赤链蛇和一条蝮蛇。在另一道土岗上，好像赴约会似的聚集着啮齿动物和食虫动物：红背鼾、根田鼠和乌苏里地鼠。

路旁有一个大水坑，坑边栖息着几只灰椋鸟。这些叫个不停的鸟现在很安静；它们跳进水洼里洗澡，用翅膀尽力往自己身上撩水。在耕地附近看到了鸦，脖子上有一圈异色毛。它们在小路上跳来跳去，允许行人走近自己。但是，狗一跑近，它们便唰的一声飞起，落在附近的灌木丛和树上了。我还在树林边看见一只灰色的小鸟。П.К. 鲁特科夫斯基开枪把它打死了。原来这是一只红角鹗，中国人称为“鹞”。据说这种鸟能把挖参人从隐藏着宝贵人参的地方引开。

几只蓝灰色的红脚隼追赶着在空中飞来绕去的一些小昆虫。

还有一些鸟落在塔头墩子上，冷漠地看着从它们身旁走过的行人。

我们回到车站已经是晚上了。温暖的春夜里各种声音此起彼伏，不绝于耳。沼泽地传出阵阵蛙鸣，狗在村子里汪汪地叫着，野外的什么地方响起了清脆的铃声。

明天就要出发了，前面等待我们的是什么呢？

我们做了如下分工：Г.И. 格拉纳特曼掌管财物和饲料供应。单独委托 А.И. 麦尔兹利亚科夫负责沿途考察之外的任务。风土人情的研究和线路测量工作由我自己担任。Н.А. 帕利切夫斯基直接到奥耳加湾去，在那里等候考察队，并在那完成采集植物标本的工作，与队伍会合后将一起在沿海地带继续考察。

旅途的作息时间也做了规定。值勤司务长轮流担任，由队员推选，任期两周。他要比其他人起得早，煮好粥、烧好茶，做好早饭后，再叫醒大家。早晨的准备工作约占 1 个小时。大约在七八点钟出发。中午休息的时间长一些。卸下驮鞍，给马加料。每天早晚做两顿饭，白天休息的时候喝茶，吃面包干或头天晚上烤的白面饼。下午 1 点钟出发，继续前进，直到 4 点钟左右。

我们一天能走 15—25 公里，这要看地势、天气和路上的工作情况。宿营地总是选在小河附近。在做饭和搭帐篷的时候，我就把走过的路线画好。这时我的助手晾晒植物标本，制作鸟的标本，把昆虫装进箱子，给地质材料编号。下午 5 点开饭，既是午饭，也是晚饭。饭后，我带着猎枪去观察周围一带地形。

有时走得很远，黄昏前常常赶不回来。月夜在森林中赶路，每次都会给我留下不可磨灭的印象。晚上 9 点钟，我们喝最后一次茶。然后士兵们各自去做自己的事：擦枪、缝补衣服和靴子、修理马鞍……这时，我把自己的观察写入日记。

人在旅途是不会感到无聊的。一天这样走下来，累得筋疲力尽，最后只能勉强走到宿营地。这时你会感到，帐篷、篝火、暖和的被窝是世界上最美好的东西，城市里任何一个旅馆都无法与之相比。赶快喝点热茶，钻进自己的睡袋，睡上一个只有劳累了的人才能有的好觉。

我们每天都长途跋涉，只是在马生病了、鞍子坏了以及出现其他缘故时，才停下来休整一天。如果哪个地方引起了我们的兴趣，我们便在那里停留两天，或者多停几天。经验证明，冒着大雨走路是得不偿失的，因为没走多远，人马就累了，鞍子坏了，图囊湿了，等等。结果是，雨天走了路，而晴天却要坐在帐篷里整理资料，写日记，做统计，总之，要完成雨天没来得及完成的工作。

5 月 19 日出发。那天，我们都起得很早，但动身的时候却已不早了。这完全正常。第一次上路总是会延迟。以后，大家将会逐渐习惯旅途生活的规则，每个人都认识自己的马、自己的行李，知道自己应该有哪些东西，什么东西先装，什么后装，哪些东西是路上需要的以及宿营需要什么东西。

考察队踏上旅途的第一天，全体人员都精神饱满，轻松愉快。

那天阳光普照，天气炎热。万里无云。然而，空气使人感到有些过于潮湿。

什马科夫卡和乌斯片卡村之间的土路泥泞不堪，这条路位于汉德顶子寺山的山坡上。路上所有的桥都被春天的野火烧毁了。需要过河就只能游过去，而小河现在流水湍急，渡过这些急流成了一件非常不容易的事。

高地上的植物和铁路附近的完全一样，由椴树、柞树、桦树构成稀疏的混交林。

在这一片荒原中，感觉这种疏林已经算是挺茂密的森林了。

下午 3 点钟，我们的队伍接近了乌苏里江，有经验的人一眼就能看出，我们是第一次长途远行。马队拉得很长，驮鞍常常滑落，马肚带散开了，人们也常常停下来整理一下自己的靴子。经常出门旅行的人都知道，这种情况很正常，它会随着时间而日益减少，逐渐步入正轨，顺利行进，不再耽搁了。这里同样需要每一个人的个人经验。

长途旅行的头几天千万不要急于赶路。相反，应当少走路，多休息。等大家都适应了，人和马自然就都走得快了。

考察队进入了乌斯片卡村，对农民来说，这是件轰动全村的大事。孩子们不再玩耍，纷纷跑到大门外观看；神色惊慌的女人们从窗口向外张望；农民放下手里的活计，久久地注视着从他们旁边走过的队伍。

乌斯片卡村坐落在乌苏里江左岸的高阶地上，建于 1891 年，现在约有 180 户人家。

那一天正是休假日，因此将我们安排在小学校住宿，把马匹拴在院子里，所有的行李和鞍具全堆放在了敞棚里。

晚上，村里几位老住户来了。他们讲述了自己在这里的生活情况，告诉我们道路情况，并给我们提了一些建议。

第二天我们继续前进。村后的土路将直接把我们带到乌苏里江畔。大水淹没了整个河谷，高地露出水面，像一座座岛屿。这片大水的中间是河道，水流湍急，两岸生长着树木。在水位正常的情况下，乌苏里江宽约 200 米，深约 4 米，流速每小时 500 米。陪送我们的农民说，发大水的时候，这个村子周围的道路完全无法通行，他们只能划小船到邻村去。

我们商量了一下，决定沿着江岸向上走，走到有河道的地方，在那里试试看能不能带着马匹泅渡过去。

天亮了，感觉这是一个阴天，要下雨的样子。但是 10 点钟的时候，天放晴了。这时，我们看见了要找的地方。在离我们约 5 公里远的地方，河流将所有的支流全部纳入。干燥的土岗很多，因此可以走近江边。但是还得先绕过沼泽，在卡巴尔加山附近下到河谷去。

马已经合群，它们不再尥蹶子、咬架了。只要牵着头马，其余的马就自动跟在后面走。士兵们轮流跟在马匹后面，将离队或掉队的马赶回来。

走到卡巴尔加山时，我们向东拐去，朝着乌苏里江对岸石头河河口旁边的后店房子[1]走去。我们走过一道道土岗，绕过沼泽，很快就到了江边的树林里。我们的运气还不错，住在房子里的中国人刚好有条船。虽然漏得像筛子，可毕竟是条船，用它来渡河毕竟会省很多力气。修船用了将近一个小时。我们用麻把船上的缝隙草草堵了一下，用钉子把船板钉好，还钉了两个木桩，拴上绳套来代替桨架。一切准备就绪，渡江开始。先运驮鞍，后运人，最后运马匹。马群不肯下水，需要一个人带着它们渡过江。哥萨克科热夫尼科夫自告奋勇来承担这项危险的工作。他脱光衣服，骑上一匹最快的白马，勇敢地走下河去。士兵们立刻把其余的马匹全部赶进河里，跟着他前进。科热夫尼科夫骑的马刚从河底浮起，他即刻翻身下马，一只手抓住马鬃，在马旁边和它一起泅水。其余的马也跟着他们游。从岸上可以看见科热夫尼科夫怎样安抚马颈，鼓励它前进。马一边游，一边打着响鼻，张大鼻孔龇着牙换气。尽管水流不断把它们往下冲，马仍然向前游动得相当快。

科热夫尼科夫能否带着马群成功游到对岸呢？

向下游，岸边生长着灌木和乔木，江岸越来越陡峭，积满了风倒木。过了 10 分钟，科热夫尼科夫的马踩到了河底，水面上陆续露出了马的肩、背、臀部和腿。水顺着马鬃和马尾流淌下来。哥萨克立即上马，骑着它走到岸上。

一些马很强壮，另一些则瘦弱，游得较慢。因此，马群下

---

1 第二个（后面的）大车店。

水后自然就渐渐拉大了距离。科热夫尼科夫骑的马已经到达对岸了，最后一匹马还在江心。眼看着水流要把它冲走了，它奋力挣扎，逆水尽力向上游，但被激流冲得越来越远。科热夫尼科夫看到了，等到其余的马都上了岸，他便飞快地沿着江岸向下游跑去，选了一块没有风倒木的地方。哥萨克在那里穿过灌木丛走向江里，停留在那匹马能够看到的地方，对它大声呼喊。但是江水的哗哗声淹没了他的声音。这时，科热夫尼科夫骑过的那匹白马警觉地竖起耳朵，高高地仰起头，望着江水。突然，一声震耳欲聋的嘶鸣沿着江面掠过，正在江心挣扎的马听见了这声呼唤，掉过头来。几分钟后，它上岸了。让它休息了一会儿，哥萨克给它戴上了笼头，把它牵到马群里。这时，船也把剩下的人和他们的行李全部运过江了。

在后店房子附近渡过乌苏里江之后，考察队沿石头河[1]上行，尽量绕过沼泽，加快速度向山区行进。

石头河为东西流向，长约 50 公里。支流大部分在左岸。它本身是一条很小的河，但是，在离乌苏里江不到 3 公里的地方却变成了一条又宽又深的运河。

刀毕河和乌拉河（格林尼治北纬 44° 58′，东经 133° 34′——据加莫夫测定）在这里合流。这里也正是乌苏里江的起点。乌苏里江由此向下至松阿察河，其间有两条小河——基尔马必拉河和库尔马必拉河自右岸注入乌苏里江。

1 多石的小河。

乌拉河有一段由南向北流去，河源在大尖山，大尖山有通向苏昌河和勒富河的山口。乌拉河上游由三条河汇合而成，这三条河分别是头道沟[1]、二道沟[2]、三道沟[3]。再向前，右岸的四道沟[4]、旱泥河[5]、阳进沟[6]、朝阳沟子[7]，以及左岸的蛤蟆河子[8]、刀毕河子[9]、石头河和五个顶子[10]河都先后汇入乌拉河。刀毕河长度超过250公里，深度在1.5至1.8米之间，在水流快速流动的情况下，流速每小时约5公里。

乌拉河其中一段自南向北流去，但在林大炮房子所在的高地突然向西奔流了。在这里流入刀毕河时，乌拉河的水势非常凶猛，以致将刀毕河的水冲向左岸。其结果就是，在乌拉河河口对面形成了一道长长的河湾。这条河湾与两条河（刀毕河和乌拉河）和乌苏里江恰好构成了一个十字状。洪水泛滥时，这里会蓄积大量的水。乌苏里河谷被淹，特别是最初的时候，洪水就是由这里流泻出来的。自乌拉河向西拐弯处，至石头运河附近，沼泽中有一长串小湖泊，与乌苏里江平行。这些湖泊和石头河运河就是乌拉河的故道。从前，乌拉河和刀毕河的汇合

1 第一条大河谷。
2 第二条大河谷。
3 第三条大河谷。
4 第四条大河谷。
5 有干泥的小河。
6 有空地的河谷。
7 向阳的小谷、河谷。
8 有蛤蟆的小河。
9 小刀毕河。
10 第五个山顶。

处比现在更靠近下游。

一踏上硬路，人和马走得更精神了。将近中午时分，我们路过一个旧教徒村，村里有 25 户人家。天色尚早，因此决定不在这里停留。我们沿石头河上行。左面是森林，右面是汪着水的草甸子。路上遇到一条小河，我们不得不从最窄的地方渡过去。河沟里浸满了水。人跨过一个个土墩过了河，但马过去就非常困难。我们同情地看着它们，水到了马肚子，马常常跌倒。有的马陷在里面出不来，只好卸下马驮将东西抬过去。

当最后一匹马走过沼泽地的时候，白天即将结束。我们又走了不多远，便在一条清澈的溪水旁宿营。

晚上，士兵和哥萨克们围坐在篝火旁唱歌。他们不知从哪里弄来一架手风琴。看到他们脸上那种无忧无虑的神情，谁也不会相信，仅仅两个小时之前他们还在沼泽地里挣扎，又苦又累。看来，他们完全不考虑明天如何，而是活在当下。旁边，在另一堆篝火旁，一些人在那里查阅地图，讨论接下来的行进路线。

决定第二天为休息日。需要晾晒东西，擦洗鞍具，让马匹歇一歇。士兵们从清晨就开始干活儿。他们每个人都知道，谁的什么东西有毛病了，什么该修理了。

今天，我们偶然看到，哥萨克是怎样循蜂找蜜的。我们喝茶的时候，有一个哥萨克端起一只有一点儿剩蜜的杯子。宿营地上立刻出现了蜜蜂，一只、两只、三只，一连飞来了好几只。一些蜜蜂飞来，另一些匆匆带走了蜜，又飞回来采蜜。这时，哥萨克穆尔津动身去寻找蜂蜜。他发现了蜜蜂飞去的方向，然后面对这一方向站住，手里端着带蜜的杯子。几分钟后出现了一只蜜蜂，当它往回飞的时候，穆尔津盯着看它的去向，直到它消失为止。

然后他就走到这只蜜蜂消失的地方，等待下一只蜜蜂，然后再向前走，等待第四只蜂……就这样，他慢慢地，但是准确地走向了蜂巢。是蜜蜂给他引了路。这样寻找蜂巢需要极大的耐心。

大约一个半小时后，穆尔津回来说，找到蜂巢了，他在蜂巢旁边看到的情景促使他赶快回来叫伙伴们去看看。蜜蜂正在和蚂蚁打仗。我们立马动身，带着锯子、斧头、锅和火柴。穆尔津在前面引路。不久，我们看见一棵大椴树，树身倾斜了45°。蜜蜂绕着它飞来飞去。一窝蜜蜂几乎都在外面飞。蜂巢口（出入口）靠近树根。向阳一面的树根盘根错节，形成平坡。一大群蜜蜂聚集在蜂巢口，恰在蜜蜂对面聚集了一大群黑蚂蚁，密密麻麻。看着双方对垒激战相持不下的场面非常有意思。兵蚁在边上爬来爬去，蜜蜂自上而下对它们进行袭击。这时，兵蚁用腹部顶地，张大蚁夹，奋起自卫。有时候蚂蚁绕道，从后面袭击蜜蜂，但被空中巡逻的蜜蜂发现了，于是飞来一群蜜蜂，切断了蚂蚁的道路。

我们津津有味地观看着这场战斗。究竟谁战胜谁呢？蚂蚁能钻进蜂巢里去吗？谁先让步？也许太阳一落山，它们各自就散了，早晨重新开始斗争；也许，蜂巢被包围已经不是第一天了。

如果不是哥萨克前来为蜜蜂助战，谁也不知道这场战斗如何结束。哥萨克把水烧开，往蚂蚁堆上浇。蚂蚁抽搐着乱爬，成千上万只死在地上。蜜蜂也紧张极了。这时，有一个人把开水误浇到了蜜蜂身上，刹那间，蜜蜂嗡的一声全飞起来了。哥萨克们飞快逃离，跑得那真叫快！追上他们的蜜蜂就蜇他们的后脑勺和脖颈。短短几分钟，椴树旁边一个人影也没有了。人们躲得远远的，嬉笑怒骂，说着俏皮话挖苦别人。突然，他们惊恐万状地一边挥手驱赶蜜蜂，一边向更远的地方跑去。

我们决定不再去打扰蜜蜂了。天黑之前，两个哥萨克又去了蜂巢那儿一趟。可是蜜巢和蜜蜂都不见了，全都被熊瞎子抢光了。我们猎取野蜜的征程就此以失败告终。

25 日夜里下了大雨，直到 26 日黎明前才停。早晨天气阴沉，厚重的乌云在低空慢慢移动，山顶仿佛罩着白色覆盖物。看来，还要下雨。

走远路不必看天气好坏。今天淋湿了，明天干了，然后又淋湿了，经常如此。如果下雨天坐等不走，那么一个夏天也走不了多少路。我们决定碰碰运气，结果证明，这是个好决定。上午 10 点钟左右天气开始放晴了。实际上，一天之内天气变化了好几次：一会儿太阳高照，一会儿下起雨来。路面刚干，又湿了，还出现了水洼。

渡过石头河以后，我们走到了克雷洛夫卡村，村里有 66

户人家，接下来是麦日戈尔纳亚村（有 17 户人家），这个村子如此之穷，我们甚至在村里连 4 公斤粮食都买不到。农民们唉声叹气，抱怨自己命运不济。刚刚发过的一场洪水把他们吓坏了。

第八章　溯乌苏里江而上

东北兔　尤科米克氏族的赫哲人　烟雾　变天　棕黑锦蛇　雷阵雨　弯沟河　扎戈尔纳亚村　旧教徒帕纳切夫

考察队的下一段路程是穿过山区。在这条路上我们将经受另一次考验，需要穿越五条遍地沼泽的宽沟[1]。第一条宽沟就在村外，最后一条，也是最大的一条沟，离乌拉河不远。农民自己修的路既没有排水沟，也没有桥梁，还没有任何铺垫物，泥泞难行。哥萨克们曾试图从荒地上把马匹牵过去，但结果更为糟糕。为了把沼泽地垫硬，士兵们砍下柳条，扔到马蹄下。这方法对人走过沼泽好一些，对马却帮助不大。这种不禁踩的铺垫物对马匹只能起到欺骗作用，它们踩上去就会失蹄摔倒。不得不把东西重新卸下来，由人背过去。最后，总算走过了这片

1 有小溪流过的短而宽的小河谷。

沼泽。

根据从农民那里获得的信息，继续往前走就是森林了。考察队走上硬路之后，停下来休息。

这时，突然从灌木丛里跳出一只兔子。人们立刻去追赶它。真没想到，考察队竟一下子忙乱成这样。有的人吹口哨，有的人大喊大叫，还有的人朝逃走的兔子扔木棍，扔石头，扔一切能够抓到手的东西。不幸的小动物东跑西窜，想躲进灌木丛里。这时，如果不是扎古尔斯基对准它放了一枪，小兔子可能就成功逃脱了。子弹刚好射进兔子前面的泥土里，小动物给震晕了。另外一名士兵急忙跑上前去，提起了兔子腿。它尖叫着挣扎了一下，将两只耳朵紧贴到脊背上，屏息不动，可怜的小东西已经吓得半死。它的双瓣上唇紧张地颤动着，心脏怦怦直跳，在图尔蒂金手里紧张地四处张望。

这只兔子很小，灰褐色，冬天夏天毛色不变。在阿穆尔河（即黑龙江）流域，从乌苏里江支流的河谷地带和沿海地区，直到别尔金角，是这种兔子分布的区域。除了这种兔子以外，乌苏里地区还有雪兔和黑兔。至今还未见到有人描述过黑兔。这种兔子全身纯黑色，极少能够遇到。可能，它们只是雪兔的黑色变种而已。不是也有褐狐、黑狼，甚至黑色的灰兔吗？

俄罗斯人喜欢追逐兔子，喜欢逮它。这仅仅是因为兔子胆小，没有自卫能力。这不是仇恨，而是残酷的娱乐消遣。

这只兔子给考察队平添了一股异常活跃的气氛，雨水、沼泽、劳累，一切都被抛之脑后。士兵们争先恐后讲着谁先看见的这只兔子，怎样看见的，它怎么逃跑，又是怎么被抓到的。其他动物绝不会引起这么热烈的话题。人们围在图尔蒂金周围。每个人都想表达一下自己对小动物的关注：有人抚摸一下小兔的后背，有人拽拽它的短尾巴，还有人用烟卷碰碰兔鼻子或揪揪它的耳朵。哇，士兵们给这只兔子起了多少绰号，说了多少俏皮话啊。他们一遍又一遍不厌其烦地讲述着是如何抓到它的！不论俄罗斯人，还是中国人，或者阿穆尔当地人，都用“兔子”这个词讥讽那些胆小怕事、因恐惧而做出种种蠢事的人。

向士兵下达了准备驮马的命令后，他们才忙起正事。他们简单商量了一下，决定把兔子放掉。小兔子刚刚落地，撒腿就跑。人们对它打着呼哨，叫喊着，直到它在大家的视线中消失，喧笑声才停止。

给马匹上好驮鞍后，队伍继续前进。现在小路转到山坡上，绕过山泉，逐渐爬上山口。槭树、椴树和黑桦树林代替了稀疏的柞树林。有的地方还偶尔可见一两棵红松、尖顶云杉或冷杉。

大约一个半小时后，我们到达了山口。这里一棵大橡树下，有一座用石板砌的小庙。这多半是猎人和挖参人盖的。庙的正面挂着一块破旧的红布，上面用象形字写着“山林之主”，即“供奉山林的统治者”（老虎）。

站在山口顶举目远眺，乌拉河壮丽的景色展现在我们眼前。太阳刚刚沉落到地平线下面。天上的积云和远处的山岭披上了一层柔和的霞光。路右侧，河流蜿蜒像一条闪光的带子。远处的房子隐约可见，房子里冒出的炊烟不是升向空中，而是伏在地面，似乎一动不动。我们还在附近看到一座不大的湖泊，就在那个湖边宿营了。

同往常一样，篝火旁起初总是很热闹，谈话声、玩笑声不断，后来便逐渐安静下来。晚饭后，士兵们躺下睡觉，而我们还久久坐在火堆旁，交换最近几天来的感受，拟订下一步的计划。

夜晚出奇地寂静。可以听见马吃草的声音，山那边传来的雕鸮的叫声，和沼泽地里此起彼伏的蛙鸣。

第二天我们起得很早，并早早上路了。昨天我们在山口上看见的房子原来是赫哲人的。这个地方被称作中带子，汉语的意思是“山间小溪”。住在这里的赫哲人属于尤科米克氏族，天花流行几乎使他们遭到灭族之灾。他们原来聚居在阿穆尔河畔，现在那里是哈巴罗夫斯克。

由于俄罗斯人的逼迫，他们迁到了乌苏里江，但是在那里又受到哥萨克的压迫，只好又迁移到乌拉河一带。现在他们只剩下 12 个人了：3 个男人，5 个女人和 4 个孩子。

男人全是汉人装束：蓝布短袄和蓝布裤子。女人的服装较多地保留了自己民族的特色，衣襟镶着五彩缤纷的花边，下摆还挂着叮当作响的饰物。脏兮兮的孩子们从房子里跑出来，惊慌地看着我们。他们的皮肤很难说是什么颜色：既有日晒，也有污垢，还有烟熏。成年赫哲人虽然还懂本族语，但他们却宁愿用汉语交谈。至于孩子们，连一句赫哲话也不懂了。

观看过这里的房子后，考察队继续前进。小路紧靠着山延伸。乌拉河正是在这里改变东西流向，转而向西北方向流去。河流在此处的宽度为170米，平均流速每小时5公里。

值得一提的支流有：我们已知的石头河，中带子河，夹皮沟[1]，诺托河[2]，王八河子[3]和伏锦河[4]，这些支流位于右面；左面则有黄泥河子[5]和弯沟。

赫哲人住的房舍那儿有两条路。一条环绕着乌拉河左岸，通向诺托河，另一条路通向东南方向，经过黄泥河子山和一个顶子山。我们选择了后一条路。决定全部辎重都由赫哲人划船沿乌拉河运送过河。我们自己则游过去，沿黄泥河子河谷到扎戈尔纳亚村去，再从那里携带轻便物品直接去科克沙罗夫卡村。

当天中午的天气已经预示第二天有雨。乌苏里地区有一种弥漫在空中的东西，被称作"干雾"，它常常是坏天气的预兆。干雾的迹象在头一天傍晚就会出现。第二天早晨，干雾会变得相当浓厚，而到了中午，甚至在近处也看得很明显了。除非观察者早就知道，不然很难辨别远山的轮廓。空中就像充满了烟雾。天空微微发白，太阳是黄色的，周围现出一个环晕。蛛网似的薄薄的云层呈暗灰色。忽然，空气会变得清新透明。继而，远山变成了深蓝色，显得极其阴沉。就是说，太阳落山了。我们从右面看去，只凭借越来越浓的暮色就知道了。大自然万籁

---

1 即貂皮沟，产貂的河谷。

2 即浣熊河。

3 乌龟河。

4 由满语"富凯任"而来，意为"开端""基础"。

5 有黄泥的小河。

俱寂，只有青蛙好像为坏天气感到高兴，争先恐后不绝于耳拼命叫个不停。

晚上下起了雨。

渡过乌苏里江之后，我们沿石头河上行，不久拐了一个急弯，朝乌拉河走去。乌拉河和刀毕河的汇合口就是乌苏里江的起点。

我们以为第二天早晨雨就停了。但是，我们估计错了，黎明时雨下得更大了。为了不让雨水浇灭篝火，只好多加木柴。但是木材冒着浓烟，很难燃烧，人们都钻进蚊帐里不出来。时间过得非常缓慢。

在乌苏里地区，降雨面积总是很大，延续时间长得惊人。经常是几个流域，有时候甚至是整个地区同时下雨。因此，时有洪水泛滥。

德尔苏是凭以下征兆来判断天气的：下雨时如果山腰出现云雾，而且云雾一动不动，这意味着雨很快就会停。如果云雾迅速移动，那么雨就还会下上一阵子，可能还会出现“台风”[1]。

早上，日出前雨停了。但是河水开始上涨，所以应当尽快渡过河去。面对这种情况，赫哲人给了我们很大的帮助。他们迅速麻利地把我们的全部重物都运到了河对岸。一匹弱马由船上的人牵着缰绳引渡过河，其余的马匹都是自己泅到了对岸。

早晨8点左右，阳光穿过乌云，在云雾中闪烁，金色光芒

1 飓风、风暴。

照亮了云雾。这幅画面把我的思绪引向了远古时代，那时，在炎热的地球表面上还弥漫着湿重的蒸气。

云雾终于开始消散。阴雨连绵死气沉沉的大自然苏醒了。云雀又在啁啾，空中也出现了各种昆虫。

等小船离开了河岸，我们也动身上路了。现在山在右面，河在左面。虽然已经没有沼泽地了，可我们却没有摆脱湿气。近期的几场雨过后，大地湿润多水，溪流溢出河岸，在河谷里四处泛滥。

由于某种原因，马匹在路上耽搁了，落在了后面，我们走在了前面。林边有一座坍塌的破房子，我们就坐在那儿的石头上，等待后面的马匹。突然一个长长的黑色东西在旁边闪动了一下。士兵们跑向那里，原来是一条很大的爬行动物。它在草丛中迅速滑行，向灌木丛爬去。士兵们在它旁边跑着，犹豫着要不要接近它。这条蛇的尺寸大得吓人。一眨眼，它已经爬到了一棵大树前，钻进树洞隐藏起来。这棵折断的朽木长约 4 米，直径 15 厘米，树芯已经腐朽。A.И.麦尔兹利亚科夫抓起一根木棍朝树芯里捅去。里面立即传出一阵嗡嗡声，接着飞出来一些熊蜂。这说明，树洞里有蜂巢。但是蛇跑到哪儿去了呢？莫非躲进了野蜂巢？那么，为什么野蜂毫不惊慌，而当我们用棍子捅进去后，野蜂却立刻嗡嗡地乱飞呢？这引起了所有人的兴趣。士兵们动手砍树。木头已经朽了，很容易就劈开了。树刚被劈开，我们就在树芯里看见了那条蛇。它慢慢地蠕动着，使劲往泥灰土里钻。但它没能钻进去。哥萨克别洛诺日金用斧头剁下了它的头，接着整条蛇被拖了出来。原来这是一条棕黑锦蛇[1]，长1.9米，直径6厘米。

树干的空心上部窄，下面稍宽。那里有鸟毛、小块兽皮、碎干草和蛇蜕，说明这里就是蛇洞。而接近洞口稍稍靠边的地方有一个野蜂巢。

蛇每次出入蛇洞都要经过蜂巢。显然，它与野蜂已经和睦而居，互不干扰了。

士兵们兴致勃勃地观察死蛇。

“它的肚子里有东西！”别洛诺日金说。

确实，蛇的腹部鼓胀得很大。看看这种大爬虫吃些什么，也蛮有意思。

结果令我们相当震惊，蛇腹里竟有一只大长喙鹬。它怎么能够囫囵吞下这只鸟而没有被噎死呢？！

据赫哲人讲，乌苏里地区的蛇一般都是捕捉飞禽的高手。它先高高地爬到树上，等鸟归巢后，便对它发起突袭。假使鸟窝就筑在树洞里，那么蛇就特别容易上手。这是自然的。但是像这只既能跑又能飞的长喙鹬，鸟喙那么长，蛇怎么能吞下它呢？看来，那应该是一件很费劲的事！

“赶快走吧，雷雨就要来了。”А.И.麦尔兹利亚科夫望望天空说。

好像在印证他的话，远处恰好传来一声闷雷。我们只顾抓

---

1 远东最大的无毒蛇，长达两米左右。

蛇了，没有注意到乌云已经浮上天空，飞快地移动着。云头呈灰白色，滚滚而来，旁边的一些云朵也跑得飞快，好像在比赛看谁跑得更快。

地上立刻变得阴暗起来。人们急忙去牵马，马匹正在路边安静地吃草。伴送我们的赫哲人说，离这里不远有两所中国房子，可以到那里去避避雨。

我们没能躲过这场雷雨。刚刚动身，雨就下起来了。一开始是稀疏的大雨点，接着降下倾盆大雨。

当闪电在远处出现的时候，天上的闪电与大地的接触点在哪里，看得很清楚，但当闪电直接在近处爆发时，那些火光的特征就失去了。闪电在空中某处迸发，在周围，在所有的地方……雷鸣的声音大得吓人，以至可以感到大气层在战栗，随着每一次震颤，雨越下越大了。

一般来说，这种雷雨应该是阵雨，不会持续很长时间。但是乌苏里地区的情况有所不同，这样的雷雨恰恰不会很快停止。现在就是这样。雷雨已经过去，但是太阳并没有出来，整个天空直至地平线，都铺满了乌云。天上不时飘下毛毛细雨，或密集的雨丝。现在我们急急忙忙地朝房子那里跑已经没有意义了。不仅人，就连马也明白这一点。

房子在河汊对岸，到那里去必须绕一个很大的弯。因此我们决定直接去旧教徒村。

弯沟河河谷两边的山峦不高，大都呈圆锥状，山和山之间有很深的峡谷。可能，阳光明媚时这里风景如画，但是现在它的景色并不赏心悦目。

别指望天气转晴了，风雨交加，还起了雾。雾时而盘桓在山顶，时而降入河谷，时而又突然升起，那时雨就下得更大了。

弯沟是条小河，宽4—6米，深40—60厘米。不过现在河水泛滥，它的样子狰狞可怖。河水流过了森林，人过河时走在水没过的地方并不特别难，但是马匹却受罪了。它们只能盲目地前进，常常跌进深坑。

瞧，森林总算走完了。我们前面是一大片林中旷地。小村庄扎戈尔纳亚坐落在旷地另一端的山脚下，可是要走到那里却也不容易。旧教徒们在河上搭的桥已经被冲垮了，我们花了两个多小时修桥，谁也不再去关注是否还在下雨。所有人都正好在这里洗了个冷水澡。

终于排除了这个障碍，我们走进了村子。

小村庄共有8户人家，木屋建造得很结实，看上去干净整洁，井井有条。显然，旧教徒们在盖这些房子的时候毫不草率匆忙，正如俗话所说：不要匆忙赶工，只凭良心做活。在一家窗口，有个女人探了一下头，接着一个男人走出来，他是本村的村长。在问明我们是什么人，要到哪儿去之后，就邀请我们进屋，并提议我们在他家留宿。大家早就浑身湿透了，于是赶紧卸马，走进屋里。

我们的主人中等身材，45岁上下，一双棕色眼睛显得很聪明。他蓄着一把大胡子，长长的头发呈一个圆圈状。上身穿一件宽大的印花布衬衫，腰部松松地系着一条绦带，下身是绒布裤，脚上是一双矮跟皮靴。

木屋里有两个房间。一间屋里有一座很大的俄式火炉，炉旁是挂着布帘的餐具架和一个擦拭得发亮的铜制脸盆。墙根放着两条长凳。一张铺着白布的木桌立在墙角，桌子上方有一座神龛，里面供奉着一个头很大，面色暗黑，胳膊细长的古老圣像。

这个旧教徒家里有妻子和两个孩子。妻子穿着白上衣和胸部束紧的俄式无袖花连衣裙，连衣裙的窄背带在后背交叉成十字形。她头上扎一条头巾，像盾形装饰那样在脑后打了花结。我们一进屋，她就弯下腰，行了一个旧式礼。

另一个房间比较宽敞。靠墙有一张大床，床上挂着印花帐子。窗下靠墙也放着长凳，墙角和那个房间一样，也摆着一张桌子，铺着自己缝制的台布。两个窗户之间的墙上挂着钟表，旁边是一个书架，书架上摆着皮封面的大部头古书。另一个墙角里放着一台单针式手摇缝纫机，门旁的钉子上挂着一支小口径毛瑟枪和一架蔡斯望远镜。屋里的地板全都擦得非常干净，屋顶刨得光滑平整，墙缝堵得严严实实。

我们一脱衣服就把屋子弄脏了。这使我们很过意不去。

“没关系，没关系，”主人说，“女人们会收拾的。就是这样的天气嘛。从原始森林里走来是不会干干净净的……”

几分钟后，桌上已经摆上了热面包、蜂蜜、鸡蛋和牛奶。别说我们吃得很贪婪，但确实是狼吞虎咽。

在当天剩下的时间，我们去打听了到科克沙罗夫卡去的道路。原来，再往前走，根本就没有路了。当地的旧教徒中，只有一个人——帕纳切夫能带我们穿过深山老林到那里去。

村长派人去找帕纳切夫，他立刻就来了。这人看样子有40多岁，也留着胡子。因为从来不加修剪，他的胡子长得很不规则，结成了团。他给我们的印象仿佛刚刚从睡梦中醒来，还没有来得及梳洗。不过，看得出来，这是一个善良的不惹人讨厌的人。一进门，他就对着圣像在胸前画了三次十字，接着又鞠躬三次，每次手都触到了地板。他的长头发常常滑到眼前，因此他不时地甩头，把长发甩到脑后。

“大家好！”他低声说，一面退到门旁，手里揉着自己的帽子。听说要他带我们到科克沙罗夫卡去，他便欣然同意了。

“好，我去。”他简短地说。从“我去”就可以听出，他随时准备效劳，很顺从，并且意识到只有他一个人知道去那里的路。

决定明天就走，如果不再下雨。帕纳切夫走后，我们和主人闲聊起来。麦尔兹利亚科夫对那些古书发生了兴趣。

“可以看看吗？”他问村长。

“只要您懂斯拉夫语，只管看好了。”村长答道。接着就把书一本一本拿下来。

窗外风声鹤唳，天气很糟。风夹杂着雨点拍打着窗户，黑暗里传来如泣如诉的声音，很像狗在哀嚎，又像有人在屋顶阁楼上呻吟。在这嘈杂的声音中，我们沉入了甜美的梦乡。

第九章　翻山越岭到科克沙罗夫卡村去

乌苏里原始森林　林中测量　迷路　林下植物　防蚊蚋的办法　科克沙罗夫卡村　中国村诺托沟子　乌拉河　闷热的天气

第二天，5 月 31 日，天刚亮，我就跑到窗口，看见雨已经停了，但是天气仍然阴沉潮湿。晨雾像白色裹尸布覆盖在群山上。透过浓雾，河谷、森林以及河边的某个建筑物依稀可辨。

既然不下雨了，那就可以上路了。但是，有一个情况使我们耽搁了一下：食物还没有准备好。

早晨 8 点左右，所有的公鸡突然全都开始高声鸣叫。

“天要放晴了，将是个大晴天。听听，公鸡唱得多欢哪。这是个可靠的兆头啊。”哥萨克们彼此议论着。

自然，家禽对天气的变化非常敏感。但是，它们也常常有错觉，有时天空刚一放晴，公鸡立刻就啼叫个不停。但是这次它们可没错。不久，雾气上升，有些地方露出了蓝天，接着太阳也出来了。

10 点钟，我们的队伍在帕纳切夫的带领下出了村，沿着弯沟河向上游进发。我们将翻过刀毕河和乌拉河之间的分水岭，沿一条无名河走向伏锦河河口。

一出村，大路就变成了小路。我们顺着小路来到帕纳切夫的养蜂场。

“小伙子们，随便谁跟我进去一下吧。”旧教徒对哥萨克们说。

接着他就跳过蜂场的栅栏，打开蜂桶，递给大家一块块带着蜂蜡的蜜。蜜蜂在他周围飞来飞去，落到他的肩上，钻进他的胡须里。帕纳切夫同它们说话，用各种爱称称呼它们，取出胡子里的蜜蜂放飞。几分钟后，他出来了，我们继续赶路。

天气稍稍晴朗了一些，雾消散了。地上到处是涓涓细流，被打湿的花朵抬起头来，蝴蝶重又翩翩飞舞。

帕纳切夫带着我们凭借树上砍出的标记在荒野地里行进。刚一踏进森林，我们就不得不立刻挥舞斧头为自己开路。

读者如果把原始森林想象成一片小树林，那就错了。乌苏里原始森林是真正的原始处女林。林中有红松、黑桦、臭冷杉、榆、甜杨、红皮云杉、糠椴、赤柏松、兴安落叶松、水曲柳、柞、刺楸，还有黄檗。黄檗的叶子让人想起水曲柳，漂亮的软木质树皮，摸上去像丝绒一般。满洲里胡桃楸，叶片巨大，像棕榈叶一样长在枝端。森林里还有许多其他种类的树木。林下则生长着浓密的灌木丛。其中最引人注目的有刺五加、尖叶的东北茶藨、开白花的暖木条、枝条弯曲树皮满是褶皱的黄花忍冬、有着锯齿状的短小尖叶片的石蚕叶绣线菊，以及藤附树木的木山茄。所有这些灌木全部都被山葡萄蔓、藤条、狗枣子缠绕着，狗枣子藤有时粗得像人的手臂一样。

帕纳切夫说，从扎戈尔纳亚村到科克沙罗夫卡这段路，他轻装行走的话，一天就可以走完。当然，他所说的一天是从黎明到黄昏。但是，像我们这样牵着驮马走，就相当慢，所以打算两天走到，只在树林里住一夜就够了。

中午，我们安排了一次大休息。大家马上脱掉衣服，互相捉掉吸附在身上的壁虱。帕纳切夫的情况很糟糕，他不住地挠痒，胡子里和脖颈上满是壁虱。哥萨克们弄掉自己身上的壁虱后，又动手去清除附在狗身上的。狗非常聪明，知道这是在做什么，耐心地任人摆布。马匹却完全不同，它们摇晃着头，使劲踢打着。费了很大劲才把吸附在它们嘴唇和眼皮上的寄生虫清除掉。

喝过茶后，帕纳切夫仍走在前面带路，士兵们带着斧头跟在他后面。一刻钟后，驮马也上路了。

“又要下雨了。”穆尔津说。

“下不长，”旧教徒应声说道，“到傍晚，上帝保佑，雨就会停。”

按他的说法，连阴天后，如果不刮风立刻就出了太阳，那么傍晚还会再下一阵小雨。阳光照在湿漉漉的大地上，会产生大量的水蒸气。水蒸气升到大气层的最上层后，就凝聚成水滴，又变成细雨落回地面。

帕纳切夫说对了。下午5点钟左右开始下起了毛毛细雨，没下多久，黄昏前就停了，乌云也消散了。整个森林蒙上了一种特别柔和的光，这是太阳最后的“微笑”。林中已经入睡的动物重新活跃起来：花鼠们跑来跑去，黑枕黄鹂和戴胜的啼鸣又响彻森林。但是，瞧，晚霞暗淡下来了，夜幕从老云杉树和灌木林的后面升起。篝火的火苗显得更加明亮，人们聚在它的周围……帕纳切夫坐在一旁，静静地吃着面包，连面包渣儿都不舍得丢掉。哥萨克们卸下驮包，支起蚊帐，准备晚饭。有几个哥萨克脱下了衣服，捉衬衣里的壁虱，并狠狠地咒骂着。

“大叔，到科克沙罗夫卡还有多少俄里？”别洛诺日金问旧教徒。

“那谁知道！难道有谁会在原始森林里测量吗？原始森林就是原始森林。照理，明天应该走到了。”旧教徒答道。

从“应该走到了”这句话中可以听出，他并没有把握。

“你熟悉这一带吗？”哥萨克又追问老人。

“算不上很熟悉。走过两次，没有迷路。没关系，上帝保佑，别急，总会走到的。”

吃过晚饭，帕纳切夫当着我们这些外人的面，从容自若地做了晚祷，然后拿起自己的斧头，在石头上磨起来。

第二天是6月1日。早晨，太阳刚刚升起，夜雾就消散得无影无踪了。帕纳切夫第一个从宿营地动身，他摘掉帽子，在胸前画了个十字，一面向前走，一面寻找树上的记号。两名士兵帮着他清除路上的障碍。

在原始森林里旅行，景色总是相当单调。今天是森林，明天是森林，后天还是森林。路上渡过的那些小溪都很相似，一丛丛灌木，一堆堆乱石，清澈的流水，长满苔藓的枯树倒木，以及那些蕨类植物，它们相互间没什么区别，惊人地相像。由于视线总是被眼前的树木挡着，眼睛非常疲劳，总在寻找开阔地。眼睛感到不舒服的时候，就会产生难以抑制地向远处眺望的欲望。

在阴暗的森林中有时候会突然现出一束光亮。没有经验的旅行者一定会向它匆忙奔去，结果却碰上一片风倒木。光线照进密林的地方多半是沼泽地，或者是火烧迹地和风倒木成片的地方，并不是所有的风倒木都可以绕着走过去的。

如果倒木不是特别大的树，可以用斧头将它砍断。如果横在路上的是一棵大树，那只有将它从侧面和上面砍平，好让马匹跨过去。这一切都影响马匹行走，所以牵着马在原始森林中行走，总是非常缓慢。

假使在森林里仅仅走路，没有其他事可做，那么很快就厌倦了。在原始森林里徒步行走，最好整天都有事要做。那样时间就会不知不觉地过去，就会忘掉艰难困苦，可以忍受各种不便。

必须在观察地点随时记下旅行笔记，刻不容缓。如果不及时记下来，那么新的景象、新的感受就会使旧的记忆模糊不清，甚至会淡忘。这些旅行笔记可以记在测绘图的边缘上，或者记在总是随身携带的专门的记事本里，晚上再把这些简要的笔记详细写入日记。同样，在任何情况下都不应当拖到第二天补记日记。明天有明天需要记录下来的事。

因为小路在森林里经常拐来拐去，有很多小弯，而这种小弯按比例尺缩小后，不能绘入图中。因此测量员最好走在最后，要与大队人马保持这样的距离，即能在树林中看到队尾就可以了，以最后一匹马来确定方位。如果队伍行进的速度太快，超过了测量员所需要的，那么，为了不耽搁驮马的行程，就让它们继续前进，可以留下一名士兵，让他跟着马蹄印走，并一直保持测量员可以看到他的距离。在密林中什么都看不清时，这时方向的确定只好根据声音来判断，比如摇铃、敲打树干、呼喊、吹哨等等。

我们行进时队伍分为三组。最前面是格拉纳特曼指挥的开路组，由帕纳切夫为首走在前面。接着是麦尔兹利亚科夫率领的驮运组，其余的考察队员走在后面。我们的前进速度很慢。经常要停下来等待前面砍倒树木开通道路。快到中午时，驮马突然停住了。

“走哇！”后面的人不耐烦地喊道。

“等等！旧教徒找不着树上的记号了。”前面的人答道。

“他现在在哪儿呢？”

“到前边找路去啦。”

大约 20 分钟后，帕纳切夫终于回来了。一看他的脸色，就猜到是怎么回事了。他汗流满面，疲惫不堪，头发凌乱，目光茫然无措。

“怎么？找到树上的记号了吗？”格拉纳特曼问他。

“没有！”旧教徒答道，“大概还得再向左面。咱们朝那边走吧。”他用手指着东北方说。

我们又继续行走。现在帕纳切夫已经不像原来那么自信了。他忽而向左，忽而朝右，或者转身向后走，结果，我们原先一直面朝太阳走，现在却相反，背朝着太阳了。显然，他在瞎走。我试图让他停下来，仔细问问他。但这么一问，他反倒更加慌乱了。我们临时召开了一个小会，会上 П.К. 鲁特科夫斯基提议顺原路返回到有树标的地方去，可是帕纳切夫说，即便没有路，他也能走出去，只要登上山口向四下看一看，他就能找到准确的方向。

也该让牲口喘口气了。我们卸下了驮鞍，放驮马去吃草。哥萨克们动手烧茶，帕纳切夫和格拉纳特曼爬到了邻近的小山岗上去看路。半小时后他们回来了，格拉纳特曼说，除了长满树林的群山，他什么都没看到。帕纳切夫显出一副不好意思的样子，虽然他一再对我们说，这一带他很熟悉，但他的语调里却透着迟疑。

休息后我们刚上路，就走进了一条山沟，一直到晚上也没能走出去。帕纳切夫带的路有点莫名其妙，一会儿爬上山，一会儿走斜坡，一会儿又下到河谷。通常，当一个人迷了路，就分不清方向了。我们走了整整一天，直到夜晚降临。

宿营地上气氛沉闷。意识到我们迷了路，大家的心情都很抑郁。帕纳切夫尤其愁眉不展。他不断唉声叹气，看看天空，捋一捋自己的头发，或者用双手拍打他的粗呢上衣的下摆。

“你还是快把胡子里的壁虱捉出来吧！”士兵们对他说。

“哎，真倒霉！”他自言自语地说，“怎么偏偏把树的记号给丢了呢！……”

应当搞清楚我们的食物储备情况了。从扎戈尔纳亚村出发时，我们带了3天的口粮。就是说，还够明天吃的。但是，如果我们明天还走不到科克沙罗夫卡呢？晚上开会决定，坚决朝东走，不再听帕纳切夫的话了。

第二天天刚蒙蒙亮，我们就起来了。依目前这种处境，必须抓紧时间。

离开宿营地走了约两公里半，我们突然意外地碰到了树上的标记。这记号很陈旧，已经模糊不清了。

“这是谁砍的树标？”麦尔兹利亚科夫问。

“中国人。”帕纳切夫回答。

“这么说，连你们这儿的原始森林里也有中国人？”哥萨克问他。

“哪儿没有他们呢？”旧教徒答道，“原始森林里到处都有中国人。无论去哪儿都能碰到中国人。”

树上的标记很密，而且和我们想要走的方向一致，所以我们决定只要可能，就跟着这些标记往前走。帕纳切夫之所以迷了路，就是因为他在树上砍的标记太稀疏了。他没想到，斧痕随着时间会变得模糊，距离太远，就会看不清楚。

顺着树标指引的路线往前走，不久就看到了捕貂的陷坑（碓子）。其中有些是旧的，有些是新的，大概是刚设下的。有一个碓子拦住了我们的去路，科热夫尼科夫搬起倒木扔到一边。他发现倒木下面有东西。原来那是一堆貂骨。

显然，小动物落入陷阱后，很快就被雪埋上了。奇怪的是，为什么设置陷阱的中国人在离开森林之前没有查看一下他的碓子。也许他查看过，但是遇上了暴风雪，因而没能走到最远的碓子那里，或者他生病了，不能再打猎。落入碓子的紫貂等了很久，也没等到自己的主人。当春天雪融化了，乌鸦就啄食了这只珍贵的小兽。而今只剩下一堆碎皮和残骨了。

我想起了德尔苏。如果现在他和我们在一起，我们就会知道，为什么紫貂会留在碓子里。大概，赫哲人还能够找到使我们摆脱迷路困境的正确道路。

中午，我们登上了一条林木茂密的山脊，它在这里由北—北—东向南—南—西延伸，平均高度约 500 米。透过林木可以看见另一座这样的山脊，山脊后面仍旧是起伏的群山。从上往下看，山脊像一个巨大的饭碗的边缘，而山谷则像一个很深的坑，坑底弥漫着大雾。

我们讨论了一下目前的处境后，决定人马都下到山谷，顺着水流的方向前进。这座山的东坡很陡峭，坡上风倒木纵横交错，乱石遍地。只能左右绕行，费了不少时间。我们顺着一条小溪前行，不久，小溪转向正南。我们只得在无路的山野里行走，翻越了几道支脉。

帕纳切夫默默地走在前面带路，我们吃力地跟在他后面。现在反正就是那么回事了，错误已经不可挽回。只有一条出路，那就是沿着溪流走，一直走到乌拉河。大休息时，我再一次查看了食物储备情况，结果发现，面包干只够今天晚上吃一顿了。于是我吩咐减少白天的口粮。

我们现在经过的是一片郁郁葱葱的针叶混交林，美景如画。有些树木高大得惊人，这些森林巨人高达20—30米，树围有2—3米。很多倒木交错横卧在林中的绣线菊、毛榛和胡枝子灌木上，被斑驳的地衣和苔藓覆盖。潮湿的地方有上千棵茂盛的蕨类植物，高达0.9米。这种植物看上去与巨大的翠绿色百合很相像。

乌苏里的原始森林里生长着多种显花植物。最先看到的是一种毒性山梗藜芦，其叶端尖而粗糙，开白花。还有八角茴，椭圆剑形叶，开耀眼的玫瑰色花朵，花朵分泌大量的香精油。草本灌木丛中，锯齿状叶片开蓝花的草乌头像一名斗士，它旁边有剑形大叶片的构兰、花朵艳丽枝叶娇嫩的唐松草、一丛丛椭圆剑形叶开着丰满的火红色大花的剪秋罗，以及一簇簇金莲花。

尽管这段路我们走得很不顺，但对大自然的美景却不能无动于衷。画家、植物学家，或者普通的自然爱好者，都在这里找到了自己感兴趣的无穷无尽的观察对象。

夜晚降临前第一次出现了蚋，当地的老住户称它为“小咬”。乌苏里的蚋是真正的森林灾难，被它咬过后会立刻出现血斑，奇痒不止，而且越挠越痒。这种小虫子多的时候，一分钟也不能从脸上摘下防蚊罩，它会糊住你的眼睛，钻进头发里、耳朵里、袖筒里，凶猛地咬你的脖子。被咬过的脸会肿得像患了丹毒似的。

被蚋咬后约两到三天，体内会产生免疫力，肿胀开始消退。

人可以戴防蚊罩，但是马却遭殃了。小咬聚集在马嘴和眼睑上，可怜的牲口只能使劲晃动脑袋，对折磨它们的小虫子毫无办法。

防蚊罩是最有效的防蚋工具。但是千万不能戴金属罩，因为金属罩非常导热，宁可受蚋的折磨，也比闷在金属罩里喘不上气，大汗淋漓强。纱罩不是很结实，总是被树枝剐破。小咬从撕破的洞眼钻进来以后，那就只能摘掉纱罩摆脱它们了。最好的防蚊罩是鬃网，相当结实，也不像金属罩那样容易传热。有人建议往脸上涂凡士林油。我试过，这个办法可以说毫无作用。首先，凡士林容易把小虫子粘住。它们在脸上挣扎，弄得人奇痒难忍。其次，它的不便之处在于，凡士林溶化后就被汗水冲掉了。其他香脂，如丁香油脂，效果更差。它渗入张开的汗毛孔，结果感觉像被荨麻灼伤了一样。最好的防咬工具是忍耐。一个不能忍耐的人，可能会被这种小虫子折磨得掉下眼泪。

我们就是用忍耐的办法一直向前走，直到太阳坠入地平线。帕纳切夫立刻出去察看情况。他回到宿营地时，天已经黑透了。

他说，从山上看到了乌拉河河谷，明天中午我们就能走出森林了。人们受到鼓舞，宿营地又谈笑风生了。

晚餐很简单，大家均分了仅剩的一些干面包屑。

晚上约8点钟，西天开始闪电，远处传来了雷声。天空被照得通明，好像装饰了万盏明灯。每一朵云都看得清清楚楚。有时，一个地方迸发闪电，对面某处也瞬间电光四射。然后万物重又沉入黑暗。士兵们开始支帐篷，用帆布盖上鞍具，结果却是虚惊一场，雷雨擦肩而过。夜晚，远处的地平线上很长时间都能看到电光闪烁。

早上。我们刚一离开宿营地，就遇见了一条小道。这是一条通向山里的打猎小道。帕纳切夫带着大家走上了这条小道。我们最初还很担心，但这次他走对了，小道通向一所碓子房。现在，稀疏的阔叶林代替了混交林。马已经感觉到今天的长途跋涉快结束了，也加快了脚步。前面终于露出了一线光明，接着我们走到了森林的边缘，乌拉河河谷就在眼前。许多迹象表明，已经离村子不远了。

几分钟后我们已经来到了河边，看见了河对岸的科克沙罗夫卡村。旧教徒用船把我们的鞍具和驮包运过河。马匹不用赶就下水了，聪明的牲口完全明白，充足的饲料在对岸等着它们。它们自己走进河流，泅到了对岸。

这次长途跋涉后，人困马乏，都需要休整。我们决定在科克沙罗夫卡村停留三昼夜。

利用这几天的时间，我去了诺托河河口的中国村庄诺托沟子村一趟。

“诺托河”这个名称来源于中国话“猫头”，意为“貉子”。从前这里貉子很多，中国人就给这条河起了这个名字。

诺托沟子村是乌苏里地区最古老的中国村庄之一。远在维纽科夫时期（1857 年），淘金者、挖参人、猎人和捕兽者就从四面八方涌向这里。从乌苏里通往奥耳加哨所的古道就位于这里。中国人的货运商队途经诺托河，沿伏锦河翻过锡霍特山脉直达海边。现在我们同样要走这条路。

“Река улахе”（乌拉河）是由三种语言表达的：俄语“Река”，满语“乌拉”，汉语“河”，意思都是“河”，如果意译翻译出来，就是“河河河”这个奇怪的名称。

乌拉河顺着纵谷向北—北—东流去，河宽约 120 米，平均深度 1.8 米。汇入乌拉河的诺托河下游及其支流斜步岔儿[1]的河谷是乌拉河构造谷的延续。

乌拉河最大的支流是左岸的大把河子[2]和西南岔河。后者的名称就说明了它的流向，即岔向西南的支流。右面的支流很多，有杨木沟子[3]、头道沟、二道沟、三道沟、四道沟。接下来还有伏锦河和上面已经提到的诺托河。所有这些河流都发源于锡霍特–阿林[4]。无疑，乌拉河最大的支流应该就是杨木沟子河。其

1 需要斜着行走的山坡。

2 三股急流。

3 杨树谷。

4 这条分水岭的满语名称。

实，应该把它看作是乌苏里江的源头。沿着这条河可以一直走到海边，到达汪清港和瓦连京港。河谷左右两侧的山脉延伸出许多长长的支脉，上面生长着茂密的混交林。这些支脉一直延伸到河边，是一些高出海平面400—500米的小山丘。

乌拉河河谷是乌苏里地区最肥沃的地带之一。河谷里稀疏地生长着高大的老榆树、椴树和柞树。为了不让它们遮挡菜园的阳光，树根周围的树皮被剥掉了，大树便渐渐干枯，然后就成了木柴。

天气酷热。苍穹像淡蓝色的玻璃杯罩着大地，很像罩在幼苗上让它们快速生长的感觉，又闷又热。地上没有一丝风，空中没有一片云，燥热的空气飘浮在路上。乔木和灌木仿佛热晕了，垂下叶子。河水毫无声息地静静流淌。太阳倒映在水中，让人觉得似乎有两个太阳，一个在天上，一个在脚下。所有的小动物都躲到了自己的洞里，只有鸟类还显示出生命的迹象。云雀还有力气在空中飞旋，并以嘹亮的歌声赞美这炎热的夏天。我发现路边的疏林里有两只浅蓝色喜鹊。这种鸟儿谨慎又狡猾。它们在枝头跳跃，灵活地在叶丛间穿来穿去，胆怯地东张西望。在另一个地方，布满沼泽的老河汊里，一只鹊鸲被我吓飞了。这种鸟黄腹黄颈，灰绿色羽毛。它飞到空中，打算飞走，却发现了一只蜻蜓，于是便当着我的面，毫不难为情地开始捕捉它的猎物。

午后，又出现了很多小咬。我停下工作，朝村子走去，半路上农民的一群马追上了我。马不断尥蹶子、摇头、甩尾，但是黑压压的马蝇和牛虻照样嗡嗡地追赶着它们。一看到路旁的灌木丛，整个马群立刻奔向那里，树枝扫着牲口的腿和肚子。这是它们驱赶吸血飞虫的唯一办法。村子里正在等候马群，院子附近都点起了烟堆。马群跑到篝火前，就差把头伸进火堆里了。它们的样子真可怜，全都张大鼻孔，沉重而又急促地喘着气。马身上到处渗出血珠，特别是臀部、嘴、颈和肩隆部这些尾巴和牙齿够不到的地方。

第二天天气更热了，也更令人疲乏。我哪儿都没有去，只是坐在木屋里向旧教徒打听村里和周围邻村的情况。据他们说，科克沙罗夫卡村建于 1903 年，全村有 22 户人家。这是最后一座俄国村庄。再往前走，伏锦河一带住的全都是中国人了，他们在这里以打猎、挖参、捕貂为生。

第十章　伏锦河谷

中国农舍　炮制鹿茸　阿诺弗里耶夫的考察队队长角色　翻船　原始森林的林下植物　林中飞禽　路遇手艺人

6月6日，我们告别了科克沙罗夫卡村。马匹已经休息好了，现在走起来精神多了，虽然虻、蚋仍像昨天一样多。走在后面的人、马最受罪，大团的虻、蚋主要集中在队伍的尾部。所以经常变换队伍的前后顺序很有必要。

土路从科克沙罗夫卡村起一直在乌拉河的右岸延伸，只是在一道悬崖前才转进山里去，但是很快又通向河谷。伏锦河为东西流向，但到了下游，河流逐渐向北转去，在离河谷左侧约两公里的地方同乌拉河汇合。

现在正值杜鹃花盛开的季节，一眼望去，开满杜鹃花的山崖一片紫红色。伏锦河河谷可以称作草甸河谷，河谷里稀稀拉拉地长着一些老橡树、枝叶繁茂的椴树和树干上长满树结的黑杨。河谷两旁的山不高，山上布满混交林，主要是冷杉和云杉。

河谷呈现的原始粗犷之美，由于有了人烟而变得柔和了。

掩映在林木中的中国人的灰房子，很像躲避猎人的雌鹌鹑。这些房子看起来很舒适。周围的一切都显示出平和、宁静和勤劳的特色。房子附近是大片的庄稼地和菜园，各种作物应有尽有：小麦、玉米、谷子、燕麦、罂粟、大豆、烟草，以及其他我不认识的各种农作物。离房子较近的地方种着菜豆、土豆、萝卜、南瓜、西瓜、白菜、生菜、芜菁、黄瓜、西红柿、各种葱和青豌豆。田野里到处可以看到中国人的蓝色身影。他们停下了手里的活儿，久久地目送着我们。看来，一支武装队伍的出现使他们深感不安，而驮着货物的马匹又说明，这支队伍是从远道而来，还要到远方去。

我朝一座房子走去。一个年迈的老人正在菜园里除草，他每弯一次腰都要呻吟一下。看得出来，他干活儿已经很费力了，但是，他不想无所事事，成为别人的累赘。在他旁边干活儿的是另一位比他年轻一点的老人。他把蔬菜的叶子扶正，去掉那些过密和多余的叶子，尽力让菜园的样子更得体。

当我们走近时，两个老人按照自己的习惯和我们打了招呼，然后用一块脏布擦了擦脸，跟在我们后面步履蹒跚地走着。

我们朝一座房子走去。这座房子由三个建筑物组成，布局像俄文字母“П”。中间的房子住人，两侧的棚屋堆放东西。院落收拾得干净整齐，木桩围成的院墙和棚屋一般高。狗看见生人，立刻狂吠着朝我们扑来。主人闻声而出，立即吩咐帮工帮助我们卸马。

中国房子是一种独特的建筑。墙是用泥垒起来的，人字形的房顶上覆盖着芦苇。纸糊的木格窗户几乎占去了房子正面墙的全部，而后墙和山墙上却没有窗户。窗框可以装上去，也可以随时取下来。谁家的房门上都没有锁，关上门不是为了防人，而是为了防止狗进来。

房子里面，门两旁是用石头砌的矮炉灶，灶上安着铁锅。炉灶的烟道顺墙通入炕底，将炕烘暖。炕是睡觉的地方，用薄石板铺成，宽约两米，上面铺着草席。炕底的烟道通向屋外的高烟囱。烟囱也是石砌的，离房子不远，不比屋顶高。中国人一直都是光着身子睡觉，头在炕沿一边，脚对着墙。

房子用壁板隔成了两间。较小的一间住着主人和他的合伙人，较大的一间住着帮工。房间中央的三脚架上放着装满沙子和炭灰的铁锅，这是火盆。当做好饭烧热炕后，就把灶里的炭火扒出来，放进火盆里。如果需要热饭，中国人就直接在火盆里点上火。因此，住人的屋子里总是有烟气和灰尘。房子里没有顶棚，屋顶直接搭在墙头上。屋里的木梁、松树皮，甚至连草秸，都熏得又黑又亮。所有的东西，只要是放在比人高的地方，全都熏得黑黑的，蒙着一层厚厚的灰尘。

主人邀请我们到他住的屋子里去。这里比帮工住的那间屋子稍微干净些。靠墙放着几个大箱子，上面贴着用中文写在红纸上的春联。进门对面是一座神龛，旁边的桌子上放着插有红蜡烛的烛台、几个黄盒子和落满灰尘的小瓶子。桌边的墙上挂着几幅有中国特色的粗俗的画，画面没有景深。从画中人物的服装、呆板的姿态和彩色化妆的面孔上，很容易看出来，这是一些历史戏剧画。

主人在炕上铺了一床新棉垫，摆了一张小炕桌，给我们每人斟了一杯茶。中国茶冲泡后呈淡黄色，味道清淡，但却芳香异常。喝这种茶时不必加糖，加糖就不好喝了。

中国人首先向我提出的问题是：“后面还有人吗？”

开始，我对这样的问题很生气，觉得含有恶意。但是后来我才确信，他们之所以这样问，只是为了知道需要准备多少人的晚饭。

我们被安顿在了房子里，像在家里一样。中国人努力预先考虑到并满足我们的一切愿望，但只提出一个要求：不要把马匹放出去，以免践踏庄稼。他们用燕麦喂马，并送来相当多的饲料，现有的马匹再多一倍也够吃到天亮了。中国人把所有的事都做得迅速有序，毫不拖延。

午饭有炖鸡、鸡蛋、煎土豆、豆油烙饼。饱餐一顿后，我就去参观棚屋。

左面的棚屋一半用来酿酒。里面有两个曲坑、一个蒸锅和一些容器。屋顶下面的横板上放着成排的“苏里”[1]砖。需要的时候把它们重新放进曲坑里，用水浸泡。曲砖在水中膨胀、散开，等到这种浆水略微发酵后，用铁锨撒进锅里。锅上放着一

---

1 朝鲜语称伏特加为“苏里”。

只没有底的木桶，桶上面还有一口盛着凉水的锅。酒的蒸气碰到上面的冷锅底后就凝结成酒滴，并顺着特制的装置流到外面。

棚屋的另一半安着一个石磨，有两层磨盘，下层固定不动，用马来推磨。马被蒙上眼睛，拉着石磨的上磨盘转圈走。过筛以后，面粉和糠麸就分开了。筛子安装在一个特殊的柜子里，由人用脚踏动。人一边照看马，一边往磨眼里添加粮食。

石磨旁边是仓库，里面储存着粮食和其他各种物品：兽皮、鹿茸、熊胆、貂皮、灰鼠皮、香烛、茶叶、新斧头、做木工和种菜用的工具；打猎用的弓箭、标枪、火绳枪、背东西用的工具、衣服、没动用过的器皿、中国蓝大布、白布和黑布、被褥、新乌拉、干乌拉草、绳子和装着油的嘟噜子[1]。中国人走远路时就用这样的小嘟噜子盛豆油。通常用缠上布的玉米芯作塞。制作这种小嘟噜子是由于缺少玻璃和陶瓷器皿的缘故。

院子右面是马厩和牛羊圈。木制的马槽和马桩都被牲口啃坏了，由此可见冬天马的草料给的不足。中国人用铡刀切碎草料，拌上豆子喂马。尽管如此，他们总是把马养得膘肥体壮。

房前有一条小路。我顺着它走去，看到一座用木板搭建的小庙，木头上刻着花纹。庙里挂着一幅画，画中间是大自然之神“龙王爷”，周围是其他神灵。他们的面孔都被涂上颜料，个个面目狰狞。“众神灵”前放着小瓷杯，大概是祭祀时装酒用的。庙前立着两根装点着饰物的雕花木柱。房后不远处垛着一

1 用树枝条编成的篓子，上面糊着像是纸的织物，但非常密实，连酒精都不能渗透。这种嘟噜子的形状就像低矮的宽口颈玻璃瓶。

大堆木柴，木柴劈得很齐整，堆放得更整齐，圆形的木柴堆很像一个干草垛。

隔壁的房子里正在炮制鹿茸。我走过去看看这个操作过程。炮制鹿茸就在露天进行。三块石头中间点燃了火，上面支着一口锅，锅里盛满水。炮制鹿茸的中国人非常专心地看着锅，锅里的水要保持一定热度，却不能烧开。他手里拿着一把木勺，上面绑着新长成的小鹿角。他把鹿角在热水里浸一下，马上拿出来用嘴对着吹气，让它冷却，然后再浸入热水，再拿出来吹气，使它冷却。通常，这个过程要持续到鹿茸颜色变暗、变硬为止。这样的鹿茸可以保存很多年。如果哪一次在热水里多浸了那么两三秒钟，鹿茸就会胀裂，失去其价值。

我往回走的时候，天已经快黑了。太阳刚一沉入地平线，所有的中国人像听到指挥一样，都停止了自己的工作，然后慢慢地、不慌不忙地走回家去。田野里一个人影也没有了。

回到房子里，我开始记日记。马上有两个中国人坐到我的身旁。他们盯着我的手，对我的书写速度感到惊讶。那时我刚好机械性地写了点什么，眼睛都没有看纸。中国人高声赞叹着，有几个人立刻从炕上跳了下来。5 分钟后，房子里所有的人都围在我身旁，每个人都要求我照样再写一次，接着又是一次，没完没了。

玉米面稀粥、一点咸菜和两个黑面馒头，这就是中国劳工的全部晚餐。他们蹲在小炕桌旁边，默默地吃着。晚饭后，中国人脱了衣服上炕躺下。有的人在吸烟，有的在喝茶。大家都在闲聊。房子里还有两个从诺托河来的客人。他们在热烈地讲述着什么，听者不时发出“哎呀”“嘀”的声音表示惊讶。他们的交谈持续了有一个小时，终于安静下来了，不知不觉地发出了鼾声。只有屋角的一盏小油灯还亮着，那里有一个中国老头儿在吸鸦片。

别人都睡觉了，我还坐着写东西。中国人对此有自己的解释。他们认定，我顶多是个文书，而长官是阿诺弗里耶夫。他们得出这样的结论，是因为阿诺弗里耶夫经常冲他们喊叫，骂他们，还把他们从这个较干净的房间赶到帮工住的地方。我还想起来，在其他中国房子里也是这样。中国人怕他就像怕火一样。当队里某个人没办成他想要办的事，那么他只要去找阿诺弗里耶夫出面，中国人立刻照办，毫无争议地去执行命令。显然，他就是队长的消息，在各个房子里已经传开了。简直没有办法。第二天早上，我醒来向中国人要茶喝，他们指着还在酣睡的阿诺弗里耶夫，悄声告诉我，需要等一等，等“长官大人”起来。我叫醒了阿诺弗里耶夫，请他发令。他朝中国人吆喝了一声，他们立刻忙乱起来，马上给我端来了茶和馒头。

向房子主人付了钱后，我们继续沿伏锦河向上游前进。

河谷左边的群山由玄武岩构成，裸露的熔岩因大气效应而变成了红褐色。山顶和山坡的一些地方可以看到岩屑堆。从远处望去，它们像一片片灰色的不毛之地。这些小山岗上沟壑纵横，生长着稀疏的橡树林。

伏锦河右侧延伸出一片连绵不断的低山脉，上面生长着茂密的针叶混交林。

中午，我们到达了河谷向北急转的那个地方。这段路约 3 公里长，然后河谷重又转向东方。

河对岸有一所房子，里面住着两个中国人，一个是瘸子，一个是瞎子。

河水开始上涨了，所以无法涉水过河。在中国人那里找到一只小船。我们用船把鞍具和驮包运过去，马匹则自己泅到了对岸。

近来马匹严重掉膘。白天要驮着东西行走，夜里受蚊虻叮咬。马匹甚至不愿到草地上去吃草，总是挤在小咬不能靠近的烟堆旁边。为了减轻马匹的重负，我决定将部分辎重装船，派两名士兵跟船走。中国人很乐意把船卖给我们，要价也不高。但是这只船注定不能完成这次航行。刚驶到河中心，一个士兵就失去了平衡，掉进了水里，船也跟着翻了。士兵们会游泳，毫不费力地游到了岸上，但是枪支、斧头、备用马掌、锯和打铁工具全都掉进河里了。

小船很快就被截住了，但是忙乱中我们忘记了翻船的准确地点。

在队里找到两个会潜水的人（穆尔津和麦利扬）。直到天黑，他们不停地在河里寻找落水的东西，用长杆和拖钩打捞，但是一无所获。

第二天是 6 月 8 日，我们一整天都用来打捞掉在水里的枪支。原指望在阳光下能更清楚地看到河底，但是不幸，天气偏偏又变坏了。乌云布满天空，下起小雨来。不过，麦利扬在午后总算找到了两支枪、打铁工具、马掌和钉子。我对此已经相当满意了，命令队伍准备上路。

有坏事就有好事。最近两夜小咬少了，马匹歇过来了，吃得饱饱的。我们把那条倒霉的船还给它的主人，下午两点钟动身了。

天气阴凉[1]，对我们很有利。一片片云朵在空中飞跑，遮住了骄阳。

再往前走，伏锦河拐了一个"П"形弯。小路从这里右拐进山了，大大缩短了行程。路上还要翻过两座小山，渡过一条水流充沛的山泉。

中午，我命令在一条山溪旁停下休息。喝过茶后，我没等备好驮马，做了必要的安排后，便顺着小路独自向前走去。

下午天气没什么变化，仍是阴天，可是感觉不会下雨。这样的天气要好好利用，可以做很多事，走很多路。不知从哪儿聚集了能量，丝毫不觉得累。小咬不见了。刮风的时候它们在空中待不住，但是在无风的晴天，小咬就特别多。它们并不需要阳光，而是喜欢温暖潮湿的空气。所以小咬总是出现在下雨前和黄昏时分。

在第二道小山的山口上，小路分成了两条。一条向左拐，另一条直接通向森林。向左拐的那条小路我感觉很少有人走，

---

1 当地土语，指多云而无雨的天气。

第二条小路更为平坦。我选择了后一条路。

这一天我看到了当地的飞禽，有色彩艳丽的乌苏里啄木鸟。这种鸟羽毛为白黑红三色相间，活泼好动，不停地从一棵树飞到另一棵树，经常用它的长喙在树皮上敲击，并且似乎在认真倾听，根据声音猜测树身里是否有窟窿。啄木鸟一看见我，立即藏到树后，但马上又从另一侧露出头来。它用露出的一只眼睛警惕地观察着。当它发现我走近时，便大叫一声，飞到更远的地方，很快就不见了踪影。

另一边一只布谷鸟发出嘹亮的咕咕声。这种鸟胆小易惊。它从不栖息在一个地方不动，总是在树枝上跳来跳去，每跳一下，就有节奏地翘起尾巴，点一下头。布谷鸟没有发现什么危险，悄然飞到离我很近的树上，落在枝头，又咕咕地叫起来，可是它突然受到了惊吓，马上止住叫声，匆忙飞回原处。

我还从身旁的灌木丛里惊起一只丘鹬。

我走到离它极近的地方，它才突然飞起，贴着地面飞，灵巧地在树林间穿梭。在灌木更为茂密的地方还栖息着灰伯劳，当它们发觉有人走来，就起劲地叽叽喳喳叫个不停。这种鸟的目光总像在生气，喙像猛禽一样锐利，忽儿飞到树上，忽儿落到地面，似乎在草里觅食，接着又飞到树上，巧妙地藏在叶丛中。在林边近水的地方，还栖息着中国黄鹂和西伯利亚夜莺。它们的啼鸣传得很远。黄鹂的羽毛是漂亮的橙黄色，大小如同鸽子一般，栖在高树上。别看这种鸟体积大、羽毛鲜艳，却总是不易发现。西伯利亚夜莺是一种红颈的灰色小鸟。它同样喜欢在靠近水塘的灌木林里活动。它的歌喉不如欧洲夜莺那么婉转动听，在短促的啁啾后，立刻转成了一阵叽叽喳喳的叫声。听它的声音，我起初甚至不认为它是夜莺。但是后来走近细看，才认出了这位鸟中的歌手。

小路越来越向南偏了。我跨过了一条小溪，又开始爬山。在一个地方，我看到了不知谁遗留的一个宿营地。仔细观察后，我确信很早以前有人在这里留宿过，而且很可能是猎人。

森林越来越密，树木越来越高大，有些地方闪过呆板的圆形树冠的红松和尖耸的云杉，给森林里笼罩了一股阴郁的气氛。我不知不觉又翻过一座小山，走下旁边的河谷。谷底的溪水哗哗地奔流。

我觉得累了，便坐在一棵大红松下休息，并开始观察林下植物。这里有开小白花的鼠李，椭圆形叶，端尖；多刺的小叶蔷薇，一种小灌木，枝条上的刺极为厉害；戴着金色花冠的极东锦鸡。灌木丛里有些地方还可以看到伞形当归、乌鸦眼（六叶王孙），一簇簇剑状细叶向四面伸展，以及一种样子特别的蕨菜，叶子很像老鹰展开的翅膀，所以土语称它为“鹰翅”。

突然从远处传来一阵单调凄厉的叫声，声音越来越近。接着，我听到头顶上响起一阵飞鸟拍翅的声音和喑哑的咕咕声。我悄悄抬起头，看见一只山斑鸠。这时一不小心，我手中的什么东西落到了地上，响声惊动了斑鸠，它箭一般飞进了树丛。接着，我看到一只东方白头灰绿色喙的啄木鸟，头上有红色斑点。这鸟好动而忙碌。显然，因为我一动不动地坐着，它显得特别不安，从一个地方飞向另一个地方，也和先前看到的那只啄木鸟一样，藏到了树后面。又传来一声尖叫，我听出这是星鸦。很快就看见了它的大头、花羽，样子笨拙。但它灵巧地在树枝上跑来跑去，啄食云杉球果。它的叫声如此响亮，仿佛想通知整个森林，这里有个人。

我终于厌倦了坐在这个地方不动，我决定往回走，去迎一迎大队人马。这时传来一阵沙沙声，好像有人在树丛里小心翼翼地走动。“应该是野兽吧”，我心想，一面把枪准备好。沙沙声更近了。

我屏住气息，竭力想透过密林看清楚是什么动物走近了。突然，我的心一沉：我看见了一个手艺人。凭我多年的生活经验，我知道遇见这样的人有多危险。

在乌苏里地区的原始森林里随时可能碰见野兽，必须考虑到这一点。但是最不愉快的还是碰到人。野兽碰到人就跑，只有在受到追捕时才会反扑。在这种情况下，双方——人和野兽，都知道该怎么办。若碰上人就是另外一回事了。原始森林里只有上帝是见证者，所以人们养成了一种特殊习惯：看到一个生人，首先应当隐匿起来，准备好步枪。

在原始森林里，所有的人包括土著、中国人、朝鲜人和猎兽者，都带枪走路。猎兽者几乎完全靠狩猎为生。他的家务多半由他的父亲、兄弟或其他亲属操持。同他一起出去打猎是非常有趣的事。多年的打猎经验使他掌握了很多有趣的技巧，他知道野兽在哪里出没，怎样围捕它，如何追寻受伤的野兽。他具有辨认方向的能力，以及在各种天气里露宿的本事，善于迅速地、毫无声息地发现野兽，模仿动物的叫声。所有这一切，都是狩猎者的特点。

但是，应当将狩猎者和手艺人区别开来。在大多数情况下，狩猎者都是规规矩矩的人，应当防备的是后者。手艺人到森林里来不是为了打猎，而是为了搞些“生意”。除枪支外，他还随身带着小尖锹和各种酸液。他找寻金子，但是遇到机会也猎杀“公乌鸡”（中国人）和“白天鹅”（朝鲜人），还会顺手偷走别人的船，打死人家的牛，用牛肉冒充鹿肉卖出去。

碰上这种“手艺人”要比碰到野兽危险得多。必须时刻做好防卫的准备。一个没有经验的猎人稍有疏忽大意就会丧命。老猎手一眼就能看透眼前是什么人，是正经人，还是强盗。

我眼前正是这样一个手艺人或生意人。他的衣着有些奇怪，既像中国人，又像俄国人。他从我身旁斜穿过去，弓着背，不断地东张西望。突然，他停住了，麻利地取下肩上的枪，藏到了树后。我知道，他看见我了。我们对峙了几分钟。最后，我决定后退。我轻轻地慢慢地顺着灌木丛向后移动，几分钟后到了另一棵大树旁边。手艺人同样往后退去，藏进了灌木丛。

这时我明白了，他怕我。他无论如何不会想到我是一个人，他以为附近还有很多人。我知道，如果我开枪，子弹就会穿透他藏身的那棵树干，致他于死命。但是我立刻意识到，他离开了，他害怕了，如果我再开枪，就是杀人罪。我又后退了几步，回头一看，他的蓝衣服在树林间隐隐约约地闪动着。我放心了。

我小心翼翼地从一棵树退向另一棵树，从一块石头退向另一块石头，成功地离开了危险地。当我感到自己已经在射程之外时，便踏上小路，大步走回去找自己的队伍。

半小时后，我又回到了那个岔路口。

我想起了德尔苏教给我的办法，仔细察看着两条小路。左边的一条小路上有新鲜的马蹄印。

我加快了脚步，半小时后走到了伏锦河畔。我看见河对岸的木桩院墙里有一座中国房子，考察队正在旁边休息。

这个地方叫腰砬子。这是最后一座农家房舍，再往前走就是荒无人迹的原始森林了，只有冬天的捕貂季节才有人去那里。

考察队正在等我回来。我吩咐卸马，搭帐篷。在这里，需要最后一次补充食物储备。

第十一章 穿过原始森林

鞑子 采珠人 中国人守口如瓶 林间小路 鞑子猎人 林中暮色 北鼠兔 花鼠 与熊相遇 小咬

短暂的休息后，我去看了看与中国人的房子相邻的鞑子的住房。在乌苏里一带，居住在锡霍特山区中部和沿海以北至乌斯佩尼亚角一带的土著人自称“乌德海人”。那些生活在南部的土著人逐渐汉化了，如今与汉人已经没有任何区别。汉人称他们为“鞑子”，意思是“异族人”（非俄国人，非朝鲜人，也不是中国人）。俄语的“塔兹”就是汉语“鞑子”的谐音。这些被同化了的土著的特点是贫穷，肮脏，家徒四壁，缺衣少食。

当我走近他们的住所时，迎面走出来一个鞑子。他衣衫褴褛，患着眼病，头上长着癣。他向我问好，声音里流露出恐惧和不安。离房子不远，有一群逗狗玩耍的孩子。孩子们身上一丝不挂。

他们的房屋老旧，墙壁倾斜，黏土墙面有的地方泥灰剥落；有很多破洞的糊窗纸老化变黄，补了又补；满是灰尘的炕上铺着破席片，墙上挂着一些褪了色的、熏得发黑的破布。完全是一幅穷困潦倒、肮脏赤贫的景象。

以前我认为这是由于他们懒惰造成的，后来才知道，鞑子的贫穷另有其他原因，是由他们在中国居民中所处的地位造成的。经过询问才搞清楚，腰砬子的房子属于一个中国财东[1]（河流的主人）。住在伏锦河一带的所有土著人都要从他那里赊购鸦片、酒精、粮食和布匹。而他们必须把所有的猎获物——貂皮、鹿茸、人参等都交给财东，以此抵债。不止一次发生过这样的事：鞑子们的妻子女儿被抢去抵债，而本人被卖掉抵债的事也时有发生，然后还会转手倒卖。这些异族人遇到了中国文化，却不能掌控它，只能听命于中国人的影响。他们既不会像庄稼人那样务农，又脱离了猎人和捕兽者的生活。中国人利用了他们的无能，对他们无所不用其极。[2]从那时起，鞑子们就完全丧失了独立性，沦为奴隶。

我从那里返回时走错了路，走到了伏锦河边。那里有两个中国人在河里捞珍珠，一个人站在岸上，用全力支撑着插入河底的一根竿子；另一个人顺着竿子潜入水中。他用左手抓住竿

---

1 指有资产的人。

2 编者按：本书为前苏联专家在沙俄时期率考察队对乌苏里地区所做考察，代表沙俄官方，在谈及中国人时多处带有某些偏见，亦属正常，为保持书稿原貌，不对原文做修改，特此说明。

子，右手去捞河蚌。水流湍急，因此他们必须使用竿子。潜水者每次在水下停留的时间一般不超过半分钟。他憋住气的话，在水下的时间可以更长一些，但因为水温太低，不得不很快浮上来。也因为水底太冷，这个中国人穿着衣服潜水。

我在岸边坐下，开始观察他们的工作。潜水者在水中停留片刻，然后上岸晒 5 分钟左右太阳。由于两个人轮流下水，所以每个人 1 小时内下水不超过 10 次。这段时间他们总共捞上来 8 个河蚌，没有一个是有珍珠的。中国人在回答我提出的问题时说，大约每 50 个河蚌里才有一个里面有珍珠。一个夏季他们可以采到近 200 颗珍珠，价值 500 到 600 卢布。这两个中国人不仅在伏锦河里采珠，还走遍了所有的地区，到处寻找背阴处的老河汊。他们认为瓦库河是采珍珠的最佳地点。

不久，中国人停止了工作，换上干衣服，喝了一些加热的烧酒。然后他们坐在岸边，用小锤子敲开蚌壳寻找珍珠。我想起来，以前在岸边偶然看见过这样一堆堆敲碎的贝壳。那时我不明白这是怎么回事，现在全明白了。当然，这是掠夺式的寻找珍珠。贝壳敲碎后，就地随手丢弃。中国人从 80 个河蚌里找到了两颗珍珠。如果不是他们指给我看，无论怎么仔细寻找，我也看不见河蚌里的珍珠。原来，就是那些闪着暗灰色光泽的小瘤。珠母层要比珍珠本身鲜艳漂亮得多。

把河蚌晾干后，中国人小心翼翼地用刀把珠子从蚌壳里分离出来，装进一个小皮口袋里。我在鞑子那看了房子，又看了中国人采珍珠，不知不觉天就黑了。我们住的房子里已经亮起了灯。

晚饭后，我向中国人打听到海边的去路。也许是他们不想告诉我哪些地方有碓子房，也许是另有原因而不说实话，我发现，他们的回答总是模棱两可。他们说，沿里伏锦[1]河到海边去的路早就没有人走了，路上野草横生，遍地都是风倒木。中国人想让我们知难而退，但是，看到我们执意要去，便又编造各种谎话，说什么路上有熊，有虎，有红胡子，等等。晚上，格拉纳特曼到鞑子那里去了一趟，想在他们当中雇一名向导。但是中国人已经提前告知他们，不许给我们带路。我们只得靠自己向前闯了，那些打听到的情况同样不能全部相信。

第二天，我们很早就从腰砬子动身了，一条小径指引我们前进。起初它在伏锦河左面的山上，后来绕过一片不大的沼泽林，又回到河谷。被冲刷过的土壤、砾石浅滩和水坑说明，这里的河水经常泛滥，淹没河谷。

天气炎热，令人疲乏，全身倦怠无力。没有一丝凉风，炎热的空气仿佛凝固了。

一切生物都停止了活动，躲藏起来。路旁停着一只凶猛的鸟，大张着嘴。显然，它也热得难受。

离房子越远，小路就越难走。它在树林附近分成了两条。一条更平坦些，一直向前延伸，另一条难以辨认，通向原始森林。我们犹豫不定地停了下来。往哪儿走呢？

---

1 内伏锦。

突然，从密林丛中走出一个中国人，看样子有40来岁，晒黑的面孔、挂破的衣服和磨坏的鞋都说明，他远道而来。中国人身上背着一个沉重的背囊，肩上挎着一支枪，手里拿着一根射击时做支架用的棍子。看见我们，他吓了一跳，转身就跑。但是哥萨克们喝令他站住了。中国人提心吊胆地走到我们跟前，不过很快就放下心来，开始回答我们的问题。从他嘴里得知，沿着那条平坦的路可以走到大柞树河。大柞树河在相当靠北的奥耳加湾入海。而我们脚下的这条小路，先顺着朝松[1]河延伸，然后翻过一座大山通向西南岔河，西南岔河注入伏锦河上游。小路在西南岔河岸又分成两条，一条是马道，通向杨木沟子河（乌拉河支流），另一条路过了第六个涉水渡口之后，向左拐进山里。

这正是我们要走的路，但是路上一定要看仔细了，不要错过。

对中国人的信息表示了感谢后，我们就大胆地向前走去。住人的房子、草甸子、耕地和开阔的谷地，一切都在我们身后了。

每一次走进绵延数百公里的大森林时，都会不由自主地产生一种类似胆怯的感觉。这样的原始森林，就是大自然本身，这不难理解，甚至是本能的。习惯了在森林里浪迹的人，他们比那些越过划分族群和世界的国境线的人还早就祈祷上帝，恳

1 即黑松。

请他保护自己远离森林里的恶魔。

越往前走，林中倒木越多。山上的土层很薄，树根不能很深地扎入地下，便沿着地表层四面伸展。因此，树木很不牢固，很容易被风吹倒。这就是乌苏里地区原始森林中倒木极多的原因。倒下的树木将自己的根连同泥土和石块一起翻起来。连绵不断纵横交错的这种路障高达4—6米，造成林间小路极其曲折。一路上需要绕过一个接一个的倒木。应当经常注意这些弯路，而且要将其计算在全部路程内，它的实际距离比地图上所标示的多一倍半。生长在山下河谷里的树木，根扎在很厚的冲积土层中，比较牢固。

这里可以看到高达25—35米、树身3.7—4.5米粗的“森林巨人”。有些老杨树常常成了熊窝，有时候猎人在一个树洞里就能找到两三个熊窝。

河谷森林有时十分浓密，遮天蔽日，半明半暗，总是那么阴凉潮湿。树林里的黎明和黄昏来临的时间与开阔地带不一致，只要有一小片乌云遮住阳光，树林里就立即变得昏暗，好像阴天一样。然而在晴朗的日子，阳光照耀下的树干、翠绿的树叶、闪光的针叶、鲜花、苔藓和五光十色的地衣，将森林装点得分外美丽。

遗憾的是，好天气能给予的一切，都被小咬破坏了。夏天，人在原始森林里经受的折磨难以言传。语言无法形容，要亲身感受才知道。

我们不停地走了约3个小时。终于听到了流水声。这可能就是中国猎人所说的那条朝松河了。现在烈日当头，骄阳似火。马匹行进时沉重地喘着气，垂着头。天气如此炎热，甚至在大偃松的树荫里，也没有一丝凉意。没有野兽出没，也听不见鸟鸣，只有昆虫飞来飞去。太阳越毒，它们越活跃。

我吩咐停下来休息，但是马拒绝去吃草。都挤在烟堆旁。在这种情况下，坐着休息比走路还要糟糕。于是，我命令重新上好马驮，继续前进。

午后约两点钟，我们走到了布满乱石堆的山脚下。小路从这里开始上山了。一切都如中国猎人说的那样。

山口上有一座小庙。读者也许以为这是一座大的石头建筑物，其实不然，如果不是庙旁的树上挂着破红布，人们有可能从庙旁走过而不会发现它。想象一下，两块石板当立柱，第三块石板横搭在上面，这就是庙！凹进去的地方供着神像，是粗糙的木版画，偶尔还看见小木匾，上面刻着宗教铭文。仔细观察的话，还可以在庙前发现香头、香灰、一撮大米、一块糖等。这是献给“山林之神”的供品，以祈求保佑发财。

小路在山岭的另一侧通向了捕兽人的房子，房子位于西南岔河左岸。房主人不在家。

我决定等他回来，并命令大家安顿宿营。

下午 5 点钟左右，主人回来了。一看见士兵，他吓坏了，也是转身就想跑。但是哥萨克抓住了他，把他带到我面前。他很快就确信我们不会伤害他，于是很乐意地回答我们的问题。这是一个 30 来岁的鞑子，满脸麻子。从他的话里得知，他给腰砬子的财东干活儿，欠东家的债。欠多少债，他自然不知道，不过他觉得自己是受欺压的。我们提出要他带我们到锡霍特山去，他拒绝了，理由是，如果中国人知道了会打死他。我不再坚持，好在我已经确认，我们没走错路。为了博得这个鞑子的好感，我给了他25粒贝尔登步枪子弹。这个礼物使他高兴极了。他又唱又跳，然后声言，他会送我们到下一座房子，那里住着两个中国猎人。

离黄昏还早。于是，我带上步枪去观察周围的情况。走出宿营地约1公里，我坐在一个树墩上倾听。原始森林中的飞禽在日落时分总是比白天更活跃。小鸟飞上树梢去看那消失的太阳，向它最后道一声“再见”。

我入神地观赏着大自然，完全忘却了我是一个人，远离宿营地。突然，我听到旁边有沙沙声，在一片沉寂中显得很响。我以为是什么大动物在走动，便准备好自卫。原来是一只獾。它迈着碎步行走，时而停下来在草丛里寻觅什么。它从离我很近的地方走过去了，我用枪尖就能碰到它。它一直走到溪边，舔着喝了一些水，然后晃晃悠悠走远了。周围恢复了寂静。

突然，背后传来一阵急促而刺耳的尖叫声，像剪刀剪东西的咔嚓声。我回过头，原来是一只鼠兔。这种小动物在西伯利亚东部和东北部极多。它长得像小家兔，只是没有那么长的耳朵，全身呈灰褐色。山坡上的乱石堆和河谷里生着一层薄苔藓的乱石滩，那是它喜欢待的地方。鼠兔白天出来活动，但特别谨慎胆小。要打死它而又不损坏它的毛皮，极为困难。一颗霰弹就可能使它的皮成为碎片。

我挪动了一下，小动物吓得很快钻进了洞里。看得出来，它对危险很敏感，尽管林中一片寂静，它却时刻保持着警惕。接着，我看到了一只花鼠。这是一种活泼好动的花皮地鼠。它在一棵倒木上灵活地跑着，爬到树上，再跑下来，又钻进了草丛里。花鼠的毛皮是杂色与黄色，背上和体侧有五道黑色的纵纹。

这种动物均匀地分布在整个乌苏里地区，不论是在茂密的混交林里，还是在疏林边的田野里都可以见到。它逃跑时发出刺耳的尖叫，很容易被发现。中国人有时候用它的毛皮镶在自己的帽檐上。

我发现，花鼠总是回到同一个地方，而且每次回去都要衔点东西。当它离开时，脸颊鼓鼓的，再回到地面上来时，嘴里已经空了。

这个画面让我极感兴趣。我走近一些观察。倒木上有干蘑菇、小菜根和松子。现在林子里既没有蘑菇，也没有松子，那么显然，这是花鼠从自己的洞里搬出来的。它为什么要这样做呢？我想起德尔苏曾经说过，花鼠总是储存很多食物，有时候足够它们吃上两年。为了不让食物腐烂，每隔一段时间，它就把食物搬到外面，晾晒一下，傍晚再收回洞里。

我又坐了一会儿，才起身朝前走去。路上不断碰到刚刚被翻动过的倒木。我知道这是熊干的，它最喜欢这种活动。熊在原始森林里闲荡时，常常掀起倒木，捡拾下面的什么东西吃。

中国人开玩笑说，老熊翻来翻去在晒木头呢。

返回的路正是我来时走过的路。我认出了那棵我曾在下面停留过的大红松，沿着我熟悉的倒木渡过了小溪，绕过碎石堆，不知不觉走到了花鼠晾晒食物的倒木前。花鼠洞现在竟变成了一个深坑，松子和蘑菇扔得到处都是。新翻出来的泥土上可以看到熊掌印。一切都清楚了，熊瞎子毁掉了花鼠洞，吃掉了花鼠的食物，可能连洞的主人也一起吃掉了。

夜晚降临了。晚霞消失了，天色昏暗下来。远近的树木呈现出一种单调的颜色，非绿，非灰，也不是黑色。周围异常安静，能感觉到耳朵里的嗡嗡声，黑暗中一只甲虫从我身旁嗡一声飞了过去。我小心翼翼地走着，生怕跌倒。忽然，旁边传来极大的声响。一只很大的什么动物在前面呼哧呼哧地喘气。我想开枪射击，但随即改变了主意。

受惊的野兽可能逃掉，但也可能扑过来。这一分钟时间是如此漫长。我认出来了，是一只熊，它使劲儿嗅着空气。我久久站在原地，一动不动。终于还是忍不住了，我开始小心地向左移动。还没走出两步，就听到一声吼叫和树枝折断的咔嚓声。我吓得心脏缩成了一团，本能地朝野兽举枪射击。野兽的响动越来越远，说明它逃走了。过了片刻，从宿营地那边也听到了回应我的枪声。

于是我又回到老地方，按原来的方向继续赶路。半小时后，我看到了宿营地的篝火。明亮的火光照亮了地面、灌木丛和树干。人们在篝火旁边忙碌着。驮马在草地上吃草，在它们四周生起了烟堆。当我走近时，狗叫着迎面扑来。但认出是我后，又不好意思地退回去了。太阳一落山，蚋就不见了，代之而起的是蠓[1]——一种极小的、肉眼几乎看不见的小飞虫。这种小飞虫出现的第一个迹象就是人的耳朵开始发烧，然后就觉得好像有一层带刺的蛛网覆盖在脸上。特别痒的地方一般在额头上。蠓虫钻进你的头发里、耳朵里、鼻孔里、嘴里。人们骂着，唾着，不时用手抹一下脸。士兵们把手帕塞在帽檐下面，哪怕稍微能护着一下脖子和后脑勺也好。我非常口渴，想喝茶。

“没法喝。”哥萨克埃波夫说道，一面递过茶杯。

我把杯子举到嘴边，看见水面上蒙了一层灰尘似的东西。“这是什么？”我问哥萨克。

“小咬，”他答道，“热气一熏，它们就掉进开水里了。”

我先用嘴吹，再用匙子撇，试图把小咬清除出去，但是，每一次我刚一停下来，杯子里立刻又落满了小咬。哥萨克说得对，我没能喝成这杯茶。我把水泼在地上，然后钻进了自己的蚊帐。

晚饭后，大家开始准备睡觉。有些人懒得架蚊帐，盖着被子，睡在露天里。他们翻来覆去折腾了很长时间，“噢哟”“哎哟”地直叹气，用被子蒙上头，但是仍然摆脱不了小咬的袭击。这些小虫子从每一条小缝里钻进去。终于，有人挺不住了。

“给你，吃去吧！活见鬼！”他喊了一声，掀开被子，伸出

---

1 一种极小的夜间活动的蚋虫。

了手臂。

响起了一阵哄笑。原来，不仅他一个人睡不着，大家都一样。但是，谁也不愿第一个起来生烟堆。过了约两分钟，有人点燃了篝火。士兵们互相取笑，又“哎哟”地叫起来，咒骂着。宿营地渐渐安静下来了。百万只蚊蚋糊在我的蚊帐上。听着它们的嗡嗡声，我开始打盹儿，很快便睡熟了。

第十二章　大森林

鞑子指路　原始森林里的鸟类　西南岔河的地质状况　森林之夜　中国人　原始森林的居民　参场　考察队折返　向导　中国老人　通往奥耳加哨所的古道　锡霍特前山的森林　疲惫与断粮

早晨，我被大家的说话声吵醒了。刚 5 点钟。听到了马打响鼻、甩尾巴的声音，还有哥萨克们的咒骂声。我猜想，蚊蚋一定很多。急忙穿好衣服，钻出蚊帐。眼前的情景非常有趣。我们的宿营地上空盘旋着如同乌云般黑压压的数不清的蚋群。可怜的马把头埋在浓烟里，不停地摇头甩尾。

篝火上浮着一层蚋。无数蚋虫不断掉进火里，直到篝火燃尽为止。

对付蚊蚋只有两个办法：浓烟和快速活动。不能坐着不动。我命令准备驮马，然后去取挂在树上的枪，可是，枪几乎认不出来了，上面蒙着厚厚一层灰色尘埃物。原来是粘在擦枪油上的蚋。我很快收拾好了自己的器具，没等备好驮马，便顺着小路出发了。

在离房子 1 公里的地方出现了岔道。右边那条通往乌拉河，另一条向左通往锡霍特山脉。鞑子走到这里停住了脚步。他给我指出我们应该走的那条路，说：

“长官！好好看路。马走的有，你走的有，马走的没有，你走的没有。”

不习惯听这种话的人，可能觉得他说的不过是一串没有意义的词而已。但是我立刻就明白了。他的意思是，应当顺着马行的小道走，避开人行小道。

马匹赶上来后，鞑子便回去了。我们则沿着一条新路顺西南岔河向上而行。

这一带生长着浓密的混交林，其中以红松居多。被严重冲刷的河岸、漂木、细沟、坑洼、倒树以及挂在灌木丛上的一缕缕干草都说明，不久前这里发过大水。

乌苏里地区的河流有个特点，每次洪水泛滥之后，浅滩（渡口）都要改变位置。找到被洪水冲刷过的小路不那么容易。我派人去四处找寻，终于找到了。我们高兴地继续前进。

沿途看到了野兽的足迹，其中有很多是老虎的脚印。有两次，我们惊动了鹿和野猪，开了枪，但没有打中，士兵们太匆忙了，相互干扰。

乌苏里森林给人的感觉荒凉冷清，因为这里没有鸟的啼鸣。沿途偶尔看到乌苏里松鸦。这种鸟勇猛好动，总是在树枝上跳来跳去，不停地对我们发出刺耳的叫声。我想仔细看看它们，试着走近一些。它们起初努力藏在叶丛中，当发现我一直在跟踪它们时，就飞走了。松鸦飞翔时展开翅膀，露出带亮白点的蓝色羽毛，显得比平时好看得多。

森林里不时可以听到一阵类似敲鼓的奇怪声音。不久我们看到，这种声响原来是一只黑啄木鸟弄出的。这只多疑、易惊、红头的黑鸟，远看很像乌鸦。它尖叫着从一个地方飞向另一个地方，像所有的啄木鸟一样藏在树后。

小河旁边潮湿的丛林中栖息着榛鸡。狗跑近时，它们吓得飞向密林深处，并且像吹口哨一样地婉转鸣叫起来。季亚科夫和麦梁想猎取几只，但是榛鸡没等他们走近就飞走了。

我劝士兵们不要白白浪费时间，赶路要紧。

从一棵树上飞起一只大猛禽，这是黑夜之王——乌苏里雕鸮。它落到一棵干枯的云杉上，惊慌地东张西望。我们刚一走近，它就飞走了。后来再没看见它。

西南岔河谷的地质结构极为简单。这是一条构造谷，起始于西南方，随后沿锡霍特山脉向北延伸。在这条河中游左侧的一道沟子[1]一带，可以看到花岗岩碎屑堆，再往下去，有霏细玢岩、风化细晶岩，以及混有方解石和玉髓的扁桃状辉绿岩。

越深入山区，河里的石滩越多。小路常常由这岸转到对岸，倒树成了天然的桥梁。这说明，这条路是人行小道。我记得鞑

1 第一条道路的河谷。

子说要顺着马道走，我注意到偏南了。无疑，我们走错了路。这不是我们的路。可能拐弯时应当向另一个方向拐。而这条路比较平坦，无疑是通向乌拉河河源的。

傍晚，我们走到一所碓子房前。主人不在家，无法打听。大家开会决定，把马匹留在宿营地，大家分头出去探路。Г.И.格拉纳特曼一直朝前走，А.И.麦尔兹利亚科夫向东去，我应当原路返回，尽量找到我们错过的那条小路。

傍晚，风刚停息，蠓虫又出来了。这些小吸血鬼毫不留情地向人和马扑来。

白昼过去了。晚霞的余晖消失在天际，却毫无凉意。晒热了的土地晚间继续释放出热气。林中的野草散发出阵阵清香。河面上冒着浓浓的蒸气。哥萨克在宿营地周围点燃了一圈烟堆。人和马都挤在烟堆旁边，躲开那些空气清新的地方。宿营工作一切安排就绪后，我吩咐给我架起蚊帐，接着就一头钻进了救命的帐子里。1 小时后，天黑透了，月亮升起，向森林洒下柔和的盈盈月光。晚饭后不久，整个营地便进入了梦乡，只有狗和马匹以及营地夜间值守人员没睡觉。

第二天早晨，当我和哥萨克别洛诺日金从宿营地出发时，天还没亮。不久，黎明来临，月亮暗淡了，夜色消失了，周围的景色更加柔和。和煦的晨风掠过树梢，唤醒了林中的飞鸟。太阳慢慢升起，越升越高，突然，太阳从群山后面喷薄而出，放射出万道生命之光，刹那间照亮了整座森林和浸满露水的树丛草地。

在头一所碓子房附近我们果然找到了一条小路，它通往另一面。小路将我们引向了另一所同样的房子。我们碰到了住在里面的两个中国人。一个是年轻人，另一位是老人。年轻人以狩猎为生，老人是个挖参者。年轻的中国人约有 25 岁，体格健壮。从他的脸上可以看出，他很享受生活，感到幸福，对自己的命运满意。他爱笑，并且常常做出孩子般的举止来自娱自乐。老人又高又瘦，与其说他是个活人，倒不如说更像一具干尸。他脸上布满皱纹，面孔晒得黝黑，满头白发，这说明他已经年过七旬。两个中国人都穿着蓝布裤褂、套裤和乌拉鞋（也称靰鞡鞋，曾是东北满族人的冬季用鞋。——译者注），不过，年轻人的衣服是新的，干净讲究，老人的衣服破旧，打着补丁。两个人都戴着帽子，年轻人戴的是买来的草帽，老人戴的则是自制的桦树皮帽。

中国人起初很害怕，但当他们知道是怎么回事后就放心了。他们请我们喝小米粥，端上了茶。经过打听才弄清楚，我们已经到了锡霍特山脚下，再往前根本没有通向海边的路，我们队伍走过的那条小路是通向注入乌拉河上游的朱家麻沟[1]河的。

我即刻爬上一棵大树。从高处看到的一切，与老人用棍子在地上画的平面图完全相符。东面看到了锡霍特山脉锯齿般的山脊。按我们的估算，走到那里还需要两天的行程。向北极目眺望，绵延着一片略微起伏的小丘陵低地，低地上覆盖着高大

1 朱家的河谷，河谷里长着大麻。

的处女林。这样的大森林总是给人某种神秘可怕的感觉。人是那么渺小，好像被遗弃了。往南和继续往西又是山地。另一条山脉与锡霍特山脉平行，翻过那道山大概就是乌拉河了，不过现在还看不到它。

这样的地形让我吃惊不少。照理说，离分水岭越近，山区的特征应该表现得越充分。我以为会看到高山峻岭和尖耸的奇峰。但是恰恰相反，锡霍特山脉附近只有一些溪流纵横的平缓丘陵。这是侵蚀的结果。

弄清方位后，我从树上下来，立即派别洛诺日金返回宿营地，告诉 П.К. 鲁特科夫斯基路已经找到了。我留在中国人这里。当中国人听说我们的队伍要在傍晚才能到达时，便准备出去干活儿。我不想一个人留在房子里，就同他们一起去了。

老人非常自重，言语不多，而年轻人却很爱说话。他告诉我，他们在原始森林里有一个参场，现在正是去那儿。他的讲述令我着迷，竟忘了看这条路的方向，假使没有中国人帮助，我可能就找不到回去的路了。我们沿着山坡走了大约一个小时，翻过一座山崖，然后下到河谷。路上我们看到了一些像瀑布一样湍急的山溪和很深的峡谷，谷底还有积雪。我们终于到达了目的地——一个长满密林的北山坡。

读者如果把参场想象成在林中空地上栽种人参，那就错了。凡是在不同时间不止一次找到过人参的地方，即认为适合做参场，并将其他地方的人参全部移植过来。我首先看到的是一个松树皮搭的凉棚，这是为了人参不受太阳光的暴晒。为了避免土地过热，参场两侧种上了蕨丛，还挖了一条小水沟，从旁边的小溪中引来了泉水。

来到参场后，老人跪下，双手合十，举至额前，磕了两个头。他嘴里念念有词，大概是在祷告。接着站起来，又把手举至额前，最后才动手干活儿。年轻的中国人这时把几块写着汉字的破红布挂在树上。

人参！就是这么神圣！

世界上再也找不出别的植物，像人参这样引出如此多的神话和传说。也许是受了文学作品或者中国童话故事的影响，不知为什么，我对这种并不好看的五加科植物同样产生了崇敬之感。我双膝跪下，想更近些仔细看看它。老人以为我也在祷告。从这一刻起，我才彻底得到了他的信任。

两个中国人开始干活儿了。他们清除树上落下的枯枝，移植了两丛灌木，并为灌木浇了水。他们发现流进参场的水太少，于是将水流放大一些，然后开始除草，但并非拔掉所有的草，只是除掉其中的某些草，尤其是长在近处的刺五加。

在他们干活儿的时候，我去森林里随便走了走。我怕迷路，就顺着水流向前走，返回时沿着溪流即可。当我回到参场时，中国人已经干完了活儿，正在等我。我们是从另一边走到房子那的。我由此得出结论，我们回来走的不是原路。

黄昏前不久，我们的队伍来了。中国人分给我们一些饭食，虽然他们自己的也并不多。晚间，我总算说服了他们，带我们翻过锡霍特山脉，到外伏锦河河源去。老人答应亲自当向导，但是因为体弱，他只能送我们到分水岭。年轻的中国人答应他当接下来的路的向导。他反正必须去那里的农户家里买面粉和小米。老人提出的条件是，不许呵斥他，不许与他争辩。第一点不成问题，第二点我们也都欣然同意了。

黄昏刚刚降临，小咬又出现了。中国人在房子里生起了烟堆，而我们却钻进了自己的蚊帐。

想到有人带我们翻越锡霍特山脉，心里踏实了很多，很快就入睡了。现在只担心一件事：食物是否足够？

第二天早晨8点钟，我们已经准备就绪。老人走在前面，年轻的中国人和两名拿着斧头的士兵紧随其后，然后是大队人马。老人拄着一根长拐杖。他什么话都不讲，只是示意应该往哪儿走，或者应该搬掉哪根挡路的倒木。虽然路上时常耽搁，但考察队的行进速度仍然相当快。中国人一直朝西南方向走，直到午后才转向正南。

锡霍特山前是一片由残斑岩和斑状凝灰岩构成的地表。地面上的山岩已经崩解为碎块，形成了碎岩石堆，上面覆盖着苔藓和灌木丛。

乌苏里地区极少能见到地上只有落叶而不生野草的干燥的针叶林。这里到处都很潮湿，到处是苔藓、蕨菜和细小的苔草。

今天第一次下达了食品分配减半的命令。即便这样，口粮也只够吃两天的了。如果翻过锡霍特山脉后，我们不能马上找到有人住的地方，就会挨饿。据中国人说，从前在外伏锦河源头有一所碓子房，但是现在他们不知道房子是否还存在。

我想停下来打猎，但是老人坚持不能耽搁，要继续赶路。我想起了对他的承诺，同意了他的意见。

应当公正地说，老人的路带得很好。他在一个地方停下来，指着一条长满野草和灌木的老路给我们看。这就是从前乌苏里的中国人到奥耳加湾去的古道。19 世纪 60 年代，布季谢夫和马克西莫维奇也曾走过这条路。我眼前立刻浮现出他们的形象以及他们对此的记述。从这条路被践踏的程度可以明显看出，当年这里往来是多么频繁。自从军港由尼古拉耶夫斯克（即庙街，下同。——译者注）迁往符拉迪沃斯托克后，中国猎人不再走这条路了。小路杂草丛生，完全失去了存在的意义。

近来人们的衣服破损得很厉害，补了又补，头上戴的防蚊罩也破得已经不起作用了，脸上被叮得流血，前额和耳朵周围出现了湿疹。

有限的食物储备迫使我们加速前进。我们把途中的大休息缩短至 30 分钟，下午一直走到黄昏才停下宿营。

这种高强度跋涉对老人来说异常吃力。我们一停下宿营，他就坐到地上呻吟，没有人搀扶他自己都站不起来。

我的行军水壶里还有几滴罗木酒，是准备路上万一有谁生病时使用的，现在正是时候。老人为我们受累，明天还要赶路，然后他还得返回去。

我将罗木酒全部倒进茶缸里，递给他。我在中国人的眼里看到了感激的目光。他不愿一个人独享，示意让大家一起喝。大家一起劝说他，他才把酒喝掉，然后钻进自己的蚊帐里睡了。

我随后也像他一样去睡了。

听着蚊蚋的嗡嗡声，我想起了《圣经》里处罚埃及人的故事：“出现了大批苍蝇，残忍地伤害埃及人。”在一个气候干燥，没有白蛉子的国度里，偶尔出现了白蛉子，感觉那是可怕的刑罚。而在这里，在阿穆尔河沿岸地区，这吸血的小飞虫早已是寻常之物了。

天刚破晓，中国老人就把我叫醒了。

“应该走了！”他简短地说。

吃了一点儿昨晚剩下的冷饭，我们动身上路了。今天中国向导带着我们急转向东。一出宿营地，我们就进入锡霍特山脉前面的侵蚀山区。这一带都是一些不高的、坡度平缓的丘陵，无数溪水流向四面八方，一下子很难断定它们的流向。

离山岭越近，林木越稠密，倒木也越多。我们在这里第一次看到了赤柏松，这是古代残存的亚热带植物区系的代表。这种树在某个时期曾遍布阿穆尔河沿岸地区。树皮为红色，木微红，结红果，形同云杉，但枝条的排列与阔叶乔木相同。

这里的林下植物主要有狗枣子，不知为何俄国移民称它为“无核小葡萄”，金银忍冬、狗奶子、不规则锯齿状叶的胡桃楸，和叶上有白鳞、开白花的毛杨梅。显花植物中最常见的有中国土医采来做药材的白芍药，其次为集生草（这种草有着掌形锯齿叶，开紫花）和叶片巨大鲜艳、呈莲座状的七筋菇。

黄昏前我们到达了分水岭，人们都饿极了。马匹同样急需休息，它们走了整整一天，没吃草，也没歇过。宿营地附近哪儿都没有草。卸下驮鞍之后，马累得立刻躺在地上。我们从什马科夫卡车站出发时，马匹全都膘肥体壮，可是现在它们被饥饿和蚊虻折磨得瘦弱不堪，完全变了样。

中国人用仅有的一点小米掺蕨菜叶熬成稀粥，分给士兵们。在这顿没吃饱的晚饭后，为了摆脱饥饿的折磨，大家立刻都躺下睡了。这样做很对，因为明天的出发时间定得比今天还要早。

第十三章　翻越锡霍特山脉去海边

马克西莫维奇山口　昆虫和鸟类　外伏锦河河谷及其支流　青羊　萤火虫　近海地区的鸟类　好客的中国人　伏锦村和佩尔姆斯科耶村　俄国首批移民的艰辛　猎手　鹿茸的价值　卡什列夫“虎见死”　满洲里田鼠　旅途终点

第二天是6月16日。早晨5点我们即拔营出发，立即开始攀登锡霍特山脉。山坡缓慢地逐渐上升。我们的向导尽可能领着我们走直路，遇到陡坡就迂回前进。

爬得越高，溪流越细，最终完全消失了。不过，岩石下面哗哗的水声说明，这里的水源仍然很丰富。流水声后来也越来越微弱了，那细细的水声极像从茶壶里往外倒水的声音，接着，细流变成了水滴声，最后什么声音也没有了。

一小时后我们登上了山脊。这里的山势突然变得陡峭，但不久又平缓了。

山口上有一棵大红松，红松树下有一座用树皮搭的小庙。中国老人在庙前停下来，跪下磕了一个头，然后站起身，用手指着东方说了四个字：

“外伏锦[1]河。”

就是说，我们已经站在了分水岭上。老人说完便坐到地上，并示意大家该休息一下了。

利用休息时间，我顺着山脊朝南走了不远，这里遍地巨石嶙峋，高大的岩石直接立在地上，我登上一块这样的巨石，开始观察。

紧靠着锡霍特山脉的地带由石英斑岩构成。这座分水岭在这里从西南走向东北，最高点海拔约1100米，北段略低。西坡平缓，东坡相当陡峭。整个山脉覆盖着茂密的针阔混交林，只有个别山顶和山岩碎石地带没有树木。在中国的古代地图上，这条分水岭被称为希霍塔–阿林。当地的汉人称它为锡霍特岭，但更为经常的称呼是老岭（意思是“高大古老的山岭”）。按地形测高法测量这座山口，高度为980米。我将它命名为马克西莫维奇山口。马克西莫维奇是乌苏里地区的首批考察者之一。

从分水岭向东望去，目极之处一片浓雾弥漫，邻近的山峰就像浮在雾海中的孤岛。雾浪涌上山脉，刚过山坳就停滞不动了。分水岭以西，空气清新洁净。据中国人讲，这是很常见的

1 外面的伏锦，流向大海。

现象。后来我遇到的很多情况都使我更加确信，锡霍特山脉是沿海地区与乌苏里江右侧支流流经地区之间的一条重要的气候分界线。

可能我离开的时间太久了，队里有人在大声喊我。

哥萨克已经烧好了茶，正在等我回去。没有玩笑就没有奇迹。热茶被倒进了每个人的茶杯，这时鲁特科夫斯基说：

“哎，如果有糖该多好！”

“有啊。”哥萨克别洛诺日金说，在自己的口袋里一阵摸索，然后掏出一块脏得发黑的砂糖。

“我的朋友，你这是把糖块扔到哪里了？”鲁特科夫斯基问。

“扔到了锡霍特山又捡回来了啊。”哥萨克机敏地回答。

用热茶涮了一下胃肠，我们就动身了。

正如我已经说过的，从山顶到外伏锦河去的下坡很陡。我们面前是一条很深的峡谷，谷底堆满石块和倒木。像瀑布一样的水流从很多地方倾泻下去，在谷底冲出许多坑洼。坑洼隐蔽在蕨丛下，成了一个个真正的陷阱。格拉纳特曼推倒一块巨石，巨石掉下山去，裹挟着其他石块滚滚而下，形成一阵岩崩。

从这样的峡谷下山非常困难，特别是马匹。如果把我们下锡霍特山脉的道路用图来标示，那就可以看到一条极短的蜿蜒向东的线路。下山用了约两个小时。槽沟里有一条溪流，在灌木丛的遮掩下，我们几乎看不到它。溪水沿着槽沟向下奔流，发出快活的喧闹声，仿佛在为自己终于冲上地面而得到的自由高兴。溪水流到下游，渐渐平静了。

但是，瞧，右侧又有一条同样的深谷出现在眼前。原来的那条峡谷现在已经变成一道窄沟了，当地中国居民称它为尘光大沟[1]。翻过山口，阔叶林很快替代了针叶混交林。向阳坡上多半是柞树。河谷森林的树木种类繁多，多姿多彩。这里可以看到小叶椴，一种喜欢在林边和林中空地上生长的树木；浅绿大齿叶的花楷槭；半灌木半乔木的灰柳和形同灌木、枝干生有软木翅的卫矛。可以看到的真正灌木有：柳叶绣线菊，开金黄色花朵；样子奇特而罕见的野山楂，刺短而少，叶背发白；高达4米多的金银忍冬，枝头缀满粉红色花朵；贴地皮爬蔓的百里香草，剑状小叶，开鲜艳的紫红色花朵。小路旁边还有别的灌木，我本想细细观察，但饥饿使我不能久停。河谷里遍地鲜花盛开，令人眼花缭乱。其中有从淡蓝到深紫、颜色各异的单花鸢尾，绚丽多彩、五光十色的兰花，黄色的五虎草，深紫色的风铃草，芳香的铃兰、紫罗兰，朴素的野草莓花，玫瑰色的矢车菊，鲜艳的石竹花以及红、黄和橙黄色的野百合花。

从浓密的针叶林到稀疏的柞树林，又到百花盛开的林中旷地，这种转换如此剧烈，令人不觉惊叹。我们在锡霍特山脉西侧要经过三四个渐变区才能看到这样的景色，而这里仍处于这座山的山脚下。

此外，我还发现了一个特点：那些在山脉西侧已经凋谢了的花，在这里根本还没开呢。

---

1 尘土飞扬的光秃的大河谷。

里伏锦河流域有很多蚊虻等吸血小飞虫，鳞翅昆虫很少。这里正好相反，到处闪动着深红色荨麻蛱蝶、淡黄色带黑红斑点的绢蝶和深蓝色的大凤蝶的身影。凤蝶常常落在水面上，展开翅膀，顺水漂流。你可能以为这些凤蝶偶然落入水中飞不起来了。有几次，我想去抓它们，但是刚伸出手，它们就轻松自如地飞起来了。飞出不远，重又落到了水面上。

到处可见蜜蜂、黄蜂和黑、橙、白色腹部的毛茸茸的野蜂，在花丛间嗡嗡嗡地盘旋。地上，灵活的步行虫在草上爬行。这种甲虫生性凶残，可以称之为“昆虫中的老虎”。小路上还爬着黑色的埋葬虫和三色斑蝥。斑蝥的行动突然急遽，你分不清它是跳还是在飞。在伞形科植物上活动的昆虫大多是象虫和绿椿象，而水塘附近和路边潮湿的地方，浅蓝色大眼睛的蜻蜓展开透明的翅膀在飞行。

观赏过昆虫后，我又去观察鸟。首先看到的是山鹨。它们在树下跳着，在落叶中捡食。当我走近时，它们就飞走了。飞出不远，又落在草地上。山溪边，山鹡鸰摆动着尾巴从一块石头跳上另一块石头。这种鸟不太怕人，只在我走到离它非常近的时候，它才不慌不忙地飞开。太平鸟守着野蔷薇丛。它们熟练地顺着灌木枝爬来爬去，不去空旷的地方。我在另一个地方看到了长尾山雀。它们在树叶间钻来钻去，很少注意自己的邻居小山雀。伶俐的小山雀在长尾山雀的身旁忙碌着，这是一种十分小的鸟，喙极小，尾巴很短。

从大量的足迹可以看出，在这里活动的哺乳动物有野狍、鹿、野猪、熊和虎。

大家虽然又累又饿，却走得相当起劲。顺利翻过锡霍特山脉，从荒无人烟的原始森林突然走进了鸟语花香的树林，而且还碰上了小路，这鼓舞了所有的人。黄昏时，我们走到一所空碓子房前。房子附近有一个不大的菜园，里面种有芜菁、生菜和葱。

与我们在伏锦河畔看到的蔬菜相比，这个园田里的作物生长期也比较晚。换句话说，我们所看到的一切都表明，锡霍特山脉东西两侧存在着巨大的差异。显然，乌苏里地区的植物生长期比乌苏里江流域要晚得多。

我们没有再往前走，就在房子附近宿营了。

中国人从 8 月就开始往原始森林里驮运食物，处于最边远的房子，盐、面粉和小米都要靠人背过去。食物放在椴木凿成的桶里，上面盖着树皮。房门从来不上锁，木桶上加盖只是为了防备老鼠和花鼠钻进去。

在原始森林里不能动用别人的食物。只有在极其饥饿的时候，才可以借用，但有一个严格的条件，即一遇到农舍就将食物还回原处。不遵守这一点的人被认为是强盗，要受到严厉惩处。确实，偷盗碓子房里的食物会逼使捕貂者提前离开原始森林，有时可能使他直接陷入绝境。

晚间，中国老人向我们宣布，他不能再往前走了，他要留在这里等自己的同伴回来。

第二天，6 月 17 日，我们告别了老人。我把自己的猎刀赠送给他，而 A.И. 麦尔兹利亚科夫送给他一只皮口袋。现在我们已经不需要斧头了。从碓子房顺河而下有一条小路，小路越走越好走。我们终于走到了新光大沟河与头道沟河汇合的地方。头道沟河为东西流向，与锡霍特山脉成锐角。它比新光大沟河要大得多，即使把它称作外伏锦河也不为过。

1860 年，布季谢夫曾经沿着这条河下山。据说，这条河的源头有几所中国房子，居民以捕兽为生。上述两条河的汇合点就是外伏锦河的起点。俄国移民称外伏锦河为阿瓦库莫夫卡河。

森林到了尽头。我们眼前突然展现出一幅宏伟的山川全景图。河谷左侧的高地上是一片稀疏的柞树林，并杂有椴树和黑桦。斜坡上山岩碎石垂直滑落，坡上长满了杂草和小灌木丛。

外伏锦河河谷地势大部为阶梯状，一级一级的，很像巨大的台阶群。这被称为“准平原”地貌。在古地质年代，这里发生过剧烈的剥蚀（即山岩在空气、水和冰河的影响下被破坏的过程），然后整个山系隆起，接着又受到水流侵蚀。河水在当时的作用就好比锯子和锉刀。

在头道沟河对面，从右岸注入外伏锦河的支流叫作躺牛沟子[1]河，这是一条多石滩的小河。这条小河下游还有四条相互距离接近、流量相同的支流，即哈尔钦基纳河、黑木大沟[2]河、宽井子[3]河和沃罗特纳亚河。沿哈尔钦基纳河有一条路通往里伏锦

1 曾有一头牛陷在泥潭里的河谷。

2 生长着黑色树木的大河谷。

3 宽阔的河谷。

河，直达向阳砬子[1]。俄国移民在黑木大沟附近曾发现一座基督教徒的坟墓，所以他们又称黑木大沟河为十字架河。据原住居民讲，宽井子河河道曲折，水流湍急，石滩极多。沃罗特纳亚河河谷两侧是陡峭的高山，这里被认为是良好的狩猎场所。

哈尔钦基纳河与新光大沟河之间的峭壁和碎山岩堆地带生活着一种外形和山羊近似的青羊。这种动物属于羚羊类，身长约 2 米，高 0.8 米。毛呈暗灰黄色，但头部、脊背和尾巴为深褐色，颈和腹部为浅灰色。颈上的毛较长，很像短短的鬃毛。头上有一对不大的角，向后弯曲。青羊在乌苏里地区分布很广，远至伊曼河，包括沿海一带直到捷尔内伊港（库家河）。它们结成小群，栖息在一面是针叶混交林，另一面是难以攀登的山崖之间。白天，青羊在森林里活动，夜里才走进河谷饮水。稍有一点动静，青羊便立刻奔向陡峭的山崖。了解了这一点，猎人一般分为两组，一组进入森林，另一组埋伏在山崖附近。由于青羊只在固定的地点活动，而猎人对此了如指掌，所以，这就对青羊构成了致命的威胁。

上午 10 点左右，我们发现小路上有车辙。我想，我们很快就会走上大路了，但是给我们带路的中国人解释说，人们只在秋冬两季来这里打猎，真正的大车道在二道沟河河口才能见到。

马匹已经疲惫不堪，勉强迈着步子，走起来摇摇晃晃，只好停下来休息。趁此机会，我登上一座小山岗去测定方位。

---

1 朝向太阳的石崖。

外伏锦河总的流向是朝东南流。中间有一处折向正南，然后又恢复了东南方向，一直流向大海。往西可以清楚地看见锡霍特山脉。我本想看到群山和异峰突起的山峰，但是，眼前却是一条山脊平整，由浑圆的山顶渐渐变成一个宽阔凹谷的平坦的山脉。这是时间和水流的作品。

外伏锦河河谷为纵谷，虽然从它那些与海岸和锡霍特山脉平行的支流的流向来看，似乎有一些剥蚀的痕迹。

锡霍特山脉东侧的山前地带由花岗岩、正长岩和石英斑岩构成。我们早在分水岭那已见到过石英斑岩，它们一直绵延到了这里。

外伏锦河左侧高大的黑色古河阶地，基底（也由石英斑岩构成）厚实庞大，在哈尔钦基纳河口附近尤为明显。

约一个半小时后，我回到休息地点，唤醒了酣睡的同伴。疲劳的士兵和哥萨克们醒来了。就睡这么一小会儿，根本不够让他们精神振作。他们穿上靴子，起身去牵马。牲口见人并不躲避，听话地戴上笼头，麻木不仁地让哥萨克牵着走。

中国人说，如果我们不停地走一整天，傍晚就能到达农舍。果然，黄昏时我们来到二道沟（第二道大沟）河口。这条河中石滩极多，水流湍急，它从西南流向东北，途中穿过坚硬的斑岩石层，有几处石滩上的急流像真正的瀑布一样飞泻。附近的群山由角石和石英岩构成。从这里到海边大约有 78 公里。

河对岸的大榆树浓荫下有一所中国房子。我们高兴极了，就像看到头等旅馆一样。好客的中国人听说我们已经有两天没吃东西了，就匆忙准备晚饭。对我们来说，豆油烙饼、小米粥和咸菜，胜过了城里最精美的菜肴。得到主人的默许，我们决定在这里过夜。中国人搬走了自己的被褥，把大半铺炕让给我们。炕刚刚烧得很热，不过，我们宁肯热得难受，也不愿挨蚊蚋叮咬。

房子里挤满了人，而且所有的窗户上都挂着厚布帘，因此屋里闷热难耐。我穿上衣服，走出门外。

夜，寂静而温暖。这正是昆虫喜欢出来活动的夜晚。眼前的景象让我惊呆了，完全忘记了蚊蚋，看得入了迷。只见空中到处闪烁着点点蓝光，原来是萤火虫。它们发出的亮光时断时续，每次不超过一秒钟，只要盯住一个小火花，就能看出一只萤火虫飞向哪里。萤火虫不是一下成群出现，而是一个一个陆续飞来。据说，俄国移民头一次见到这种闪烁的亮光时，曾对它开枪射击，并且自己被吓跑了。眼前，这种昆虫已经不是几只，而是成千上万只。它们或在离地面很近的草丛里飞舞，或在树丛中和树梢上盘旋。荧光闪烁，星星眨眼，多么美妙的光的舞蹈。突然，一道耀眼的闪电，把大地照得如同白昼一般，一颗巨大的流星拖着长长的尾巴划破夜空。刹那间，流星碎裂，变成无数小火花，落到远山后面了。光亮熄灭了，好像魔杖一挥，萤火虫的流光溢彩也顿时消失了。过了两三分钟，树丛里突然闪射出一个小火花，接着是另一朵火花，十朵火花……半分钟后，成千上万只荧光闪闪的爱尔菲神（古日耳曼神话中的与人友好的大自然之神。——译者注）又在空中到处飞舞了。

尽管夜景这么美好，尽管萤火虫和流星陨落的景色如此壮观，但也不能在户外久留。蚋虫糊满了我的脖子、手臂和面孔，钻进了我的头发。我回到房子里，躺到炕上。疲劳战胜了我，我睡着了。

我把第二天定为休息日，人和马都应当充分休息一下。连日来的疲劳，人和马都需要更长时间的休息，尤其需要补充睡眠。带领我们翻越锡霍特山脉的年轻中国人，买了他要买的东西后，清晨就动身回去了。

昨天我们累得甚至都没有去观察周围的情况，而这本是应该做的。只是在今天饱餐了一顿早饭之后，我才决定到附近去走走。阿瓦库莫夫卡河河谷中段宽约半公里，两级阶地顺右侧延伸，左侧为岩石嶙峋的山丘，由粗面岩、砾岩和角砾岩构成。可以看到阶地附近有一片长形的沼泽。从前，这里曾是河道，在某次洪水泛滥时，河流开辟了自己的新航道。

关于飞禽，我在这里看到了东西伯利亚云雀。沿海地带现在还是春天，因此云雀嘹亮的歌声传遍四野。它们时而落到地上，时而飞向高空。柳丛附近飞旋着一只乌苏里小啄木鸟。确实很小，但是和它的其他族系一样，羽毛绚丽多彩。枝叶婆娑间还隐约可见日本灰脚柳莺。它们一刻不停，快活地捕捉小虫。路两旁的灌木丛中，闪现出绿鸦的身影。它们和野麻雀一起啄食马粪，沐浴在灰尘中。此外，沿海地区还有乌苏里鹌鹑和野鸡。鹌鹑十分像沙鸡，在平原地带的河谷里栖息。我的狗惊飞了两只小鹌鹑，它们尖叫着从狗鼻子底下飞跑了。飞出约 200

步远，又落进草丛。在回来的路上，我看到两只野鸡。雄野鸡从灌木丛里飞出时，先向上飞3米高，这时会发出狂叫。它的叫声有些像受惊的家养大公鸡。在另一个地方，狗惊动了一只雌雉和一窝幼雏。发现野鸡时，狗很少前爪立地，对它做出强硬的进攻姿态，而是伏在地上，匍匐前进，时快时慢。受惊吓的野鸡总是先拼命跑一阵儿。野鸡很狡猾，故意弄乱足迹，甚至常常又返回原地。狗迷失踪迹后就会乱窜。野鸡则利用这个时机飞走了。雌野鸡飞起的时候不叫，比雄野鸡飞得远些。不过刚才这只雌野鸡的表现有些异常：它懒洋洋地飞着，既慢又低，不是直飞，而是兜圈子，因此狗差点儿咬住它的尾巴。我立刻明白是怎么回事了，原来这只雌野鸡有一窝幼雏，它在尽力把狗引开。

我牵着我的阿利帕的皮带，往回走去。

中国人已经准备好了午饭，正在等我。

我们喝茶时，有个中国人走进房子。他背着一个沉重的背囊。晒黑的脸、穿破的鞋、破旧的衣服和熏黑的铁锅都说明，他走了非常远的路。来人卸下背囊，坐在炕上。主人立刻招待他，首先把自己的烟荷包递给来客。

“这人是谁？”我问主人。

“过路人。”他答道。

“认识你吗？”

“不。”他回答，接着就吩咐厨子给过路人准备午饭。

当来客吸烟时，中国人纷纷向他打听新闻。他也津津乐道地讲述他来的那个地方发生的事情以及路上的见闻。原来，他从诺托河来，要到普松河去。

吃晚饭时，中国人自己就座之前，先请那位客人入座。所有的中国人都抢着招待他。客人的饭碗一空，马上给他再盛满。饭后，在炕上给客人腾出最好的地方休息，给了他两条被子，一条当褥子，一条放在头下当枕头。第二天，过路的客人留在房子里休息了一整天。

当地的中国居民对过往来客都非常关心。所有的过路人都可以在外人的房子里免费住三昼夜，之后，如果他要继续住下去，那就应当干活儿或者分摊伙食费了。

第二天，6 月 19 日，我们告别了好客的中国人，继续前进。从这里起，开始有了大车道。为了减轻马匹的负担，我雇了两辆大车。

外伏锦河河谷下游风景如画。右侧有形态万千的山峦，有的像人，有的像城堡，还有的像高塔，不一而足。左侧仍是延伸来的页岩构成的两级高阶地。阶地渐渐向北变成高山。

这里只有一条不大的支流，即卡萨富诺瓦沟，当地的中国人称它为瞎迷沟子[1]河。这条河长约 15 公里，起初向东南流去，然后折向正南方。河谷右侧是高山，左侧地势平缓，略有丘陵。河谷狭窄，只是到了中游，自格鲁舍瓦亚河注入后才宽阔起来。沿卡萨富诺瓦沟上行，沿途可以看到山的右侧有一条条阶坎，

1 容易迷路的河谷。

再往前，逐渐转为宽阔的阶地。这一带的群山上生长着只适合作烧材用的稀疏的阔叶林。

距海边约 18 公里的地方，可以见到裸露的石灰石。从卡萨富诺瓦沟稍往下去，有三道沟和梨下沟[1]两条河从右侧注入外伏锦河。梨下沟发源于鞑子山。关于鞑子山，稍后再谈。三道沟河的河源由众多的流过窄沟的山溪汇合而成。从前，这里曾是野兽出没极多的大森林，但是森林大火却在相当程度上使这个黄金猎场失去了价值。

中国人沿外伏锦河河谷开辟的大路，中途需要渡河两次，这是洪水期间最大的通行障碍。为了避开这些障碍，必须走小路。小路始于河阶地附近，从河谷左侧上山，沿着悬崖走。这段路有 300 米长，完全高悬在深渊之上。

40 年前，在卡萨富诺瓦河河口附近的阶地上曾经住着乌德海鞑子，其中大部分人死于 1881 年流行的天花。

鞑子山为群山中的最高峰，那些乌德海鞑子经常到这里来打猎，鞑子山的名称即由此而来。

整个外伏锦河河谷，从二道沟河河口直到鞑子山，散布着许许多多的中国房子。那里的居民夏季从事农业和海上捕捞，冬季捕貂和狩猎。

外伏锦河最大的支流是阿尔扎马索夫卡河。它从左侧注入外伏锦河。自阿尔扎马索夫卡河河口略向上去，高地上有一个

1 生长着梨树的下游河谷。

小小的俄国村庄，名叫维特基诺。1906 年，在这个村里生活的只有 4 户人家。他们是最早从俄罗斯迁来的移民。这个小村子有它某种独特的地方。房屋老旧，却很整洁，看上去很舒适。农民们既快活又善良。他们殷勤地接待了我们。

晚上老人们聚在一起。他们讲述迁移到这里来的最初几年，在异国土地上生存的艰难。1859 年，一艘船把他们送到这里，在奥耳加湾上岸，然后全靠自己安居下来，能干什么就干什么，会干什么就干什么。最早，他们在离港湾 1 公里的地方住下，这就是被称作诺文卡的小村庄。不久，农民们发现，离海越远，雾气越少。于是，他们就迁到外伏锦河河谷里来。1906 年，住在诺文卡村里的就只剩下一个人了，但昔日的农舍至今还可以看到。

很多苦难在这个新的地方等待他们。由于没有经验，他们把庄稼种在河谷里。第一次大水把庄稼冲掉了；第二次大水冲走了所有的干草；此外，老虎吃掉了全部牲畜，并开始袭击他们，而他们只有一支枪，还是老式土枪。为了不死于饥饿，他们给中国人当雇工，每天挣 400 克小米，每月结算一次。这些小米还需用背囊从 68 公里以外背回家来。

老年人对新地方很久无法习惯，他们对祖国记忆犹新。然而年轻人很快就适应了，他们练成了神枪手和优秀的猎人。湍急的河流已经吓不倒他们；很快，他们就下海了。在俄国的欧洲部分，一个人单独猎熊被认为是英雄壮举，而在这里，每个小伙子都能单独猎熊。涅克拉索夫曾歌颂过一个打死 40 只熊的农民，而这里的皮亚蒂什金兄弟和米亚基舍夫兄弟每个人都单独打死过70多只熊。还有西林兄弟和沃罗夫兄弟，每个人都打死过好几只老虎，打死的熊则不计其数。有一回，他们想绑住熊取乐，结果为此几乎丧命。每个猎人的身上都留有虎牙和野猪咬过的伤疤；每个猎人都不止一次与死亡擦肩而过。

伏锦村的农民对待狩猎的态度很严肃。他们不仅猎取野兽，而且还关心保护它们。这种意识具有重大意义。他们开会决定狩猎时不许触碰母鹿和幼鹿，在其发情期不杀公鹿。此外，他们自己划出禁猎区，规定了禁猎区的界限，并互相保证不在那里打猎。但后来移居来的俄罗斯人不承认这项规定，开始滥捕滥杀。由于禁猎区是农民根据私人倡议在国家土地上划定的，所以不能查办违禁者的责任。偷猎者就利用这一点，扼杀了伏锦村农民的良好创举。

在奥耳加地区，一架鹿茸的价值高达1200卢布。在佩尔姆斯卡亚村农民皮亚蒂什金家里，我看到过一架高52厘米、粗22厘米的鹿茸，根部角距为8厘米，鹿茸在顶端才开始分叉。整个鹿茸的重量为4.4公斤。但是这架鹿茸的售价却非常低，只卖870卢布。听皮亚蒂什金兄弟说，1905年，他们卖了4架鹿茸，才卖了2200卢布。

交谈中有个人走进屋来。他45岁左右，中等身材，瘦瘦的，留着小胡子和长发。他进屋后鞠了一躬，抱歉似的笑了一下，在屋角坐下。

“这是谁？”格拉纳特曼问。

“卡什列夫，‘虎见死’。”有几个人同声答道。

我们开始询问他，但他却是一个不善言谈的人。他坐了一会儿就站起身来。

“打野兽并不难，没什么奥妙。要说有，那就是看你能不能发现它。”说完戴上帽子就出去了。

关于卡什列夫，我们从其他农民那儿听说过此人。他的外号叫“虎见死”，因为他打死的老虎最多。谁也不如他能敏锐地发现野兽的踪迹。卡什列夫总是一个人在原始森林里游荡，风餐露宿，常常连篝火都不生。没有人知道他去了哪儿，又是什么时候回来的。他是个真正的森林流浪汉。他在三道沟河上发现了一处石崖，老虎经常从那里走过，于是他就到那里蹲守。

农民中还有一些人专门抓活虎。他们既不用捕兽网，也不设陷阱，而是徒手捕捉，然后用绳子捆起来。当他们发现母虎带着一群一岁左右的幼虎的新鲜足迹后，便放出许多狗，同时大喊大叫，并朝空中放枪。虎群被这种震耳欲聋的声音吓得四散奔逃。这种狩猎需要胆大、灵活和无所畏惧。

我们聊了很长时间，非常有趣，我们准备一直听到天亮。半夜，农民们才各自回家。

第二天，我们动身到佩尔姆斯科耶村去。村子位于伏锦村往下 4 公里之处。

佩尔姆斯科耶村农民的经济状况好得不能再好了。这个村子在各方面都堪称典范。村里有一所用自愿捐献的资金开办的学校。孩子们有许多关于自然和俄国地理的书籍。所有的农民都读过相当多的书，很有知识。有些人对技术感兴趣，并在自己所从事的领域中运用新技术。村里没有酒馆。有个新移居来的人当着我们的面骂了一句下流话，你们没看见，他当场被老住户多么严厉地训斥了一顿。佩尔姆斯科耶村所有的农民和伏锦村的农民一样，都是机智的猎人。这里的农民没有贫困和债务，他们对自己的命运相当满意。

外伏锦河河谷的土地十分肥沃。尽管农民在同一块地上耕种 40 年都从不施肥，却没有一年歉收。

在多雨的夏季，附近的山水倾泻而下，溢满河谷。外伏锦河下游同时汇入了两条支流：右岸的四道沟河和左岸的阿尔扎马索夫卡河。通常，特大洪灾就发生在这里。据佩尔姆斯科耶村村民讲，中等洪水不仅无害，相反还有益，因为洪水过后会留下一层肥沃的淤泥。而特大洪水则会把田地完全冲毁，造成无法弥补的损失。

从四道沟河河口起，外伏锦河河谷立即开阔起来。从这里已经可以看到大海了。

从佩尔姆斯科耶村出来，道路先在河谷左侧的阶地脚下蜿蜒，后来稍向右转，逐渐向河靠近。这里生长着稀疏的薪材林，林中有矮黑桦、树干成螺旋状的日本赤杨和奥莉加落叶松。沙土地上覆盖着一层薄薄的冲积淤泥，上面长满了野草。有的地方草甸土层遭到破坏，沙土裸露出来。因此，从佩尔姆斯科耶村到海边的路很不好走。

走上驿路之后，我结束了测量工作，把图囊交给随行士兵，拿起了猎枪。尽管走了很远的路，可我的狗却一直不停地跑到灌木丛里寻觅鸟类。有一回，它听到声响立刻做出了猛扑过去的姿势。我走到它跟前，只见它猛然跳进灌木丛，咬住了什么东西，然后把头一摆，将那东西扔到一旁。原来是一只满洲里田鼠。这种鼠在整个乌苏里地区广为分布，大小如普通家鼠，但毛为褐黄色，爪为白色。这种鼠不像家鼠那样灵活，因此很容易被猛禽捕获。它吃各种植物的籽、橡实和草根。这只死鼠是我的狩猎成果，我捡起它继续赶路。

在由佩尔姆斯科耶村去奥耳加哨所的路途中间，左侧耸立着一座石崖，当地人称之为"鬼崖"。从"鬼崖"再走 15 分钟，就到海边了。读者一定会理解我们当时的兴奋心情。我们坐在石头上，愉悦地观赏海浪如何拍打海岸的风景。

我们的考察行程结束了。

海滩上的流沙形成了一座座沙丘，沙丘上长着蔷薇、杂草和更像是灌木的矮柞树。有的地方，沙丘外面的植物层被破坏了，流沙便开始移动，掩埋了它所遇到的一切。

6 月 21 日下午两点，我们到达了奥耳加哨所，并被安顿到各家住宿。我们的全部行囊物品用海轮运送。我决定在等待辎重的期间，去周围进行勘察。

第十四章　奥耳加湾

海湾的历史　静港　奥耳加哨所　十字架山　中国淘金者　鸟类　山顶老虎　地衣和苔藓　秃峰　找水　地下冰　三道沟河河源　梅花鹿

奥耳加湾（格林尼治北纬 43°，东经 152° 57′）是法国航海家拉佩鲁兹在 1787 年发现的，当时命名为赛姆尔港。克里米亚战争（1853—1856 年，俄同土耳其、英、法等国进行的战争。——译者注）期间，几艘英国战舰曾在这里追击一艘俄国军舰。俄舰利用大雾躲进了一个海湾。英国人失去了追击对象，徒劳而返。这件事发生在 7 月 11 日——正巧是奥耳加节，俄国人遂决定将这个挽救了自己军舰的海湾命名为奥耳加湾。为纪念摆脱敌人的追击，他们在一座高山上竖起了一个十字架。从那时起，这座高山就被称为十字架山。

奥耳加湾入口右侧耸立着一座孤崖，水手们称它为奇哈切夫岛。山崖上设有指示舰只入港的信号塔。但是，这一带夏季几乎常年浓雾弥漫，从海上根本看不清信号，因此，这座灯塔便形同虚设了。

奥耳加湾三面环陆，长宽各 3 公里，深约 25 米。冬季只有北部结冰，冰冻期为 3 个月。海湾东北部还有一个小港湾，当地居民称之为“静港”。港湾靠一条狭长的水道与大湾相连，冰冻期较长。静港平均深度为 10—12 米，长约 1 公里，宽 500 米，这个小港正逐渐被奥耳加河的冲积物淤塞。

海湾东岸有一个叫作石门[1]的中国集镇，俄国人称之为科什卡。这个集镇从前是中国人在乌苏里地区的主要贸易点。每年总有上百艘平底小驳船载着货物由珲春驶来。猎人们则从乌苏里江把貂皮和贵重的鹿茸和人参运到石门，用原始森林的珍品换取水产品。海岸上有一长排做仓库用的木棚，用来存放货物和各种原料，由此可知中国人当年在奥耳加湾贸易的规模。

在海湾的弯角处有一个俄国居民点，以前被称作奥耳加哨所。这里的第一座建筑物出现于 1854 年，是水兵营房。1878 年，一位林务官和一名医士来到了这里。此前他们的职务一直由地方警官代行。警官既是教师，又当医生，还要进行审判和裁决。

1906 年，奥耳加哨所有一座木结构的小教堂、一所移民医院、一个邮局和几座小店铺。目前，奥耳加哨所既不是村，也

1 石头大门。

不是镇。奥耳加人多数是小官吏出身的知识分子和后备兵。他们承租官地，但既不种植蔬菜，也没人去种庄稼，不种、不收，也不储存。然而大家都盖房子，哪怕是借债也要盖。他们指望有朝一日奥耳加哨所最终会变成城市，他们占用的土地就会变成私人财产，到那时，他们的房子就可以卖出一个好价钱。

日俄战争严重影响了这个俄罗斯小居民点。哨所与乌苏里地区其他居民区处于隔绝状态，生活必需品如煤油、蜡烛、肥皂、茶叶和糖，无论用多少钱都搞不到。即使现在，盼望着改善生活的居民，却连吃饭问题都没有解决，仍在艰难度日。有些居民干脆离开了奥耳加哨所，到符拉迪沃斯托克去了。不少房子被遗弃，钉上板条封存起来。房主人巴不得把自己的房子租出去，甚至让人免费居住，只要有人守住不被别人侵占就行。

哨所附近有一处老墓地，十分荒凉，再过几年将彻底辨认不出了。这里埋葬着1860年死于坏血病的水兵。

哨所的第二个古迹是一门小铁炮，被安在固定的木制炮架上。我看到这门小铁炮被丢弃在林务官住宅附近的空地上。据老住户说，当初将它运到哨所是为了在大雾弥漫的天气给海上的舰只发射信号用的。

最后，还要提及的是当地的一位居民。他为俄国边远地区这个角落的发展尽了最大的努力。我说的就是农民И.А.皮亚蒂申。皮亚蒂申家庭负担很重，他本人是个毅力惊人的劳动者。他总是在干活儿，不停地操劳。最初，皮亚蒂申在奥耳加哨所做买卖，但由于他心地善良，轻信他人，把货物全部赊了出去，结果破产了。然后，他从事海上捕捞，但是渔网又被大水冲走了。于是，他开始捞海带，谁知中国工人在预领工钱之后便跑光了。此后他又着手搞林业，可是他的木材又全部被洪水冲跑了。这时，皮亚蒂申把自己剩余的钱财全部拿出来盖了一座砖厂，但是烧出来的砖没有销路。采来的大理石卖不出去，烧石灰也是半途而废。

皮亚蒂申干的最后一件不成功的事，是在奥耳加哨所建房铺路。换一个人处在皮亚蒂申的境地，早就垂头丧气，悲观失望了，但是他不灰心，又重操起捕鱼的旧业。他不抱怨任何人，只怪命运不济，并且不懈地同命运斗争。许多一无所有的移民在皮亚蒂申那里找到了工作。皮亚蒂申将自己的大量精力和钱财都投到奥耳加哨所的建设中了。遗憾的是，当时他得不到任何支持，终于放弃了一切，迁到涅尔马河去了。后来死在了那里。

头两天我们休息，什么事都不做。这期间“无声号”雷击艇从符拉迪沃斯托克驶来接П.К.鲁特科夫斯基回去。当晚П.К.鲁特科夫斯基同我们告别，登上军舰。第二天曙光初现时，雷击艇启程返航。П.К.鲁特科夫斯基给考察队的人留下了最美好的回忆。他离开了我们，我们很长时间都无法习惯。

在奥耳加湾附近，十字架山是我的第一个游览地。

上面提到的那个十字架仍旧竖在原地，但是已经倾斜了。十字架上原来嵌有镌文的金属板，现在已经不见，只剩下了钉子孔。

站在十字架山上可以清楚地看到四周的一切。一边是外伏锦河宽阔的河谷。由于河谷在三道沟河附近拐了弯，所以看不到河谷的尽头。眼前的锡霍特山脉遮住了其他山岭。阿尔扎马索夫卡河向西北蜿蜒，然后转向正北，并消失在群山中。静港码头是风景如画的奥耳加河河谷的延续，奥耳加河的流向与海岸平行。

海湾附近的山都不很高，但轮廓十分清晰，多数由灰色花岗岩、石英斑岩、砂岩、角石、长石砂岩和绿色的碧石构成。碧石中有纵横交错的石英细脉。这一带发现了不少铁、铜和银铅矿。

大多数小山岗上布满了岩屑堆，这是山岩受风化营力破坏的结果。从岩石上出现裂缝直至最后变成碎屑，从中可以考察岩屑堆是如何形成的。如果用镐头敲一下这样的石块，或将它用力抛到地上，石块会顺着裂缝破碎，裂缝中曾经渗进了水。无论你把这些小石块敲得多么碎小，碎石块上都不会有新的断面。

在奥耳加哨所，我结识了 B.H. 布宁，他是乌苏里南部地区的专家。他的足迹踏遍了这一带。1901 年，他被红胡子的鹰炮打中，受了重伤。从那时起，他的一条腿就瘸了。

6 月 24 日清晨，他到山区去办事，邀我同行。我和他乘小船下海，绕过姆拉莫尔内角，在奇哈切夫岛对岸登陆。这次旅行使我有可能更好地了解奥耳加湾和外伏锦河河口。

沿着海岸有一排排与之平行的沼泽和长形湖泊，彼此之间有沙垄将其隔开。离海岸越近，这些沙垄的轮廓越清晰明显。沙垄上生长着一排排赤杨丛，枝条短而细密，微微下垂；还有桦叶绣线菊——一种开浅玫瑰色花朵的小灌木。许多地方已经看不到沙垄的痕迹了，仅能靠植物本身看出沙垄曾经的走向。我们在几个地方挖出一些海贝残片。这里陆地的扩展是河流和海水共同作用的结果。河流冲来了现成的材料，海水则将这些泥沙堆叠成沙丘。现在，河下游又形成了许多岛屿。它们刚刚露出水面，全部由干净的河沙堆积而成，上面还没有来得及长出野草。

地质学家可以描绘出远古时代的情景。奥耳加湾从前的模样与现在完全不同。它当年曾经是现在的三倍大，西部嵌入陆地很深，从大海的方向可以清楚地看到古代海湾的界线。那时，外伏锦、四道沟和阿尔扎马索夫卡三条河都分别直接注入海湾。阿瓦库莫夫卡河谷下游的沼泽地带、河汊、小湖泊、与大海相连的死河汊同样都证明了这一点。河口附近的水流速度极为缓慢。当凉爽的东风吹来或海水涨潮时，甚至会出现河水倒流的现象。在鬼崖上可以看到海浪冲击的痕迹。这个沉默的见证者告诉我们，太平洋的波涛曾经在某个时期冲刷过它。

把坚硬的岩石磨蚀并变成细沙，这需要多少个世纪啊！用一粒粒的细沙填充海湾，挤退海水，这又需要多少时间啊！在填充河谷的过程中，漂木起了很大的作用。千万根断木和树墩堆满河床和岛屿。树干立即被流沙覆盖，只露出枝杈和根须。但是，最后连它们也完全被覆盖了。每次河水泛滥会冲来新的倒木，压在原有的倒木上。接着再被流沙掩埋，一层一层，不断循环往复。于是大海后退，陆地延伸。总有一天，外伏锦河将不再注入奥耳加湾，而是直接奔向大海。

上午 10 点钟左右，我们在海湾南岸登陆，打发小船返回，我们就动身上山了。途中遇到一个淘金的中国人和我们结伴同行。他的背囊里装着一把没有柄的铁铲、一个淘金木盘和一把轻便的短柄铁锹。这是一个清瘦的中年人，脸上有麻点，戴一顶草帽。他很乐意回答我们的问题，这使我有可能了解到中国人的淘金方法。首先，他要找一条河口对着海岛的小河，这是河谷里有金子的可靠标志。然后，他沿小河溯流而上，再寻找一条河口对着峭壁的支流，而且支流的河谷走向必须同峭壁成直角，河谷的长度不得短于两公里。如果河谷的长度不够，或者它的走向同峭壁不成直角，这样的河谷就不合要求。中国人不停地向前走，寻找一条又一条支流，但是他所看到的支流却越来越短，由两公里缩减为一公里、半公里……最后一条小山泉只有 200 米长。中国人停住脚步说，应当在这里找金子。他开始仔细查看溪流中的卵石和沙子，大概两者都使他感到满意，他决定留在这里淘金。他的很多说法我都不理解。比如，他说有的人能够凭直觉就知道地下有金子，而他自己就是这样的人。

从地形测量学的角度看，我们现在正沿着坡度平缓、水流侵蚀严重的山地行走。有些地方岩石兀立，它们处于崩裂的最后阶段；大多数岩石已经变成岩屑了。

植被的特征与奥耳加哨所附近的植物完全相同。柞树、桦树、黄檗、甜杨、水曲柳和柳树，或成片或单独生长着。胡枝子、佛头花和绣线菊等各种灌木上盘绕着葡萄藤和草藤，使得一些地方难以通行。尤其当树木极多时，更增加了通行的困难。在炎热的天气里行走在这种灌木丛中，会异常艰难，唯一的乐趣是碰上清凉的小溪。

中午，我们到达了分水岭。烈日当空，骄阳似火，酷热难耐，甚至树荫里也不凉快。在山上休息了一会儿，我们便下山了，向西坡的一条小溪走去。展现在眼前的景物相当单调乏味，不论朝哪里看，全都是丘陵，到处都长着同样的植物。

大地上弥漫着湿热的空气，树木和灌木丛低垂着叶子，让人觉得了无生气。

一整天没有看到一只动物，狍子和鹿的蹄印倒是不少。一路上我不放过任何可以做鸟类考察笔记的时间。

首先要谈的是红头绿羽啄木鸟。据说，这种鸟在地面上走得相当轻松。它灵敏、易惊、爱叫，习性与花啄木鸟相似。这里还有满洲里云雀，其叫声处处可闻。有些鸟从我们的脚下轻轻飞起，飞出不远，又落到地上。看来，炎热对它们毫无影响。它们高高地飞上天空，悦耳的歌声传遍四野。在布满塔头墩子的沼泽地里，狗惊飞了几只鹬。我打落了一只，原来是一只东西伯利亚扇尾沙锥。在另一个地方，从灌木丛中飞出一只美丽的长嘴中沙锥。在一些倒树和树墩上可以见到日本鹨。它们在地上灵巧地跳着，晒着太阳。人走近时，它们并不飞走，而是巧妙地隐藏到灌木丛中，只在确信危险已经过去后，才重新露面。这里有这么多小鸟，应该有像小鹌鹑这样的鸟。果然，一只躲在草丛里的松雀鹰被我惊飞了。这很奇怪，因为这种鸟的双脚完全不可能在地上行走。也许，这种猛禽凭经验知道，它若栖息在枯树枝上，一定会把小鸟吓跑，而藏进草丛里则更便于捕食它们。

白昼快结束了。太阳已经偏西，地上的树影拉得很长。应该停下来准备过夜了。我们选了一块有水的地方，着手安顿宿营。

晚上，我和 B.H. 布宁在篝火旁坐了很久。他给我讲述自己的旅行，有关红胡子和打猎的事。直至我终于觉得已经无法克制睡意了。

我在火堆旁躺下，把自己裹在毡斗篷里，很快就睡着了。

第二天，我们同淘金者分了手。他返回山口，我们则向着四道沟河前进，然后从那里回到奥耳加哨所。

从十字架山下来比上去要困难。回来时我走错了路，误入了一片长满灌木和石蒿的乱石堆里。回到奥耳加哨所时，家家户户都已经点起灯火。回到住处，我把观察结果记入日记，然后赶忙就寝了。

26 日天气转阴。浓雾中疾风阵阵，驱来大片乌云。这是个坏征兆。夜里风雨交加，一连三昼夜持续不断。28 日更是狂风暴雨。一时山洪倾泻，河水猛涨，漫出岸堤。奥耳加哨所同邻近居民区的交通中断了。

我决定在轮船运来我们的物品之前，去考察四道沟河。我的考察线路确定如下：在鞑子山附近翻过分水岭，沿四道沟河下行，再去外伏锦河。走完这条路线，需要 6 昼夜。

7 月 1 日在准备工作中度过。我把马匹留下来休息，只带扎古尔斯基和图尔蒂金两人随行。把应该带的物品放在我背的背囊里。

早晨，暴风雨后仍然飘着毛毛细雨。中午，风吹散了雾幔，太阳出来了。霎时，万物复苏，世界又变得非常美好。山石、树木、青草、道路都呈现出一派节日的欢乐景象，灌木丛中鸟儿在歌唱，空中飞来各种昆虫，甚至从山上流泻的泛着白沫的小溪，也兴高采烈地一路奔来。

我们骑马渡过外伏锦河后，便走上驿路。这条路从奥耳加哨所直通苏昌河畔的弗拉基米尔-亚历山大罗夫斯科耶村。

四道沟河长 60 公里。上游的流向与外伏锦河平行，然后向东流去，在佩尔姆斯科耶村对面流入外伏锦河。我们刚好走到四道沟河转弯的地方。这条河里礁石和石槛极多。佩尔姆斯科耶村的居民曾试图在河里流放漂木，但河中的礁石阻拦严重，只好放弃了。河谷下游驿路通过的地方，地势开阔，非常适合耕种庄稼，中段多林，而上游光秃多石。

四道沟河地区的森林是高大的处女林。除了红松、云杉、黑桦、胡桃楸之外，自然植物学家还在这里发现了西伯利亚落叶松，和散落在周围的柞树、地锦槭。地锦槭的拉丁文是“Acer mono Max”。“mono”是鄂伦春人对这种树的称呼，马克西莫维奇院士用来命名这种树。在绣线菊、胡枝子、榛子、佛头花中间，还生长着灰树皮的野山楂，还有稠李。稠李枝条上有稀疏的刺，垂下的叶片上有深深的裂纹，以及与稠李盘绕交错的刺五加。树干一般都充当了藤蔓植物的支架，藤蔓植物总是朝着太阳向上长。它们如此用力地将自己的茎蔓缠绕在树上，以致在树的表皮上都留下了皱痕。

在这类攀缘植物中，有我们已经见到过的狗枣子，还有五味子。五味子的香气和味道让你想起柠檬。在潮湿的地方生长着山苏花，还有藤蔓上有一层红色绒毛的紫萁，看上去很动人，以及一丛丛蜂斗叶款冬，这种植物叶子很大，叶边为锯齿状，叶面呈浅绿色，叶背发白，无光泽。春季，这可是熊最爱吃的美食。

我们刚走进森林，就踏上了一条小道。雨后不久，林中相当潮湿，河附近的泥地和细沙上到处都印下了野兽的足迹，野猪、鹿、马鹿、狍子、麝、狼獾、猞猁和老虎的，比比皆是。我们曾数次惊起了藏卧在密林中的野兽，但是林木太密，无法射击。有一次，一只野猪从我身旁跑过，近在咫尺。但因为太突然了，当我把枪从肩上取下来，扳起机头的时候，野猪已经跑得不见踪影了。

中午，我们顺着小路走到一所中国狩猎人的房前。仓房里堆放着大量的兽皮，这说明房子的主人是狩猎能手。房子很新，看来不久前才盖好。房顶上晾晒着两张鹿皮。烟堆上面用绳子悬挂着一个熊胆。中国人用熊胆治疗沙眼，他们把干熊胆用水浸泡，再用布蘸着这种汁液抹到眼睑上。一个熊胆值 2 到 5 个卢布，视大小而定。

这一天，我们走了 22 公里。

左岸的森林已经到了尽头，接着是一片火烧迹地[1]。河谷周围的山岭由闪长岩、正长岩、石英岩和长石斑岩构成，寸草寸木不生，一片荒山秃岭，全部被岩屑所覆盖。四道沟河的上游很像一条山间小河，左右两侧有多条小溪注入。经过最近一次洪水的冲刷，河床扩展了 100 俄丈（213.4 米）。河底布满了细沙和卵石。河右侧为浅石滩，河岸陡峭。从河岸的断面可以看出，河谷的土壤也由这样的卵石和淤泥构成。

四道沟河在一个地方绕了个弯，这一段河床紧靠对岸，一条长长的沙嘴从我们这面延伸出去。我们就在这个沙嘴上宿营。帐篷搭在陡峭的岸边，面向河水，背对森林。帐篷前生了一堆大大的篝火。

这一天，我感到有点儿不舒服，没等吃晚饭就躺下睡觉了。我梦见自己好像掉进了陷阱，由此两腿疼得厉害。醒来时，天已经黑了。

我看了看四周，才明白梦中腿疼的原因。原来两只狗都卧在我的腿上，像怕挨揍似的看着人们。我撵走它们，它们跑到了帐篷的另一个角落里。

“真奇怪！”扎古尔斯基说，“狗不想去外面。”

狗的行动的确有些反常。使我感到特别惊奇的是莱希。往

1 火灾后遗留的枯立木。

常它总是跑到帐篷后面的灌木丛里去卧着，而现在却往人跟前凑。最后，我们还是把狗撵出去了。但是过了不多久，它们又钻进帐篷，卧在床头旁边的地上。

这时，林子里传来一阵沙沙声。狗抬起头，竖起了耳朵。我站起来，帐篷上面的边缘刚好到我的下巴处。林中一片寂静，我没发觉任何可疑的迹象。我们坐下来吃晚饭。不久，再次传来那种声响，不过声音更大一些，离我们更远一些。我们三个人一起察看了一下，但是，好像故意捉弄我们，林中又是一片寂静。这种情况一连重复了好几次。

“大概是老鼠。”图尔蒂金说。

“也许，是一只兔子。”扎古尔斯基答道。

大家不再担心了。喝过茶后，两个士兵开始商量，他们每人夜间守卫几个小时。我已经休息好了，没有困意。我让他们躺下睡觉，自己动手写日记。

“滚出去！”士兵们把狗撵出了帐篷。

狗出去了，在火堆旁蹲了一会儿，又钻了进来。莱希卧在图尔蒂金脚旁，阿利帕则卧在我睡觉的地方。

夜，静得出奇，连山杨树的叶子都纹丝不动。沉睡的空气里有某种声响隐约可闻，好像有人叹息，喃喃自语，有一个地方在滴水，螽斯轻轻地叫着。漆黑的夜空上繁星点点，时而掠过闪电的微光。篝火的红色火苗在地上跳动着，周围的夜色显得更加深沉了。

我往火堆里加了一些木柴，然后开始写日记。这时，两只狗都抬起头，低沉地叫了起来。我原地站起身，向四外看了一下。虽然什么都没有看到，却听到了渐渐远去的沙沙声。“可能是獾，也许是貉。”我想，又坐下记日记。大约过了半个小时，我突然听到好像在宿营地左边有卵石滚落的响声，不知是谁从陡岸走下来往河边去了。我估计，响声离我们的篝火大约有 50 米，不会再多。我用手遮住火光，尽力朝河上望去。这时，狗表现出极度的恐慌，阿利帕钻到帐篷最里边去了。随后，我听到不知是谁在浅滩上小心翼翼地走动，传来了踩踏卵石的声响。这不是有蹄类动物，马鹿和鹿的蹄声要比这响声大。也不可能是小动物，因为小动物体轻，行走时不会有这么大的动静。这是一只脚掌既大又软的大动物。踩踏卵石的声音越来越远，到河水那边去了。忽然，我看见离河水很近的浅滩边上有一个长长的黑影。“老虎！”我脑子里突然一闪。我目不转睛地盯着野兽，伸手取枪。糟糕，枪不在身边。接着，大家几乎乱作一团。我推了扎古尔斯基一下，一把抓起枪。睡得糊里糊涂的扎古尔斯基撞了阿利帕一下。狗吓得逃到对面，蹲在了图尔蒂金的头上。就在此刻我放了一枪。浅滩上的动物像打鼾似的发出一声短促而急剧的吼叫，跳进水里，很快爬上对岸，消失在灌木丛中了。

大家睡意全消了。宿营地上一片嘈杂声。说话声、狗吠声混成一片。每个人都争着说，他看到了什么。扎古尔斯基说看见了一只野猪。图尔蒂金争辩说，那是一只熊。狗从篝火旁跑开，叫着，又迅速跑了回来。直到天快亮的时候，它们才稍稍安静了一些。

大约过了两个小时，阴暗的夜空开始泛出蓝色。已经可以看清楚对岸以及河上顺流而下的漂木了。我们走到野兽曾经出没的地方。水边的沙滩上清晰地留下了巨大的猫科动物的脚印。显然，老虎曾在宿营地附近徘徊了很久，想寻觅食物。而狗早就已经察觉到了老虎的踪迹，所以才钻进帐篷不肯出去。

乌苏里地区的老虎比印度虎要高大一些，一只重约250—300公斤的虎，身长在2.7—3米之间，高约1.2—1.5米。虎的毛色同南方虎一样，色彩斑斓，但是，偶尔也会遇到一些颜色较浅、斑纹稀疏暗淡的虎。虎是一种非常漂亮的动物，毛的底色为棕黄色，上面有黑色横纹。胸、颈和前腿上的黑纹稀疏，背和后腿上的黑纹特别鲜明。头部色彩斑斓，没有颊须，腹部为白色。老虎的这种毛色可以很好地保护自己。当它在原始森林中树叶落光的灌木丛里奔跑时，黑、黄、白三色融合成为灰褐色。秋季，老虎置身于橙红色的山葡萄和枯黄色夹杂着很多变黑的老叶子的蕨丛中，即使离得很近，也难以发现它。经过非常缜密的研究之后，发现长毛老虎有可能是古代欧洲洞穴虎的本亲。那么，乌苏里地区就可以认为是洞穴虎的故乡了。这种动物特别喜欢爬进洞穴。夏天我经常在洞穴里发现老虎的足迹和啃过的骨头。老虎很少在意当地的气候条件，它既不怕雪，也不怕冷。它喜欢待在丛林茂密、食物充足的地方。它主要以山羊、野猪和鹿为食。在乌苏里地区，它栖息在南部。在沿海一带，老虎一直分布到基利亚克角。此外，在整个乌苏里江的河谷及其支流，以及从右侧注入阿穆尔河的穆恒河、皮赫察河、阿纽伊河、洪加里河流域，都有它的踪迹。个别孤单的虎会向东、向北跑得更远。如果食物充足，老虎不会伤害家畜。只有在饿急了的时候，它才跑到民居去袭击人。老虎特别喜欢捕狗为食。

我想起了德尔苏。他曾对我说，老虎不怕火，它敢走近宿营地，如果那里是一片寂静的话。我们今天的经历就证实了这一点。早晨喝茶时，我们再次议论了昨夜的惊吓，然后开始收拾背囊。

我们从宿营地向右拐，顺着一条小山泉进山。

上山既费时间又费气力。越往高处走，植物越稀少，高大的树木留在了身后，取而代之的是弯曲的小柞树、秃枝垂叶的白果花楸、树皮毛茸茸树干破碎的黄桃树、冬季有时还未落叶的杜鹃和白鲜。图尔蒂金在一丛灌木旁边坐下来吸烟。他一擦火柴，灌木四周的香精油立刻哧哧地燃起无色的火焰。这情景让他们两人觉得很好玩，于是便跑到每株灌木丛旁边点起火来。最终我制止了他们，要他们节省火柴。这种植物挥发的香精油如此之多，一个闻不惯它的人，在无风的大热天跑到这里来，有可能会被熏晕了。

从这里开始要爬山了。我选择了一条布满岩屑堆的支脉向上攀登，这样可以饶有兴趣地观察一下树木是怎样在岩石中生长的。它们好像在有意识地寻找土壤，竭力通过最短的途径把根扎进去。一个小时之后，我们踏上了苔藓和地衣的生长区。

这种孢子植物从哪儿汲取水分呢？石堆中是存不住水的，然而苔藓却长势旺盛。摸上去，它们非常湿润，如果用手挤一下，就会滴下水珠。这个问题要由雾气给出答案，它正是湿气的长期来源。苔藓获得水分不是从土壤里，而是从空气中。由于乌苏里地区的春夏两季雾气迷蒙的天气比阳光明媚的日子多得多，那么岩屑堆中的苔藓长得如此旺盛就完全可以理解了。

瞧，苔藓地带又留在我们身后了，眼前是一片秃峰。但这并非说明，山顶上的岩屑堆是不毛之地。石堆上覆盖着一层地衣，这种地衣也是从空气中汲取水分的。随着一年四季的变化，它们或者干得用手一搓即成粉末，或者柔软湿润。枯死的地衣变成了一层很薄的土壤，这层土壤上又长出苔藓，然后再长出野草和灌木。

我们登上山脊时，晨雾已经消散，放眼望去，周围的景色极为壮观。四道沟河从山下流过，站在山顶可以清楚地看到，它沿着森林蜿蜒流去，在阳光下闪闪发光。北面耸立着鞑子山，我们将要从它旁边绕过去。西南面可以看到林木茂密的普松[1]河流域。东南面是大海，西面还有一些不知名的山脉，这些山脉不是任何人都能认出来的，只有经验极为丰富的人才能辨认。熟悉的山峰往往也会变得无法认出，譬如斯托罗瓦亚山（意思为桌子山），如果从侧面看，它的山峰尖耸，并不像一张桌子。对我们来说，鞑子山是一个很好的坐标点，使我能够把握正确

1 巨大的偃松。

的方向。

中午，我示意停下休息。非常渴，但是哪里都没有水。下山到河谷去又太远。因此，我们决定忍耐，稍事休息一下就继续赶路。士兵们躺在岩石背后的阴凉地，很快就睡着了。我们可能睡了很长时间，因为醒来时阳光已经照到了岩石背面。我看看表，下午3点了。必须抓紧时间赶路。我们都知道，黄昏时才能到达有水的地方。没有其他办法，只有准备好继续忍受干渴。

我们脚下的这条山脉，由一座座光秃的山峰组成，连绵不断，向上隆起，一个山峰比一个山峰高。前面20公里处，横亘着另一座这样的山岭，与我们这座山脉成直角。而这座山的右面部分就是我们熟知的鞑子山。现在要走到两条山脉会合的山结处，再从那里下山到三道沟河河谷去。

天气很糟糕，平静无风，酷热难耐。途中我们试图下山去找水，但没有找到，回来爬山时更是累得筋疲力尽。这种尝试再不能重复了。每当我们爬一个山峰时，都抱着山那面可能会看到不远处有水的希望，但是每次都大失所望。前面除了寸草不生的秃石堆外，什么都看不到。如果那不是碎石堆，而是些大岩石的话，说不定还能在石缝里找到积存的雨水。但是，在横七竖八的碎石堆里能找到什么呢？大家都垂头丧气，默默地走着。狗伸出了长长的舌头，安静地跟在我们后面。

山里的路程很难确定。我们走了一整天，但是三道沟河和四道沟河之间的分水岭好像也在移动，离我们越来越远了。我真想走到那座分水岭，但是不久就知道，今天走到那儿是不可能了。马上就要天黑了，太阳几乎已经落在了地平线上。晒了一天的石头散发着热气，只有清风才能送来些微凉意。

我们面前耸立着又一座高山。无论如何也要“拿下”它。周围的群山已经染上了暮色，只有这座山笼罩在落日的余晖中。最后这座山爬得十分吃力。我们坐下来休息了 3 次，然后继续向上爬，最后勉强爬上了山顶。

当我们到达山顶时，太阳已经落山了。晚霞的余晖还在云间闪烁，但是很快便被薄薄的夜雾遮住了。

由于担心黄昏之前找不到水，我们都全力赶路。山峰下面是一个鞍形凹地，旁边有一条长满矮棵木本植物的坑槽。我们朝坑槽走去。越早找到水，明天返回山脊就越省力气，因此下山时大家都全神贯注地倾听着，不久，坑槽变成了沟壑。沟底长着浓密的野草和灌木，都是喜欢潮湿的植物。从鞍形凹地向下已经走了约 200 米，却仍然没有看到水。突然，我听到地下有隐约的响声。士兵们放下背囊，扒开石头。但是水流好像在远处。我们接着往下走，再次掘地。这一次有了大收获：找到水了！大家立刻扑上去喝水解渴。可是水非常凉，只能喝一小口，停一下，再接着喝。

图尔蒂金点燃篝火时，我开始观察小溪。水温只有 0.9℃。我把手伸进挖开的洞里，掏出几块石头。石头外面裹着一层一层的冰。冰很厚，看上去好像石头被冻在了里面。冰的厚度有的地方达到了 10 厘米。

士兵们煮了好几次茶。搭帐篷之前喝了一次，搭好之后又喝了一次，睡觉前再喝一次。晚饭后大家立刻睡觉了，只有狗守卫着宿营地。

第二天和头一天一样，也是又闷又热。

乌苏里地区炎热的夏天总是非常潮湿，原因在于季风从海上带来了湿气。

覆盖在大地上的草皮和大量落叶，保存了相当多的水分，不让它流散到河谷里去。白天因为阳光照射而水分蒸发，空气中便充满了水蒸气。因此，这里早晚间露水往往很重，植物就像被雨淋过一样。乌苏里地区夏季温度较高，雨量充沛，本来十分适合种植果树，但是，冬季可怕的干旱和狂风对果树危害极大，使它们无法正常生长。

潮湿酷热的天气使人和狗都感到分外疲乏，脸、手、衣服都是潮乎乎的。纸张成了“瓦克哈”[1]，不再沙沙作响。方糖碎了，盐和面粉起了团，烟草点不着，身上常常出现热带湿疹。

走了两个小时，我们又爬上了分水岭。现在开始下山。三道沟河源头的周围同样是秃岭，林木都被野火烧光了。通常，第一场大火烧过之后剩下枯立木，第二场大火首先会焚烧枯立木的根部。枯立木便倒在地上继续燃烧，直到被雨水浇灭为止。第三场大火再把所有的残木烧光。只能从树墩周围的蘖枝看出，这里曾经是一片大森林。森林消失后，阳光自由自在地照射地

1 当地土语，意思是摸上去很潮，但并不湿的东西。

面，而这对草本植物的生长很有利。火烧过的地方总是长着一人多高的茂密野草。在这种倒木纵横的丛林中穿行是非常困难的。

下山并不比上山轻松。人们经常跌倒，被石块和倒木的枝杈磕疼。我们沿着一条小溪干枯的河床下山，又是长时间找不到水。细沟、坑洼、石堆、数不清的草丛（刺龙牙丛），蚋群和酷热，这一切都使这段路走得无比艰难。

午后，我们终于到达了三道沟河，但河床里一滴水也没有。我们在灌木丛的阴影里休息了一会儿，又继续赶路了。干渴一直折磨着我们，直到晚上才解决了这个问题。这里有一个深坑，坑里有很多红点鲑鱼[1]。扎古尔斯基和图尔蒂金毫不费力地打捞了很多，直到不想再捞了。这真是雪中送炭，因为我们随身携带的食物已经快吃光了。

三道沟河的上游由两条河汇合而成。一条是小三道沟河，发源于鞑子山；另一条是大三道沟河，它和二道沟河（外伏锦河支流）同出一源。我们走到了大三道沟河，这里几乎是它的源头。沿河又走了两三公里后，我们停在一个水坑附近过夜，水坑位于侵蚀阶地的边沿处。夜间又发生了一场虚惊。一只动物走近宿营地，狗吓得惶恐不安。扎古尔斯基朝天放了两枪，才赶走了那只野兽。

第二天是星期日。河里只有几个较深的地方有水，因此，

---

1 一种鱼，类似山区淡水鲑。

我们干脆沿着河床行走。三道沟河中游和四道沟河一样，生长着茂密的森林，野兽足迹随处可见。在一个地方，三道沟河绕了一个很大的环形弯。

士兵们走在前面，我在他们后面不远。拐过弯后，他们看见河汊里有两只梅花鹿——一只母鹿和一只幼鹿。扎古尔斯基开枪打死了母鹿。幼鹿没有跑走，它停下来，茫然地看着。人们对它的母亲做了什么？为什么它不从地上站起来？我吩咐把幼鹿赶走。图尔蒂金撵了它三次，但它每次都返回了原地。只得放出狗来把它吓跑了。

我们在打猎的地方就地宿营。我们决定带走部分鹿肉，把剩下的送给当地居民。

夜间天气变坏了。早晨看样子要下雨，我们赶忙收拾好背囊动身。中午就到了卡什列夫守候老虎的那座石崖下。这个地方是石崖和深河汊之间的一条狭窄的通道，这条河汊甚至冬天也不结冰。追踪野猪的斑斓猛兽经常走过这里，而这些猛兽又在这里受到卡什列夫的捕猎。

离开石崖又走了约5公里，我们终于走到了第一座农舍。我们告诉房子的居民，到哪里可以找到我们留下的鹿肉。傍晚，我们到达了外伏锦河。又过了两昼夜，我们返回奥耳加哨所。

第十五章　阿尔扎马索夫卡河畔历险记

中国人车凡　阿尔扎马索夫卡河的支流　洞穴　鸟类　林中乔木和灌木种类　猎野猪　迷路　雨　危险的处境　莱希效劳　小路　火光　陌生的宿营地　穆尔津　归来

从 7 月 7 日起，天气又变坏了，一直风雨交加。我利用这种天气在家绘制考察路线图，整理考察日记。这件事花费了三天时间。完成后，我开始准备到阿尔扎马索夫卡河去进行新一次考察。A.И. 麦尔兹利亚科夫受命测量卡萨富诺瓦河河谷和卡巴尼亚沟。Г.И. 格拉纳特曼则承担了从阿尔扎马索夫卡河到大柞树河一带的勘察。

7 月 15 日一大早，我带着穆尔津、埃波夫和科热夫尼科夫出发了。当晚住在佩尔姆斯科耶村，第二天继续前进。

阿尔扎马索夫卡河的中国名称是大东沟[1]，长约45公里，河口附近的宽度为100米，河道深约1俄丈（2.134米）。河谷开端狭窄，但往上，在卡巴尼亚河注入大东沟后，便明显变宽阔了。现在所有的中国名称和土著名称都已经废弃了。佩尔姆斯科耶村的农民按照自己的习俗改变了那些名称。坚硬的河阶地从宽沟这面有力地推进到了阿尔扎马索夫卡河河谷。阶地中一些地方被严重侵蚀。这儿的山地上岩屑堆很多。灰色的岩屑在周围植物的衬托下分外醒目。

宽沟对面的阿尔扎马索夫卡群山有一个有趣的特征：山的外形完全一样。读者可以想象，几个三棱角锥体，它们一个挨一个地斜放着。角锥体的底部向着河谷，顶部对着分水岭。锥体的角是山顶，锥体之间的凹处是山沟。三角锥体的底部与河谷呈现的角度约为60°。

由于外伏锦河河谷洪水频发，泛滥成灾，佩尔姆斯科耶的村民不得不在附近寻找更适宜于耕种的土地。自然，他们首先注意到了大东沟。

从奥耳加湾到阿尔扎马索夫卡河河谷有两条路。一条穿过佩尔姆斯科耶村，另一条路沿着波杰瓦洛夫卡（捉弄、坑人的意思。——译者注）河。这条河之所以叫这个名字，是因为大雨冲刷道路后，路上出现很多大坑，就像陷阱一样。这条路的出口正好对着宽沟。宽沟确实开阔，谷底有一条小河流过。宽

1 东面的大河谷。

沟上方，又有三条沟汇入阿尔扎马索夫卡河谷。这三条沟是科雷瓦伊斯卡亚沟、乌格洛瓦亚沟和利斯特维尼奇纳亚沟。沿着这些河沟可以走到葫芦崴河。葫芦崴河注入弗拉基米尔湾。山口跨过了几座不高的山脊，是由一系列圆锥形石灰岩小山构成。

第一天，我们走到了中国人车凡的房子。佩尔姆斯科耶村和伏锦河一带的农民都异口同声地赞扬这个中国人，说他特别善良。当洪水头一次淹没了他们的庄稼时，车凡便来帮助他们，给他们种子重新播种。无论谁有什么需求去找车凡，他都不会拒绝。如果不是车凡，移民们在这里的生活无论如何都难以为继。不少人利用他的善良占他的便宜，尽管如此，他却从来也没有向那些人讨过债。

第二天早上，我去观察阿尔扎马索夫卡右侧石灰岩山上的洞穴。洞穴正对着乌格洛瓦亚沟河口。两个洞穴，一个在山上，是直的，很像矿坑，长约 100 米，高 2.4—3.6 米；另一个在下面的山坡上，像一口水井直下约 12 米，然后有一个 10°的斜角，继续延伸。从前，这是一条地下河道。

这个洞穴长约 120 米，但宽窄高低不同。洞的忽高忽低，忽窄忽宽。洞底布满从上面落下的石块，因此洞里没有钟乳石。由于落石均匀平整，所以感觉洞穴的位置好像上移了。

这个洞穴像所有的石灰岩岩洞一样，里面有很多大耳蝙蝠和白色的大蚊子。

我们观察完洞穴，天色已晚。车凡的房子里已经点上了灯火。我本想在外露宿，但是担心下雨。车凡已经在自己的炕上给我腾出了地方。我们俩聊了很久。他很乐于回答我的问题，不胡说，没废话，很诚恳。这次谈话给我的印象是，他确实是一个善良的好人。我决定回到哈巴罗夫斯克后，为他申请某种奖励，表彰他对俄国移民在多方面的帮助。

黎明前，海上起雾了。大雾沿着山坳徐徐向山上弥漫，好像要下雨了。但是又升起了太阳，雾消散了。在乌苏里地区，水气由凝结到蒸发消散，变化总是异常迅速。还没等我们烧好茶，海雾已经不见了踪影。只有湿漉漉的灌木和草丛可以证明，大雾不久前刚刚光顾过这里。

7 月 15 日和 16 日两天，我用来观察乌格洛瓦亚河和利斯特维尼奇纳亚河。乌格洛瓦亚河（南东沟）的上游由三条山溪交汇而成。顺着这条河，可以走到莫克鲁沙河（葫芦崴河下游右支流）。乌格洛瓦亚河河谷的土壤为冲积淤泥，异常肥沃。一座座为它遮挡暴烈海风的小山岗上林木丛生，阔叶树林中偶尔可见几棵红松。但是，在小山的迎风一面却几乎是没有植物的秃岭。河谷里生长着弯曲的矮柞树，与其说它是树，不如说它更像灌木丛。还有树干满是窟窿的椴树和黑桦。水边有柳树、榆树和赤杨，朝阳的地方有胡枝子、绣线菊、佛头花、榛、艾蒿、芦苇、山葡萄和草藤。

到达分水岭后，我们向北沿着山脉向利斯特维尼奇纳亚河河源走去。眼前的这条山脉景色凄凉，斜坡上植物枯萎，山脊上寸草不生。过了山口后，就是高大的圆顶子山了，当地居民称它为“鲍利斯秃顶”。以利斯特维尼奇纳亚河河源为基点，这座山的相对高度为680米。从分水岭到阿尔扎马索夫卡河去的下坡很平缓，但是向着葫芦崴河的下坡却很陡峭。利斯特维尼奇纳亚河（小东沟）的上游由两条大小相同的小河汇合而成。河左岸生长着稀疏的柞树和桦林，以桦树居多，占全部乔木的70%以上。

根据我在地上看到的足迹推断，这里大型四足动物有野猪、马鹿、梅花鹿和狍子。我们开过两次枪，但是都没有打中。

鸟类也很多。空中无声地飞着两只亚洲猫头鹰，它们一直在互相追逐，一只从上方攻击另一只，下面那只灵巧地避开了对方的攻击。上面发起进攻的那只猫头鹰因惯性作用，从下面那只猫头鹰身旁俯冲而过，下面那只则腾空飞起。这样后来就分辨不清了，究竟哪只攻，哪只守。后来，这两只猫头鹰一齐落到草地上，张开翅膀继续在地上搏斗。莱希扑了上去，两只鸟才被惊起，这一次它们分道扬镳各自飞走了。在乱石堆旁有几只孤零零的蓝矶鸫。它们在石堆上爬着，发出沙沙声，一会儿躲进石缝里，一会儿又突然从另一个地方钻出来。稍有风吹草动，它们便慌忙藏进灌木丛或岩石缝里。在另一个地方，我发现了鹟鸟。它们轻巧灵活地飞着捕捉昆虫，专心忙自己的事，完全没有发觉走近的人和狗，甚至连枪声都不在意。

在又高又密的草丛里，常常遇到长尾巴剖苇。这是它们的地盘。它们在芦苇上攀缘，在灌木枝上栖息，在地上跳来跳去。它们好像很怕那些没有植物的开阔地，有一只剖苇飞到路上，突然好像受到了什么惊吓，立即飞了回去，落在一棵芦苇上，这才安下心来。我的狗从山溪附近的干草墩子中间撵出了一只鸟，我开枪打中了，原来是一只东方山沙锥。后来我还看到一只天真妩媚的勘察加黑鹡鸰。它在人面前毫不畏惧，在水边蹦跳着，在岸边啄食。

7 月 17 日去考察了阿尔扎马索夫卡河。该河的源头正好与注入大柞树河的西北沟河上游相对。阿尔扎马索夫卡河上游为南北流向，途中先纳入了缅纳亚河，然后又纳入了利斯特维尼奇纳亚河，稍向下流去不远，又有两条小河自右侧汇入。当地农民称这两条小河为"花鹿沟"（来自汉语词"花鹿"，意思为"梅花鹿"）。从这里起，阿尔扎马索夫卡河转向正南流去，一直保持了这个方向，途中又将右侧的维莫伊纳亚河纳入。这条河本身也由三条支流汇合而成，即萨利纳亚河、克雷什纳亚河和苏德诺瓦亚河。苏德诺瓦亚河的右支流为福尔托奇基纳河、苏哈亚河和科姆福尔基纳河，左支流为普罗斯特列利纳亚河。

在萨利纳亚河河谷可以观察到很有趣的构成物。山水顺着狭窄的浅沟将大量细沙和碎石冲刷下来，在河谷出口处，这些冲积物便堆积成巨大的冲积锥。峡谷越长越深，冲积锥也就越大。可能，这些冲积锥的增长是周期性的，只在大暴雨后才能出现，因为只有大量而急遽的水流才能带来如此大量的山岩碎石。

到达阿尔扎马索夫卡河河源后，我们登上分水岭，朝西南方向走了一段山路。

这一带山上的岩石主要为石灰岩。在石灰岩岩层和大结晶岩岩层的接触面中，可以看到丰富的锌矿石和银铅矿石。

黄昏时，海上又起雾了。我担心天气又会变坏，但是，很幸运，第二天虽然是阴天，却没有下雨。

在这一带新出现的树种中，我发现有紫花槭。这种树不大，树干挺拔，树皮棕红色，叶片呈星状，裂纹很深。另外，还看到西伯利亚苹果树（即毛山荆子），果实很小，不像苹果，更像是浆果。熊特别喜爱吃这种小果子。河边生长着树干低矮、枝条弯曲的香味杨，旁边是树叶永远簌簌抖动的山杨。在铺满砾石的浅滩上生长着竹林一般的细干柳。山溪附近的石崖上安居着半灌木、半乔木的日本稠李，和浅灰色树皮、结红色浆果的瑞香。再远一些地方还看到了暴马子。它是满洲植物区系的基本成员，一种枝干为灰色的大灌木。林边生长着穿地龙，这是一种雌雄异株植物，雄株的花和叶都与雌株不同。

我们发现，脚下的土路没有植物，被踩踏得很坚实。小路一直将我们引向锡霍特山麓。不久，路分成了两条。一条通往山里，另一条沿利斯特维尼奇纳亚河右岸通向别处。我们就在这里宿营了。决定两个人去打猎，两个人留守宿营地。

夏季打猎只能在早晨现出曙光之际，和晚上天黑之前。白天，野兽隐没在茂密的树丛里，很难找到。因此，我们抓紧时间休息一下，躺在草地上就睡着了。

等我醒来，却看不见太阳了。天空层层阴云密布，仿佛黄昏已经降临。此刻是午后 4 点钟，可以准备去打猎了。我叫醒了哥萨克。他们穿好靴子，动手烧水。

喝过茶后，我和穆尔津带上各自的武器，分头向不同方向出发。为了以防万一，我还带上了猎狗莱西。我很快就发现了野猪群，开始跟踪。野猪不停地走着，一边走一边拱地。根据蹄印的数目推测，大概有 20 多只。在一个地方，我发现它们不再拱地，四散奔逃了，然后又聚在一起。我正想加快脚步追上去，却突然环顾了一下四周。我看见一滩水洼旁边的泥地上有老虎留下的清晰足迹。我立刻清晰地想象出，野猪走在前面，老虎悄悄跟在后面的情景。“要不要回去呢？”我心想。但是，我立刻镇静下来，继续小心谨慎地向前走去。

现在野猪向山上跑去，接着下山进了旁边的一条山沟，从那里又沿着山脊跑上去。但是，还没跑到山顶，就突然掉转方向，又下到沟里去了。我全神贯注地跟踪它们，完全忘记了观察周围的情况，记住地形。我的全部注意力都集中在了野猪群和老虎的脚印上面了。我这样走了大约一个小时。

天上掉下来几滴小水珠，这才使我停住了脚步。下雨了。起初是毛毛细雨，后来雨停了。大约 10 分钟后，又掉了一阵雨点，然后又停了。雨停的时间越来越短，下得越来越大，终于，像一场雨该有的样子下了起来。

“该回宿营地了。”我心想，朝四外张望，但是树林后面什么也看不见。于是我就近登上一座小山，以便确定方位。

周围目极之处全是乌云。只有最西面的地平线上露出一线晚霞。乌云正在向西移动。就是说，别想指望天气转晴了。现在看到的群山都是陌生的。往哪儿走呢？我认识到了自己的错误。我过分专注于跟踪野猪了，几乎没有留心周围的环境特点。顺着脚印往回走是不可能的。没等我走完一半路程，黑夜就会来临。这时我才想起来，我这个不吸烟的人身上没带火柴。我原打算黄昏之前返回宿营地，因此出发时就没拿火柴。这是我的第二个严重的错误。我朝空中放了两枪，但是没有回应信号。于是，我决定下山到河谷里去，暂时还可以顺水而行。也许，在天黑之前还能走上小路。但对此希望渺茫。不要再迟疑了。我向山下走去，莱希乖乖地跟在我身后。

在森林里，即使雨下得再小，你也会被淋得全身湿透。每丛灌木、每棵树都会将雨水留在叶子上，大滴大滴地落在你身上，从头到脚。不久我就觉得，我全身的衣服都湿透了。

半小时后，森林里就黑了。已经辨别不出是坑洼还是石头，是倒木还是平地。我脚步踉跄。雨更大了，雨点均匀密集。又走了约 1 公里，我停下来喘口气。狗同样浑身湿淋淋的。它用力把身子一抖，低声尖叫起来。我取下了牵狗的皮套。莱西正等着松开它呢。它又抖动了一下身子，撒腿朝前跑去，很快就不见了。此刻我觉得孤独极了，大声喊它，但是没有用。我又站了约两分钟，朝狗跑掉的方向走去。

白天在原始森林里可以绕开倒木、灌木和草丛走。可在夜里却总是走进草木最密的地方，似乎是故意让你这样。不知道哪儿来的树枝，总是挂住你的衣服。攀缘植物挂住了你的帽子，伸到你的脸上，有时还会缠住你的腿。

雨天，待在充满了野兽的原始森林里，没有火是非常可怕的。孤立无援的感觉使我走起路来提心吊胆，仔细辨认每一种声响，神经紧张到了极点。树枝的落地声，一只老鼠跑过去的沙沙声，我都感到声音极大，急忙转过身去，面对发出声响的地方。

最终，周围漆黑一片，已经无须眼睛去看什么了。我从里到外浑身湿透。帽檐儿上滴下的水顺着脖子流淌。我在黑暗里摸索着，结果爬进了一片倒木中，走进倒木，即使白天也未必能很快从里面走出来。我用手摸着横七竖八的倒木，翻起的树墩，石头和树枝，竟然闯出了这座迷宫。累极了，我坐下来歇一歇，但是马上觉得寒冷彻骨，上下牙打战，浑身发抖，像得了寒热病一样。疲倦的双腿要求休息，但寒冷却迫使我继续前进。

爬到树上去！一个迷路人总会首先想到这个愚蠢的主意。我立刻将这个想法赶跑了。事实上，在树上会更冷。在树上的姿势会很不舒适，这样腿脚就容易发麻。那么钻到落叶堆里去吧！但是却无法避雨，而且还容易着凉。我咒骂自己，为什么不带火柴?！我暗暗发誓，今后不论离开宿营地多远，哪怕只有几米远，也一定要带上火柴。

我开始从倒木上攀爬，向斜坡下的某个地方走去。突然，从右面传来了树枝折断的咔嚓声和不知是谁的急促呼吸声。我想开枪，但是不巧，枪筒被藤蔓缠住了。我失声惊叫起来。就在这时，我感觉到一只动物舔了一下我的脸……原来是莱希。

我心里交织着两种感情：狗吓了我一跳，我非常恼恨；但是它回到我身边，又让我极为高兴。莱希在我身边转了一会儿，轻轻地叫了几声，重又消失在黑暗里。

我万分艰难地向前挪动着，每一步都要付出极大的努力。约 20 分钟后，我走到了悬崖那儿。下面很深的地方有哗哗的流水声。我摸到一块大石头，把它推下去。石头在空中坠落，我听见它落到了很深的水中。于是我向右拐了个急弯，绕过了这个危险的地方。这时，莱希又跑回来了。我已经不会被它惊吓了，伸手抓住了它的尾巴。它小心地衔住我的手，轻轻地叫着，像是求我别拉住它。我放开手。它跑出不远，又返回来，确信我跟在它的后面，才放心地跑开了。我们这样又走了半小时左右。

突然我滑倒了，膝盖重重地磕在石头上，很疼。我呻吟着坐起来，揉着摔痛的腿。过了一会儿，莱希又跑过来，蹲在我身旁，黑暗中我看不见它，只能感觉到它温暖的鼻息。腿没那么疼了。我站起来，朝着不太黑的地方走去。还没走出十步，又滑倒了。接着又连续滑倒好几次。于是，我干脆用手摸着地向前爬。

我心里发出一阵喜悦的喊声。这是那条小路！不顾疲乏和腿痛，我继续前进。

“现在可不会迷路了，”我心里想，“小路总会把我引到一个地方。”

我决定顺着小路走到天亮，可是走起来却没有那么容易。眼前一片漆黑，看不见路，只能用脚试探着走，所以我移动得非常缓慢。在哪个地方又找不到路时，我就坐到地上用手去摸。最难的是小路拐弯时。有时候我停下来，等莱希回来。狗重新将我引回到小路上。一个半小时后，我走到一条小河边。河水哗哗地流过石头。我把手伸进水里，以便了解水的流向。小河是向右面流的。

渡过了山间的急流，立刻走上了小路。没有莱希，我无论如何也找不到这条路。莱希总是蹲在路当中等我。当它发觉我走近它时，便在原地打几个转，又朝前跑去。天黑得什么都看不见，只能听到小河的流水声、雨声和穿过树林的风声。小路分出了一条岔道。现在的问题是，往哪儿走？往右还是往左？我考虑了一下，决定等莱希回来再说。可是它很久没有回来。于是，我向右走去。大约 5 分钟后莱希出现了。它向我迎面跑来。我向它弯下腰，它却抖动全身，溅了我一身水。我没有骂它，而是抚摸它一下，跟着它继续朝前走去。

现在稍微轻松了一些。小路不那么弯曲了，倒木也没那么多了。途中又渡过了一条小河。过河时脚下一滑，摔倒在水里。不过，这并没有让我的衣服比原来更湿。

我终于耗完了所有的力气，坐到一个树墩上。手上和脚上被扎伤和碰伤的地方很痛，脑袋也很沉重，眼睛困得睁不开，我打起盹儿来。蒙眬中，好像远处的树林间有火光闪动。我努力睁开眼睛。仍是一片漆黑。寒冷和湿气直往骨头缝里钻。我担心着凉，跳起身来在原地跺脚。这时我又看见了树木之间的火光。我想，这只是幻觉。但是火光再次出现了，我的睡意顿时全消。我离开小路，径直朝火光的方向走去。夜间看到的火光，很难确定它的远近和高低。

一刻钟之后，我走近了火光，已经可以清清楚楚地看到火堆周围的一切了。我首先看出，这不是我们的宿营地。使我奇怪的是，篝火旁边没有人。夜间，又下着雨，人们是不会离开宿营地的。显然，他们藏到树林里了。

我觉得挺可怕。去不去火堆那里呢？如果是猎人，那还好。万一碰到红胡子的人马呢？突然莱希从我身后的树丛里跳了出来，它大胆地跑到篝火旁边，停下来东张西望。狗好像也因为这里没有人而感到惊奇。它围着篝火转了一圈，嗅着地面，然后走向最近的一棵树，站在那里摇着尾巴。这说明，那里有自己的某个人，否则狗就会表现出愤怒和不安。于是我决定到篝火那里去。但躲藏起来的人却先露面了，原来是穆尔津。他同样迷路了，点燃了篝火，决定等待天亮。听到有人在森林中走动，因为不知道是什么人，他便藏到了树后面。使他最为不安的是我走近时那种小心翼翼的举动，特别是我没有直接走向火堆，而是在远处停了下来。

我们立即开始烘烤衣服。湿透的衣服冒出一团团蒸气，篝火的浓烟忽左忽右，飘忽不定。这是雨马上要停的可靠征兆。果然，半小时后，雨就变成毛毛细雨了。树上的积水还在继续大滴大滴地落下来。

篝火旁边的大云杉树下稍微干燥一些。我们脱下内衣，在火上烤。后来我们砍了不少冷杉，最后靠着大树，进入了梦乡。

早晨我感觉有些冷。醒来一看，篝火熄灭了。天色仍然灰蒙蒙的，山间某处大雾弥漫。我叫醒哥萨克，我们去寻找自己的营地。我们俩过夜的那条小路是通向别处的，只好离开它。过了小河后，我们找到了另一条小路。顺着它，我们回到了自己的营地。

面包和茶使我们又有了力气。大约在上午 11 点钟，我们沿着萨利纳亚河上行。顺着这条河可以走到锡霍特山脉离海最近的地方。从阿尔扎马索夫卡河方面登锡霍特山脉，山坡陡峭，而从西侧上山，则山坡平缓。整个山脉被浓密的混交林覆盖。山口在里伏锦河。我们曾沿着里伏锦河从乌拉河走到奥耳加湾。

午后，天气又变坏了。我担心再碰上连绵不断的阴雨天，就暂时搁置了对里伏锦河的考察，等以后天气条件较好的时候再进行。果然，夜间下起雨来。第二天又下了一整天。7 月 21 日，我启程返回，两天后回到了奥耳加哨所。

第十六章　弗拉基米尔湾

奥耳加河　在中国房子旁边过夜　弗拉基米尔湾　海湾的地质状况　中国渔业场　章鱼　葫芦崴河

我还在阿尔扎马索夫卡河考察的时候，等待已久的托运物品已从符拉迪沃斯托克运到了。这时间正合适。奥耳加湾周围的地区已经考察完了，应当继续前进。7 月 24 日和 25 日，用这两天的时间做准备。马匹在这段时间得到了休息，恢复了体力。马具和我们的服装也准备就绪，食品也做了充足的补充。

下一步的工作是这样计划的：Г.И. 格拉纳特曼考察阿尔扎马索夫卡河和西北沟（大柞树河支流）之间的山区，而 А.И. 麦尔兹利亚科夫则从另一面环绕阿尔扎马索夫卡河。我们应该在大柞树河上游会合。我和其余人员的路线是沿着海岸走到弗拉基米尔湾去。

我的助手们于 7 月 26 日清晨出发，我则在 28 日午后动身。

这是一个温暖宜人的好天气。天上有大片积云，阳光穿过云隙，在空中形成一道明亮的光束，照耀在水洼上，闪烁在石堆和赤杨叶上，一会儿照亮这片山坡，一会儿又照亮那片山坡。远处传来了隆隆雷声。

弗拉基米尔湾和奥耳加湾相邻，之间的距离有 50 公里。两个海湾之间有一座小山，平均高度 250 米，最高峰为 450 米。这条山脉是奥耳加河（13 公里）和弗拉基米罗夫卡河（9 公里）之间的分水岭。正是后面这条河注入了同名的弗拉基米尔湾。两条小河都流经宽阔的纵谷，与海岸之间隔着一条低山脉。这条山脉始于什科特角（即奥耳加湾），一直绵延至瓦托夫斯基角（即弗拉基米尔湾）。小山继续向北延伸，也能看得到。

奥耳加河由两条大小相同的河流汇合而成，这两条河流本身也有数量众多的小支流。因此，奥耳加河河谷很像一个宽阔的侵蚀盆地。以前，奥耳加哨所的居民往返弗拉基米尔湾是通过中国猎人开辟的一条小路。1905 年日俄战争期间，“绿宝石”号巡洋舰在弗拉基米尔湾撞毁。为了把军舰上的物品运往奥耳加哨所，修筑了一条车行道。从此两个海湾才可以正常通行了。

雷雨从旁边过去了，午后天气放晴。阳光如此灿烂，仿佛大地上的万物也散发出光明和温暖。天气又热又闷。

黄昏时分我们还未到达山口。白昼刚刚过去，夜，带着从东方遥远的大海上升起的蓝色雾气降临了。鲜艳的晚霞染红了堆积在地平线上的积云。旁边的山泉哗哗地流淌，草丛中的螽斯不停地叫着。

我刚想让大家停下脚步，突然，一个哥萨克说，他看见了火光。果真，路旁的森林边上，离我们约300步远的地方，有微弱的火光。我们朝那里走去。是一座中国房子。狗叫起来，向主人通报我们的到来。两个中国人迎着我们走出来。他们脸上的笑容和鞠躬问好，反映出他们的恐惧和顺从、讨好和好客。中国人请我到他们的房子里去睡。但是夜色如此美好，我拒绝了他们的邀请，高兴地同士兵们一起睡在火堆旁。

经过长期休整之后，第一次野外露营通常都特别活跃。大家精神饱满，精力充沛，物资充足，人人都觉得开始了新的生活，每个人都想各尽所能做些什么。士兵们又带上了手风琴，快乐的歌声和说笑声沿着河谷传向远方。

这所中国小房子常年处于僻静之中，只能听到山泉的流水声。现在周围突然充满了歌声和欢快的笑声。中国人走出房子，也在旁边生起一小堆火，坐在篝火旁默默地看着这些突然扰乱了他们的平静的不速之客。歌声渐渐停止了，哥萨克和士兵们喝了最后一次茶，去睡觉了。

我睡得不好，夜里醒了两次，每次都看到中国人坐在火堆旁。时不时从田野那传来一匹不安静的马的嘶鸣和狗的叫声。然后一切回归寂静。我用毡斗篷将自己裹紧，沉沉睡去。日出前落下了大量的露水，群山之间某些地方弥漫着晨雾，似乎因为害怕太阳而尽量躲藏到了深谷中。我醒得最早，然后叫醒了队员们。

向中国人告辞后，我们就出发了。我付了他们蔬菜和木柴钱。中国人想送我们一程，但是我执意要他们回去。上午 9 点钟左右，我们翻过分水岭，来到了弗拉基米罗夫卡河河谷。

应当提及这条路线上那些极其有趣的风化物。它们被磨蚀成光滑的柱形和球形，好像安放在凸出的底座上或嵌在椭圆形的凹槽里似的。其中有些形状非常奇特，令人震惊，或像野兽，或像廊柱，或者像人，不一而足。特别值得注意的是，形成这些风化物的附近哪儿都没有可以起磨蚀作用的沙子。作为分水岭矗立在奥耳加河和弗拉基米罗夫卡河之间的高大山脉，向下延伸，在海中形成一个岬角。这座山脉由砂岩、砾岩和玄武土构成。弗拉基米罗夫卡河的外貌同普通山溪一样，河谷多沼泽，两侧的山峦比较高。

傍晚，考察队来到弗拉基米罗夫卡河河口，并在海边宿营。

黄昏时，西天传来隆隆的雷声。我们动手支起帐篷。但我们的担心不过是一场虚惊。雷雨再次擦肩而过。不过，使我们不安的是另一种现象。晚霞刚刚消失，繁星也随之变得暗淡无光。一种非云非雾的东西遮住了天空。凉风从陆地吹向海洋，而高空的暮霭却向陆地蔓延。这就是海陆风。八九月间海滨一带几乎每天都可以看到这种现象。黎明时天空灰蒙蒙，地面上的雾停留在半山腰一动不动。当太阳升到地平线上，同地面形成 15°角时，雾开始移动了，聚成雾团，向海面蠕动，起初很慢，接着便越来越快。刚开始我们对此感到不安，总以为要下雨了。后来我们看惯了这种现象，也就无所谓了。

第二天用一整天来观察弗拉基米尔湾。中国人称它为葫芦崴（汉语的“葫芦”为一种圆形的瓜，“崴”即海湾或港湾）。

有些俄国人把葫芦崴叫作“花鹿崴”。他们认为来自汉语的“花鹿”，即“梅花鹿”，但完全不是这样。

弗拉基米尔湾（北纬 45° 53′，东经 135° 37′，子午线的点位于奥列霍夫海角）是一个巨大的天然蓄水池，深达 12 米，四面群山环抱。这些由花岗岩构成的山脉平均高度约 230 米。弗拉基米尔湾比奥耳加湾大得多，由三部分组成：西北部最大，东北部较小，中部最小。湾口两侧各有一座多山的半岛，即瓦柳泽克半岛和瓦托夫斯基半岛。第三个半岛，即鲁达诺夫斯基半岛位于海湾中部。三个半岛中，最大的当属南面的瓦托夫斯基半岛。显然，这些半岛不久以前还在水下。

弗拉基米尔湾的四周，在注入该湾的小河口附近，有几个水已经淡化了的小湖泊。这些小湖泊以及周围的沼泽证明，从前海湾伸入陆地很深。后来，海水被挤退，陆地在某处有了扩展。最大的湖泊在南面，面积约有 1000 平方公里，深 3—6 米。由于河水要经过它入海，该湖迅速变小。半岛附近的狭长地带上有两个咸水湖，它们同样生动地说明，这些半岛不久前还是海岛。海浪的冲击促进了海岛与大陆的连接。

现在已经可以对弗拉基米尔湾的未来做出预言了。大海在缓慢地后退，随着时间的流逝，它将封闭海湾的入海口，把海湾变成潟湖。潟湖会被河流冲积物淤塞、变浅，最终变为一片沼泽。有一条河流过这片低洼地，而现在注入海湾的所有的独立河流，都将会变为那条河的支流。

弗拉基米尔湾周围的植物比奥耳加哨所附近还要稀少。面向大海的那面山坡光秃秃的。河谷里，赤杨和柳丛像给河岸镶上的花边。在受到海风影响的地方，树木低矮，一副可怜的样子。长在任何一个可以避风的凹地上的植物，都比面向大海的坡地上的茂盛。因此，根据植物长势，就可以推断这个地方主要刮什么风，大海在哪里。

在弗拉基米尔湾入口左侧，奥列霍夫角下方，可以看到海面上露出的一堆奇形怪状的东西。这是“绿宝石”号巡洋舰。它于1905年撞上浅滩，自行炸毁了。看到这堆残骸心里是很难过的。凡是能够从舰上拿下来的东西，都被运到了奥耳加哨所，并从那里转运到符拉迪沃斯托克去了。剩下的东西被红胡子抢走了。

我们在海湾沿岸看到几座渔房，根据房子周围的堆积物可以判断房子的主人是干什么的。有一处堆着许多海扇贝壳，有几堆已经被泥土覆盖，上面长满了野草。这是一种特殊的小“陵墓”。中国人只要扇贝体内的肉，晒成干贝，运往城市。在中国这种东西是一道美味，非常珍贵。

在另一座房子旁边，有一堆被阳光晒得又干又红的螃蟹壳。旁边的席子上晾着从蟹腿和蟹螯里剔出来的肉。

第三座小房子属于捞海带的人。旁边是一排排用草搭建的棚子，棚子里晾着海带。这里有很多人。一些中国人用特制的钩子从海底把海带捞出来，而另一些人把海带晾在太阳下，他们要把它晒得恰到好处，既不能折断，又不要失去海带的绿褐色。最后，还有一些中国人把海带捆成小捆，垛在大棚下。

我沿着海岸走去，远远看见对岸的浅水地带有一些手持长竿的中国人在没膝深的水里走来走去。他们聚精会神地干着自己的活儿，直到我们走到他们面前，才发现我们。他们光着上身，裤腿卷到膝盖上，在水里慢慢挪动，仔细看着海底，寻找着什么。有时他们停下来，把竿子轻轻插入水中，把捞到的什么东西抛上岸去。原来是一种食用双扇贝。中国人使用的长竿一头是一个小网，样子像舀子，另一头是个铁钩。发现扇贝后，便用钩子把它从石头上钩下来，然后用网子捞起来。岸上的中国人立刻把捞到的双壳动物扔进热水锅里。这种软体动物在死的时候会张开双壳。他们把壳内的肉用小刀剔出，煮很长时间，然后储存备用。

中国人或独自一人，或两人一起，沿着海岸走得很远。我坐在石堆上看海。突然，从我的左侧传来一阵喊叫声。我转过身去，看见水中正在进行一场搏斗。几个中国人竭力想用竿子把一只动物挑上岸来，向它进攻，但是既怕它，又不愿把它放走。我向那里跑去。中国人与之搏斗的那只动物，原来是一只大章鱼。它用自己强有力的触角攀住石头，又不时将触角甩向空中，然后迅猛地抛向一边，企图冲入辽阔的大海。这时又跑来 3 个中国人帮忙。

大章鱼离海岸已经非常近了，我可以对它好好观察一番。很难说出它的颜色，它身上的颜色总是在变化：一会儿是深蓝色，一会儿又成了鲜绿色，甚至变为黄色。中国人把它推向浅滩。离浅滩越近，它越无能为力。终于，它被拖上岸来了。这是一只有脑袋的大囊袋。它的头上伸出长长的触角，触角内侧有很多吸盘。当它同时抬起两三条触角时，就可看到它的大黑嘴。大嘴有时候用力向前伸出很长，有时候又完全缩回去了，只留下一个不大的黑孔。特别有趣的是它的眼睛，很像人眼。很难再找出这样的动物了。

大章鱼的动作逐渐缓慢下来，浑身出现阵阵痉挛，色泽渐渐暗淡。后来全身呈现出褐红色。最后，它一动不动了，人们可以毫无顾忌地走近它。我对它做了测量。这只头足纲动物的代表非常庞大，肚囊长度为 0.8 米。它赖以行动的推进器官位于前面靠近头部的侧面。头部的宽度为28厘米，大于头的长度。角状长喙极像鹦鹉喙，从正面量，喙长 9 厘米，从侧面量，喙长 5 厘米。触角长 1.4 米，靠近头部的触角粗 12 厘米。触角内侧布满吸盘，靠近头部的吸盘有 3 戈比硬币那么大，而触角末梢的吸盘约有 5 戈比硬币那么大。

这只有趣的章鱼标本值得在任何一个博物馆里展出。但是我没有合适的容器能足够放下这只庞然大物，因此只能要一截触角。我把这截触角和有寄居蟹的贝壳放在一只罐子里。晚间，当我察看罐子里的贮存物时，大吃一惊，两只扇贝竟然不见了。它们被深深地吸进章鱼的那截切下的触角中去了。就是说，章鱼的触角被截下来放进甲醛水之后，其吸盘在一段时间内还起作用。

观察中国人的海洋捕捞和他们如何捕捉章鱼，用了几乎一整天的时间。不觉黄昏已近，该考虑宿营的事了。我本想返回去寻找宿营地，但是听说我的旅伴们已经在葫芦崴河口附近安顿下来了。

晚间，中国人请我吃章鱼肉。他们把章鱼肉放在锅里用海水煮，肉是白色的，有弹性，味道有些像白蘑菇。

第二天对葫芦崴河进行了观察。这条河长约 20 公里，南北流向，从北面注入弗拉基米尔湾。葫芦崴河河谷靠近河口处狭窄，向上则变得开阔了。河谷右侧的高地具有明显的山地特征，大多都覆盖着岩屑堆。宽阔的河阶地从左面延伸，离开河流转向宽谷。宽谷上生长着稀疏的椴树、柞树和黑桦。数条泉水从左侧注入葫芦崴河，在下雨时将大量垃圾带入河谷，把一部分丰饶的土地弄得肮脏不堪。

葫芦崴河的支流中，最值得注意的是静泉。它从右面注入葫芦崴河。有一条小路沿着静泉通往阿尔扎马索夫卡河。静泉的确名副其实，那里永远笼罩着沼泽地特有的寂静。河谷里的植物低矮，稀少，主要有白桦和矮赤杨。白桦树遍布整条河谷，或单株，或自成一片。矮赤杨则沿着河岸生长，形成茂密的丛林。

这里有一座险峻的高山，可以作为测向点。当地老农民称它为公鸡岭。这座山是大泡子河和葫芦崴河之间分水岭的一部分。由葫芦崴河河源到山口去的上坡漫长平缓，但是下山到大泡子河去的山坡却很陡峭。除了这座山之外，还有一座扎罗德山。山上有马克鲁申斯卡亚洞穴，这是至今尚未详细考察的最大的也是最有趣的洞穴。

洞穴的入口为三角形，离地面相当高（40—50米）。

进洞后，观察者首先到达了第一个石厅，这里长35—40米，高达30米。石厅尽头有一口深井。在这里应该左转，进入壁洞。壁洞中有一条很长的甬道，高低不平。甬道最高处是从两根分立的石笋柱之间穿过的，再往前就只能匍匐行进了。这条甬道长达50米。走过甬道，考察者便进入一条宽阔的长廊，顺着它可以走进第二个石厅。这里洁白如雪，不大，但是很漂亮。由此再穿过一条窄廊，就可以进入第三个石厅，也是最宏伟的一个厅。它的面积比前两个石厅合在一起还要大得多。这里有华美的柱形钟乳石和石笋。四壁上有一层层石灰钟乳石，仿佛是凝固的瀑布。

有些地方的坑洼里有积水，水是如此清澈透明，以致观察者只有把脚踩进去才能发现它。这里又有一口很深的井和几个侧洞。让观察者万分震惊的是这个大厅里奇妙的音响效果，每句高声说出的话，往往引起轰鸣般的回响。一块石头落入井中产生的轰响，犹如万炮齐鸣，好像天崩地裂一样。

在离河口5公里处，河谷开阔，适于居住。这里有中国农舍，不多，总共只有5家。离海边最近的农舍叫作小城子。

我在山上游荡了整整一天，傍晚时分走近小城子。黄昏时，一名哥萨克打死了一只野猪。我们已经有很多肉了，因此把野猪肉分给中国人一部分。作为回报，房东给我们送来了蔬菜和新鲜土豆。他还请我到他的铺上去睡，但是，中国人的住房里总是有很多跳蚤，我很怕跳蚤咬，宁愿在外面露宿。

第十七章　德尔苏·乌扎拉

大柞树河　大泡子河　大柞树名称的由来　下游　支流　西杨子房　满族老人的讲述　居民　黄昏和恶劣天气　陌生人的宿营地　重逢　夜间谈话　河阶地　鹿窖房　大柞树河源　锡霍特山　维纽科夫山口　里伏锦河和东北岔河

我们已经行走在路上了，太阳才从东方升起。

从弗拉基米尔湾到大柞树河有两条路。一条沿葫芦崴河上行，然后顺着大泡子河和大柞树河的支流梨下沟河延伸；另一条靠近大海，先到大泡子河，然后穿过山区通向大柞树河河口。我选择了后一条路，因为对这条路了解不多。

弗拉基米尔湾和大泡子河中间的高地由石英斑状凝灰岩构成，其中混杂着无石英斑岩、霏细斑岩和树脂岩的碎块。

大泡子的名称来源于中文“大——泡——子”，意思是大潟湖。的确，大泡子河没有直接流入大海，而是先流入一个方圆约 10 公里的濒海大湖。濒海湖与大海之间隔着一道沙梁，与大海的连接靠一条不大的水道。在这里，我们又看到了海岸变得平坦、陆地扩展逼退大海的过程。据土著讲，从前这一带有很多梅花鹿。鞑子们用狗把梅花鹿驱赶至湖中，船上有事先派出的猎手，他们用弩弓和梭镖捕杀这些梅花鹿。

大泡子河（鞑子称为“卡伊亚”）长 25 公里，流向与葫芦崴河平行。大泡子河其实是由两条河流汇合而成：大泡子河和城子沟[1]河。两条河之间有一座山脉伸入大海，形成岬角。这条山脉由石英斑岩和长石斑岩构成。

从弗拉基米尔湾到大柞树河河谷有一条人行小道，驮运队也可以通行。小路的起点在葫芦崴河边。顺着一条通向大海的最近的泉水走，可以到达山口。翻过山脉，小路直通大泡子河河谷。山的上坡和下坡都很长，很平缓，坡上生长着稀疏的柞树林。林中的不少树干布满树洞。哥萨克们发现一棵树皮上有牙齿和爪抓的痕迹，这是熊找蜂蜜时留下的。从这里路过的某个猎人把熊赶走了，然后，猎人像野兽那样，用同样的方法弄到了蜂蜜。

翻过山口之后，我们沿着小路在茂密的柞树林中沿大泡子河向上游走了一段时间。这一带也有常见的高大的河阶地。走出 10 公里后，小路从河谷左侧边缘的树林里穿过，然后沿着一

1 有一座小城（围子）的河谷。

条无名小山泉再次上山。这座山略高于前一个山口。由大泡子河爬到山口的路很陡峭，但是下山到大柞树河去的坡却很平缓。再往前，小路沿小泡子[1]河继续延伸，这一带几乎没有一棵树。小泡子河流入大柞树河河口约两公里。总之，我们今天走了28公里，这段路与海岸平行。

森林里有许多梅花鹿的足迹。我们很快就看到了这种动物，一共3只：公鹿、母鹿和一只幼鹿。哥萨克们朝梅花鹿开了枪，但没有打中。我对此感到有说不出的高兴，因为我们带的食品充足，况且割茸季[2]早就过去了。

大柞树河！瞧！这就是M.维纽科夫曾经第一个走过的那条河。中国人当年就在这里挡住了他的去路，并要他返回去。他在大柞树河河口竖起一个木制的大十字架，上面写着他于1875年到过此地。我哪里也没有找到这个十字架。可能在俄国人离开后，中国人就把它毁掉了。继维纽科夫之后，又有马克西莫维奇、布季谢夫和普尔热瓦尔斯基到过这里。

乌苏里地区的河流、山脉和岬角有各种各样的名称，因为这里的鞑子、中国人和俄罗斯人都各自用自己的语言来命名。为了避免混乱，应该在中国人居住的地方使用中国名称，在鞑子居住的地方不要强行使用俄语名称。俄语名称只是标在地图上的，当地居民根本不知道。

向中国人问过路之后，我给自己规定了沿大柞树河上行的

1 小河湾。

2 为了割鹿茸而猎鹿的季节，在初夏。

路线，翻过锡霍特山脉，进入里伏锦河流域，从那里走向诺托河。然后，我打算沿诺托河前行，再次攀登锡霍特山脉，并尝试走到捷丘贺河去。如果不成功，那么我可以返回大柞树河，在那里等候Г.И. 格拉纳特曼。

不知道为什么，有些地图上将大柞树河标为“列–芬河”，另一些地图则标为“雷焚河”（“雷焚”意为“雷击”）。鞑子称它为“乌齐”。某些东方学家试图证明，“塔杜舒”来源于“鞑子”一词。这根本不对。中国人称这条河为“大柞树河”（“大柞树河”意思是高大的柞树）。中国老住户说，这棵柞树就长在河上游的锡霍特山附近。这棵树的树干上有一个极大的洞，里面容纳8个人还绰绰有余。挖参人在树洞里设置了一个小庙，所有的过往行人都要进去拜神。但是有一次，几个淘金人在树洞里过夜，他们把小庙搬到外面，自己坐在里面玩牌。结果上帝派遣雷电，降下一场大暴雨。雷电击中了这棵树，把它劈成碎片，洞里所有玩牌的人都当场死亡了。“雷焚河”和“大柞树河”这两个名称由此而来，后来就流行开了。

大柞树河下游现在是一大片多沼泽的低地。这里曾是一个大海湾。河口原先略靠上游，在现今的诺沃塔图申斯卡亚村（意思为新大柞树村。——译者注）那个地方。海岸边高大的阶地和山坡上的悬崖都是海岸线和大海后退的明证。河流本身在这里也起了不小的作用。多少世纪以来，它不断带来沉积物，并且将这些物质一层一层堆积成巨大的沉积层。这样，便形成了一个大潟湖。它与大海之间仅有一堤之隔。现在沼泽地中残存的湖泊，就是原来大潟湖的最深处。我看见，靠水最近处有一大片不知名的雪白柔软的植物。走到跟前仔细查看，才知道原来是火绒草。竟然在海边看到了阿尔卑斯山特有的这种美丽花朵，真是奇怪。

邻山的斜坡上几乎是一片不毛之地，只在背风的一些地方长着一丛丛低矮的柞树和弯曲多瘤的白桦树。

秋季，大柞树的河湾里有许多雅罗鱼、哲罗鱼、红点鲑、驼背大马哈鱼和大马哈鱼，湖泊里则有鲫鱼和狗鱼。

大柞树河全长68公里，流经典型的剥蚀河谷，河谷很像一排开阔的盆地组成，这一特点在支流附近尤为明显。河谷里的阶地极为壮观，在河谷两侧不断交替出现，直至河的源头。

如果逆河上行，那么就会依次遇到下面这些支流：左侧（顺河流走向）有东沟[1]河、干河子[2]和济木河。沿济木河有一条小路可通往捷丘贺河。往上去还有两条小河：篱笆沟子[3]河和地塌沟子[4]河，这里有通向金子河的山口。右侧的小河有光大沟[5]河和小阳砬子河，接着是小梨下沟[6]河和大梨下沟[7]河。大梨下沟河的山口通向大泡子河。再往上去是河口隐蔽的右上沟[8]河（通

1 东面的河谷。
2 干涸的小河。
3 设有围猎野兽的栅栏的河谷。
4 地面塌陷的河谷。
5 光秃的大河谷。
6 生长着梨树的下游小河谷。
7 生长着梨树的下游大河谷。
8 上游右侧的河谷。

向葫芦崴的山口）和西北沟[1]河（通向阿尔扎马索夫卡的山口）。西北沟河长30公里，由两条河汇合而成，一条是黑瞎子沟河，另一条是七面散沟子[2]河。这两条河汇合的地方聚居着大柞树河一带的全部鞑子。

我们这条路在大柞树河左岸。在原先是一个古河口的地方，小路开始盘旋上山，并沿着山坡上的阶坎延伸。这里的景色多姿壮丽。东边是大海，西边是河谷上游。左面展现出非常明显的山地特征，有一座秃山特别雄伟。当地中国人称它为低塔山[3]，乌德海人则称之为“低塔–克亚莫尼”。山上布满粗面岩风化的屑堆。据乌德海人讲，从前山上有很多梅花鹿，但是现在几乎全被猎光了。下面山脚旁边，几乎就在小路上，裸露的褐色煤块很显眼。

大柞树河右支流中的梨下沟河很有意思。这条河长12公里，沿河有一条小路通往阿尔扎马索夫卡河。从南侧登山，坡度平缓，然而，往下到大柞树河河谷去的道路却极其陡峭，但景色如画。此处的小路就贴着悬崖。这里残存着一条古道的痕迹，这条路在古代曾横穿整个沿海地带，直达基利亚克角。梨下沟河这一名称本身就说明，这里生长着许多梨树。在梨下沟河口附近，有一座山的小支脉伸入大柞树河河谷，与邻山之间隔着一片很深的鞍形凹地。因此，它看上去很像一座单独的小山岗。

---

1 西北面的河谷。

2 有七处散落的河谷。

3 塔形低山。

山脚下便是西杨的豪华房子，周围环绕着古老的钻天杨。

一天又过去了。夜色降临大地，很快，万物都沉浸在黑暗中。

当我们走近房子时，这家的主人出现在门口。这是一位高个老人，背微驼，长着银白色长胡须，仪表堂堂。只要看一眼他的衣着、家宅和下房，就足以知道，他在这里生活了很久，而且生活极为富裕。中国人按自己的礼仪欢迎我们。他的每个动作和姿态，都显示出他的热情好客。我们走进房子。屋里同外面一样，一切井井有条。我一点不后悔接受了老人的邀请。

晚饭后，我向他打听有关大柞树河的情况，以及到里伏锦河去的道路。开始他不很乐意说，后来变得活跃起来。老人回忆起往昔，讲述了许多有趣的事。原来，他是满族人，名叫金柱，来自宁古塔。他在大柞树河畔生活了60多年，现在准备回故乡去，为的是叶落归根，把自己的一把老骨头埋葬在家乡。接着，他向我讲述了自己在这个蛮荒之地异乡人中间最初几年的生活。从这个满族人的口里我第一次听说了关于乌苏里地区过去的遥远的有趣传说。

那是关于住在苏昌河畔的一个名叫宽雍的王，与古宁塔城的王爷程亚太子之间争斗的故事。接着，他又讲述了刀毕河和科乌切顶子山（在奥耳加哨所附近）的战役。老人的叙述详尽而生动。我听着，完全被带进那遥远的往昔，竟忘记了自己现在置身于大柞树河畔。不仅我一个人被他的故事所吸引，我发现屋子里所有的中国人也都在静静地听老人叙述。他接着又谈到了一种可怕的疾病，这种疾病几乎使这里战后幸存的居民全部丧生。

由此，这个地区变得人烟稀少。

来到乌苏里原始森林的第一批中国人都是挖参的。而他，金柱，就是随他们一起来的。他在大柞树河畔病倒了，便留在鞑子那里。后来他和一个鞑子女人结了婚，和她一起生活到了老年。

老人终于讲完了，我也回到现实中来。屋子里很闷，我走出去，呼吸一下新鲜空气。夜空漆黑，繁星闪烁，变幻出不同的色彩。大地同样漆黑一片。旁边的马厩里，马匹不时打着响鼻。附近的沼泽地里，大麻鸻哼哼着，草丛里的螽斯急促地叫着……我在河边坐了很久。夜晚这庄重的寂静，和大自然的安宁，二者如此和谐。我想起了德尔苏，不禁惆怅满怀。我站起身来，走进屋子里，躺在为我铺好的被褥上，却久久不能入睡。

第二天，告别了老人，我们继续朝上游走去。天气宜人。尽管空中有大片积云，但阳光依旧灿烂。

大柞树河河谷上段和下段稍有不同。前面已经说过，在下游，河谷由一系列开阔的盆地组成，但是在上游，河谷却很像纵谷。大柞树河在这里从右侧纳入一条小河，叫作清沟子[1]，河边有一条小路通往西北沟河畔的鞑子房舍。左侧有一条大支流，即金子河。金子河比大柞树河长，水量也比它大。因此，应当

1 清洁的河谷。

把金子河看作主流，而把大柞树河看作支流才对。关于金子河，我在下文里还要更详细地叙述。

大柞树河畔有很多中国人。我数了数，共有 97 所房子。他们在这里的生活，要比乌苏里地区其他地方富裕得多。每一所房子都是一座小烧锅[1]。此外我还发现，这里的中国人衣着干净整洁，气色和营养都很好。房子周围到处是菜园、农田和为了获取鸦片而种植的大片罂粟。

河谷上段住着鞑子。他们照例挤在中国式的小房子里。中国人残酷地剥削他们。鞑子的住所脏，衣服脏，身上也很脏，这是他们产生各种疾病的根源和快要灭绝的原因。中国人来乌苏里地区时都是单身汉，他们强占土著女人。这种婚姻生下的孩子，既不是中国人，也不是土著。南乌苏里地区，其中包括大柞树河一带，大部分土著居民正是这种混血鞑子。他们当中许多人，尤其是女人，都吸食鸦片。这也是造成他们贫困的主要原因之一。所有的人，甚至幼童都吸鸦片。我不止一次看到刚会走路还没断奶的娃娃都吸烟袋。

大柞树河河谷土壤十分肥沃。这里没有发生过大水灾。甚至在那三条较大的河（金子河、西北沟河和右上沟河）相距不远先后注入大柞树河的地方，河水也不过多少溢出岸堤，但不会持续很长时间。

在整个奥耳加地区，大柞树是最好的移民地点。

---

1 伏特加和葡萄酒厂。

从鞑子的住房小营子[1]往上，河谷中段的山岭由砂岩和含有大量石英夹层的页岩构成。像尖头楔子一样嵌入西北沟和大柞树两河之间的一条支脉，由黑玢岩、玢岩和玻璃斑岩构成，山岭南侧下方，布满小棱状体的黑曜岩清晰可见。

午后，天气明显变坏了，空中出现了乌云。飞驰的乌云垂向地面，触到了山顶。景色立刻大变，河谷里一片阴暗。在阳光照耀下，山崖显得非常美丽，现在却是阴森森的。河水也发暗了。我知道这意味着什么，便吩咐搭帐篷，为过夜准备大量木柴。

一切宿营工作结束后，士兵们要求去打猎。我嘱咐他们不要走远，早点返回宿营地。扎古尔斯基顺着金子河河谷出发了。图尔蒂金则沿着大柞树河向上游走去。我和其余人员留在宿营地。

太阳应该已经沉入地平线了，因为天空突然就黑了。白昼的余光和黄昏还僵持了一段时间，但是显然，黑夜很快就占了上风，先吞没了大地，然后是整个天空。

一小时后，图尔蒂金回来向我报告说，在距宿营地约两公里远的一座岩石嶙峋的小山脚下，他遇到了一个猎人。这个人向他打听我们是什么人，到哪儿去，上路是否已经很久了。当他听说我的姓氏之后，就急忙收拾自己的背囊。这个消息使我很激动。这个人能是谁呢？

---

1 小营地（基地）。

图尔蒂金说，不必到那里去，那个陌生人自己说要来找我们。一种莫名其妙的感觉支配着我。不知为何我迫不及待地要到那里去，去迎接这个陌生人。我拿起自己的枪，带上狗，就急忙沿小路走去。

突然离开火堆，夜色显得比它本身还要黑，但是几分钟后眼睛就习惯了，我已经能够辨认出小路了。月亮刚刚出现，黑沉沉的乌云在空中疾驰，不时将月亮遮住。看上去，好像月亮在迎着乌云飞跑，而不是穿行在乌云里。万籁俱寂，只有草丛中隐约传来螽斯的叫声。

我转过身，已经看不见宿营地上的火光了。站了一会儿，我又朝前走去。

忽然，我的狗狂叫着向前奔去。我抬起头，看见前边不远处有个人影。

“谁在那儿啊？”我喊道。

我听到了回答。这个声音使我全身一震：

“什么人的走？”

“德尔苏！德尔苏！”我兴奋地叫了起来，向他迎面跑去。

如果这时有旁观者在场，他会看到这两个人的拥抱就像在摔跤似的。

我的阿利帕不知道是怎么回事，向德尔苏猛扑过去。但是它立刻就认出了德尔苏，凶恶的狂吠立刻变成了亲昵的呜叫。

“你好，长官！”赫哲人一边整理衣服，一边说道。

“你从哪儿来？怎么到这儿来的？你都去了什么地方？打算

到哪儿去？”我向他提了一连串的问题。

他都来不及回答。我们两人终于都平静下来了，开始慢慢交谈。

“我的不久前，大柞树河的来，”他说，“我的听说，4 个长官和 12 个兵在石门（奥耳加哨所）有。我的想，应当去那儿。今天看见一个人，于是什么都明白了。”

我们又说了一会儿话，便向宿营地走去。一路上我非常高兴。怎么能不高兴呢？德尔苏是特别合我心意的人。

几分钟后，我们回到了宿营地。士兵们让开路，好奇地打量着赫哲人。

德尔苏没有任何变化，也不见老。和从前一样，他穿着短皮袄和熟鹿皮裤子，扎着包头布，手里拿的还是那支贝尔登长枪，只是架枪用的木杈比以前的新。

士兵们立刻就看出来了，我和德尔苏是老相识。赫哲人把自己的武器挂到树上，也开始打量起我来。从他的眼神和嘴角的笑容可以看出，他很满意我们的重逢。

我吩咐往火堆里加柴，烧茶。我自己则开始仔细询问德尔苏，这三年他到过什么地方，做过些什么。德尔苏说，在兴凯湖附近和我分手后，他就去了诺托河，整个冬天都在那里捕貂。第二年春天去了乌拉河上游，猎取鹿茸，而夏天去了伏锦河的向阳砬子山。从奥耳加哨所到那里去的中国人告诉他，我们的考察队已经沿着海岸向北去了。于是，他也赶到大柞树河来。

士兵们在火堆旁坐了一会儿，很早就去睡觉了。只剩下我和德尔苏两个人，我们坐了一整夜。我回想起在勒富河德尔苏初次来到我们宿营地的情景，记忆犹新，现在和上次一样，他又来了。我看着他，听他讲述。

昏沉沉的夜即将过去，天空透出了蓝色。已经可以辨认出灰蒙蒙的天空、山里的晨雾、沉睡的树木和被露水浸透的小径。篝火暗淡了，通红的炭火变为白色。可以感觉到大自然的某种张力。雾气不断升高，终于，下起了密集的细雨。

这时，我们才躺下睡觉。现在我没什么害怕的了。既不怕红胡子，也不怕野兽；不怕暴雪，也不怕洪水泛滥。因为有德尔苏和我在一起。想到这些，我踏踏实实地睡着了。

醒来已经是上午9点钟了。雨停了，但天空仍然阴沉沉的。在这种天气走路不好，但是坐着不动更糟糕。因此当我吩咐备马时，大家都很高兴。半小时后，我们上路了。我和德尔苏已经达成默契。我知道，他会跟我走，这是顺理成章的，他不可能有其他的决定。途中我们顺路去了那座岩石嶙峋的小山一趟，取来了德尔苏的东西。和从前一样，他所有的东西装在一个背囊里就够了。

现在，我们左侧是河流，右侧是38米高的河阶地。过了金子河，大柞树河谷的阶地特别突出。这些阶地由石灰岩构成，石灰岩上有一层一层密集的纹理。

大柞树河的最后一条支流是弯沟[1]河。沿弯沟河向前走，翻

---

1 弯曲的河谷。

过锡霍特山脉后可以到达诺托河。距弯沟河河口不远处，有两座峭壁挺立在河谷中。一座在左侧河阶地脚下，虽然低矮，却景色如画，凹陷的半腰很像一个壁龛，中国人在那里修建了一座小庙。另一个峭壁在右侧，正对着弯沟河口，被称作烟筒砬子[1]。峭壁附近有一条叫作清沟子的小山泉。

烟筒砬子高110米。上面有许多凹坑，成了野鸽子的巢。悬崖顶上，中国人用石板搭了一个类似的小庙。中国人特别喜欢位置高的地方。他们认为，山登得越高，离神就越近。

我们顺着小路走到了鹿窖房。这所房子恰好坐落在十字路口。一条路通往诺托河，另一条路通往里伏锦河。从前，住在这里的人以窖鹿为业，房子的名称即由此而来。那时，这所房子是一家车马客店。在这里总能遇到往返于沿海和乌苏里江的中国人。房主卖给房客饭菜，以此挣了大把的钱。房子位于大阶地的脚下。大阶地深入河谷，把大柞树河的河水挤到了右岸的山脚下。阶地上有很多沼泽，布满了一丛丛细弱的桦树。

走过了鹿窖房，我们便朝锡霍特山脉走去。从早晨起一直阴沉的天空渐渐转晴了。笼罩着群山的晨雾一团团上升，厚厚的云幕破裂了，阳光倾泻而出，大自然露出了笑容。万物立刻活跃起来。从房子那边传来公鸡的鸣叫，林中小鸟也开始忙碌，花朵上重新出现了昆虫。

大柞树河的上游由西北流向东南。它的源头由好几条小

1 形状像烟囱的石崖。

山泉汇集而成：左侧有岔儿沟子[1]河、绿甸子羊沟[2]河和沙田沟[3]河；右面则有无名泉和沙岭沟[4]河。锡霍特山脉最矮的山口就在这里。

表面平坦的小丘陵和经过严重冲刷的河床都是严重剥蚀的证明。

从大柞树河翻越锡霍特山脉有三条路可行，其中两条通往诺托河，一条通往里伏锦河。第一条路从我们已经知道的鹿窖房开始，沿弯沟河前行。这条路只有那些到大南岔河（诺托河支流）上游去的中国人走。第二条路从绿甸子河口开始，要沿着锡霍特山脉走很长时间，然后下山进入东北岔河（里伏锦河的东北支流）河谷，再沿河谷直接走到源头。途中还要越过三道山口，最后到达大南岔河。那些徒步到诺托河下游去的人都走这条路。第三条路，也就是我们选择的这条路，沿沙岭沟山泉直接通向里伏锦河。

当地中国人把满语“锡霍特–阿林”按照自己的叫法改称为“西霍大–岭”，意思即“西面那条大河的山隘”。的确，有几条大河从分水岭向西流去，其中有瓦库河、伊曼河、比金河以及罗河，等等。赫哲人称锡霍特山脉为“祖勃–根”，鞑子则称之为“阿达–索洛利”，此外，他们还称西坡为“阿达–查

1 分出支岔的河谷。

2 牧羊的绿色草场。

3 有沙土田地的河谷。

4 坐落着沙石山岭的河谷。

扎尼”，东坡则被称为“阿达-纳穆扎尼”，“纳穆”一词的意思是“海”。

我们在山脚下休息。咸鱼干、两块面包干和一杯热咖啡，便是原始森林中非常好的一顿午餐了。

爬到离锡霍特-阿林山顶不远处，山坡陡峭起来。山口本身是一个宽阔的马鞍形沼泽地，布满烧毁的树木。山口的绝对高度为480米。它应当以M.维纽科夫的名字命名。维纽科夫于1857年从这里走过，继他之后还有其他人沿这条路走到过这里。乌苏里地区第一位考察者万古流芳！

山口正顶端的小路右侧，有一座用圆木搭成的小庙。庙里放着粗糙的中国神像，像前放着两只木盒，里面有烧过的香纸残余。旁边放着几片烟叶和两块白糖，这是献给森林之神的供品。庙旁的树上挂着一块旧红布，上面写着：“山神之位，昔日齐国为大帅，今在大清镇山林。”意思是“这里供奉的是真正的山神（老虎）。古代他是齐国的统帅，现在大清朝镇守着森林和山川”。

从维纽科夫山口往北，锡霍特山脉就像缓慢上升的垄岗，上升的坡度眼睛几乎察觉不到，以致使人完全忘记了是在上山。只有看到两侧的山坡，才感觉确实是置身于分水岭上。这一带的桦树林看样子不超过40年。大概是在森林大火后新长起来的。

下山时坡路漫长平缓。走在草丛中，常常碰到烧焦的倒木上。现在翻过了山口，眼前是一片长满了针叶林的沼泽。

午后3点左右，我们到达了里伏锦河和东北岔[1]河的交汇处，就在这里的砾石滩上停下宿营。

东北岔河长约40公里，始终沿着锡霍特山脉流去。上游由三条山泉交汇而成。侵蚀痕迹每一步都可以看到。有些地方的山岭受到严重冲刷，完全看不见树木后面的山影，人仿佛走在丘陵微微起伏的针叶林平原上，林中有冷杉、云杉、红松、桦、赤柏松、槭、落叶松和赤杨。不久前，大火烧毁了这片森林，现在整个河谷成了一片焦土。当地中国居民往返诺托河的那条小路恰好通过这里。沿途有4座碓子房，房子相互间的距离相等。房子里住着猎手和捕貂者。

我们要做的第一件事是生起烟堆，接着就是从树林里拉来烧柴。士兵们本想在蚊帐里过夜，但是德尔苏劝大家搭起一面坡顶的帐篷。

傍晚，天阴了。雾气上升，变成乌云。士兵们不论干什么活儿，德尔苏都来帮忙，他立刻博得了士兵们的好评。他本想单独支起自己的帐篷，但是我劝他和我们睡在一起。于是他抓起斧头，跑到树林里去砍松树皮。他先在树干的上下两端砍出豁口，然后顺着豁口砍，再用尖木棍将树皮剥下。他剥下了六张这样的树皮。他把两张铺到地上，两张盖到帐篷顶上，剩下的两张放到帐篷侧面挡风。

黄昏时下起了大雨，蚊蚋立即飞得无影无踪。吃过晚饭，

1 东北面的窄沟。

士兵们睡了，我和德尔苏在火堆旁又坐着闲聊了很久。他讲述诺托河畔中国人的生活，他们怎样欺负他，抢走了他的毛皮，却不付一分钱。

第十八章　阿姆巴

德尔苏的万物有灵论　老虎跟踪我们　德尔苏向野兽喊话　光大沟　在盐碱地上狩猎　德尔苏请求老虎息怒　返回　赫哲人激动不安　夜

第二天，周围的一切都笼罩在浓雾中。天，灰蒙蒙，阴沉沉，寒冷潮湿。

当人们收拾东西备马上路时，我和德尔苏匆匆喝了早茶，每人带上一块面包干，先行出发了。通常，我每天早上离开宿营地的时间都要比别人早。我要进行线路测量，因此走得很慢，一般在两个小时后，大队人马就会赶上我，再走到我前头。中途大休息时，在人们已经吃过东西，又要动身的时候，我才赶到休息地点。下午的情况也一样，我提前走，在晚饭时到达宿营地。

还在昨晚，德尔苏就对我说，这一带老虎很多，他劝我不要落在队伍后面。

我们沿着里伏锦河右岸的小路走。有时，小路深入到了森林深处，使人很难确定方向，无法辨认里伏锦河在哪里。但突然间，小路又会意料不到地回到河边，沿着陡峭的河岸继续延伸。

没有到过乌苏里地区原始森林的人，无法想象这里的林木多么茂密，灌木多么旺盛。几步之外几乎什么都看不见。我不止一次在离野兽仅有4—6米的地方，才把它们惊吓起来，并且只能根据响动和树枝折断的咔嚓声，判断野兽逃遁的方向。我们就是在这样的原始森林里走了两天两夜。

天气对我们很不利，蒙蒙细雨下个不停。路上有许多水洼，草湿漉漉的，从树上不时落下出奇大的水珠。林中异常安静，一切都销声匿迹了，就连啄木鸟也不知道飞到哪里去了。

“鬼才知道，这是个什么天气，”我对同行的德尔苏说，“既不是雾，也不是雨，真说不上是什么。德尔苏，你看怎么样，天气会放晴呢，还是会变得更坏？”

赫哲人看了看天空，又环顾了一下周围，继续默默地走着。片刻后他停住脚步说：

“我的这样想：这个大地，山岗，树林，也是人一个样。现在它的在出汗。听！”他凝神倾听，“它的喘气，就和人一样……”

他又朝前走去，接着对我不停地谈论他对大自然的看法，他认为世间万物都像人一样地活着。

快到上午 11 点了。按时间推算，驮运队早就应当走到我们前面了，但是身后的树林里却没有丝毫动静。

“要等等他们了！”我对旅伴说。

德尔苏停下来，没说话，取下肩上的贝尔登长枪，靠在树上，把架枪用的木杈也插到地上，找自己的烟袋。

“呸！我的烟袋丢了。”他懊恼地说。

他想返回去找自己的烟袋，但我劝他等一会儿，说不定后面的人会捡到，带过来呢。我们站了约 20 分钟。看样子，老人非常想吸烟。他终于忍不住了，拿起枪说：

“我的想，烟袋就在不远处。应当返回去。”

等了这么久，驮马还没到，真让人担心，是不是马匹出了什么事？我便和德尔苏一起往回走。赫哲人走在前面，和平时一样摇着头，自言自语地说：

“我的烟袋怎么丢的？或者是我老了，或者我的脑袋坏了，还是怎么了？”

最后一句话没说完，他就突然停住了。接着向后退了一步，弯下腰，仔细察看着自己脚下的什么。我赶了上去。德尔苏环顾四周，样子有几分惶恐不安，低声对我说：

“你看，长官，这是阿姆巴。它跟在咱们后面走。这很不好。脚印完全新的。他刚刚到过这里……”

的确，在泥泞的小路上印着巨大的猫科动物的爪印，清晰可见。我们刚才走过去的时候，还没有这些爪印。我对此记得很清楚，而且如果有，德尔苏也绝不会看不到。现在，当我们返身去迎队伍时，却出现了爪印，而且和我们走的方向一致。显然，那只野兽一直在我们身后跟踪。

“它的很近，在这里藏着，”德尔苏指着右面说。“当我们的停在那里时，我的找烟袋，它的这里很久的站。我们的往回走，它的很快跳走了。看，长官，爪印窝里水的没有……”

果然，虽然周围到处是小水洼，但是水还没来得及流进虎爪印窝里。毫无疑问，这只可怕的猛兽刚刚还站在这里，只是听到我们的脚步声后，才跳进密林，藏到倒木后的什么地方去了。

“它的走远不会。我的很明白。等一下，长官！”

我们一动不动在原地站了几分钟，希望听到响动并发现虎藏在哪里。但是只有死一般的沉寂。这种寂静显得尤为神秘可怕。

“长官，”德尔苏转身对我说，“现在要好好地看着。你的枪有子弹吗？要悄悄地走。坑啊，躺倒的树啊，要仔细看。慌张不要。这是——阿姆巴。你的明白——阿姆巴！”

他边说边细心察看每一丛灌木，每一棵树。我们这样走了约半个小时。德尔苏一直走在前面，目不转睛地看着小路。

我们终于听到了说话声，有个哥萨克正在骂牲口。几分钟后，人和马都走到了我们面前。两匹马沾满泥浆，鞍具上也抹着污泥。原来在过一条河汊时，两匹马都失足陷进了泥沼。这是他们迟到的原因。正如我料到的那样，士兵们在小路上捡到了德尔苏的烟袋，给他带来了。

为了继续前进，必须把东西卸下来，重新安放，马身上的污泥也要清理，哪怕稍微清洗一下也好。

我本打算在这里休息，烧茶，但是德尔苏提出，收拾一下驮鞍就继续赶路吧。他说，前面不远处有个猎人的窝棚，最好停在那里宿营。我考虑了一下，便同意了。

大家把重物从疲惫不堪的马背上卸下来。而我和德尔苏则顺着小路向前走去。还没走出 200 步远，再次发现了老虎的踪迹。这只可怕的野兽又在跟踪我们，和第一次一样，当觉察到我们走近了，就避开了。德尔苏停下来，转身朝着老虎藏匿的方向，大声喊了起来，我发现他的声音带着愤怒：

“干吗走在后边？……阿姆巴，你需要什么？你想干什么？我们的走路，没有碍你的事。为啥你的后边走？难道原始森林里的地方还少吗？”

他举起自己的步枪，在空中晃动着。我从来没有见到过他这样激动。从他的目光中可以看出，他深信，老虎，阿姆巴，听见了并且听懂了他的话。他确信，老虎或者会接受挑战，或者走开，不再打扰我们。老人等了约 5 分钟，如释重负地舒了一口气，然后点燃一袋烟，挎上枪，放心地沿着小路朝前走去。他的面孔又恢复了平静专注的神态。他让老虎“惭愧”地离我们远去了。

我们在林中又走了约一个小时。密林骤然变得稀疏起来。眼前是一大片林中旷地。小路斜穿过旷地通向对角。

原始森林里的长途跋涉使我们感到十分疲倦。现在，在视野开阔的地方，眼睛可以得到休息。因此可以想见，我们是多么高兴地走出了森林，看着这片旷野。

“这是光大沟，”德尔苏说，“很快，咱们的窝棚要找到啦。”

我们脚下这片林中荒原长满了矮株蕨菜。森林的北面，透过雾气可以隐约看见林木丛生的高山。比较低的地上稀稀拉拉地长着一些树木，多数为槭、柞和黑桦。旷地右面有一片狭长的盐土沼泽。据德尔苏说，马鹿和狍子在夜里总是跑到这片沼泽地来，饱餐一顿水毛茛，并啃食黑盐土。

“咱们的今天要去打猎。”德尔苏用架枪的木杈指着沼泽说。

下午 3 点左右，我们果然找到了一个人字形顶的窝棚。这是某个中国猎人用红松皮搭成的。窝棚里面生起篝火，烟正好可以从两侧冒出来，蚊虫无法钻到里面。窝棚附近有一条小溪流过。我们不得不又要花费很多时间把马匹弄到对岸。还好，这个问题最终也解决了。

此外，天气和原先一样，用德尔苏的话来说，仍在“出汗”。不过，从早晨起就一直阴沉沉的天空，似乎多少明朗了一些。雾气升高了，有些地方透出了亮光。雨停了，但是地上仍很潮湿。

我决定在这里过夜。我很想到盐土地上去打猎，况且，我们已经很久没有肉吃了，连续 4 天只靠面包干充饥。

几分钟后，宿营地上洋溢起欢快而忙碌的气氛。这情景是每个长期漂泊在原始森林里的人都熟悉的。卸下马鞍后，就把马放开了。它们即刻先倒在地上打滚，然后站起来抖动着身子，走到林中旷地上去吃草了。

为了防止下雨淋湿，驮鞍全都堆在了一起，用苫布盖好。

这边的人还在卸鞍松马，那边已经有人生起了篝火，将茶壶坐在火上了。

德尔苏在宿营地上总是表现出惊人的精力。他从这棵树跑向那棵树，剥下桦树皮，砍倒树干和树支，架起帐篷，烘烤自己的和别人的衣服。他竭力把篝火烧得不那么呛人，眼睛不是太难受，使大家能坐在窝棚里。我一直感到奇怪，这个已经上了年纪的人，怎么能够同时干好几样活儿呢。我们早已脱下靴子休息了，可是德尔苏却还在棚屋外面忙个不停。

一个小时后，如果有旁观者的话，就可以看到这样的场面：马在小溪旁边的旷地上吃草，它们的脊背已经被雨水浇湿。篝火散出的浓烟不是向上升腾，而是伏在低空弥漫，感觉好像凝然不动似的。人们为了逃避蚊蚋，全都躲进了窝棚。只有一个人还在林子里跑来跑去，这就是德尔苏。他正忙着准备夜间的烧柴。

8月，特别是阴雨天，天很早就会黑。今天就是这样。浓雾只盘旋在山顶，而小片雾气则像幽灵一样游荡在灌木丛中。

匆匆吃过晚饭，我便和德尔苏出去打猎了。我们走的那条路，先通向宿营地，再从那里斜穿到树林附近的盐碱地。草甸子上到处都是马鹿和孢子的蹄印。浅黑色的盐碱地上几乎没有任何植物。周围环绕的是又矮又小的树木，一副萎靡的病态。一些地方被践踏得非常厉害。显然，马鹿或单独或成群经常光顾这里。

我们选择了一个合适的地点坐下，等候野兽。我靠在树墩上，观察四周。灌木附近和树下的阴影越来越浓。德尔苏不可能长时间不动。他折断了面前的树枝，以免妨碍他射击，不知道为什么，把身后的小桦树也折弯了。

树林周围和旷地中死一般地沉寂，只有蚊子单调的嗡嗡声。这样的寂静给人以特别的压抑感。陷入这种寂静，被它控制，而你却不能说一句话，或做出一个不慎的举动来打破它。

天越来越黑了。灌木和树木的轮廓渐渐模糊不清：它们好像是有生命的物体，从一个地方向另一个地方移动着。有时候产生了幻觉，觉得那是鹿，以及其他幻象。每一次，我握紧手中的枪，准备射击，但是，当我看到德尔苏那安详的面孔时，便清醒过来，幻觉立即消失，鹿的黑影重又变成了灌木丛或树木。德尔苏如同一座大理石雕像端坐在那里。他聚精会神地注视着盐碱地周围的树丛，安静地等待着。有一次他突然警觉起来，悄悄地举起枪，开始瞄准。我的心剧烈地跳动起来。我也朝着老人瞄准的方向望去，但是什么都没有看到。

我发觉德尔苏很快就平静下来了，我也一样。

眼前已是漆黑一团。已然分不清哪是黑盐土，哪是树木的黑影了。蚊子叮在脖子和手臂上，奇痒难忍。我戴上了防蚊罩。德尔苏没戴，依旧坐着。他好像全然没觉得蚊子在叮他。

突然，我听到了一阵沙沙声。没错。声音是从盐碱地另一侧的灌木丛中传来的，恰好在我们对面。我看了看德尔苏。他微垂着头，仿佛想竭力透过黑暗，弄清楚是什么发出的声响。沙沙声时而很响，时而低微，甚至完全消失了。毫无疑问，有一只动物正小心翼翼地穿过树丛向我们靠近。这是马鹿啃盐土来了。在我的想象中出现了一只体态匀称、头角美丽的鹿。我撩起防蚊罩，一边听，一边看，完全忘记了蚊子。我睁大眼睛找寻马鹿，我估计，它离我们不会超过七八十步远。

突然，一阵可怕的吼声，像天边的巨雷一样响起来。

“噜，噜，噜，噜，噜，噜！……”

德尔苏一把抓住了我的手。

“阿姆巴！长官！”他惊恐地说。

我立刻感到极度的恐怖。我想把当时的感觉说出来，却未必能做到。

我只觉得两腿发软，两脚沉重，膝盖像灌了铅似的僵硬。在出现极其恐怖的突发状况时，谁都会有这种感觉。但是与此同时，我内心又充斥着另一种感觉，这种感觉与好奇、对威严的兽中之王的尊崇，以及猎人的激情交织在一起。

“坏了！我们的不该到这里来。阿姆巴生气了！这是它的地方。”德尔苏说。我不知道他这话是对我说呢，还是自言自语。我觉得他非常害怕。

“噜，噜，噜，噜，噜，噜！”寂静的夜空中又响起了令人毛骨悚然的吼声。

突然，德尔苏迅速站起身来。我以为他要开枪了。

但是，令我万分惊讶的是，他没有端起枪，更让我惊讶的是，他还对老虎说出了这样一番话：

“好啦。好啦，阿姆巴！生气不要，不要！……这是你的地方。我们的这个不知道。我们的现在别的地方去。老林子里地方有的是。生气不要！……”

赫哲人站着，朝着老虎那面伸出双手，接着突然跪在地上，叩了两个头，用本族语言低声喃喃地说着什么。不知为什么，我很同情老人。

最后，他慢慢站起来，走向树墩，拿起自己的贝尔登长枪。

“走吧，长官！”他果断地说，没等我回答，就一个人迅速穿过树丛，走上了小路。我不由得也跟着他走去。

看到德尔苏平静、自信的样子，放心大胆地走着，并不左顾右看，我也安心了。我感到，老虎不会跟在我们后面，也不会来伤害我们了。

走了约 200 步，我停下，劝老人再稍等一会儿。

“不，”德尔苏说，“我的不能。我的提前对你说，我的永远不会和你一起向阿姆巴开枪！你的好好听着这个。对阿姆巴开枪，我的朋友的不是……”

他不再说话，沿着小路大步向前走去。我原想一个人留下，但是极其可怕的感觉再次袭来，于是我跑步追上了赫哲人。

月亮升起来了。天空和地面立刻比原来亮了些。远远地，在林中旷地的另一端，闪烁着宿营地的火光。火光时而暗淡，好像熄灭了，时而又像一颗耀眼的星星亮了起来。

我们一路上都沉默不语，想着各自的心事。我很遗憾没有看到老虎。我把这个想法告诉了德尔苏。

“噢，不，”德尔苏答道，“看见他糟糕。我们的这样说：从没见过阿姆巴的人——幸运的人。他会永远好好活着。”

德尔苏深深地叹了一口气，停了一会儿又说：

“我的很多阿姆巴见过。有一回不该对他开枪。现在我的错很害怕。总有一天，我的会倒霉！”

老人这番话流露出内心的不安，再次引起我对他的怜悯。我安慰他，竭力把话题引开。

一小时后我们走近了宿营地。马被我们的脚步声惊得跳向一旁，直打响鼻。火堆旁的人也跟着忙碌起来。两名哥萨克迎着我们走来。

“今天马一直都惊恐不安，”一个哥萨克说，“不吃草，老是往什么地方看。是不是附近有什么野兽？”

我命令哥萨克把马拴起来，再生一些火堆，并派出武装岗哨。

德尔苏整个晚上一言不发。遇见老虎一事给他留下了深刻的印象。晚饭后，他立即躺下睡觉了。我注意到，他辗转反侧，很久没有睡着，好像还自言自语地说着什么。

我把我们遇到的情况告诉了大家。哥萨克们活跃起来，纷纷开始回忆自己在乌苏里地区的生活和打猎的冒险经历，谁在打猎时遇见了什么，发生过什么，等等，大家一直聊到了后半夜。终于，疲倦向大家袭来，有的打哈欠，有的开始铺被褥。几分钟后，窝棚里的人全都进入了梦乡。周围一片寂静，只能听到均匀的呼吸声和火堆里正在燃烧的树枝的爆裂声。草地上传来马匹的响鼻。森林中有一只雕鸮叫着，而在很远很远的某个地方，还有一只斑头鸺鹠在尖叫。

第十九章　里伏锦

森林　德尔苏背囊里的东西　在原始森林里的生活能力　林中旷地向阳砬子　亲人的坟墓　被活埋的人　狍沟河　獾　胡蜂的袭击　草药

天刚蒙蒙亮，蚊子就向我们的宿营地发起了攻击。谁也别再想睡了。大家真的就像听到了命令，立即起来了。哥萨克们迅速备好驮马，没喝茶就动身上路了。太阳冉冉升起，晨雾开始消散，有些地方还露出了蓝天。

从光大沟河河口开始，里伏锦河稍微偏向西北流去。再向前，河道曲折蜿蜒，两侧交替出现陡峭的河岸和浅滩。

里伏锦河河谷里生长着壮观的混交林。在这里可以找到满洲植物区系的全部代表。除红松、落叶松、冷杉、云杉、榆、柞、水曲柳、胡桃楸和黄檗之外，这里还有黄桦，它们长着绿黄色的叶子，毛茸茸的黄色树皮很难剥下来；样子特别的槭树，枝叶繁茂，光滑的树皮呈暗灰色，嫩枝略透黄色，叶片裂口很深。还有树干挺拔匀称的山榆，树冠宽阔多枝，尖叶，叶面粗糙；千金榆，与其他暗黑树皮的树木不同，它的花下垂，像穗子；黑樱桃，枝条垂到地上，严密得让人难以通行；以及矮小，树干很细的卫矛，树皮上布满一道道纵列的灰白色豆粒状凸起物，叶片呈狭长的倒卵形。河边阳光较多的潮湿地带上，生长着半灌木半乔木的黄花柳；三瓣尖齿叶的满洲醋栗；石棒绣线菊，一种枝叶非常繁茂的灌木，根据它的窄叶片很好辨认，喜欢多石的土壤；细叶山梅花，一种长在背阴地的植物，叶片呈尖头的美丽心形状，开白花；还有五味子，藤本植物，巨大的叶片颜色暗淡，结红色果实，缠绕在灌木和乔木上。

水边的树木对河岸的破坏作用大于它能起到的加固作用。一棵被水流不断冲刷的大树，倒下时必定带下一大片泥土，相邻的树木也会与之一起倒下。倒木顺河漂流，直到卡在了河汊的某个地方。水流立刻将夹带的沙石淤积在倒木处。经常可以看到，因树干粗大的甜杨或红松淤堵在河中，从而形成了瀑布。这种漂木即使侥幸通过了浅水区，到达河口时也只能剩下破损不堪的树干，树皮和树枝早就不见了。

里伏锦河的中游从一座名叫黑石崖的山脚下流过。河流在这里分出数条河汊，岸上和河底全是淤泥。由于主河道堵塞，河水不能经过河汊全部排出，积水四溢，漫向整个森林。小路交通也因之而告中断。偶然路过这里的行人只得攀越山崖，走上一整天也超不过三四公里。

中午，我们停下来大休息，并开始烧茶。

离开奥耳加哨所时，巴尔克送给我一瓶朗姆酒。我一直把它当作药品珍藏，仅在阴雨天分给士兵们和着茶水喝一点。现在瓶子里剩下的不多了。为了不带着空瓶子走路，我把剩酒倒进了茶水里，顺手把瓶子扔进草丛。德尔苏看到后飞快地跑过去，抓起瓶子。

“怎么能它的扔掉？原始森林里啥地方再能找到一个瓶子？”他高声喊道，一边解开自己的背囊。

的确，对我这个城里人来说，空瓶子分文不值。可是对林中的原始住民来说却极为珍贵。

当他把自己的东西一件件从背囊里取出来的时候，我越来越惊讶。那里面什么都有啊！空面袋、两件旧衬衣、一卷细皮带、一小捆绳子、旧翁得、子弹壳、火药袋、铅弹、一小盒火柴、一幅帐篷布、一块狍皮、混在烟叶里的一块茶砖、空罐头盒、锥子、小斧头、小铁盒、火柴、火石、火镰、火绒、松明、桦树皮、一只小罐子、杯子、小锅、土产小弯刀、筋线、两根针、空线轴、不知名的干草、野猪胆、熊牙和熊爪、麝蹄、一串猞猁爪、两个铜纽扣和一大堆别的破烂。我发现其中一些东西是我从前在路上扔掉的。显然，他全都捡了起来，背在身上。

我仔细看了他的东西，分成有用的和没用的两部分，劝他扔掉足有一半的破烂。德尔苏恳求我什么都不要动，说保证每件东西以后都会用到。我不再坚持，并决定今后事先没征得德尔苏的同意，什么东西都不扔掉。

好像真怕有人抢走他的什么东西，德尔苏急忙收拾好了自己的背囊，并且特别当心地收好了那只瓶子。

小路在黑石崖附近分成两条。右面的一条绕过危险地带通向山里，另一条跨过河通往对岸的某个地方。德尔苏对这一带了如指掌，说应当走右边那条路。他说，左边的小路只能通到碓子房春荣沟[1]，再往前就没有路了。

中途休息后马上开始爬山，但是小路并不通向山顶，在斜坡上延伸约1公里后，又向下通往河谷里去了。

傍晚，天空又布满了乌云。我担心要下雨，但是德尔苏却说这不是乌云，是雾，明天准是个大晴天，而且会很热。我知道，他的预测总会得到应验，所以问他有何征兆这样说。

“我的这样看，想想，空气轻轻的，不沉闷。”赫哲人说着吸了一口气，用手指向自己的胸口。

他与大自然已经浑然一体，全身都具有预感天气变化的本能，仿佛在他身上存在第六感官似的。

德尔苏在原始森林中的生活能力非常惊人。不论在哪儿，他都选择大树下两条粗根之间的地方过夜，这样的树洞可以挡风；他把黄檗树皮铺在身下做褥垫；把翁得挂在火苗烧不到的随便哪根树枝上。枪就放在身旁，但不是平放在地上，而是架在两根短木杈上。他的木柴总是比我们的好烧，不爆火星，烟也总是从一旁冒走。如果风向变了，他就支起一个挡风障。无

1 河边的林中旷地。

论什么事，他都做得恰到好处，得心应手。

大自然对人是残酷无情的。短暂的爱抚后便是突然袭击，仿佛在有意强调人对自然的无能为力。旅行者经常面临大自然带来的各种问题：雨、风、洪水、蚊蚋、沼泽、寒冷、冰雪等。甚至连森林本身也是一种自然力。而德尔苏比我们更能适应周围的环境。

第二天是 8 月 7 日。太阳刚刚升起，晨雾开始消散，大约过了半个小时，竟是晴空万里了。露水在黎明前打湿了草丛、灌木和乔木。德尔苏不在宿营地，他去打猎了，但是没有收获。他回来时刚好赶上出发。我们即刻动身上路了。

路上，德尔苏告诉我，自古以来锡霍特山脉西边就住着赫哲人，东边是乌德海人。但是后来那里出现了中国猎人。的确，沿途看到了很多中国猎人的窝棚。如果合理安排行程，每天都能在他们的窝棚里过夜。

走了约 10 公里，我们不得不再次渡过一条河。河流在这里分出许多河汊，形成一些长满树木的矮岛。层层淤泥、倒木、细沟和伏向地面的灌木——这一切都说明，不久前这里发过大水。

森林突然到了尽头，我们走进了一片旷地。中国人称它为向阳砬子。旷地共有三片：第一片长两公里，第二片长约 500 米，第三片最大，面积约有 6 平方公里。旷地之间隔着小树林。里伏锦河在这里与西南岔河汇合，西南岔河正是我们第一次翻越锡霍特山脉到奥耳加哨所去时沿途经过的那条河。里伏锦河穿过森林后，先偏向左侧，然后在一大片开阔地附近横穿河谷，向右侧的山岭流去。我们不再前进，就在岸上稀疏的柞树林端安顿宿营。

哥萨克们侦察回来，说看到了许多野兽足迹，请求准许他们去打猎。

白天，原始森林中的四足动物都躲在灌木丛中，黄昏到来前才出来活动。它们先在林边活动，待夜幕笼罩大地后，才到旷地上去觅食。哥萨克们没等天黑，卸下马驮就出发了。营地上只剩下我和德尔苏两人。

我发现德尔苏今天一整天神情恍惚，很反常。有时他坐到一边，紧张地思考着什么。他垂着双手，望着远处某个地方。问他是否病了，他摇头否认，并抓着斧头，好像在竭力驱散压在心头的沉重思虑。

两个半小时过去了，地上的阴影拉得不能再长了，说明太阳已经沉入地平线。是去打猎的时候了，我喊了德尔苏一声，他好像吓了一跳。

“长官，”他对我说，带着央求的声调，“我的今天不能去打猎。那边，”他用手指着树林说，“死了我的老婆，我的孩子。”

然后他告诉我，按照他们赫哲人的风俗，不可以去惊扰死者的墓地，也不能在墓地附近放枪、砍树、采浆果和践踏草地，总之，不能破坏死者的安宁。

我这才明白他悲伤的原因，我很同情这位老人。我告诉他，我也决不去打猎了，留在宿营地陪他。

黄昏时我听到三声枪响，很高兴，因为打枪的地方离墓地很远。

哥萨克们回来时，天已经黑透了，他们带回一只狍子。吃过晚饭，我们早早躺下睡了。夜间我醒了两次，每次都看见德尔苏一个人孤独地坐在火堆旁。

早晨，人们向我报告说，德尔苏不见了。他的东西和枪支仍留在原地。这就是说，他还会回来。等他的时候，我来到旷地随便走走，不知不觉走到了河边。在岸边的一块大石头旁，我看到了德尔苏。他一动不动地坐在地上，看着河水。我喊了他一声，他朝我转过头来。显然，他一夜未眠。

“走吧，德尔苏！”我对他说。

“这里以前我的住过，早先这里一个帐篷和一个仓库。早就烧毁了。父亲、母亲早先也在这里住过……”

他没说完就站起身来，挥了一下手，默默地朝宿营地走去。大家已经做好了出发的一切准备，只等我们回来。

从里伏锦河和西南岔河汇合口往下，就是伏锦河。左侧的群山由风化凝灰岩和石英斑岩构成。紧靠河谷的地带是布满沼泽和倒木的森林。因此，小路在这里盘旋到了半山腰上，延伸约两公里后，又返回河谷。

午后，我们很快就到了熟悉的腰砬子房。当我们路过鞑子们的房舍时，德尔苏顺路去看望他们。傍晚，他惊慌失措地跑回来，报告了一个可怕的消息：两天前，按照中国法庭的判决，活埋了一个中国人和一个年轻的鞑子。这两个人受到如此残酷的惩罚，是因为他们出于报复而杀死了自己的债主。活埋地点就在树林里，离最后那座房舍约1公里。我们和德尔苏一起跑到林子里，只见那里有两个不高的坟堆。每个坟堆上都竖起一个木牌，上面用墨写着被活埋者的姓名。死人已经不需要我们的救援了。即使需要，在人数众多、武装良好的中国猎人中间，我们4个人又能做什么呢？！

我原打算在腰砬子房停留两天，但是现在这个地方让我感到厌恶。我们决定再走远一些，到树林中找个地方休息一天。

我们和德尔苏定了这样一个计划：从伏锦河到诺托河，上行走到诺托河的源头，然后翻过锡霍特山脉，沿弯沟河再次到大柞树河去。德尔苏对这一带非常熟悉，因此不必再向中国人问路了。

8月8日清晨，我们离开了伏锦这个可怕的地方。我们先从腰砬子房回到向阳砬子山区，然后从那里沿着不长的狍沟河一直向北走。狍沟河译成俄语，意思就是“有狍子的河谷”。一个中年鞑子自愿送我们一程。他一直和德尔苏走在一起，并低声向他讲述一件什么事。后来我才知道，他们是老相识。那个鞑子想从伏锦偷偷地迁往沿海一带。

他们分别时，德尔苏为表示友好，把我在里伏锦河畔扔掉的那个空瓶子送给了鞑子。你们真该看看，那个鞑子在接受这件礼物时露出了多么满意的笑容。

狍沟河河谷是一条相当宽的山沟。许多条山泉从两侧流入谷内。河谷两侧是平缓的丘陵和高高的山泉，其间覆盖着稀疏的阔叶林和灌木丛。这是狍子最喜爱的地方了。

午后，德尔苏找到了一条小路。我们顺着它走到了一个林木茂密的山口。这里有许多獾洞，有的是旧洞，有些完全是新的。根据沙地上的足迹就知道，狐狸已经占据了某些洞穴。

大队人马在后面，我和德尔苏在前面边走边谈。忽然，在离我约 30 步远的地方，我看到树丛里有个什么东西在动。原来是只獾。这种獾是日本獾的近亲，在这个地区分布极广，到处可见。它的毛色是灰褐色并杂有黑色，颜面灰白，眼睛旁边有几条纵纹。獾是杂食动物，总是单独出没。中国人和土著并不专门猎取它们，但是，如果恰巧撞到枪口上了，也不放过。獾的毛粗硬，獾皮可用来制成枪套或包袋的镶边。

我发现的这只獾经常抬起前腿，后腿站立，竭力想抓到上面的什么东西。究竟是什么东西，我怎么也看不清楚。它专心致志地忙着，根本没有发觉我们。我们观察了很长时间，最后感到厌烦了，于是向前走去。

獾听到声音吓了一跳，蹿向一旁，很快就不见了。我走到刚才獾待过的地方，停下来想看个究竟，忽然听到德尔苏的喊声。他挥动双手，要我赶快后退。这时我觉得肩部一阵剧痛。我用手去抓痛的地方，抓到了一只大昆虫。它又猛蜇了一下我的手。我这才发现，接骨木上有一个大胡蜂窝。我拔腿就跑，边跑边咒骂着。几只胡蜂跟在后面追来。

“等一等，长官。”德尔苏说着，从背囊里取出斧头。他选了一棵很细的树，将它砍倒，除掉枝杈。接着又剥了些桦树皮，绑在树干头上。等胡蜂安静下来后，德尔苏点燃桦树皮，把火伸到蜂窝下面。蜂窝像纸一样立刻就被点燃了。德尔苏一边烧，一边说：

“怎么，还咬我们的长官吗？”

烧掉胡蜂窝之后，德尔苏又跑进林子里，拔了一些什么草，用斧头剁碎，敷在我的痛处，又在草屑上面盖一块柔软的桦树皮，用布缠住。过了约 10 分钟，疼痛开始减轻。我让德尔苏给我看一下这种草。他又跑进树林里采了一些。原来是东北铁线莲。德尔苏告诉我，这种草还可以解蛇毒，狗吃的也是这种草。把这种草放进嘴里嚼一下，就会分泌出大量唾液，唾液和草汁混合后，用它舔净伤口，便可以解除蛇毒。包扎完毕，我们两人继续前进。现在，话题总是围绕着胡蜂和黄蜂。德尔苏认为它们是“最有害的人”，他说：

“他的总是咬。现在和往后，我的老是用桦树皮烧。”

两天后，我们到达了分水岭。上山很陡，下山也一样。翻过山口，我们立即走上一条小路，这条小路把我们带到了一所捕貂的中国人的房前。德尔苏把这所房子仔细看过后说，主人在这里连续住了好几天，昨天才离开。我对他的话表示怀疑，也许不是房子的主人，而是雇工或者过路的人在这里住过。德尔苏不回答，只是指着扔到房子外面的一堆旧东西给我看，而屋里有些东西换上了新的。这样的事只有房主人才能够做。于是，我不能不同意他的判断。

第二十章　可诅咒的地方

貉　猎野猪　大南汉河源头的森林　幽灵　扎贝蒂山口　土顶子山　鸟　弯沟河　可怕的枪击　德尔苏受伤　太阳　抛弃的陷阱与格拉纳特曼和梅尔兹利业科夫相遇　金子河　鸟　挖参人

这天傍晚，我们走到了诺托河。河的源头大致在北纬 45° 和东经 135°（以格林尼治为起点）的交叉点。瓦库河和伊曼河上游左侧的支流也全部从这里发源。

诺托河（乌德海语为“诺恩图河”）长约 120 公里。上半段由两条大小相同的河流汇合而成，即大北岔[1]河和大南岔[2]河。这些中国名称本身就表明了它们的流向。大北岔河从北面流来，大南岔河则从南面流来。它们汇合的地方正在森林边缘的旷地和农舍的分界处。如果沿大北岔河上行，可以走到瓦库河上游，

1 北面的大窄沟。
2 南面的大窄沟。

继续往前，就到了伊曼河畔的猎户村西家屯。

公正地说，诺托河上游的确是乌苏里地区最偏僻荒凉的地带了。原始森林里各处散落着中国房子，既不能称这些中国人为猎人，也不能称他们为庄稼人。这里聚集了所有惹是生非的中国人，他们一心想发横财，抢劫杀人无所不作。

诺托河下游的河谷像是大南岔河谷的延续。诺托河纳入右侧的斜步岔儿河之后，便顺着斜步岔儿河转向南流去。在注入乌拉河前的不远处，它又重新向西南流去。这样，诺托河流域连同它的支流形成了一个构造谷体系，同剥蚀穿凿谷几乎形成直角状。构造谷平直少弯，上游狭窄，向下逐渐开阔。而穿凿谷则曲折多弯，由一系列被山岭封闭的盆地组成，因此，不可能提前知道河流向哪里转弯。盆地之间只有狭窄的峪道相连。河流一般会在这里转弯，因此往往会把支流的河谷误认作主流的河谷。只有走得很近，才能发现自己误判了。

诺托河里石槛很多，在这条河上航行非常危险。下游宽约60米，深1米，枯水期流速每小时达8公里。每年雨季，山洪倾泻，漫出河道，淹没下游大片土地。

我们在这里发现了土著人遗弃的帐篷，已经破旧风化了。德尔苏告诉我，从前诺托河畔住着乌德海人（4个男人，2个女人，带着3个孩子），但是，中国人将他们撵到了瓦库河。现在，整个诺托河河谷全都是中国人在狩猎和捕貂。

第二天，我们沿着大南岔河上行。大南岔河长约50公里。

这一带的森林里有很多赤柏松。有些树木高达10米，粗

1米。

离山口不到10公里远的地方，小路一分为二。一条向东，另一条向南。向东走的通向金子河，向南去的可以走到弯沟河（大柞树河支流）。我们决定向南走。这是一条人行小路，曲折多弯，经常从河这岸转到河对岸。

德尔苏走路时总是留心看着自己脚下。他什么也不寻找，不过是习惯而已。有一次他弯腰从地上捡起一根小木棍。上面有乌德海人用刀刮过的痕迹，截断的地方早已变黑了。

破损的帐篷、树上的斧痕、曾经支起过仓库的树桩，以及这根刮过的小木棍，这些都证明，乌德海人一年前还住在这里。

傍晚，我们在卵石滩上宿营，指望在水边可以少受些蚊虫的折磨。

狍子肉已经快吃光了，需要再弄些肉来。我和德尔苏商量着再去打猎。我们决定在小河岔流口[1]分手，我沿河向上游走，他顺着一条小溪进山。

乌苏里的原始森林每昼夜有两次充满活力：早晨日出前和傍晚日落时。

当我们早上离开宿营地时，太阳刚露出地平线。金色的阳光从树干之间穿过，照向原始森林中最隐秘的角落。这一刻，森林惊人的美丽。宏伟的红松似乎想用它那浓密的针叶轻轻地掩护幼树。近300年的大杨树好像在与古老的柞树一争高低。

---

1 两条小河汇合的地方。

它们旁边耸立着巨人般的椴树和高大挺拔的榆树。这片大树后面可以看到树干粗大结实的甜杨，然后是黑桦，黑桦后面还有云杉、冷杉、千金榆、黄檗、花楷槭等。再远，就什么也看不见了。一切都淹没在鼠李、接骨木和稠李丛中了。

时间过得很快，一天的工作结束了。林中已是暮色苍茫。现在只有山顶和空中的云朵上可以看到阳光的身影。落日将余晖洒在大地上，片刻，落日的余晖也渐渐暗淡了。

鸟类开始销声匿迹，然而巨大的四足动物却活跃起来。

一阵沙沙声传入我耳中。接着我就看到了这声音的制造者，这是一只浣熊貉，这种动物介乎狗、貂鼠和浣熊之间。它体长约 80 厘米，小短腿支撑着，头部下端尖，尾巴长，皮毛总体为灰色，夹杂深灰或白灰色；毛很长，因此它看上去显得比它的实际尺寸要大一些。

貉子几乎遍布整个乌苏里地区，但西部和南部居多，它们主要栖息在河谷地带的水流附近。这种动物很胆小，多半夜间出来活动，极为贪食。可以称它为杂食动物，但是它不拒绝植物，而最喜欢吃的是鱼和鼠。如果夏季食物充足，冬季便处于休眠状态。

看着它走过去了，我又站了一会儿，然后继续前进。

半小时后，天上的亮光向西移得更远了。天空由白变青，由青转黄，再变成橙黄色，最后是一片暗红色。地球慢慢地转过身去，好像离开了太阳去迎接黑夜。

这时我听到了一阵树枝折断的咔嚓声，接着是一阵呼哧呼哧的喘气声。我停下来一动不动。从昏暗的树丛中现出了两团又大又黑的阴影，我认出这是野猪。它们正向河边走去。从那不慌不忙的脚步看来，它们并没有发现我。一只野猪个头很大，另外一只小一些。我举枪对着那只较小的瞄准。突然，大野猪发出一声刺耳的尖叫，我立刻扣动扳机。射击的回声响彻森林，传得很远。那只大野猪向旁边飞快地跑掉了。我以为没有打中，刚要向前走，却看到受伤的小野猪正在挣扎着站起来。我便开了第二枪，小野猪又倒下了，嘴插进草丛，但它还在挣扎着要爬起来。于是我开了第三枪，它终于倒下不动了。我走了过去。这是一只中等大小的母猪，重量大概不会超过 130 公斤。

为了防止野猪肉坏掉，我取出了内脏。正想回宿营地去喊人，又听到树林里响起一阵沙沙声。原来是德尔苏。他听到我的枪声就来了。当他问我打死什么野兽时，我很惊讶。我也可能是没打中啊。

“不，”他笑了，“我的很懂，你打死了的有。”

我请他解释一下，他这样说的根据是什么。赫哲人说，他不是根据枪声本身来判断的，而是根据枪声间隔的时间。很少有一枪将野兽毙命的，通常都要连续打两三枪。如果只听到一声枪响，那就是说我打空了。如果听到一声接一声的连续三声枪响，则说明野兽在逃跑，猎人在后面紧追着打。但是若枪声间隔的时间长短不一，说明野兽负伤了，猎人正在打死它。

我们决定只把猪肝、猪心和腰子带走，把野猪留在原地，等天亮以后再说。我们在野猪周围生起火堆，然后动身返回营地。

走近营地时，天已经漆黑了。

篝火的火光映在水面上，像一条明亮的带子，飘忽不定，直达对岸。营地上传来了斧头声、人们的说笑声。支在地上的一座座蚊帐，透出盈盈火光，如同一个个巨大的灯笼。哥萨克们听到了我的枪声，正等着我的猎物。我们带回来的猪下水立即变成了晚餐。晚饭后，大家喝足了茶，躺下睡觉了。只留下一个人值夜，守护放开的几匹马。

11 日，我们继续沿大南岔河前进。这里红松极多。离锡霍特山脉越近，成材林便越少，取而代之的是只能做手工制品的林木，而在河的源头，则全是寄生苔藓、枝叶稀疏的云杉、落叶松和冷杉。这些树的根不是扎入地下，而是伏在地表生长，上面只覆盖着一点点苔藓。因此树龄不长，长得很不牢固。一棵 20 年生的大树，一个人用力就可以将它推倒。这些树的死亡都是从树梢开始。有时树已经死了，还会长时间继续立在原地，但只要轻轻触动，死树就会立刻倒下，摔得粉碎。

攀登陡坡，特别是肩上还背着东西的时候，永远应当小心。要仔细察看需要抓住的树木。死树倒下时，人会立即失去平衡，而且脑袋还可能被砸坏。桦树的木质树干总是比树皮损蚀得更快，树芯里的木屑散落后，空树壳却还留在地上。

这样的森林总是空旷荒凉。看不到野兽的足迹，没有鸟类，也听不到昆虫的嗡嗡声。树干呈现出一大片单调的灰褐色。没有林下灌木，甚至连蕨菜、苔草之类的植物都不生长。无论你往哪里看，脚下、石头上、树枝上，到处都是苔藓，使人感到郁闷。森林中总是死一般的沉寂，只有掠过枯树枝的单调风声打破这寂寥。这风声听起来总是含有某种恶意，预兆不祥。乌德海人认为，这种地方是恶魔栖身之处。

傍晚，我们还差一点就走到山口了。在锡霍特山脉的山前地带我们停下宿营。这次我派哥萨克外出考察，自己则和德尔苏留在营地。我们很快搭了个一面坡顶的帐篷，把水壶挂在火堆上，等着人们回来。德尔苏在一旁默默吸烟，我在记日记。

白昼向黑夜的过渡总有些神秘莫测。此刻的森林里昏暗阴郁。四周被可怕的寂静笼罩。接着传来一阵阵隐约可闻的声音，就像有人在深深地叹息。这声音是从哪里传来的？也许是原始森林在叹息？我停下了工作，周围的情况让我高度紧张。德尔苏的声音把我从沉思中唤醒。

“我们的这里睡觉不好。”他好像自言自语地说。

“为什么？”我问他。

他用手指了指山间出现的雾团。它们真像幽灵一样，游荡在树林里。

“长官，你的不懂，”他继续说道，“它的也和人一样。”

我听了他的解释明白了，这些雾团以前也是人，因为在山里迷了路，成了饿殍。于是，他们的魂灵现在游荡在这人迹罕至的原始森林里。突然，德尔苏警觉起来。

“听，长官。”他低声说。

我侧耳倾听。从哥萨克走去的方向相反的那一面，远远地传来了一阵阵奇怪的声音。就像有人在那里砍树。接着是一片沉寂。过了 10 分钟，又传来另外一种声音，就像有人用铁器弄出的声响，只是离我们很远。突然，一阵巨响震动了整个森林。应该是一棵树倒下了。

“这是他。是他！”德尔苏惊恐地嗫嚅着。我明白，德尔苏指的是那些迷路饿殍的幽灵。接着，德尔苏跳起来，用赫哲语气冲冲地朝原始森林里喊了起来。我问他说的是什么意思。

“我的小小地骂过，”他答道，“我的对他说，我们的这里只睡一夜，明天就走开。”

这时出去侦察的哥萨克们回来了，宿营地上立即热闹起来。再也没听到那些奇怪的声音了，一夜平安无事。

第二天早上日出之前我就醒了，立即叫醒了还在酣睡的哥萨克。太阳出来的时候，我们已经走在路上了。

从大南岔河那面登山，上坡漫长而平缓，但是对着大海那面的下坡很陡峭。山口是一片下切相当深的鞍形凹地，高 870 米，生长着针叶林，我将它命名为扎贝蒂山口（意思为被遗忘的山口。——译者注）。

在锡霍特山脉下切较深的鞍形凹地附近，几乎总有高山。这里正是如此。我们的左侧耸立着一座平顶的高山，名字是“土顶子”。

让哥萨克们留在山坳里等候，我和德尔苏爬上了山。据我们测量，这座山高 1160 米。我们爬上的这面坡，开始比较平缓，越接近山顶，便越陡峭。无疑，土顶子山是这一带最高的山了。

山顶是一块不大的平地，上面野草丛生，周围是矮赤杨和桦树。

站在山顶向四面眺望，展现在眼前的是一幅全景式的壮丽风光。山下的大地犹如海洋，而起伏的山峦如同凝固的波涛。近处的山峰造型奇特，后面的一座座山峦密集重叠，笼罩在蓝色雾霭中，再远处的地平线上，天地相连，已经分不清哪是山峦，哪是积云了。锡霍特山脉在这个地方向大海拐了一个小弯，然后又向东北延伸。土顶子山恰好位于山脉的拐角上。我站在山顶，很容易看清山脉褶皱的位置和河流的走向。向西流去的是里伏锦河和诺托河，流向东北的是捷丘贺河，向东去的是金子河，向东南流的则是弯沟河。

我们烧了开水之后，就动身下山，返回山坳。

说不清是上山比下山难，还是下山更难。当然，上山时总会气喘吁吁，但是身体的姿势比较稳定。而下山呢，则时刻要与自身的重量做斗争。谁都知道，踩着碎石上山比较轻松，而脚下全是碎石的下山则难得多。

不论上山、下山，脚一直都要蹬住石块、倒木、灌木根、草墩子等物。上山时这样做没什么危险，但是下山时每时每刻都要十分小心，因为很容易失足从陡坡上栽下去。

登土顶子山用了我们整整一天的时间。当我们下到山坳时，天色已经晚了。山口上有一座小庙，哥萨克在里面发现了一些冰糖。喝茶时他们满意地享用了。

锡霍特山脉同外伏锦河畔一样，山两侧的植被差距巨大，令观察者震惊。一过分水岭，我们立即进入阔叶林，针叶林和苔藓全都不见了。

弯沟河发源的地方有一所中国人的碓子房，名叫曹操沟子[1]。我们就在那里宿夜。

黄昏前，我带上枪出去考察。我走得很慢，常常停下来侧耳倾听。忽然传来一阵类似鸦噪的奇怪声音。我隐蔽起来，不久便看见了一只渡鸦。它比普通的乌鸦大得多。它的叫声婉转多变，甚至可以说悦耳动听。它栖在树上，好像在自言自语。我数了数，它的叫声里有 9 种音调。渡鸦看见我，害怕了，轻轻地向后面飞去。另一个地方，在树皮与木质部之间，我发现了一个旋木雀的巢，接着看到了旋木雀。这只活泼好动的灰色小鸟正在攀缘树木，用自己细长的喙啄着树皮。有时它脊背朝下，用双爪钩住树枝行动。在旋木雀旁边，还有两只阿穆尔䴓鸟，它们吱吱地轻声叫着，敏捷地察看树上的每一条褶皱，圆锥形的喙像小凿子一样敲击着，但不是直着敲，而是忽而从这面，忽而从另一面。

回来的路上我打死了 3 只榛鸟。我们吃了一顿美味的晚餐。

天刚亮（8 月 12 日），德尔苏就把我叫醒了。哥萨克们还睡着。我们带上沸点测高仪（温度仪），再次攀登锡霍特山脉。我想从山坳的另一面来测量高度。我多少搞清楚了，锡霍特山脉这一段的走向为西南，向着大南岔河的山坡平缓，而向着大柞树河的山坡陡峭。一边山坡上只有苔藓和针叶林，另一边山

1 以曹操命名的河谷。

坡上生长着阔叶混交林，生机勃勃。

我们返回房子那儿时，队员们已经做好了出发的准备。士兵和哥萨克都吃过了早饭，烧好了茶，正等着我们回来。吃了一点东西，我便下令准备驮马。我和德尔苏提前沿小路出发了。

弯沟河看起来像一条林间山溪，长约20公里，流过布满优质成材林的纵谷，途中纳入5条不大的支流：3条在左面，即东岔[1]河、小岔[2]河和小弯沟[3]河；两条在右面，即大西岔[4]河和小西岔[5]河。

遗憾的是，弯沟河不适于流放木材，因为河床里卵石阻塞，倒木纵横。

我们在第一条小河的河口附近停下来，等候后面的驮运队。德尔苏在河岸上坐下来整理靴子，我独自向前走去。小路在这里拐了一个120°的弧形弯。我走出不远，回头看了一下，见德尔苏正坐在河岸上，他对我挥了挥手，让我别等他。

刚刚走进树林，就碰到了野猪群，开枪是来不及了。我看准了野猪群跑走的方向，便斜穿过去追赶。果然，几分钟后我就追上了它们。透过密丛，我看到有东西在闪动。等那个黑点一停下，我对着它开了一枪。就在这一瞬间，我听到有人喊叫了一声，接着是痛苦的呻吟。我吓得魂不附体，我知道，我打

---

1 东面的支汊。

2 小支汊。

3 弯弯曲曲的小河谷。

4 西面的大支汊。

5 西面的小支汊。

中人了。穿过灌木，我朝那不幸的地点奔去。眼前的情景惊得我目瞪口呆，地上躺着的是德尔苏。

“德尔苏！德尔苏！”我失声高喊着，向他扑去。

他用左肘支地，微微抬起身子，用右手遮住眼睛。我拉着他，急忙惊惶失措地问，子弹打在哪里了。

“后背痛。”他回答。

我急忙脱下他的外衣。短袄和衬衣都打破了。终于脱掉了他的衣服。看到伤情，我不禁轻松地舒了一口气。子弹哪也没有伤到。打中的地方只有一块比 5 戈比硬币大一点的紫斑。我这时才发现，自己像发寒热病一样颤抖着。我把伤情告诉了德尔苏。他听后也放心了。他发现我激动不安，于是安慰我说：

“没关系，长官！你错的没有。我的原先后面走，你的怎么知道，我的在前面走。”

我扶他坐起来，问他怎么会到了我和野猪群的中间了。原来，他和我同时发现了野猪群。猎人的激情立刻支配了他。他跳起来就朝野猪奔去。我走了一个弧形，猪群走的却是直路，所以追赶野猪群的德尔苏很快就超过了我。他的短袄颜色和野猪皮惊人相像，追野猪时又时常弯着腰，我便误认为他是野猪，朝他开了枪。

子弹穿过短袄，伤了脊背，因此他的双腿不能动了。

过了约 10 分钟，驮运队到了。我先用碘酊给他涂了伤处，然后腾出一匹驮马，把驮物分散放到别的马背上。我们把德尔苏扶上马，便动身离开这个该诅咒的地方。

午后，我们在弯沟河同时纳入3条支流的地方，又遇到了一所碓子房。不能再往前走了：德尔苏头疼腰酸。我决定在这里住一夜。我们把受伤的德尔苏抬进房子，放在炕上。我全力照料他。第一件事是在他背部施热敷，为此特地将一顶蚊帐撕成了条。

傍晚的时候，德尔苏的疼痛减轻了一些。不过，我却坐立不安。一想到我开枪打伤了救过我性命的人，心中就怎么也无法平静。我诅咒今天这个日子，诅咒野猪群和打猎。假使我的枪向左偏那么1厘米，或者我的手稍微颤抖一下，德尔苏可能就没命了！我整夜不能入睡。眼前不断浮现出森林、猪群、我那一枪、德尔苏的喊声、灌木和倒在灌木下的德尔苏。我吓得从炕上跳了起来，走到屋外好几次。我竭力安慰自己：德尔苏活着，他就在我身旁。但是毫无用处。于是我燃起火堆，试图用读书来分散不安。但是很快我就发现，书在眼前，脑子里却是另外一幅景象……天终于亮了。幸好值班的司务长醒了，他着手准备早饭，我给他当助手。

早上，德尔苏觉得好了一些，背完全不疼了。他开始下地走动，但是仍然说头痛，浑身无力。我吩咐仍给他一匹马骑。上午9点钟，我们从宿营地出发了。

弯沟河下游有不多的沼泽地。一些地方还有面积不大但土壤肥沃的林中旷地，上面长满了榛子、胡枝子、芦苇和艾蒿。离河口5公里的地方，有一条小泉从左侧注入弯沟河。中国人称小泉为大砬子沟[1]河。这里确实有这样一个大石崖。经过风吹日晒雨淋，这个石崖上的岩石已经变质，成为像黏土似的灰白色的岩土了。据鞑子讲，夏天割茸季节，这里总是有许多马鹿。它们异常贪婪地啃食这里的岩土。走近石崖仔细看，的确可以看到上面有许多被鹿齿啃过的痕迹。石崖的一面已经被啃出了一个约 1 俄尺（0.17 米。——译者注）深的坑来。

离这个石崖不远有一个鹿窖，就是阻挡马鹿到饮水处去的栅栏。栅栏的一部分用的是倒木，另一部分用的是活树。为了防备鹿用蹄子把它刨开，还用木桩加固了栅栏。在某处留有信道，信道下面挖着深坑，上面用草和枯叶巧妙地掩饰起来。夜间，马鹿去喝水，碰到栅栏后便设法绕过去，结果就落入了陷阱。这样的鹿窖有时长达 50 多公里，其间设有 200 来处陷阱。

弯沟河畔的鹿窖已经废弃了。看得出来，中国人很久没有来过了。我们在一个陷阱里发现了一只雌马鹿。这只可怜的动物掉在陷阱里可能已经三昼夜了。我们停下来商量，看怎么能把它救出来。一名士兵想下到陷阱里去，但是德尔苏劝阻了他。马鹿不仅可能自己撞死，还可能撞断士兵的腿。于是我们决定用套索把它拉上来，我们立即行动。抛下去两个套索，套住了鹿蹄，第三个套索套在鹿头上。我们很快就把马鹿拉了上来。看样子它好像被勒死了，但是一摘下套索，它立刻睁开了眼睛，喘了喘气，站了起来，摇摇晃晃地朝一旁走去。还没走

1 有大石崖的河谷。

到树林就看见了溪水，于是不再注意我们，走过去贪婪地饮起水来。

德尔苏狠狠地咒骂中国人，他们丢弃了鹿窖，却没有把陷阱填平。一小时后，我们来到早已熟知的鹿窖房。德尔苏完全恢复了，想亲自去填平鹿窖坑，但我劝他别去，休息到明天再说。午饭后，我提出要所有的中国人去干活儿，命令哥萨克严格监督他们，填平全部陷阱。

下午 5 点钟以后，天气开始变坏，海上大雾弥漫，空中不知从哪儿飘来了乌云。黄昏时哥萨克回来报告说，他们在另外 3 个陷阱里又发现了两只死鹿和活狍子。

第二天我们全天休息。天气时好时坏，不过大部分时间是下雨和阴天。队员们洗衬衣、缝补衣服、擦拭武器。德尔苏已经彻底复原了，我感到说不出的高兴。

午后，我们听见了枪声。这是 Г.И. 格拉纳特曼和 А.И. 麦尔兹利亚科夫到来的信号。我们高兴地相逢了。大家互相问询和讲述分别后的情况，谁去了哪里，看见了什么。我们一直聊到了深夜。

8 月 14 日，我们做好了继续前进的准备。现在我打算沿金子河上山，然后下山到捷丘贺河流域，而 Г.И. 格拉纳特曼和 А.И. 麦尔兹利亚科夫则将沿着弯沟河前进，考察另外一条线路。弯沟河在离捷丘贺河河口不远处从右侧注入捷丘贺河。

8 月 15 日上午 9 点钟，我们两支考察队沿着各自的路线分头出发了。

一直聚集在河谷里的浓雾突然开始上升。山的底部最先露出来，接着看见了山坡和山坳。雾升到山顶便像台布一样铺展开，不再移动了。好像马上就要下雨的样子。但是托老天爷的福，只有阴云，却没有下雨。

金子河[1]长约50公里，流向总体来看是从北向南。在离大柞树河不远的地方，它突然向西流去，与大柞树河平行流了不长一段。楔入两河之间的高耸的支脉，由粗面凝灰岩、具有板状节理的霏细岩以及矿化绿色石英岩构成。山中林木稀疏，有白桦、黑桦、槭树、柞树和椴树。到金子河去的中国人都直接穿越这条支脉，从而大大缩短了路程，节省了时间。金子河的最后3公里重又向南流去，呈直角形注入大柞树河。

金子河河谷头10公里之内，旷地绵延不断，旷地之间有小片树林相隔。接下来就是浓密茂盛的森林了，其壮观宏大像里伏锦河畔一样。我在这里首次看到了三角叶的日本白桦。据说，这种树在大柞树河以南很常见。此外，还有开小花的瘤枝卫矛，装点着带绒毛的枝条和灰白色叶片；果实极小的杏树；单独生长，果实黑色无味的黑樱桃树。在另一个地方，我发现了树干弯曲、树叶微垂的河柳和灰柳，灰柳既可生成灌木，也可长成乔木。某些地方可以遇到孤独的尖叶茶藨子丛，它的叶簇美丽，浆果很小，容易辨认。偶尔还可以碰到叶片又薄又尖的集生草。

一些大树的高大伟岸令人震惊。这些大树的树围可以达到

1 产金子的河流。

这样的尺寸：雪松2.9米，冷杉1.4米，云杉2.8米，白桦2.3米，杨树3.5米，黄柏1.4米。

金子河流经河谷时曲折多弯。有些地方水极浅，从卵石上流过，有许多浅滩，但在某些地方又形成深坑。水多的地方因含有杂质，所以呈现出美丽的蛋白石色。

小咬日渐稀少，这使我们工作起来感到轻松多了。但是又出现了一种黄色蚊子，既冷酷又凶狠。

金子河右侧的干河子是它的第一条大支流。沿干河子可以走到弯沟河。这一天我们的行程比较短，宿营地设在密林里一座猎人遗弃的碓子房附近。

天黑时，海风又送来了雾气。聚集的雾气湿度极大，以致空中的湿气直接变成了毛毛细雨落在地上。大雾很浓，几步之外看不清人影。天气如此潮湿，谁也不愿意在火堆旁久坐。吃过晚饭，大家不约而同地钻进蚊帐去睡觉了。

太阳一出来，雾就消散了。我和德尔苏照例没等哥萨克备好马匹，就提前出发了。

越往前走，森林越茂密。这种处女林既诱惑你不断深入，又以自己的神秘莫测让你害怕。大自然的威力表现出的是一片宁静。这里生长着满洲植物区系的全部针叶和阔叶树种的代表。这些沉默的巨人如果能够说话，它们定会滔滔不绝地讲述自己二三百年来在地球上的生活。

没有多少人能够深入到原始处女林的腹地，它太大了。探险者要不断和植物世界打交道。原始处女林中有许多对人保守的秘密。它显得阴郁沉闷，默默无语……但这只是最初的印象。只要你在它近旁了解它，那么很快就会习惯它，若长时间看不到它，还会想念它。死气沉沉的原始森林只是表象，其实它充满了活力。我和德尔苏不慌不忙地走着，一路观察着鸟类。

在林下灌木丛里偶尔闪过伶俐活泼的田鸦，树上到处可以看到乌苏里小啄木鸟。其中特别有意思的是金黄色头、绿色羽毛的啄木鸟了。它勤奋地啄着树干，丝毫不怕有人走近。旁边的树枝上有两只乌苏里知更鸟发出簌簌声。有一次，我们惊飞了一只灰背隼，它飞得很低，很快就消失在树林里了。

蜻蜓在水面上盘旋。有一只蜻蜓被灰鹡鸰追逐着。鸟一边捕捉蜻蜓一边飞行，但蜻蜓终究巧妙地躲开了。

突然，一只星鸦在附近惊叫起来。德尔苏示意我停下。

“等一等，长官，”他说，“他的这边走。”

确实，叫声越来越近。无疑，惊恐不安的鸟在林中伴随着什么人。大约 5 分钟后，灌木丛里走出一个人来，他看见我们立即停了下来，像钉在地上一动不动，神色惊慌不安。

我马上认出他是挖参人。他穿着蓝布裤褂和皮翁得，头上戴着一顶引人注目的桦树皮帽子。前身扎着一条防露水的围裙，后腰上系着一张獾皮，这样可以坐在潮湿的倒木上隔潮。腰间挂着刀和挖参用的骨针，还有一个装火石和火镰的小荷包。这个中国人手里握着一根长棍子，行走时用它拨开脚下的草丛和落叶。

德尔苏告诉他别害怕，让他走近些。这个人大约有 55 岁，头发已经灰白，手和脸被晒成了古铜色。他没有带任何武器。

当这个中国人确信我们不会伤害他后，便坐在一棵倒木上，从怀中掏出一块破布，擦去脸上的汗水。老人显出一副极为疲惫的样子。

他可是一位挖参人哪！他以自己的方式成了走进深山的隐士，将自己置于森林之神的护佑之下。

通过对他的问询，我们得知，他在金子河上游有一所房子。为了寻找神奇的人参，他有时远离家门，一走就是好几个星期不回去。

他告诉我们怎样可以找到他的房子，让我们住到他家里。老人歇了一会儿便向我们道别，拿起自己的棍子，继续向前走去。我久久地注视着他的背影。他弯了一次腰，拾起一块苔藓，将它放到树上。在另外一个地方，他把用稠李树枝拧成的花结挂到树上。这都是标出的记号，表示这个地方已经看过了，没有人参。其他挖参人不要在这里寻找了。这样做极有意义，其他挖参人将不会在做出标记的地方寻找人参，白白浪费时间。几分钟后，老人的身影不见了，我们也继续走自己的路。

中午。我们已经走了从大柞树河到山口的一半路程，傍晚赶到了五道沟[1]河。这是金子河上游最后一条支流。在这里我们果然找到一所小房子，样子很像土著的两面坡顶的帐篷。门的两旁各有一扇纸糊的窗户。破旧的窗户纸打满了补丁。房子里

---

1 第五条大河谷。

没有捕兽工具，不过有尖锹、刮刀、小铁铲、大小不同的桦皮盒和挖人参的骨针。

离房子约50步远的地方有一座小庙，上面写着“镇山林王昔日汉朝治国相今做人间福禄神”，意思是山林之王（老虎）古时在汉朝拯救过国家，现在是赐予人们幸福的神灵。

金子河上游由两条大小相同的河流汇合而成，即西岔[1]河和东岔河。西岔河通向诺托河，东岔河通向捷丘贺河——这正是我们要走的线路。从挖参人的房子出来有一条小路，但是不久它就断了。我们又在荒野中走了一整天。金子河河谷同所有的构造谷一样，渐渐变窄。上游谷底布满碎石，由此说明，雨季期间整条河谷都会被水淹没。金子河和捷丘贺河之间的分水岭是锡霍特山脉的一条支脉，平均高度为1110米。分水岭的山脊平缓，没有突兀的高峰和深凹的山坳。分水岭的构成是高岭土化石英斑岩，其中含有长石结晶。

1 西面的支汊。

第二十一章　返回海滨

貉　银子砬子沟　丘蒂贺河口　猎野鸭　德尔苏的哲学　荒野浴室　丘蒂贺湾　海边飞鸟　暴风雨　济木河和弯大沟河　出发　鞑子　大马哈鱼　被野猪践踏的玉米地　矿山　小飞鼠

过了山口，我们顺着河流向东走去，大约在下午3点半的时候到了银子砬子沟河——“河谷的山岩含有银子”。这条河是丘蒂贺河最大的，也是离海最近的支流。银子砬子沟河的上游同样由两条河汇合而成，这两条河的名字也叫作西岔河和东岔河。每条河又由数条小溪构成。

这一天，我们走到了这两条河的交汇处，在密林中宿营。

这儿的河里有很多红点鲑，用手就可以捉到。每顿早餐和晚餐红点鲑都摆上了我们的餐桌。我们抱着极大的兴趣注意到，外乌苏里地区的红点鲑特别多。土著们说，锡霍特山脉以西盛产细鳞鱼，而沿海地区却根本没有这种鱼。

士兵们拿着鱼竿去钓鱼了，我拿起枪到山里去探察。一直走到天黑，却什么也没有找到。于是我便顺着河岸走去。突然，我听到一个坑里响起哗啦哗啦的水声，很像漱口的声音。我小心翼翼地走到陡坡边，看到下面有两只貉子。它们正在那里专心捕鱼，全然没有发觉我的到来。貉子的两条前腿站在水里，竭力用牙齿去捕捉在它们身旁游来游去的小鱼。我对这两个动物观察了很久。有时它们猛然向后掉转头，朝鼬鼱扑去，并急急忙忙地掘地刨土。瞧，一只貉子抬起了头，朝我这边很留心地看了看，发出一声像小狗似的尖叫。两只貉子很快就消失在草丛中，再也没有回到河边来。

我回到宿营地时，正赶上大家都到了。晚饭后，每个人都忙活自己的事，用了一个来小时。然后大家喝茶，之后各自找个方便的地方躺下睡了。

第二天，我们按预定路线沿银子砬子沟河继续前进。河谷的中部变窄了，继而又开阔起来。右边的群山陡峭险峻，岩石嶙峋。那时在峭壁中发现了银铅矿脉，此后，这条河谷获得了现在这个名称。银子砬子沟的大部分地段空旷无树。但是因为土壤多石，所以完全不适于耕种。这也是人们遗弃它搬到河口附近去的原因。

这条河流中途只有两条不大的山溪从右侧注入，即大麻岔子沟[1]和盘肠沟[2]。从两条山溪的汇合处起，有一条小路，是打猎

1 分岔的河谷，河谷里生长大麻。

2 像肠子一样弯曲的河谷。

的鞑子和捕貂的中国人开辟的。

我沿路发现，有些地方的土地被践踏和刨过。我还以为是野猪干的，但德尔苏却指给我看一棵没有树皮和树叶的小树说：“他的很快开始喊叫！”

经他解释后，我明白了，马鹿的茸角（鹿茸）刚刚长成时，它竭力要把角上的表皮蹭掉，为此就在某棵小树上乱磨。当另一只公鹿来到这里时，明白了是怎么回事，它就开始怒吼，用蹄子刨土，用鹿角去撞这棵小树。

银子砬子沟河在离海 5 公里处注入丘蒂贺河。丘蒂贺河河谷下段是三块宽阔的盆地，左边有一些中国房子。

在离河口约两公里的地方是一片沼泽。沼泽中的沙梁和沙梁之间有一汪汪的死水，这表明，从前海水曾经到过这里。陆地的扩展有三个因素：海岸线的后退；河流的冲积物和海洋拍岸浪的作用。

丘蒂贺河在紧靠海湾处骤然左转，顺着海岸流去，与大海之间相隔的是一条沙嘴。丘蒂贺河河口以前位于北海角附近。1904 年洪水泛滥，冲垮了这道沙堤，河水直接流向海湾。河道里的水流刚刚减弱到往常的速度，海水冲来的沙子便淤堵了河口，结果便形成了很浅的死河汊。死河汊不久就变成了沼泽。沙梁之间残留的一条长湖，离海有 1 公里，可能这就是原来海湾的最深处了。如今，湖上几乎长满了野草。

湖中游着许多野鸭。我和德尔苏留下来打猎，队伍则继续前进。向在湖上游弋的野鸭开枪毫无意义，因为没有船只，打中了反正也拿不到。于是我们决定打那些飞着的野鸭。我用的是鸟枪，德尔苏用的是步枪。他很少有打不中的情况。看到他的枪法，我不禁大声称赞起来。

“我的从前枪法很准，”他回答，“子弹从来不落空。现在少少地不准了。”

在这一瞬间，一只野鸭高高地飞过我们的头顶。德尔苏迅速举枪射击。被子弹打中的野鸭在空中翻了个筋斗，像块石头一样坠落，重重地掉在地上。我站住了，惊讶万分，一会儿看看他，一会儿看看野鸭。德尔苏非常开心，他让我将鸡蛋大小的石块抛向空中。我扔了 10 块石头，他打中了 8 块。德尔苏对此很满意。但这并不说明他有虚荣心，他高兴的不过是还能靠自己的枪法打猎谋生而已。

我们在湖边游荡了很久，打了野禽。时间不知不觉飞逝过去。当整条河谷沐浴在落日的金色光芒中时，我知道，一天又要过去了。劳累的一天过后，随之而来的是安宁。整个大自然都在准备休息。太阳刚刚隐没到地平线下，黑夜立即从另一面，从大海中走来了。

我们面前是一片长条状的广阔沙滩，长约 3 公里。我们的考察队像沙漠里的商队一样，在前面很远的地方移动着。我和德尔苏急忙捡起野禽去追赶他们。

考察队在海边停下了。几分钟后，一缕白烟袅袅升起。宿营地上生起了火。半小时后，我们已经离自己人不远了。

士兵们在一所小房子旁边过夜。这所房子是用漂木盖的，离陡峭的海岸很近。这里住着两个中国人，他们在浅水地带采集紫壳菜为生。像他们这样殷勤好客的人，我还从来没有遇到过。

这次长途跋涉大家都走得非常累。倒霉的是，我的脚后跟磨破了，很厉害。大家也都需要休息一下，因此，我决定停下来大休息，并在这里等候 Г.И. 格拉纳特曼和 А.И. 麦尔兹利亚科夫回来。

我彻夜脚疼，无法合眼，因此，天一亮，我便感到有说不出的高兴。我坐在火堆旁，观察大自然是如何苏醒的。

醒得最早的是斑头鸬鹚。它们在大海上空不慌不忙地慢慢朝着某个方向飞去，可能是去觅食。在长满野草的湖面上，浮游着成群结队的野鸭。大海、大地和空中却仍是一片沉寂。

德尔苏比大家起得都早，起来就开始烧茶。这时太阳冉冉升起。仿佛有生命一般，它先在海面上露出一点边缘，然后离开天水相接的地平线，跃上高空。

“多么壮美！”我赞叹道。

“他的是最重要的人，”德尔苏指着太阳回答我，“他的没了，四周一切都没了。”

稍停片刻，他又接着说：“地也是人，他的头在那边，”他指着东北方，“脚在那边，”又指了指西南方，“火和水也是两个强有力的人。火和水死了，一切一下子都完了。”

在他的这些简单的话语里有很多万物有灵论的成分，但包含着很多见地。听见我们交谈，士兵和哥萨克们都醒了。我在营地坐了一整天了。士兵们也得到了休息，他们只是定时去看看马匹，不让它们远离宿营地。

今天，我们搞了一次行军浴。先搭起一座没门窗的两面坡顶的帐篷，然后在旁边的篝火上烧热石头，在中国人那里用大铁锅和两个煤油桶烧热水。一切准备妥当后，用水把帐篷外面浇湿，再把烧得灼热的石块弄进去，帐篷里开始升起蒸气。就这样，我们搞了一个相当好的蒸汽浴室。但是，帐篷里很窄，不得不轮流洗澡。一些人洗澡时，另一些人就在外面烧石头。

大家讲了很多笑话，笑声不断，所有的人都洗了澡，甚至连内衣也洗了。

接下来的 3 天要修补鞋子。我首先关心的是给 H.A. 帕利切夫斯基运送粮食。他在捷尔内伊港采集植物。幸好，我们在丘蒂贺河河口遇到了向北航行的大帆船，德尔苏跟满族船主黑把头[1]说妥了，让他搭船顺路去捷尔内伊港，把一封信和两箱东西转交给 H.A. 帕利切夫斯基。

这几日的天气变化无常，刮起了凛冽的西风，夜里很凉，秋天将至。

我的脚很快就好了，能够继续旅行了。

在丘蒂贺河的入海处，既没有海湾，也没有港口。海岸线嵌入陆地内部不深，遇到恶劣天气，船只无法在这里避险。因此，如果凉风吹来，他们就会急忙拔锚离岸远去。丘蒂贺港

1 黑船夫。

（我们姑且这样称呼它）的北面和南面环绕着不高的山岭，山上没有树木，只有小山沟里和一般背海风的地方，零星生长着一些只能用作烧柴的柞树和椴树。南面的高地是侵蚀山地的典型，其尽头是布里涅尔角。这是一座孤立的山崖，有一条由沙子和卵石构成的淤积沙嘴与大陆相连。沙嘴中间有一个面积不大，但相当深的咸水漏湖。由布里涅尔角向南，距海岸约 200 米的海面上还露出了两座礁石，通常被称作“兄妹岩”。从前这里曾是登岸的大门，门上的拱顶已经坍塌，只剩下了几根石柱。如果从丘蒂贺港口的北岸向布里涅尔角望去，这些石柱仿佛立在沙嘴上。

在陡峭的崖岸上稍微偏南一点，可以看到露出的火山凝灰岩，中间夹杂着可燃的硫黄层。港口北面的群山，最末端是高达 75—98 米的断崖和窄条状的海浪冲积滩，上面有很多从大海抛上来的海草。

这种堆满海草的地方往往成为各种鹬科野禽的栖息之地。我首先发现了在浅沙滩上飞快奔跑的东西伯利亚阔嘴鹬。它们走进水里，看来毫不介意激浪打来。阔嘴鹬旁边是红脚鹬。这些温驯的红脚小鸟总是结成一小群，在海草中走来走去觅食。有人走近时，它们会惊叫着飞起，先朝大海的方向飞去，然后突然急转回来，像听到命令一样，一下子重又落到岸上。在海草和沙滩交替出现的地方，可以看到乌苏里剑鸻。这些讨人喜欢的鸟总是不断地往木片、石块和贝壳下面看，也常常到水里去，只有当巨大的海浪涌上岸时，它们才展翅高飞，在空中盘旋，一直等到海水退去为止。离它们不远，有两只蛎鹬规规矩矩地在岸上来回踱步，并啄食着什么。海角附近游弋着灰色脊背两侧为白色的潜水鸭和花丑鸭。它们在忙着潜水觅食。潜水鸭浮出水面后，环顾一下四周，抖抖自己的短尾巴，便又潜入水中。再远处，浮在海上的是太平洋鸬鹚。它们潜水很深，再浮出水面时，离它们开始潜入水中的地点已经有相当一段距离了。

成群的海鸥掠过海空。其中东西伯利亚银鸥最引人注目。它们有时落到水面上，发出一阵狂叫，确实挺像人的笑声。海鸥依次飞离水面，一个越过一个飞起，重又落在一起。这时，一只海鸥用喙用力去啄另一只海鸥，或者抢走另一只海鸥的食物。另一边，就在丘蒂贺河河口的上空，盘旋着两只白尾海雕，它们用锐利的眼睛搜寻着猎物。突然，好像约定好了似的，一下子都落到了岸上。渡鸦、海鸥和鹬毫无异议地将自己的地盘让给了它们。

近两天经常有雷阵雨。23日傍晚下了一场特大暴雨。从早晨起就已经可以看出，大自然在酝酿着什么了。一整天闷热异常；空中充满烟雾。这烟雾逐渐扩大，到了午后，已经看不清附近山峦的轮廓了。天空呈现灰白色，用肉眼可以直视太阳，太阳周围出现了黄色的晕圈。

“要阿格迪（打雷）了，”德尔苏说，“老是这样地开始。”

午后约两点钟，从西边传来了几声闷雷。所有的鸟瞬间销声匿迹。天地一片昏暗，仿佛一块黑色大幕从天上垂落大地。

接着便落下了稀疏的大雨点。突然，一声巨响震天动地。随后电闪雷鸣，此起彼伏。巨大的雷声在山间回荡，传遍了“苍白人间的四面八方”。狂风也来给暴雨助威，折断了小树枝，刮落了树叶，并将落叶卷到高空。接着瓢泼大雨从天而降。这场暴风雨持续到晚上 8 点才停息。

第二天又下了三场雷雨。我发现，在靠海近的地方雷雨停了。大海上空的闪电只在云层之间才出现。

正如我们所预料的那样，最后一场暴雨变成了小雨，小雨下了一夜，紧接着又不停地下了两昼夜。

8 月 26 日雨停了，天空晴朗了一些。早晨太阳升起，放射出万道美丽的光芒，但大地上依旧留有暴风雨的痕迹。积水从各处奔流下来，所有的小溪都变成了泛着泡沫的激流。

这一天，Г.И. 格拉纳特曼和 А.И. 麦尔兹利亚科夫来到丘蒂贺。他们到大甸子[1]房去的路，先沿大柞树河行走，然后再顺着大柞树河的左支流济木河走。济木河由两条小河汇合而成，两河之间隔着一片不大的高地，高地上有一片小树林和灌木。这两条小河一条从北面流来，另一条从东面流来。

中国人开辟的岸边小路非常巧妙。它一直穿过那些顺着海岸延伸的河谷。翻越山岭时选在最低处，上坡和下坡则尽可能选择平缓的地势。上面提到的两条小河，它们之间的山口高度为 200 米。四周环绕的所有山脉大都由石英岩构成。

---

1 辽阔的牧场。

继续向前，小路沿着弯大沟[1]河延伸。在离河口不远的地方，弯大沟河注入了丘蒂贺河，该河长约12公里，上游两岸多森林，下游两岸则为沼泽地。这里林木稀疏，并且能看到经常发生火灾的痕迹。

在最后一座农舍附近，小路分为两条。一条向下，沿着沼泽直达海边；另一条通向丘蒂贺河，距河口约5公里远。

8月26日考察队休息。27日收拾行装。28日，我们重新踏上了旅途。我和德尔苏带着4名哥萨克沿丘蒂贺河上行。格拉纳特曼前往要子河，而麦尔兹利亚科夫则受命考察由此至吉基特湾的沿海一带。

丘蒂贺河（乌德海人称为“诺古列”）看来是沿海地区南部最长的一条河流了（约80公里）。这条河的名称来自中文的“猪之河”，即“野猪的河流”的讹音。野猪有一回在这条河旁咬死了两个猎人，这条河即因此得名。俄语的叫法偏离的就更远了，他们把“丘蒂贺”[2]叫成了“捷季哈”，已经没有什么含义了。

如果从海上观察这条河谷，丘蒂贺河似乎是从西边流过来。这个错误很快就搞清楚了：我们看到的河谷，正是我们熟悉的银子砬子沟。

丘蒂贺河河谷是一条剥蚀谷，由一系列被山岭封闭的盆地组成。盆地之间的通道很窄，因此很难看出，河水究竟是从哪

1 弯弯曲曲的大河谷。

2 即九急河，第九条湍急的河流。

里流来的。我们经常把某条支流误认为就是丘蒂贺河了，并沿着这条支流走很久，最后只有根据河水的流向才发现，原来走错了。

丘蒂贺河和银子砬子沟的汇合口附近，住着中国人和鞑子。我数了数，共有44座房子，其中有6座是鞑子的。这些鞑子和我们在奥耳加湾附近看到的那些鞑子略有不同。他们的体型相貌已经有了些许差异。由于中国人的压迫和他们自己纵酒，鞑子们处于极端贫困之中。他们接受了中国文化的某些影响后，需求增加了，却没有从根本上改变生活方式，因此他们的生活境况迅速恶化。一些老年人对于过去这里只有他们生活，以及他们曾经人丁兴旺的那个时代记忆犹新。那时还没有中国人，只是中国人来到这里后，才出现了那些可怕的疾病，使鞑子大批染病死亡。我在鞑子中没有看到一家不备有鸦片烟具的，特别是女人，更迷恋这种有害的嗜好。

在这里我发现了一个还记得自己本族语言的老太婆。我说服她把她知道的本族语言告诉我。她费了好大劲，能够想得起来的只有11个词。我记下了这些词，这些词属于乌德海语。50年前，这位老太婆（她当年20岁）一句中国话也不会说，而现在她已经完全丧失了本民族特有的一切，甚至连语言也忘了。

这一天我们走到了鞑子莱谢尔的房子那儿。丘蒂贺河在这里从左侧纳入两条小河：四仙洞儿[1]河和西北沟河。

---

1 四位仙人的岩洞。

我们到达丘蒂贺河的时候，正是大马哈鱼从海里游到河里来产卵的时期。成千上万条 3.3—5 公斤重的大马哈鱼，密密麻麻挤在河里，拼命向上游的石滩游去。有一股不可阻挡的力量促使它们逆着水流，克服重重障碍游到那里去。

在此期间，大马哈鱼什么东西也不吃，只靠它储备的养分来维持生命。从上面，从河阶地的高处，可以看清水里的一切。鱼多极了，以致有些地方根本看不见河底。观察大马哈鱼如何通过石滩，是非常有趣的。它迂回曲折地挪动，身子翻过来掉过去，翻着筋斗，但始终是在向前。遇有瀑布挡道，它就跳出水面，竭力贴住石头。即使碰得遍体鳞伤，也要到达河的上游，留下后代才死去。

起初，我们贪婪地吃这种鱼，但是，很快就吃腻了。

在海边长时间休息后，人和马都盼着去走路了。

黄昏的蓝色雾霭遮住了远山，夜，即将来临，沉寂很快将笼罩周围的一切。可是我发觉，天越黑，山谷里越是充满了某种模糊不清的声音。我听到了人的喊叫声和铁器发出的叮当声，有些声音离得很远，有些声音就在跟前。

“德尔苏，这是怎么回事？”我问赫哲人。

“蛮子在撵猪。”他回答。

我没明白他的话，认为是中国人把自己的猪撵回猪圈过夜。德尔苏不同意。他说，在玉米没有收割、园子里的菜没有收净之前，谁也不会把猪从圈里放出去。

我们继续往前走。大约过了 20 分钟，我发现有火光，但不在房子附近，而是在另一面。

“蛮子撵猪呢。”德尔苏又说，可是我还是没听懂。

我们终于绕过峭壁，走上了林中旷地。声音立刻变得更清晰了。一个中国人在喊叫，喊声仿佛在和谁相互呼应，还不时用小棍子敲打着铜盆。听到队伍走近的声音，他的喊声更大了，并点燃了堆放在小路旁边的柴堆。

“等一等，长官，”德尔苏说，“这样走的不好。他的能开枪，他的想，我们是猪。”

我开始明白了。这个中国人把我们当成野猪的话，确实有可能开枪。德尔苏对他喊了一声什么，中国人立即答应一声，并朝我们跑来。显然，他对我们的到来又惊又喜。

我决定在这里过夜。哥萨克们动手卸马驮、搭帐篷。我走进房子里向中国人打听情况。他们抱怨自己的命不好，说一连三夜都有野猪来祸害庄稼和菜园。两夜的工夫，野猪把园子里所有的菜几乎全部糟蹋光了，只剩下了玉米。白天中国人在玉米地旁边已经看见过野猪。毫无疑问，夜里野猪还会出现。这个中国人请求我朝天放几枪，并答应付钱给我。说完后，他又跑出房子，再次大声喊叫，并敲响一面铜盆。从远山那边，另一个中国人随声回应他。再远一些还有第三个人回应。这些此起彼落的声音回荡在河谷，并消失在寂静的夜空里。晚饭后，我们决定去打猎。

空中的晚霞消失后，这个中国人便跑到了玉米地里，在旁边点起了火堆。我和德尔苏拿起枪去打猎。中国人也同我们一道去。他不停地喊叫着。我想制止他，但德尔苏却说不碍事，野猪反正是要到地里来的。几分钟后，我们来到了玉米地旁边。我坐在树墩的一边，德尔苏坐在另一边。我们等待着。篝火冒出的烟柱向上升腾。红色的火光在大地上跳跃，火苗闪动，照亮了玉米、野草、石头和附近的一切。

我们等了没多久，就在庄稼地那边，正好对着我们坐的地方，有了响动。响声明显地大起来了。野猪用蹄子踢起地上的野草，并发出呼哧呼哧的声音表示不满。尽管中国人在喊叫，尽管有火光，野猪还是直接向玉米地走来。过了约两分钟，就已经可以看到野猪了。走在前面的野猪已开始祸害玉米。我们几乎同时开了枪。

德尔苏打死了一只，我也同样打死一只。野猪转身就跑，但是15分钟后，它们又出现在玉米地里。我们又打了两枪，又有两只野猪倒在地上。这时，一只野猪张开大嘴朝我们扑来，德尔苏一枪就把它撂倒了。中国人往野猪身上扔燃烧着的木头。枪声轰鸣，一声接一声，但无济于事。野猪猛冲过来。我想去被打死的野猪那儿，但是德尔苏不让我去，他说太危险了，因为有的野猪可能只是受了伤。又等了片刻，我们便回到房子里。喝过茶，躺下睡觉，可是睡不着，因为那个中国人一整夜都在喊叫和敲打铜盆。

天快亮时，中国人显然累了，于是我也沉沉睡去。9点钟左右，我醒了，问起野猪的事。我们离开后，野猪到底还是跑到地里来，把剩下的玉米毁了个精光。中国人很伤心。我们只带走了一只野猪，其余的都扔在了原地。

据中国人说，以前野猪少得多。只是在近10年才迅速繁衍。如果不是老虎吃掉它们，那整个原始森林里到处都是野猪了。

我们告别了这个中国人，继续赶路。

越往前走，河谷越吸引人。随着每一次转弯，展现的景色都愈加新奇。画家们可以在这里为自己的作品找到取之不尽的素材。有些风景是如此美丽，甚至连哥萨克们也都着了魔似的，目不转睛地观赏。

周围耸立着群山，山峰奇妙，悬崖陡峭的形状有的像人，仿佛遵命守护山岗的哨兵。有的像野兽、鸟类，或者就像长长的柱廊。伸向河谷的悬崖，挂满了一串串叶子已经染上秋色的攀缘植物，很像庙宇的门廊、古城堡的废墟等。

丘蒂贺河河谷的多数山岭都是由灰色花岗岩、斑岩和石灰岩构成的。这里的林木种类及其多样化。海边生长的主要是柞树和黑桦；河流中部一带生长着水曲柳、槭树、榆树、椴树和黄檗，山岭附近开始出现冷杉，而在河边则生长着茂密的柳树和赤杨。有时，你会十分困惑地停在一棵大树前，这棵大树生长在光滑无比没有一道裂缝的石头上，却长得牢固结实，树根从各个方向盘绕着石头，牢牢地立在乱石堆中。

在丘蒂贺河的中游，从左侧纳入一条支流，即戈尔布沙河。从远处看去，你会不由自主地把它当成丘蒂贺河。实际上，戈尔布沙河是在更左边一点流过一条狭窄的山谷的。

小路在离戈尔布沙河约两公里处分岔。马走的小路要涉水过河，人行的小路则要爬上悬崖，紧贴着峭壁过去。这个地方很危险，因为脚踏在土石上很容易滑落。

这一天，我们走到了银铅矿。这里只有一座房子，里面住着一个看守房子的朝鲜人。他也抱怨野猪，并准备搬到海边去。这片矿区大约是在40年前被发现的。曾经试图从矿石中冶炼出银子，但是没成功。后来，Ю.И.布里涅尔在这个地方做了标记。

蚊蚋一天比一天少了。现在只有黄昏前和黎明时才出现。这大概是因为黎明时露水重，日落后温度下降的缘故。

夜里相当冷。一年中最好的时光到来了。但是另一方面，对马匹来说相对更糟了。旅途中的主要饲料——青草开始干枯。因为有的地方没有燕麦，遇到住户时，哥萨克们就买些粮食，早晨出发前和晚上宿营时给马加点料。

朝鲜人的房子里臭虫非常多，连主人自己都不得不到外面去睡觉，下雨时便躲到用薄木板搭的小棚子里去。知道了这种情况，我们便离开了这所房子，到约1公里外的河边上宿营了。

晚饭后，我们全都坐在篝火旁聊天。突然有个灰白色的东西从旁边飞了过去，无声无息，不慌不忙。士兵们说是只鸟，而我认为是只大蝙蝠。过了几分钟，这个奇怪的家伙又出现了。它不扇动翅膀，平行飞翔，微微向下倾斜。这个动物落在一棵山杨树上，然后顺着树干往上爬。这家伙的颜色很像树皮，如果它待在那里不动，那么根本就不能发现它。它往上爬了约有6米，便停下来，好像冻僵在那里了。我拿起鸟枪刚想开枪，被德尔苏制止了。他很快砍下了许多小树枝，把它们捆在一根棍子上，像一把长扫帚，然后走到树下，举起棍子，举的时候不让它挡住篝火的火光。被火光照花了眼的动物继续栖息在那里不动。当扫帚举得够高的时候，德尔苏便把它贴在树上，然后吩咐一个哥萨克把住棍子。他自己就近爬到一根树枝上，坐在上面，像用抹布那样，用那把扫帚逮住了飞禽。受惊的小动物吱吱叫了起来，挣扎着。原来是只小飞鼠，它属于啮齿目松鼠科。小飞鼠前后肢之间的腹部两侧有带褶皱的弹性膜，因此能够在树木之间滑翔。飞鼠的全身披着柔软光滑的浅灰色毛，尾巴上有一道分毛纹。

小飞鼠分布在整个乌苏里地区，栖息在有白桦和山杨的混交林中。我们抓获的这只小飞鼠长 50 厘米，宽（连展开的弹性膜在内）16 厘米。哥萨克们和士兵们聚在一起观看着这只会飞的啮齿动物。它的头特别奇特，长着长须和巨大的黑眼睛，这双眼睛能够在夜间感知尽可能多的光线。大家看完了小飞鼠后，德尔苏便把它举过头顶，大声说了一句什么，然后将它放飞了。小飞鼠贴着地面飞去，隐没在黑暗中。我问赫哲人，为什么要放掉它。

“他的鸟不是，鼠不是，”他回答，“不能打死他。”

接着他对我说，这是死了的孩子的灵魂。死去的孩子先要变成小飞鼠，与大地告别一段时间，然后才能到阴间去，而阴间就在太阳落下去的那边。

我和他就这个话题谈论了很久。他还给我讲了其他很多动物。每一种动物都与人相似，都有灵魂。他甚至有自己的分类法，他把大动物和小动物分开；把聪明的和愚笨的分开。他认为紫貂是最狡猾的动物。

我问他，照他看来，什么样的野兽最有害，德尔苏想了一下说："鼹鼠。"

就为什么是鼹鼠，而不是别的动物这个问题，他回答说："因为谁也打他的不想，谁也吃他的不想。"

德尔苏这番话想说的意思是，鼹鼠这种动物毫无益处，也毫无用处。

我环顾四周，看到大家都已经睡了，便向德尔苏道了晚安。我裹紧了毡斗篷，在离火堆较近的地方躺下，睡着了。

第二十二章 鹿鸣

林中植物 人参 顺流捕鱼 丘蒂贺河的源头 悬崖隘口 伊曼河上游 德尔苏在中国神像前 飓风 寂静的夜 戈尔布沙河洞穴 熊摇落橡实 巴毕沟子河 马鹿 虎猎鹿 火把 返回宿营地

第二天，8 月 30 日，我们继续前进。在离朝鲜房子 3 公里的地方，过了“断崖谷”[1]后，河谷转向西北。左侧顺河流延伸的河阶地不高，但很宽阔。这里曾经是一片荒无人烟的原始森林。一连三场大火将这片森林全部烧毁了，只剩下稀稀拉拉的烧焦的树干。它们好像巨大的手指，指向苍天，请求上苍用大雨和迅猛的洪水惩罚这种毁灭树林的暴行。这片烧毁的森林面积很大，景象异常凄凉，一片死寂。

1 河谷的窄狭处，两侧是悬崖峭壁。

临近中午时，我们走进了茂密的森林。队伍在这里短途休息。我利用这段时间去观察林子里的乔木和灌木，并在我的笔记本上做了记录：白槭树，浅绿色树皮，很光滑，叶片边缘有小锯齿，蒙着细毛，叶背微白；斑叶稠李，其特点是它的树皮让人想起桦树，叶端尖，有锯齿；岳桦，树皮土黄色，破裂严重，很像挂着的一缕缕破布条；特殊品种的茶藨子，与普通的红醋栗几乎没有区别，虽然已经是 8 月了，可灌木上还没有果实；无刺蔷薇，枝条微红，叶小，玫瑰色花朵很大；绣线菊，楔形尖头细锯齿状叶，开白花；接骨木，一种树皮有光泽的灌木，双数羽状复叶，椭圆披针形，有细锯齿，浅黄色花。

吃过东西，增加了体力，我和德尔苏提前出发了，马匹在后面。现在，我们的路通向某座高山。我以为丘蒂贺河在这里穿过峡谷，所以小路绕过了危险地带。但是，我发觉这条小路不是我们原先走的那条。第一，路上没有马蹄印；第二，小路沿着小溪向上游伸展。这一点我在刚一看到溪流时就确信无疑。于是我们决定向后转，直接向丘蒂贺河走去，希望在某个地方能截住自己原先那条路。原来，这条小路把我们引到了很远的另一面。我们跨过小溪到了左岸，走在一座小山脚下。

这里生长着古老的柞树、高大的红松、黑桦、槭树、刺龙牙、云杉、甜杨、千金榆、冷杉、落叶松和赤柏松，像一幅杂乱无序的风景画。这片森林里有某种特别的什么东西，林下半明半暗。德尔苏走得很慢，像往常一样，留神地看着自己的脚下。突然，他站住了，目不转睛地盯着一个东西，放下身上的背囊、枪和架枪用的木杈，扔掉斧头，然后趴到地上，开始向谁祈求着什么。

我以为他发疯了。

“德尔苏，你怎么了？”我问他。

他站起来，用手指着一棵草，只说了一个词：“棒槌（人参）！”

这个地方杂草丛生，其中哪一棵是人参，我不知道。德尔苏把它指给我看。我看到了一棵不大的草本植物，高 40 厘米，有 4 片叶子。每片叶子由 5 片小叶组成，中间的一片长，两侧的一对短，最末端的一对最短。人参的花已经谢了，结了果。圆形蒴果的排列像伞形科果实那样。蒴果尚未裂开，种子没有脱落。德尔苏把周围的草拔干净，然后摘下所有果实，用一块布包上。这之后他请我用手扶住这棵人参的上部，他自己则开始挖掘根部。他挖的时候非常小心，全神贯注，唯恐伤到了根须。然后他把挖出的人参拿到河边，小心翼翼地洗掉根上的泥土。

我尽我所能帮助他。泥土一点一点被洗掉，几分钟后可以看到根了。这棵人参长 11 厘米，下面分成两股，说明是雄株。瞧，这就是人参，能医治百病，使人返老还童的人参！德尔苏割下茎叶，和根一起放到青苔上，用桦树皮包起来。之后，他做了祈祷，然后背起自己的背囊，拿起枪和架枪用的木杈，说：

“你，长官，幸福的！”

路上，我问赫哲人，他打算怎么处理人参。德尔苏说，他想把人参卖掉，用卖得的钱买弹药。于是我决定买下他的人参，而且要比中国人付的钱多。我对他说了自己的想法，结果却完全出乎预料。德尔苏当即把手伸到怀里，掏出人参递给我，说要作为礼物送给我。我拒绝了，但他坚持要我收下。我的拒绝使他又吃惊又委屈。随后我明白了土著们礼尚往来的习俗。按照他们的习俗，要求用价值相当的物品作为回礼。

我们这样交谈着，很快就走到了丘蒂贺河，并在这里找到了我们遗失的那条小路。

德尔苏第一眼就看出来，我们的驮运队走到前面去了。

看来要加快走路的速度了。大约走了两公里，河谷突然变窄。开始出现页岩，这是一个可靠的标志，说明离锡霍特山脉已经不远了。河水在这里沿着狭窄的河道流过。陡岸脚下的水声说明，河底堆满了石头，到处是泛着泡沫的小瀑布。小瀑布与深潭交替出现，潭水极其清澈，呈现出美丽的碧绿色。

河中有很多大红点鲑。德尔苏想开枪打几条，我劝他节省点子弹。我想快点赶上队伍，再说，士兵们还以为我和德尔苏走在他们前面，自然要急着追赶我们。这样他们就会越走越远了。

大约 5 点钟，我们走近一所碓子房，在房子附近看到了我们的人。马背上的重物已经卸下，马匹都放了出去。房子里除士兵们外，还有一个中国人。士兵们听他说我和德尔苏还没有走过去，就断定我们落在后面了，于是停下来等我们。这个中国人有许多麝肉和用顺流法捕的鱼。

中国人的顺流捕鱼方法如下：用石头在河里垒起一道坎，中间留出不大的通道。河水从石缝中流过，鱼则顺着通道掉到柳条筐里。这个中国人一昼夜去看两三次，收获颇丰。

我们从房子的主人那里得知，这里已经是锡霍特山脉的山脚下了。锡霍特山脉在这里拐一个大弯，丘蒂贺河顺着山弯流去。接着他又告诉我们，从他的房子再往前走有两条小路：一条往北，直接到达分水岭；另一条则沿着丘蒂贺河向西去。这里离丘蒂贺河的源头大约还有 12 公里。

晚上吃过饭，我们开了个会。会上决定，明天我和德尔苏，还有中国猎人，沿丘蒂贺河向上游方向走，翻过锡霍特山脉之后，再沿梁七河子返回来。这次旅行需要三昼夜。士兵和哥萨克以及马匹留在房子这里，等我们返回。

第二天一大早，我们三人整理好自己的背囊，拿起枪就上路了。

小路越来越难走，河谷变得很窄，就像走在峡谷里。攀登悬崖时不得不用手抓住树根，脚下的路很硬，硌得脚底生疼。

我们尽可能绕过乱石堆，踩在青苔和柔软的风化泥灰岩上走，但解决不了多少问题。

丘蒂贺河的源头是两条溪水。较小的一条从南面流来，溯水而上可到达诺托河；较大的一条从西北流来，沿着它可以走到伊曼河。两条溪流的汇合处海拔 651 米。我们选择了最不熟悉的后一条路走。

锡霍特山脉的这一面，山势险恶，无法攀登。由于侵蚀的结果，也可能由于其他原因，这里形成了又窄又深的小山谷，很像深邃的大峡谷。看上去好像群山裂开了缝，这些裂缝又再次裂开了似的。沟底有溪水奔流，但看不见。只能听到从下面的阴暗处传来激流连绵不断的轰鸣声。再低一些的地方，水声变得缓和。于是，在低沉的轰鸣声中可以隐约听到欢快的音调了。

在这荒山秃岭、悬崖高耸的群山中，人显得多么渺小啊！临近黄昏时，我们登上山口，测量出山口的高度为1215米。我称它为斯卡利斯蒂山口（岩石叠嶂的山口。——译者注）。在这里居高临下，一切都显得非常渺小：河谷里的参天古树好像鬃毛，而针叶树好像细小的绣花针。

我们在锡霍特山脉的林带边缘处过夜。夜里又湿又冷，我们几乎无法入睡。我一直紧裹着毯子，可是怎么也不暖和。天快亮时，天空布满乌云，开始掉雨点了。

今天是初秋的第一天，天气阴沉有风。我们毫不拖延地急忙收拾好自己的东西，向伊曼河流域走去。从丘蒂贺河那边来时，上坡有多陡峭，到伊曼河去时，下坡就有多平缓。起初，我还以为脚下是一片台地。当我们看到河水时，我才知道，我们已经从山脊上下来了。

锡霍特山脉西坡的森林是一片古老的长满青苔的矮林，主要有落叶松、云杉和冷杉，其中也混杂着一些赤杨和白桦。

伊曼河的上游由南面流过来的两条小河汇合而成。我们走到了右边那条小河畔，中国人称它为旱泥河子。从锡霍特山脉到两条小河的汇合处，至少有 30 公里。

树上标出的旧记号把我们引向了一座碓子房。根据房子里存放的粮食推断，显然，伊曼的捕兽猎人已经准备捕貂了。

这个中国人带我们沿伊曼河没走多远，就转向东沿梁七河子走了，我们的向导在这里有点迷路了，花了很长时间来寻找那条小路。

快到中午时，天气完全变坏了。乌云从东南急速飞来，遮住了山顶。我常常看罗盘。让我惊讶的是，我们的向导不用任何仪器，就能判断出正确的方向。

在一条干涸的小溪里，我们发现了许多干枯的赤杨。虽说天色尚早，但我凭经验知道，干柴对于坏天气来说多么重要。因此，便提议停下来宿营。看来，我白担心了，夜里没有下雨，第二天早晨却出现了浓雾。

中国人催促我们动身，他想尽快赶到另一座房子那儿。据他说，离那座房子大约还有 12 公里。的确，临近中午时我们才找到这座房子。房子是空的。我问向导，房子的主人是谁。他说是住在海滨的一些中国人，他们在伊曼河上游一带捕貂。顺着伊曼河往下走，还有一些从要子河来的捕貂人的房子。继续往下去，有相当长的一段路通过荒无人迹的区域，无人区一直延续到接近库卢姆别河的地方。

我们在这里稍事休息后，继续向锡霍特山脉进发。离山脊越近，山坡就越平缓。像走在高原上一样，我们走了一个小时左右。突然，我在小路旁边看到一座小庙。这标志着我们已经到达山口了。山口的高度为海拔 1190 米。我称它为鲁德内山口（矿石山口。——译者注）。从这里下山到丘蒂贺河去，是陡峭的梯形山坡。

我们休息了片刻，便下山到丘蒂贺河河谷去。正如我说过的，下山到河谷是阶梯形山坡。这一面坡上长的也是针叶林，但就其质地而言，比伊曼河那里的要好得无法相比。

这条小路从山口一直通到考察队停留的那座房子。哥萨克们颇感寂寞，看见我们归来非常高兴。他们在这几天，打死了一只马鹿，捕了许多鱼。

傍晚，天空豁然开朗。一直像一块平铺的幕布一样纹丝不动的乌云破裂了，如一片乱蓬蓬的棉絮在空中翻滚，相撞。随即狂风大作，猛烈异常，竟使百年大树像弱不禁风的芦苇般摇晃起来。枯草、树叶和小树枝在空中乱舞。有一只什么鸟试图同狂风抗争，但很快就筋疲力竭了。它被大风吹落，它不是落到了地上，而是直接摔了下来。离房子不远的一棵红松，突然一歪，慢慢倒下，随着轰隆一声巨响，倒在地上，把旁边的小树也带倒了。这阵旋风猛烈地刮了一个多小时，然后，跟它突然袭来一样，又突然离去了。森林里平静如前。

我穿上衣服，拿起枪，向狗打了声口哨，便沿着小河向下走去。走出不远，坐在一块石头上，倾听。小溪单调的流水声，白天一般不会有人注意，夜晚的水声大一些。陡岸下面，鱼儿在水中发出泼剌泼剌的溅水声。河对岸的森林里，有一只雕鸮发出幽幽的长鸣。山里一群马鹿在嚎叫，附近的某个地方有一只公麝在悲鸣。我全神贯注地凭直觉感受着大自然，竟未发觉时光在逝去。我身上的衣服已被露水打湿了。我回到房子里，爬上热炕，像死人一样睡去。

接下来的两天（9月3日和4日）时间，我们从锡霍特山脉走到了戈尔布沙河河口。我打算先沿着戈尔布沙河走到山口，然后沿河下山去海边。

戈尔布沙河（中国人称“东麻岔”）长8公里，总流向是自东蜿蜒向南。离河口不远，从右侧纳入了一条无名支流。这条支流的两岸有相当大的洞穴。洞穴排列成两层，螺旋式伸向地下。深邃的石井、通道和廊柱形的石钟乳，使这些洞穴看上去十分有趣。洞穴内部浮雕般的泉华顺着石壁垂落下来，和泉华并列的是闪闪发光的水晶矿和巨大的方解石结晶体。另一个洞穴比较小，位于戈尔布沙河左岸，恰好与无名河的河口遥遥相对。在这个洞穴里松软的冲积地上，凌乱地堆着很多骨头，还有清晰的老虎脚印。

仔细看过了这两个洞穴，我们继续向前走去。

戈尔布沙河河谷内到处都是河阶地，绵延不断，交替在左右两岸出现。从前这里曾有良好的混交林，后来全被山火烧毁了。

我们很快就搞清楚了，戈尔布沙河是顺着锡霍特山脉流的，而且它的源头几乎紧靠着锡霍特山脉。

下午，我和德尔苏又先出发了。过河后，小路平缓上坡。我们在这里坐下来休息。我整理靴子，德尔苏点起烟袋。他刚想把烟袋放到嘴里，突然停住了，聚精会神地凝视着森林的某个地方。过了片刻，他大笑起来说：

“瞧，多狡猾！什么都懂！”

“谁？”我问。

他一声不响地用手指了指。我顺着他指的方向看去，却什么也没有看见。德尔苏让我别看地上，而是看树上。于是我才发现，一棵树摇晃了一下，接着又摇晃了两次。我们站起来，悄悄向前走去。很快一切都清楚了。树上坐着一只前胸有一道白色斑纹的熊，在津津有味地吃着橡实。

这只熊比一般的棕熊要小得多。它的身长最多1.8米，肩的高度为0.7米，体重最多160公斤。小熊黑色毛，有光泽，前胸的一道白斑纹一直延伸到颈下。有时还可以碰到（很罕见）腹部甚至脚掌都是白色的熊。这只熊的头呈圆锥形，小眼睛，大耳朵。颈部和肩部的毛很长，像蓬松的毛领子。

白胸黑熊将自己的洞穴安置在老杨树洞中。因此，这种熊的分布与满洲植物区系有密切关联。这一区域的北界，大致是从阿纽伊河到伊曼河河源，再从这里沿海岸到奥林匹克角。黑熊在春季主要食茅膏菜根和款冬叶；夏季是狗枣子果、稠李果和橡实；秋季吃榛子、山核桃、松果和毛山荆子果。这种熊冬眠得很早。它在树洞上面的树干上咬出一个不大的通气孔，通气孔的周围挂满了雪霜。所以猎人据此就可以知道，树洞里有野兽。

我们朝黑熊走了约有100步，便停下来观察它。这个“内八字脚”的动物爬到了树的最顶端，在那里给自己弄了个有点像狩猎窥望台[1]的架子。那些熊够不到的树枝上还有很多橡实，于是熊就摇树，一边摇一边朝地上看。它算计得不错。橡实虽然熟了，但还没有熟到自行坠落的程度。过了一会儿，熊从树上下来，寻找落在草丛里的橡实。

“你的什么人？”德尔苏朝它喊了一声。

熊迅速转过身来，警觉地竖起耳朵，使劲地嗅着空气。我们一动不动。熊放心了，又去找它的美食。可是，德尔苏这时却吹了一声口哨。熊用两条后腿直立起来，接着藏到了树后，从那里用一只眼睛向外看。

这时从我们背后吹过来一阵风，熊大吼一声，前掌按着耳朵，头也不回地逃跑了。过了几分钟，哥萨克们牵着马匹来了。

山口的高度为 770 米。无论是从戈尔布沙河这面，还是从西南岔河那面，到山口去的上坡都同样平缓。近处的群山由石英斑岩构成。锡霍特山脉从这里开始，逐渐向东北绵延。

我们从山口向下朝桦皮沟子河走去。这条河的名称来源于两个汉语词：“桦皮”——即桦树皮，和“沟子”——即小河沟[2]。这条小河从左右两侧纳入两条山溪。西南岔河，即西南面的支流，其开端就是这两条山溪汇入桦皮沟子河的地方。再往前，河谷明显变开阔了，它的走向与锡霍特山脉成 10°夹角。我们沿着这条河谷走了约莫 4 公里，便在河岸上宿营了。

---

1 搭在树枝上的台架，猎人可以在上面狩猎野兽。

2 或者是“沿岸有很多木材的河”。

8月末9月初，这是原始森林里最有趣的时候。马鹿开始鸣叫，公鹿们为争夺母鹿展开搏斗。为了引诱马鹿，一般用桦树皮做个鹿角状的号子。需要把桦树皮做成10厘米宽的长条，把它卷成长60—70厘米的喇叭状。用嘴吸气，号子便发出声音来。

在鹿鸣期打死鹿是很容易的事。被情欲冲昏了头的公鹿，完全察觉不到危险近在眼前，而当猎人用桦皮号子引诱它们时，它们几乎都会被引来。我们的肉还很充裕，所以我不让哥萨克们出外打猎，但我自己却要到原始森林里进行观察。

准备好了这种鹿号子后，我和德尔苏去了森林。在离宿营地约1公里远的地方，我们分开，向不同的方向走去。我选了一块草木不那么茂密的地方，坐在树墩上等待。

白昼一点点消逝，森林里越来越寂静。

昼夜交替之际，原始森林里总是笼罩着某种庄严肃穆的气氛。即将消逝的白天会在人的内心引起恐怖和忧伤。孤独产生思考和回忆。我陷入遐想之中，竟完全忘记了自己身在何处，为什么黄昏时刻来到这里。

突然，有一只马鹿在南边的一个地方鸣叫起来。它的叫声响彻了整个森林。当即有一只离我很近的马鹿回应了它。这应该是一只老公鹿。它的叫声起初很低，接着逐渐高亢，最后又变得低沉。我用桦皮号子应和着它。还不到一分钟，我就听到干树枝折断的咔嚓声，接着看见了一只体态匀称的公鹿。它迈着自信而轻盈的步伐走来，用双角拨开妨碍它的树枝时，摇摆着头。

我站在原地一动不动。马鹿停下来，把头往上一仰，用鼻子扮出怪相，使劲地嗅，想知道它的情敌在什么地方。它两眼放光，鼻翅鼓起，两耳高耸。我欣赏着这美丽的动物，足有两分钟，完全没有产生剥夺它的生命的念头。公鹿感到了敌人的存在，激动不安。它开始用双角掘地，然后抬起头来大叫了一声。一股淡淡的热气从它嘴里喷了出来。还没等到回应它的鸣叫，从西南岔那边就传来了另一声鹿鸣。公鹿全身使劲一抖，不知怎的尖叫一声，随后，尖叫变成了短促响亮的吼声。这时，这只公鹿显得异常美丽。

突然，从我左边传来了微弱的声音。我回过头，看到一只母鹿。当我再回头看那两只公鹿时，它们已经斗起来了。它们暴怒地扑向对方。我听到了鹿角的撞击声，和从胸腔中发出的夹杂着呻吟的沉重喘息声。公鹿后腿直立，前腿悬在腹下。有时，它们的鹿角牢牢地交叉在一起，长时间不能分开。一只鹿猛然用力把头一甩，折断了对方角上的新枝，只有这时，才使两个对手分离。马鹿的搏斗持续了有 10 分钟左右，终于决出了胜负。有一只鹿退让了，它沉重地喘着气，稍稍向后退却。另一只鹿看到情敌退缩了，发起了更猛烈的进攻。不久，两只马鹿都从我的视线中消失了。

这时我想起了那只母鹿，便用眼睛寻找它。它仍站在原地，冷漠地看着自己的两个追逐者生死搏斗的场面。搏斗声渐渐远去。显然，一只公鹿在追赶另一只，母鹿跟在后面，保持一段距离。

突然，远处的枪声响彻森林，我知道，这是德尔苏开的枪。这时，我才发现，斗架的鹿不止一对。它们的吼叫声从四面八方传来，森林里一片喧嚣。

天很快就黑了。黑夜从东方快速走来，空中，晚霞的余晖还在同黑夜搏斗。

半小时后，我回到了宿营地。德尔苏已经回来了，正坐在火堆旁擦拭自己的枪。他本来能打死好几只马鹿，但是，他只让自己打了一只榛鸡。

我们在篝火旁坐了很久，倾听野兽的叫声，马鹿搅得我们彻夜难眠。刚刚睡着，就听到它们的叫声，于是醒了。哥萨克们坐在篝火旁骂着。火星像焰火一样升向天空，旋转着，一个接着一个地消失在黑暗中。终于，天亮了。马鹿的叫声渐渐沉寂下来。只有一些孤独的、情欲旺盛的公鹿还久久不能平静。它们在背阴的山坡上徘徊、嗥叫，但是，已经没有回应了。瞧，太阳出来了，原始森林重又浸沉在一片沉寂之中。

人和马全部留在了宿营地，我和德尔苏动身到锡霍特山脉去。我们用一条由分水岭流向西南岔河的山泉来引路。上坡开始时又长又平缓，然后变得陡峭。没有小路，只得在焦木纵横的茂密灌木中穿行。

秋天临近了，树叶已经开始脱落。白天，落叶在脚下簌簌作响，夜间因被露水打湿重又变得柔软。这时，猎人可以踩着落叶走到离野兽很近的地方。

中午，我们到达了锡霍特山顶。在这里我看到了一幅熟悉的画面：东面是一片烧焦的树林；西面是长满了青苔的针叶林。锡霍特山脉东坡陡峭，西坡平缓。德尔苏发现了驼鹿的踪迹，告诉我说，这一带的枝形角驼鹿只有在诺托河前才能遇到。以此为界，比这里再低的其他地方它们不去。

下午6点左右我们返回了宿营地。天还大亮，情欲最盛的公鹿已经叫了起来，起初在高山上，后来到了河谷里。

昨晚马鹿的搏斗给我留下了强烈的印象，我决定再到原始森林里去，并邀请德尔苏和我同行。

我们过了河，走进神秘幽暗的森林。离宿营地约一公里半，我们停在一条静静的小溪旁，侧耳静听。当太阳沉没在地平线下，苍茫的暮色笼罩大地时，森林里越来越暗，马鹿的叫声越来越多。这神奇的音乐回荡在整个森林中。我们试图走近公鹿，但是不成功。有两次，我们看到了这种动物，但是看得不怎么真切。或者只看到了头和角，或者只看到了后半身和腿部。我们在一个地方发现了一只美丽的公鹿，它的旁边已经聚集了三只母鹿。它们不是站在那里，而是慢慢走着。我们紧跟在后。要不是德尔苏，我早就跟丢它们了。公鹿走在前面。它觉得自己比别的公鹿都强，因此接受对它的每一次挑战。德尔苏突然停住脚步，侧耳细听。他向后转过身，一动不动地站着。从那里传来了一只老公鹿的吼声。只是它吼叫的声调与一般的马鹿不那么一样。

“嗯，你的知道，这是什么人？”德尔苏轻声问我。我说是一只马鹿吧，就是老了。

“这是阿姆巴，”他低声说，“他的大大地狡猾。他的老是这样欺骗马鹿。马鹿现在不懂它，是什么喊叫。阿姆巴很快母鹿逮住的要。”

仿佛要证实他的这番话，马鹿大声叫着回应老虎的吼声。老虎也立即做了回答。它相当灵巧地模仿着公鹿的声音，只是在吼叫结束时，总有短促的呼噜声。

老虎走近了，大概，要从离我们很近的地方走过。德尔苏显得很激动。我的心脏急剧地跳动着，感到恐怖感攫住了我。突然，德尔苏大声喊叫起来：

“啊呔呔，呔呔呔，呔呔呔！……”

喊完后，他朝天放了一枪，紧接着朝一棵白桦树奔去，急忙剥下一块桦树皮，用火柴点着。干桦树皮顿时燃起明亮的火焰，就在这一瞬间，我们周围立即变得更黑了。被枪声惊吓的马鹿急忙向另一边跑去，接着一切重归平静。德尔苏拿起一根棍子，把燃烧着的桦树皮卷到上面。过了片刻，我们打着火把往回走。过了河，走上小路，顺着小路回到了宿营地。

第二十三章　猎熊

奥霍别河　鹿窖　岸边小路　可怕的野兽　三次枪击　逃窜　狂暴的熊　埋入土里的猎获物　德尔苏还原与熊搏斗情景　返回宿营地　从穆图河到小霍别河　穆图河　掉队的候鸟　海狗栖息地　滥用枪火　野火　寻找宿营地　烟和寒冷的早晨　小霍别河畔的湖

第二天（9月7日），我们继续踏上旅程。中国猎人的窝棚前有两条小路：一条沿西南岔河顺流而下，另一条沿奥霍别河（乌德海语是“埃赫”，意思是“鬼”）向右延伸。如果沿着西南岔河走，就会直接到达吉基特湾。这样一来，就会漏掉对丘蒂贺河和要子河之间的沿海地带的考察。因此，我决定沿奥霍别河到海边去，西南岔河的考察以后再说。

起初，我们顺着一条小路朝南走去。这条小路沿着西南岔河最上游的右支流伸展，长两三公里。这一带的山岭由斑岩、石灰岩和矿化霏细岩构成。在很多地方我都看到了银铅矿脉、闪锌矿脉和黄铜矿脉。

我登上高达270米的山口，向四外眺望。西北面高耸着一座座光秃秃的锡霍特山脉；南面丘蒂贺河清晰可见；东面是穆图河；以及直接向西流去的东岔河，东岔河是奥霍别河的一条支流。

我们正是要顺着东岔河走。山上随处可见被大火烧毁的林木，只有河谷里的某些地方存活着一些树木，像是一座座孤岛。

在山口上短暂休息了一下，我们开始下山，向东岔河走去。东岔河从一个弯曲的小河谷穿过，谷内长着白桦、黄檗和甜杨。很快，我们碰到了这样一道栅栏。原来这就是鹿窖。栅栏将奥霍别河河谷拦腰切断，并在奥霍别河的右支流延伸了14公里长。

鹿窖旁边有一座带院落的房子，院子四周用高木桩围着。从活鹿身上割取鹿茸通常都在这里进行。房后面靠近栅栏的地方搭建了一个个类似小围栏的隔间。中国人把鹿关在这些围栏里，一直养到鹿角长到最值钱的时候为止。

右边，栅栏前有一座架在木桩上的储物仓。里面储存着马鹿皮、干鹿角和超过190公斤的干鹿筋，这些鹿筋是从鹿的后腿中抽出来的。炮制好的鹿茸和晾干的鹿尾，一排排地挂在屋顶木梁的马头形雕塑上。

我们在房子里碰到4个中国人。起初他们很害怕，当看到我们对他们并无恶意时，便放了心，对我们由低三下四变为热情招待了。

傍晚，房子里又来了 3 个中国人。他们不知说了些什么，便破口大骂起来。德尔苏却笑了。我久久没弄明白究竟是怎么回事。原来，一只熊掉到了陷阱里。当然，它马上就爬了出来，并折断了栅栏，还把盖在陷阱上的东西弄得乱七八糟。

现在，中国人要将它恢复原状，需要付出大量的劳动。

鹿窖房很小，里边聚集了很多中国人，因此，我决定再往前走几公里，在野外露宿。

小路沿着奥霍别河河谷左侧延伸。这里的河阶地特别发达，高达 4 米，其地基部分是沉重的结晶状体。奥霍别河河谷中部没有树木，却也完全不适于耕种。薄薄的表土下面只有坚硬多石的土层，表土很容易被水冲掉。背阴坡上生长着稀疏的混交林，有红松、黄檗、椴、柞、甜杨、桦、胡桃楸等。向阳的山坡上则生长着榛子、胡枝子、佛头花和绣线菊等灌木丛。河边潮湿的地方生长着一丛丛细杆河柳、矮赤杨和山杨。

奥霍别河下游住着许多中国人。他们来到这里不到 20 年。从前这里住着乌德海人，后来一部分人迁移到了其他地方，其余的人都死光了。

如果从大海的方向看这条河谷，它显得很短。这里曾经是一个深海湾，奥霍别河的河口就在河谷收窄的地方。大海一步步后退，给陆地让出了地方。但是，河谷里最有意思的还是这条河本身。在离海约 5 公里的地方，河床干涸了，河水从石头下面流过。只有在下雨的时候，河水才升上来，水流湍急。

还有一条路也可以从丘蒂贺河走到奥霍别河。这条路距两河之间只有 7 公里。小路从我和德尔苏打野鸭的那个小湖开始，顺着山泉爬上 310 米高的山口。山坡上林木稀疏，河谷里只有一些孤零零的老柞树，宽谷中生长着茂密的灌木丛——整个海岸一般都是这样。到奥霍别河去的下坡路，要比从丘蒂贺河上来的路长一倍。小路沿着海岸继续延伸。

上面提到的西南岔河与奥霍别河之间，有一座不高的山脉，山脉由石英斑岩构成的。它的几条支脉伸向海滨，支脉之间有几条不大的山溪。这些山溪的名称是常见的汉语数序排列的，即头道沟、二道沟、三道沟和四道沟。小路正好从这几条沟的源头横穿过去。

午后，我们不知怎么搞错了，走上了一条打猎的小道。小道把我们引到了很远的地方。我们走过乱石成堆、几乎寸草不生的山地，偶然走到了一条小河畔。原来，这是穆图河的支流。河床里很多地方倒木纵横。据此可以判断洪水泛滥的程度。显然，洪水在穆图河一带泛滥的时间不长，但水势凶猛，这是因为离山很近，山坡很陡的缘故。

当大地被草地覆盖着的时候，它还具有抗水力。可是，完整的草甸层一旦被破坏，大水冲刷就开始了。汹涌的流水把地上的灰尘浮土都带走了，只剩下了碎石土渣。河流带来了淤泥和淡水，使海岸附近绵延几公里的海水，由墨绿色变成了土黄色。

穆图河河谷可以说是沿海一带野兽出没最多的地方。从胡枝子丛和榛子丛中不时跑出鹿、狍和野猪来。哥萨克们既惊讶又兴奋。为了制止他们开枪滥杀野兽，我费了不少口舌。大约在下午3点钟，我发出停止前进的信号。

我很想去打一只熊。“别人猎熊都是单枪匹马，一对一，”我想，“那为什么我就不能呢？”猎人的激情燃起了我的虚荣心，于是我决定去碰碰运气。

许多猎人都说，他们打熊的时候一点都不害怕，而且讲的都是些滑稽幽默十分可笑的插曲。有些人说，熊听见枪响就跑。另一些人说，当熊用后腿直立迎面朝着猎人走来时，趁此时机可以朝它连开数枪。德尔苏不同意这些说法，他听到这些说法很生气，大不以为然，但却从来不予以反驳。

当他知道我想一个人去打熊之后，便劝我一定要多加小心，并表示愿意帮助我。他的劝告更加激励了我，我毅然决定无论如何要单独打一次这种“内八字脚”的野兽。

我离开宿营地还不到半公里远，已经惊起了两只狍子和一只野猪。这里的野兽太多了，让我觉得就像禁猎区：把动物都集中在了一个地方，任它们自由活动。

跨过了一条小溪，我在稀疏的林木中间停了下来，开始等待。过了几分钟，我看见一只鹿，它从树林边跑了过去。旁边的榛树林中有野猪的响动和小野猪崽的尖叫声。

突然，我听到前面有树枝折断的咔嚓声，接着又听到了某种脚步声。不知是谁迈着均匀沉重的脚步在走动。我很害怕，想后退，但是克服了内心的恐惧，留在原地未动。随后，我看见丛林中有个黑乎乎的大家伙，这是一只大熊。

它从小山岗上斜着走过来，比我稍高一些。它常常停下来刨地，翻动倒木，仔细地看下面有什么东西。等到这只野兽离我大约有 40 步远的时候，我慢慢地瞄准它，扣动了扳机。透过硝烟，我看到熊大吼一声，急速掉转身，用牙咬住中弹的地方。随后发生了什么，我已经记不清了。一切都在一瞬间，快得无法分辨最先发生了哪件事。枪响之后，熊立即迎面朝我猛扑过来。我感到一股巨大的冲击力，这时，我打了第二枪。

我什么时候和怎样来得及装上了子弹，这对我本人来说也是个谜。好像我跌倒在左边，熊翻了个跟头，顺着山坡滚到了右边。至于我怎么又站了起来，为什么一直紧握着枪没有松手，都记不得了。我沿着小山岗跑去，同时听到熊在后面追赶。熊紧追着我，但是速度已不像先前那样快了。它每跨一步，都要沉重地喘息和低声怒吼。我想起应该给枪上子弹了，便停下来。

“必须开枪！打得准我就能活。”这个念头在我脑海里闪了一下。

我把枪托顶在肩上，但是，既看不见准星，也看不见标尺，看到的只是毛茸茸的熊脑袋，它张开的嘴和凶恶的眼睛。如果这时有人在旁边观看，准会看到我因恐怖而变了形的脸。

有的猎人信誓旦旦地说，他们朝向自己扑来的野兽开枪，就像打空瓶子那样泰然平静。我无论如何也不相信。这不是真的！！之所以不是，是因为人人都有自卫的本能。野兽那种狂怒的样子不能不使猎人感到恐怖不安，而且无疑会影响他射击的准确性。

当熊离我非常近的时候，我几乎用枪口顶住它开了一枪。它翻倒在地，我又跑开了。当我回过头时，只见熊在地上翻滚。这时，我听到右边又有响动。我本能地转过身来，一下僵立在原地。灌木丛中露出了另一只熊的脑袋，但是它立即又躲进了树丛。我尽量不弄出一点声响，轻轻向左边跑去，来到了河边。

我漫无目的地在一个地方徘徊了大约20分钟，才平静下来。两手空空地回宿营地去，这让我感到难为情。如果熊被打死了，扔掉它也可惜。可是，那里还有一只熊，它可没有受伤。怎么办？我就这样一直徘徊，直到太阳落山。阳光离开了大地，现在它照亮了空中的某个地方。于是我决定从旁边绕过去，从远处张望一下那里的熊。离那个危险的地方越近，我越感到害怕。我的神经紧张到了极点，每一个簌簌声都吓得我转身回头张望。到处都晃动着熊的影子，到处都有熊紧跟在我身后。我常常停下来侧耳细听。我终于看见了那棵树，熊最后就倒在那棵树的旁边。这棵树尤其让我觉得可怕。我决定从山坡上绕过这棵树，从宽谷的小山顶上去观察一下。

突然，我发现灌木丛中有动静。熊！我一边这样想，一边向后退。但这时我听到了人的声音，是德尔苏。我高兴极了，马上朝他跑去。这个赫哲人看见我后，便坐在一棵倒树上，抽起旱烟袋来。我走到他跟前，问他怎么到这儿来了。德尔苏说，他在宿营地听到了我的枪声，便跑来帮忙了。根据现场留下的各种痕迹，他判断出我在什么地方对熊开的枪，熊如何向我扑来。然后他又指出我跌倒的地方；以及哪些足迹表明了熊追赶我的情况；等等。总而言之，他讲述了这里发生的一切。

“被打伤的野兽应该是逃走了。”我对自己的同伴说。

“他的留在了这儿。”德尔苏回答说，并指了指一个很大的土堆。

我一切都明白了。我想起来，猎人们曾经讲过，熊遇到死去的动物，总是把它埋在土里。等肉腐烂之后，它再来享用。但是，我却不知道，熊也掩埋熊。这对德尔苏来说也是一件新奇事儿。

几分钟后，我们把熊刨了出来。除了土，熊身上还放了许多石块和枯树枝。

我开始在几个地方分别点火。德尔苏动手将熊开膛。我打死的这只熊是一只深褐色的大熊。它的外貌近似美洲的灰熊。这只熊身长 2.4 米，高 1.2 米，重达 330 公斤。它的嘴稍钝，耳朵不大，眼睛很小。它力气巨大，有一对坚硬的犬齿和 8 厘米长的熊爪。这种动物分布在整个乌苏里地区，但是在乌苏里北半部以及基利亚克角和阿穆尔河河口之间的海滨更常见到。有趣的是，这种熊在南部是黑色的，越往北，毛色越接近淡褐色。只要不去惹它，这种熊的性情相当温驯，但是它受伤后就变得非常可怕。公熊在发情期非常凶狠，它们在原始森林里游荡，袭击各种动物，甚至连榛鸡都追赶。它们主要吃植物，偶尔也吃肉和鱼类。棕熊在树根下、石缝中，甚至就在地下挖穴。这种熊和它们的第四纪宗亲一样，非常喜欢钻进岩洞，不仅冬季蛰伏在里面，甚至在温暖的季节也在岩洞里栖息。棕熊很晚才进入冬眠，有一些在原始森林里会游荡到 12 月。它们不喜欢爬树，可能是由于身体过重的缘故。

我打死的这只熊共中了三弹，一颗打中肋部，一颗打中胸部，第三颗击中头部。

当德尔苏全部收拾利落后，天已经黑了。我们往篝火里添了很多湿柴，以便能烧到天亮，然后我们慢慢地回到宿营地。

夜晚寂静，凉爽。一轮明月飘浮在清朗的夜空。月光越明亮，我们的影子就越短越暗。路上，我们又惊动了一群野猪。它们吓得四散乱跑，发出一片嘈杂声。终于，林木之间露出了亮光，这是我们的宿营地。

晚饭后，哥萨克们很早就躺下睡觉了。这一天我过分兴奋，以致不能入睡。我起来，坐到火堆旁，开始回味这一天的经历。夜空清亮而寂静。红色火光，黑色树影，和淡蓝色的月光交织在一起。野兽在沉睡的森林边缘徘徊，有的走到了离宿营地非常近的地方，其中狍子表现出特别的好奇心。我终于感到困了，便躺在哥萨克们身旁，沉沉睡去。

黎明时，德尔苏醒得最早。接着是我，然后大家也起来了。旭日初升，金色的阳光刚刚照到了山顶。在我们宿营地的正对面，约莫 200 步远的地方，有一只熊在徘徊。它一直在那个地方转悠。若不是穆尔津把它吓跑了，它可能还会在那里转上很久呢。这个哥萨克拿起武器放了一枪。熊猛地转过身，朝我们这边看了看，接着迅速消失在了森林里。

我们吃了一点早餐，收拾好自己的背囊，便动身上路了。我在海边找到了 H.A. 帕利切夫斯基的宿营地。绑在木棍上的瓶子里有一封他留给我的信。我从信中得知，数天前他在这里进行了工作，后来出发向北走了。他为自己预定的终点是捷尔内伊港。

穆图河（乌德海语为“查乌基”）注入了奥普里奇尼克港（格林尼治东经 136° 40′，北纬 44° 27′）。该港靠海的一面没有任何屏障，因此不适于停泊船只。海洋近处有很深的河湾、骤然开阔的河谷和尚未干涸的沼泽，这说明从前这里也是一个海湾，而且是伸入陆地相当深的海湾。在堤岸上，紧靠海湾的岸堤上，生长着匍匐的兴安桧，沼泽地里生长着果实为尖嘴翅果的灌木桦。

穆图河这个名称是中国名称母猪河的讹音，“猪”指的是野猪，也就是说，这条河是野母猪河。这条河顺着海岸流过构造河谷，不算那些细小的山溪，它还自右侧纳入了三条支流。因为这几条河以前没有名称，于是我便给它们起了俄国名字。第一条叫作奥连尼亚河（意思是鹿河。——译者注），第二条叫作麦德维日亚河（熊河。——译者注），第三条起名为兹维罗瓦亚河（野兽河。——译者注）。

在奥连尼亚河河谷与麦德维日亚河河谷的汇合处，小山岗的尽头有一所隐蔽的小房子，房子里没有人。德尔苏只看了它一眼，便说，这里住着朝鲜人，是 4 个人，他们以捕貂为业，不久前离开这里去打猎了，要去一个冬天。

我们在这里的小河沿岸、沼泽里、海岸上的沙丘上遇到了一些候鸟。它们的数量和种类都不多。由此可见，海滨没有候鸟大迁徙。看到几只大杓鹬，它们姿态优美地在草丛里走来走去。当我们走近时，这些鸟停下来，盯着我们看，然后声音嘶哑地叫着飞起来。飞出不远，又落在地上，但是已经很警惕了。在另一边离水很近的地方，有一只东方白额雁在踱步。我起初把它当成了大雁。它给我的感觉好像很大，但实际上它本身并没有这么大。穆尔津在灌木丛中围着它走，并一枪打死了它。这里还有许多小野鸭。它们栖息在赤杨和灌木丛生的小河里。当我走到它们跟前时，它们没有飞走，只是稍稍游远了一点。显然，它们一点都不怕人。

从朝鲜房子沿穆图河向上，有一条小路。小路有很长一段在河右岸，只是到了河的上游才转到左岸。穆图河河谷两侧的群山大部分由石英斑岩构成。奥连尼亚河、麦德维日亚河和兹维罗瓦亚河之间的山岭伸进穆图河河谷后，末端都是高达 20 米的宽阔河阶地。左面（顺流）生长着针叶林和混交林，右边是阔叶林。穆图河是离海最近的红松木建材产地。这里的红松高达 22 米，粗 3—3.5 米。

在河的上游还可以见到不大的赤柏松丛（东北红豆杉。——译者注）。这种古代遗留下来的植物区系代表，在乌苏里地区的任何地方都长不成密实的森林。尽管树龄已有 300—400 年，却长不高大，而且很快就出现了树洞。

沿穆图河到山口去的路石头非常多，走起来很困难。石头的裂缝和横在树根之间的倒木成了真正的麻烦。这种路很容易折断马腿，行走起来也就更加困难。令人惊讶的是，当地不挂掌的中国马竟能巧妙地在这里穿行，而且还驮着相当重的东西。

我们沿着这条河走了大约 5 公里，便朝东向大海走去。

还在早晨我就发现，大气层中正在发生某种不祥的变化。空中烟尘弥漫，天空由蓝变成灰白，远山完全看不见了。我把这种天象指给德尔苏看，并将我所知道的气象学中有关干雾的很多信息讲给他听。

“我的想，这是烟，”他回答说，“风的没有，那边燃着火，不能懂。”

我们刚一登上山顶，立刻就明白是怎么回事了。从穆图河右岸的群山后面升起一大团白烟。再往远去，北面的山岗也在冒烟。显然，野火已经在很大一片地方燃烧起来了。我们观赏了几分钟后，便朝大海走去，走到陡峭的海岸上，向左拐，再绕过深谷和高耸的海角。

我仔细观察途中遇到的障碍物是如何影响声波的传播的。我们刚走到某个山峰后，雨声就立即消失了。但是当走近山的裂罅时，雨声重又变得清晰可闻。

突然，一些奇怪的声音随风从下面传来，好像拖长了音调的嘶哑的狗吠。我慢慢走近陡岸的边缘，看到了让人惊讶有趣的一幕。

大量的海狗，大大小小，都卧在海岸上。

海狗属于鳍脚目海狗科。这是一种体态相当大的动物，身长达 4 米，肩部围长 3 米，体重达 680—800 公斤。它的耳壳很小，漂亮的黑眼睛，大腭上有坚固的犬齿和比较长的颈，颈上的毛比身上其他部分的毛稍长。脚掌无毛，有很大的趾蹼（鳍）。公海狗一般比母海狗大一倍。

在滨海区的整个日本海沿岸到处都可以遇到海狗。

当地居民猎捕海狗的主要目的是要它的厚皮来做鞋，还可以用来制作套狗的皮带。

海狗悠然自得地卧在石头上，泛着泡沫的激浪不断冲刷着石头，显然，这让海狗极为快乐。它们伸伸懒腰，把头仰到后面，尽量将后鳍抬得高高的，翻过身来仰面躺着，然后突然出其不意地从石头上滑到了水里。石头不会闲着，旁边立即有另一只海狗探出头来，急忙占据了空出来的位置。岸上卧着母海狗，小海狗在它们身旁。旁边，在被海浪侵蚀形成的洞穴附近，有很大的公海狗在打盹儿。老海狗是浅褐色的，年龄不大的海狗皮色更深一些。这些年轻的海狗举止似乎特别傲慢，它们仰起头，慢慢地从这边转向那边。尽管它们身躯笨重，姿态却不失优雅。凭它们的举止风度、威严和迅速的动作，完全无愧于海狮的称号，就像它们在加利福尼亚海岸边的宗亲一样。

穆尔津以哥萨克猎人固有的习惯，举起了自己的枪，瞄准了离我们最近的一只海狗，但是德尔苏制止了他，轻轻把枪推向一边。

“不要开枪，”他说，“搬走的不能。白白开枪，不好，罪孽。”

这时我们才发觉，无论从哪一面都无法到达海狗的栖息地。

它的右边和左边都被伸向海里的阶地挡着，陆地这面则是高约50米的垂直断崖。只有乘船才能过去。我们不可能把打死的海狗带走，就是说，即便打死它，也是徒劳的，还得把它扔在原地。

同时，德尔苏的话令我震惊。滥杀，这是罪孽！多么正确而又淳朴的观念！为什么欧洲人常常不正当地使用武器，频繁不断地猎杀动物，难道就是为了练习射击？为了消遣作乐？

我们观察海狗有20分钟左右。我一直目不转睛地看着这些动物。突然，我觉得，有人拍了一下我的肩膀。

“长官，该走了！”德尔苏说。

在山脊上行走总是比在斜坡上容易，因为可以从平地上绕过突出的山峰。

当我们又走上小路时，夜晚已降临在大地上。

现在我们还得爬上一座高山，再从山顶下到山坳。山口的高度为740米。

从山顶看到的画面使我惊讶得失声大叫起来。野火在蔓延，烈火如一条长龙环绕着群山，仿佛绚烂夺目的彩灯。这是一幅惊心动魄的壮观景象。火光闪烁，然后熄灭了，但瞬间又重新更猛烈地燃烧起来。野火已经越过山坳，现在正向山谷奔来。最高的一些山峰尚未被大火吞没。野火呈一个大圆环状，向山上蔓延，就像在发动猛攻。空中有两处大火的反光：一处在西，一处在东。一处飘摇不定，一处静止不动。月亮出来了。起初，只在地平线上露出边缘，然后慢慢地游移不定地浮出水面，一轮大而暗淡的血红色月亮越升越高。

“长官，该走了。”德尔苏低声对我说。

我们下到河谷里，刚一找到水，立即停在稀疏的柞树林中。德尔苏吩咐我们拔一些宿营用的草，接着他就将迎面的野火放开。枯草落叶像火药一样腾地燃烧起来。大火迅速顺风向旁边蔓延开来。这时，森林中的景象宛如神话中的仙境般神奇美妙。

我开始观察野火。火烧树叶时，蔓延的速度相当慢，可是一烧到草丛，立刻就向前猛蹿。热气将枯草败叶冲上高空，它们在空中飞舞燃烧。大火以这样的方式蔓延，越来越远。最后，野火扑到灌木丛上，在噼噼啪啪的巨大响声中，烈焰腾空而起。有一棵树皮破烂的黄桦，只一瞬间就变成了一个实心火炬，但是只燃烧了片刻，树皮一烧光，火就熄灭了。枯心老树立着燃烧。野火后面到处是一缕缕盘旋上升的白烟。这是没燃尽的腐败树叶冒出来的。受惊的动物和野禽四散逃生。一只兔子从我身旁跑过去；一只花鼠在刚燃烧起来的倒木上跳着；花啄木鸟尖叫着从一棵树飞到另一棵树上。

我跟着野火越走越远，并不担心迷路，一直走到肚子提醒我该回去了。我以为篝火会给我指出宿营地点。我转过身去，却看到很多火堆，这是倒木在继续燃烧。其中哪堆火是我们的篝火，却分辨不清了。有一堆火我觉得比其他火堆大，便朝它走去，原来却是个燃烧的干树墩。我向另一个火堆走去，又是个树墩。我就这样从一个火堆走向另一个火堆，一直没能找到宿营地。于是我放声大喊起来，回应的声音完全是从相反的方向传来。我转身就往回走，很快就回到了自己人那儿。我的同伴们拿我取笑开心，和我开着小玩笑，我自己却开怀大笑起来。

德尔苏的担心应验了。后半夜，森林大火朝我们直扑过来，但是，因为没有可烧的东西，从旁边过去了。出乎意料的是，尽管夜里天空无云，但天气很暖和。每当我遇到不明白的事时，就请教德尔苏，而且总能从他那得到正确的解释。

“霜冻不能来，”他回答，“看看四周，烟雾很多。”

这时我想起来了，经营果园的人常常借助烟堆，使自己的果园避免晨霜的损害。

白天我们看见一只马鹿，它在燃烧着的倒木附近吃草。马鹿安然地迈过倒木，开始啃食灌木丛上的枝叶。看来，野火经常发生，动物已经习惯了，它们不再怕火。

太阳出来的时候，我们已经在路上了。从山口下来后，小路有一段沿着鹅卵石的堤坝。堤坝的右边是大海，左边是一片沼泽。这道堤坝和这片沼泽证明，这里从前是一个潟湖。堤坝的另一面斜坡上有巨大的片麻岩大圆石（漂砾）。无论多么大的海浪都不能将他们抛到这么高的地方。它们之所以出现在激浪冲积地带，应当归功于冰的作用。冬季，冰块被风驱赶到这里，被海浪冲到岸上。除了大圆石，这里还有很多鲸鱼骨头、肩胛骨、肋骨、椎骨和部分颅骨。很可能，被海浪冲到岸上来的还有完整的动物死尸。野兽和鸟类前来这里吃掉能吃的一切，只留下了一堆骨头。

休息了片刻，我们继续赶路。一小时后就走到了湖边。这里有 3 个湖：马洛耶湖、斯列德涅耶湖和多尔戈耶湖。多尔戈耶湖约有 3 公里长。

小霍别河（即初雪河）从西面注入多尔戈耶湖。这条河不知道为什么在海图上被称为“亚季哈”。3 个湖之间全是沼泽。只有一道沙子和卵石构筑的堤坝把它们与大海相隔。在这里我们又看到了一个消失的港湾。当初这个海湾要长得多，朝北弯曲。

小路在沼泽附近分成两条。一条向左通往山岭。另一条通过激浪冲积地带。我们从后一条小路走到一条虽然不大却很深的小河旁边。这条小河是连接多尔戈耶湖和大海的水道。

没办法，只好在这里停下宿营，幸好这里不缺烧柴。海浪把很多漂木抛到岸上，经过风吹日晒，这些漂木全干透了。只有一点美中不足：潟湖里的水稍带咸味，而且气味难闻。走来的路上，我发现海岸上有鸥。一只青脚鹬总是和它们一起飞来飞去。青脚鹬腹部呈白色，背部为浅灰褐色并带有小花斑，喙为暗黑色。

哥萨克们搭帐篷、搬运木柴的时候，我跑去打猎。野禽头一次让我这样接近它们。我打了 4 只，就回来了。

我们的宿营地选得并不合适：由西而来的凛冽寒风刮了一整夜，吹进河谷就像吹进了一个管道。只好躲到靠海的堤坝后面。帐篷里全是烟，而外面很冷。晚饭后，大家都急忙躺下睡觉了，可我却不能入睡。我一直听着海浪拍岸的声音，思考着把我抛到太平洋海岸的命运。

9月20日这一整天都温暖而干燥。我决定去勘查小霍别河。首先要渡过湖。在没有船的情况下，渡湖并不容易。要么编造木筏，或者尝试蹚水走过去。我决定用后一种方式。这样比造木筏会快很多。我们的实验很成功。湖水很浅，最深处才6米。水浅的地方曲折多弯。我们一直在齐腰深的水中试探着前进。离河越近，湖水就越凉。我们一上岸就碰到一条小路。

小霍别河长22公里，河源正好对着我们前面提到的西南岔河的中游。其实这条河是由两条大小相同的河流汇合而成的，汇合处距河口5公里远。稍往下去，小霍别河从右面又纳入一条不大的支流。这里有一群马鹿。鹿鸣期结束了，公鹿已经把母鹿吸引到了自己身边。很快，这些鹿又将一个一个单独分散开。

已经察觉到了鸟类在日益见少。这些天我发现了只有乌苏里才有的长尾林鸮——这是一种黑夜勇猛而白昼胆小的鸟。在阳光灿烂的日子里，它躲进僻静的针叶林里不是为了觅食，而是为了那片总是笼罩着阴影的地方。还看到一些乌苏里白背啄木鸟，这是啄木鸟科中体型最大的一种，它们栖息在古老的混交林中，那里有很多泥灰岩和枯树；楔形尾伯劳是一种贪婪好斗的猛禽，它甚至袭击那些比它大的鸟；还有栖息在森林边沿地带的绿色树鹨，以及黑头鸦——一种漂亮的黄腹小鸟，头上有黑色羽冠，它们宁愿待在敞亮的地方，不喜欢背阴地，常常结成一小群活动。

我们沿着小路走到了一个鹿窖前。这个鹿窖长24公里，有

74 个能用的陷阱。这里的滥捕现象是我从来都未曾见到过的。房子旁边有一座架在木桩上的储物仓，里边堆满了一捆捆鹿筋。根据每捆的重量推断，这些鹿筋共计有 700 公斤左右。中国人说，每年两次将干鹿筋运到符拉迪沃斯托克去，再从那里转运到芝罘（中国城市烟台旧称。——译者注）。房子的墙壁上晾着近百张海狗皮，全是小海狗皮。

毫无疑问，中国人知道穆图河附近的那个鳍脚动物栖息地，而且在那里也像在小霍别河畔一样，滥捕滥杀。

“周围的一切，蛮子的很快统统杀光，”德尔苏说，“我的想，再有 10 年——鹿、紫貂、灰鼠全都不见。”

德尔苏的话不能不让人同意。

在海边，距多尔戈耶湖半公里远的地方，还有一个不大的鹿窖，长 3 公里，有 7 个陷阱。

有一条无名小河穿过遍地沼泽的河谷，从北面注入多尔戈耶湖。这里的小路十分潮湿泥泞，有些地方人走过时可以感觉到脚下在晃动。每年的雨季，这条路大概很难通行。

过了 150 米高的山口，小路一直沿着一条小河的左岸延伸。这条小河汇入泰伊别河，最后一段的长度是 5 公里，与无名小河相比，河谷里的沼泽也不算少。这两条与海岸平行的河谷的位置，确定了这座不高的沿海山脉的走向，山脉本身延伸的中轴线已经被冲刷掉了。这条山脉是由石英岩和某种硅质岩构成的。

第二十四章　遇到红胡子

足迹　红胡子　德尔苏的侦察　对射　张保　东沟河　洪塔米山　母鹿别河　勃拉戈达吉湖　卡伊姆别河　木耳房子　“石头皮”通向三河皮沟河之路　H.A. 帕利切夫斯基和 A.И. 麦尔兹利亚科夫离去

白天，德尔苏在小路上发现了人的足迹，他仔细研究起来。有一回他捡起一个香烟头和一块蓝大布。他认为有两个人曾经走过这里。这两个人不是干活儿的中国人，而是游手好闲的人，因为劳动者是不会仅仅因为新大布脏了就把它扔掉的，甚至一件旧衣服，不到磨损得完全不能穿时，劳动者都舍不得扔掉。

再说，干活儿的人都抽旱烟袋，香烟对他们来说实在太昂贵了。德尔苏在继续观察中，发现了两个过路人休息的地方，其中一个人还在这里脱过鞋。从扔掉的子弹壳来看，他们有步枪。

越往前走，捡到的东西种类越多。突然，德尔苏停下了脚步。

“还有两个人走过，”他说，“现在有4个人了。我的想，这是坏人。”

我们商量了一下，决定离开小路，从荒野地走。我们爬上了迎面遇到的第一座山岗，向四处眺望。前面，离我们约4公里远，可以看到普拉斯通湾；左边是一座高耸的山梁，山那边可能是西南岔河；后面是多尔戈耶湖；右边是连绵起伏的侵蚀丘陵，丘陵那边便是大海了。

没有发现任何可疑的迹象，于是我想再回到小路行走，可是赫哲人却建议向下走到向北流的一条山泉那去，从那沿着山泉走到泰伊别河。

一小时后我们走到了森林边缘。德尔苏吩咐我们在这里等他回来，他自己去侦察一下。

泰伊别河是一条不大的山溪，从宽阔的已成为沼泽地的小河谷流过，河谷里长着茂密的柳树、赤杨和白桦。

黄昏临近了。沼泽一片黄褐色，看上去毫无生气，空旷凄凉。群山坠入夜晚的蓝色烟雾中，显得阴沉。天色越暗，森林大火在天空的反光就越亮。过了一小时，又一个小时，德尔苏还没有回来。我开始担心了。

突然。远处某个地方传来了喊叫声，随后又接连响了4枪，接着又是一阵喊叫和一声枪响。我想朝那里跑去，但又想到，这样我们和德尔苏就会相互丢失。

大约过了20分钟，赫哲人回来了，神色极为惶恐不安。他尽可能快地讲述了自己的遭遇。他顺着4个人的足迹走到了普拉斯通湾，那里有一座帐篷。帐篷里有20来个有武器的中国人。

他确定这些人是红胡子之后，便在灌木丛中匍匐着往回走。但这时狗发觉了他，朝他狂吠起来。3个中国人听到狗叫，拿起枪就朝他追来。德尔苏跑起来，一下陷进了沼泽的烂泥中。红胡子大声喊叫，让他站住，接着开了枪。从烂泥潭中刚一走出来，德尔苏就赶紧单腿跪下，瞄准强盗开了一枪。他清楚地看到，一个中国人倒下了，另外两个人停在受伤者面前，他则继续向前跑。为了引开红胡子，德尔苏故意迷惑他们，在他们看得见他的时候，他有意朝与我们隐蔽的地方相反的方向跑，然后兜了一圈再回到了这里。

"我的上衣红胡子打了洞，"德尔苏说，并给我们看他的被子弹打穿的短上衣，"我们的应当快走。"他讲述完了，就背起了背囊。

我们悄悄地往前走，尽量不弄出一点儿声响。赫哲人领着我们避开小道，沿着布满碎石的干河床走去。晚上9点左右，我们到了要子河，没有去有房子的地方，而是留在野外露宿。夜里我感到非常冷，把自己裹在帐篷里，但是潮气无孔不入。谁也没有合眼，我们都焦急地等待黎明，但是时间好像有意拉得很长，黑夜漫漫没有尽头。

天刚蒙蒙亮，我们立刻继续赶路。必须尽快同Г.И.格拉纳特曼和 A.И. 麦尔兹利亚科夫会合。德尔苏认为最好离开小路，顺着山岭走。我们听从了他的建议。渡过一条河后，我们走上了一条羊肠小道，刚准备钻进草丛，却从草丛中迎面走出一个带枪的鞑子。他先吓了一跳，同样，我们也吓得够呛。但当他看见士兵和哥萨克后，便从怀里掏出一封公文递过来。这是 H.A. 帕利切夫斯基的来信。他通知我说，中国队长张保率领一支猎人自愿组成的队伍，从三河皮沟河出发去搜寻红胡子了。我读信的时候，德尔苏询问鞑子，鞑子同样也盘问他。现在清楚了，张保带着自己的 30 名猎手曾在离我们不远的地方过夜，现在，大概已经快到要子河了。

果然，大约过了 20 分钟，我们便遇到了他们。

张保是个身材高大的汉子，约莫 45 岁。他穿一身中国人通常穿的蓝布衣服，只是比一般干活儿的中国人显得更整洁一些。在他表情丰富的脸上留下了饱经沧桑的烙印。他留着中国式的下垂的黑胡子，已经有些花白了。这个人乌黑的眼睛里透露出智慧，嘴角总是挂着微笑，脸上却从来没有失去过严肃的表情。在讲什么问题之前，他总会先考虑好自己的答案。他说话总是从容不迫，慢声细语。我还从来没有遇到过像他这样兼有严肃、温厚、精力充沛、深明事理、坚忍不拔和具有外交才能的人。在张保的个性和他的举止风度中，有知识分子的某些特点。他的智慧、自尊和善于使众人服从的本领都说明，他不是一个普通的中国人。很可能，他是一个从中国逃亡的政治犯。

张保指挥的这支队伍是由中国人和鞑子组成的。全部都是年轻人，一个个身强力壮，装备精良。我马上就发现，他的队伍纪律严明。他的所有命令都能得到迅速执行，从来没有发生过需要他重复命令的事。

从库松河到奥耳加湾的整个区域，张保是最有威望的人。中国人和鞑子遇事都去找他商量。如果哪里有势不两立的仇敌需要进行调解，中国人也总是去找张保。他经常为受冤屈的人抱打不平，因此在这里树敌不少。他对红胡子恨之入骨，到处追击他们，吓得红胡子不敢轻易越过要子河。

我们碰到的那伙匪帮，乘小船到了普拉斯通湾，他们图谋抢劫因天气恶劣而躲进海湾的小驳船。

张保对我的欢迎既彬彬有礼，又不失尊严。当得知德尔苏半夜里遭到红胡子的追击后，他详细询问了事情发生的地点，同时用小棍在沙土上画了一个平面图。

了解到相关情况后，他说他必须赶回去，两三天之后就能回到三河皮沟河去。然后他向我告辞，带着他的队伍走了。

现在我们已经无须再躲避中国人了，所以，我们向遇到的第一所房子那里走去，并在那里过夜。中午我们起来，喝足了茶，便沿着东沟河的河谷向上游走去。东沟河的汉语意思是“东面的沟”。

东沟河左侧的山岭陡峻，右侧的平缓，两侧山脉均由长石斑岩构成。在河口附近的阶地脚下，可以看到细粒花岗岩的露头，裸露的部分已经变成了易碎的砂岩。小路最初在河的右岸，后来在烟筒砬子山附近转到了左岸，从这里爬上山口有 160 米。

东沟河河谷里的植物相当贫乏。柞树和黑桦、落叶松和椴树，无论这些树木可做烧柴用，还是可做手工用，都长得十分稀疏，不能称为森林。河谷里哪儿都没有幼树，它们被每年照例发生两次的野火烧光了。朝南的山坡上长满了灌木丛，主要有绣线菊、佛头花和胡枝子。其余的地方全部是草甸子和沼泽。东沟河宽4—6米，河中多石槛，水不深。有些石槛看上去像小瀑布，非常漂亮。

下半天，我们只走到了山口。当发现小河里的水开始枯竭时，我们就离开小河到旁边去了，在离分水岭不远的地方宿营。

篝火堆里的干柴发出愉快的噼啪声，我们围着火堆取暖，并相互交换昨夜的感想。

我发觉德尔苏有事想问我，但又显得不好意思。我鼓励他说出来。

"我的听说，俄国的红胡子也有，真的这样还是不对？"他难为情地问。

"真的，"我回答，"不过俄国的红胡子都是一个人或两个人活动，从来不像中国的红胡子成帮结伙。俄国政府不容许这样。"

我以为我的解释会使赫哲人满意，但是我发现，他却从另一角度想这个问题。

"怎么这样呢？"他大声争辩道，"沙皇的有，各种长官的有，红胡子的有。中国人也是这样：皇帝的有，红胡子的有。那我们的怎样生活呢？沙皇的没有，长官的没有，红胡子也没有。”

把沙皇和红胡子相提并论，起初我觉得奇怪，但是经仔细琢磨他的这些话的意思，我明白了他的思路。既然人有等级之分，自然就应当有富人和穷人，游手好闲的人和辛勤劳动的人。既然有正直的人和不正直的人之分，那么犯罪分子就应该单分出来，形成某种特别的帮派，按照中国人的叫法，就是红胡子。

我们的谈话没有进行多久。上午在房子里没有休息好，现在身体困乏，还想睡觉。于是往火堆里添了些湿柴，好让它多烧一会儿，然后便躺在草地上，沉沉地睡去。

第二天我起来的时候，太阳已经老高了。我们喝够了茶，就背起自己的背囊，向山口进发。小路有很长一段沿着山脊蜿蜒，忽而从这面忽而从另一面绕过山峰。所以给人的感觉是小路忽上忽下，好像横跨了几座支脉似的。

登上 240 米高的山口，我看到了相当有趣的景色。我的左面高耸着圆锥形的洪塔米山[1]。它是三河皮沟河流域与要子河之间分水岭的一部分。从海上遥望，洪塔米山很像骆驼的双峰。也许由于这个原因，它在海图上的名称是维尔勃柳德（意思是骆驼。——译者注）。

我们的东面群山耸立，山上林木稀疏。而前面是一大片沼泽低地，覆盖着黄褐色的野草。

小路从山口沿着一条小山泉向下延伸不远，就横穿注入洪

---

1 像一座大佛塔的山。

塔米湖的山泉母鹿别（奥罗奇语为“母利”）。中国人对这条河的名称有自己的解释，认为它来源于“母鹿”二字。

毫无疑问，我们在这里又碰到了一个古老的潟湖，它的干涸过程还远未结束。这一切都是泥炭层造成的。泥炭层从上面覆盖了潟湖，形成了泥炭沼泽。大海附近还保存了一片开阔水域，这就是勃拉戈达吉湖（格林尼治东经 136° 24′ 20″，北纬 44° 47′），这里原来大概是港湾最深的地方。

由山上流下的小溪，穿过狭窄的冲沟，把水供给沼泽。小溪之间形成了不大的土岗，上面覆盖着赤杨、桦树和椴树，在比较干燥的地方则生长着稀疏的柞树林。小路穿过这些冲沟，却又骤然转向沼泽地。母鹿别河和卡伊姆别河相距不到 6 公里，可是这段路程我们却走了几乎一整天，沼泽地松软漂浮，下面全是烂泥。我们尝试着从小路旁边绕过去，但这样走更糟糕。黄昏前总算走过了这片沼泽。前面，在卡伊姆别河附近，出现了一座房子，我们迈开大步朝它走去。

卡伊姆别河（奥罗奇语为“卡亚”）在地图上被标为卡耶姆贝河。它的宽度与母鹿别河相同，不过它是直接注入大海的。卡伊姆别河左岸是又长又高的阶地，随着时间已经销蚀了。这片阶地是潟湖的古岸，向着湖的一面是斜坡，朝海的那面是陡峭的山崖。

房子里住着两个中国人。房子周围既看不见菜园，也看不见田地。但是，目光敏锐的德尔苏却立刻发现了一把横锯，一些长柄斧，用树的内皮编的筐，以及一张很长的炕。这么长的炕与房子里居住的人数很不相称。

原来，这两个中国人以采集木耳和石头上的地衣为生。前者属于木耳科，只能在柞木上采到。木耳有独特的香味，并含有大量水分（98%）。为了培植木耳，中国人放倒了很多柞树。当柞木开始腐烂，上面就长出了真菌，它的外表与白珊瑚相仿，中国人称它为“木耳”。采集来木耳后要晾干，先在阳光下晒，然后放到房子里，在烧的极热的炕上烘干。

地衣（中国人叫作“石头皮”）呈深橄榄绿色，干后变成黑色。从石灰岩和板岩上采来的地衣，作为烹饪用的美味，用编织筐运往符拉迪沃斯托克。

中国人的进取精神不能不令人惊讶。他们有的猎鹿，有的挖参，有的捕貂，还有的猎取麝香。你在一个地方看到有人捞海带，另一个地方则有人捉螃蟹或捞海参，第三个地方又可见到有人种罂粟割取鸦片，等等。哪怕有一座房子，那里便有一种新的营生：采珍珠、用某种植物榨油、制作烧酒、挖黄芪根，简直数不胜数。他们善于开辟发财致富的一切源泉。只要能使财源不断，付出劳动对他们来说不在话下。

这一天，我们累得不能再继续走了，便留在这里过夜。

房子里又干净又整齐。殷勤好客的中国人把他们炕上的铺位让给我们，总之，对我们尽力照顾周全。外面又黑又冷，海上不断传来激浪拍岸的响声，而房子里又舒适又暖和……

晚上。中国人用“石头皮”款待我们。深褐色的地衣光滑，淡而无味，嚼起来咯吱咯吱的像嚼鱼筋一样，可能，它只适合中国人的口味。

据他们说，离三河皮沟河只剩下一段行程了。我们想在天黑之前赶到那里，于是第二天很早就动身了。

木耳房前的小路沿着海岸翻山越岭向前延伸，横跨 5 条由石英斑岩构成的支脉，这些山上生长着稀疏的柞树、椴树和黑桦林。

这条小路，人和马走起来都很困难。小路沿着第 5 条，即最后一条狭窄的河谷向西拐去，爬上了 350 米高的山口。从大海那面上到山口的坡很陡，而下到三河皮沟河去的下坡挺平缓。

翻过山口，那里是另一番景象。花岗岩替代了斑岩，优质针叶混交林替代了稀疏的阔叶林。小路顺着一条小溪向前，把我们引到了向阳沟[1]河。这条河在离海不远处注入了三河皮沟河。

这里曾经是格利亚谢尔和赫罗曼斯基的伐木场。这个企业和一切仓促建立的俄罗斯企业一样，不可避免地倒闭了。采伐的树木很多，运出去的却很少。大部分被遗弃在原始森林里，留在原地的木材就成为某次森林大火的燃料。

鱼房（似乎应为木耳房。——译者注）里的中国人说得对，傍晚我们才到达三河皮沟河。我们顺着小路一直走进了中国小村庄。有一座房子里亮着灯火。透过薄薄的窗户纸，我听到了 H.A. 帕利切夫斯基的声音，看到了他的侧影。已经这么晚了，

1 朝阳的河谷。

他没有料到我会来。Г.И. 格拉纳曼特和 А.И. 麦尔兹利亚科夫就在隔壁的房子里。知道我们到来的消息后，他们立即跑了过来，彼此互相问询。我给他们讲述了我们一路上的遭遇，他们对我讲述了在三河皮沟河的工作情况。

我们的谈话非常有趣，却终究抵挡不住疲劳的袭击。Н.А. 帕利切夫斯基发觉了这点，便开始给我铺炕。我倒在炕上，立即就睡着了。

第二天我们交谈了一整天。三河皮沟河是我们沿海旅行的终点。我们要从这里到锡霍特山脉去，然后再去伊曼河。会上决定在三河皮沟河停留一段时间，以便恢复体力和搞好冬季旅途的装备。

由于冬季临近，为马匹筹措草料十分困难。因此，我下令由麦尔兹利亚科夫带领部分考察队员，赶着所有的马匹返回奥耳加湾去。鉴于植物界现在完全处于休眠状态，Н.А. 帕利切夫斯基也想回符拉迪沃斯托克去。他决定搭格利亚谢尔的纵帆船走，该船将于两天后启航。

这样一来，参加翻越锡霍特山脉的冬季行程的人只剩下我，Г.И. 格拉纳特曼，德尔苏，两名哥萨克（穆尔津和科热夫尼科夫）和士兵鲍奇卡列夫了。

9 月 25 日，我们分别与 Н.А. 帕利切夫斯基和 А.И. 麦尔兹利亚科夫告别。

第二十五章　森林大火

捷尔内伊港　海岸上的鸟　三河皮沟河的居民　西岔河　锡霍特山脉　大砬子沟　分析踪迹　刺　脚掌上的脓包　森林大火　手术　归来　海边悲剧

27 日这一天全部贡献给了对捷尔内伊港的观察。这个港湾（斯特拉什内角，格林尼治东经 136° 44′ 33″，北纬 45°）是拉彼鲁兹在 1767 年 6 月 23 日发现的，当时即命名为“捷尔内伊”。在这里同样可以清楚地看到，从前捷尔内伊港伸入陆地很深。河口附近的河水也相当深，向旁边伸展的海湾开阔，还有，沼泽中有两个湖，这都说明，这里以前是捷尔内伊港最深的地方。大海本身也促使了陆地的扩展。激浪冲积形成的沙嘴，从一个海角伸向另一个海角，把海湾变成了潟湖。后来这里又形成了沙丘，沙丘越来越大，将岸边的悬崖掩埋到了下面。

这些潟湖附近总是栖息着许多鸟类。有些鸟待在海岸上，有的喜欢在河湾里。在海岸上的一群鸟中我最先发现了黑腹滨鹬。按季节来看，这些鸟大概是掉队的候鸟。这里还有飞翔的海鸥，它们常常落到水面上，又重新飞到空中。

在深河湾里，还可以看到大鸬鹚。它们不断潜入水中，却怎么也填不满它们那贪食的大肚子。

三河皮沟河河谷下段的植物枯萎矮小。沼泽的右面生长着一小片一小片的西伯利亚落叶松林。显然，三河皮沟河是西伯利亚槐（卫矛）的北部界线，至少，这里的西伯利亚槐实属罕见。

三河皮沟河一带杂居着中国人和鞑子。中国人住在临近大海的地方，鞑子则住在离海较远的山里。

中国房子一共有 38 所，共居住着 233 人。鞑子的房子共有 14 所，住着 72 个男人，54 个妇女和 89 个儿童。当地鞑子的处境极为艰难。他们完全是一副受尽磨难和压迫的样子。我想询问他们，但他们似乎害怕什么，彼此窃窃私语了一阵，便都借故走开了。显然，他们害怕中国人。如果他们当中某个人胆敢抱怨俄国政府，或者讲出在三河皮沟河河谷发生的什么事，等待他的将是严厉的惩罚：扔到河里淹死或者被活埋。

三河皮沟河的鞑子与大柞树河的鞑子几乎没有什么区别。他们穿一样的衣服，都说汉语，都种庄稼。但是，每座房子旁边都有一座架在桩子上的仓房，里面存有各种家具什物。这种仓房是典型的鞑子建筑物。此外，我发现老头们都有特制的弯刀，他们使用起来得心应手，可以用它代替锥子、钻子、凿子和刨子。

据鞑子们说，大约30年前，天花在三河皮沟河曾猖獗一时，没有一座房子幸免这种可怕疾病的袭击。中国人害怕埋葬死者，他们用钩子把尸体从房子里拖出来，放在火堆上焚烧。也有这种情况，即把不省人事的病人和死者一起烧掉。

这天晚上，张保回来了。他告诉我们，在普拉斯通湾没有遇到红胡子。红胡子上次和德尔苏互相射击了一阵之后，乘平底小驳船出海了，好像是到南方去了。

接下来的3天，即9月28日至30日，我坐在家里绘制路线图，填写旅行日志和写信。哥萨克打死了一只马鹿，在晾晒鹿肉，鲍奇卡列夫准备冬天穿的鞋。我不想中断他们手里的活儿，就没有带他们去观察周围的情况。

三河皮沟河（地图上标为“萨钦别亚”，乌德海语叫“桑凯”）是由两条大小相同的河流——东岔河（汉语意为“东边的支流”）和西岔河（即“西边的支流”）汇合而成的。参照打听到的情况，我拟定了我们到伊曼河去的路线，决定顺着东岔河走。因此，我决定趁现在有空，观察一下西岔河。这个工作整整耗费了我7昼夜的时间。

10月1日，我和德尔苏背起背囊，离开自己的“大本营”出发了。

西岔河和东岔河在离海10公里处汇合了。三河皮沟河河谷在这里分为两部分：一个向北（东岔），另一个向西（西岔）。

从大海这一面看去，西岔河河谷的风景非常优美。高山耸立，奇峰突兀，雄浑壮观。后来我又几次看到这些高山，给我的印象永远是独特而粗犷的美。

离开海滨后，半路上看到西岔河和东岔河汇合口左侧有一座大砬子山崖。相传有一次，一个中国老头儿在山崖附近找到了一棵极大的人参。当他把挖出的人参带回房子里后，发生了地震，并且这里所有的人都听到了大砬子山崖夜间发出的呻吟声。据中国人说，三河皮沟河是沿海一带人参产地的北界线。再往北去，就没有人能找到人参了。

西岔河向西南流去。它发源于锡霍特山脉（去伊曼河的山口），只纳入了两条河。一条是南岔[1]河，长20公里，位于要子河山口的右侧。南岔河从发源地一开始向北流，然后折向东北，继而又转向西北。总体而言，如果顺着河谷向上看，这条河的流向其实是朝南的。

西岔河河谷布满了优质针叶混交林。这个河谷的特点是有厚实坚固的河阶地。在露头中可以看到，这些冲积阶地是由黏土、淤泥和马头大小的棱角石块构成的。自然力在某个时期造就了这些阶地，后来这种力量突然静止了。阶地上渐渐长满了树木，到现在已经有200多年了。

在西岔河下游，河谷是一个个高山环抱的大盆地。这里生长着高大挺拔的森林，其中有很多红松。河边的林木已经被承租者赫罗曼斯基全都伐光了，但运走的只有四分之一，其余的

1 南面的支汊。

全部遗弃在当地。这些森林巨人倒下的时候，砸断了大量并不打算采伐的树木。总之，这里被毁掉的枯树要比活树多。在这种森林里穿行非常困难。有一次，我们试图离开小路绕道走过去，可是刚走出几步，就陷入一片纵横交错的倒木中，好不容易才勉强回到了原来的小路上。这片被采伐的森林面积约有 15 平方公里。小路几乎从它的中间穿过。为了开辟这条小路，大概花费了不少力气，用坏了很多锯条和斧头吧。

第二天，我们沿西岔河而上。越往前走，原始森林越荒凉偏僻，采伐者的破坏之手还没有触及这片处女林。除了红松、甜杨、云杉、黄檗、冷杉和胡桃楸之外，这里生长着中国花曲柳，一种灰色树皮、椭圆形尖叶的美丽乔木；小花溲疏，结黑色小浆果的小树；蒿柳，在整个乌苏里地区分布极广，一般多生长在河边的砾石浅水处。河汊两岸的植物群落有叶脉分明的大叶赤杨丛；灰树皮楔形叶的野山楂，长着稀疏的刺；接骨木花楸，墨绿色叶片和大而鲜红的果实；可食用的金银花，树皮呈棕色，小叶，长圆形深蓝色浆果外面有一层暗淡的薄膜，凭这些特征很容易辨认出。此外，还有沿灌木丛爬蔓的达斡尔蝙蝠葛。

随着人烟绝迹，遇到了越来越多的野兽足迹。东北虎、猞猁、熊、貂熊、马鹿、鹿、狍子和野猪，都是长期栖居在这一带原始森林里的动物。

西岔河水流湍急，河中多石槛。这里的石槛与乌苏里地区其他河流的石槛不同。西岔河的石槛更多地是泛着泡沫一级级喧嚣着泻下的急流。河的平均宽度约 10 米，枯水期流速每小时为 8 公里。河源是一条大溪，这条大溪是由许多从山上顺着不长的山谷流下来的小溪汇合而成的。

登上锡霍特山脉看到的情景如我所料，西面是缓坡，东面是陡坡。这种明显的差异也表现在植物上。西坡生长着针叶林，东坡则生长着混交林，混交林在河的下游很快就被阔叶林所替代了。

过了分水岭，我们发现一条山溪。它把我们引向了大南岔河，大南岔河注入了库卢姆别河（伊曼河上游支流）。沿大南岔河走了约 10 公里后，我们向东拐去，再次爬上锡霍特山，然后下到大砬子沟河（西岔河支流）。这是中国名称，翻译过来的意思是“大石崖的山沟”。

从地质学的角度来看，大砬子沟河谷是剥蚀河谷。如果从河源走到河口，可以看到各类岩石依次排列如下：被褐铁矿的氧化物染得变了颜色的页岩，然后是灰色花岗岩和石英斑岩。中游一带是有不规则巨块崩裂的隐晶辉绿岩和凝灰石英斑岩岩屑堆。西岔河的石槛上层由砂质页岩构成，下层是含有黄色和赤褐色的蜕变体的细晶伟晶花岗岩（花岗斑岩）。

德尔苏默默地走着，冷静地观察着一切。我在欣赏风景，而他在察看被行人的手碰折的树枝。凭着树枝被折后下垂的方向，他可以判断出这个人朝哪里走去了。根据树枝折断的新旧程度，他还可以确定碰折树枝的时间，那个人穿的是什么鞋，等等。每当我对什么不明白或者表示怀疑时，他就对我说：“看你，成年山里的走，还不明白？”

我不明白的东西，对他来说却简单明了。有时候，他在我仔细察看却什么都没看出来的地方却发现了蛛丝马迹。他看到，走过去一只老母马鹿和一只一岁幼鹿……它们啃下绣线菊的叶子，然后受到惊吓，慌忙跑开了。

他这样做并非有意显示自己：我们彼此太了解了。他这样做不过是因为多年养成的不放过任何迹象、处处留心观察的根深蒂固的老习惯而已。如果他不是从小就注意研究野兽踪迹，早就饿死了。当我漏掉了某个清晰的动物足迹时，德尔苏便笑话我，摇着头说：

“嘿！和小孩一个样。这样走路，摇着头。眼睛的有，看不见，不懂。对了，这是城里住的人，找鹿的不用，想吃——就买。一个人山上住的不行——很快的完蛋。”

是的，他说得对，成千上万的危险在等着原始森林中的孤独旅行者，只有那些善于辨别踪迹的人，才有希望善始善终地走完全程。

行走时，我一脚踩到一棵带刺的树上。尖刺穿透了鞋，扎进脚里。我赶快脱掉鞋袜，拔出了刺，但是可能没有全部拔出来，刺尖大概还留在脚里，所以第二天脚就疼了起来。我请德尔苏再看看伤口，扎进刺的地方边缘已经肿了。当天我继续走路，夜里脚痛得非常厉害，直到天亮我也没能合眼。早晨一看就清楚了，我的脚上起了一个很大的脓包。由于随身携带的食物不足，不得不继续向前走。

我们已经断粮了，仅靠猎获物充饥。包扎材料和药品都在宿营地。在原始森林里很可能遇上连阴天，而且也不清楚我究竟需要躺多久才能走动。因此，不论脚多痛，我还是决定继续前进。我主要用右脚走路，拖着左脚。德尔苏背着我的背囊和枪。从沟壑旁下坡时，他扶着我，想方设法减轻我的疼痛。这一天，我们费了很大的力气才走了 8 公里路，离宿营地还有 24 公里。

夜里，脚酸痛得非常厉害，整个脚掌全都肿了。我能不能勉强走到前面第一座鞑子房呢？显然，德尔苏也在为此担心，他不时向天空张望。我以为他在看会不会下雨，但是，他担心的却是另一件事。空中弥漫着某种烟雾，越来越浓。月亮刚刚升起，但却不像往常那样明亮，而是微微发红，浑浊暗淡。有时，完全看不到月亮了。最后，山那边出现了火光。

“非常大的烟。”我的旅伴说。

天刚蒙蒙亮，我们就起身了。我反正也睡不着，所以只要有一点可能，就得向前走。我永远不会忘记这一天。每走 100 步，我都需要在地上坐一会儿。为了不让靴子挤脚，我把它拆开了。

我们很快就到了大砬子沟注入西岔河的地方。现在，我们走进了倒木纵横的森林。周围的一切都笼罩在烟雾中。50 步之外的树木已经全部看不清楚了。

“长官！要快快走，”德尔苏说，“我的少少的害怕，草着火了不是，森林——着火了！”

我使出最后的力气，拖着脚向前走去。哪怕一个很小的坡，我都得跪着爬上去。每一根树根，或一个云杉球果，或一个小石子、小树枝，碰到受伤的脚，都疼得我大叫一声，倒在地上。

在烟雾中走路越来越困难了，喉咙开始发痒。显然，我们已经来不及走出这片遍地倒木的森林了。这片倒木经过风吹日晒已经干透，现在就是一个巨大的篝火堆。

谁都知道，大火迅猛燃烧起来，就会形成旋风。

赫哲人灵敏的耳朵已经捕捉到了旋风的声音。必须到河对岸去，这是唯一的生路。但是要涉水走过大砬子沟，双脚必须站稳。现在，这对我来说完全是无法想象的事。怎么办？突然，德尔苏二话没说，双手抱起我，很快蹚过了河。这里是一片宽阔的砾石滩。他刚走上岸，就把我放到地上，立即跑过河去取枪。这时，烟雾冲过来了，什么也看不见。当我清醒过来时，看到德尔苏躺在我身边的石头上。我们俩身上都盖着湿帐篷。火星从上面落下来，刺鼻的浓烟呛得人喘不过气来。

我有生以来第一次看到这么可怕的森林大火。被火焰包围的巨大红松，像火炬般熊熊燃烧。地面上是一片火海。枯草、落叶和倒木——一切都在燃烧。可以听到活树被大火焚烧时发出的噼啪声和呻吟声。黄烟一大团一大团升上高空。火浪在大地上奔跑。火舌围着树墩盘旋，舔着灼热的石块。

突然，风向变了，烟被吹到了另一边。德尔苏站起身来，推了推我。我仍尝试着在砾石滩上走了走，但是很快就确认，这超出了我的能力。我只能躺着呻吟。

因为走路时我主要用脚后跟着地，脚后跟已经累坏了。另一条腿也疲劳不堪，连膝盖都在痛。德尔苏看到我确实不能再往前走了，就支起帐篷，拖来烧柴，并告诉我，他要去中国人那里找一匹马来。这是走出原始森林的唯一办法。德尔苏走了，我独自留下来。

对岸，大火仍在猛烈燃烧。天空中无数火花在浓烟中飞舞。火越来越远了。有的树燃烧得很快，另一些烧得较慢。我看到，一只野猪怎样蹚过了河。然后，一条大棕黑锦蛇也游过河去。黑啄木鸟发疯似的从这棵树飞到那棵树。星鸦不停地叫着。我也随着它不断呻吟。最终，天黑了。

我知道德尔苏今天回不来了。伤脚肿得很厉害，我脱掉鞋袜，摸了摸脓包，已经熟透了，但是由于长期走路，脚底被磨得又厚又硬，脓包还没有溃破。我想起来，我有一把小铅笔刀。于是我在石头上把它磨了磨，然后往火堆里加了些木柴，等火堆燃烧得很明亮时，我切开了脓包。那一刻疼得我两眼发黑。顷刻间从伤口中流出了一滩黑血和一堆黏糊糊的脓。我竭尽全力爬到河边，撕掉衬衣袖子，清洗伤口。然后把脚包扎好，回到了火堆旁。一小时后，我感到轻松了。脚虽然还疼，但不像先前那么厉害了。

在大火烧过的那面，可以看到红色的火光。森林里很多地方也有火光闪烁。这是枯枝落叶和倒木继续燃烧的残火。我在帐篷里坐了很久，用手轻轻抚摸着疼痛的脚。篝火烤得我很暖和，我沉入了梦乡。当我醒来时，看到德尔苏和一个中国人在我身旁。我身上盖了一床被子，火上烧着茶，另一边有一匹备好鞍子的马。脚已经不疼了，肿也开始消退。水烧热之后，我又清洗了一次伤口，然后喝足了茶，吃了些中国人的馒头，便穿好衣服。德尔苏和中国人扶着我上了马，我们出发了。

森林大火在一夜之间已经走得很远了，但是空中依旧烟雾迷漫。

午后，我们到了三河皮沟河。Г.И. 格拉纳特曼没在家。他不知到什么地方勘查去了，过两昼夜才能回来。

我只好在这里坐等脚伤的愈合。3 天后我已经能走动了，一星期之后，彻底痊愈了。张保来看望过我几次。从他那里我听说了很多有趣的事。他给我讲述数年前维金格号轮船在捷尔内伊港附近撞沉的经过。还说，1905 年日本人怎样打死了他的助手刘普尔，为此他怎样报复了日本人。他还给我讲了 1906 年有一批服苦役的犯人在奥林匹克角附近登岸。他们在沿海一带沿途边抢劫边杀人的事。张保带着自己的猎人去追赶他们，在勃拉戈达吉湖附近将其全部歼灭了……我从他那里了解到许多情况。全都是恐怖血腥的悲剧。

我对中国人做了观察，确信张保在他们中间享有很高的威望。他说的话口口相传，他下达的一切命令大家都心甘情愿地执行，毫不拖延。很多人来找他出主意，似乎没有一件错综复杂的事是他无法分辨清楚弄清原委的。对他不满的人也有，这些人往往是曾经的罪犯。张保善于管控他们。

他经常派出探子，有时去要子河，有时到海滨，有时顺小路向北走去。晚上，他将得到的情报汇集在一起，每天向我通报。张保的信函往来数量很大，几乎每天都有急件和普通信函送到他那里。

这些天，德尔苏一直待在鞑子们那里。他在那儿遇到一位从前住在乌拉河的老人，老人是他年轻时就认识的老相识。他又结识了很多人，成了到处受欢迎的客人。

我离开的前两天，张保来向我告别。有些紧急的事情需要他亲自到大克马河去处理。他安排了两个中国人送我们到锡霍特山脉去，再从另一条路返回来，并向他汇报路上看到的情况。

10 月 15 日，这是我们启程前做准备的最后一天。我们烙了些白面饼，烤了肉干。预先考虑到了一切，甚至没忘记带上垫鞋的干草。

第二十六章　冬季远行

出发　中毒　解毒剂　东岔河　收获　飞禽走兽在河源捡鱼　该诅咒的地方　变天的征兆　暴风雪　捷尔佩尼耶山口

16 日没能出发，被中国向导耽搁了。他们第二天中午才来到。出发时我们路过的每一所房子，鞑子都出来送行，请我们去家里，哪怕稍坐片刻也好。人们纷纷向德尔苏致意，妇女和孩子们向他挥手告别，他也朝他们挥手致意。这样，我们从一座房子到另一座房子，在每家房前都会停一下，终于走到了最后一家鞑子的住所。说实话，我很高兴。

继续向前走，小路转到了河边，在左岸延伸了大约两公里半，然后爬上了山口。

东岔河[1]在下游一直保持南北流向，与西岔河汇合后，形成

1 三河皮沟河的左支流。

一个环状曲流，并绕过一座小山的支脉。这条支脉到三河皮沟河去的下坡平缓，往东岔河去的下坡险要。我们必须要翻越的正是这条支脉。

黄昏临近了，因此，我们下山到了河边后，立即安顿宿营。

白天我就感到不适，肚子剧烈疼痛。中国向导给了我一些药，是人参、鸦片、鹿茸和熊骨髓油制成的混合液。我想鸦片可以止痛，便同意喝几滴。可是中国人劝我喝一整勺。他说，这种混合液里鸦片不多，其他成分更多些。他是按照自己的剂量给我的，他本人有吃鸦片的嗜好，但对我来说，即使很小的剂量，也已经足够多了。

确实，服药后不久，肚子渐渐不痛了，但同时感到浑身软弱无力。我躺在火堆旁，像昏迷了一样沉沉睡去。半小时后我醒了，想站起来，却站不起来，想动一动，却动弹不得，想喊叫，同样喊不出声来。我处于一种奇怪的状态中。我失去了一切感觉，什么也看不见，什么也听不到，什么也感觉不出来。我做了超人的努力想战胜自己，举起一只手，当触到自己的脸时却吓了一大跳。这手好像不是我的手，而是别人的，触到的脸也不是脸，而是某种面具。

我惊恐万分。经过可怕的内心挣扎，我猛然用力，跳起身来，随即跌倒在地上。我开始剧烈呕吐。幸好德尔苏还没有睡，他给我端来了水，我喝了几口，才稍微恢复原状。头晕得天旋地转，视力不能集中到任何一件东西上。我明白，这是中毒了。我大量地喝了几次水，并几次有意让自己呕吐，就这样救了自己的命。

就这样我一直折腾到了早晨。天刚刚亮，德尔苏就跑到了树林里，带回来一种草，嘱我放到嘴里嚼，并把嚼出的草汁咽下去。

我终于多少恢复过来了，不再头晕，也不头疼了，但是仍感到软弱无力，口渴得厉害。

这种植物原来是两栖蓼，土著们也用它来治痢疾。

三河皮沟河流过典型的穿凿谷。河谷有时宽阔，有时狭窄，刚好可以流过一条河。最宽处是各条支流注入的地方。最大的一条支流是从北面沿着海岸流来的法图河。

东岔河流域和西岔河流域一样，都生长着优质林木。左边的山上阔叶树居多，右边多是针叶树。

小路在河的左岸，有时接近河床，有时离开河岸约 200 米。有一个地方，河水紧靠着山脚流过，山上布满碎石，小石块缓缓向下滑落。中国人在这里竖起一座山神爷庙，为的是守护山岭。送我们的中国人在庙前毫不迟疑地做起祷告，没有因为当着我们的面而感到丝毫不好意思。

继续向前，小路进入火烧迹地。这片火烧迹地一直延伸到法图河，然后又是乱石堆。对面是河阶地，位于河的右岸，面积相当大。

下行约 7 公里处，有一条无名小河注入三河皮沟河。沿着这条小河可以一直走到毕楞河的源头。毕楞河在捷尔内伊港北面注入大海。从无名小河河口稍向上去，还有一条支流注入了东岔河。中国人称这条支流为“小岔河”。小路在这里分成两条：一条沿东岔河上行，一条向左拐去。

我因病不能走很快，常常停下来坐在地上休息。

德尔苏和两名士兵去观察了小岔河。这条河与注入西岔河中游的一条山溪的河源是同一个。茂密的针叶林就长在山口上。上去和下来的坡度一样，斜度均为中等。在距东岔河 3 公里处，他们发现了一所中国人的碓子房，房主人不在。

傍晚，我差不多复原了，却还不能吃东西，仍然呕吐。所以我决定早点躺下睡觉，希望明天能彻底康复。

大约半夜 12 点，我醒了。中国向导坐在火堆旁守卫着宿营地。夜很静，月亮当空。我仰望夜空，感觉有些奇怪，天空被压得又扁又平，好像垂到了地面上似的。月亮周围有暗色斑点和很大的彩虹环。星星周围也同样昏暗无光。“可能早上会有严寒”，我这样想着，然后裹紧毯子，向睡在我旁边的哥萨克身边靠了靠，又沉入了梦乡。

早晨，细密的雨声把我吵醒了。不适之感已经消失，我感觉自己完全好了。我们毫不拖沓，收拾好自己的背囊，离开了宿营地。

从小岔河河口起，东岔河河谷明显变窄了。两侧耸立着布满岩屑堆的高山，有许多悬崖向河谷突出。这里的人行小路紧贴着悬崖的阶坎，马走的小道则几次都要蹚水过河。走过了嶂谷，两条小路重新合为一条。再往前走不远，东岔河分为两条河，其中一条的河谷一直向前，而东岔河本身则向左流去。在这里，我们的小路又分为两条。一条顺着东岔河向左拐，另一条，据我们的中国向导说，则通向阿尔穆河（伊曼河的支流）。

午后，雨更大了，我们只好提前宿营。离天黑还早，因此，我和德尔苏带着枪出去勘察。在阴雨连绵的秋天，森林里显得特别灰暗凄凉。寒冷的雾气笼罩着光秃的树木、枯黄的野草、地上的落叶和蔫萎发黑的蕨丛，这一切都表明，一年又快结束了，冬天已经临近。

突然，旁边传来了一种奇怪的响声。我们离开小路向河岸走去。眼前是一幅有趣的画面。河道里被鱼塞得满满的，都是大马哈鱼。一些地方的死鱼积成了一大堆，成千上万条死鱼堆积在小河湾和河汊里。它们现在的样子糟糕透了，鱼鳍残缺不全，鱼身遍体鳞伤。大部分是死鱼，但还有一些仍在动弹。它们不屈不挠地顶着水流拼命向上游去，指望在那里找到摆脱痛苦的出路。

为了清除这些死鱼，大自然很关照，派来了熊、野猪、狐狸、獾、貉、乌鸦、三宝鸟和松鸦等来担任清理员。吃死鱼的主要是飞禽，四条腿的走兽则极力去抓活鱼吃。野兽在河沿上踩出了很多小路。我们在一个地方看见一只熊，它坐在砾石滩上，在用前掌卖力地抓鱼。

棕熊和跟它同宗的堪察加熊只吃鱼头，扔掉鱼肉。白胸黑熊则正相反，吃鱼肉而剩下鱼头。

在另一个地方，两只野猪在津津有味地吃鱼，它们只吃鱼尾。再往前走不远，我看见一只狐狸。它从树丛中跳出来，抓起一条鱼，为了预防不测，它没有就地享用，而是把鱼拖到灌木丛中去了。

这里最多的是鸟类。雕落在水边，懒洋洋地，不慌不忙地，带着自己的优越感，啄食着熊剩下的残肴。乌鸦特别多，它们的黑羽毛在浅色的石滩上非常显眼。乌鸦跳来跳去，专拣已经开始腐烂的鱼吃。松鸦在灌木丛中乱窜，它们在和别的鸟争吵，发出尖叫。

河汊里有的地方已经结冰了，冻在冰里的鱼整个冬天都要留在这里。春天，当太阳晒暖了大地，鱼就和冰块一起被冲进大海。而在那里，消灭它们的将是海洋里的动物了。

多好的循环哪！这一切安排得多么合理！什么也不会浪费！甚至在荒僻的原始森林里，对死去的动物也自有清理的办法。

"一种人吃另一种人，"德尔苏说出了自己的想法，"鱼别的东西吃，然后野猪鱼的吃，现在该咱们野猪的吃。"

他说着就瞄准一只野猪开了枪。受了致命伤的野猪嚎叫着跳起来，想往森林里跑，却当即倒下，摔了个嘴啃泥，四肢慌乱地挣扎着。被枪声惊吓的鸟尖叫着飞上天空。鸟又惊动了鱼，鱼像发疯了一样，在河汊里来来回回游着。

我们黄昏时返回了宿营地。雨停了，天也晴了，月亮升上夜空。月亮的暗影和浅色部分清晰可见。这说明空气清澈而透明。

我们很早就睡了，第二天也起得很早。当阳光给山尖染上金色时，我们离开宿营地已经有三四公里了。现在，东岔河向西急转，但后来又向北流去。就在它拐弯的地方，有一座很高的山崖从左侧伸向河谷，就像给奇异的山峰戴上了花冠。

中国向导说，人们在这里经常发生不幸，不是摔断了腿，就是有人摔死了等。为了证实自己的话，他们指着两座坟墓说，这是在这不祥之地遭遇不测的两个不幸者的坟堆。但是，什么事也没发生，我们平安顺利地走过了普罗克利亚蒂耶山崖（意思是“该诅咒的山崖”。——译者注）。

再往前走，我们进入茂密的针叶混交林带。冬天，刺龙牙的刺易断，一抓就扎得满手是刺。讨厌的是，这些刺都是垂直扎进皮肤里，一拔就断在里面了。

中午，我们来到一座小碓子房前，它坐落在三条山泉的汇合处。我们是沿着中间的那条小溪走来的。

晚上，我测量了当地的高度，气压计上的数字显示为海拔 620 米。

这几日天气很好，平静无风。气候很暖和，我们甚至穿着夏天的衬衣，仅在傍晚加些衣服。我很赞赏这样的天气，但德尔苏却不同意我的看法。

“你看，长官，”他说，“鸟儿这么忙着吃食，他的很懂，天要变坏了。”

气压很高。我开始取笑赫哲人，但他仅仅反驳了一句：“鸟儿现在的懂，我的以后懂。”

从上面提到的那所房子到锡霍特山脉的山口，约有 8 公里。

虽然背囊背着很沉重，可是大家依旧精神抖擞地走着，途中很少休息。下午大约4点钟，我们到达了锡霍特山脚下，只剩下爬上山脊了。我想再继续朝前走，但是德尔苏却拽着我的衣袖说：

“等一等，长官，”他说，“我的想，在这里应该过夜。”

“为什么？”我问他。

“早晨，鸟的急忙吃食，现在，你的自己看，一只的也没有。”

的确，黄昏时分鸟类总是特别活跃，但此刻的树林里却死一般地沉寂。好像听到了命令，所有的鸟一下子全都不知道藏匿到哪里去了。

德尔苏建议把帐篷支得更牢固些，最主要的是，尽可能多地准备取暖的木柴，不仅要够一夜用的，而且要够明天一整天用的。我不再和他争论，走进森林里去弄烧柴。大约两小时后天就黑了。士兵们拉来了很多烧柴，看来比需要的多很多。但是赫哲人还嫌少，我听到他对中国人说：

“罗刹[1]的不懂，咱们的必须自己干。”

他们又干了起来。于是，我派了两名哥萨克去帮助他们，一直干到晚霞的余晖在空中消失为止。

月亮升起来了，清朗的月夜从天空俯视着大地。月光钻进幽暗的密林深处，在枯草地上留下长长的白色光带。大地上、

1 满洲的各部落都这样称呼俄国人。

天空中、四周围，到处都平静安宁，没有一点变天的征兆。我们坐在火堆旁，喝着热茶，跟赫哲人开着玩笑。

“这次你可说错了。”哥萨克们对他说。

德尔苏并不回答，只是默默地继续加固自己的帐篷。他钻到石崖下面，从那边滚来一个大树墩子，用石头把它围起来，中间的小洞用苔藓堵住。他还从上面把自己的帐篷揽牢，在帐篷前生起了篝火。我觉得他那里很舒适，立刻带着自己的东西搬到他那儿去了。

时间在消逝，四周依然很静。我也开始认为德尔苏判断错了，可是突然，月亮周围出现了带着彩虹色边缘的晦暗的斑点，月面一点点变得昏暗，轮廓模糊不清。黯淡的斑点开始扩散，吞没了外缘那道彩色光环。不知道什么烟雾迅速遮住了天空，可这烟雾从哪里来，又向哪里去，却说不清楚。

我以为最多不过下一阵小雨而已，便安心睡觉了。不记得睡了多久，我被人叫醒了。睁开眼睛，看到穆尔津站在我面前。

“下雪了。”他向我通报。

我掀开毯子，看到周围仍是一片漆黑。

月亮完全消失了，空中飘洒着细碎的雪花。火堆烧得很旺，照亮了帐篷、沉睡的人们和堆在旁边的木柴。我叫醒了德尔苏，他吓了一跳，揉着眼睛，看看四周，又看看天空，就抽起旱烟来。

周围一片寂静，但这寂静之中有一种不祥之感。过了几分钟，雪下大了，带着某种不寻常的簌簌声落到地上。其余的人也都醒来，开始收拾自己的东西。

蓦地，雪花旋转起来。

“开始有了。”德尔苏说。

于是，像验证他的话一样，我们听到了山里传来的响声，接着，一阵狂风从我们完全没有料到的方向吹来，火堆立即燃烧起来，发出明亮的火光。随后，第二次狂风又猛烈袭来，接着是第三次、第五次、第十次，而且一次比一次延续的时间更长。好在我们的帐篷牢牢地拴住了，否则早就被狂风掀跑了。

我看了德尔苏一眼。他平静地抽着旱烟袋，无动于衷地望着火堆。这场暴风雪的来临并没有使他惊慌失措。他这一辈子见到的暴风雪非常多，所以眼下的暴风雪对他来说并不算新奇。德尔苏好像看透了我的心思，说：

“烧柴很多的有，帐篷搭得好，没有关系。”

一小时后，天蒙蒙亮了。

暴风雪——就是下雪加上飓风。暴风雪期间，气温可以降到零下15℃，风势猛烈，足以把屋顶掀掉，把树连根拔起。在暴风雪中绝对不可能行走。唯一的生路就是留在原地不动。一般而言，任何一次雪暴中都会有人成为牺牲品。

我们周围发生了某种不可思议的事。狂风怒号，折断树枝，把它们像羽毛般抛向空中。高大的老红松左右摇晃，如同纤细的小树。此刻，无论山岭，还是天空，或者大地，什么都看不见了。一切都在暴风雪的旋涡中旋转。偶尔，透过雪幕可以看到近处树木的模糊轮廓，但只是一闪而过。新的一股狂风吹来时，看到的模糊景象也随即消失了。

我们害怕地躲进帐篷里，静静地待着。德尔苏不时向天空张望，并自言自语地说着什么。我对他提起了 1902 年我们两人在兴凯湖畔遇到的那场暴风雪。

午后，暴风雪全力猛烈袭来。虽然我们有悬崖和帐篷遮挡，但这并不是万无一失的屏障。我们忽而感到热，忽而感到冷。当狂风迎面吹来时，也带来了火堆的烟雾和热浪，我们热得就像待在火堆上，当狂风把火苗吹到相反的方向时，我们又感到很冷。

已经不需要去专门取水了，把雪装满茶壶就行，雪，现在绝对不缺乏。黄昏将近时，暴风雪达到了最猛烈的程度。天越黑，暴风雪越可怕。

这一夜很少有人睡觉，大家只关心一件事，就是取暖。

21 日，我们仍在原地躲避暴风雪。现在，风向变了，刮起了东北风，风力更猛了，甚至连宿营地前面的东西都看不清了。

“他的为啥生气？”德尔苏很忧虑，害怕地说，“难道我们坏事的干了？”

“谁生气了？”哥萨克问他。

“我的不知道，用俄国话怎么说，”赫哲人回答，“他的少少是神，少少是人，山岗上的住，风能呼，树能毁。我们的话叫‘坎古’。”

“指的是山神或林神。”我这样想。

我们费了很大力气才拢住篝火。讨厌的是，每一阵狂风都要刮跑一些火炭，并将雪撒到火堆里。帐篷附近有不少大雪堆。下午，又刮起异常猛烈的旋风。旋风从地上卷起大量积雪，然后突然从空中撒下白色雪尘。接着重又卷起积雪，怒号着奔向森林。每一次刮过这样的旋风后，所经之处都会倒下大片树木。暴风雪有时出现短暂的间歇，但只有片刻，雪魔随即又开始狂舞起来。

午后，天空稍微放晴了，温度却开始随之下降。透过厚重的云层，太阳就像一个模糊不清的圆点隐约出现了。

需要操心一下木柴了。我们跑出去就近捡来倒木。我们捡了很长时间，直到德尔苏下令说“够啦！”为止。不用任何人说，大家一下子全都奔向帐篷，在火堆旁烤起手来。我们就这样又熬了一夜。

第二天清晨，天气稍有好转。寒风刺骨，阵阵袭来。我们商议后决定，尝试着翻越锡霍特山，希望山岭西侧的风会小一些。德尔苏的意见起了决定性的作用。

“我的想，他的很快完了。”他说完，第一个开始准备上路。

收拾东西没用多少时间。20分钟后，我们就已经背着背囊开始爬山了。

一出宿营地，前面就是陡坡。这两天下了很多雪，有的地方积雪深达1米。我们在山脊上停下来休息一下。根据气压计的测量，山口高度为910米。我们把这个山口叫作捷尔佩尼耶山口（意思是“忍耐”山口。——译者注）。

我们眼前的锡霍特山呈现出一派凄惨的景象。整片整片的林木被狂风吹倒了。我们不得不绕远走过这片倒木。我已经说过，长在山上的树木，根部都平行地扎在地表层，根上只覆盖着青苔。一些树都被连根拔起。大树摇晃着，整个根系全被拔了起来，根条之间黑色缝隙时张时合，在白雪的衬托下像一张张巨大的嘴。科热夫尼科夫突然心血来潮，刚想站到一条快倒的大树根上晃荡晃荡，刚巧一阵狂风袭来，树倾斜了，他马上跳到一边，接着就听到一声巨响，大树轰然倒地，并将冻土块抛向四面八方。

第二十七章　到伊曼去

德尔苏辨认踪迹　鸟类　捕貂人运粮　在伊曼河上游　朝鲜人鹿窖　乌德海人　在帐篷里过夜　库卢姆别河　伊曼河　乌德海人的小船　猎户村西家屯及其居民　奴隶制

锡霍特山岭西面的下坡很平缓，堆满巨石，树林茂密。我们顺着一条小溪下了山，又顺着它一直走到南岔河。这条河从东北面沿锡霍特山脊流来，渐渐偏向西北。南岔河河谷宽阔，多沼泽地，覆盖着茂密的针叶混交林。猎人踩出的小路有一段沿着河谷的边缘，有一段在山上，这些山的形状和侵蚀丘陵一样。

路上我们看到一座用松树皮搭的帐篷，人字顶，用作住房。由于前两夜很疲劳，我们便在这座帐篷旁边宿营。晚饭后，大家马上就睡觉了。

10 月 23 日，我们继续沿南岔河往下游走去。刚下过雪的地面上，可以清晰地看出各种脚印。这里有驼鹿、麝、紫貂、黄鼬等动物留下的足迹。德尔苏走在前面，仔细地察看着这些脚印。突然，他停下来，向周围张望了一下说：

“他的怕谁？”

“你说谁呢？”我问他。

“麝。”他回答。

我看了看脚印，没发现有什么特别的地方，这就是一般的脚印，小而细碎。

德尔苏有惊人的踪迹辨识能力。他甚至能根据脚印猜出动物当时的精神状态。脚印哪怕有那么一点点不均匀，他就能看出来，动物处于惶恐不安中。

我请德尔苏给我指出来，他根据什么断定麝受到了惊吓。他讲得又是那样简单明了。麝起初的脚步很均匀，然后停了一下，接着谨慎地朝前走去，后来匆忙躲向一边，最后跳起来逃走了。在刚下过雪的雪地上，这一切都一目了然。我正要往前走，德尔苏叫住了我。

“等等，长官，”他说，“我们的要看看，什么人吓跑了麝。”

过了片刻，他对我喊了一声，说麝害怕的是紫貂。我走到他那儿，在一棵很大的被白雪覆盖的倒树上，确实看到了紫貂的足迹。显然，这小猛兽悄悄地轻轻走来，藏在大树枝背后，然后朝麝扑去。接着，德尔苏又找到了麝在地上打滚的地方。几滴血迹说明，紫貂咬破了麝的后脑勺旁边的皮。再往后的足迹说明，麝从自己身上成功地甩掉了紫貂，继续向前跑去，而紫貂紧追不放，但是没有追上，便拐到一旁，爬到树上去了。

我觉得，假如我和德尔苏能相处得更久，假如他更爱交谈，大概我也能学会辨识踪迹，即使不能像他那样准确敏锐，也终究会比别的猎人强得多。

德尔苏看到了很多东西，却默不作声。他沉默不语，是因为他不愿意把精力放在那些他认为是无关要紧的任何小事上。只有在特殊情况下，当他遇到了什么特别有趣的事时，他才自言自语地说出来。

在离锡霍特山大约25公里处，南岔河与从北面流过来的北岔河汇合了。库卢姆别河的起点也正是在这里。这条河应当将我们带到伊曼河去。河水已经开始结冰，河岸显得比以前宽了。我们毫不费力地过了河，继续前进。

库卢姆别河穿过遍地沼泽的宽阔河谷，自东向西流去。小路一直在河谷右边。山上除了针叶树，红松占很大比例。在低洼的沼泽地，有很多长满苔藓的枯树。

午后，风彻底停了。天空没有一丝云彩，灿烂的阳光在雪地上反射出耀眼的光，显得白天更加明亮了。针叶树已经披上了冬装，厚厚的积雪将它的枝条压向地面。万籁俱寂，一片安宁。大自然似乎处于一种昏睡状态，这种状态往往是经历了躁动不安后的反应。

我在这儿的鸟王国里看到了大嘴乌鸦、红头啄木鸟、斑啄木鸟和鹇。有两三次，我们惊飞了黑头红嘴的白色红胸秋沙鸭。这种鸟在乌苏里地区过冬，所以它有白色羽毛可以保护自己。我们常常走到离它们很近的时候，才发现它们。

值得一提的是一种讨人喜欢的小鸟。这种鸟以它爱玩的习性博得了哥萨克们的好感，称它为“极乐鸟”。这就是褐河鸟，大小和矶鹩相似，总是栖在水边。有一只褐河鸟容许我走到它的近旁，我停下来观察它。这只褐河鸟很警觉，常常转来转去，发出叫声，并有规律地随着叫声的节拍摆动自己的小尾巴。后来它突然投入水里，潜入河底。当地居民说，这种鸟在河底可以自由行走，一点不在意湍急的水流。褐河鸟浮出水面，看到人后，便叫着向一个冰洞飞去，接着又飞到另一个冰洞那儿去了。我跟着它一直走到河流转弯处。

在另一个地方，我们惊起了针尾沙锥，它栖息在没有积雪的水边。我以为这是一只掉队的候鸟，但它的样子很愉快，精力充沛。后来，我常常在未结冰的河汊两岸遇到这种鸟。由此我得出结论：针尾沙锥要在乌苏里地区度过冬季的一半时间，只有在12月过后才飞往南方。

这一天我们走了12公里，在徐福的小房子附近停下来。这个地方海拔500米。房子里住的是中国人，他们在这里专门挖陷阱捕捉驼鹿。

第二天早晨，中国人醒得很早，准备去打猎，我们则准备上路。随身带的食物快吃完了，必须补充一些。我向中国人买了些粮食，付给他们8卢布。据他们说，在这一带1普特面粉要花16卢布，1普特小米12卢布。并非粮食值这么多钱，而是运费太贵。

库卢姆别河一夜工夫就冻得可以在冰上行走了，这使我们的旅途轻松多了。肆虐的疾风刮走了河上的积雪。冰一天比一天冻得坚实，此外，河面上还有很多地方没有结冰，那里冒出浓浓的雾气。

我们走了大约 5 公里，便走到了两所朝鲜房子前。主人是两个年老的和两个年轻的朝鲜人，他们以打猎和捕兽为生。小房子是新盖的，干干净净。我挺喜欢，于是决定留在这里休息一天。

下午，两个朝鲜人准备到森林里去查看麝窖，我跟他们一起去了。

麝窖离房子不远，是用树林里的风倒木搭建的，栅栏高 1.2 米。为了不被人拆下倒木拿走，朝鲜人用木桩将其加固。

这种窖一般都设在山里麝经常出没的小路上。栅栏中留出一块地方做通道，在那里设下绳套。麝的头钻进套子后，便吓得乱蹦乱跳，它越挣扎，套子勒得越紧。

我们查看的麝窖共下了 22 个套子。朝鲜人在其中的 4 个套子上找到了 3 只母麝，4 只公麝，都已经死了。朝鲜人把母麝拖到一边去，扔在那里喂乌鸦。问他们为什么扔掉捕获的动物，他们说，只有公麝才有贵重的麝香。中国商人从他们手里收购麝香，1 卢布一个。至于麝肉，有 1 只公麝就足够他们吃了，明天他们还能捕到这么多。据朝鲜人说，一个冬季他们能捕到 125 只麝，其中 75%是母麝。

这次考察带给我很烦闷的印象。无论走到哪里，到处都会碰到滥伐滥捕的现象。在不久的将来，有着丰富动植物资源的乌苏里地区就会变成一片荒漠。

第二天，我们特意提前出发，以便弥补休息了一天所耽误的路程。我们带上了一只朝鲜人扔掉的母麝。

从朝鲜房子开始，库卢姆别河自西向东偏南一点流去。过了房子是一大片火烧迹地，一直伸展到远处的河谷和山岭。明显感到山更高了，坡也更陡了。

此刻，茂密的针叶林已在我们身后，眼前是甜杨、榆、白桦、山杨、柞树、兴安杨和槭树等。山上，继长满苔藓的云杉和冷杉后，是一片高大挺拔的红松林。

这一天，我们顺利走了约 15 公里。黄昏时，士兵们发现旁边的河汊上有一座孤零零的帐篷。帐篷顶上的圆洞中冒着烟，就是说里面有人。帐篷旁边的架子上晾着许多鱼。帐篷是用松树皮搭成的，上面盖着干草，长 3 米，高 1.5 米。门口挂着桦树皮的帘子。岸上扣着两只船：一只很大，船头形状古怪，类似勺子；另一只很轻便，两头都呈尖形，俄国人称这种船为桦皮小舟。

当我们走近帐篷时，两条狗叫了起来。从帐篷里走出来一个很像人的影子。起初我以为是个男孩，但是看到那人鼻子上戴着鼻环，才知道是个女人。她个子很矮，像个 12 岁的小女孩，穿着长到膝盖的皮褂子，裤子是用熟过的马鹿皮缝制的，套着彩色绣花护膝，脚上是同样绣着花的翁得，漂亮的花套袖。她头上蒙着一块白头盖。

平排成一字形的深褐色双眼，遮在眼睛上的蒙古人特有的眼睑，高颧骨、宽鼻梁、塌鼻子和薄嘴唇——这一切都使她的面孔与欧洲人截然不同。扁平的脸是五角形的，实际上比颅骨还宽。

这个女人用惊奇的眼光望着我们，突然流露出惶惑不安的神色。什么样的俄国人能到这里来呢？守规矩的正派人是不会来的，“准是乔尔顿”，她这样想着，便又躲回帐篷里去了。为了消除她的疑虑，德尔苏用乌德海语和她攀谈起来，并告诉她，我是考察队队长。女人放心了。礼俗不允许一个女人过于明显地表现出自己的好奇心。她克制着自己，偷偷地打量着我们。

这座帐篷从外面看就不大，里面就更小了，人只能坐着或躺着。我吩咐哥萨克搭起自己的帐篷。

海滨的鞑子已经汉化了，而这里的鞑子仍然保留着这么多的原始习俗，两者差别极为明显。

女人默默地做着晚饭。她把锅吊在火上，倒上水，放进两条大鱼。然后，拿起自己的旱烟袋抽起来，同时不断向德尔苏提出问题。

晚饭做好时，男主人回来了。他是个30来岁的汉子，瘦瘦的，中等个头。他也穿一件长褂，系一条腰带，褂子在腰带上松松地垂下一部分。褂子的右大襟，从衣领直到下摆都镶着带花纹的宽边。他下身穿着皮裤、套裤，脚上是一双鱼皮翁得，头上蒙一块白布，白布外面戴着一顶狍皮小帽，帽子上竖着一根松鼠尾巴。黑红色脸膛，花哨的装束，帽子上的松鼠尾巴，手上戴的戒指和镯子，将这个原始人变成了好像红种人的样子。

当他旁若无人地坐在火堆旁默默地抽烟袋时，这种印象就更加强烈了。

礼俗要求客人先打破沉默。德尔苏知道这一点，于是先开口向他打听道路和积雪的深度。交谈就这样开始了。当乌德海人弄清楚了我们是什么人，从哪里来之后，便说他已经知道我们要顺着伊曼河下来，这是他从住在伊曼河下游的他的亲戚那里得知的，而且那里早就在等我们了。这个消息使我感到惊讶。

晚上，他的妻子查看了我们的衣服，把需要缝补的地方缝补好，把穿坏的翁得换上新的。男主人给了我一张熊皮做垫子，我盖上毯子，很快就睡着了。

半夜，我被冻醒了。极度寒冷。我掀开头上的毯子，看到帐篷里已经没有火了，火灶里只剩下一些火炭。从帐篷顶的圆洞中可以看到星光点点的夜空。帐篷的另一边传来了鼾声。显然，为了避免火灾，乌德海人在睡觉前故意把火熄灭了。我尝试着把毯子裹得更紧些，但是仍然无济于事，寒气从每条缝隙里透进来。我起身划了根火柴，看了一下温度计，只有零下17℃。于是，我从自己的桦树皮垫子上撕下一块来放到火上，开始吹气。片刻，就冒起了火苗。我把散乱的木块拢到火边，穿上衣服，走出帐篷。旁边的帐篷里睡着我的士兵们，他们身旁燃着篝火。我在火堆旁烤了一会儿，刚想回到帐篷里，这时看到河边上还有篝火的亮光。那里，在陡岸下面，我找到了德尔苏。水冲坏了河岸，河上面悬着一大块草甸，下面便形成了某种类似岩洞的凹穴。他在这个水浪冲蚀的洞里给自己铺了一个草铺，前面燃起一堆火。德尔苏嘴里叼着旱烟袋，枪放在身旁。我把他叫醒了，赫哲人跳了起来，以为睡过头了，急忙收拾自己的背囊。

当他搞清楚是怎么回事后，立即把他的铺位让给我，自己躺在旁边。几分钟后，在这里，在悬崖下，我感觉暖和多了，睡得也比在帐篷里的熊皮上更好。

我醒来时，大家都已经起来了。鲍奇卡列夫在煮麝肉。当我们准备上路时，乌德海人也穿好了衣服，并说要和我们一同到西家屯去。

早晨喝茶的时候，Г.И. 格拉纳特曼和科热夫尼科夫就夜里的风向问题争论起来。科热夫尼科夫说是东风，Г.И. 格拉纳特曼说是南风，而我却觉得，风是从北方吹来的。我们无法达成一致，便去问德尔苏。赫哲人说，夜里风是从西面刮来的。他说着指了指芦苇的叶子。早晨太阳一出来，风就停了，根据叶子倾斜的方向，就可以知道风向了。

从乌德海人的帐篷那儿，小路向河谷的右边拐去，向北上了山坡，然后转向西南方。大约走了 10 公里，我们又来到了库卢姆别河畔。它在这里分出数条河汊，宽达 2.4 米，航道水深为 1.8 米。

这一天我们走的路不多。虽然随身携带的食物日益减少，背囊越来越轻，可是背起来却更困难了，背带勒得双肩生疼，这不仅是我一个人的感觉，也是大家的共同感觉。

积雪经寒风一吹，变得干燥松散，人走在上面相当费力。

上山尤其困难，常常跌倒，滑下去。体力大不如前，身心疲惫，休息一天已经不够了，需要休息更长的时间。

我们在离河不远处又发现了一座空帐篷。哥萨克们和鲍奇卡列夫已经在里面安顿下来，中国人只好睡在外面的火堆旁边。德尔苏原想和他们睡在一起，但是，看到他们准备烧柴时不加挑选，什么样的柴都要，便决定自己单独睡。

“不懂，”他说，“我的不想褂子烧掉。要好木柴去找。”

这座空帐篷看来常有猎人过夜，帐篷周围所有的枯木早就被砍光烧尽了。但这并没有难倒德尔苏。他走进密林深处，从远处拖回来干枯的水曲柳。他一直干到黄昏，我尽力帮助他。我们一整夜都睡得很好，不用为帐篷和衣服担心。

红彤彤的晚霞和黎明前地平线上的烟雾，都是早晨将有严寒的可靠征兆。果然如此。早上升起的太阳暗淡无光，变了形，虽然有光芒，但并不温暖。太阳上面和下面有明亮的白光，左右两侧是闪烁着虹光的圆点，北极居民将其称为“太阳耳朵”。

陪同我们的乌德海人对这一带了如指掌，他总是抄近路走。在离库卢姆别河河口两公里的地方，小路拐进森林，我们沿着这条小路又走了将近一个小时。突然，森林一下子到了尽头，小路也断了。我们面前是伊曼河。

现在我们再将目光转向库卢姆别河。它长约 60 公里，东西流向，毫不偏移。上游由 3 条河组成，即北岔河、南岔河和三岔子[1]河。沿北岔河走，两天可以到达通向阿尔穆河的山口。沿三岔子河走，3 天可以到达三河皮沟河。库卢姆别河从右侧将漾湖[2]河纳入，自左侧纳入大南岔河。大南岔河沿岸有 6 座碓子房。中国人沿着这条河，3 天就可以走到三河皮沟河的源头。再往下游去，左边还有一条大北岔河（意思是“很大的北支流”），河畔有通向内库利亚河（阿尔穆河支流）去的山口。

这条路有两个通道。小北岔[3]河和小南岔[4]河是库卢姆别河下游最后的两条支流。

库卢姆别河的整个河谷里布满了页岩，这种岩层沿着伊曼河继续延伸。所有的古河阶地都是由这种岩层构成的。很有可能，它们属于太古代岩石。

库卢姆别河流域的森林和伊曼河上游的一样，山上生长着红松，其间混杂有大量云杉，河谷里生长着落叶松、白桦、山杨、柳、赤杨、槭、冷杉、椴、水曲柳、甜杨、榆和稠李，还可以见到赤柏松，不过都是单株生长。

1854 年绘制的老地图上，这条河的名称为“尼满”，“尼满”是满语，意思是“山羊”。由此很容易得出另一个词“伊曼”。乌德海人简称它为“伊玛”，而中国人在这个名称后面又加上一个“河”字，结果便成了“伊玛河”。

---

1 有三条岔的峡谷。

2 水满外溢的湖泊。

3 北边的小支汊。

4 南边的小支汊。

库卢姆别河与伊曼河两河相汇时，伊曼河已经是一条大河了，宽 100 米，深 3 米，在枯水期流速每小时 8 公里。伊曼河河谷是由交替出现的剥蚀谷和构造谷构成的。剥蚀谷为东西走向，构造谷为南北走向。泰伊别河、阿尔穆河和库卢姆别河等支流的河谷都是伊曼河各段剥蚀谷的延续。

伊曼河尚未封冻，仅在岸边结了一些冰。在我们对面的河岸上，有一群小孩在玩耍，原来他们是乌德海人的孩子。再往远一点的柳丛中，可以看到一座帐篷，旁边有一个仓房。德尔苏向孩子们喊了一声，让他们送一只小船过来。孩子们惊慌地向我们这边看了一眼，撒腿跑散了。随后从帐篷里走出一个手里拿着枪的男人。他和德尔苏说了几句话，然后就划着小船到我们这边来了。

乌德海人的小船是一种长形的平底独木船，船身很轻，一个人就可以毫不费力地将它拖上岸来。船头为圆形，宽宽的船底向前突出，并上翘，于是船头的样子就像勺子或铲子，整条船看起来很不匀称。由于这种结构，船不能破冰前进，而是在冰面上滑行。因为船的重心提高了，就会感到很不平稳。我们上船时，船身摇晃得厉害，我不由自主地用两手抓住了船舷。但是，当我们都坐好了，船离岸后，我就确信，船是相当平稳的。这个乌德海人站着，用一根长篙撑船前进。他用力撑着船逆水而行，水流把船冲向一边，渐渐地冲向对岸。

我们终于在那座帐篷前靠岸了，在冰上下了船。迎面走出来一个女人和三个孩子。孩子们吓得躲在母亲身后。女人先把我们让进帐篷，自己也进来了。她坐在火堆旁，抽起旱烟袋来，孩子们留在外面往仓房里垛鱼。帐篷有很多缝隙，风嗖嗖地灌进来。中间生着一堆火，孩子们不时跑进帐篷，在火上烤一烤他们冻僵的小手。看见他们穿得那样单薄，我很惊讶。孩子们都敞着怀，没戴手套和帽子。他们在外面干活儿，好像一点也没有觉得冷。如果哪个孩子在火堆旁比别的孩子待得时间长些，父亲就呵斥他，把他撵出去。

"他冻僵了。"我对德尔苏说，并请他把我的话翻译给乌德海人听。

"让他去习惯吧，"乌德海人回答，"不然他会饿死的。"

不能不同意乌德海人的话。谁要和大自然打交道，享用它馈赠的原始财富，就应当与之交往，甚至在它冷酷无情的时候。

我向乌德海人打听了伊曼河的情况。他说，这条河的上游，流向与锡霍特山脉平行，而且它的源头与丘蒂贺河的源头处于同一高度。真是一个奇怪的现象！河水从离大海约60公里的分水岭奔泻下来，向西流去，绕了一个很大的圈子，就是为了最终还要流入大海。

伊曼河上游生长着茂密的混交林。很难想象还有比这里更偏僻荒凉的地方了。只有在初冬，这里才稍有生气。海滨的中国人迁移到这里来捕貂，但他们不会在这里久留。他们害怕碰上大雪，所以很快就返回原地了。

向乌德海人打听了道路后，我们继续前进，并且很快就到了伊曼河折向西北的地方。就在这个拐角上，左岸有一大片林中旷地与伊曼河相连。这片旷地长 5 公里，宽约 2 公里。旷地尽头有 4 座房子，这就是中国猎户村西家屯[1]。在伊曼河另一边，3 座帐篷里住着 5 户乌德海人。我就在他们那停下了。

从 10 月 27 日到 30 日，我们住在西家屯。这几天我观察了这座村落，认识了村里所有的居民。居民中大部分是各种罪犯、躲避法庭审判的逃亡者以及贪得无厌的冒险家。他们什么活儿都不干，只是吸鸦片、酗酒、掷骰子，相互争吵和骂架。每座房子里住的人都可分为三类：主人和雇工；以抢劫为生的游手好闲者；杀人犯。我想起了张保，他曾经告诫过我，不要相信西家屯的中国人。

这里和其他地方一样，当地的土著居民处于完全被奴役的地位，目不识丁的乌德海人，根本不知道他们之中谁欠了中国人多少债。在这里可以看到奴隶制这个词的准确含义。例如，乌德海人席巴云，因为没有在指定的期限内交出一定数量的紫貂，就被用棍棒打成了终生残废，他的妻子和女儿也被抢走了，他本人被以 400 卢布的价钱卖给了另一个中国人当无偿的劳工。

看到这一切，我义愤填膺。但是，身处这些武装良好的人当中，我们 6 个人又能做什么呢？我答应一回到哈巴罗夫斯克，就想办法帮助乌德海人。

31 日，明显感到更加寒冷了。冰在河面上漂浮。尽管如此，乌德海人还是决定，只要有可能，便用船送我们走。

---

1 西家的军屯。

第二十八章　艰难的处境

伊曼河行船　石槛　冰排　翻船　阿尔穆河　西南岔河　饥饿熊的残羹　皮子做的面条　筋疲力尽　李堂奎　香石河子之夜　乌德海人的不满　瓦贡别住地　土著起义　萨满的歌声

11 月 1 日一大早，我们离开了西家屯，乘船顺伊曼河而下。

乌德海人从小就习惯了在山溪中行船。在山峡中行船眼睛要向前看远处，要知道应该在哪里让船慢行，在哪里应当掉转船头逆流而上，或者相反，在什么地方要尽可能加速，以便闯过险关。所有这一切都要考虑到，并灵活迅速随机应变。否则，哪怕稍有一点疏忽大意，小船就会被激流裹挟着，瞬间在石头上撞得粉碎。有石槛的地方河水波涛起伏，小船摇摆不定，所以在船上保持平衡更加困难。对我们而言，由于河上还漂着冰块，岸边结的冰又夹挤了航道，因此大大增加了行船的难度。冰排挡住了我们想行驶的航道，小船只能从可以通过的地方穿行，特别是当遇到横在拐弯处的石槛时，更是这样。岸边冰越宽，河心的水流就越急。

伊曼河河谷从西家屯开始，具有极其明显的剥蚀性质。伊曼河在这个地方的几条小支流值得注意。右侧的东大沟[1]河（有通向阿尔穆河的山口），然后是花间沟[2]河和鱼皮沟[3]河，再往下是蘑菇子沟[4]河和土房沟[5]河。

从西家屯稍往下去不远，可以看到高大的古河阶地，阶地是由被强力压成的黏土页岩构成的。其中有一些夹杂着含石英细脉的土红色砂岩层。在阶地后面，离伊曼河约10公里的地方，耸立着杨木顶子[6]山。据乌德海人说，中国人在那里偷偷淘金。

沿途，在马场沟[7]河、四方沟[8]河和加达拉河河口附近，可以看到乌德海人空置的夏季窝棚。有些地方晾的鱼都还没收起来。为了防止乌鸦祸害，土著们留下了几只狗看守。这些狗尽职尽责，认真地履行看守职责。每当这些长羽毛的小偷一出现，它们就扑上去，汪汪大叫，把它们赶跑。

伊曼河一带生长着优质森林。山上以偃松和冷杉为主，河谷里落叶松居多。

---

1 东面的大河谷。

2 百花繁茂的河谷。

3 鱼皮谷。

4 生长着许多蘑菇的河谷。

5 有土房的河谷。

6 长着杨树的山顶。

7 有牧马草场的河谷。

8 四方形的河谷。

伊曼河同所有的山间河流一样，有很多石槛。其中一处位于西家屯和阿尔穆河之间，那里的石槛被认为是最危险的。哗哗的流水声在很远的地方就听到了。河底的坡度直接用肉眼就可以看清。对岸有一块巨石悬在河面上，泛着泡沫的河水拍打着巨石底部，浪花飞溅，巨石外面包裹着一层冰。

乌德海人停住船，互相商量了一下，然后把船横在河上，慢慢顺流而下。当一股急流把船冲向礁石的刹那间，他们灵巧地一撑，船就掉转了方向。我从乌德海人的眼睛里看出，我们的处境非常危险。德尔苏比大家都沉得住气，我和他谈了我的感觉。

“没关系，长官！”他回答我，“乌德海人跟鱼的一样，很好的行船的会。我们这样的不能。”

越往前，行船越难。冰排更多，岸边结的冰也更宽了。

伊曼河流域这一段，全部覆盖着针叶混交林。岛屿上大多为落叶松，间或有可用于建材的红松；河两岸和砾石浅滩上，生长着茂密的柳丛，为土著们制作滑雪板、帐篷、渔叉和窄长雪橇等提供了取之不尽的原材料。

我们乘船顺利前行了不多时，从早晨起就一直阴沉的天气，现在又起了暴风雪。乌德海人非常灵活地撑着船在河上迂回穿行，用船篙把浮冰推向一边。

过了加达拉河后，伊曼河突然拐了一个急弯。这里聚积着很多浮冰，中间只有很窄的水道可以通行。前面是否能穿过去，还是已经堵死了，连我们的向导也不知道。乌德海人停下船，问我要不要冒险。实在厌烦了背着行李行路，于是我决定碰碰运气。德尔苏想劝阻我，但我没有接受他的意见，我想，即使行不通，我们还能上岸。船不可能长时间停在一个地方，于是我们继续前进。然而还没有行出 40 米，就看见水道已被封死了。远处是连成一片的密实的冰块，船靠近它是危险的。如果水流将我们这只载着重物的小船冲到冰排上，船会立即灌满河水。必须尽快后退。但这谈何容易，在这么窄的河道里不可能掉转船头，于是只好让船尾逆着水流向后移动。真不走运，我们的船恰好走在航道上，船篙勉强够得着河底。我们费了极大的力气，向后退了一半路程。突然，有一个乌德海人喊叫起来，从他那惊恐的声调里，我知道我们的处境万分危急，我向后看了一眼。只见一块巨大的浮冰迎面向我们疾驶而来。在我们的船退出去之前，巨大的冰块将把这条河道堵死。乌德海人使出了全部力气，但浮冰却不等待，它发出一声巨响，撞在河道的边缘上，接着又撞向另一面。这时，发生了更糟糕的，也是我们完全没有预料到的事——由于猛烈的冲撞，所有的冰块都活动起来，水道更窄了。

“冰很快船的撞碎！”德尔苏大叫起来，声调都变了。“要快走！”

他跳出小船，踩着浮冰向岸上跑去，手里还拉着缆绳。德尔苏掉下去两次，但是很快又爬到了冰排上。幸亏离岸不远。哥萨克们也学着他的样子，跳出船去。科热夫尼科夫和鲍奇卡列夫顺利地上了岸，可是穆尔津却掉进了水里。他竭力往冰排上爬，但是冰排却翻了。他越使劲往上爬，沉得越深。眼看就要沉到河底了。就在此时，德尔苏飞奔过去救他，而他自己却差点儿被淹死。这时，我和乌德海人一起，从一块冰移动到另一块冰上。我们一边拖着船，同时自己也抓扶着船行走。所幸，船头很快就靠近了德尔苏和穆尔津，两个人都得救了。船又陷入冰河中，横在河上，顺着水流和冰排一起向下漂去。我们开始将自己的背囊向岸上扔去，然后自己爬上岸。几分钟后，小船被冲向悬崖。仿佛是个有生命的物体，小船对冰块做了一番抵抗，震颤着，然后突然裂开，拦腰断成两半。不久又传来一阵碎裂声，水上浮出一片残骸，然后一切都消失不见了。

我们上岸后第一件事是点起了篝火。必须把衣服烤干。有人提议烧壶茶，吃点东西。大家开始找粮袋，但粮袋不见了。同样，枪也少了一只。没办法，我们吃了点每个人口袋里剩下的东西，又继续赶路了。乌德海人说，傍晚我们就可以赶到小河子沟子的房子那儿了。他们指望在那里的仓房里找到冻鱼。

黄昏时我们果然走到了那座房子。里面是空的。哥萨克们在仓房里只找到了两条干鱼。对这顿菲薄的晚餐，我们也只能感到满意。

伊曼河从大五河密沟[1]山泉开始，转向西北流去，形成一个很大的环形曲流。它在这里从右面纳入阿尔穆河，这是伊曼河最大的支流。阿尔穆河长160多公里，发源于锡霍特山脉，源

1 从林茂密的第五条大河的河谷。

头与阿尔卡角处于同一纬度。这条河的上游由3条小河汇合而成，每条小河长30公里。与3条小河汇合后，阿尔穆河向西流去，然后猛然向北转去，继而又偏向西南，最后在河的下游重又恢复东西流向。可以看出，阿尔穆河河谷是由一系列纵谷和横谷构成的。横谷最为蜿蜒曲折。某些地方的弯曲度几乎就是圆形的。了解了这里的地形，冬季就可从狭窄地带抄近路走，可以大大缩短行程。

阿尔穆河下游宽约80米，深2—3米，流速每小时10公里。阿尔穆河河谷的阶地极为发达，尤其在中游左岸一带。这些阶地高达10米，基底庞大厚实，由密实的页岩构成。上面覆盖着一层厚厚的冲积碎屑岩。

在阿尔穆河右岸离河口两公里远的地方，乌德海人一向就住在这里。他们的住地有4座房子。1906年这里只有15个乌德海男人和女人。从阿尔穆河沿伊曼河向下再走一段路，还有另一个乌德海人的聚居地老柳，共有8个居民。老柳是河右岸的一块林中旷地，长4公里，宽1.5公里。

伊曼河将阿尔穆河纳入后，突然变窄了，只有主流，没有河汊。主流宽80—100米，因此流速也大大加快了。在这里，群山从两侧交替逼近河道。这一段山脉的岩层仍然全部都是页岩。

据向导说，从我们停下休息的地方到阿尔穆河，需要3天时间。但是，如果穿越伊曼河环形曲流，向山岭直走，可以缩短行程。那样就可以直接走到位于阿尔穆河下游50公里处的香石河子地区。由于口粮不足，缩短行程现在显得特别重要。乌德海人答应把我们送到需要拐弯的地方。

第二天，11 月 2 日中午，我们走到了曲折多弯由西向南流去的虎踏道河。我们须沿着这条河翻过山脊登上山口，这座山就是伊曼河形成环流的原因。虎踏道河长 3.5 公里。这座山的上坡和下坡都同样陡峭，倾斜度为 30°左右，而山口则高出伊曼河 350 米。

现在，我们眼前有两条山泉，一条向北流，另一条向西流。我们好像应该向西走，可是我却错误地选择了向北走。现在已经过了山口，只要找到烧柴和比较平坦的地方，我们就在那里宿营。

11 月 3 日早晨，我们吃了最后一点干鱼，背着很轻的背囊上路了。现在唯一的希望只有打猎了。因此决定让德尔苏在前面走，为了不惊动野兽，我们走在后面约 300 步远的地方。我们的路顺着一条不熟悉的小河延伸，从山口上仅可以看到小河向西流去。

我们都指望德尔苏能打到点什么，但是希望落空了。没有听到枪声。下午，河谷变宽了。在这里我们发现了一条依稀可辨的羊肠小道。小道向左，即向北去了，穿过一片塔头沼泽。大家都觉得很饿，默默地走着，谁也不想说话。突然，我看到德尔苏轻轻地从一个地方向另一个地方挪动，弯腰在地上捡着什么东西。我喊了他一声，他朝我挥了挥手。

“你找到什么了？”格拉纳特曼问他。

"熊吃鱼，"他回答，"头扔掉了，我的捡起来。"

果然，雪地上乱扔着许多鱼头。显然，熊到这里来的时候，已经下了这场雪了。

"逢到无鱼处，虾儿顶鱼鲜。"饿着肚子的时候，即便是熊吃剩的残羹也能充饥。大家不约而同一起捡起了鱼头，一刻钟后，所有人的口袋里都塞满了鱼头。

我们只顾一心捡鱼头了，不知不觉顺着这条小河谷走到一条相当大的河边。这是西南岔河及其支流大鸭沟[1]、蚂蚁沟[2]、皮梨沟[3]。如果乌德海人的话可信，那么明天中午我们就可以走到伊曼河了。

我们走到河对岸，在茂密的针叶林安顿宿营。多么香的鱼头啊！有些鱼头上还留有不少肉，能捡到这样的鱼头真是有幸。我们把这些鱼头平均分开，这顿晚饭很香，当然，没有吃饱。

夜里气温骤降，可是因为烧柴足够，我们都睡得很好。

11 月 4 日早上，我们饥肠辘辘地起来了。

现在，我们将沿着西南岔河下行。西南岔河穿过宽阔起伏的河谷，沿子午线（南北向）稍微偏东流去。这条河曲折多弯，常常分出河汊，形成许多小岛，岛上有茂密的柳树。西南岔河宽 40—50 米，深 3.6—4.5 米。两岸生长着混交林，其中针叶树居多。

---

1 大的野鸭谷。
2 蚂蚁谷。
3 梨谷。

我发现这里的积雪比库卢姆别河沿岸厚得多。有些地方积雪几乎没过膝盖。在这样深的积雪上行走很困难。一个小时最多只能走两公里左右。

打猎的指望落空了，也不可能再找到鱼头了。有一回，哥萨克科热夫尼科夫碰到一只麝，朝它开了枪，但是没有打中。

根据时间推断，我们应该已经到伊曼了。每转一次弯，我都希望能看到西南岔河河口，然而，前面却还是森林，又拐了一个弯，仍然是森林……

黄昏时，我们走到了一座用树皮搭的小窝棚前。我对此很高兴，但德尔苏并不满意。他提醒我说，窝棚周围有烧过的篝火，这些篝火以及这里没有一件原始森林里的日常用品，说明这座窝棚仅仅是路人过夜的地方。因此，这里离伊曼河至少还有一天的行程。

饥饿折磨着每一个人。哥萨克们愁眉苦脸地坐在火堆旁唉声叹气，彼此间很少交谈。我几次问德尔苏，我们迷路了没有，我们走的路对不对。可是他自己也是头一次来这里，他的所有意见也都是基于揣测。为了好歹减少一下饥饿感，哥萨克很早就躺下睡觉了。我也躺下了，却怎么也睡不着，担心和疑虑折磨了我一夜。

第二天早晨，德尔苏第一个醒来，并叫醒了我。我又开始为前面的路程忧心忡忡。趁现在还有能力，腿脚还能挪动，必须走。可是刚一出发，我就感到体力不支，背囊比昨天加倍地重了，每走半公里，我们就坐下来休息一下。真想躺下来什么都不做。这可不是什么好兆头。我们就这样勉强熬到下午，只走了不多一点路。毫无疑问，以这种状态今天绝无可能走到伊曼。我们沿途开枪打了两次小鸟，打死 3 只鸦和 1 只啄木鸟，但是这几只鸟对 5 个人来说有什么用呢？

天气开始阴沉，乌云又遮蔽了天空。阵阵疾风扬起地上的积雪。空中雪尘飞舞，旋风在河上盘旋。冰上的积雪有的地方被风吹得干干净净，有些地方正相反，堆起了很大的雪堆。这一天大家被冻得寒冷彻骨。我们的衣服都磨损了，已经无法抵御严寒。

左岸耸立着陡峭的山岗，临河的一面是悬崖峭壁。我们在这里找到一个不大的凹坑，类似洞穴，在里面燃起了篝火。德尔苏把锅吊在火上，烧了一锅开水。然后，他从自己的背囊里取出几块马鹿皮，用火把毛烧净，再用小刀切成细条，像面条一样。切好后，他把这些皮条子撒到锅里，煮了很长时间。然后他对大家说了下面的话：

"每个人都要吃。肚子的骗骗。力量少少的增加，以后必须快走。休息的不能。今天太阳没有的时候，我们的找到伊曼。"

谁也用不着劝说，每个人都自愿吞下了皮条子。虽然皮子煮了很长时间，可是仍然硬得嚼不动。德尔苏不让大家多吃，劝阻贪嘴的人，说：

"不要多吃——不好！"

半小时后我们离开了山口。吃了皮子虽然不能缓解饥饿，但是胃却机械地活动起来了。每当有人掉队时，德尔苏就会骂起来。

天已经黑了，我们还在走。似乎看不到西南岔河的尽头。拐过一个弯，眼前还是河，接着又是一段河，接连不断。我们勉强拖着双腿，走起来像醉汉一样，如果不是德尔苏劝阻，早就停下来宿营了。

晚上约 6 点钟的时候，出现了附近有人烟的迹象：滑雪板和窄长雪橇的痕迹、新砍倒的树木、锯好的木柴等。

“伊曼远远的不是啦。”德尔苏满意地说。

大家都觉得增加了力气，走起路来精神多了。好像回应德尔苏的话，前面远远地传来了狗吠。又拐了一个弯，我们就看到了灯火。这是中国村庄香石河子[1]。

一刻钟后我们走近了村庄。我从来没有像今天这样疲劳过。刚走到第一座房子，我们便进去了，直接躺到了炕上。

自然，我们的出现引起了中国人的不安。房主人比其他人更为惊慌。他偷偷地打发几个雇工到什么地方去了。过了一会儿，房子里又来了一个中国人。他看上去有 35 岁左右，中等身材，体格矮壮，脸部轮廓像个典型的蒙古人。我们这位新相识的穿戴明显比其他人要好。他举止放任，说话声音尖锐刺耳，用俄语和我们交谈，详细询问我们是什么人，到哪里去。

他的俄语说得纯正无误，同样能够准确理解我们的意思，不会曲解。他常常在自己的话里加进几句俄国谚语。他说自己

---

1 芳香的小河。

叫李堂奎，是李庆福的儿子，劝我们搬到他的房子里去住。还说他的宅子是全村最好的，而我们现在落脚的房主人很穷，等等。然后他走到门外，和这家主人小声交谈了很久。房主人走到我面前，也请我们搬到李堂奎家里去住。没办法，他们只好同意。不知从哪里来了几个雇工，立即搬走了我们的东西。

我们在小路上走的时候，德尔苏悄悄地拉了一下我的衣袖，说："他的很狡猾的人。我的想，他想骗人。今天我的不睡觉。"

我也感到这个中国人可疑，而且很不喜欢他那种阿谀奉承和不拘礼节的样子。

香石河子村坐落在伊曼河右岸。在林中旷地的另一端，靠近森林的地方，有乌德海人遗弃的 8 座帐篷。原来住着 65 名乌德海人（21 名男人，12 名女人和 32 名儿童），他们全都抛弃了自己的住处，迁到瓦贡别去了。

大约 5 分钟后，我们来到了李堂奎家。住宅周围有几间供雇工和猎人住的房子。可以看到房子后面的仓房、铁匠炉、棚子和马厩等。我们进了屋，主人想把我和格拉纳特曼安顿到他自己的房间里，但是我坚持要两个哥萨克和德尔苏和我一起过夜。此后，李堂奎请我们吃饭。茶和豆油烙饼对我们来说是多么好吃啊！我们甚至一时忘记了自己的疑虑。当饥饿感一消失，不安感便重新浮上心头。李堂奎虽然款待了我们，但是这种款待并非发自内心。从他的一举一动可以看出，他是别有用意的。德尔苏一直在细心观察他。我也决定不睡觉了，但是却无法抗拒疲劳。晚饭后，我感到上下眼皮粘到了一起，终于不知不觉地沉沉睡去。

夜里，有人摇我的肩膀，我被摇醒了，立即一跃而起。德尔苏坐在我旁边，他对我做了个手势，叫我不要出声，然后对我说，李堂奎给了他钱，让他劝我不要到瓦贡别的乌德海人那里去，而是从旁边绕过他们的帐篷，为此答应给我们派专门的向导和脚夫。德尔苏回答他说，这事他做不了主，然后就躺在炕上装睡。李堂奎一直等到他认为德尔苏已经睡着了，才悄悄走出房子，骑着马到什么地方去了。

“咱们的明天要瓦贡别去。我的想，那里坏事的有。”他说完了。

这时从外面传来了嗒嗒的马蹄声。我们躺到自己的铺上装睡。李堂奎走了进来，他先在门口停下仔细听了听，确信所有的人都睡着了，才悄悄脱了衣服，躺在自己的铺上。我很快又睡着了，再醒来太阳已经老高了。

我是被喧哗声吵醒的，我问发生了什么事。哥萨克向我报告说，有几个乌德海人向房子这儿走来了。我穿好衣服出了门，向他们走去。他们用极不友好的目光看着我，使我感到非常惊讶。

喝过茶后，我宣布继续前进。李堂奎挽留我再住一天，并说要给我们宰猪，等等。德尔苏这时给我使了个眼色，叫我不要同意。于是李堂奎硬要把自己的向导派给我们，但我也拒绝了。无论李堂奎怎么狡猾，也没能骗过我们。

从香石河子起，小路沿着河右岸从高山脚下延伸出去。约两公里之后，又进入一片林中旷地，当地的中国人称之为铧子沟[1]。这片旷地长5公里，宽1—3公里。

伊曼河一带所有的中国人都有很好的武器装备，生活很富足。他们对我们极其仇视。我向他们打听道路和询问居民人数时，他们粗暴地回答说“不知道”。而有些人则回答得更干脆：“知道，但不告诉你。”

再往前走一点，路边就是乌德海人的住地瓦贡别，共有4座房子和帐篷。据悉，这里住着85名乌德海人（29名男人，19名女人，37名儿童）。

当我们走近他们的住处时，所有的乌德海人都迎着我们走来。乌德海人对我们的迎接远非友好，甚至都没有请我们进帐篷里去。

他们向我提出的第一个问题是：为什么我在李堂奎家过夜？我回答了他们，并接着反问他们，为什么对我们抱有这么大的敌意。乌德海人回答说，他们早就在等我来了，突然听说我来了，却住在香石河子中国人那里。

很快，一切都搞清楚了：原来这里发生过一连串的不幸。中国人李堂奎在伊曼河河谷对当地土著无情剥削。如果他们不在指定期限内缴纳一定数量的毛皮，就会受到残酷的惩罚。许多土著已家破人亡，女人被强奸，孩子被抢走卖掉抵债。后来，终于有克亚隆季加氏族的两个乌德海人马先达和索莫，忍无可

1 状如犁铧的河谷。

忍，去了哈巴罗夫斯克向总督告状。总督答应帮助他们，并对他们说，我将从海滨到伊曼来，总督嘱咐他们来找我提出申诉，认为我在当地容易搞清楚这些问题。这两个乌德海人回来后，将他们此行的结果告诉了他们的亲族们，并且耐心地等待我的到来。李堂奎知道了索莫和马先达去告状的事，为了恐吓他人，杀一儆百，下令用棍子毒打告状者。其中一个人被当场打死，另一个人虽然活着，却将终生残废。死者的兄弟古隆加又到哈巴罗夫斯克去上告了。李堂奎下令抓住他，把他扔到河里冻死了。乌德海人听到这个消息后，决定拿起武器自卫。他们在自己的住地设防，处于警戒状态。土著们已经在这里待了两个星期，没有出外打猎。由于缺少食品，大家都处于饥饿状态。突然有消息传来，说我到了香石河子，住在李堂奎家里。我向他们解释说，我对伊曼河畔发生的这些事一无所知；我到达香石河子的时候，非常疲乏饥饿，因此碰到第一座房子就走进去了，没有加以选择。

晚上，所有的老人都聚集在一座帐篷里。会上决定，我回到哈巴罗夫斯克后，就把这里的一切情况禀报上司，并请求给予土著们帮助。

老人们散了之后，我穿好衣服走出帐篷。周围一片漆黑，以致两步开外完全看不到人影，只是根据帐篷顶上的圆洞里冒出来的火星和烟，才能确定乌德海人住处的方位。突然，寂静的夜里传来一种奇怪的声音，那是击鼓的声音，随后又传来了歌声，如泣如诉。这些声音中透出某种恐惧和忧伤，像波涛一样向四野扩散，并消失在寒冷的夜空中。

我喊了一声德尔苏，他走出来对我说，这是最边上的那座帐篷里萨满在给生病的小孩治病。我朝那里走去，但在帐篷门口碰到一个老太婆，她拦住了我。我意识到，行巫术[1]时，他们不希望我在场，于是我沿着小路往回走。

在另一面，中国房子那边，闪烁着灯光。我感到冻僵了，走进帐篷，在火堆旁烤起火来。

1 萨满招魂的祭祀仪式。

第二十九章　从瓦贡别到帕罗沃齐

送别　泰齐别里河　卡尔通　中国人的敌对情绪　拒绝留宿　靠嗅觉测定目标　老房子　庙岭　狂暴的主人　帕罗沃齐　内山河　科捷利诺耶村　大路　戈戈列夫卡村民的款待　伊曼河下游　同路人的效劳　告别德尔苏　伊曼车站　返回哈巴洛夫斯克

第二天早晨是 11 月 8 日，我们继续前进。

所有的乌德海人都出来送行。这群人面孔黝黑，衣着五颜六色，花哨鲜艳，帽子上缀着松鼠尾巴，给我留下了奇特的印象。在他们举手投足的每个举动中，都显露出某种粗野却又天真的成分。

我们走在中间，老年人和我们并排走，年轻人常常被水獭、狐狸和兔子的足迹吸引，跑到旁边去。土著们在林中旷地的尽头停下脚步，让我走到前面。

人群中走出一位银发老人。他送给我一个猞猁爪，让我把它放在衣服口袋里，这是为了要我们不要忘记他们控告李堂奎的事。然后，我们告别了。乌德海人转身向后走回家去，我们走上了自己的路。

伊曼河从西南岔河河口起改变了流向，向北流去，直到塔季别河河口。塔季别河有三个名称：赫哲人叫它“捷基比拉”；乌德海人称它为“泰基比亚札”；俄国人则称它为“泰齐别里”。伊曼河在这里重又向西流去，直到注入乌苏里江为止，没有再改变流向。伊曼河的这一段河谷，同样是由许多交替出现的剥蚀谷和构造谷构成的。这类河谷在阿穆尔沿岸地区尤为常见。

在西南岔河和塔季别河之间，伊曼河从左侧依次纳入这样一些支流：大石头河[1]（长 50 公里）和黑山沟[2]河（长 10 公里）。在这两条河的河口之间有一座老妈子踪[3]山，然后是煤大沟子[4]河（长 6 公里）和与其同名的一座山，最后是小西北河[5]（长 25 公里）。从右侧自上而下依次汇入伊曼河的支流有：瓦贡别河（长40公里）及其支流大烟沟[6]河（长6公里）和处处围子河（长 15 公里）。

1 多石的大河。
2 黑色山岭之间的河谷。
3 老虎的踪迹。
4 产煤的大河谷。
5 西北面的小河。
6 种植罂粟以割取鸦片的大河谷。

泰齐别里河长100公里，河中石滩极多，倒木纵横，上游为东西流向，只在离河口不远的地方，才稍稍偏向南。整个河谷覆盖着茂密的针叶混交林。泰齐别里河的下游有如下支流：右岸有草老沟子[1]河（长12公里）、长嘴子[2]河及与其同名的一座山和西北岔[3]河，然后依次是旱泥河子[4]河、北砬子[5]河和西南岔河。西北岔河由小西北岔[6]河和三岔子[7]河汇合而成，平均流速为每小时9公里，河深约1.5米，靠近河口的河面宽50米。

如果沿右边的小河上行，那么两天就可以走到北出河[8]，若沿着另一条小河而上，4天即可到达石头河[9]（比金河上游的支流）。从左侧注入泰齐别里河的支流有：南岔河（长25公里）、貂皮沟[10]河（长20公里）、叉木桥沟子[11]河（长30公里）、豹妈子沟[12]河（长12公里）和大岭沟子[13]河（长40公里）。在叉木桥沟子河和豹妈子沟河的河口之间，有一座相当高的山，当地的中国人称为老鸹嘴子。

---

1 草已枯老的河谷。
2 指鸟的喙很长。
3 西北面的小河汊。
4 干涸的河流。
5 北面的石崖。
6 西北面的小河汊。
7 有三条岔的峡谷。
8 由北面流来的河。
9 多石的小河。
10 产貂皮的河谷。
11 叉木桥沟子河谷和小河，河上有木头做支架的桥。
12 有金钱豹的河谷。
13 有大山岭的河谷。

伊曼河纳入泰齐别里河后，便向西奔流而去。在这里，河宽约 140 米，河深 3—4 米。继续向前，伊曼河从左侧注入两条小河：三大泡子[1]河（长 8 公里）和靠亮屯[2]河（长 10 公里）。中国人称后一条河为金子河。

夏天在森林里行走，需要仔细观察，以免迷路。冬季大雪覆盖，灌木丛中的小路清晰可见，这对我的测量工作有极大的帮助。

伊曼河很少见到只有一条河道的地方，经常分出许多河汊。有些河汊相当长，蜿蜒流向远处。其中最引人注目的是大沟子[3]河、纳柳河和卡尔通河。

这些日子我们非常疲劳，很想停下来休息。据乌德海人说，前面有一座很大的中国村庄卡尔通。我们打算在那里休息一天，积蓄点力量，如果可能，就雇几匹马。但是，我们的打算却注定不能实现。

在金子河与卡尔通河之间，伊曼河又将许多大大小小的支流纳入，这些河流名称如下：从右侧注入的有杨木架河（长 25 公里）、老鸹嘴子[4]河（长 2 公里）和王八砬子河（长 25 公里），意为“像乌龟一样的石崖”，卡尔通附近的石头山也叫这个名字。如果从伊曼河的方向去看这些石山，它的侧面轮廓确实很

1 第三个大河湾。
2 白雪覆盖的村庄。
3 大河谷。
4 乌鸦的嘴。

像乌龟。据乌德海人说，老鸹嘴子和王八砬子两河之间的山里有金子。从左侧注入伊曼河的支流有：靠亮屯河（长 10 公里）、虾多泡子河（长 15 公里）、丘砬沟河（长 40 公里）、东大沟河（长50公里）、鞑子沟[1]河（长15公里）和黄米河子[2]河（长12公里）。

卡尔通本身其实是一个大盆地，长 6 公里，宽 3 公里。这里共有 42 座中国房子。卡尔通的位置，可以算作混交林和阔叶林的交界。河流附近的山上布满红松林，冬季，它那深绿色的针叶尤为引人注目。

当我们走近卡尔通村时，白天结束了。夕阳刚刚沉入地平线，夕阳的余晖在云朵上闪烁，晚霞最后的柔和反光照射着大地。小河旁边露出一些中国房子。

“卡尔通”这个词（可能是“高丽屯”的谐音），意思是“朝鲜人的村落”。相传，从前在这里的河汊里采到过很多珍珠。另一种说法是，“卡尔通”是“大门”的意思。确实，在卡尔通西边，河谷又收窄了。从左侧延伸过来的是恒虎道[3]山，右面则是王八砬子山的支脉。

我在哪儿也没有见过比卡尔通更体面的房子了。这些房子坐落在河右岸，与其说像住房，倒不如说更像工厂。

我顺便走进一座房子，中国人怀着敌意迎接了我。我们是

---

1 鞑子住的河谷。

2 沿岸生长黍子的小河。

3 老虎通常走的路。

什么人，为什么乌德海人护送我们等消息，他们早就听说了。主人很冷淡，在他们家里极不愉快。于是我走进另一座房子，那里的情况更糟糕。第三座房子，我们连门都没能敲开。然后第四座、第五座、第十座房子，我们遭遇到的是同样的冷遇。这样下去毫无结果。我骂起来，哥萨克也骂起来，德尔苏也在骂，但是毫无办法。我们只好认倒霉。我已经不愿意在这些房子附近过夜了，因此决定继续往前走，直到找着合适的宿营地为止。

黄昏降临了，天边美丽的晚霞开始暗淡，空中一些地方闪烁着星星。

身后的中国房子已经很远了，我们还在往前走。德尔苏突然站住了，把头向后仰去，嗅着空中的气味。

“等等，长官。”他说。“我的找到了烟味，这是乌德海人。”过了片刻他又说。

“为什么你说是乌德海人？”科热夫尼科夫问他，“也可能是中国房子呢？”

“不，”德尔苏说，“是乌德海人。中国房子大烟囱的有，烟高高地走。乌德海人帐篷的烟走的低。乌德海人鱼的烤。”

他说完之后，便信心满满地朝前走去。有时又停下来，使劲地嗅着空气。我们这样走了50步，100步，然后是200步，可是始终看不到德尔苏说的那个帐篷。疲惫不堪的人们开始嘲笑这个老头儿，德尔苏挺委屈。

“你们的想这里睡，我的想帐篷里去，鱼的吃。”他平心静气地说。

我跟着他走，两个哥萨克则跟在我后面。大约过了 3 分钟，我们果然走近了乌德海人的住地。这里有 3 座帐篷，里面住着 9 个男人、3 个女人和 4 个孩子。我走进一座帐篷，看见一个女人在火上烤鱼。显然，德尔苏的嗅觉比我们敏锐得多。他起码在 250 步开外，或许更远的地方，就闻到了烤鱼的味道。

几分钟后我们就坐在火堆旁边了，吃着烤鱼，喝着茶。这一天我感觉特别疲劳，勉强在日记本上做了必要的笔记。我请求乌德海人夜里不要熄火。他们答应轮流看守，并且马上去劈了木柴。

夜里大雾弥漫，寒气逼人。坦白说，若明天早晨天气突然变坏，我会很高兴。这样我们至少可以好好休息一下，觉也能睡个够。可是，太阳刚刚升起，雾气即刻消散了。河汊两旁的灌木丛和树木上都挂满了白霜，看上去像珊瑚一样。光滑的冰面上散落了一层霜花，阳光照耀在上面，好像无数颗钻石散落在河上一样。

我看到哥萨克们急于回家，便有意顺着他们的心愿去做。有一个乌德海人自告奋勇送我们到庙岭。庙岭是一座大烧酒酿造厂的名称，位于伊曼河右岸，离卡尔通约 7 公里，在其下游。

今天，我走起路来感觉更加吃力了。

出了卡尔通大门，河谷又变得开阔起来。我登上一座小山岗，眼前是一片奇妙的景色。伊曼河河谷向东延伸，在某个地方消失在了群山中。但是，向西、向北和向南远眺，眼前展现出一片极其广阔的、丘陵微微起伏的低地。低地上覆盖着一片片不大的稀疏的阔叶林。阔叶林后面是一望无际绵延不断的长满了野草和灌木的白色原野。中国人把这一大片低地称作老房子[1]。它长80公里，宽至少有50公里。这片土地看上去十分适于耕种，但是，无论在哪里都看不见房子。中国人逃离了这里，大概不是没有原因的。或是因为这里的土地贫瘠，或是因为伊曼河水泛滥时淹没了它。听说在清沟子一带还有一座帐篷，那里住着两个单身的乌德海人。

下午两点左右，我们到达了庙岭——这是伊曼地区最古老的房子之一。房子里住着16个中国人和1个赫哲族女人。房主人大约是在50年前来到这里居住，当时还是一个年轻人，而现在他认为自己已经有70岁了。很出乎意料的是，虽然他接待我们不那么殷勤，但毕竟还给我们安排了伙食，并允许我们在他的房子里留宿。晚上，他喝醉了，一开始，他向我请求什么，可随后语调变得非常生硬，并大喊大叫。

“庙岭不是昨天才有的，也不是今天才有。”他说，“庙岭和我的年纪一样大，可是你们却要撵走我。我决不会把庙岭交给你们。如果非逼得我离开这里，我就放火烧掉它。”

接着他宣称，现在就放火烧房，并跑到院子里，拖来一大捆干草。

德尔苏又劝他喝酒，把他灌得不省人事，将他放到那捆干

1 老旧房屋。

草上睡觉，才算完事。

第二天我们一大早就走了。留下还在自己房子里睡觉的老头儿。他不想把这座房子让给我们，我们也没准备从他手里夺过来。

很奇怪，我们越接近乌苏里江，越感觉身体不舒服。现在背囊几乎是空的，但是背在肩上却比刚上路时装满东西感觉还重，肩膀被背带勒得一碰就疼。由于紧张而头疼，浑身也虚弱无力。

离铁路越近，当地居民对我们的态度越不好。我们身上的衣服已经破烂不堪，鞋也磨坏了。在农民眼里，我们就像一群流浪汉。

从庙岭起，小路顺着塔头墩子绕过沼泽和河汊向前延伸。走了约两个小时，小路把我们引到一座不高的山丘下，山上生长着稀疏的柞树林。这些小山丘独自伸入老房子的中部，名叫沟子山[1]。沟子山是某些大山的残留部分，一部分被冲毁了，一部分则沉没在第三纪形成的厚层中。一条小河——黄泥河子从山脚下流过。

士兵们慢腾腾地走着，经常停下休息。黄昏前不久，我们总算走到了帕罗沃齐，这个名称很古怪。其来源我始终没能弄清楚。这里住着乌德海人的族长萨尔·基蒙卡一大家人，共有7个男人，4个女人。1901年，他曾和移民局的职员米哈伊洛

1 有壕沟的山。

夫一起，沿着伊曼河上行走到了锡霍特山脉。因此，政府划拨给他一片耕地作为奖励。萨尔·基蒙卡根据亲身经历知道，考察锡霍特山脉的人要经受什么样的艰难困苦，所以，我们在他家里受到盛情款待，晚上饱餐了一顿小米饭和干鱼。

晚上，我从他那里得知，沿伊曼河往下再走约 4 公里，有一条叫内出河[1]的大河注入了伊曼河。这条支流几乎有一半流过老房子的低洼地，低地两侧是塔头沼泽，沼泽里疯长着野草和枯萎的灌木丛。据他说，内出河曲折多弯。从离伊曼河 40 公里远的地方开始就是茂密的混交林带，然后是火烧迹地和森林沼泽。内出河的支流黑泥道[2]河以盛产人参远近闻名。

第二天我们起得很晚，吃了一些鱼就继续赶路了。萨尔·基蒙卡一直把我们送到不久前迁居到帕罗沃齐附近的朝鲜人聚居地。伊曼河下游还没有结冰，需要划船渡河。我们走遍了所有的房子，却没有找到一个男人。妇女们惊慌失措地看着我们，沉默不语，把自己的孩子藏起来。看来，什么也搞不到了，我只好挥挥手，命令士兵们向河边前进。那个乌德海人不知在什么地方找到了一只藏在灌木丛中的平底小船。他用这只小船把我们一个一个送过河去，然后便回去了。

在伊曼河左岸一个孤零零的小山脚下，有四座土屋，这是俄国村落科捷利诺耶。他们刚从俄国迁移到这里，房舍还没来得及完全盖好。我们走进一座土屋，请求留宿。小屋的主人们

---

1 由内向外流的河。

2 有黑泥的道路。

非常热情。他们问我们是什么人，到哪儿去，然后开始抱怨起自己的命运来。

吃上了农家的面包，我多么高兴！晚上，所有的农民都聚集在小屋里。他们讲述自己在一个新地方开始的新生活，不时叹息。他们感受到了迁居的滋味并非甜美愉快。如果没有大马哈鱼的话，他们只怕全都饿死了，只有鱼让他们活了下来。

从科捷利诺耶村起，路上有了里程标。村子旁边的里程标上写着数字“74”。没钱雇马。而我一定要完成测量工作，那么就只有靠步行了。此外，穿着破衣烂衫，也只能以走路来发热御寒。

清晨，天刚蒙蒙亮，我们就出发了。

过了内出河后，这条大路立即上了山口，其中有长达 9 公里的一段路是在斜坡上。斜坡左侧是伊曼河的沼泽低地，右侧是山岗，上面生长着稀疏的可用作薪材的老柞树林。这条路起初向北延伸，后来，在写着“57”俄里的里程标旁向西拐去。

下一个村庄是冈恰罗夫卡。这个村子比科捷诺利耶村大，但是人们的生活状况同样不令人羡慕。每个窗口都透露出贫穷，从农民的脸上、女人的眼神里和孩子们的衣着上也看得出来。

下午，我们走到了朝鲜人的小村落卢基亚诺夫卡。这个村子里共有房子 52 座，房子彼此相距很远。我们在这里稍事休息后，继续前进。黄昏降临时，我们还在路上。所有的人都非常疲乏，浑身冻透了，很想吃东西。我很快就分辨不清仪器上的刻度了，但是还看得见路。于是我点起火柴继续工作。一个哥萨克按信号把划着的火柴拿到仪器前。趁这片刻的照明，我记住游尺上的刻度，把它标在平面图上，再往前走。终于，前面有火光闪烁。

“村庄！”大家异口同声地喊起来。

“夜里，火光老是骗人。”德尔苏说。的确，黑暗中在很远处就可以看到火光。火光有时候显得比实际上要远，有时候显得很近，几乎就在身边。我们向前走，火光好像也在向前移动。我刚想宣布休息一下，但火光却突然出现在了眼前。在黑暗中我们看到了茅屋：1 座、2 座、3 座……一共有 8 座，这是维尔鲍夫卡村。很多农民都不在家，他们到城里谋生去了。被惊吓的村妇们把我们当成了红胡子，不想开门。我们只好向村长求援。他把我、德尔苏和鲍奇卡列夫安顿在自己家里，把 Г.И. 格拉纳特曼、穆尔津和科热夫尼科夫安顿在了邻家。

我们这一天走了 35 公里，简直累坏了。离铁路还有 43 公里。和同伴们商量后，我决定试着一次走完这段路程。为了完成这个计划，我们很早就动身上路了。我又借助火柴的亮光工作了一个小时左右。太阳出来时，我们已经快走到戈戈列夫卡村了。

这是一个寒冷的早晨。村里炊烟四起，烟囱里冒出的缕缕白烟在空中飘散，变成了橙黄色。

我没想在这里停留，但是当地一个居民得知我们是什么人后，便邀请我们到他家里喝茶。盛情难却，无法推脱。主人十分殷勤，他用牛奶、白面包、蜂蜜和黄油款待我们。我记不得他姓什么了，但由衷地感激他的热情好客。

戈戈列夫卡村坐落在伊曼河左岸，距河有半公里远。河对岸群山耸立。这些山的名字是：山高城[1]山，厚石[2]山，王八脖子山和小山冲子[3]山。在山高城山附近，有一条大河——北出河[4]注入伊曼河，流向与其平行，仅在下游稍向南偏。这条河长约150公里，宽40米，深2米，流速每小时3公里。河的源头有一个通向石头河（比金河的支流）的山口。北出河异常曲折多弯，下游尤甚。最近几年，这里有大批林木被盗伐。北出河的支流中，值得注意的有左侧的（由河源向下）东南岔河、黑河[5]、沙坨河[6]和西克辛达河；右侧有小河子[7]河、旱泥河子河、乌尚卡河和小北出河。在河口与伊曼河之间，有一座不大的朝鲜屯萨罗夫卡，再往下去是一片山岭，那里有两座朝鲜屯：奥姆鲍尔和萨姆鲍尔。

茶和面包增添了我们的体力。谢过好客的主人后，我们又启程了。不久便到了兹维尼戈罗德卡村。现在离铁路只剩下23公里了。饱餐了一顿早饭，又知道今天肯定可以走完全部路程，眼下这点距离还算什么呢？！

---

1 很高的山墙。
2 厚重的石头。
3 状如钻头的尖顶小山。
4 从北面流来的河。
5 黑色的小河。
6 有沙石的小河。
7 很小的河。

天气晴朗，阳光灿烂，但却很冷。测量地形简直让我厌恶至极了，只是靠着把工作进行到底的顽强意志，我才不允许自己半途而废。每一次确定了方位之后，我便匆忙绘出附近的地形图，然后呵口气暖和一下双手。我们走了约一个小时，遇上了一个庄稼汉，他赶着马车去火车站送鱼。

“您怎么这样工作？”他问我，“难道您不冻手？”

我回答说，我的手套路上戴坏了。

“把我这副戴上吧，”这位同路人说，“我有一副备用的。”

他说着就从车上拿出一副很暖和的毛线手套递给我。我接过手套继续工作。我们一起走了约两公里，我绘图，这个农民对我讲述他的生活，并骂遍了所有的人。他大骂自己的同乡，大骂老婆，大骂邻居，连教师和神甫也都骂到了。他的谩骂让我非常讨厌。他那匹瘦马走得很慢，看来，照这种速度，天黑以前是赶不到伊曼了。我摘下手套，还给了赶车人，向他道了谢，祝他好运，便加快脚步向前走去。

“怎么，”他在后面喊了起来，“难道您不打算付我钱吗？”

“付什么钱？”我问。

“手套钱！”

“你不是已经把手套收回去了吗？”我回答他。

“瞧，你这人！”我的这位恩人不满意地拉长了声调说，“我可怜您，可您却不想付我钱！”

“你真有一副好心肠！”哥萨克们说话了。最生气的是德尔苏，他一边走一边吐唾沫，不断用各种话骂那个赶车人。

“坏人，”他说，“我的这种人不愿意看，他的没有脸。”

赫哲人所说的“没有脸”就是没有良心的意思。不能不同意他的说法，这个人的确不厚道，没良心。

这一天我的情绪都被这段插曲破坏了。

“这样的人怎么活，”德尔苏还不肯住嘴，“我的想，他的活下去不能，他自己很快会完蛋。”

午后，我们走到了瓦库河，途中停下来休息了一次。

按直线计算，离铁路不到两公里了。但是，里程标上却写着数字“6”，这是因为大路要在这里绕过一片很大的沼泽地。风带来了火车的汽笛声，已经可以看见车站上的建筑物了。

我心里暗暗盘旋着一个念头：德尔苏这次可否跟我一起到哈巴罗夫斯克去，若和他分别，我非常不舍。我发觉近几日他对我特别关注，似乎想说些什么话，问点什么事，却难以启齿。最终，他克服了自己的难为情，向我要些子弹。由此我看出，他决定离开我们。

“德尔苏，别走啦。”我对他说。

他叹了口气说，他害怕城市，在城里他无事可做。于是，我建议他跟我一起到火车站去，在那里我可以给他筹措些路费和粮食。

“长官，不用啦，”赫哲人回答，“我的找到紫貂，它就等于钱一样。”

我白费口舌劝说了他半天，但他仍然坚持自己的决定。德尔苏说，他要沿着瓦库河向前走，在瓦库河的源头捕捉紫貂，然后，等来年冰雪开始融化时，就去刀毕河。那里的阿努奇诺地区附近住着一个他认识的赫哲族老人。他决定春季在老人那里住两个月。我和德尔苏约好，明年夏初，当我进行一次新的考察时，将派一名哥萨克去找他，或者亲自去找他。德尔苏同意了，并答应等我。随后，我把自己所有的子弹都给了他。我们坐下来，反复谈论着明年再次见面这个话题。我和德尔苏再三约好会面地点，尽量推迟离别的时间。与他分别让我心绪烦闷。

“好啦，该走了。”德尔苏说着，背上了自己的背囊。

“再见，德尔苏！”我紧紧握着他的手说，“谢谢你对我的帮助。再见！我永远也不会忘记你为我做过的许多事……”

火红的夕阳刚刚沉没，在地平线上留下了深沉的暮霭。和往常一样，第一个出现的是金星，接着是木星和其他大星星。德尔苏还想再说点什么，却不好意思，便用衣袖擦起自己的枪托来。我们默默坐了片刻，然后再次握手道别。他拐弯向左边的河汊走去，我们则顺着大路一直向前走。走出不远，我转过身来，回头张望，看见了赫哲人。他走上了砾石滩，正在仔细辨认雪地上的某个踪迹……我喊了他一声，向他挥动帽子，德尔苏也向我挥挥手。

“再见了，德尔苏！”我暗自想着，朝前走去。哥萨克们随后跟着我。

现在，我们面前是一片覆盖着枯黄的野草和皑皑白雪的广阔平原。风掠过原野，枯草摇曳。在西面，大雾笼罩的群山后面，晚霞消散了，寒冷的黑夜从东方姗姗走来。火车站灯火通明，闪烁着白、红、绿各色灯光。

这一天是我们在整个考察期间最累的一天了。路上大家七零八落，各走各的，距离拉得很长。离铁路还剩下约两公里了，但这短短的距离对我们来说，比最初旅行时的20公里还难走。我们聚集起最后一点力气，慢慢向车站走去，但在离车站还有二三百步远的时候，便都坐到枕木上休息起来。从我们身旁走过的工人很惊讶，怎么在离车站这么近的地方休息。一个工人甚至开起了玩笑：

“大概，离车站还很远吧。”他笑着对同伴说。

我们可无心开玩笑。宪兵们同样怀疑地看着我们，很可能是把我们当成流浪汉了。我们终于走到了镇上，住进了碰到的第一家旅店。城里人也许会因为这家旅店的简陋设备、不菲的住宿费和肮脏的环境而愤慨，但是对我们而言，这就是天堂了。我们租了两个房间，非常舒适地住了下来。

一切艰难困苦、劳累、饥渴都过去了。对各种报纸的兴趣油然而生。我一直在怀念德尔苏。“此刻他在哪里？”我想着，“大概，他正在河岸边的某个地方安顿露宿，搬来很多木柴，点燃篝火，嘴里叼着旱烟袋打盹儿吧。”我这样想着，睡着了。

第二天早晨我醒得很早。让我欣喜不已的第一件事，就是想到再也不用背背囊了。我在床上悠然自得地躺了很久，然后穿好衣服，去拜访乌苏里哥萨克军伊曼地区长官Г.Ф. 费弗拉列夫。他极为热情地接待了我，并给了我一笔钱。

晚上，我们去浴池洗澡。在旅行期间，我和哥萨克们在一起处得很融洽，现在真不愿意和他们分开。洗完澡后，大家一起喝茶，这是最后一次了。不久，火车来了，我们便分头登上了自己的车厢。11 月 7 日晚，我们到达哈巴罗夫斯克。

哥萨克们从车站直接回营房去了。Г.И. 格拉纳特曼住在 А.И. 麦尔兹利亚科夫那里，我住到自己的同事那里。我下一步的工作是整理搜集来的资料，直到明年夏初。那时，我将决定再次到锡霍特山区继续进行考察。

附录

植物和动物名称俄语、拉丁语、汉语对照表

（拉丁语及俄语名称引自 В. Л. 科马罗夫院士和 Е. Н. 克洛布科娃–阿利索娃所编《远东地区植物检索表》）

一、植物名称

Семнадцатого ноября мы прибыли в Хабаровск.

Алфавитный указатель русских и латинских названий растений и животных, упомянутых в тексте

а) Ботанические названия

Абрикосовое дерево 见 Абрикос маньчжурский

Абрикос маньчжурский　Armeniaca manshurica Koehne　　辽杏

Акат, акатник 见 Маакия амурская

Акация жёлтая 见 Карагана кустарниковая

Акация Маака 见 Маакия амурская

Актинидия коломикта　Actinidia kolomikta Max.　　狗枣子

Аралия маньчжурская　Aralia manshurica Rupr. et Max.

刺龙牙（辽东楤木、刺老鸦）

Арундинелла Arundinella anomala Steud. 野古草

Бадан тихоокеанский Bergenia paciiica Kom. 岩白菜

Барбарис амурский Berberis amurensis Max. 狗奶子（大叶小檗）

Бархатное дерево амурское Phellodendron amurense Rupr. 黄檗（黄波椤）

Бархат 见 Бархатное дерево

Башмачок вздутый Cypripedium ventricosum Sw. 大花杓兰

Белокопытник гигантский 见 Белокопытник дланевидный

Белокопытник дланевидный Petasites palmata Asa Gray 蜂斗叶款冬

Берёза даурская Betula dahurica Pall. 黑桦（棘皮桦）

Берёза жёлтая 见 Берёза ребристая

Берёза каменная 见 Берёза Эрмана

Берёза кустарниковая 见 Берёза овальнолистная

Берёза маньчжурская Betula manshurica（Rgl.）Nakai 东北白桦

Берёза ребристая Betula costata Trautv. 风桦（硕桦）

Берёза чёрная 见 Берёза даурская

Берёза Эрмана Betula Ermani Cham. 岳桦

Берёза японская 见 Берёза маньчжурская

Берёза овальнолистная Betula ovalifolia Rupr. 油桦（卵叶桦）

Бересклет большекрылый Euonymus macroptera Rupr. 翅卫矛（黄瓤子）

Бересклет крылатый Euonymus alata Thunb.

卫矛（鬼箭羽、四棱树、干篦子）

Бересклет малоцветковый Euonymus pauciflora Max. 瘤枝卫矛

Богородская трава 见 Тимьян боровой

Борец Кузнецова Aconitum Kusnetzovii Rchnb. 草乌头

Боярка бородавчатая 见 Боярышник перистонадрезанный

Боярышник Максимовича Crataegus Maximoviczii C. Schn. 毛山楂

Боярышник перистонадрезанный Crataegus pinnatifida Bunge

野山楂（山里红）

Бузина кистевая Sambucus racemosa L. 接骨木

Василёк крупноцветный Centaurea monanthos Georgi 单花矢车菊

Василё кполевой Centaurea cyanus L. 矢车菊

Василёк розовый 见 Василёк крупноцветный

Василистник тычиночный Thalictrum filameniosum Max. 唐松草

Вейник Лангсдорфа Calamagrostis Langsdorffii Trin. 大叶樟

Вейник 见 Вейник Лангсдорфа

Вереск болотный Chamaedaphne calyculata Moench. 甸杜

Виноград амурский Vitisamurensis Rupr. 山葡萄

Вишня железистая Cerasus glandulifolia Rupr. et Max. 腺叶樱桃

Вишня Максимовича Cerasus Maximoviczii Rupr. 黑樱桃

Волчник камчатский 见 Дафнак амчатская

Вороний глаз шестилистный Paris hexaphylla Cham. 重楼（六叶王孙）

Восковник пушистый Myrica tomentosa Asch. et Gr. 毛杨梅

Вяз 见 Ильм белокорый

Гвоздика бородатая Dianthus barbatus L. 须苞石竹

Горец земноводный Polygonum amphibium L. 两栖蓼

Горошек полевой Vicia cracca L. и V. ussuriensis Oett.

草藤（野豌豆）、乌苏里草藤

Граб сердцелистный Carpinus cordata Blume 千金榆

Гриб дрожжалковый 见 Гриб чёрный древесный

Гриб чёрный древесный Auricularia Auricula–Judae L. 木耳

Груша уссурийская Pirus ussuriensis Max. 山梨（秋子梨）

Грушевое дерево 见 Груша уссурийская

Дафнакамчатская Daphne kamczatica Max. 瑞香

Дейция мелкоцветная Deutzia parviflora Bge. 小花溲疏（千层皮）

Дикий перец 见 Элеутерококк колючий

Диморфант 见 Калопанакс клещевинообразный

Диоскорея вьющаяся 见 Диоскорея Жиральди

Диоскорея Жиральди Dioscorea Giraldii R. Knuth. 穿地龙（加氏薯蓣属）

Дрёма сверкающая Lychnis fulgens Fisch. 剪秋罗（山红花）

Дуб монгольский Quercus mongolica Fisch. 柞树（蒙古柞）

Дудник даурский Angelica dahurica Rupr. 兴安白芷

Ель аянская Picea ajanensis Fisch. 鱼鳞松

Ель корейская Picea koraiensis Nakai 红皮云杉（红皮臭）

Ель сибирская 见 Ель корейская

Жасмин Philadelphus tenuifolius Rupr. et Max. 细叶山梅花

Женьшень Panax ginseng C. A. Mey. 人参

Жимолость золотистая Lonicera chrysantha Turcz. 黄花忍冬

Жимолость жёлтая 见 Жимолость золотистая

Жимолость Маака Lonicera Maackii Rupr. 金银忍冬

Жимолость съедобная Lonicera edulis Turcz. 蓝靛果（羊奶子）

Земляника восточная Fragaria orientalis Los. 野草莓

Зорька 见 Дрёма сверкающая

Ива козья Salix caprea L. 黄花柳

Ива корзиночная Salix viminalis L. 蒿柳（绢柳）

Ива пепельная 见 Ива сереющая

Ива росистая Salix rorida Laksch. 粉枝柳

Ива сереющая Salix cinrascens（Wahlb）Flod. 灰柳

Ива трехтычинковая Salix triandra L. 三蕊柳

Ильм белокорый Ulmus japonica Sarg. 春榆（白皮榆、白杆榆）

Ильм горный Ulmus montana Wither，var. heterophylla Max. 山榆

Ильм японский 见 Ильм белокорый

Ирисодноцветковый 见 Касатик одноцветковый

Калина 见 Калина Саржента

Калина буреинская Viburnum burejanum Herder. 暖木条

Калина лесная 见 Калина буреинская

Калина Саржента Viburnum Sargentii Koehne 佛头花（鸡树条子）

Калопана ксклещевинообразный Kalopanax ricinifofia Miq. 刺楸

Калужница болотная Caltha palustris L. 驴蹄菜

Камыш 见 Тростник обыкновенный

Капуста морская 见 Ламинария

Карагана кустарниковая Caragana fruticosa Besser.
极东锦鸡（黄花锦鸡）

Касатик одноцветковый Iris uniflora Pall. 单花鸢尾

Кедр корейский Pinus koraiensis S. et Z. 红松

Кишмиш 见 Актинидия коломикта

Клевер белый 见 Клевер ползучий

Клевер ползучий Trifolium repens L. 白车轴草（白花苜蓿）

Клён белый 见 Клён зеленокорый

Клён бородатый Acer barbinerve Max. 毛脉槭

Клён жёлтый Acer ukurunduense Tr. et Mey. 花楷槭

Клён зеленокорый Acer tegmenfosnm Max. 青楷槭

Клён ложнозибольдов Acer pseudo–sieboldianum Kom.

紫花槭（假花色木）

Клён мелколистный Acer mono Max. 色木（地锦槭）

Клинтония удская Clintonia udensis Tr. et Mey. 七筋姑（竹叶七）

Княжник охотский Atragene ochotensis Pall. 集生草

Колокольчик скученнолистный Campanula glomerata L. 聚花风铃草

Колокольчик тёмно–фиолетовый 见 Колокольчик скученнолистный

Коломикта 见 Актинидия коломикта

Красноягодник 见 Смородина маньчжурская

Крушина даурская Rhamnus dahuricus Pall. 鼠李（老鸹眼）

Кувшинка четырёхгранная Nymphaea tetragona Georgi. 睡莲

Купальница Ледебура Trollius Ledepourii Reich 金莲花

Курослеп жёлтый 见 Калужница болотная

Ламинария Бурые морские водоросли изрода

Laminaria（L.）чаще других L. sacha–rina（L.）Lamour 海带（昆布）

Ландыш душистый 见 Ландыш майский

Ландыш майский Convallaria majalis L. 铃兰

Леспедеца двухцветная Lespedeza bicolor Turcz. 胡枝子（帚条）

Лещина маньчжурская Corylus manshurica Max. 毛榛（胡榛）

Лещина разнолистная Corylus heterophylla Fisch. 榛子（平榛）

Лилия даурская Lilium dahuricum Gawl. 野百合（毛百合）

Лимонник китайский Schizandra chinensis Baill. 五味子（北五味子）

Липа амурская Tilia amurensis Kom. 紫椴

Липа маньчжурская Tilia manshurica Rupr. 糠椴

Лиственница даурская Larix dahurica Turc. 兴安落叶松

Лиственница ольгинская Larix olgensis A.Henry 长白落叶松

Лиственница сибирская 见 Лиственница ольгинская

Ломонос маньчжурский Clematis manshurica Rupr. 东北铁线莲

Луносеменник даурский Menispermum danurieum DC. 蝙蝠葛

Лютик водяной Batrachium trichophyllum F. Schultz 毛柄水毛茛

Маакия амурская Maackia amurensis Rupr. et Max. 山槐（朝鲜槐）

Мак Papaver somniierum L. 罂粟

Мирт болотный 见 Восковник пушистый

Мискантус сахароцветный Miscanthus saceharifiorus Hackel. 荻

Можжевельник даурский Juniperus dahurica Pall. 兴安桧

Му–эр 见 Гриб чёрный древесный

Неклен 见 Клён ложнозибольдов

Ольха волосистая Alnus hirsuta Turcz. 毛赤杨（水冬瓜）

Ольха кустарниковая Alnusfruticosa L. v. manshurica Call. 东北赤杨

Ольха японская Alnus japonica S. et Z. 赤杨

Орех водяной Trapa natans L. v. amurensis Fler. 菱角

Орех маньчжурский Juglans manshurica Max. 胡桃楸（山核桃）

Орляк обыкновенный Pteridium aduilinum Kuhn. 蕨菜

Осина   Populus tremula L. v. Davidiana Schn.   山杨

Осмунда коричневая   Osmunda cinnamomea L. v. asiatica Fern.
桂皮紫萁（东北薇菜）

Осокорь душистый 见 Тополь душистый

Папоротник чёрный 见 Страусопер

Папоротник чистоуст 见 Осмунда коричневая

Папоротник орляк 见 Орляк обыкновенный

Паслён персидский 见 Паслён сладко–горький

Паслён сладко–горький   Solanum dulcamara L.   木山茄

Пион бело–розовый 见 Пион белоцветковый

Пион белоцветковый   Paeonia albiflora Pall.   白芍药

Пихта амурская   Abies nephrolepis Max.   臭冷杉（臭松）

Пихта белокорая 见 Пихта амурская

Полынь обыкновенная   Artemisia vulgaris L.   艾蒿

Пробковое дерево 见 Бархатное дерево

Рододендрон амурский   Rhododendron mucronulatum Turcz.   尖叶杜鹃花

Рододендрон даурский 见 Рододендрон амурский

Роза иглистая   Rosa acicularis Lindl.   大叶蔷薇（大果蔷薇）

Роза мелколистная   Rosa pimpineilitolia L.   小叶蔷薇

Роза ребристая   Rosa rugosa Thunb.   玫瑰

Рябина бузинолистная   Sorbus sambuclfolia Trautv.   花楸

Рябина двухцветная   Sorbus discolor Max.   白果花楸

Рябина маньчжурская 见 Рябина двухцветная

Секуринега ветвецветная   Securinega ramijlora Mull.   一叶萩（狗杏条）

Сирень амурская Syringa amurensis Rupr. 暴马子（丁香）

Смородина Максимовича Ribes Maximoviczianum Kom. 尖叶茶藨子

Смородина маньчжурская Ribes manshuricum（Max.）Kom. 东北茶藨子（灯笼果）

Спирея 见 Таволга

Страусопер Struthiopteris germanica Willd. 黄瓜香

Таволга березолистная Spiraea betulifolia Pall. 桦叶绣线菊

Таволга иволистная Spiraea salicifolia L. 柳叶绣线菊（空心柳）

Таволга лесная Spiraea shamaecirifolia L. 石蚕叶绣线菊

Таволга средняя Spiraea media Schmidt 石棒绣线菊（石棒子）

Таволга шелковистая 见 Таволга средняя

Таволожник 见 Таволга

Тальник 见 Ива

Тимьян боровой Thymus serpyllum L. 百里香

Тис остроконечный Taxus cuspidata S. et Z. 赤柏松（紫杉）

Тополь душистый Populus suaveolens Fisch. 甜杨（兴安杨）

Троллиус оранжевый 见 Купальница Ледебура

Тростник обыкновенный Phragmites communis Trin. 芦苇

Хмель охотский 见 Княжник охотский

Чемерица зелёная Veratrum Lobclianum Bcrnh. 山梗藜芦（山白菜）

Черёмуха Маака Padus Maackii Rupr. 山桃（斑叶稠李）

Черёмуха Максимовича 见 Вишня Максимовича

Черёмуха обыкновенная Padus racemosa L. 稠李

Черёмуха японская 见 Вишня железистая

Черешня Максимовича 见 Вишня Максимовича

Чёртово дерево 见 Аралия маньчжурская

Чозения Chosenia macrolepis (Turcz.) Kom. 钻天柳

Чумиза Setaria italica P. B. 谷子（小米）

Шиповник 见 Роза

Шиповник многоиглистый 见 Роза мелколистная

Элеутерококк колючий Eleutherococcus senticosus Max. 刺五加

Яблоня маньчжурская Malus manshurica (Max.) Kom. 毛山荆子

Яблоня сибирская 见 Яблоня маньчжурская

Ясенец белый 见 Ясень пушистоплодный

Ясенец пушистоплодный Dictamnus dasycarpus Turcz. 白鲜（八股牛）

Ясень китайский 见 Ясенец носолистный

Ясень маньчжурский Fraxinus manshurica Rupr. 水曲柳

Ясень носолистный Fraxinus rhynchophylla Hance. 花曲柳

二、动物名称

Аполлон Parnassius eversmanni Men. 绢蝶

Баклан уссурийский Phalocrocorax filamentosus Temm. et Schleg. 斑头鸬鹚

Барс Felis pardus orientalis Schleg. 金钱豹

Барсук Meles meles amurensis Schrenck. 獾

Бекас Capella stenura Br. 针尾沙锥

Бурундук Eutamias sibiricus orientalis Bonh. 花鼠（五道眉、金花鼠、豹鼠）

Вальдшнеп Scolpax rusticola L. 丘鹬

Волк Canis lupus L. 狼

Воробей полевой Passer montanus dubowskii Doman. 麻雀

Ворон Corvus corax kamtschaticus Dybow. 渡鸦

Ворона Corvus corone orientalis Eversm. 小嘴乌鸦

Выдра Lutralutra L. 水獭

Выпь Botaurus stellaris orientalis But. 麻鸭

Голубь скалистый Columba rupestris rupestris Pall. 岩鸽

Горал Nemorhaedus goral raddeanus Heide 青羊

Горбуша Oncorhynchus gorbuscha W. 驼背大马哈鱼

Горлица восточносибирская Streptopelia orientalis orientalis Lath. 山斑鸠

Гребешок большой Pecten maximus. 海扇

Грязовик восточносибирский Limicola falcinellus sibiricus Dress. 阔嘴鹬

Дрозд каменный Monticola solitarius magnus La–Touche 蓝矶鸫

Дупел ьгорный Capella solitaria japonica Br. 孤沙锥

Дятел восточный седоголовый Picus canus jessoensis Stejn. 黑枕绿啄木鸟

Дятел зелёный Picus viridis viridis L. 绿啄木鸟

Дятел пёстрый уссурийский Dryobates japonicus tscherskii But. 斑啄木鸟

Енот Nyctereutes procyonoides Gray 貉

Жаворонок уссурийский Alauda arvensis nigrescens Kilst. 云雀

Желна Dryocopus martius martius L. 黑啄木鸟

Жемчужница Margaritana margan'tifera L. 珍珠贝

Жужелица Carabus canaliculars M. Adam 步行虫

Заяц–беляк Lepus timidus mordeni Goodwin 雪兔

Заяц маньчжурский Lepus mantschuricus Radde 东北兔

Землеройка уссурийская Sorex tsherskii Ognev 小鼩鼱

Зимородок Alcedo atthis bengalensis Gm. 翠鸟

Змея копьеголовая Ancistrodon dlomhoffii ussuriensis Em. 蝮蛇

Зуёк уссурийский Charadrius placidus Gray 剑鸻

Иволга китайская Oriolus chinensis diffusus Sharpe 黑枕黄鹂（黄鸟、金莺）

Изюбр Cervus elaphus xanthopigus M.–E. 马鹿

Кабан Sus scrofa continentalis Nehr. 野猪

Кабарга Moschus moschiferus parvipes Holl. 麝（香獐子）

Казарка белолобая Anser albifrons Scop. 白额雁

Камышовая овсянка Emberiza schoeniclus pyrrhulina Sw. 芦鹀

Канюк японский Buteo buteo burmanicus Hume 鵟

Карась Carassius carassius rinchos Brehm. 鲫鱼

Кедровка сибирская Nucifraga caryocatactes macrorhynchos Brehm 星鸦

Кета Oncorhynchus keta Walb. 远东大马哈鱼

Кобчик амурский Eryrhropus vespertinus amurensis Radde 红脚隼

Коза дикая Caprolus capeolus bedfordi Ths. 狍（狍子）

Комар–долгоножка Tipula sp. 大蚊

Конёк сибирский Anthus hodgsoni inopinatus Hart，et St. 树鹨

Краб Paralithodes camtshatica Til. 堪察加蟹

Крапивница Vanessa urticae L. 荨麻蛱蝶

Краснопёрка Leuciscus brandii Dyb. 雅罗鱼

Крачка Sternula sinensis Gm. 燕鸥

Кроншнеп Numenius cyanopus Vieil. 大杓鹬

Крохаль Mergus serrate L. 红胸秋沙鸭

Крыса водяная Arvicola terrestris L. 水鼠

Кулик–сорока Haematopus ostralegus osculans Sw. 蛎鹬

Куличок–травник Tringa totanus ussuriensis But. 红脚鹬

Кунжа Salvelinus leucomaenis Pall. 嘉鱼、白点鲑

Курочка（лысуха）болотная Fulica atra L. 骨顶鸡（白骨顶）

Ленок Brachymystax lenok Pall. 细鳞鱼

Летяга Pteromys volans arsenjevi Ogn. 小飞鼠（小鼯鼠）

Лисица Vtilpes vulpes L. 赤狐（草狐、红狐）

Лось Alces alces bedfordi Lyd. 驼鹿（堪达罕、麇）

Мальма Salvelinus alpinus malma Walb. 北嘉鱼、红点鲑

Махаон Papilio Maackii Men. 凤蝶、金凤蝶、绿带黑凤蝶

Медведь Ursus tibetan usussuricus Heude 黑熊（狗熊、熊瞎子）

Мокрец–мошка Culicoides sp. 蠓（蠓虫、小黑虫、小咬）

Мошка–гнус Simulia sp. 蚋

Мышь летучая Myotis ikonnikovi Ogn. 鼠耳蝠

Мышь маньчжурская полевая Apademus agrarius manthuricus Thos 黑线姬鼠

Неясыть уссурийская Strix uralensis nikolskii Rut. 北林鸮

Овсянка ошейниковая Emberiza fucata fucata Pall. 赤胸鸭

Овсянка черноголовая Emberiza melanocephala Scop. 黑头鸥

Олень пятнистый Cervus nippon hortulorum Swinhoe 梅花鹿（花鹿）

Оляпка Cinclus pallasii pallasii Tem. 褐河乌

Орлан белохвостый   Haliaetus alhicilla L.   白尾海雕

Осьминог   Ostopus sp.   章鱼

Пантера маньчжурская   Felis pardus orientalis Schleg.   满洲豹

Пеночка японская   Phylloscopus tenellipes Sw.   灰脚柳莺

Перепел уссурийский   Ceturnix japonica ussuriensis Bogd.   鹌鹑

Перепелятник   Accipiter nisus nisosimilis Tickell   雀鹰

Пищуха   Ochotona hyperborea Pall.   北鼠兔

Плиска северная   Motacilla sp.   鹡鸰

Поганка   Podiceps sp.   无尾水鸟

Полёвка красная   Evotomys rutilus Pall.   红背鼾

Полёвка–экономка   Microtus oeconomus Pall.   根田鼠

Полоз красноспинный   Elaphe rufodorsalis   红点锦蛇

Полоз Шренка   Elaphe Schrenckii   棕黑锦蛇

Поползень амурский   Sitta europaea amurensis Sw.   鸸（蓝大胆）

Пустельга   Cerchneis tinnunculus doerriesi Sw.   红隼

Ракушник   Mytilus edulis L.   紫壳菜

Ремез–овсянка   Gulo gulo L.   田鹀

Росомаха   Emleriza rustica latifascia Por.   貂熊（狼獾）

Рябчик   Tetrastes banasia ussuriensis But.   榛鸡

Рысь   Felis lynx L.   猞猁（猞猁狲、马猞猁、山猫）

Светляк   Luciola mongolica   萤火虫

Сивуч   Eumetopias jubatus Schr.   北海狮（海狗）

Сизоворонка   Eurystomus orientalis calonix Sharpe   三宝鸟

Скворец   Spodiopsar cineraceus Tern.   灰椋鸟

Собака енотовидная   Nyctereutes procyonoidos Gray   貉（貉子）

Соболь   Maries zibellina arsenjevi Kusn.   紫貂（黑貂、赤貂）

Сова болотная   Asio flammeus Pont.   短耳鸮

Совка восточная азиатская   Otus japonicus stictonotus Sharpe   红角鸮

Сокол–дербник   Aesalom columbarius pacificus Steg.   灰背隼

Соловей сибирский   Luscinia sidilans Sw.   红尾歌鸲

Сорока голубая   Cyanopica cyana pallescens Steg.   灰喜鹊

Сорокопут клинохвостый   Lanius sphenocercus Cab.   楔尾伯劳

Сорокопут серый   Lanius excubitor subsp.   灰伯劳

Сойка   Garrulus glandarius brandtii Ev.   松鸦

Сыч–воробей   Glaucidium passerinum crientale Tacz.   斑头鸺鹠

Таймень   Hucho taimen   哲罗鱼（哲罗鲑）

Тигр   Fciis tigris longipillis Ftz.   东北虎

Трясогузка азиатская   Matocilla cinerea malanope Pall.   灰鹡鸰

Трясогузка камчатская чёрная   Matocilla alba lugens Glog.   白鹡鸰

Тюлень ушастый   Eumetopias jubatus Sen.   北海狮（海狗）

Удод   Upupa epops saturatus Lon.   戴胜（臭姑姑）

Улит   Tiinga nehularia Gun   青脚鹬

Утка морская   Nyroca marila mariloides Vig.   斑背潜鸭

Фазан уссурийский   Phasianus mongolicus Pall.   雉（野鸡）

Филин уссурийский   Bubo bubo–ussuriensis Pall.   雕鸮

Хорёк   Musteia sibirica Pall.   黄鼬

Хохотунья восточносибирская   Larus cochinnans Pall.   银鸥

Цапля белая   Egretta alba modesta Gray   大白鹭

Чернозобик тихоокеанский Erolia alpina sakhalina Viell. 黑腹滨鹬

Чирок Querquedula querquedula L. 白眉鸭

Шершень Vespa sp. 胡蜂

Щука Esnxreicherii 狗鱼（黑斑狗鱼、鸭鱼）

Ястреб Accipiter virgatus gularis Temm. Et Schleg. 松雀鹰

地名索引

（本索引是译者根据原书中出现的地名编译。地名后面的数字为原书页码。）

BA

BAI

BAO

BEI

DA

DAO

DE

DI

DIAO

DONG

DUO

ER

FA

GOU

GUANG

GUI

HA

HAN

HU

HUA

HUANG

HUI

HUN

JI

JIA

JIE

JIN

JING

LIANG

LIE

LIU

LU

Lü

NEI

NI

NIE

NING

NUO

PA

SHA

SHAN

SHE

SHI

SI

SONG

SU

WANG

WEI

WO

WU

XI

XIA

XIANG

XIAO

XIE

XIN

XING

ZI

Dersu Uzala

在乌苏里的莽林中

下

[苏联] 弗·克·阿尔谢尼耶夫 著
西蒙 译

广西师范大学出版社
GUANGXI NORMAL UNIVERSITY PRESS
·桂林·

在乌苏里的莽林中
ZAI WUSULI DE MANGLIN ZHONG

图书在版编目（CIP）数据

在乌苏里的莽林中 ：上、下 / （苏）弗·克·阿尔谢尼耶夫著 ；西蒙译. --桂林 ：广西师范大学出版社，2021.8（2022.9 重印）
（纯粹译丛）
ISBN 978-7-5598-3809-4

Ⅰ. ①在… Ⅱ. ①弗… ②西… Ⅲ. ①报告文学－苏联 Ⅳ. ①I512.55

中国版本图书馆 CIP 数据核字（2021）第 095368 号

广西师范大学出版社出版发行
（广西桂林市五里店路 9 号　邮政编码：541004
网址：http://www.bbtpress.com）
出版人：黄轩庄
全国新华书店经销
珠海市豪迈实业有限公司印刷
（珠海市香洲区洲山路 63 号豪迈大厦　邮政编码：519000）
开本：880 mm × 1 230 mm　1/32
印张：26.875　　字数：528 千
2021 年 8 月第 1 版　　2022 年 9 月第 2 次印刷
印数：6 001~9 000 册　　定价：98.00 元（上、下）

目录

第一章　出发

考察计划　骡子　马套　工具　补给站　德尔苏的到来　海军的协助　大彼得湾　阿斯科耳德岛　普列奥布拉热尼耶湾　搭乘鱼雷艇　到达奥耳加湾　登岸　驼背大马哈

1907 年 1 月到 4 月，我忙于写上次的考察报告，直到 5 月中旬才着手准备新的旅行。准备工作总是充满乐趣。这次考察的总体计划早就确定了，剩下的只是要详细研究一下细节问题。

这一次准备考察的是北纬 45° 到 47° 之间的锡霍特山脉中段和沿海地带，即以去年考察工作结束地捷尔内伊港为起点，只要时间允许，尽可能北上，然后沿比金河去乌苏里江的路线考察。

1907 年考察工作的安排，总体来说和 1906 年差不多。只是根据去年的经验做了几点修改。

新组建的考察队有9名士兵[1]，植物学家H.A.杰苏拉维，基辅大学学生П.П.鲍尔达科夫和我的助手A.И.麦尔兹利亚科夫。后者的弟弟Г.И.麦尔兹利亚科夫作为采制标本人员受聘参加了考察队。这一次我们把马换成了骡子。骡子的腿更加强健，尤其善于走山道，又不择食，但是在沼泽地带容易陷进去。狗还是原来那两条：莱西和阿利帕。

马具也做了相应改变。经验证明，绊绳用处不大，而且常常被树桩或灌木挂住，这样会极大地妨碍马匹行走，有时干脆被牢牢拴在一个地方寸步难行。马还常常挣脱绊绳，并跑丢了，这种事在阴雨天特别容易发生。因此我们为带铃铛的双套马笼头买了大粗绳替代马绊绳。

生活用品也做了一些更换。比如，我们不再用铜茶壶了。铜茶壶很沉，壶嘴经常开焊，需要不断镀锡焊接。使用各种规格的普通铝锅要好得多。铝锅既结实、便宜，又轻便好带，只要把小锅套在大锅里就行。为了到河里打鱼，我们还带了一副小拉网。

在长途旅行中最重要的是妥善保存火柴，不让它受潮。旅途中的阴雨天浑身上下没有一处不会被淋湿。这时，无论是什么皮套，或者橡胶套都没有用。这种天气，即使火柴没被淋湿，也很难划着。最好的防潮方法，是把火柴放在小木盒里，盒盖

---

1 9名士兵是：萨基德·萨比托夫、斯捷潘·阿里宁、伊凡·图尔蒂金、伊凡·福金、瓦西里·扎哈罗夫、埃杜阿尔德·卡利诺夫斯基、瓦西里·列格伊达、德米特里·季亚科夫和斯捷潘·卡齐米尔丘克。

一定要很严实。木头受潮就会膨胀，于是盒盖与盒子边就挤得很紧。旅途中我总是将装火柴的这个紧急备用盒放在自己的皮包里。士兵要抽烟，给他们买了带拉绳的胶皮烟口袋。另外，以防万一，我们还带了明胶、火石、火镰、火绒和引火的碎布。

要带的工具和仪器都和去年一样，只是增添了一些木工家什：8 毫米的木钻、刨子、凿子、锉和带锉齿器的截锯。照相胶卷怕潮，把它们装在锌盒里，用锡焊上，每个盒里放一打。此外，没有忘记给土著妇女和小孩买礼物，诸如珠串、纽扣、毛线绳、丝线、针、小镜子、削笔刀、耳环、戒指，各式各样的小坠子、小链子、玻璃珠等等。给男人买的最贵重的礼品有斧子、锯、贝尔登马枪和弹药。

我派 А.И. 麦尔兹利亚科夫提前一个月到符拉迪沃斯托克去为考察队买骡子。我们需要没有挂过掌、蹄子非常结实的骡子。我委托 А.И. 麦尔兹利亚科夫将买好的骡子用轮船运到林达湾，留 3 名士兵看守，他本人则继续往前走，在沿海地带设立食品补给站。计划设立 5 个这样的补给站，地点分别在吉基特湾、捷尔内伊港、大克马河、阿马古河和库穆胡河，即库兹涅佐夫角附近。

4 月，一切都准备就绪了。А.И. 麦尔兹利亚科夫去了符拉迪沃斯托克。我因为还要完成出发前的一些准备工作，所以又在哈巴罗夫斯克多待了两周。

利用这段时间，我派扎哈罗夫到阿努奇诺去找德尔苏，然后他应当返回乌苏里铁路线上，等我下一步的命令。

扎哈罗夫从奥西诺夫卡村乘驿马出发，见到房子就进去看看，碰到人就打听，是否看到过一个姓乌扎拉的赫哲族老头儿。当他快到阿努奇诺的时候，在路旁的一座房子里看见一个土著猎人，他一边打着背包，一边自言自语。扎哈罗夫问他认不认识赫哲人德尔苏·乌扎拉，那个猎人回答说：

"我的就是。"

扎哈罗夫于是向他说明了来意，德尔苏立刻收拾行装。他们在阿努奇诺住了一夜，第二天一早就往回走。6 月 13 日，我结束了自己的工作，告别了哈巴罗夫斯克。扎哈罗夫和德尔苏在伊波利托夫卡车站住了 4 天，然后按照我打给他们的电报，上了我乘坐的列车，坐进了我们的车厢。

德尔苏的到来使我非常高兴。我跟他聊了整整一天。赫哲人告诉我，去年冬天他在三大瓦库河上游捕到两只貂，和中国人换了一条毯子、一把斧头、一口小锅和一个水壶，还用剩下的钱买了一块中国织的纱布，为自己做了一个新帐篷。他又从俄国猎人那里买到了子弹。乌德海女人给他缝了靴子、裤子和袄。当雪融化的时候，他转到了阿努奇诺，住在他认识的一个赫哲老头儿的家里。他看我这么长时间还没来，就又开始打猎，打到了一只新长角的鹿。

说起来，他在阿努奇诺还被人偷了。他在那儿认识了一个好像是那种手艺人（不务正业的人。——译者注），就天真地告诉他，说去年冬天他在瓦库河捕到了貂，卖给中国人，获利不少。那个手艺人请他到酒馆喝酒，德尔苏高兴地答应了。德尔苏喝得晕头转向，就把自己的钱全部交给这个新伙伴保管。第二天，德尔苏醒来一看，手艺人消失不见了。像这种事，德尔苏无论如何也想不通。赫哲人经常彼此代为保管毛皮和钱财，从来也没有丢失过。[1]

那时候，日本海沿岸还没有正常的航海交通。移民管理局第一次尝试性地包租了“埃尔多拉多号”轮船。这艘轮船也只开到吉基特湾。而且没有固定的班次，连管理局也不知道这艘轮船什么时候返航，以及什么时候再次出航。

我们真不走运。偏巧在“埃尔多拉多号”出航两天之后才赶到符拉迪沃斯托克。多亏 П.Г. 季格尔斯捷德和 A.H. 佩利救了我，他们建议我搭鱼雷艇走。他们要到善塔尔群岛去，答应顺路把我们带到吉基特湾。[2]

6 月 22 日下午，我们上了船。傍晚，我们在船舱里和水手们海聊到后半夜。我本想好好睡一觉，可是没有睡成。离天亮很早，就响起了非常大的起锚声。我穿好衣服，走到甲板上。曙光初现，海面上升起大雾，又冷又湿。为了不妨碍水兵干活儿，我又回到船上的客舱，从皮箱里拿出笔记本，开始写笔记。不一会儿，船身轻轻地颠簸起来，告诉我们已经驶入大海了。

---

1 П.П. 鲍尔达科夫曾经参加考察队，同我共处了两个月。他有一篇旅行记发表在 1914 年的《年轻的俄罗斯》杂志上，题为《在日本海沿岸》。这篇文章写得非常生动真实。不过，在 П.П. 鲍尔达科夫的文章中有一个小小的错误：德尔苏丢钱的事发生在阿努奇诺，而不是在哈巴罗夫斯克。

2 这支舰队共有 5 艘鱼雷艇：“雷厉号”“雷鸣号”“保卫号”“无声号”和“捷敏号”。

这时甲板上的响声也停止了。

按照拉彼鲁兹 1787 年绘制的航海图，大彼得湾叫作维多利亚湾。这个海湾被阿伯特半岛（现在叫穆拉维约夫–阿穆尔斯基半岛）和耶夫格尼群岛（包括俄罗斯岛、什科特岛、波波夫岛、列伊涅克岛和里科耳德岛）从中间一分为二，一半叫作拿破仑湾（乌苏里湾），另一半叫作格林湾（阿穆尔湾）。[1]

大约 10 点半，鱼雷艇驶到了阿斯科耳德岛。中国人把这座岛叫作“青岛”，意思是“绿色的岛”（北纬 42°47′，东经 160°2′，西北海角的标记）。

这一块不知被什么力量从大陆上分割出去的土地，沿岸都是陡峭的岩石。岛的形状好像马蹄铁，开口朝南。有普提雅廷岛和麦德尔角将这座岛延续至大陆。如今阿斯科耳德是著名的梅花鹿天然繁殖场。

大约 15 年前，这里有 4000 多只梅花鹿。由于偷猎、大雪和可食植被急遽恶化，梅花鹿的数量迅速减少，如今全岛不超过 150 只。梅花鹿只拣可口的草吃，由此，它不吃的杂草蔓延全岛。再加上岛上的鹿完全封闭，只能进行血亲交配，繁殖率下降到了极点。如果不从大陆上输进新鲜血液，这里的鹿将会绝种。这座岛屿属于符拉迪沃斯托克狩猎爱好者协会所有，但是他们很少考虑这些问题。目前，阿斯科耳德鹿场正濒临毁灭的边缘。

---

1 见阿 · 米奇《东西伯利亚旅行记》，1868 年版，第 350 页。

金矿是阿斯科耳德岛闻名的另一个缘由。采金的方法是把矿石粉碎，然后用汞齐化法从中提炼出纯金。

我们在大海上遇到了一群鳁鲸和逆戟鲸。鳁鲸慢慢地按照选定的方向游去，对鱼雷艇不太在意。但是逆戟鲸却尾随在船后，快要赶上我们的时候，就跳出水面。士兵扎古尔斯基向逆戟鲸开枪，头两次都没有打中，第三枪打中了。水面上浮起一大片血迹。之后这群逆戟鲸就立刻不见了。

我们在傍晚时到达了亚美利加湾，就在这里过夜，第二天继续航行。6 月 27 日午后，舰艇绕过了波沃罗特内角，向东北方向前进。4 点左右开始变天了。云雾从东边涌来，尽管没有风，海上却波涛汹涌。这是因为海浪常常走在了风的前面。

鱼雷艇按照测程仪的示度，小心翼翼地摸索着前进。水手能在这样大雾笼罩的漆黑夜晚，找到普列奥布拉热尼耶湾，并通过狭窄的通道驶进海港（东经 151°34′，北纬 45°54′），不能不令人惊异。

夜里刮起了大风，海上风浪很大。第三天早晨尽管天气恶劣，鱼雷艇照样起锚前进。我在船舱里坐不住，走到甲板上。另外几艘鱼雷艇排成单纵队阵，紧跟在“雷厉号”后面。离我们最近的是“无声号”鱼雷艇，只见它起伏不定，随着大浪一会儿沉下，一会儿又浮到泛着白色浪花的浪峰上。当泛着泡沫的海浪迎面扑向摇晃的小船时，真以为大海一定会将它吞没了，可是海水从甲板上流下去后，鱼雷艇又浮出水面，并顽强地继续向前。

当我们驶进奥耳加湾的时候，天已经黑了。我们决定到陆地上过夜，于是上了岸，点起篝火。

出乎我们的意料，德尔苏并不晕船。他把鱼雷艇也看成活物了。

“我的朋友——他的，”他指着“雷厉号”鱼雷艇，“今天大发脾气了。”

我们围坐在篝火边聊天。夜降临了，浮在海面上的雾升到了空中，变成乌云，淅淅沥沥地掉了两阵雨点。我们的篝火四周一片漆黑——什么也看不见。只听见风把灌木和树枝刮得呜呜响，以及大海的怒号和村里的狗吠声。

天终于亮了。东方刚刚露出一线曙光，立刻又被乌云遮住了。现在一切都清晰可见：小路，灌木，石头，海岸，还有一只不知什么人的小船，底朝上扣着，船下面睡着一个中国人。

我叫醒了他，请他用船把我们送到鱼雷艇上。

艇上有的灯光还亮着。值班艇长在舷梯旁迎接我们。我为打扰了他而向他表示了歉意，然后回到自己的船舱里，脱衣上床。

一夜之间，大海安静了一些。风停了，雾也开始消散。太阳终于露出来，照亮了阴郁陡峭的海岸。

30 日傍晚，鱼雷艇到达吉基特湾。П.Г. 季格尔斯捷德留我们在船上过夜，明早再卸船上的东西。鱼雷艇在空荡的大海余波中彻夜摇晃。在颠簸起伏的船上，我焦急地等待着天明。当我们终于踏上坚实的土地时，心情无比愉快！当鱼雷艇起锚的时候，水手们向我们挥动手帕告别，我们也摇起帽子回应他们。

海风送来扩音喇叭的声音：“祝你们成功！”10分钟后，鱼雷艇已经不见了踪影。

我们选定上岸的地点是吉基特湾，而不是捷尔内伊港，因为捷尔内伊港经常有浪，无法卸下骡子。

鱼雷艇刚驶离，我们就开始搭帐篷，拾柴火。这时有人到河边去打水，回来说，河口里有很多鱼。士兵们撒下网，捕到的鱼是那么多，连渔网都拉不上来了。等拉上网一看，都是驼背大马哈。此外还有两种小鱼，一种是若鹭鱼，胡瓜鱼属，脊背和两肋带有许多黑点（这非常奇怪，因为若鹭鱼一直顺着海岸游，从来不会游进河里）。还有一种是刺鱼。刺鱼原来生长在小河湾和死水汊子里，大概是湍急的河水将它们冲到河口里来了。

这些驼背大马哈鱼尽管颌骨开始长弯了一些，脊背也出现了些许的罗锅，但是样子还不算太难看。我吩咐他们少留一些鱼，剩下的都放回河里去。大家狼吞虎咽地吃起大马哈鱼来，但是不一会儿就吃腻了，再也没有人去光顾它们。

下午，我和H.A.杰苏拉维到周围一带去观察地势。他采集植物，我打猎。

第二章　在海湾

林达湾　没有定居的移民　对当地生活条件的适应　能力　对土著的看法　原始共产主义　神秘的脚印　藏在森林里的人　黄金热　勘察海湾　普拉斯通　雾　遗失的战利品　不眠之夜　偶然的发现　射野鸭比赛　赫哲人的枪法　德尔苏安抚了喝醉的士兵　《渔夫和金鱼》的故事　赫哲人的见解

林达湾位于格林尼治天文台东经 13°22′，北纬 44°47′，分南北两湾：北湾叫吉基特湾，南湾叫普拉斯通湾。两个海湾直接面向大海，没有遮挡，所以恶劣天气时，船在这里不易找到避风港。海湾最深处为 25—28 米。两湾中间有一道山脉相隔。这条山脉是由石英斑岩和带火山玻璃的玢岩构成的。山脉离大海越近就越低，在岸边则形成 400—580 米高的山丘。

在海边灌木丛附近的草地上，H.A. 杰苏拉维找到的下面这些植物吸引了我，特别是这一带最常见到的一些草木。其中有紫菀，呈菱形的狭长叶片，有锯齿，紫黄色花瓣，花心为白色冠毛，有1戈比硬币大小，伸展出美丽的穗状花序；样子特别的黄芪，中国人大量采集黄芪的根做药材，这是一种多年生植物，茎高大，分蘖多，小叶片，开细碎繁多的浅黄色小花；高大的翠雀花，蓝色花朵，植物上端长满柔毛；绒背老鹳草，叶子边缘为大锯齿状，叶面粗糙，开娇柔的深红色花朵；紫地榆，奇特的羽毛状叶子；龙胆，根茎粗大，蓝紫色花被长叶遮住了；最后还有属于菊科植物的羽叶风毛菊，茎高而匀称，竖琴状的叶片有锯齿边，开紫花。

这一天我们看到的鸟类有大隼。它栖息在岸边一棵枯树上，好像在打盹儿，但是突然看到了什么鸟，就直起猛追。另一个地方有两只乌鸦在追逐一只伯劳。伯劳藏到灌木丛里躲避乌鸦，但是乌鸦从灌木的另一边绕过来，从一根树枝蹦到另一根树枝上，千方百计要捉住这个小强盗。这里还有几只鸥，这些棕红色羽毛的小鸟，被伯劳的惊叫和乌鸦的呱呱声吓得惊慌不安，一会儿跳上树枝，一会儿又落到地面。

林达湾附近也有梅花鹿。它们主要栖息在海湾东北角上的叶戈罗夫半岛上。从前这里的鹿比现在多得多。1904年下过几场大雪，之后很多鹿都被饿死了。

过了3天，7月7日，“埃尔多拉多号”轮船来了，但是船上没有骡子。就是说，要等下一班船了。有两家旧教徒乘这艘轮船到吉基特湾来，他们把卸下的东西放在我们帐篷旁边，也在岸上过夜。晚上，我走到篝火旁，看到一个老头儿正和德尔苏聊天。这位旧教徒跟赫哲人谈话时那种亲切口吻让我惊诧，好像他们是早就相识的老朋友。他们在交谈中提到一些中国人，谈到鞑子（乌德海人），并且能说出很多人的姓名来。

“想必你们以前见过面吧？”我问那个老头儿。

“那还用说，那还用说，”旧教徒回答，“我早就认识德尔苏。他年轻的时候，我们还一起打过猎呢。”

接着，他们又开始回顾往事了：他们怎么打鹿，怎么猎熊，提到了一个中国人，外号叫“龇牙巴”，还提起一些俄国移民，外号也很奇怪——什么“绿蛇”呀，“木头铃”呀。据他们说，这个“绿蛇”心肠狠毒，“木头铃”的特点是非常饶舌。德尔苏一边说，一边开心地笑着。老头儿用蜂蜜和面包圈款待他。看到德尔苏受人欢迎，我就格外高兴。这个旧教徒让我在篝火前坐下，我们就聊了起来。

德尔苏没等我们聊完先走了。我在老头儿那里又待了很久，听他闲谈。当我打算走的时候，话题偶然转到德尔苏身上。

“他是个好人，挺正派，”旧教徒说，“就是有一点不好——不信教，这个亚洲人不相信上帝，你瞧，他和我一样都活在这个世界上。这真是奇怪！可是到了那个世界，他会怎么样呢？”

“跟你和我一个样！”我回答他说。

“圣母保佑！”旧教徒一边说着，一边画十字，“我可是符合教会使徒的真正基督徒，可他是什么？不信上帝。他没有灵魂，只有一口气。”

旧教徒轻蔑地啐了一口，就开始铺行李准备睡觉了。我向他告别，回到自己的宿营地。德尔苏和士兵们一起在篝火旁边坐着。我瞥了他一眼，立刻知道他准备出去。

“你要去哪儿？”我问他。

“打猎。”他回答说，“我狍子的打。旧教徒的要帮忙，他的小孩多。我数了——6个的有。”

“没有灵魂，只有一口气。”我不禁想起旧教徒的话。我想劝阻德尔苏，不要去为这位“符合教会使徒的真正基督徒”打狍子，但是若这样做，只会使他伤心，于是我忍住没说。

第二天一大早德尔苏就回来了。他打到一只鹿，请我给他一匹马，把肉驮回来。此外，他说看到了一些新鲜脚印，从那些鞋底印看，既不是我们考察队队员的，也不是那两家旧教徒的。我们和旧教徒都没有这种鞋。据他说，这些陌生人一共有3个。两个穿着新皮靴，第三个人穿的是旧皮靴，靴底磨偏了，后跟钉着半圆形铁掌。我知道德尔苏的观察力，对他的话深信不疑。

将近上午10点时，德尔苏回来了，肉也驮回来了。他把肉分成三份：一份交给士兵，另一份给了旧教徒，第三份分给住在附近的中国人。

士兵们纷纷表示反对。

“不行，”德尔苏反驳道，“我们这样做的不能，周围的人应该给。无论什么东西，一个人的吃——有罪。”

这种原始共产主义精神好像一条红线，总是贯穿在他的一切行动中。他把自己打到的东西平均分给所有的邻居，不论民族，而且留给自己的和分给别人的一样多。

又过了两天，我，德尔苏和扎哈罗夫翻山到吉基特湾那边去。我们离开海岸还不到100步，德尔苏又发现了不知什么人的脚印。我们顺着这些脚印走到一个被遗弃的宿营地。德尔苏非常仔细地开始观察。他确信，有4个俄国人曾在这里过夜，他们是从城里来的，以前没有进过原始森林。他得出的第一条结论的理由是，地上扔着大白杆烟卷盒、空罐头盒、报纸和面包皮，这种面包是城里卖的。第二条结论的根据是，他们不会搭帐篷，不会点篝火，主要的是不会挑选柴火。看得很清楚，这些人不管什么木头，碰到就捡，其中一个人还把毯子烧了。

从那以后就不断听说有人藏在森林里的消息。有人亲眼看到他们，有人在他们宿营的地方见到过藏在灌木丛里的小船，等等。这件事引起了人们的怀疑。如果这些人是中国人，那就是红胡子了。但是从各种迹象来看，他们是俄国人。

每天都有新消息传来。最后，终因粮食不足，这些神秘人物不得不走出了森林。其中有的人来到我们的宿营地，要求我们卖给他们一些面包干。自然，我们要盘问他们，由此弄清了事情的原委。

今年年初，符拉迪沃斯托克城里流传着一个谣言，说是吉基特湾附近有丰富的金砂矿，甚至还有金刚石。大批失业者梦想大发横财，一夜暴富，便蜂拥来到海边。他们或坐小船，或坐帆船，也有的乘轮船，三五成群，结成小帮，偷偷来到这里。在吉基特湾附近某处上了岸，背着背囊，徒步向着想象中的埃尔多拉多（西班牙语，意为黄金。——译者注）悄悄走去。淘金热感染了很多人，无论老少。有的单枪匹马，有的两三人搭伙。他们经历了长期寻找黄金的各种艰难险阻，吃尽苦头，焦躁不安。这些不幸的人其实就是精神病患者，他们在深山里到处寻找，希望哪怕能找到一粒金子也好。他们小心翼翼隐瞒自己到这里来的目的，躲藏在深山密林中，故意散布种种荒谬的谣言，只为迷惑那些和自己一样的寻金竞争者。他们互相争吵，彼此盯梢。如果有一伙人并无任何依据，就到某个峡谷里去找黄金，那么另外一伙人就认为，金刚石正是埋藏在那里。于是第二伙人千方百计抢先赶到那里，往往因此而发生流血事件。看来，黄金并非如此容易找到，要想找到黄金，需要经验，时间和金钱。于是他们决定在附近找个地方住下来，并且跑到符拉迪沃斯托克找移民管理局申请移民补助，然后再以移民的身份回到这里。有一部分淘金者就在捷尔内伊港定居下来了。

我们在吉基特湾不得不又等了大约两周。无论如何也要等到骡子运来。没有驮东西的牲口，我们不可能出发。利用这段时间，我勘测了通向普拉斯通湾附近的那一带地形，就是去年德尔苏遇到红胡子的地方。我还走到库列木河一次，并沿着海岸向北做了一次考察。

完成这些工作后，我就着手绘制地形图。H.A. 杰苏拉维在岸边采集植物，П.П. 鲍尔达科夫这些天来一直和德尔苏在一起，问他怎样打老虎，或者谈论有关宗教和人死后的情景。

我在帐篷里坐了两天，一直没离开图板。终于画上了最后一条线，完工了。

我拿起枪，出去打狍子。

要子河河谷的右岸是一长片已经沼泽化了的宽谷，覆盖着干瘪的青草、胡枝子灌木丛，以及稀稀拉拉的柞树、椴树和白桦。宽谷之间被雨水冲刷出一道道冲沟。我迈开双脚就朝这个地方走去。虽然天气晴朗，但是从海面上刮来一团团的雾。雾飘到大陆上没多远就消散了。这是住在海边的人都十分熟悉的日常景象。海边阴冷潮湿的时候，山里却晴朗无云，温暖干燥。在晒热的空气里，水蒸气不再凝结，变得用肉眼看不见了。

我在离宿营地大约 4 公里的地方，看到一条羊肠小道，顺着小道走进树林。很快我就发现，小道两旁的树枝一个劲儿地打到我的脸上。经验告诉我，这条小道是野兽走的。我怕被这条小道引到很远的什么地方去，就离开了它，在荒野地上走。我在这一带冲沟里转悠了好久，什么也没有找到。

白天已经过去了一大半。夜晚即将来临。由于天气越来越凉爽，雾气也越来越向陆地深处蔓延。一团团的雾像肮脏的棉絮，从山上滚到山谷，弥漫开来，越来越宽，越来越大，所到之处吞没了一切。这时突然跳出两只狍子，我迅速举枪射击。一只狍子应声倒下，另外一只跑了几步，站住了。我又打了一枪。那只狍子打了个前失，但马上又站起来，慢慢地钻进灌木丛里去了。我没有迟疑，立刻去追这只受伤的狍子，但是没有追上。我担心丢了那只已经被打死的狍子，就掉头往回走。死狍子倒下的地方，我没好好记住，所以大概从旁边走过去了。

于是我又从另一个方向找去，但是也没有找到。这些灌木丛和大树，彼此极为相似。狍子不见了，好像钻入了地下，无影无踪。我决定先返回宿营地，明天带些人来找。

我选定了自己认为是正确的方向，就沿着冲沟走去。

突然，我的视野急遽缩小了，浓重的大雾迎面扑来。浓雾完全像一堵墙，将我和整个世界分隔开来。现在只能看到离我很近的东西。从浓雾里迎面出现的，一会儿是倒在地上的一棵树，一会儿是一片柳丛，还有树桩、塔头或其他这类东西。

这样的天气黄昏都会早早降临。为了不致迷路，我决定回到来时那条小道去。据我猜测，这条小道应该是在我的右后方。我走了一小时，又一小时，可仍然没有找到小道。于是我改变了方向，顺着冲沟走去，可是这条冲沟又拐向一边去了。在森林里过夜没有火的滋味，去年在阿尔扎马索夫卡河我已经领教过了，但我并没有吸取教训，这次出来又没带火柴。我朝空中放了两枪，没有回应。我感到疲乏了，在一根倒木上坐下来休息，但立刻感到寒气逼人，身上发冷。寒冷的潮气把我撵起来，我只得继续往前走。月亮应当升起来了。尽管漫天大雾，看不见月亮，但是地面上毕竟亮多了。我在森林里又乱闯了约两个小时。这里的景色非常单调：林间旷地、小树林、冲沟、灌木丛、孤零零的树木、地上的倒木——所有这一切是那么相像，根据这些东西无论如何也难以辨别方向。最后，我疲惫极了，走到面前的一棵倒木旁坐下，背靠着树枝打起盹儿来。我冻僵了，在原地坐一会儿就站起来跺跺脚，就这样折腾到天亮。我旁边还有一根倒木，好像看见过。走到跟前一看，原来正是我第一次休息时坐过的那根倒木。

天终于亮了。天空泛出朦胧的蓝灰色曙光。大雾凝然不动，仿佛仍在睡梦中。青草和灌木丛都湿漉漉的。林中的小鸟渐渐醒了。不知从哪里飞来一只乌鸦，它“呀”地叫了一声，懒洋洋地飞过草地。接着，啄木鸟、野鸽子和三宝鸟都醒了。当天色大亮的时候，我赶走了睡意，坚定地顺着冲沟走去。我从那棵倒木走出还不到10步远，就碰到了那只死狍子。

原来，我一直是围着这只狍子兜圈子。我本来因为一夜没睡觉心绪不佳，现在这种沮丧立刻被喜悦代替了——我总算没有空着手回宿营地。这种天真的虚荣心是每个猎人都有的。

不多时，周围更加明亮了。尽管还看不见太阳，却处处都可以感觉到它的存在。雾迅速散去，有的地方还露出了蓝天。突然，明亮的阳光划破云雾，照亮了潮湿的大地。于是一切都看得很真切，我也终于看清楚了我在什么地方和应该往哪里走。至于为什么在夜里我没能找对方向，我自己也觉得奇怪。太阳照暖了大地，身上也觉得暖和舒适了，于是我加快了脚步。

两个小时后，我回到了宿营地。同伴们并没有为我担心，他们都以为我在哪一家中国人那里过的夜。我喝了茶，躺在自己的地方，沉沉地睡着了。

几天后我们举行试射。人人都发了子弹，对准确定的靶子架枪射击。试射之后，士兵们要求自选目标。他们对着空瓶子开枪，打树上的白点，后来又把小圆石头放到悬崖边上当作靶子射击。

突然不知从什么地方飞来一只水鸭子。它对砰砰的枪声毫不在意，落到离岸边不远的水面上。扎哈罗夫和萨比托夫同时用枪瞄准这只水鸭子，由于他俩都急于抢先开枪，因此两人都很激动，结果彼此妨碍了对方瞄准。两颗子弹几乎同时射出，一颗子弹没打到地方，另一颗又打得太远了，在水鸭子后面溅起一片水花。水鸭子吓得钻进水里，过了一会儿又浮到水面上来，但是已经离岸边远些了。这时，扎哈罗夫又朝它开了一枪，仍然没打中。子弹完全打偏了。水鸭子又钻进水里。士兵们也都不再打树上的白点了，他们在岸边站成一排，向逐渐游到远处的水鸭子密集地射击。他们越性急，水鸭子被撵得越远。据我估计，现在水鸭子离岸边少说也有 300 步远了。这时德尔苏回到了宿营地。我看了他一眼，就知道他喝了酒，微醉。他脸上挂着微笑，走到帐篷跟前停住脚步，用手遮住阳光，仔细看望士兵们在朝什么打枪。

恰好这时卡利诺夫斯基又打了一枪。子弹离水鸭子那么远，甚至都没有吓到它。德尔苏听说水鸭子刚才就在很近的地方，士兵们都没打中，就走到他们跟前，笑着说：

“你们的打得好。现在我的想鸭子的赶。”

说完这句话，他迅速举起自己的枪，几乎没瞄准就开枪了。大家立刻发出一阵惊叹。子弹刚好落在水鸭子身下，溅起的水花落了它一身。水鸭子被吓坏了，惊叫着飞起来，飞了不远又钻进水里。过了一会儿，又浮上水面，但已经更远了。德尔苏以惊人的速度举起枪，又打了一下。如果水鸭子没有飞起来，可以认为，子弹正好打中了它。如今水鸭子飞得很远了，肉眼勉强可以看见。我们拿起望远镜。德尔苏一边笑，一边与士兵们开玩笑。德米特里·季亚科夫认为自己是个好枪手，他说德尔苏这几枪带有偶然性，自己的枪法决不次于这个赫哲人。大家建议他实地表演一下。季亚科夫一条腿跪下，摆弄了一阵，瞄准了半天，最后扳动枪机。子弹跳弹了，落在水鸭子前面很远的地方。水鸭子钻进水里，但马上又浮出水面。这时，德尔苏不慌不忙地举起枪，瞄了一下，开枪了。用望远镜可以看到，子弹又在水鸭子身下溅起一片水花。

这种射击比赛要不是由水鸭子自己来结束的话，大概还会持续很久。水鸭子离开水面，向大海飞去了。

傍晚，我听到士兵们大声喧嚷。从他们的情绪看，我猜测他们喝了点酒。原来，德尔苏带回来一瓶酒精，请士兵们喝。酒精使他们格外兴奋，由此引发了争吵。

“不要骂人，”德尔苏轻轻地对他们说，“最好听我给你们唱一支歌吧。”于是，他也不等大家同意，就唱起歌来。

一开始谁也没听他唱，后来一个士兵不说话了，接着第二个、第三个都安静下来，很快，整个宿营地一片寂静。德尔苏的歌中蕴含着某种悲伤，是的，他是在回忆自己的身世，充满了对命运的哀怨。这支歌旋律单调，但其中包含着某种东西，它打动了人们最敏感的心弦，唤起人们最美好的情感。我坐在一块石头上，聆听着如泣如诉的歌声，不禁想起一句古老的瑞士谚语：

“哪儿有歌声，就在哪儿安身；爱唱歌的人，没有坏心。”

天已经全黑了，明亮的星星在天空闪烁；山坡后一轮明月正在冉冉升起。虽然一时还看不到，但月亮的清辉已经撒满了天空。

喝多了的士兵们都已经熟睡了，德尔苏还在唱他那支歌。只是现在声音很轻——是在唱给自己听呢。我回到帐篷里，躺在床上睡着了。

第二天傍晚，我坐在篝火旁给士兵们读《渔夫和金鱼》的故事。德尔苏正在用斧子砍什么东西。他也停下来，把斧子轻轻放到地上，没有改变姿势，也没回过头，蹲在那里听这个故事。当我读完了故事，德尔苏站起来说：

“是的，这样的娘儿们——大大的有。”他甚至气冲冲地啐了一口，接着说，“可怜的老头儿。他的应该扔开这个娘儿们，造一条小船，搬到另一个地方去。”

我们都哈哈大笑起来。这句话一下就表明了这个一向以流浪方式生活的土著人的观点。按照他的看法，摆脱这种处境的最好办法就是离开，就是造一条小船，迁居到另一个地方。

深夜，我走到篝火前。德尔苏坐在木柴上，若有所思地望着篝火。我问他在想什么。

“这个老头儿太可怜了。他的是老实的人。他海边上的多少次地走，小金鱼的呼唤，——大概，他的翁得都磨破了。”

显然，《渔夫和金鱼》的故事给他留下了深刻的印象。我跟他又说了一会儿话，就回到自己的帐篷里了。

第三章　第一次行军

出发　德尔苏跟踪归队　要子河和里田沟河　要子河的支流　鹿窖　原始森林　蜘蛛　大西南岔及其支流　阴雨连绵　罗锅鞑子及其一家　鞑子逃难　德尔苏之梦与追悼亡灵

经过长时间等待之后，6月底，“埃尔多拉多号”轮船终于运来了我们的骡子。这真是一件令人高兴的事，我们不必再无所事事闲坐在这里，可以出发了。

轮船停泊在离河口大约有400步远的地方，直接把骡子赶到水里。骡子立刻就找到了方向，游向海岸。士兵们已经在岸上等着接它们了。

我们又花了两昼夜的时间给骡子配好鞍，装好驮子。6月30日是最后一个休息日。第二天，即7月1日，我们出征了。

到了要子河，考察队分作两路。我和H.A.杰苏拉维、П.П.鲍尔达科夫率领部分队员奔向西南岔[1]河，А.И.麦尔兹利亚科夫率领其他人员溯里田沟河[2]上行。我们在这道沟西北角的最后几家鞑子房前分了手。这时德尔苏走到我面前，要求允许他在鞑子家里多住一天，并许诺明天傍晚一定赶上队伍。我表示担心他也许找不到我们。德尔苏爽朗地笑着说：

"你的针的不是，鸟的也不是——飞不了。你的地上走，土的踩，脚印的留。我的眼睛的有——可以的看见。"

我无法反驳他这一番话。他辨认踪迹的能力我是了解的，于是同意了。我们继续向前赶路，他一个人留在了要子河。第二天早晨，德尔苏果然赶上了我们。凭借沿途的痕迹，他对考察队这一天所发生的一切都了如指掌。他看到了我们休息的地方，看到我们在一个地方停留了很长时间——正是在那里我们的小道突然中断了；他还看到了我打发人去四下探路。有一个士兵在这里脱过鞋。地上有一块带血的布和一团棉花，他知道是有人磨破了脚等等诸如此类这些情况。他的这些分析对我而言司空见惯，可是对士兵说来却非常新奇。他们又惊异又好奇地望着这个赫哲人。

要子河[3]（乌德海人叫作因伊河）在航海图上标作符拉季米罗夫卡，不知为什么在图上被画成一条小河。要子河的河谷宽3俄里左右。左岸群山耸立，右岸是一个宽谷。河谷里长着疏

1 流向西南的支流。

2 里面呈槽形的河谷。

3 有弯坑（漩涡）的河。

疏落落的山杨、桦树、赤杨和落叶松。看不出河谷过渡到山峦之间的界限。沿河再往上走，风景大变，突出显示出高山的雄伟特点。

这里除了柞树外，还有黑桦、白桦、中国花曲柳、胡桃楸、槭树、冷杉、黄檗、紫杉、山槐、山杨和椴树。灌木有毛榛、山楂、佛头花、蚊子草（绣线菊）和胡枝子。

要子河河口旁边分出许多河汊。其中有一条流经河谷右侧。旧教徒选中这个地方，准备作为自己未来的村落。

从海边沿河谷往上走，有一条小道可以从左边绕过要子河所有的河汊，正好走到东沟河对面。沿小路涉水过河，旁边有几座房子，这几座房子坐落在由黏土、沙砾和乱石构成的宽阔的阶地脚下。

如果要子河叫作“狍子河”，就更恰当不过了。我在其他任何地方也没看到过像这里这么多的狍子。

西伯利亚狍子比欧洲狍子大，侧面体长 1.5 米，高 87 厘米。长脖颈上长着线条柔和的美丽的脑袋，和一对灵活的大圆耳朵。公狍子头上有一对分叉不多的角，角尖呈叉状，分叉不超过 6 个。狍子的毛在夏天呈暗赤褐色，冬天为灰褐色。臀部尾巴处长着一片白毛斑。狍子奔跑的时候，臀部颠得老高，白斑格外明显。猎人把这块臀斑叫作“镜子”。狍子的毛色和周围的景色混成一片，它的保护色使人很难发现它，人们只看得清这片跳动的白“镜子”。

每年秋季，10 月，大批狍子成群结队离开乌苏里森林地带，迁移到满洲去。不过也有一部分狍子仍然留在兴凯湖附近的草原上。哥萨克发现狍子成群过江的地方，就守候在那里，大批猎杀，不管是公的还是母的，是老狍子还是小狍子。自从乌苏里沿岸修建铁路和有了俄国移民后，西伯利亚狍子就不再迁移了。在狍子过江时大量猎杀的事也就没有了。猎杀狍子的那些场景，如今只留在了记忆里。

总的来说，狍子是一种非常胆小的动物，总是受到四足猛兽和人的追杀。所以它永远保持警惕，总是小心翼翼，竭力用听觉和嗅觉来发现任何微小的危险信号。沼泽地的阔叶林是狍子最喜欢待的地方，只有晚上它才从树林里走出来，到草地上吃草。即使在毫无声息的一片安宁中，狍子也不断向四面张望，竖起耳朵细听。受到惊吓的狍子奔跑时，跳得惊人地远，可以跨过峡谷、灌木丛和杂乱的倒木堆。乌苏里地区凡是有草地或者火烧迹地的地方，都有狍子栖息。它不喜欢乱石堆叠的高山，也不喜欢枝叶茂密的针叶林。

打狍子是为了吃肉。冬天的狍子皮可以做睡袋、毛皮外套和里外两面有毛的皮袄。角可以卖钱，一对值 3 个卢布。

有意思的是，狍子和其他动物都能和睦相处，唯独和马鹿水火不容。在人工繁殖场里，把狍子和马鹿放在一起，狍子就会死掉。在盐碱地上这一点看得更明显。如果狍子找到一块有盐的地方且经常来吃的话，只要马鹿一来，狍子就不来了。猎人不止一次发现，马鹿一去盐碱地，狍子就离开那里，或多或少总要过上一段时间才来。

山上的疏林、灌木丛生的慢坡宽谷和长满高大芦苇和野蒿的要子河宽阔的河谷，这些地方非常适合狍子栖息。我们常常看到狍子从草丛里跑出来，又飞快地消失在草丛中，我们一只也没有打到。

在某个地方看到了刚被拱起的泥土。家养的猪都被圈在圈里，那么这里肯定有野猪了，这一点被证实了。这里既然有野猪，就一定有老虎。确实，我们很快就在河边的沙滩上发现了一只非常大的老虎足迹。这只老虎顺着河边走来，藏在倒木后面。由此可以断定，这只可怕的野兽来这里不是为了喝水，而是为了狍子和野猪。

据鞑子说，大约两个月前，有一只老虎就在住房前把一个小孩叼走了。又过了几天，另一只老虎袭击了一个在地里干活的人，将他咬成重伤，那个人当天就死了。

要子河河谷有很多野鸡。几乎每走一步都可以碰到。野鸡喜欢在庄稼地和罂粟地旁边的草丛中栖息。那些罂粟是中国人为了获取大烟而种的。偶尔可以在旧河床和河套的柳条丛里碰到榛鸡，它们总是在地上寻觅什么吃的，只有受到惊吓后，才飞到树上。天空中盘旋着几只白尾海雕，其中一只突然落到河边上。我小心地穿过草丛走到河边，去观察它。海雕落在河边一块圆石头上，那里有几只乌鸦在吃鱼，海雕飞来就开始撵它们。乌鸦起初还准备反抗，但是当海雕用嘴有力地啄了它们几次后，乌鸦就让出了自己的地盘，飞到远处去了。这时海雕开始捕鱼。它径直走进河里，把腹部、尾巴和翅膀都浸在水中，然后在水上蹦来蹦去。不到一分钟就捉到一条小鱼，它把小鱼叼到岸上，立马开始享用。吃饱后，这只猛禽又飞到天上。立刻又飞来两只海雕。于是这三只海雕画着弧线在空中盘旋。它们并不互相追逐，而是在不同的平面上安详地滑翔，越飞越高，一直飞到无边无际的蓝天上。不一会儿，三只海雕就变成了三个勉强才能辨认出的小黑点。如果说我还能看到它们，那也只是因为我目不转睛地紧盯不放。

这时我听到从小路上传来叫我的声音。我的旅伴们在催我赶快回去。约 5 分钟后，我便回到了队伍里。

要子河下游有 3 条小支流注入：右边是小要子河，长约 16 公里，左边是东沟河和里田沟河。东沟河我们去年已经去过了；里田沟河，现在 A.И. 麦尔兹利亚科夫想必正沿着它行走呢。小要子河风光秀丽，景色如画。蜿蜒曲折的峡谷，两侧耸立着较高的山岭。据说，山顶处有储量很大的铅银矿和黄铜矿。

里田沟河谷的形状有些怪异——既不是横向的，也不是纵向的。宽的地方有半公里，窄的地方只有 200 米。河谷下坡有很多空地，堆满乱石，不适宜耕种。这里常常遇到山岭，有的地方长着不太茂密的阔叶林。沿河谷往上走，郁郁葱葱的针叶树影就越多。越往上去针叶树越多，渐渐成为这里的主要树木了。

里田沟河上游有一座猎人的碓子房。碓子房前有一条小道向左拐进山里，直通伊曼河。从南坡爬上洪塔米山口非常艰难。谷口很窄，堆满了乱石和倒木。

要子河一带混居着中国人和鞑子。中国人的房子主要集中在河的左岸，土著住在离山不远的河谷上方。

这里住的中国人不愿意给我们指路，有时甚至千方百计使我们迷路。所有的鞑子都欠着他们无法偿还的债务……中国人抢走土著人的妻子，像瓜分财产一样彼此间分配。若向鞑子提出这些问题，他们避而不答，或者偷偷地小声地说点什么，还不住环顾四周。自己族里一些人就因为尝试抗议和报复，结果被活埋了，他们还记忆犹新。

这一天我们不再向前走了，选了一所比较干净的房子，在院子里过夜，把驮包和所有其他东西都放在屋檐下。

第二天，我们告别了中国人。显然，他们很高兴我们离开。尽管他们努力对我们表现出很关心的样子，但是，他们的关照使人感到虚伪，甚至可以说带有隐隐的仇恨。

我们顺着小道走，又过了河，不久就走到三条河汇流的地方：第一条是西南岔河，第二条是库列木河（这条河名来源不详），第三条叫堪达河子[1]。由这三条河汇流而成了要子河。库列木河长 40 公里，自西方流来，发源于锡霍特山，堪达河子长 20 公里，沿堪达河子溯流而上，翻过山是西岔河（三河皮沟的支流）。去年我在西岔河曾经遇到过森林失火。这三条河汇流的地方，就是要子河的起点。河右岸（指顺流方向）耸立着一座高峻的岩石山，名叫大砬子。我们走的小道正是从大砬子底

1 堪达是满语，意为驼鹿，河子是汉语，意为小河。

下经过。中国人说这里是老虎出没的地方。

西南岔河从两座山之间的纵向河谷流过，一座就是锡霍特山，另一座是与它平行的山脉。西南岔河长 75 公里，宽 30 米。走过大砬子之后，开始是一片开阔地带，有些地方已经变成沼泽。再往前走，地势逐渐升高，不知不觉中变成一条阶地。阶地上长着稀疏的阔叶林。过了阶地以后，大约再走半公里，就进入茂密的森林了。

每当我想象原始森林的样子时，思想一定要飞到西南岔河两岸的谷地里去。这里除了水曲柳、岳桦和赤杨外，还有鱼鳞松、槭树和山桃稠李。鱼鳞松是典型的鄂霍次克海沿岸的植物。这里槭树的树枝是红的，树叶很像紫花槭。山桃稠李长着像桦树一样的黄树皮，枝叶弯垂到地面上，这是熊经常爬上爬下的结果。另外，河两岸长着密密麻麻的柳条，新生的嫩枝上是灰红色的。

这里生长着各种各样的灌木。其中值得提及的有刺儿李和红瑞木。刺儿李叶子很小，圆圆的，带有茸毛。红瑞木枝条细长柔软，剑形叶，叶面深绿色，叶底发白。

头上的树枝交织在一起，把天空完全遮蔽了。尤其是甜杨和红松，高大惊人。40 年的幼林在参天古木的覆盖下，显得就像可怜的萌发枝。暴马子一般都是灌木，到了这里也长成了大树，高达 5 俄丈，粗 2 英尺。有一根多年的朽木，上面长满青苔，很适合于观赏，跟周围茂密的植物显得十分协调。

这里灌木丛生，刺龙牙、葡萄蔓和藤本植物纠缠在一起，行走非常困难，因此我们的队伍走得很慢——常常要停下来，看看哪里倒木少一些，好牵着骡子绕过去。

这一天，H.A.杰苏拉维在他的笔记里记下了以下几种植物，其中有显花植物，也有孢子植物，都生长在一起：1. 蓝果兰，茎长，开白花，叶子硕大而多汁；2. 燕巢兰，开紫花，花繁密而芳香；3. 鸦葱，高棵植物，叶长而直立，花淡黄色；4. 蹄盖蕨，大叶，呈三角形，叶面透笼状，一眼看去很像一般蕨菜的叶子；5. 猴腿蹄盖蕨，也是直生大叶，叶的形状不固定，随周围的环境而变化。

我们越往前走，林中的倒木越多，这里的小道根本不适于装上驮子行走。

为了避免停顿，派扎哈罗夫率领一支先遣队在前面开路。遇到倒木堆，能清理就清理，不能清理就绕过去。有的倒木悬在半空中，这时只要把下垂的枝丫砍掉，留个大门似的通道，就可以穿过去了。躺在地上的倒木也要砍去树枝，以免剐坏骡子的腿和肚子。

下午，我们碰到一片鹿窖。这片鹿窖横穿西南岔河谷，一头紧靠岩石重叠的山岗。鹿窖很旧了，因此必须时刻瞅着脚底下，以免掉进去。这条小道把我们带到一座废弃的碓子房。碓子房旁边有一间用大木桩子架起的仓房，可以装粮食、毛皮、鹿茸以及猎人的其他物品。我们就在这里过夜。

早晨，我们没能睡多久。天一亮就出现许多小蚊子。一团团的，漫天都是。骡子也不吃草了，畏缩在帐篷跟前。我们匆匆忙忙喝了茶，收拾起帐篷就上路了。

碓子房前面有一条小道穿过密林。这条小道弯弯曲曲，绕过乱倒木和茂密的葡萄藤。

这里往往在仲夏的时候出现大黑蜘蛛。它们结成车轮状的蜘蛛网，网的干线长达5至7米，并且极其结实，可以用手随便拉到一边去。到了8月，这些蜘蛛就不见了。代替它们而出现的是黄绿色蜘蛛。这种蜘蛛比黑蜘蛛要小，肚皮和头、胸都带有红花纹。令人讨厌的蜘蛛网，几乎每走一步都要碰到。尤其是打头的最倒霉了——不是蜘蛛网落到脸上，就是蜘蛛爬到鼻子上，于是连忙用手把网掸掉，或者把蜘蛛扔到一边去。

这一天，我们走到了西南岔河分汊的地方——一条是大西南岔[1]河，一条是小西南岔[2]河。大西南岔河是主流，小西南岔河不过是它的支流而已。

离分水岭越近，林中显得越阴森可怖，野兽的踪迹也越多。小路常常中断，一会儿在河这岸，一会儿又拐到了河对岸。最后完全不见了。

在这段路上，有许多小河从山上流入西南岔河，右边有扁儿沟[3]河和伊吉姆鲁河，左边有砬子沟[4]河和红高粱沟[5]。西南岔的河水并不算大，可是从大量堆积的倒木可以看出，每逢雨季，

1 西南方向的大支流。
2 西南方向的小支流。
3 慢坡河谷。
4 多岩石的河谷。
5 红高粱的河谷。

河水猛涨，树木被大水从一个地方任意带到另一个地方。

越往前路越难走。因此我决定把骡子留在宿营地，明天背上背囊继续前进。我们原以为两天就能走到分水岭，但是这段路却足足花了我们4天的时间。而且在到达分水岭之前，天气也变坏了——下起了雨。

西南岔河上游从左侧将许多小河纳入。这些小河是从锡霍特山上流下来的。

我们选择了其中一条小河，沿着它开始往山顶爬。据德尔苏观察，这可能是一场连阴雨。乌云伏在地面上滚动，把高山遮住了一半。因此，即使我们爬到山顶上，也只能看到近处的景物。况且我们携带的干粮也快吃完了。这种情况迫使我们明天必须下山。

我们缩在帐篷里两天两夜，连头都不敢伸出去。厚重的乌云沿着阴暗的天空低低地飞驰，好像在相互追逐，并洒下雨点。我们的耐心终于到了极限，尽管仍在下雨，还是决定立刻返回海边。离开宿营地刚走不远，即在无风的天气刚好能听到枪声那么远，雨突然停了，太阳出来了，于是周围的一切都现出勃勃生机，只有浑浊的河水、地上倒伏的野草和山中一团团云雾，说明刚刚下过一场大雨。

我们被阴雨天折磨得筋疲力尽，早早就宿营了。傍晚，一只老虎在我们宿营地附近咆哮着，徘徊不去。夜里，我们把火堆烧得很旺，还放了几阵排枪。

两天后，我们回到留下部分勘察队队员和骡子的地方。在西南岔河口附近，我们遇到一家鞑子，罗锅男人、他的老婆和两个孩子，还有一个年轻的乌德海人，名叫常林。他们站在砾石滩上捕鱼。离他们不远的一块大圆石头上，扣着一条小船。小船的木头还是白色的，船帮上有新鲜的单色斑点，显然，这条小船刚刚刳好，还没有下水。罗锅鞑子向我们解释说，他自己不会做船，是特地从大克马河把侄子找来给他做的。

和土著人说了几句话，我们继续往前走，只有德尔苏留下了。第二天他赶上了我们，讲了很多有趣的事。原来，当地的中国人要把罗锅鞑子的老婆孩子都抢走，带到伊曼河那边去。鞑子决定逃跑。他如果从陆地上走，中国人一定会追上他，并杀了他。常林劝他做一条小船，从海上逃走。

7 月 25 日，我们动身到东沟河口的中国人那里去。沿东沟河谷有一条小路通向三河皮沟。

第二天晚上，是个漆黑的雨夜。鞑子一家决定趁机逃跑。说来也巧，中国人也决定在这天夜里动手，不但要抢走罗锅鞑子的老婆，还要一次性解决掉两个鞑子男人。德尔苏不知从什么地方打听到这一消息，急忙将乌德海人一家面临的危险告诉了他们。德尔苏带上自己的步枪，跑到罗锅鞑子的家里，在屋里燃起一堆火，好像鞑子全家都在家的样子。这时罗锅鞑子和侄子悄悄把船推进水里，并让女人和孩子都坐到船上。他们即使坐船逃走，也要经过中国人的屯子。这一夜风雨交加，给罗锅鞑子一家出逃帮了大忙。

为了使船不易被察觉，德尔苏在小船外面涂上了烂泥和黑炭。但是，尽管这两个猎人十分小心谨慎，他们还是没有瞒过狗。这些狗嗅出了鞑子，立刻发出狂叫。中国人从房子里跳出来，可是等他们跑到河边的时候，小船早已驶过了危险地带。德尔苏决定把鞑子一家送到海上。大约行驶了一个小时，小船进海了。德尔苏在这里跟鞑子全家告别上岸。他怕迎面遇到中国人，没有走原路，而是躲到了森林里，等到天亮才回到宿营地。

7 月 26 日，我们在要子河边又休息了一天。士兵们照例修理一下鞋，洗洗衣服。

德尔苏一整天情绪低沉，闷闷不乐。他总是一个人躲在角落里，不愿和人说话。后来，他向我借了 3 个卢布，不知到什么地方去了。下午 4 点，H.A. 杰苏拉维和 П.П. 鲍尔达科夫去附近一带散步，我则在宿营地绘制西南岔河的路线图。

傍晚，又出现了大雾。天色越来越黑，雾也越来越浓。不一会儿，河对岸和中国人的房子都沉没在了浓雾中。死一般的沉寂随着大雾一起降临到地面，只有树叶上滴落下的雨珠打破了这沉寂。

这时一名士兵跑来告诉我，德尔苏克（他们总是这样称呼他）一个人坐在篝火旁边唱歌。

我问他在什么地方看见了德尔苏。

“挺远的，”士兵回答说，“在森林里一条小河旁边。”

这个士兵又告诉我说，要顺着小路一直走，直到看见右边有火光为止。这就是德尔苏燃起的火堆。我按照他说的方向大约走了300步，什么也没有看见。我已经准备转身往回走了，透过大雾，突然依稀看到旁边有篝火的闪光。我离开小路约50步，雾突然消散了。

眼前的景象对我说来是如此出乎意料和新奇，我一下愣住了，站在原地一动不动。德尔苏在篝火前面朝我的方向坐着。他身旁放着一把斧子和一支步枪，手里拿着一把刀。他把一根小木棍顶在胸前，一边用刀削木棍，一边轻轻地唱着一首什么歌。他的歌声单调，充满忧伤。木棍上每刀他都不削断，没断的木屑向另一面弯曲，形成了一个羽状花棒。突然，他用右手举起这个羽状小木棍，停止了歌唱，对着空中向什么人询问了几句，然后紧张地听着，却没有听到任何回答。于是他把削好的木棍扔到火堆里，又拿起一根新的木棍削起来。然后又端起一只小碗，拿起酒瓶往里面倒了一点酒，用食指蘸着，把酒一滴一滴向四周弹洒出去。接着他不知又高声地喊了些什么，然后屏息谛听。突然，远处传来一只夜鸟的叫声，德尔苏立刻跳了起来。

他又大声唱起那支歌，把所有的酒都洒到火上。篝火瞬间蹿起蓝色的火苗。接着，德尔苏开始往火堆里扔烟叶、干鱼、肉、盐、小米、大米、白面、一块蓝布、一双新乌拉、一盒火柴，最后连空酒瓶也扔进去了。最后，德尔苏停止了歌唱，坐到地上，头垂在胸前，陷入了沉思。

这时，我决定走得近一些，有意地走到岸边的砾石滩上，好让他听到我的脚步声。老头儿抬头朝我看了看。他的眼睛里充满了忧伤。我问他为什么离开大家走出这么远，并表示很惦念他。德尔苏对此什么也没有回答。我走到篝火前，坐在他对面。我们就这样默默地坐了有5分钟。这时那只夜鸟又叫了一声。

德尔苏急忙站起身来，脸朝着那个方向，对着那只鸟高声喊了些什么。在他的声调里我听到了忧伤、恐惧和喜悦。接着，一切又恢复了沉寂。德尔苏慢慢地坐到原来的位置上，开始拨弄火堆。空酒瓶烧得通红，一下子炸开了，并逐渐熔化在火里。

我没有询问他，这一切都意味着什么。我知道他会主动告诉我。果然不出我所料。

“那里人的很多，”他开始讲了，“中国人，大兵……这事的不明白，他们会笑话——碍事。”

我没有打断他的话。他接着对我说，昨天夜里他做了一个噩梦：梦中他看到他家那顶已经散了架的旧帐篷，全家人还住在里面，穷得要命。他的老婆和孩子挨饿受冻。他们求他给弄点柴火，给他们捎点棉衣、棉鞋、随便什么吃的东西和火柴。他刚才扔进火堆里烧掉的东西，就是送到阴间给他的亲人的。按照德尔苏的想法，他的亲人在那个世界的生活，和眼前这个世界一样穷困。这时，我委婉地问他，夜鸟的叫声是怎么回事，为什么他一听到鸟叫就要朝它高喊着回应呢？

“这是魂儿。”德尔苏回答说，“我的想——这是我的老婆。现在她什么都得到了。我们的可以回房子去了。”

德尔苏站起身来，拨散了篝火。夜更黑了。几分钟后我们踏上小路，往回走去。德尔苏沉默不语，我也一声不响。

周围很静。湿润的空气仿佛凝然不动。浓雾落到了河谷里，下起了毛毛细雨。当我们走近房子时，狗又高声吠叫起来。

和往常一样，德尔苏仍然睡在外面。我走进屋里，躺在暖和的炕上，昏昏欲睡。旁边，隔着墙壁可以听到骡子吃草的声音。狗很长时间才得以平静下来。

第四章　在深山里

东沟河　阴雨天　黑熊寻蜜　遇到张保　北亚河　青羊的动物地理学界限　顾家河　东大崴子的房子　法图河和阿集米河　山中的乱石堆　入海的小河　岸边小径　野猫　甲虫的袭击

第二天是个阴天，沉重的雨云在空中缓慢地飘移，就连空气本身都显得阴沉沉的，就像黎明前一样昏暗。昨天还如画般美丽的群山，现在变得阴森郁闷。

我的旅伴们都知道，如果不是倾盆大雨，既定的行程一般不会改变的。除非有什么特殊情况，才会在宿营地耽搁。早晨8点，我们向中国人付了钱，踏上已经熟悉的小道出发了。这条小道是当地居民开辟的，它沿着东沟河谷通往捷尔内伊港。

在大自然中也感受到了莫名的惆怅。由于潮湿，空气凝然不动，沉重地压在地面上，由此，周围的一切都屏息不动，分外安静。阴沉沉的天空、湿漉漉的草木、泥泞不堪的小道、一个个死水坑，尤其是笼罩着四周的寂静——这一切都预示着：阴雨不过是暂时停歇，马上又会下起来，而且将更加猛烈。

晌午，我们到达东沟河上游，就地休息。当我们在篝火旁边坐着喝茶的时候，突然从山后飞出一只白尾海雕。海雕在空中画出一个弧形，猛然俯冲下来，落到一棵干枯的落叶松上，四下环视。扎哈罗夫朝它打了一枪，没打中。受惊的海雕急忙离开，朝树林飞去了。

“糟糕，”德尔苏说，“大雨的要下了。”

他接着解释说，如果天气平和，而大雾一直往上升，而且回声响亮，那就必然出现连雨天。

1点钟左右，我、H.A.杰苏拉维和П.П.鲍尔达科夫提前动身，士兵们开始装驮包。将近3点，我们走到了山口，从这里开始，山上的水都流向卡伊姆别河。应该在这里宿营，可是同伴们要求继续往前走，我同意了。还没来得及下山，雨就下起来了，很快就变成了一场真正的暴雨。我们笼了一个大火堆，一边淋着暴雨，一边在火边烘烤。黄昏时分，骡子也赶到了，这时我们才换衣服，搭帐篷。晚上雨下得更加凶猛，一直下到天亮。我们一夜没有睡觉，都冻僵了，不断地往火堆里添柴火，还烧了几次茶喝，只是在喝茶的间隙打一会儿盹儿。早晨，H.A.杰苏拉维想去登洪塔米山，在开阔地附近采集植物标本，但是没有去成。山顶被大雾笼罩着，到了下午两点，又下起了细密的小雨。这一天我们烤干衣服、整理帐篷，并且好好地睡足了觉。

第二天，7 月 26 日，又下雨了。完全分辨不出哪里是雾，哪里是云。这绵绵细雨一连下了三天三夜，这么长时间，实令人惊异。

我们的耐心已到头了。H.A. 杰苏拉维不能再等下去了。他的假期快要结束，应该返回哈巴罗夫斯克。尽管阴雨连绵，他还是要去吉基特湾，在那里等待轮船。我给了他两头骡子，又派两个人护送。上午 11 点，我们分手了，互相祝愿一路平安和工作顺利。

到了中午，天气毫无变化。这种天气只用两个字就可以描绘出来：雾和雨。我们又在帐篷里整整坐了一天。我翻阅自己的笔记，士兵们不是睡觉，就是喝茶。傍晚起了大风，一直笼罩着大自然的沉寂，突然被打破了。静止的空气开始流动，骤然刮起的一阵风，驱散了它的冷漠。

风将树叶吹落，落叶在空中飞舞，升到了高空。风异常猛烈，折断了树枝，吹弯了小树，刮倒了枯树。

“雨的完了，”德尔苏的语调里充满了高兴，“今天晚上我们星星的看。明天——太阳的看。”

果然，晚上 10 点左右，漆黑的苍穹上布满了千万颗繁星，没有一片乌云。这些亮晶晶的星星仿佛被雨水洗过，亲切地俯视着大地。黎明时分，又增添了几分凉意。

第二天是 7 月的最后一天。曙光初现，这表明一定是个好天气。山里还飘着零星的几团雾。雾仿佛也感到自己的末日来临了，都藏到深谷里去了。大自然欢呼雀跃：一切生命都在欢迎这万能的太阳，它们好像意识到，只有太阳才能赶走阴雨。

这一天我们要走到勃拉戈达季湖边我们已经熟悉的蘑菇房去。一路上尽是沼泽，雨后更加难走，我们受了不少罪。为了绕过沼泽地带，我们兜了很大的圈子，结果也是徒劳。我们砍倒大树和灌木垫到路上，可是骡子仍然是走一步陷一步，每次几乎都快陷到齐肚皮深。我们费了极大的力气才穿过沼泽草地，直到黄昏才走到硬实的土地上。

第二天，我们很早就出发了。前面的路还很长，我们想尽快赶到三河皮沟。实际上，我的这次考察工作应该是从三河皮沟开始的。П.П. 鲍尔达科夫带着枪，在旁边走，我和德尔苏像往常一样，走在前面，А.И. 麦尔兹利亚科夫领着驮队跟在后面。

在第二道峡谷附近，我坐下来休息，德尔苏也脱掉鞋，整理一下再穿上，以便更舒适。突然传来一阵奇怪的声音，不像嚎叫声，也不像尖叫，又不像哼哧声。德尔苏拉住我的袖子，侧耳细听，说：

“熊！”

我们站起来，悄悄往前走去。很快就看到了那个发出声音的家伙。果然是一只熊，中等个头，正在一棵大椴树前面忙活呢。这棵树几乎紧贴着峭壁生长。树的正面有一个用斧子砍过的记号，说明早在我们之前，也在熊之前，就有人注意到了这里。

我一眼就看出是怎么回事了。原来熊在偷蜜。它用两条后腿站立着，向上探着身子，想把前爪伸进树窟窿里去，却被石头挡住了。熊属于有耐性的动物之一。它一边哼哧着，一边使出全部力气摇晃椴树。蜂巢周围盘旋着一群蜜蜂，纷纷去蜇熊的脑袋。熊用爪子抹抹脸，细声细气地哼哼着，倒在地上打个滚，接着又起来忙活自己的事。它取蜜的办法很可笑。终于，熊累了，像人一样坐在地上，对着树，张着大嘴，好像在想什么办法。它坐了大约有两分钟，然后突然站起来，向椴树飞快跑去，爬上了树。熊在树上把身子挤到树和石壁中间，用前掌和后掌分别顶住石壁，用熊背使劲儿压向椴树。树稍微摇动了一下。但是，看样子熊的后背很疼。于是它又改变了姿势，用后背靠着石壁，用熊掌去压树。只听得咔嚓一声，椴树折了，落到了地上。

这应该就是熊要达到的目的。现在只要弄开树窟窿，取出蜂房就行了。

"他的——非常狡猾的人，"德尔苏说，"应该把他的撵走，要不，蜜很快就全吃了。"

他说完这句话后，大叫了一声："你的什么人！你的干吗偷人家的蜜！"

熊四外张望。一看见我们，拔腿就跑，迅速躲到峭壁后面不见了。

"应该他的吓唬吓唬。"德尔苏说，向空中打了一枪。

这时，驮队也赶到了。A.И. 麦尔兹利亚科夫听到我们的枪声，让队伍停下，跑来打听出了什么事。我们决定留下两名士兵取蜜。需要先让蜜蜂安静下来，然后用烟熏死它们，就可以取出蜜了。如果我们不拿走这蜜，反正也会被熊吃掉。

过了5分钟，我们继续前进。

顺着海岸向北走，我们发现，典型的满洲植物种类一个接一个留在了身后。首先是梨树。我最后一次看见它是在要子河沿岸。然后是山槐。很显然，捷尔内伊港就是山槐的北部界线。只有蒙古柞树向北延伸得最远。落叶松只是一小片一小片地散落在沿岸。这里有大量的佛头花、毛榛和胡枝子。除此之外，我们还看到了金蜡梅，它的羽状叶有5片，淡黄色花，还有矮灌木花楸，淡红色的小果实几乎没有任何滋味。花楸的旁边是爬山松，枝蔓匍匐在草上，浓密的绿色枝叶向上伸展，泛出没有光泽的微蓝色，枝条上还挂着去年的干果。

接下来一路直到三河皮沟没有遇到任何意外，很顺畅。下午4点，我们到达了捷尔内伊港。又过了一个小时，取蜜的士兵也赶到了。他们带来9公斤的上等好蜜。

傍晚，哥萨克们在河里捞鱼。除了驼背大马哈之外，还捞到几条鲅鱼。鲅鱼肉的味道有点苦涩。

我们要在这里和П.П. 鲍尔达科夫分手。他也决定返回吉基特湾，打算赶上在那里的Н.А. 杰苏拉维，同他一道回符拉迪沃斯托克。又走了一个好伙伴，我感到十分可惜，却没有办法。我们怀着十分真挚的友情道别。第二天，П.П. 鲍尔达科夫动身往回走，3天后（8月3日），我带着考察队也拔营启程了。

在三河皮沟，我们又遇见了猎人武装队队长张保，并和他一起度过了一整天。原来，我们去年在伊曼河上所发生的事，有许多他都知道。从他那里我了解到，去年冬季，他调解了鞑子和中国人的土地纠纷问题，春天在纳恩图河上消灭了一股红胡子。

当我听说他愿意陪我一起北上时，非常高兴。这有两个好处：第一，他对沿海一带的地形十分熟悉；第二，他对土著人颇有影响力，对完成我们的任务会有相当大的帮助。

北亚河[1]（乌德海人称其为叶良河）是一条小河，我从捷尔内伊港顺着这条河向北走去。北亚河与三河皮沟河的汇合处，离入海口约两公里。这条小河长约 12 公里，流过遍布沼泽的河谷，河谷与海岸平行。右岸是一片漫岗，左岸是由石英斑岩、辉绿岩和闪长岩构成的悬崖峭壁。

北亚河在河源就向东拐了个大弯，几乎拐到了海边。河右岸的漫岗上有一条小道。河周围的山上树木十分稀少，主要有槭树、黄檗、胡桃楸、椴树和黑桦。沿岸长着茂密的蒿柳和赤杨。没有大树的开阔地长满了胡枝子、珍珠梅、山刺玫和佛头花。下面的低洼地带，则是芦苇、拉拉秧和野蒿的王国。有些地方这几种野草完全排挤了其他一切植物。只有野豌豆利用自己善于攀爬的能力，还能够在这里争得自己的生存权。

小道也随着河流向东弯去，但在没到河源的地方又向北拐去，然后翻过顾家岭[2]山口。顾家岭高 260 米，从南坡上去、北

---

1 即北椏河，往北去的支流。

2 顾家的山岭。

坡下来都很陡峭。山口左侧有个圆顶山，中国人称其为中岗山[1]。中岗山主要由辉安岩构成。

过了山口，我们发现一条山间小河，名叫顾家河[2]，在航海图上标作库迪亚，鞑子称它为库佳河。这条小河没有出海口，它的河口被沙石堵塞了，由此形成一片沼泽地。据鞑子说，这里是整个沿岸地区最好的盐沼地。确实，在沼泽附近可以看到许多野兽的踪迹。在顾家河和大海之间，一片又高又陡的山崖将其隔开。山崖上背风的地方覆盖着针叶林。从动物地理学的角度看，这是一个很有意思的地方。这里是青羊分布区的北部界限。

这里的山谷都不大，四周环绕着不高的尖顶小山岗，山岗上长着稀疏的阔叶林。对移民来说将这里开辟成不大的田庄十分合适。沿海的高山都是由霏细状的玢岩构成的。玢岩顶上还覆盖着一层火山凝灰岩。

过了顾家河，小道穿过一个不大的海角，向下延伸，进了另一条山间小河的河谷。这条小河名叫大崴子[3]（乌德海人称它为奥木斯奇），长约 7—8 公里。从海角进入大崴子河谷这一段下坡很陡，几乎就是悬崖。又过了一个山口，我们就进入了风景壮丽、土地肥沃的阿集米河谷了。阿集米是一条小河，地图上标作阿克马河，乌德海人叫它阿加马。其实，这里是两条小

1 有几条主要道路由那里开始的山脉。

2 顾家的河。

3 略大一点的小港湾。

河在离大海 1 公里的地方汇合起来的。在这两条小河的入海处，小河加深了海岸线的弯度，形成一个风景如画的海湾小港。我们在这里找到了一幢相当漂亮的中国房子，名叫东大崴子[1]。

从捷尔内伊港到这里有 27 公里。

房子里迎面走出两个中国人。他们从士兵手里接过骡子，帮助我们脱了外衣，请我们进屋。像这样热情的接待，我在其他任何地方都没有遇到过。这两个中国人没有一丝阿谀逢迎的样子——他们不过是殷勤好客，能够看出我们的每一个愿望而已。后来，从旧教徒嘴里我也听到了对他们同样的评论。现在，这两个中国人在哪里呢？其中一个是老头儿，也许他已经不在人世了。总而言之，我们所有人都对这两个人保留着最美好的记忆。这里的环境是那么优美舒适，这两个中国人的生活是那么和睦安宁，我决定在他们这里休息一天。傍晚，我坐在炭火盆旁边喝茶，吃盐饼，一边向老头儿详细打听向北去的道路。

法图河（乌德海人称其为法尔图河）从左侧注入三河皮沟河。从法图河河口到三河皮沟入海口大约有一天的路程。法图河从东北方流来，与海岸呈平行状。法图河流域同直接流入大海的许多小河之间隔着一道山梁，山梁的平均高度为 600 米。再往前去有一条大河，叫毕楞河，发源于锡霍特山，在尚茨角偏南的铁矿山附近入海。

我计划让一部分人带着驮队沿海岸的小道走，而我和张保、

---

1 东大崴子，东边较大的小港。

德尔苏，还有 3 名士兵溯阿集米河向它的发源地进发，再沿毕楞河走到锡霍特山，然后顺着毕楞河回到海边。

8 月 4 日早晨，我们整装上路。中国人又盛情款待我们一番，否则是不放我们走的。他们觉得这还不够，又慷慨地赠送了我们许多路上需要的食品，我想付给他们钱，但是他们断然拒绝了，于是我把钱放到他们的桌子上，他们又悄悄给了士兵。我又悄悄地把钱压到碗碟下，中国人发现后，当我们从房子里走出来的时候，就把钱扔到了骡子脚下。我只好让步，把钱收起来了。

阿集米河上游是由两条相向而流的小河汇合而成的。在离东大崴子大约 5 公里的地方，有一座鹿房子，里面住着 3 个挖窖捕鹿的猎人。

阿集米河谷生长着许多阔叶林。这些树木有的可以当烧柴，有的可以做家具。山里随处可见野火留下的痕迹。小河和宽谷里长着茂密的灌木丛，有绣线菊、毛榛和胡枝子。继续往深山里走，有不少红松和冷杉。河两岸宽阔的砾石滩和河床里腐朽的倒木，说明这里虽然不经常发大水，但每逢雨季水流仍然湍急，把河岸冲刷得很厉害。

由于考察队从东大崴子出发的时间相当晚，只好赶路，一直走到黄昏。傍晚，我们到达了阿集米河河源，在去法图河的山口前安下宿营地。这一天虽然阴沉多雾，却又闷又热。我担心下雨，问德尔苏对天气的预测。他说，现在天气的状况是这样："雾自己也不知道，它要变成乌云呢，还是散开。"这句话也是用他自己的方式表达的，又把雾也当成“人”了。他的意思是说，好像雾现在正在思考，它是马上变成雨呢，还是再等一会儿。

晚上 7 点左右，雾突然飞快地向上升起，同时落了一阵雨点，大约 15 分钟就停了。雾也随之散去，天上露出了星星。

第二天我们起得相当早，喝够了茶，开始爬老虎山（高 595 米）。老虎山上乱石叠嶂。应该说，沿海地带的乱石堆要比锡霍特山西侧的多。乱石堆中的一块石头有一米大小，其余的石块只有马头大，还有的像人头大小。这些石头大都七棱八角，但是垒得相当严实，可以随意在上面走，就像登台阶似的。这些年代久远的乱石，总是覆盖着十分茂盛的草木。不过，我也常常遇到一些年代很久的乱石堆，上面只有一层石蕊。这样的乱石堆常常铺展在山顶上，从远处看去，很像一些灰色的斑点。有时候，一座山岭的大部分都是乱石堆。在乱石堆的整个灰色背景下，长草的地方看上去就像绿色的斑点。

乱石堆是怎样形成的呢？感觉好像是这里曾经发生过地震，整个悬崖崩塌，变成了碎石。但实际上这是一个缓慢的过程，要经过很多世纪，用肉眼是看不出来的。先是岩石出现了裂缝，裂缝扩大，黏附力不如重力强了，石块一个个断裂、坠落，于是在原来是岩石山的地方，一点一点逐渐形成了乱石堆。这些石块一旦坠落，就一直滚落下去，直到被什么东西挡住为止。

在长满青苔的乱石堆上行走，总是十分艰难：一会儿要侧着脚，一会儿又要把脚伸进石缝里去。低处的乱石堆已经盖上了一层土，长着茂密的草，很难看出来。但是越往上走，就渐渐看不到植物了。

夏天，在炎热的日子里，杜香分泌出浓烈的香精油，不习惯的人可能被熏得晕倒。走过杜香丛，接着便是青苔和石蕊。乱石堆对人没什么妨碍，但对马匹和骡子来说就是严重的障碍。驮队只好从一旁远远地绕过石堆。

登上山岭之后，我们向北走去，沿山脊走了一段时间。现在我们的左边是法图河林木葱茏的河谷，右边则是数条奔向大海的小河：谢库穆河、头道奥德加河、二道奥德加河、塔尼亚河、维亚兹蒂格尼河、霍特泽河、叶良河和沙基拉河。

沿着海岸有一条人行小道。这条小道横穿上述这些小河，距这些小河的入海口大约有 3—5 公里。小道很坚硬，适于驮队行走。每条小河中间还有山的支脉相隔，这些支脉的高度不超过 125 米。

从谢库穆河到沙基拉河这段路途，有几种不同的岩石按照下列顺序分布：石灰岩、石灰质砂岩、花岗岩、片麻岩和结芯片岩。

下午 4 点左右下起雨来。我们下了山，在一条小河里找到清水，便立即宿营。士兵们卸下驮包，我和德尔苏像往常一样出去侦察。我溯河而上，他顺流往下走。

林中的雨——是双重的。每一丛灌木和每一棵大树，只要轻微晃动一下，就会把水浇到行人身上。尤其是胡枝子的叶子存的雨水特别多。我走了大约 5 分钟，全身就被淋透了，像钻进河里洗过澡一样。

我正想转身往回走，突然看见一只奇怪的动物。这只动物正从树上往下爬。我瞄准它打了一枪，它一下掉到了地上。我用第二枪解除了它的痛苦。原来这是一只野猫（中国人叫它野狸子）。它的身长使我大为惊异。我还以为这是一只猞猁，但是耳朵上没有小簇毛，长长的尾巴使我确信，这是一只野猫。它体长 109 厘米；毛色褐灰微黄，通体带有不明显的斑点；肚皮和四肢内侧是污浊的白色。尾巴比家猫略短，没有黑色横纹。它与家猫不同的地方不仅仅是身体长度，还有别的特点：它的牙齿更尖利、须毛更长、毛更厚实。

野猫都是独居，栖息在阴暗的密林里，那里有峭壁石崖和带窟窿的大树。这种动物平时十分小心谨慎，胆子很小，但在需要自卫的情况下，就会发起猛烈攻击。猎人曾尝试驯养小猫崽，但总是不成功。乌德海人说，这种野猫的崽子，不管你捉到的时候多么小，永远也驯服不了它。

没有人想专门猎取这种野猫，所以野猫被打死都是出于偶然。有时候会用猫皮做冬装的衣领和皮帽。

在乌苏里地区，野猫到处都有，不过在符拉迪沃斯托克附近的俄罗斯岛上最常见。

我拾起自己的战利品，赶回了宿营地，那里大队人马已经都到齐了，搭好了帐篷，点燃了篝火，正在做晚饭。不久，德尔苏也回来了。他说看到了几个新鲜的老虎脚印，其中有一只就在离我们宿营地不远的地方。

晚上8点，雨停了，虽然天空仍然阴沉沉的。德尔苏自告奋勇，前半夜值守营地。他穿上翁得，拢了拢篝火，然后背对着篝火站着，用他自己的话朝着森林高声喊了些什么。

“你朝谁喊呢？和谁说话呢？”士兵们问他。

“阿姆巴，”他回答说，“我的告诉他：帐篷里很多大兵的有。大兵的放枪，我的罪的没有。”

于是，他又拖着长声高喊起来：“阿——塔——塔——哎，阿——塔——塔——哎。”回声应和着他的喊声，就像森林里有人彼此呼唤，用各种不同的声调重复着最后一个音节——“哎”，这喊声传得越来越远，并消失在远方。

突然有强烈的嗡嗡声包围了我们。不知什么东西打到我的脸上，十分疼。同时我感到脖子上也有个奇怪的东西。我连忙抬起手，抓住了一个硬邦邦的带刺的东西，慌忙扔到地上。这是一只巨型甲虫，样子像鹿，只是没有角。我从胳膊上又打掉一只同样的大甲虫，突然看到还有一只落在了我的衬衣上，我从被窝里跳起来，躲到了一边。甲虫一直往下掉，有的落到毯子上，有的在军大衣上，或者掉到了某个人的背包上、帽子里。

德尔苏解释说：“我的从前这种‘人’，”他用手指着甲虫说，“很多的看到的没有；一个两个的每年的碰到……怎么它这么多地聚在了一起了？”

我捉到一只甲虫，后来才知道它的学名叫巨天牛，是遗存在乌苏里地区的第三纪动物区系的代表生物。这种甲虫咖啡色，脊背上有绒毛，向上翘起的颚坚硬有力，样子很像普通的天牛，只是胡须略短。它体长 9.5 厘米，宽 3 厘米；不大的眼睛呈三角形，长在脑袋两侧；黑眼珠上仿佛罩着一层细网。

为了对付这些甲虫，我们又忙碌了很久，直到后半夜才平静下来。

第五章　山洪

毕楞河　不祥之兆　闹鬼的地方　半夜惊慌　锡霍特山脉　阴雨天　碓子房　台风　三天三夜的暴雨　山洪暴发　被淹没的森林

第二天，我们顺着小路继续向北走，上午 9 点走到了尖山，尖山高 678 米。观察了地形后，我们下到山下一个山泉那儿，顺着山泉来到毕楞河边。

这几日天气一直阴沉沉的，断断续续地下了几场毛毛雨；远山不知被雾还是阴霾遮住了。天空阴云密布，只在东方地平线上射出几道亮光，这给了我们天气转晴的希望。

我们把骡子就地放开喂饱后，溯毕楞河而上。毕楞河，乌德海人叫它比利河，中国人叫它冰凉碑[1]。这条河长约 90 公里，发源于锡霍特山。毕楞河周围环山，有 3 个隘口，左面的（如

1 跟石碑一样凉。大概是严重变形了的土语。

果面向河源的话）隘口朝着三河皮沟河，右面的对着大克马河，第三个隘口正对着伊曼河。毕楞河河谷比较狭窄，整个河流只有 4 条较大的支流，河流两侧各有两条，其中最大的支流是忘河。它从左岸（按顺流方向）注入毕楞河，这里距入海口 26 公里。忘河的发源地位于一个山结处，这里也是阿马古河和库卢姆别河的发源地。关于阿马古河和库卢姆别河，将在下面谈及。

毕楞河当年可以说是荒无人迹。河的下游宽约 20 米，深 1.5 米，流速每小时 8—10 公里。河的上游沿岸有几座碓子房。猎人只在冬天捕貂的季节才从三河皮沟到这里来。

这一天我们顺利走了约 30 公里，到达锡霍特山还要再走同样远的路。

毕楞河是植物的王国，两岸林木十分茂密，河水仿佛是从走廊里流过似的。许多地方两岸树木向河心弯曲，枝丫交织在一起，形成美丽的拱形。

河流沿岸长着许多喜欢阳光和水分的灌木。我搜集的植物标本有：山刺玫，无刺，叶小下垂，花朵大小适中；粉红色的柳叶绣线菊，跟胡枝子一起形成茂密的灌木丛。这里可以看到铁线莲，长着银白色的绒毛，长叶柄上缀着向四面散开的小叶；大分叉蓼，具有惊人的适应能力，在任何环境下都长得枝繁叶茂，生根开花，有时把自己的外形改变到难以辨认的程度；样子特别的紫菀，总是长得很快；高棵婆婆纳，长得高大，生着白色的穗状花序，十分显眼。

下午 4 点，我们开始选择宿营地。毕楞河在这里拐了个大弯。岸这边坡度平缓，对岸是陡立的石崖。我们就在这里停下来。士兵开始搭帐篷，德尔苏拿着锅去打水了。不一会儿，他打水回来，样子非常不高兴。

“出什么事了？”我问赫哲人。

“我的想，这个地方的不好，”他回答说，“我河的去，想打水，鱼骂人。”

“鱼怎么能骂人？”士兵们觉得奇怪，笑得前仰后合。

“你们什么的笑？”德尔苏生气了，“马上就会哭的。”

我终于问明白是怎么回事了。原来他到河边正想用锅舀水，从水里探出一个鱼脑袋。鱼望着德尔苏，鱼的嘴不住地翕动。

“鱼也是人。”德尔苏最后说，“他的也会说话，只是声音小。他的话，我们明白的没有。”

水壶刚刚吊在火堆上面，突然，一块烧热的石头砰的一声爆裂开来，火炭四处飞迸，简直和放枪一样响。有一块木炭落到了德尔苏的膝盖上。

“呸！”他气冲冲地说，“我的很好知道，这地方不好。”

士兵们又笑了起来。

晚饭后，我带上枪，到宿营地附近去散步。走出大约500米远，我坐在一根倒木上静听四外的动静。周围笼罩着一片寂静，只有山上的石滩发出淙淙的流水声。对岸有几棵高大的松树像巨人般的哨兵屹立在那里，看上去十分威严，好像知道原始森林中的什么秘密，却无论如何也不肯泄露给人们似的。一阵暖雨过后，大地升腾起浓重的水蒸气。水蒸气越来越浓密，不一会儿，整个河流都淹没在了雾里。一阵微风吹过，雾气随风飘荡，透过大雾，对岸松林的轮廓也就模模糊糊地闪现了出来。

这时，我突然看到大雾中有一个笨重的大家伙，从河上慢慢地毫无声息地迎面飘来。我在原地一动也不敢动，心脏怦怦直跳。更使我惊讶万分的是，我看到这个黑色的庞然大物停住了，并向后移去，几分钟后，就神秘地消失了，和出现时一样。这究竟是野兽，还是从河上飘下来的倒木，我不知道。苍茫的暮色、阴郁的森林、浓密的大雾，更主要的是这死一般的沉寂，形成一种难以描述的恐怖而凄凉的画面。我感到害怕，站起身来，匆匆往回走。大约 10 分钟后，我回到了宿营地。

篝火旁边人影幢幢，看上去很像高大的幽灵。他们的身影一会儿伸高，一会儿突然缩小，或伏向地面。我问扎哈罗夫，看到河上有什么东西飘过没有。他说什么也没看见。

于是我向他们讲述了我看到的一幕，并且试图解释这种现象。可能是雾气飘动造成的。

“嗯，这真是个坏地方。”我听到了德尔苏的声音。

我转过身来。他坐在篝火旁边，不住地摇着头。

“要赶走他。”他说着就拿起了斧子。

“赶走谁。”我问道。

“鬼。”赫哲人郑重其事地说。

他随后走进树林，专拣湿润的云杉、山杨、暴马子一类烧起来噼啪作响的树木砍起来。砍下很多树枝后，他将其堆成一大堆，点燃了。耀眼的火舌盘旋而上，无数火星在空中飞舞。当柴火充分燃烧，都变成了红木炭时，德尔苏大声喊叫着抓起柴火头，向四外扔去。

士兵们也兴高采烈地跑来帮他的忙。他们随意将这些未燃尽的像火把似的木头抛向空中，这些旋转的烟火四下飞溅，构成一幅美妙的画面。有两根烧柴掉进了河里，立刻熄灭了，但还长时间冒着青烟。最后，整个火堆都扔光了。落到树林里的木柴也一个个地慢慢熄灭了。

做完这件事，我们开始喝茶，然后就收拾睡觉了。我本想再读会儿书，可是克制不住睡意，不知不觉睡着了。我好像睡了很久，突然觉得有人摇我的肩膀。

“快起来吧！”

“出了什么事？”我问着，睁开了眼睛。

一片漆黑，比方才更黑了，浓雾就像棉絮一样覆盖着森林。天上下着毛毛细雨。

“不知是什么野兽从对岸跳进了河里。”哨兵惊慌地说。

我跳起来，抓起枪。不一会儿，果然听到有动物从水里走到岸上，使劲抖动全身的毛。这时，德尔苏和张保走到我这里。我们背对篝火，竭力向对岸看去，看那里究竟发生了什么。可是雾这么浓，夜又这么黑，两步之外什么也看不见。

“走动的有。”德尔苏悄声说。

果然，传来某种东西在砾石滩上悄悄走动的声音。过了一会儿，我们听到这野兽又在抖搂毛。它可能听到了我们的声音，站住不动了。我看了看骡子，骡子挤成一团，竖起耳朵，向河那边张望。狗也显得惊慌不安。阿利帕缩在帐篷的角落里，打着哆嗦，莱西夹着尾巴，耳朵贴在脑后，惊恐地东张西望。

这时，又听到卵石的声响。

我命令叫醒其他队员，并放了一枪。枪声震动了睡梦般的空气，随后响起了低沉的回声，并沿着森林向远处传去。传来了砾石稀里哗啦节奏很快的响声、哗哗的河水声。被惊吓的狗一下子蹿出去，狂叫起来。

“这是什么？”我问赫哲人，“是马鹿吗？”他否定地摇摇头。

“也许，是熊？”

“不是。”德尔苏回答说。

“那究竟是什么呢？”我急不可待地问。

“不知道。”他回答说，“黑天的完了，脚印的看看，才能知道。”

一阵惊慌之后，睡意全无。大家议论纷纷，各自说出自己的猜测，并且不断向德尔苏问询。赫哲人说，不可能是马鹿，因为它的蹄子踏在石头上声音要响得多；也不可能是熊，如果是熊，能听到呼哧呼哧的声音。

我们坐了一会儿，又打起盹儿来。我决定后半夜和张保一起放哨。过了半小时，大家又都酣然睡去，就像什么事情也没发生似的。

终于，出现了黎明前的黑暗。雾变成了蓝灰色，灰蒙蒙一片。树木、灌木丛和地上的青草上都布满了露珠。阴郁的森林还在沉睡。河水也好像停止了流动，仍在睡梦中。于是我钻进自己的蚊帐，沉沉地睡着了。

早晨8点，我醒了。外面仍然下着毛毛雨。德尔苏出去侦察回来，说什么也没有发现。昨天夜里朝我们宿营地走来的那只野兽，在枪响之后跳进河里，游回对岸了。如果这片砾石滩上有点儿沙子，还可以看到它的足迹。现在对我们来说，只剩下猜测而已。如果这不是驼鹿，也不是马鹿或熊，那么，可能就是老虎了。

但是德尔苏有自己的看法。

“鱼的说话，石头的打枪，你的——长官，雾里坏东西的看见，昨晚坏人的来了……我的想，这地方住着鬼的有。下次我的这里睡觉的不想！”

上午9点，我们拔营出发，溯毕楞河而上。天气没有变晴。树木仿佛在哭泣——大颗大颗的水珠不断从树叶上落到地上；连树干也是湿漉漉的。

河谷越来越窄了。一路上我们碰到好几座空碓子房。我在这些碓子房里观察到的情况，任何人也都看得出来，但是德尔苏能发现许多我们看不出的情况。比如，他看了兽皮，就说这个猎人的刀钝了，他在剥皮的时候，有一头得用牙咬着。从一张猎人扔掉的灰鼠皮上，他看出来这只灰鼠是用碓子砸的。在另一个地方，德尔苏看出来房子里有很多老鼠，房主人曾与老鼠进行过激战，等等。

我们在最后一座碓子房里耽搁了一会儿，到达河的上游时，已经快中午了。小道早就断了，我们在荒地上走了一阵，不时从河的这岸走到对岸。

快走到锡霍特山时，森林越来越密，倒木堆也越来越多。柞树、杨树和椴树都留在了身后，黑桦也渐渐让位给白桦了。

脚下出现了青苔。青苔上面生长着密实的沙曼石松、蹄盖蕨、长毛苔草和酢浆草。

毕楞河在上游分成两条小河。如果沿着右边那条小河走，翻过山就是库卢姆别河（伊曼河上游的支流），假使沿左边的小河走（向西北方向），可以走到阿尔穆河上游的一条支流那儿。我们沿着右边的小河走去。不久，就到达了锡霍特山脚下。现在看去，毕楞河不过是一条山间小溪，河床里堆满大石，河水就顺着这些石缝一小股一小股向下奔流，一会儿躲进草丛，突然，又出现在倒木旁边。

锡霍特山脉面对大海的山坡相当陡峭。这一带山岭都是光秃秃的，不费力气是爬不上去的。爬上山脊，我想在这里停一会儿，观察一下地形，但是大雾弥漫，什么也看不清楚。让骡子休息了一会儿，我们继续赶路。锡霍特山岭的西坡上，长着稀疏的树苔斑驳的针叶林、一丛丛杜香和像地毯般的厚厚的青苔。

从分水岭下来不远就碰到一条小河，我们的宿营地就安在了小河旁。

到了傍晚，天气仍无变化。大地依旧像原来那样，被浓雾覆盖，就像盖着裹尸布。下着毛毛雨的浓雾真令人厌倦。这样的天气在森林里走路，和在雨天里一样。如果稍不留意，肩头碰到了一丛灌木或一棵树，就会掉下成千上万颗大水珠。

晚饭后，士兵们擦过枪，马上就躺下睡觉了。我本想整理一下测量图，可是怎么也打不起精神，于是裹上斗篷，在篝火旁边躺下，也睡着了。

第二天用来观察锡霍特山西坡的地形。这里并没有真正的山泉。水流无声无息地从青苔下渗过去，汇成小河后，在不高的河岸中间静静地流淌。岸上生长着云杉、冷杉、落叶松和赤杨。

我想顺着库卢姆别河向下去，走到去年碰见乌德海人的地方，可是德尔苏和张保劝我不要离分水岭走太远，他们说可能有大雨，并指着天空来证明这一点。现在雾已经升得老高，有了雨云的样子。我的两位向导向我解释说，如果在无风的天气，雾突然变成了毛毛细雨，并开始向上升去，这时如果响亮的回声消失了，那么一定会有特大的暴雨。的确，这些天来，大地一直想方设法躲藏在大雾里，就像在躲避什么可怕的东西。突然，大雾背叛了它，仿佛和天空达成了协议，大雾退到了一边，将大地交由上苍，任凭自然力按照自己的意愿去处置。

张保劝我返回毕楞河，尽快赶到碓子房。他的话很有道理，于是我们当天就往回走。还在早晨的时候，山口上只有一团团引人注目的云雾。现在，雾变成了沉重的乌云，缓缓飘过山脊。德尔苏和张保走在前头。他们常常抬头看天，并互相谈论着。

我根据经验知道，德尔苏很少有看错天气的时候，如果他担心，那一定有重要的原因。

下午 4 点，我们走到第一座碓子房。突然又出现了雾。大雾如此浓厚，似乎要用力才能从雾中挤过去。德尔苏向空中放了一枪，响亮的回声轰鸣着传遍了森林，这下子可把我的气象学知识搞乱了，于是请德尔苏解释一下。德尔苏露出几分得意。据他说，下毛毛雨的雾再次出现，还有放枪后那响亮的回声，都说明这场雨至少可以推迟到明天天亮才会来。就是说，我们可以继续向前走了。于是我们加快了脚步，傍晚赶到了第二座碓子房。这座房子更舒适，也更宽敞。

几分钟的工夫就把屋里收拾好了。我们将房主人凌乱的东西都堆在一个角落里，扫了地，点火烧炕。由于大雾，或者因为灶火好久没有烧过了，烟囱一点也不走烟，结果满屋子充满了浓烟，只好用烧红的火炭来烤热炕。直到傍晚，天已经全黑了，灶火的烟道才通了，炕也烧热了。士兵们在外面笼起一大堆的篝火，一边烧茶，一边相互说笑。另一堆篝火旁边坐着德尔苏和张保，他俩都默默地抽着烟袋。我跟他俩商量后决定，如果明天没有大雨，我们就继续前进。无论如何要尽早穿过“山嘴”，不然的话，河水一涨，我们就不得不绕个大弯，经过陡峭的小山岗昂库·朱格迪尼了。昂库·朱格迪尼是乌德海语，意思是“鬼窟”。

一夜平安无事。

天还黑着，张保就把我们全都叫醒了。这个人尽管没有表，却能准确地猜出时间。我们匆匆地喝了茶，没等太阳出来就上路了。根据时间判断，太阳早该出来了，但是天空灰暗、阴沉。群山也一样，不知是被浓雾还是细雨笼罩着。不一会儿，淅淅沥沥下起雨来，随后雨声中又混杂了某种声音。这是风声。

“开始的有。”德尔苏指着天空说。

果然，透过散开的浓雾，可以十分清楚地看到乌云在奔驰。乌云向西北方疾驰，不一会儿我们就被淋得全身湿透。现在对我们而言无所谓了，雨已经不能再妨碍我们的前进。为了避免绕悬崖，我们干脆下了河，在砾石滩上走。大家都情绪饱满。士兵们有说有笑，互相往河里推着玩。下午 3 点，我们终于穿过山嘴。危险地带过去了。

在森林里感觉不到风的寒冷，但是每当走到河边，就觉着风吹得冷极了。下午 5 点，我们到达第四座碓子房。这座房子建在河左岸的一条小河汊的岸边。涉水过河后，安排过夜。士兵们先卸了骡子，抱来柴火，收拾屋子。

凡是在原始森林里漫游过的人，都知道雨天找到碓子房意味着什么。首先，不需要准备很多柴火，其次，房子毕竟要比帐篷暖和、干燥，也安全得多。当士兵们在房前忙碌的时候，我跟张保爬上最近的一座小山。从山上可以看到毕楞河河谷里的一切。

一阵强风将雾一团团地从海上驱赶来，这雾团就像巨浪般沿着地面翻滚，和山里的雨云混杂在了一起。

黄昏时我们返回住处。房子里已经点上灯火。我躺在火炕上久久不能入睡。雨点敲打着窗户。头顶上，大概是房盖，树皮发出啪嗒啪嗒的响声。风在某个地方呼啸着。你分辨不清是雨声，还是冻僵了的树木的呻吟声。狂风暴雨，彻夜未停。

第二天，8 月 10 日，早上我被一阵强烈的响声吵醒。不用出屋就能明白是怎么回事。大雨滂沱，倾盆而下，阵阵狂风刮得房子摇摇欲坠。

我急忙穿好衣服，走到外面。大自然正在发生某种不可思议的事。又是雨，又是雾，又是云，这一切混合在一起。巨大的松树在风中摇晃，愤怒地呼啸着，好像在诉说自己的不幸。我在河岸上看到了德尔苏。他一边来回走，一边仔细地观察河水。

"你在做什么呢？"我问他。

"石头的看——水的涨了。"他回答说，并且骂那些把房子盖得离河水这么近的人。

这时我才注意到，这座房子确实建在很低的河岸上，一旦发水，就会被淹没。

快到中午时，德尔苏和张保互相商量了一些什么，然后到森林里去了。我披上雨衣，也跟在他们后面，看见他们俩到了昨天我们攀登的那座小山前。他俩在搬柴火，并堆成了垛。我很奇怪，不知道他们为什么把柴火放在离房子这么远的地方。不过我没去打扰他们，一个人爬上小山。我还以为从这里可以看到毕楞河的河谷，结果未能如愿。除了雨和雾，什么也看不见。大雨如注，也像波浪似的在空中起伏，穿过森林。暴风雨每次刚刚停住，瞬间又更加猛烈地袭来，仿佛想要补偿刚才的损失。

我浑身都被淋得湿透了，冻得发抖，跑回房子里，派萨比托夫到德尔苏那里去取柴火。萨比托夫回来报告说，德尔苏和张保不给他。我知道德尔苏做任何事一向都不无道理，便和士兵一起沿着河汊去捡木柴。

大约两小时后，德尔苏和张保回来了。他们身上没有一处没被淋湿。两人脱下衣服，在火堆前烤干。

天黑之前，我又去河边看了一下水势。河水涨得很慢，看样子天亮之前不会漫出岸堤。尽管如此，我还是命令士兵把东西都整理好，把骡子也套好。德尔苏很赞成这一预防措施。晚上，天已经黑了，暴雨如注，发出很大的声响，很吓人！

突然，屋里一下子全照亮了。一道耀眼的闪电掠过，接着就听到一声霹雳。霹雳的隆隆回声在天空震荡。被拴着的骡子想挣脱绳索，狗狂吠起来。

德尔苏没有睡。他躺在炕上，静听外面发生的一切。张保坐在门旁，不时和德尔苏交谈几句。我说了一句什么，但是张保示意我别说话。我也屏住呼吸，仔细倾听。我的耳朵刚刚听到墙外有一种微弱的声音，好像潺潺的流水声。德尔苏突然从炕上跳起来，飞快地跑出房子。马上又奔回来说，应当赶快把大家叫起来，因为河水已经漫过岸堤，房子四面全是水了。士兵们都跳起来，迅速穿好衣服，图尔蒂金和卡利诺夫斯基因穿错了鞋，笑了一阵儿。

“什么的笑？”德尔苏生气地喊道，“马上你的会哭！”

就在我们穿鞋的工夫，水已经穿过墙壁，灌进灶坑里了。灶坑里的木炭发出嗤嗤声，接着熄灭了。张保点燃了松明。我们借着松明的光亮捆好行李，去牵骡子。骡子站在齐膝深的水里，惊恐地东张西望。借着松明和桦树皮的亮光，我们给骡子装上驮包——时间刚刚好。河水已经在房后冲出一道很深的沟，再晚哪怕那么一点，我们就根本过不去了。德尔苏和张保不知道跑到哪里去了，说实在的，真把我吓得够呛。我命令士兵尽量互相靠近，然后向白天爬过的那座小山走去。我们刚刚拐过房子的墙角，黑暗和狂风暴雨便立刻迎面向我们扑来。

暴雨打在脸上，眼睛都无法睁开。天黑得伸手不见五指。在这一片漆黑中，觉得好像周围的树木、山峰和河水都被风吹向了无底深渊，所有这一切和雨水一起，构成了一个以惊人的快速移动的实心物体。

士兵们也产生了惊慌不安的情绪。

这时，我发现前面有一点微弱的火光，马上猜到这是德尔苏和张保点起的火堆。房子后面已经形成了很深的沟槽。我命令士兵牵着骡子逆水走。离火堆的距离不超过 150 步远，但是要想走到那儿，却需要很长时间。一团漆黑中我们在倒木里摸索，陷进了灌木丛中，后来又掉进了水里。洪水顺着河谷飞快地向下流去，我由此断定，明天早晨大概整个森林都要被水淹没了。终于，我们走到了小山前。这时我才发现，德尔苏和张保多有预见。他们早就料到了这种情况。现在也才明白，他们为什么捡拾木柴。他们用竿子架起两块松树皮，在下面燃起火堆。

来到火堆前，我们毫不迟疑，在可以避风的小山岗脚下立即支起帐篷。睡觉，想都别想了。大家在篝火旁边坐了很久，烘烤衣服，而狂风暴雨则越来越猛，河水的响声也越来越大。

天终于亮了。在白昼的亮光下，我们已经认不出原来那座房子的地方了：房子已经无影无踪。整个森林浸没在水里；洪水已经向我们的宿营地逼近，现在要把帐篷挪到高处去。我只说了一句话，大家就明白应该怎么做。一些人动手挪帐篷，另一些人砍倒松树，铺在泥泞的地上。德尔苏和张保又扛起了木柴。我们挪帐篷、备烧柴用了大约一个半小时。这时，雨势好像减弱了一点，但这不过是一个短暂的间歇。又出现了浓雾。雾迅速上升，接着又下了一阵迅猛异常的暴雨。这么大的雨，是我从前和以后都没有见过的。附近的群山和森林都被挡在水墙的后面了。我们又钻进了帐篷。

突然响起一阵喊声。危险偏偏出现在我们根本没有料到的地方。我们的帐篷挪到了峡谷的河口上，现在山洪顺着峡谷奔来。幸亏峡谷的一边很深，山洪流向了那里，瞬间就冲出一道深沟。我和张保遮着雨，以免火堆被浇灭，德尔苏和士兵们与山洪搏斗。谁也不再考虑烤干衣服了，只要能烤暖身子就不错了。

有时透过雾气可以看到阴云密布的天空。阴云没有顺风飘移，而是向着西南驰去。

“不好，”德尔苏说，“马上完的没有。”

据他说，1895年也发生过这么大的暴风雨。当时，洪水将他困在了刀毕河沿岸的阿努奇诺一带。他用小船救出了邮电所的所长、两个士兵和他们的孩子，还有4个中国人。他划着桦皮小舟走了两天两夜，把躲到房顶和树上的人都接下来。德尔苏做完这件善事，没等洪水完全消退，就离开了阿努奇诺。后来有关部门想奖励他，却怎么也没在原始森林里找到他。

天黑之前，我们又跑去拾柴火，木柴要保证够一夜烧的。

8月12日早晨，天亮时刮起了强劲的东北风，但不久就停了。雨依旧像先前那样不住地下。大家都疲惫不堪，累得东倒西歪。不是需要撑住帐篷，别被风掀倒，就是要遮住雨，别浇灭了火堆，还要抱来柴火。顺着峡谷倾泻而下的山洪给我们添了不少麻烦。山洪常常向帐篷冲来，这就需要垒起一道坝来，把水引向另一面去。淋湿的柴火不好烧，冒着浓烟。由于缺觉，加上烟熏，大家都感到眼睛生疼，这种感觉就像眼睛里进了沙子。不幸的狗趴在悬崖下，耷拉着脑袋。

汹涌的河水看着非常吓人。洪水以令人眩晕的速度飞快地奔流。感觉似乎河岸也以同样的速度向相反的方向移动。整个河谷，从这座高山到那边的高山，全都灌满了水。河床的位置只能靠湍急的水流来确定。水面上漂浮着零落的垃圾和多枝的大树干，它们好像匆忙地从发生在山里某处的一场不可挽救的灭顶之灾中逃命。许多高大的树木被水连根卷起，倒进水里，并殃及了周围的大片泥土和生长在上面的小树。倒在水里的小树即刻浮在了水面上，被水流带到了远处。河流就像一只咆哮的野兽，在两岸之间奔腾着。洪水沿着河谷狂暴地急驰而去。如果哪里有漂浮着的东西挡住了它的去路，那里便会出现一团团黄色泡沫。水面的漩涡里都泛着水泡。这些水泡随风漂浮，一会儿灭了，一会儿又重新出现。

又一天过去了。晚上雨下得更大了，风也刮得更猛了。这一夜，我们是在半睡半醒的状态中度过的。一个人刚刚爬起来，其他的人又躺下了。

大自然好像要与人一争高低，显示出它能够在与人的斗争中完全战胜人。就这样，第四个风雨之夜又过去了。

黎明时的情景和昨天一样。依旧分辨不清从哪里来的这么大的响声：风声，雨声，还是河水的咆哮声。上午 9 点，风向又变了，从东南刮来。士兵们钻进帐篷，盖着大衣躺在那里一动不动。火堆旁边只剩下德尔苏和张保了，他们看上去也很累了。至于我，只觉得浑身疲惫无力。不想吃，不想喝，也不想睡——只想躺着，一动不动。快中午时，天空仿佛亮了一些，可是雨势一点儿也没减弱。

突然间刮起了旋风，虽然时间很短，却很猛烈。每刮过一阵旋风后，雨就停一会儿。刮旋风的次数少了，然而每次都比前一次更猛烈。

“马上完了的有。”德尔苏说。

老头儿的话立刻驱散了大家的消沉。所有的人都活跃起来，不再躺着，站了起来。雨已经不是连绵不断了，而是一阵一阵地，下一阵暴雨，然后是一阵毛毛雨。这已经有了某种变化，给人以放晴的希望。黄昏时分，雨明显地小了，到了晚上完全停了。天空变得清朗，有的地方可以看见星星了。

我们烤干了衣服，喝足了茶，躺在干垫子上，多么舒服呀！这才是真正的休息。

第六章　回到海滨

渡过毕楞河　与 A.И. 麦尔兹利亚科夫会合　中国人送来粮食　毕楞河河口　鹿尾　鸟　德尔苏打虎　海光

第二天我们醒得很晚，透过云隙露出了阳光。可是太阳还躲藏在乌云后面，好像它不愿意见到大地，不希望看见这场台风把这里搞得一片狼藉的样子。到处都是浑浊的溪水，汇成喧嚣的阶梯状瀑布，从山上奔流而下；树上的叶子和地上的青草仍然湿漉漉的，像上过油漆般闪闪发亮；每颗水珠都反射出阳光，折射出霓虹般的色彩。大自然又生机勃勃，充满活力了。乌云飘到了东方。现在暴风雨大概正在日本沿岸或萨哈林岛（即库页岛。——译者注）南端肆虐施威呢。

我们在原地又待了一整天：晾晒东西，休息。人是很容易忘记苦难的，士兵们又有说有笑，互相戏谑了。

晚霞鲜红如血，黄昏也格外长。这一天我们睡得很早。既需要弥补这几日的睡眠，又要为将来储备精力。

第二天是 8 月 16 日。曙光初现大家就起来了。东方地平线上还横着一长条黑沉沉的阴云。我估计 A.И. 麦尔兹利亚科夫带着另一部分队员不可能走得太远，他们一定被洪水困在了毕楞河附近的某个地方。为了与他会合，必须到河右岸去。而且应当尽可能快地渡过河去，因为下游河水更大，渡河也更困难。

为了实现这一计划，我们先顺着河谷往下走，但是很快就不得不停下来，因为洪水已经淹没了悬崖。洪水冲下来很多倒木，在这里堆成了一个大坝。对岸有一个小山丘没有被水淹没，应当去看一下。张保第一个蹚水过河，在齐腰深的水中手里拄着棍子，在对岸附近徘徊，探查河底的深浅。查看的结果表明，河水到这里分汊了。它们之间的距离是 30 米。第二道河汊子比第一道更宽，更深，而且没有被漂木堵塞。没能用竿子探到河底，因为湍急的水流把竿子冲到一边去了。德尔苏和张保砍倒了一棵大杨树。士兵们拿出截锯来帮忙，他们站在没膝深的水里，干得很卖劲。大约过了 15 分钟，杨树发出嘎巴嘎巴的断裂声，接着轰然一声倒在水里。一开始树干还顺着水流向下漂去，但是很快就不知被什么东西挂住了，停在了那儿。我们就从这座桥上渡过了第二道河汊子。现在还剩下一个被水淹没的宽约 50 米的树林要走过去。

确信再没有河汊子后，我们就返回了原地。

人可以走过去，东西和鞍子也可以拿过去，可是骡子怎么办？如果让他们自己凫过去，那么不等到达对岸，就会被激流冲到倒木下面，于是决定用绳子牵着骡子过去。挑选了一根最结实的笼头绳，又接上一根绳子，然后把绳子的一头从乱木堆上拉过去。一切都准备妥当后，把第一头骡子小心翼翼地赶下了河。骡子在浑浊的河水里打了个前失，一头扎进水里了。湍急的流水立即把骡子浮起来，把它冲向堆积物。水没过了骡子的头顶。可怜的骡子龇着牙，喘不上气来。于是赶紧将它拖上岸来。

第一次试验不大成功，于是我们选择了另外一个地方，在那里，可以比较平缓地下到河里。这一回就顺利多了。

我们走过被水淹没的树林，也碰到不少困难。骡子陷到了冲积来的淤泥里，时常跌倒，用尽了全力才走出来。黄昏时分，我们才走到河谷右侧的山峦前。驮着东西的骡子已经极度疲惫，可是人更累，再加上寒冷，冻得直打哆嗦，烤了半天火也没暖和过来。

但是，最主要的目的达到了——我们毕竟渡过了毕楞河。

天黑后又下起密集的小雨，彻夜未停。

我们渡过毕楞河的地方距离海边大约还有 40 公里。这一段路走了两天（8 月 16 日和 17 日），没有发生任何意外。正如我们所料，越到下游，河水越大。有许多小冲沟伸进河谷，冲沟口上堆积着许多泥沙。这些堆积物总有几千吨重，都是在这三昼夜中冲刷堆积起来的。有些地方洪水冲出很深的沟壑，沟壑两侧形成了巨大的斜坡，被冲掉的泥土却不见了踪影——疯狂的水流卷走了一切，并将其散布到了河谷里。原来微不足道的小溪，如今变成了波浪滚滚的大河。渡过这些河又花费了我们很多时间。不论你愿意还是不愿意，都得沿着河谷边缘的高处走。于是也只好随着曲折的河谷转来转去。

快到海边时，林木越来越差，品种也越来越单一。有时可以碰到一丛丛的白桦树和落叶松，以及槭树、椴树和只适于做烧柴的柞树。

在河边冲积的砾石滩上，长着茂密的柳树，有绢柳，有粉灰柳。土著居民常常用粉灰柳刳成小船。在被水淹没的石滩上的柳丛中，我们看到了很独特的植物群落。这里最常见的有：鄂霍次克黄紫堇，长得相当高，开小黄花；花旗竿，娇嫩的粉色花，茎和叶面都长着绒毛；爬在柳条上的裂瓜，心形叶片上裂纹很深。其次还有水繁缕，浅色叶子和有结节的茎；蓬松的掌形蜂斗叶，硕大肥厚的叶片形成一大片灌木丛，好似驼鹿的枝形角。

天晴了不久，又阴了。8 月 16 日傍晚，又出现了大雾，并且下起毛毛雨。这毛毛雨持续了一夜，第二天又下了一天，我们整整一天都在几乎没膝的水里行走。天终于黑了，我已经失去了今天能走到毕楞河河口的希望，却突然听到了大海的波涛声。原来我们在大雾中早已走到了海边，但是直到在自己脚下看到卵石和拍岸浪的白色泡沫，才发现这一点。

我本打算往左走，但是德尔苏建议我向右拐。他的依据是：曾在沙滩上看到了人的脚印。这些脚印是从沙基拉河向毕楞河走来的，然后又返回去了。赫哲人由此得出结论：А.И. 麦尔兹利亚科夫的宿营地一定在右边。

我向空中放了两枪，立刻从沙基拉方向传来回应的枪声。几分钟后，我们已经到达了自己人那里。大家互相询问：谁发生了什么，谁又看见了什么。

晚上，我们在篝火旁边坐了很久，彼此交换旅途的见闻。

人的心理是很奇怪的……这个宿营地跟其他宿营地没有什么区别。它同样在露天下，在那一面坡的帐篷旁边同样燃着篝火，周围同样阴冷潮湿，但是尽管如此，大家都觉得好像回到了家里。

晚上 9 点左右，下了一阵大雨。雨后，雾立刻消散了，我们看到一片美丽的星空。银河宛若一条宽阔的带子在夜空中延伸，黑暗深邃的海洋映照出整个星空，海洋与天空，两者同样深不可测。

夜里很冷。士兵们常常爬起来，到火堆跟前烤火。黎明时，温度计显示为 7℃。当太阳出来照暖了大地时，大家又都睡着了，一直睡到上午 9 点。

洪水没退之前，别想渡过毕楞河。但凡事有坏处就必有好处，我们大家都需要休息一下。骡子也累得疲惫不堪。还要补补衣服，修修鞋，收拾一下鞍子，擦擦枪。此外，我们的给养也快用光了。

我决定去打猎，并派了两名士兵到阿集米河去买些食品，最近这 5 天，我没做自己的工作，也需要补上。

士兵萨比托夫和阿里宁做出发的准备，我走到毕楞河，想看看一夜之间水下降了多少。刚走出不到100步，就听见有人喊我。我转身往回走，看到两个中国人牵着马，马背上驮着东西，正往宿营地走来。这是东大崴子那家中国人的雇工，我正想派人到那里去买点粮食。这两个中国人说，他们的东家知道我们现在过不了毕楞河，决定让他俩送来4袋面粉、10公斤猪油、16公斤大米、4公斤豆油、4公斤白糖和1块茶砖。他们还说，东家不许他们收我们的钱。

中国人如此关心我们，让我非常感动，我提出送些礼品给他们，但是他们拒绝了。

这两个中国人在我们这里住了一夜。听他们说，要子河也发了大水，淹死了好几个人。三河皮沟河冲倒了几座房子，万幸人都没事，可是马和牛羊却淹死不少。

第二天，中国人临走时说，如果我们的食品还不够，别不好意思告诉他们。

他们离开后，我和A.И.麦尔兹利亚科夫去了毕楞河河口。大海的景象与往日不同：离海岸两三公里之内，都翻滚着浑浊的黄水，这一大片水域上全都漂浮着大量的倒木。从远处看去，这些漂木很像一只只小船、帆船或平底驳船等。有些大树还带着绿叶。风向一变，这些漂浮的树木又被送到岸边来。大海把一切多余的、僵死的、所有跟它那自由活泼的本性格格不入的东西，又全都抛掷回来。

毕楞河河口位于铁矿山（高460米）附近。这座铁矿山是由石英玢岩构成的，石英玢岩在不同的地方被深层的绿泥石切割。这种绿泥石一旦风化，就变成赭黄色的碎石。左岸离河口不远的地方，耸立着一片不大的河岸阶地。阶地基座是细粒状凝灰岩，右岸是一片宽阔的沼泽化洼地。从前毕楞河从这里流过。它的旧河口在现今沙基拉河的位置上。随着时间的推移，旧河口被海浪掩盖了，于是毕楞河在铁矿山附近为自己开辟了新的出海口。毕楞河下游，水浅的时候只有 25 米宽。浑浊的黄水奔流湍急，仿佛入海后，毕楞河还在继续向前流去。

风化后的山石变成了细沙，被河水冲下来，沉淀在海浪减弱的较平稳的地方，因此，在毕楞河河口形成了一条浅水湾——长形沙洲。这条沙洲就像一道屏障，切断了入河的通道。

从 8 月 19 日到 21 日，我们原地休息。士兵们轮流去打猎，收获颇丰。他们打到了一只狍子和两只野猪，德尔苏打到一头鹿。他从鹿的小腿骨里取出骨油，在火上稍稍熬一下，倒在铁罐里。土著都用这种油擦枪。这种油经过熬炼后，变成液体，冷天也不凝结。

晚上，德尔苏请我吃鹿尾。他用一个小棍挑着鹿尾，也不剥皮，就拿到炭火上烤。鹿尾就像一个小口袋，一条细细的脆骨从中间穿过，周围都是白褐色的物体。那种味道说不清像脑子还是像肝。鹿尾被认为是一种很特别的美味。

这几天我一直坐在帐篷里画路线图、做笔记和写信。在工作间歇时，就到海边去散散步，观察观察水鸟。

有一次，我从芦苇丛生的沼泽里撵出一只小莺。这只小莺飞出不远，一下子又钻进藓苔里去了。我来回找了多次，却再没找到。这里还有中等个儿头的鹬，喙向上弯曲，应该是青脚鹬。看来，这些青脚鹬快要迁徙到南方去了。紧靠水边的沙滩上，身姿优美的滨鹬跑来跑去，它们也在准备往南飞呢。海面上水鸭、白鸥和海鸥在凫水。毕楞河河口上空，一些长翼黑鸟闪电般来回穿梭，样子和燕子相似。我好不容易打落一只，原来是针尾雨燕。在陡岸附近可以看到蓝矶鹌。这种鸟长着深褐色的羽毛，脊背带有白色斑点，它们的颜色十分适合周围环境的色调，便于躲藏在石缝中。

在小河的灌木丛中，在河附近的水坑里，都有花脸鸭游来游去。[1]

这些轻信而温顺的野鸭，当人走近的时候一点儿也不惊慌，它并不飞走，只是向旁边稍微游开一点儿，就像家鸭见到人那样。

晚上，我和德尔苏就有关打猎、野兽、山林失火等话题聊了很长时间。他讲了许多有趣而细微的观察。他说，大约 20 年前，一连两个冬天，老虎都是从西往东走动。不止他一人发现是这样，还有其他猎人。所有的老虎脚印都是按照这个方向行走。据他判断，这是老虎大迁移，从松花江沿岸搬到锡霍特山来了。接着，他又回想起 1886 年野兽大批死亡的事。夏天，梅花鹿开始死去，接着是马鹿，到了冬天，野猪也不断死亡。

我以前曾经向德尔苏问过好几次，他是怎么打死老虎的，

---

1 针尾雨燕和花脸鸭的名称是 C.A. 巴士尔林定的。

可是赫哲人总是避而不答，或者尽量用其他话题岔开，但是今天我成功地从他嘴里打探出来了。

事情发生在伏锦河上，时间是5月。德尔苏沿着河谷往前走，穿过稀疏的柞树林。他身边带着一只小狗。一开始，小狗欢天喜地地跑在前面，可是后来显得有些惊慌不安。

德尔苏没有发现任何可疑的迹象，以为小狗是害怕熊的脚印，于是他仍然大胆地继续向前走去。

但是小狗还是惊慌不已，紧紧贴着他，以致他无法迈开脚步。原来，一只老虎就在离他们很近的地方。老虎看见有人来，藏到了一棵大树后面，极为偶然的是，德尔苏也正朝那棵大树走去。

人越走近大树，老虎越躲藏，它完全蜷缩成一团了。德尔苏并没有觉察出危险，他用脚踢了小狗一下，就在这时老虎蹿了出来，往旁边跳出老远，使劲甩动尾巴，狂怒地咆哮起来。

“你的叫什么？”德尔苏对老虎喊道，“我的没有碰你，为什么的生气？”

老虎蹦了几下，站住了，继续咆哮。为了让老虎离开，赫哲人又向老虎喊叫起来。老虎又蹿了几蹿，接着又咆哮开了。

看来，这只猛兽不想走开，德尔苏便对它喝道：

“好吧！你的不愿意走——我的开枪，那么我的罪没有。”

他举枪瞄准。但是这时老虎不再吼叫了，一步一步向山岗上的灌木丛走去。这时就不该再开枪了，但是德尔苏没这样做。当老虎走到山岗顶上的一瞬间，德尔苏扳动了枪机。老虎蹿进了树丛。然后，德尔苏继续赶路。大约4天以后，他又从那条道往回走，走到那道山岗附近，看见树上有3只乌鸦，其中有一只正在树枝上擦嘴。

“难道我把那只老虎打死了？！”他的脑海里闪现出这个想法。

他刚刚翻过山岗，就碰到了那只死虎。老虎腹部的侧面全生蛆了，这可把德尔苏吓坏了。既然老虎已经走开了，他为什么还要开枪？德尔苏撒腿就跑。从那时起，不该无故打死这只老虎的自责一直使他心绪不宁。内疚感随时随地跟着他。他觉得迟早得为此付出代价，甚至死后到了阴间，也要还这笔债。

“我的现在非常害怕。”德尔苏结束了自己的故事，“从前我的常常一个人走路，什么害怕的没有。而现在，一看到什么——就想起来了，脚印的看见——就想起来了，在林子里一个人的睡觉——就想起来了……”

他沉默了，两眼出神地望着篝火。

这是一个温暖安静的夜晚。透过云层可以一瞬间看到月亮，但是阴沉的云竭力遮住了它，乌云的确不想让月光照亮大地。湿润的空气中充满了杜香的气味，久久不散。某个地方有水滴声和螽斯的唧唧叫声。

两天后河水开始回落，可以尝试渡河了。被暴风刮断的树木虽然还在继续顺流往下漂，但是已经漂不到大海里去了，都堆积在沙洲上。

同行的旅伴一听到明天出发的命令，都兴高采烈。大家都忙碌起来，收拾东西，归置到该放的地方。

暴风雨过后，大气层进入平稳状态，整个自然界都笼罩着安宁。尤其是黄昏，非常宁静。夜里很凉爽。

第二天我睡醒的时候，太阳已经很高了。旅伴们喝够了茶，就只等我了。我迅速打好行李，拿起一块面包放进衣袋，趁士兵们装驮子的工夫，跟德尔苏、张保和 A.И. 麦尔兹利亚科夫向毕楞河走去。

两只狗一下子就凫到对岸了，可是看到我们没有过河，又凫了回来。应该找水浅的地方过去。河这面和对岸都有一条沙滩伸进河里，一条靠上游，一条靠下一点儿。显然，蹚河过去必须斜着走。河水相当深，水流很急。就算骡子和人可以过去，但是东西怎么运往对岸呢？看来只有一个办法——做一个木筏，用木筏将物品运过去。这件工作几乎花了我们一整天的时间。晚上 7 点左右，我们完成了渡河任务，大家非常劳累，衣服也湿透了。上次发大水的时候，骡子被吓坏了，这次一开始不肯下水。季亚科夫牵着一头骡子渡过河后，其他骡子也都毫不迟疑地跟过去了。

对岸有一片高大的河阶地，我们就在阶地上宿营。

西天晚霞的余晖消失后，周围一切都沉入了漆黑的夜幕中，于是我们可以观察到电磁气象学领域的一种非常有趣的现象：海的反光，同时，银河系也格外明亮。大海一片平静。没有一丝波浪拍岸的声音。整个辽阔平静的海面，反射出一片暗淡的光亮。有时，整个大海突然闪烁一下，就像闪电掠过海面。

闪光忽而在这里消失，忽而又在那里出现，然后慢慢消逝在地平线的某个地方。天上的星星多极了，密集地簇拥在一起，好像一片星云。在这一片繁星当中，银河显得格外明亮。不好说这究竟是由于空气透明的作用，还是在这两种现象之间的确存在着某种联系。我们好奇地一会儿望望天空，一会儿看看大海，很久没去睡觉。第二天早晨哨兵告诉我，海水一夜闪光，没有间断，一直持续到黎明前才没有了。

第七章 漫游小克马

入海的小河 鹿骸 彗星 太阳是什么 科诺尔河 旧教徒 阴雨 萨克霍马河 记号的误解 忧郁河 火烧河源头的山 繁星 野蛮人和文明人的迷信 豺 回到海边

8月24日，我们离开毕楞河，沿着海岸行走。乌兹洛瓦亚山沿海岸延伸，将三河皮沟河的两条支流——法图河和北岔河与大海相隔。再往前走，山北面有许多小溪流入大海。这些小溪是：科利加捷奥（乌德海语是瓜利加沙）、哈奥马（霍马）、休里格奇（休利克西）、基齐罗扎、维斯蒂格尼、奥伊昂克托戈（汉语是宽道，乌德海语是宽达）、阿达、丘尔坎（汉语是前窝子，乌德海语是安库加）和科诺尔。在这段海岸线上，看到了裸露的云母页岩、铁锈色的石灰砂岩和黏土质砂岩，其次是石灰岩、层状黏土、黑色玢岩、玄武岩和安山岩。铁矿山临海那面是陡峭的悬崖。悬崖下有一条极为狭窄的长条地带，有些地方被海浪淹没了。波涛汹涌时，这里根本不能行走。科利加捷奥河口附近有一个山崖，形状像极了一个人的头。乌德海人把这座小山叫作卡达尼，意思是“石人”。据他们传说，这本来是一个巨人。有一次巨人走到海里，高声喊道，他谁也不害怕。就在这一瞬间，海神泰穆把他变成了石头。这个石人由于身体太重，不断下沉，越来越深。大约50年前还可以看到他的肩膀，如今只能在水面上看到他的头了。有时，巨人也要活动一下，于是沿岸的山岭都随之跟着颤抖并发出呻吟声。

从毕楞河河口到科诺尔，按直线计算为12公里。这一天尽管是个好天气，走的路却不多。我们在休里格奇小河边安下了宿营地。这条小河的下游布满沼泽，上游是一片火烧迹地。这里从前大概有一片好树林，但被不久前的一次洪水冲毁了。

在离宿营地不远的地方，季亚科夫发现了两具鹿骸，鹿犄角叉在一块儿。我按照他说的方向去找，不久，果然看到地上有马鹿的骨骸。显然，鹿的尸体已经有劳野鸟和猛兽清理过了。最有意思的是两个鹿头。这两只马鹿在格斗时把犄角叉到了一起，结果再也分不开，活活饿死了。士兵们想把它们的犄角分开，6个人（一边3个）都没拽开。可以想见，这两只马鹿在搏斗中使出了多大的力气！显然，鹿角在顶撞时由于突然躲闪而死死交叉在了一起，结果两败俱伤，死到了一块儿。尽管我们的骡子驮的东西已经很多，我还是决定把这个稀奇的东西带走，路上只要看到有人住的地方，就留在那里保存。

后半夜天快亮时，哨兵叫醒了我，说看到天上有一颗“带尾巴的星星”。我不想睡了，便兴冲冲地穿好衣服，走出帐篷。天刚蒙蒙亮。夜雾已经消散，只有铁矿山山顶浮着一朵白云。正值大海涨潮的顶峰。海浪涌来，淹没了一大片海岸。离日出还早着呢，可是星光已经变得暗淡。东方，在地平线上方不高处有一颗彗星，拖着一条长长的尾巴。

不多时，大家都醒了，纷纷议论，这个天上的旅行者预示了什么？有人说，不久前的那场洪水，就是彗星引起的，张保却说，彗星显示的方向一定有战争。我看德尔苏一声不响，就问他怎么看这个现象。

“他常常自己在天上走，跟人从来碍事的没有。”赫哲人淡淡地说。

尽管他把一切东西都加以人格化，可是这一次他发表的意见完全正确，他说出了事物的真实情况。

东方渐渐露出曙光，彗星不见了。森林中的阴暗也消失了，整个大地洒满了蓝灰色的晨光。突然，在地平线上，耀眼的太阳喷薄而出，瞬间照亮了整个海洋。

“德尔苏，”我问他说，“太阳是什么？”

他莫名其妙地瞥了我一眼，反问道：

“难道他的你从来没看见过？你！”他说着，用手指着已经升到地平线上的金色圆盘。

大家都笑了。德尔苏露出不高兴的神色：这太阳就在我们眼前，怎么还能问这样的问题？他把这当成嘲笑了。

由于我们起得早，所以从宿营地出发的时间也早。小道仍旧沿着海岸向前延伸。过了休里格奇河之后，有相当长的一段路要经过变质的黏土页岩。

在这一带的小河当中，最有趣的是科诺尔河。这条河长约10公里，由两条小河交汇而成：大的叫左科诺尔河，小的叫右科诺尔河。科诺尔河和忘河（毕楞河的支流）发源于同一个山结（雾山和德罗马采尔山）。

科诺尔河河谷大部分是沼泽，上面长着稀疏的阔叶林。河水不深，但水流相当湍急。科诺尔在河口附近又分为两条河汊，从两条很深的裂缝中流过。河汊两边是高高的海岸阶地——这是海岸线后退的结果。

在科诺尔河上稍稍休息后，我们继续赶路。

这一段小路紧靠海岸，然后溯阿达河上了山，跨过丘里加河，进入小克马河河谷。小克马河在航海图上标作萨克霍马河。

在离大海一公里半的小克马河上，住着一个旧教徒，名字是伊凡·鲍尔特尼科夫。他家里还有妻子、两个成年的儿子和两个女儿。我们的出现真把他们吓坏了，女人急忙抱起孩子跑回屋里，把门闩上。当我们从房前经过时，他们从窗户后面惊慌地向外窥望，一旦和我们的目光相遇，马上就避开了。我们又向前走了半公里，在一片老椴树林的河边安下了宿营地。

今天一整天空气中都弥漫着烟雾，并且慢慢密集起来。午后，远山都沉没在烟雾中了。气压计的示度在温度14.5℃时为757毫米。西天一直被边缘清晰的阴云笼罩着。风很不平稳，忽而迅猛，忽而微弱甚至变得平静。当太阳躲进阴云的时候，阴云的边缘被照亮了，像熔化了的金属。几分钟之后，突然，在黄绿色天空的衬托下，好像打开一把扇子，从阴云后面升起三道紫红色的霞光。这种景象持续了不过两分钟，便逐渐暗淡下去，与此同时，阴云迅速地遮蔽了天空。

第二天是 8 月 26 日，我以为一定是个阴雨天。但我的担心多余了。早晨晴空万里，完全是个大晴天。

旧教徒鲍尔特尼科夫一家的日子过得挺富裕，不对国家纳税，他们种地很少，主要以捕鱼和捕貂为生。来到这里只是暂时落脚。他们不愿意让我们进山，也不乐意告诉我们有关周边的情况。

小克马河是由两条河汇流而成的：一条是火烧河，长约 15 公里，另一条是萨克霍马河，长约 20—25 公里。两条河流的汇合处离海边不远。河谷在这里逐渐宽阔起来，周围是不高的山峦，主要由玄武岩构成，它的流纹构造和叶片形的球状节理十分明显。

不久前的洪水严重地毁坏了河床，冲出好几条新河汊。有的地方可以明显看出，洪水直接从河谷中流去，将许多沙石冲积到了肥沃的土地上。在河口附近，所有的河汊子又都汇集起来，形成一个类似长水湾的地带。

今天的晚霞也非常有趣，五光十色、绚丽多彩。地平线的边缘是血红色，天边是橙黄色，继而变为杏黄，翠绿，天顶则是乳白色。这是卷云呈现的蛛网状。卷云一点一点密集起来，终于变成了层云。晚上 10 点，最后几颗星星也被阴云遮住了。

气压开始下降。

早晨，雨声把我惊醒。我穿好衣服，走到外面。奔驰的乌云贴着地面，一阵紧一阵的狂风骤雨，使我清晰地回想起毕楞河上的暴风雨。一夜之间，气压计下降了 17 毫米。风向变化无常，到了傍晚，变成了真正的暴风雨。

这一天什么工作也没有做成。帐篷在风中剧烈摇晃，仿佛要被风拽走，刮到大海里去。晚上 10 点，风雨变得小些了。第二天黎明时雨停了，天也晴了。

8 月 28 日、29 日和 30 日，都用于考察小克马河。这次考察我只带了德尔苏、阿里宁和沙比托夫。我拟定的路线是沿萨克霍马河走到源头，然后从火烧河返回海边。两名士兵牵着骡子驮东西，一直把我们送到再没有小路的地方。然后，我和德尔苏背上背囊往前走，他们原路返回。

早晨 8 点，我们从宿营地出发。

小路从旧教徒房前开始，一直沿着河左岸向前延伸。这里的地形特点是岗峦起伏，山坡长而平缓。一个个小山岗零散地分布在整个河谷里，岗上长着茂密的毛榛。山岗之间交替出现沼泽地和光秃的乱石滩。河水就在这些山岗中间冲出许多小河汊。由于刚刚下过雨，河汊里的水都溢出来了。这些平缓的小山岗正是被冲刷过的河阶地，上面长着稀疏的杂木林，有柞树、黄檗、槭树、黑桦、杨树、榆树和椴树，树龄都在 150—200 年之间。

和其他地方一样，萨克霍马河谷的林下灌木很茂密，有佛头花、绿线菊和胡枝子。在这些灌木丛中还生长着鄂霍次克铁线莲，一种越冬植物，木质化的茎，像蒲公英一样有白绒毛的枝蔓爬附在邻近的树木上。在另外一个地方长着满洲铁线莲，开小白花，又细又长的枝蔓完全缠绕在一棵山刺玫上。这里还有茂盛的长距兰，从草丛中探出了美丽的头，它的旁边是有毒的山白菜，只要根据它那有褶皱的粗糙叶子和浓密的白花，很容易辨认出来，不过现在花已枯萎，变成褐色了。

阶地被几条长沟切断了，长沟与谷底线构成直角。几条弯曲的小溪从长沟底部流过。到了小河河口，周边就没有灌木了，被芦苇和艾蒿占据了它们的地方。艾蒿很高，和芦苇互相争夺开阔而干燥的地方。

阿里宁和沙比托夫带来的那头骡子有点懒，因此两个士兵总是落在我们后面，我和德尔苏常常要停下来等他们。有一次休息的时候，我们和他俩约定，遇到岔路口，我们就在那留下记号。根据这些记号，他们可以知道应当往哪个方向走。他们俩留下，在原地整理驮鞍，我和德尔苏先走了。

萨克霍马河河口宽6—8米，深不超过1—1.5米。萨克霍马河与火烧河汇流处的上游，河谷逐渐收窄。右岸高山耸立，山上长着茂密的混交林，左岸伸展着被水冲毁了的阶地，阶地上长着稀疏的阔叶林。

这里是小路的第一个分岔口，一条小路溯河而上，另一条不知道拐向了什么地方。应该在这里留下记号。德尔苏捡起一根棍子，削尖了插在地里；在棍子旁边又插了一根折弯的树枝，弯头指向应该走的方向。留下记号后，我们继续往前走。我们相信士兵们一定会明白这个记号，不会走错路。走了有两公里，我们停下了。记不清了，好像是我需要从驮包里拿什么东西。却一直等不来他们，只好往回走去迎他们。走了大约 20 分钟，又回到了那个岔路口。上前一看才明白：原来这两个士兵根本就没有注意到我们的记号，从另一条小路走了。德尔苏骂了起来：

“这是什么样的人！”他气冲冲地说，“这样走道，头的摇晃，反正一个的样，还是像小孩。眼睛的有——看的不会。这样人在山里活不了——很快的完蛋。”

让他奇怪的不是阿里宁和沙比托夫走错了路，这不算啥！可是他们走的那条岔路上没有一个脚印，但他们却仍然向前走。这还不算，他们还把插在路口的棍子也踩倒了。德尔苏还发现，这根棍子不是被骡子的蹄子踩的，恰恰是人踩倒的。

但这并解决不了问题。我端起枪，向空中放了两枪。一分钟后，从远处不知什么地方传来了回应的枪声。于是，我又放了两枪。然后我们就燃起篝火等待他们。

过了半小时，这两个人回来了。他们为自己辩解，说德尔苏做的记号太小，不容易发现。德尔苏既没有反驳，也没有与他们争论。他明白了：有些对他来说十分清楚的事，对别人而言却一点儿也不懂。

喝过茶后，我和德尔苏又先走了。临走时我嘱咐他俩要注意看脚下，不要再走错了路。两小时后我们来到了忧郁河从右边流入萨克霍马河的地方。

这里又是个岔路口。第一条道翻过山岭通向伊利莫河（大克马河的支流），我们应该走第二条道，才能到达火烧河的河源。德尔苏放下背囊，去拖一个倒木。

“现在宿营太早了，”我对他说。“我们再往前走走。”

“我弄烧柴的没有。我路的堵上。”他很严肃地说。

这时我才明白了他的用意。士兵们责怪他做的记号太小，不易发现。这次他决定设下一道障碍，士兵们来到这里走不通，就该停下了。我觉得这件事很好笑。德尔苏在道上堆了许多倒木，还砍了不少灌木，把近处的树木砍倒或者折弯——总而言之，堆了一道街垒。这一堆木头果然起了作用。沙比托夫和阿里宁碰到木头堆，四外环顾了一下，找到了该走的路。

忧郁河从西向东流去。它那狭窄的河谷里长着茂密的针叶混交林。山洪的破坏力留下的痕迹比比皆是。倒在地上的树木被沙石埋住，成了拦河坝，直至下一次山洪暴发，才会将它们冲到别的地方去。

我们一路上看到好几次狍子。我开枪打死了一只。傍晚，我们走到了河的上游，宿营休息。

晚上，德尔苏用一种特殊的方法烤狍子肉。他在地里挖了一个约有 40 立方厘米的坑，在坑里生起旺火。当坑的四面都烤得相当热了，把炭火从坑里取出来。然后赫哲人拿起一块肉，用蜂斗叶包好，放进坑里。坑上面盖上石板，在石板上面又点燃一堆大火，烧了一个半小时。用这种方法烤熟的肉格外香，任何一家一流的餐厅也烤不出这么好的肉：烤好的狍子肉外面是一层红褐色的薄皮，里边嫩而多汁。从这以后，每一次，只要条件允许，我们就用这种方法烤肉吃。

第二天，士兵阿里宁和沙比托夫牵着骡子从这里往回走，我跟德尔苏按照原定的路线继续前进。

忧郁河上游又分成两条小河，小河之间的角度大约为 30 度。我们向左走，开始爬山，这一带山脉划出一个很大的弧线，把火烧河的河源从四面包围起来（忧郁河从山的西面绕过去）。还有一些河也发源于这条山脉。往西流的是小翁锦河（大克马河的支流），往南流的是毕楞河的一条支流，往东南流的就是科诺尔河。如果面对火烧河的上游站着，背朝大海，那么上述这条山脉的几座山峰，从右往左依次为：哥利亚山（960 米）、雾山（970 米）、什皮茨山（940 米）、尚茨山（1000 米）、德罗马杰尔山（1060 米）、云山（980 米）和宝石山（900 米）。宝石山是由粗粒的石英斑岩构成的。在它的矿脉里常常可以找到水晶矿物质。大概正是由于这个原因，才把这座山命名为宝石山的。

周围所有的山岗都被野火烧光了，大地被雨水冲刷，裸露出年代久远的乱石堆。在这些小山岗之间有几座孤立的山崖，形状颇为奇特，有的像人，有的像圆柱，还有的像铁砧子，等等，不一而足。

我和德尔苏顺着山脊走。从高处放眼望去，四周的一切都清晰可见，可以看得很远。南边，一道深涧中流过一条蜿蜒曲折的犹如银蛇般的小溪；西边，在蓝色雾霭中耸立着高峻的锡霍特山脉；北面，同样是连绵不断的山峦；东面，群山叠嶂，绵延起伏，山那面可以看到深蓝色的大海。好一幅雄浑壮观粗犷险峻的画面。

天快黑的时候，我们从山脊往下向火烧河的方向走去。刚下过一阵雨，小河里水很满。没走多远，我们就找到了合适的地方，在海拔很高的山上安下了宿营地。

从早上开始，就满天阴云，到了傍晚天却晴了。落日的金玫瑰色在山坡上慢慢滑过，越爬越高，后来离开了山巅，和天上的白云嬉戏。最后，这种景象消失了，晚霞渐渐消退。德罗马杰尔山、尚茨山和宝石山在明净的天空映衬下轮廓非常清晰，现在显得更加苍茫雄浑高大了。随着太阳的余晖在西天消逝，地面上洒下了另一片光辉——淡蓝色的月光。阴影越来越重，越来越黑。周围下了挺大的露水。

看样子夜里一定很凉，于是我们尽量多拾些木柴，幸好，这里有的是，一点儿也不缺柴火。

我躺在篝火旁欣赏繁星。德尔苏坐在我对面，谛听着夜的声音。他对这些声音全都明白，他知道小河在絮语着什么，风和枯草在说什么悄悄话。

我们俩随便闲聊：谈谈天空啦，月亮啦，星星啦。我很想知道，一个一辈子都生活在大自然里的人，对天上的一切现象怎么解释，脑子里没有塞满书本上的那些定理。

从交谈中得知，他从来都没有想过天空是什么，星星又是怎么回事。他对这一切的解释也极为简单：星星就是星星；月亮人人都看得见，就是说，这没什么可说的；天空嘛——白天是蓝的，夜里是黑的，下雨天阴沉沉的。德尔苏对于我向他提出这样的问题，感到惊讶，这些事物所有的孩子都很明白。

“周围的人都明白。难道你，长官，看见的没有？”他向我反问道。

我全神贯注地观看着星空了，完全忘记了我在哪里。突然，德尔苏的声音把我从沉思中唤醒。

“你看，长官，”他说，“这个小星星。”

我好久没有弄清楚他指的是哪颗星星，直到听了他的解释才弄明白，他说的是北极星。

“这是最主要的人，”赫哲人继续说，“他的总是一个地方站着，其他星星都围着他的走。”

这时，有一颗明亮的流星划过天空。

“这是怎么回事，德尔苏？你是怎么想的？”我问他。

“一个星星的掉了。”

我以为他一定会把这个现象与人的生死联系到一起，赋予它宗教色彩。结果根本不是这样，他认为这个现象很简单：一颗星星坠落了。

“人们说，”他又补充道，“落星星的地方，应当去找人参。”

对于受过教育的人来说，这是一个复杂的现象：小行星的一个碎块偶然落入地球引力的范围内，与空气摩擦变得炽热，空气中的氧气使它燃烧，流星铁、宇宙尘……多少世纪以来，因为流星不断陨落地球，对于地球的体积、重量和密度都会有影响，这方面的任何微小变化也会引起地球运转的变化，同时对其他星球的运转也产生影响，等等。

我从沉思中回过神来。篝火快熄灭了。德尔苏坐在那里，头垂在胸前，在思索着什么。我往火堆里添了点柴火，就去睡觉了。

第二天早晨我们被冻醒了。昨天晚上落到大地上的露水，都已结成冰霜。我们喝过热茶，便背上背囊，往山下的火烧河走去。火烧河的河谷比萨克霍马河的河谷宽，并且带有明显的冲刷痕迹。它的另一个特点是没有森林，树木大部分被野火烧毁了。对着火烧河的这面山坡上堆满乱石，石堆上长着野草和灌木，还有很多倒木。河流有很多石滩。这条河谷长约 14 公里，河口宽约 4 — 6 米，水深不超过 0.6 — 0.9 米。

越往下走，小溪里的水就越大。左右两面都有许多同样的小溪注入，很快，这条小溪就变成相当大的山间小河了。河水哗哗地从石头上快速流过，不过这种声音十分单调，很容易忘记，感觉好像河谷里笼罩着一片寂静。

在被野火烧过的树林中穿行一向不易。树干被火烧掉了皮，留下尖尖的枝丫，横七竖八地堆在地上，在茂盛的青草中根本看不见，常常把人绊倒。一般说来，在这种火烧迹地走上一天，马腿就会碰坏，人的衣服也会挂破，手和脸都被剐出血来。根据经验知道，与其从火烧迹地穿过，倒不如多花些时间绕过去，所以我们就下了沟，在河边的砾石滩上走。

在小河拐弯的地方，我看到一个动物，很像一只狗，只是比狗略高一些。它的宽脑袋上竖着两只毛茸茸的不大的耳朵，扁脸，身子干瘦，毛茸茸的长尾巴，从这些特征来看，这是一只红狼，或者是豺野狗。豺的毛色的确是红的，脊背的颜色深一些，肚子上的浅一些。这只豺正在喝水。当我们出现在石滩上的时候，它停止了饮水，猛然蹿进了森林。接着从河边的灌木丛里又跳出两只豺，其中一只的毛色和头一只的一样，另一只毛色较深，随后又有几只豺从我们旁边的灌木丛里蹿过。

我开枪打伤了一只。这时，德尔苏走来。他问明白是怎么回事，就走进灌木丛去寻找什么东西。过了约两分钟，我听到他的喊声，便向他那边走去。赫哲人站在一棵大松树前向我招手。我走过去，看到地上有一大摊血迹，还有几绺鹿毛。德尔苏告诉我，豺总是成群结队地在森林里出没，合伙追踪狍子，一些豺从后边追赶，另一些则在前面埋伏起来。一旦抓住了什么动物，就撕成碎块，各自叼走，像我们现在看到的，只剩下血迹和几绺兽毛。据猎人说，豺有时也吃人。

豺的栖息范围包括整个乌苏里河谷、乌苏里南部地区，和从奥耳加湾起向北直到普列特尼亚克角的沿海地带。换句话说，豺栖息的北部界限，与狍子和梅花鹿是一致的。不过，在波谢特区、巴拉巴什区和绥芬区更常见到这种动物。

我们在河边休息了一会儿，继续往前走，傍晚到达了海边。

第二天是 8 月 31 日，我们在小克马河边度过，在那里休整一下，养精蓄锐。那家旧教徒已经确信我们不会妨碍他们的生活，改变了对我们的态度。他们送来了牛奶、奶油、奶渣、鸡蛋和面包，还问询我们要去什么地方，去干什么，以及将来在他们这一带是否要安置移民的问题。

第八章 大克马河

海边的鸟　居民　弧线形的褶皱山　伊利莫河　老太婆和她的孙子　济木河　莱西和老虎足迹　马鹿　石滩　涉水过河　中国老头儿的宿营地

今天是秋季的第一天（9月1日）。午后，我们离开小克马河，向大克马河进发。这段距离只有7公里，与海岸线平行的小路也很好走。

周围的山峦是由变质的玄武岩、辉安岩和凝灰岩构成的，外貌是有着平缓斜坡的丘陵。我们到达大克马河挺早，但很久也过不了河。河口附近的右岸上，有一个中国老头儿监督着一个瘸腿鞑子放马。老头儿说，鞑子坐船回屯里去取吃的了，马上就会回来。我们只好等他。士兵们点火烧茶，我无事可做，就去海边看鸟了。

候鸟刚刚开始往南方迁徙。我最先看到的是一群灰鸭和狭嘴鸭。这两种野鸭多极了。灰鸭胆子很小，它们不让人走近，刚一听到脚步声，马上就飞了。狭嘴鸭羽毛也是灰色的，这种小灰鸭的翅膀上有着蓝色的翎眼，温顺而轻信，人走到跟前，它只向旁边稍微游开几步。在另一个地方，我看到了几只斑背潜鸭，羽毛黑中透蓝，背上带有白色斑点。斑背潜鸭在浅水湾里飞快地游来游去，时常钻进水里。我打到两只，但是不能吃，肉有一股强烈的鱼腥味。对岸有许多鹬，一群一群地走来走去。有几只还飞到了我们这边。原来是红脚鹬。水边有一些翻石鹬忙碌着——这是一种美丽的杂色小鸟儿，腿也是红色。翻石鹬在水里奔跑，每当波浪退下后，它就翻看石头底下，扒拉草丛，到处寻觅食物。离海边最近的是又大又漂亮的蛎鹬，嘴红色，腿紫灰色。蛎鹬也不让人走近，只要离它150步到200步远的距离，它们就一个接一个地飞起来，飞出去大约400步远，重又落在水边，左顾右盼，环顾四周。河口附近有几只孤单的鹡鸰在石头上蹦来蹦去，它们身姿优美，摆动着尾巴，一点儿也不惧怕人。海面上还游着一些丑鸭，看样子它们对飞往南方丝毫也不感兴趣。它们不担心即将到来的严寒。

大马哈鱼溯河产卵的季节快要到了，因而在大克马河口附近的海面上聚集了无数海鸥。几天前，这些海鸥已经单个地飞向南方的某个地方去了，这里一只也看不到。如今又突然重新出现了，而且成群结队。有时候，海鸥一下子从水面上飞起来，越过沙洲，落到河湾里。我打到了两只，原来是太平洋鸥。

尽管在这里耕种已经十多年了，大克马河一带却根本没有野鸡。这是由于在三河皮沟河与大克马河之间有一大片荒地，其间没有庄稼地和菜园。在奥耳加一带有一种白肋喜鹊十分常见，可是沿着海岸向北走，白肋喜鹊的数量就迅速减少了。看来，外乌苏里地区的大克马河就是这种喜鹊分布区的北部界线了。

瘸腿鞑子终于回来了，我们准备渡河。这事并不像站在岸边看上去那么简单和容易。河流湍急，划船的鞑子每次都要顶水向上行驶 300 米左右，然后用全力将篙杆撑到河底，让船向对岸滑行。即便这样，水流也常常将船冲向河口。

在大克马河下游，这条河分成了 3 条支流。3 条支流都注入一道长水湾。这道水湾沿着海岸伸展，一道沙堤将水湾与大海相隔。以前，大克马河口距大海 12 公里，位于河谷收窄的地方，并形成了隘口。原来位于山脚下的隘口，如今退到了由阿克利尔状花岗岩构成的海岸断面的深处去了。关于这一点，河谷左侧被侵蚀的痕迹显然这样告诉我们。

离海大约 10 公里的右侧河岸都是悬崖峭壁，由未经风化的坚硬的花岗岩构成，花岗岩中含有许多隐晶岩。

我们渡到河对岸后，便向远处有房子的地方走去。大克马的居民杂居，有中国人，也有鞑子。中国人有 23 家，鞑子有 11 家。

在河右岸的山沟里，鞑子修福家的房子对面，中国人曾淘过金，后来由于淘到的金子太少，不足以抵偿付出的劳动，于是就放弃不干了。

大克马河的鞑子和乌苏里南部地区的鞑子一样，只是受中国人的影响小一些。他们住在房子里，会做船和滑雪板；夏天种地，冬天捕貂。他们说汉语，乌德海语仅知道数字和个别词汇。这些土著人受到欺侮，和在其他地方一样，他们欠下了还不清的债务。

当我们走到屯子跟前时，屯长修凯出来迎接我们。这是一个仪表堂堂的白胡子老头儿。我选择鞑子修福的房子作为过夜的地方，这座房子孤零零地坐落在河汊子对岸。

第二天，9 月 2 日，我们规定休息。爱捞鱼的士兵去了河边。他们捕到三条大马哈鱼、一条驼背大马哈鱼和两条花杜父。花杜父的鱼鳞色彩斑斓，深橄榄绿的脊鳍有着橙黄色的边。其余的人修补衣服，擦拭枪支。

向鞑子了解情况后，我决定带德尔苏、张保、阿里宁和常林——就是从要子河逃跑的那个罗锅鞑子的侄子，溯大克马河而上。让А.И.麦尔兹利亚科夫带着剩下的骡子直接去阿马古河，到那里等我们。

决定第二天就出发，但是却没能成行，第二天下起了大雨。直到 9 月 4 日，雨总算停了。于是我们收拾好背囊，午后，4 个人踏上了遥远的路途。

从维德内角往北，海岸的地理特征和我们在南部看到的完全不同。

外乌苏里地区这一带最有趣的特点是弧线形的褶皱山。因此，河流入海也呈现出弧线形。这样的河流有大克马河、库松河、库卢姆别河和阿马古河。头两条河形成了山的外围，后两条河被山围在里面，同时，大克马河的上游伸到了库松河上游的后面。库卢姆别河和阿马古河又把弯大沟河、奈纳河和莫莫克奇河围在当中。大克马河的长度超过120公里，从纵向河谷中间流过，河的下游横穿山脊。大克马河水流湍急，水量充足，石滩极多。下游宽60米，水深1.5米。

一条人行小道从鞑子的房前沿河谷向上延伸。小道一直保持在河的左岸，竭力摆脱涉水过河。到了河谷狭窄的地方，只好从石砬子顶上爬过去，甚至还要蹚水。第一道隘口（由石英斑岩质的凝灰岩构成）离海边有12公里，第二道隘口比第一道高出2.5公里。这里可以看到裸露的辉绿岩和强绿泥石化玢岩。中国人在一座石砬子的洞里修了一座小庙，供奉山林之神。

过了隘口，河谷又宽阔了。这一带叫作伊利莫，是由从右侧注入大克马的伊利莫河得名的。伊利莫河长35公里，源头由3条山间小河汇流而成。其中最有趣的是左边那条支流恰库河，从那翻过山口就是大翁锦河（大克马河的支流）。据土著人说，恰库河上游有一座又高又陡的大山，中国人叫它烟砬子（即“烟筒状悬崖”），从中间那条无名小溪逆水上行，翻过山就是毕楞河，从右边的小河逆水上行，翻过山是小克马河。

伊利莫河河谷笔直，低处是一片布满石头的开阔地带。左侧伸延出一片阶地，阶地上有几处沼泽，上面长着稀疏的黑桦、椴树和落叶松的混交林。

我们在伊利莫河河口附近发现了两座半坍塌的房子。其中一个房子里住着一个老太婆，带着一个孙子和一个孙女，孙子9岁，孙女7岁。孩子的父母两年前都死于天花。中国人看到老太婆孤苦无助，把她抢劫一空，夺走了她的房屋、菜地、鸡、猪，甚至连狗也抢走了。不幸的老太婆什么也没有留下，只好流落到伊利莫河边，在这里过着孤苦伶仃的日子。她家那种一贫如洗的可怕生活被我撞到了。孙子捕鱼来养活老祖母和小妹妹。

任何地方的妇女失去了丈夫，都不会遭到鞑子妇女那么大的不幸。养活全家的人一死，债主便纷纷登门。他们就像饥饿的秃鹫，瓜分死者的财产，把寡妇抢劫得分文不剩。不幸的女人除了忍受精神上的痛苦，还要担心被赶出家门，担心受穷和与自己的子女分离，因为中国人常常将她们的孩子当作奴隶转卖他乡。

我十分可怜这个老太婆，给了她3个卢布。她开始不知所措，继而号啕大哭，请求我不要把这件事告诉中国人。我们和她告别之后，继续往前走。那个男孩子一直把我们送到济木河。

大克马河从伊利莫河河口开始向北弯去，流出六七公里远，一直沿河谷右侧从山脚下流过。山顶上乱石重叠，几乎没有任何植物。这些山岭是由黏土硅质灰岩和花岗斑岩构成的。河左岸是一片开阔的条形土地，没有树木。这里可以看到保存完整的两级阶地。阶地上散落着一些单株或丛生的树木，为阶地增添了几分风光景色。

济木河河谷仿佛是大克马河谷的延伸。在河口附近郁郁葱葱的林木中，耸立着一座无名孤峰。这座孤峰是确定方位的好坐标。远处可以看到一片崇山峻岭，从东北方环绕大克马河流域，山顶上光秃秃的，没有树木。

大克马河从济木河河口又向西转了一个急弯，从两山之间的峡谷流过。两岸的群山都是由长石斑岩构成的，其中也包含有绿泥石。右侧还可以看到裸露的霏细岩和含绿帘石的石英斑岩。这里的许多山崖由于经常受到侵蚀而变得奇形怪状。有的很像大门，有的像绝迹的小脑袋动物，还有的像柱形雕像，等等。山峦绵亘不绝，有两三公里长。再往前去，河谷又变得开阔了。雨季这里会积很多水，河水漫过河岸，淹没整个森林。

大克马河的河谷里生长着粗壮茂盛的处女林，从来还没有被人砍伐过。好像大自然有意选择这个地方，为了展示一下大地的繁衍能力。红松、白杨、槭树、赤杨、黑樱桃、山刺玫、花楸、狗奶子和刺龙牙木，被葡萄藤、狗枣子和五味子缠绕着，形成如此密集的丛林，想要穿过去，那只有手持砍刀，花大力气，冒着把自己的衣服扔在这里的危险才行。

我们这一路有说有笑，喧嚣热闹。德尔苏讲了一个什么故事，张保和常林听了直笑。突然，莱西站住不走了，夹起尾巴，弓着身子，两只耳朵紧贴着脑袋，惊慌不安地四处张望。它让人从它身边走到前面后，才悄悄地跟在后面。莱西惊慌的原因很快就清楚了。在前面的淤泥地上有一串清晰的老虎脚印。这只老虎刚刚还在这里转悠，听到我们的声音，就钻到树丛里去了。我的阿利帕落在了后面，它只善于追捕飞禽，这时它跑来追赶我们。莱西一听到后面有奔跑的声音，尖叫一声，向前蹿去，一下撞到德尔苏的腿上，把他撞了一个跟头。我们也都吓坏了，急忙准备自卫。德尔苏从地上爬起来，对着莱希说：

“不行，你的跟人一块走的不行。我的没有你这个伙伴。跟这样的狗一块走——很快完蛋。”

说完这句话，他还向狗啐了一口。确实如此，带着这样的狗打猎十分危险。它可能会把野兽引到猎人身上，或者正当猎人举枪瞄准的时候，把猎人撞倒在地。

下午四五点钟，我们就停下宿营了。由于背囊很重，大家都感到非常疲乏。周围有的是野草当柴烧。为了避免引起林火，我们便将帐篷搭在河边的砾石滩上。

秋天降临。黄昏来得早了，夜也更长。夜里会降下浓重的露水，这是大自然为春天和夏天掉下的眼泪。曾几何时，大自然是那么生机勃勃，富有生命力。

晚上，吃过晚饭，我到石滩上随便走走。我走到石滩尽头，坐在一个被水冲下来的树桩子上，凝望着河水。

夜色清朗。河水的一半被月光照亮，另一半在阴影里。月光下的树叶仿佛镀上了一层白银，树干蓝幽幽的，阴影则是黑魆魆的一片。绢柳丛低低地垂到水面上，仿佛想把什么秘密隐藏在岸边。四周很静，没有一点声响，只有河水流过浅滩发出的潺潺声。

突然，传来一阵窸窣声，是从灌木丛中传来的。我想起遇见老虎的情景，有点害怕。凭经验我知道，有声音并非意味着有危险。这种连续不断的声音往往是某种小动物，比如老鼠或青蛙发出来的。我稳住自己，坐在原地不动。过了一会儿，窸窣声又响起来，接着就听到了咔嚓咔嚓树枝被折断的声响，随后，月光照耀下的石滩上出现了一只鹿。这只鹿走到河边，贪婪地喝起水来。我一动也不敢动，悄悄欣赏这美丽的动物足足有两分钟。这时，我们的狗发觉有野兽，汪汪大叫起来。马鹿吓得一哆嗦，跳离了河边，把鹿角靠在脊背上，纵身跳到岸上，躲进了森林。我从树桩子上站起来，走回宿营地去。

晚上，我们在篝火旁边坐了很久，讲些打猎的故事。

第二天大家早早就起来了。现出第一道晨光的时候，我们就已经在路上了。

现在，大克马河向西弯去。这一带河宽60—80米，深1.5—2米。沿海地区水流最急的河就是大克马河。果然是这样，我们测量了4次，它的流速平均为每小时10公里。

由于大克马河的河谷森林完好，因而野兽也都保存下来了。这里可以找到从松鼠到老虎各种各样的四足类动物。尤以马鹿最多。我们一路上到处都能碰到猎人的窝棚和捕貂的碓子。

我们一直沿着左岸那条野兽出没的小径走去。像这样的小径这一带相当多。这些小道没踩实，而且往往被灌木丛遮蔽而看不见。四足类动物可以自由来去，但是人在这样的小道上走就很费劲。要背着东西在大石头上跳来跳去，还要攀登40度以上的陡坡，需要十分灵活才行。

我们向前走着，从远处传来某种声响。常林告诉我们说，这是大克马河流过石坎的流水声。大克马河一共有 6 处石坎。最大的在大翁锦河附近，小一点的在奥霍特河和长顶沟子河口近处。我们应该从这里渡到大克马河的对岸去。

河水又深又急，要蹚水过去真不容易。如果水浅，那不在话下；但是水齐腰深，过河就一定要十分小心了。

我已经说过，这一带河流的特点是水温特别低，所以蹚河时应当穿着衣服。若是光着身子，马上就会冻僵，尤其是两条小腿。其次，过河不能直线走，也绝不能顶水走，必须顺着水流斜着走。无论何种情况下，都不能把脸或脊背对着水流，否则马上就会被水流冲倒。为了防备水流将人冲离既定的路线，还要用两脚牢牢蹬住河底，而这只有穿着鞋才行。为了在水里走得更稳当，人们往往背上背囊，甚至在背囊里装上石头。不过，这样也很危险。一旦跌进水里，重物就会让你再也站不起来了，至于凫水，那就更谈不上了。

我们决定大家同时下河，一起蹚过去，如果有人支持不住，别人可以扶他一把。常林走在最前头，接着是张保，把我放在中间，德尔苏殿后。两只狗并排向对岸游去，被水流冲到了另一边。当我们下水的时候，狗已经凫到对岸了，正在抖落身上的水珠。

我刚迈了头几步，就觉得如果不是背着背囊，手里拿着结实的木棍的话，那么我根本顶不住水流。看着汹涌湍急的河水，头晕眼花，身子摇晃，差一点儿栽倒，幸亏张保伸出有力的手把我扶住了。这时，我手里的棍子把头上戴的帽子碰到了水里。

但我已经无暇顾及帽子了。过了一会儿，我恢复了常态，继续往前走，很快就发现前面容易走了一些。又走了几步，我们就到了水浅的地方。大家都长出了一口气。从大家的长叹中我知道，我们的确经历了极大的危险。

上岸后，我赶忙穿衣服，可是常林说今天不能再往前走了，应该在这里过夜。

岸边有一堆篝火燃过的痕迹。灰烬，黑火炭，烧剩的柴火头——这些就是我所看到的全部。然而德尔苏看到的要多得多。首先他发现这里有好几处火堆的痕迹。就是说，经常有人从这里蹚水过河。其次，德尔苏说，最后一次，就是3天前，有人在篝火旁边过夜。这是一个捕兽的中国老头儿，他一夜也没睡觉，到了早晨没敢过河，掉头往回走了。如果说这里曾经有一个人过夜，从沙滩上只有一个人的脚印就可以确定。至于说他没有睡觉，从篝火旁边没有人躺过的痕迹也看得出来。说这个人是捕兽的，德尔苏是根据一根带豁牙的木棒判断出来的，这种木棍一般是捕捉小动物下套子用的。说他是中国人，德尔苏的根据是从那双扔掉的乌拉和笼火的方法看出来的。这一切都可以理解。但是德尔苏怎么知道这个人是老头儿呢？我怎么也猜不出来，于是向他请教。

“你的这么多年在山里的走，明白的没有？”他向我反问道。

他从地上拾起乌拉。这双乌拉已经破旧不堪，补了又补，净是窟窿。对我来说，我只能看出来这双乌拉不能穿了，中国人扔掉了它，往回走了。

“难道明白的没有？”德尔苏仍然十分诧异，“青年人的穿鞋，先坏前头，老头儿的，一定先坏后跟。”

这是多么简单的道理啊！实际上只要仔细看看青年人和老年人走路的姿势，就不难发现，青年人走起路来很轻快，几乎是用前脚掌挨地，而老年人走路是把整个脚掌平着落地，而且后跟使劲更大。当我跟德尔苏观察这块有人住过的宿营地时，张保和常林已经生起火，搭好帐篷了。

我烤了一会儿衣服，就顺着河往下游走去，心里怀着能找到我的帽子的一线希望。说不定河水会把它冲到岸边的某个地方。我就这样一直走到天黑，也没找到帽子，只好用手帕代替，把头包上。我就以这种独特的打扮走完了所有的路。

当我往回走时，黑夜已经降临到大地上。月亮冉冉升起，从这边到对岸，山峦的背后都变得明亮了。山顶上的树木异常清晰，可以分辨出每一棵树。月光下林木中的阴影好像一个个深坑，篝火变得比实际更红。在附近什么地方，有一只马鹿呦呦地叫起来，但是这叫声懒洋洋的，没有叫到最后就中断了。也听不到回应的声音。河面上起了雾。雾气在水面上弥漫开来，变幻出各种奇怪的形状。我不想回宿营地，便在岸边坐下，久久地凝望着，看月光和夜的阴影怎么嬉戏。张保和德尔苏看我好久没有回去，感到担心，高声呼喊起来。大约过了 15 分钟，我回到了他们身边。

第九章　李淳宾

水獭　乌德海人的渔叉　大翁锦河谷　林中鸟　孤零零的房子　中国老头儿　略表心意　一个人的生平　痛苦的回忆　自白　内心的转变　决断和辞行　辟邪的木镯

天蒙蒙亮我们就拔营出发了，沿着大克马河右岸向前走。河水又向北弯去。在大克马河的支流胡莫河、小翁锦河和大翁锦河之间，有两条山岭的支脉伸入河谷，支脉在接近河边时变成了基座厚实庞大的河阶地。其基座是由石英斑岩和玻璃质流纹岩构成。这些支脉从河床上横穿过去，形成岩槛。最后一道岩槛和真正的瀑布一样。河水喧嚣着奔入狭隘的豁口，然后落下，拍打着石头，泛起泡沫，在岩槛前形成一个深潭。潭水静静地流着，在阳光下呈现出碧绿的颜色。我真想好好欣赏一下这岩槛的风景，如果不是又有其他东西吸引了我的注意力的话。

离我们不远的地方，在平静的水面上突然出现了一个东西。

原来是水獭的头。在俄国，农民都把水獭叫作“波列什尼亚”。水獭体长1.2米，尾巴长40厘米，短腿，圆头，长着两只表情丰富的黑眼睛，背和两肋的毛为深褐色，闪光发亮，颈下和腹部则是银灰色。水獭在陆地上行走的时候，必须把前腿和后腿靠得很近，因此它的身子就要向上拱起。

水獭在乌苏里地区分布广泛而均匀。这种动物喜欢栖息在多鱼的河里，尤其是冬天不结冰或者岸边冰下有空洞窟窿的地方。人们发现，水獭排泄粪便时总要从水里钻出来，而且经常是到一个固定的地点去，哪怕为此需要走很远。猎人常常在沙滩上下夹子捉水獭。水獭在一个地方把鱼吃光之后，就沿河往上游或下游转移，转移时总是从岸上走过去。水獭辨别方向的能力极强，在河水拐弯的地方，它会在半岛上选择最窄的地方横穿过去。有时，水獭还要从一条河转移到另一条河去。所以土著人偶尔会在离河很远的山里捕捉到它。水獭胆小、狡猾、小心谨慎，喜欢在月夜里出去猎取食物，白天很少出现。

我观察的那只水獭，用牙叼着鱼，向对岸游去。不一会儿，它就爬到一块湿漉漉的石头上。它那湿淋淋的身体在阳光下闪闪发光。这时，水獭四面张望，一看见我，马上把鱼扔掉，敏捷地钻进河里。我让同伴们藏到灌木丛里，指望水獭再出现，但是它没再露面。我已经想站起来时，空中突然闪过一个黑影，随后一个又大又重的东西落到了石头上。原来是一只白尾海雕。海雕抓起一条鱼，又轻松地飞上天空。这时，水面上露出了水獭的头，但距离已经相当远了。看样子，它伸出头只是为了吸点空气，接着，又钻进水里不见了。

我们大约走了 3 公里，到达了大翁锦河河口，就在这里安下宿营地。张保和德尔苏砍柴，常林拿着渔叉去叉鱼。

乌德海人随身携带的渔叉，形状很像小型的捕鲸鱼镖，用皮带拴着。平时挂在腰间，用的时候必须套在杆上。叉鱼时一般都站在岸上，要小心翼翼悄悄走到鱼跟前。一旦叉住了鱼，渔叉就会从木杆上脱落，并且被鱼带走，但是渔叉有皮带拴着，那么鱼总归是跑不掉的。

常林使用渔叉得心应手，十分娴熟，一下子就叉到 6 条大鲑鱼，我们吃了一顿丰盛的晚餐。

第二天，9 月 8 日，我们离开了大克马河，溯大翁锦河而上。大翁锦河长 40 多公里，从西北蜿蜒向东流去。河口宽达 6 米，河床深 1—1.2 米。河水浑浊，蛋白石色中混杂着蓝色。

大翁锦河是典型的洪水冲刷河谷，河口附近十分狭窄，向上渐渐变宽。两边尖顶山峰仿佛都是一座座孤立的山岗，山坡平缓，轮廓柔和，说明这里经常发生剥蚀过程。

大翁锦河的地质特点是这样的：河口附近有一片高阶地，阶地的基座由夹杂着薄灰砂层的美丽黏土页岩构成。稍微往上去，右岸有裸露的年代久远的砾岩，看上去这些砾岩好像曾经被火烧过。接着，左岸是一片呈板状节理的阿克姆尔状花岗岩，再往上去，又是黏土页岩，褶皱颇多。

在大翁锦河的支流中，最有趣的是中游的三条支流：两条无名小河在右侧，一条大河（塔尔达）在左边。溯第一条小河往上走，翻过山是伊利莫河，第二条小河翻过山是萨克霍马河（小克马河）；而第三条河翻过山又回到大克马河。在这三条支流的河口附近，都有一座碓子房。

我们很快就走到了第一座碓子房。稍稍休息了一下，喝茶吃面包干，接着继续往前走。整条大翁锦河谷，和大克马河谷一样，长着茂密的针叶混交林。被冲刷得厉害的河床和一堆堆风倒木，说明下雨时大翁锦河经历了洪水的侵袭。

后半段路我们走得十分轻松，没有任何意外，到达第二座碓子房时，便像到了家一样，住下过夜。

太阳不知道怎么了，它已经不像夏天那样照耀大地，早晨起得晚了，黄昏又急急忙忙去休息。地上的野草开始枯黄了。树上的叶子也渐渐褪色。最先感到冬天临近的是葡萄藤和槭树。它们已经被黄澄澄、红艳艳、紫微微的颜色装点起来。

傍晚，我和德尔苏去打马鹿。此时它们都已经归群了，公鹿之间也不想再顶架，尽管它们还此起彼伏地回应着挑战，却都守在鹿群的后面，只是在出现情敌的时候，才用鹿角将母鹿顶到一边去。

吃过晚饭，我们全都躺在热乎乎的土炕上。德尔苏开始讲起他打猎的一段惊险经历，张保和常林坐在旁边，聚精会神地听着。从他俩发出的短促的赞叹声中，我知道，赫哲人讲的故事十分有趣，但是我已经困得不行了，实在无法抗拒睡意，便沉沉地睡着了，像个死人一样。

9月9日，我们继续向锡霍特山进发。挺拔茂密的森林里总是有许多野鸟。除了乌苏里森林中常见的黑啄木鸟、瘿蜂、松鸦、斑啄木鸟、野鸽、乌鸦、老雕和蓝大胆外，在这一带的河边上，那些重新长出幼小的阔叶林的火烧迹地上，单个地栖息着绿啄木鸟。乌德海人把这种啄木鸟叫作地啄木鸟，因为它们不到树上觅食，而是在地上找食吃。这种啄木鸟每当发现有人走近时，便发出疯狂的叫声，并飞快地躲到密林里去。

我在另外一个地方的草丛里看到一群斑鸫。一听到我们的脚步声，它们立即飞起，落到近处的树枝上，叽叽喳喳地叫着，好像在议论眼前发生的事情。灌木丛里还有许多招人喜欢的小鸟钻来钻去，它们长着花脊背、白脑瓜儿，这是乌鹟。随着昆虫的消失，乌鹟也该飞到更暖和的地方去了。这个时刻已经临近，难怪它们已经结群。乱石堆顶上有两只鹞鹰在盘旋，鼠兔是最引诱它们的美食。但是，这些啮齿动物也十分小心谨慎，不会离开自己的洞穴太远，一旦发现危险，哪怕是蛛丝马迹，就会匆忙钻进石洞。不过鹞鹰这样的猛禽机动灵活，捕不到猎物是不会停下来的。

由于忙着工作，一天的时光不知不觉就过去了。太阳已经准备下山，它那金黄色的余晖照到树林深处，使森林的景色变得格外美丽动人。

我们加快了脚步。

一条勉强可以辨认的小道给我们引路，但是小道一直绕来绕去，一会儿在河这边，一会儿又到了河对岸。河谷也越来越窄，然后突然又开阔起来。地形的特点模糊不清。这是大翁锦河的上游地带，这里有三条小河汇流到一起。我知道，我们已经在锡霍特山的山脚下了。

锡霍特山的支脉被洪水冲刷得很厉害，又被山泉分别穿过，感觉好像一些互不相关的孤峰。孤峰后面就是分水岭，如一道高高的屏障，围住了大翁锦河的源头。大自然在这里仿佛想把沿海地带和伊曼河流域截然分开。在三条小河汇流的地方，有一块不大的空地，空地上有一座小房子，房顶上盖着树皮和干草。

我们在小房子附近碰到一个孤独的中国老头儿。当我们从灌木丛里走出来的时候，他的第一个动作就是想跑开。但是，看来是出于自尊心、上了年纪和好客的习惯，他才站在原地。老头儿惊慌失措，不知如何是好。

当时，我国已经开始查办偷猎者，一经查出就驱逐出境。这个中国人大概以为我们会马上逮捕他，并把他押送到奥耳加湾。他吓得一屁股坐在树墩子上，久久不能平静。他喘着粗气，上气不接下气，脸上直冒冷汗。

这时太阳已经下山了，林中美妙的晚霞也消失了，周围立刻变得昏暗，并添了几分凉意。

我觉得小房子四周的环境非常舒适，决定在这里过夜。

德尔苏和张保按照他们的礼节和老头儿打招呼，然后点起篝火，准备晚饭。我在一边坐下来，久久地打量这个中国人。

老头儿个子挺高，稍微有点儿驼背，黑色的眼睛已经浑浊，留着稀疏的白胡子，挺长。青筋嶙峋的脖颈、满是皱纹的黑脸膛和尖尖的鼻子，看上去就像一个木乃伊。他穿着一件蓝大布做的满是补丁的旧长衫，已经褪色，补丁缝得很粗糙；腰间扎着一条也是用蓝大布做的旧布带，腰上挂着一把猎刀、一把挖参的铲子和装火石、火镰的口袋；下身是一条蓝裤子；脚上穿着自己用鹿皮缝的矮帮鞋，用皮条绑着；头上包着一块被烟熏黑的脏布。

这个中国老头儿不像一般做苦力的中国人。他那十指细长的双手、他的侧影和鹰钩鼻子，以及面部某种特殊的表情都说明，他来到这深山老林，纯属偶然。

“可能是政治逃犯。”我暗自想道。

我脑海里闪过一个念头：看来是我把他吓成这样。想到这儿，不禁感到很不舒服。这时，阿里宁给我端来一杯茶和两块方糖。我站起来，走到中国人跟前，把茶和糖都送给他。这老头儿慌得不知所措，碰掉了杯子，茶洒了一地。他两手哆嗦着，眼里流出眼泪。他跪在地上，压低了声音喊道：“多谢了，大老爷！”

我把他扶起来，也用中国话说：“不怕，别害怕，老头儿！”

我们大家都忙着干自己的事。我开始画白天走过的路线，德尔苏和张保做晚饭。老头儿渐渐安静下来，喝过茶，坐在篝火旁边。我开始询问老头儿，他是怎么来到大翁锦的。

这个中国人对我讲，他名叫李淳宾，74岁了，老家是天津，出生在中国一个富有的家庭。他年轻的时候和家里人吵翻了，他的亲弟弟使他遭到莫大的屈辱。里面牵连到一个女人。父亲站在弟弟一边。于是他离家出走，跑到松花江，又从那里跑到乌苏里地区，在刀毕河住下。后来因为俄国移民来到刀毕河，他又搬到乌拉河，以后又在苏子河、普松河和外伏锦河住过，最后来到大克马河，在这里一住就是34年。以前他打过猎。他用的头一杆枪是火药枪，是用30张上等貂皮换的。后来，他又挖珍贵的人参。现在老了，不能打猎了，他就捕兽。这就使他住到了远离人烟的地方。他看中了大翁锦河，许多年前就来到了此地。李淳宾住在这里，孤单单一个人。间或有土著人偶尔到他这里来。他自己每年到大克马河口去一两次。老头儿接着又回忆起他的母亲、他的童年、河边上的花园和家。

他终于讲完了，把头垂到胸前，陷入沉思。

我看了看四周，篝火旁边只有我们两人坐着，德尔苏和张保拾柴火去了。

夜里一定很冷。在繁星密布的天空中，银河像一条宽阔的带子延伸开去。凛冽的寒风从西北吹来，我觉得很冷，就走进屋里，中国老头儿依然坐在篝火旁。

我看见德尔苏从老头儿旁边走过，他轻手轻脚，小心翼翼，说话也压低了声音，总之尽量不弄出一点儿响动。

我不时往门外看看，老头儿依然坐在那儿，还是那个姿势。火光照亮了他那苍老的面孔。红黑斑驳的影子不住在他身上跳动。在这火光中，他仿佛是来自另一个世界的人，一个烧红了的铁人。中国人完全沉湎于沉思中，仿佛根本忘记了我们的存在。

他在想什么呢？大概是想到了自己的青春，想到他这一生有可能是另一种命运，想到父母，想到他所爱的女人，想到他在这深山老林中度过的孤独生活……

已经深夜了，我又往窗外看去。寒风吹过已经熄灭的篝火，暗淡的火堆偶尔闪现出火光，霎时照亮了老头儿瘦削的身影。

他依然坐在原地，双手托着下巴，凝望着火炭，回忆着遥远的过去。我本想叫他一声，可是不知为什么没有这样做。

我终于结束了自己的工作，合上笔记本，刚要躺下睡觉，又想起了老头儿，便走出房子。篝火只剩下了几块木炭。风一阵阵吹来，刮得满地都是火星。而中国人依然像一小时前那样，坐在树墩上，全神贯注在思考着什么。

我告诉德尔苏叫他进屋。

“不要，长官。”赫哲人悄声对我说，特别加重了“不要”两字，又说，当一个人回忆自己的往事时，不该去打扰他。

我明白了，这时的确不应当去惊扰一个人，便回到屋里，躺到坑上。

风刮进烟囱，发出凄凉的呻吟，房顶上的干草在风中沙沙作响。外面不知是什么东西在抓墙，应该是房子旁边的灌木或树木的枯枝，被刮得摇曳不定。在这些声音的催眠下，我愉快地入梦了。

第二天早晨醒来的时候，太阳已经升得很高。我急忙穿好衣服，走出房子。

周围落了一层白色霜花。小水坑结冰了，薄冰下还有许多空洞。黄褐色的枯草也闪闪发光，有些刺眼。树枝、石头和被踩实的小径也都覆盖着一层寒冷的没有光泽的薄土。

我向四下望去，发现昨天还在房前杂乱放着的东西，现在已被收拾好，放到小棚子里了。张保、德尔苏和常林坐在篝火旁，悄悄地谈论着什么。

“老头儿哪去了？”我问他们。

张保用手指了指树林。这时我才发现，空地边上有一座用木头搭成的小庙，松树皮做顶。老头儿正跪在庙前祷告呢。我不想打扰他，便走到河边去洗脸。大约过了 15 分钟，老头儿回到屋里，开始收拾自己的行囊。

“他想到哪儿去呢？”我问旅伴们。

于是张保告诉我，老头儿决定回老家去，如果弟弟还活着，便与他言归于好，并在那里度过自己的余生。

老头儿收拾好行囊之后，从左手腕上摘下一只木手镯，递给我说：

“收下吧，大老爷，好好戴着它，它会给你带来幸福！”

我谢谢他的礼物，并马上把木镯戴在了手上。

接着，老头儿又分别向四个方向跪拜告别，与房子、山和水一一告别。多少年来，他一直是饮用这条小河里的水。

房子旁边长着两棵落叶松，树底下有一个小凳子。李淳宾对着松树，说了一席感人肺腑的话。他说，这两棵树是他亲手栽的，如今已经长成大树了。多少年来，每天傍晚他都坐在大树底下的小凳子上乘凉，而现在就要与这两棵树永远告别了。老头儿掉下泪来，又伏在地上磕了头。

接着，他和我的旅伴们一一告别。我的旅伴们也向他深深鞠躬，帮他背上行囊，把棍子递到他手里，并且一直把他送到树林边上。

老头儿走到空地边上，再一次回过头来，看一看多少年来他一个人孤独生活过的地方。看见我，又向我摆摆手，我也向他挥挥手。这时我才感到手腕上多了一只镯子。

德尔苏、张保和常林回来后，我们收拾好背囊，继续赶路。我走到树林边上的时候，也像老头儿一样回头望了望。

仿佛有某种东西突然断裂了！这块空地，这座小房子，昨天我还觉得非常舒适，今天却变得十分陌生，空空荡荡。

这是一座被抛弃的房子！灵魂走了，只剩下了空壳！

第十章　可怕的发现

锡霍特山的缓坡　阿尔穆河上游　骷髅　月光的奇观　天青砬子　锡霍特山脉　偃松

小房子前面就是爬上锡霍特山的斜坡。斜坡起初挺平缓，但越走越陡。东山坡上长着针叶混交林；林中树木多半是大片的红松、云杉、冷杉、落叶松、槭树和桦树，桦树的黄皮上长满了青苔。草本植物有蹄盖蕨、山白菜、铃兰、毛蕊花、睡菜、酢浆草和各种小苔草。

快爬到锡霍特山脊时，山坡更陡了，甚至得用手攀着石头和树根往上爬。无液气压计的示度显示，隘口的高度为 875 米。西山坡的植物比东山坡单一，森林的差别也极其明显。我以为将会看到一个光秃秃的锡霍特山顶，其实不然：在我面前展现出一片类似台地的高原，上面长着稀疏的、树苔斑驳的落叶松，没有任何林下植物。没有灌木，没有杂草——到处都是青苔。

为了找到一块岩石，就得深深地挖开青苔才行。之前，我们取到的标本原来是石英玢岩和流纹岩。

我在这里采集到的植物标本有：爬在青苔上的加拿大山茱萸，长着六片叶簇，红色浆果；还有加拿大舞鹤草，有着对生的心形叶片，圆润饱满，闪闪发光；此外还有独特的杉曼石松。它的外形初看上去有点像长着很普通的羽状叶的矮蕨菜。

我们在山口休息了一会儿，然后继续前进。我决定穿过高原地带，从另一面坡下去，走到河流那儿。可是我们走了半天，依然不见这片高原的尽头。呈现在我们眼前的是一片辽阔荒凉的沼泽平原，覆盖着一片枯萎瘦弱的树林。哪怕有那么一座山岗，随便什么丘陵或者一处坑洼也好啊！我想我们是走在了台地上，根本不知道我们是顺着山脊在走，还是横着穿过山脊。突然间，我听到哗哗的流水声，这让我更奇怪了。很快，一切都清楚了：原来锡霍特山西坡这一带尤为平缓，用眼睛根本看不出来它的坡度。我们面前就是阿尔穆河——伊曼河最大的支流，在伊曼河中游从右侧注入河道。我看了一下气压计，指针显示 697 毫米，按照海拔测算，绝对高度应该是 770 米。就是说，我们走出这么远，才比山顶低 105 米，平均每走 1 公里，低 10 米。锡霍特山西坡河流的水位比东坡高出 225 米。

阿尔穆河上游是由两条同样大小的河流交汇而成的。我们恰好走到两条河的交汇处。常林计量出，每条小河的路程都是两天。

我和他商量了一下，决定沿着左侧的小河走（它离锡霍特山最近），然后攀登分水岭，再顺着山脊走不多远，走到大克马河的源头。

阿尔穆河在这一带宽 6 米，深 45 厘米。河水略呈红色，并且不像一般湍急的山溪那么冰凉。阿尔穆河河床里堆积着许多倒木，因为水流相对平稳，因此很自然地，树木倒在哪里，就一直留在那里。

河边的树木要稠密得多，有赤杨、白桦、云杉和冷杉；尤其是落叶松最多。这是地地道道的原始森林：荒凉、空旷、阴森可怖。一切生物都躲得远远的，哪里也看不到野兽的踪迹，走了两天路，我们没有遇到一只鸟。这样的原始森林对人的心理也有影响，这从我的旅伴身上就看出来了。他们只是默默地走路，几乎一句话也不相互交谈。

按照惯例，下午 3 点左右我们开始选择宿营地。德尔苏和张保不知为什么往右拐去，我和常林、阿里宁顺着河岸往前走。突然我们听到后面有喊声，原来是德尔苏叫我们到他那里去。我们立刻往回走。穿过稠密的树林，我看到一块不大的林中空地，地上有一些白色的东西。德尔苏和张保站在这些东西旁边，仔细察看。开头我以为是小草丘，可是从旅伴的神色看出来，这绝不是普通的草墩子。我走到跟前才看清楚，这是死人的头盖骨，一共有 6 个，旁边还零散地堆着其他一些骨头。

6 个骷髅！这些人是怎么死的？冷峻的森林保守着秘密。

德尔苏对着这些骨骸察看了半天，还不时与张保交谈几句。据他说，这 6 个人不是被打死的，因为他们的头骨上没有一点被打坏的伤痕。他们也不是病死的，如果是因病死亡，6个人不可能一下子都死掉，而是一个一个地死，一个人死了，剩下的人还会继续往前走。德尔苏开始观察树干。根据树皮上火烧的痕迹，他判断出最后一次失火的时间应当是在两年前。而这些骨骸也带有火烧的痕迹，显然，森林失火的时候，这些尸体已经变成骷髅了。这场野火烧掉了死尸残留的衣服。但是，骨骸旁边总该留下一些烧不掉的东西，找到这些东西就可以判定死者是哪个民族的。德尔苏和张保动手挖开青苔，不一会儿就找到一口铁锅、一把斧子、一把生锈的刀、一把锥子，锥子把是用子弹壳做的，还有火石、烟袋、铁罐子和银戒指。根据这些东西，德尔苏判定死者是淘金的朝鲜人。他们显然是想穿过大森林到海边去，可是在原始森林里迷了路，饿死了。

脱离险境的路其实离他们很近：只需走上一段路，就可以找到我们昨夜住宿的那个中国老头儿的小房子。

空地四周的树木是6名死者无言的见证人，直到现在仍然默默地伫立在那里。这原始森林让我感觉更加阴森可怖了。

我们不约而同一齐放下背囊。张保和常林挖出一个大树墩，把下面的石头和土也挖出来，我和德尔苏把骨骸拖到坑里。然后用青苔盖好，上面又放上那个树墩，之后到河边去洗手。

已经到了宿营的时候了，张保和常林都不想在死人旁边过夜。于是我们背上背囊，又向前走了半公里，在河边挑选了一处比较平坦的地方安下宿营地。

黄昏时起了大雾。雾气越过分水岭，沿着锡霍特山的整个西坡弥漫开来。

晚上，我有机会观察到了一种有趣的气象景观。大约夜里10点，月亮升起，暗淡无光。紧接着雾消散了，于是月亮分别向上和向下射出两道末端呈尖形的长光。这种奇特景观约莫持续了15分钟，接着大雾再次袭来，月亮也重又变得模糊不清了。不久，天上落下毛毛细雨，一直下到天亮。

9月11日早晨，天气仿佛有点好转。为了不浪费时间，我们收拾好背囊，沿阿尔穆河向上游走去。这一带地势平坦，景色单调，使我完全忘记了我们行走在锡霍特山的山麓。这里的针叶林质地极差，只适于做烧柴，长得也十分不均匀：沼泽化的空地被一小片一小片的疏林间隔开来，树冠都枯死了，干枯的枝丫非常多。

上午11点我们离开了阿尔穆河，转了一个急弯向东走去。这里山坡平缓，像大翁锦河对面的山坡一样。我们完全觉察不到是在爬锡霍特山，并且已经接近了东坡的悬崖峭壁。这时雾散开了，能够确定方位了。我们左面大约15公里远的地方，高耸着一座大山。常林对于这一带十分熟悉，他说这座山没有名字，位于西岔河源头。我们现在恰好在天青沟子[1]河谷的对面，天青沟子也是大克马河的支流，在大翁锦河的上边从右侧注入大克马河。天青沟子比大翁锦河略短一点儿。天青沟子的河源地带生长着桦树林，说明这里曾经发生过大火灾，把针叶林全

1 天青色的河谷。

都烧光了。锡霍特山脉紧贴着大克马河的这一段为长方形，中国人把它叫作天青砬子[1]。

应当好好欣赏一下周围的美景，但不料乌云重又滚滚而来，笼罩了锡霍特山麓，天上也又下起了密密麻麻的小雨。

在雨天绘制地形图十分困难。纸变软了，淋湿了的衣袖把铅笔绘图抹得模糊不清。我们没带雨伞，对此我感到非常后悔。为了不让雨淋湿图板，每次我打开图板时，常林都用一块头巾在上面遮挡雨水。但是很快也没啥用了，头巾一淋透，也往下滴水。

“等一等，长官。”德尔苏对我说，然后跑到旁边剥下几张桦树皮，又砍下几根树枝，马上就做成了一把伞。

这个赫哲人总是令我惊讶，好像没有他解决不了的困境。无论他需要什么，马上就可以在身边找到，随手拈来。

我们按照事先确定的路线拐向正北，顺着锡霍特山向东北一座圆顶大山走去。这座山位于东北方。

但是没走多远。这么大的雾，我担心在山中迷路，决定早早宿营。幸而张保在石头中间找到一个坑，里面蓄满雨水，水坑附近有干枯的偃松。我们架起一面坡的帐篷，笼起火堆，开始烤衣服。

天黑之前，德尔苏出去打猎，打到一只麝。麝属于偶蹄类动物，样子很像羚羊，高半米，长 1 米。后腿比前腿略长，因

1 天青色的石峰。

此，当它四脚着地的时候，臀部微微翘起。麝长着长脖颈，小脑袋，很匀称，富有表情的黑眼睛，灵敏的鼻子。麝没有角，也没有泪窝。然而，大自然赋予它两只獠牙：母麝獠牙小，在嘴里，不露出来，公麝獠牙又长又尖，向下伸出 5—6 厘米长。公麝在发情期互相搏斗，常常给对方造成致命的创伤。与其他偶蹄类动物不同的是，麝有胆囊和麝脐。麝的毛色一般是深棕色，带花斑，毛粗糙易折。走动时急速而不稳，叫声尖细而凄厉。在发情期，公麝身上经常散发出一股强烈的气味。

晚饭煮了麝肉；麝肉带有一股说不出的气味。常林说是青苔味，张保说是松香味，德尔苏则说是杜香味。原来凡是麝栖息的地方，这三种东西都有，看来这种味就是麝香味。

第二天，9 月 12 日，因为下雨，我们一整天停在原地未动。需要等雨天过去。乌苏里地区的秋雨任何时候也不会连绵不断，可是下起来却很猛。我整整一天坐在帐篷里画地形图。夜里刮起了阵阵大风。天空中有的地方露出了星星，这种情况通常预示，黎明前会降临严寒，这次也是这样。周围的一切又都变成了白色，未干枯的青苔被冻结了，在脚下沙沙作响。我们一踩上去，就留下很深的脚印，德尔苏和张保尤其对此讨厌。小心谨慎贯穿在他们的一切行动中，即使在我们远离人烟，很难遇到行人的地方，他们也是如此。

我们仔细观察过地形，发现自己恰好处在西岔[1]河河源的

1 西边的支流。

对面。

锡霍特山脉从方山天青砬子开始向东北延伸，后来又折向西北。在这个拐角上耸立着一座圆锥形的尖山。根据气压计测量，这座山高 1230 米。再往前去，锡霍特山脉向北蜿蜒。在离尖山 5 公里的地方，又拐向正东，形成一座双峰，我们称它为驼峰山（高 1100 米）。接着山脉又向西逶迤而去。从这里开始，山势又沿着原来的方向走去，一直和我们昨天从远处看到的高山连接起来。

锡霍特山脉上面谈到的所有地方都是光秃秃的，看样子这里从前也没有森林。如果从下面（站在河谷里）向山上望去，好像在秃顶的周围有绿色青草。没有经验的旅行者会急忙穿过森林地带，指望尽快到达那片高山草原。但是，当他发现前面并非草原，而是一片偃松的时候，一定会大失所望。偃松的根部长在上面，树干和枝丫附着山崖倒挂，正好迎着向上登山的人。要想穿过这片偃松地带十分困难，离开斧子就寸步难行。脚蹬在树杈上常常打滑，一旦跌倒，人就骑到了树枝上，两脚够不着地。要想绕过偃松也不行，因为偃松围着山顶长了一圈。锡霍特山脉的偃松顶上长着低矮的杜香、牙疙瘩、杜鹃花、青苔，再往上去，就是石蕊，最后就是一片光秃秃的山顶了。

这一天我们走到了圆顶山的山脚下，在不远的一个山坳里安下宿营地。

第十一章　渡河遇险

色旦山　西岔河　大克马的河源　涨水　乘筏渡河　德尔苏遇险　拴住的树　脱险　回到海边　可笑的误会　沿海的山溪　王新砬子崖　海豹　库卢姆别河口附近的宿营地　影子和灵魂　梅花鹿

我们夜里没睡多少觉，感觉很冷，因此东方刚刚露出熹微的晨光，大家都非常高兴。太阳虽然还藏在地平线下，但是地面上的一切都已经历历可见了。

站在山上俯瞰四周，就像飞翔的鸟！这山的王国如此美丽壮观！极目望去，远近山峦起伏，有的尖顶，宛如鸡冠，有的平顶，仿佛圆垫，有的圆顶，好像一个接一个的海浪，绵亘不绝，一直延伸到远方，仿佛融化在烟雾里了。

看，太阳出来了，照暖了大地。冰霜化了，银灰色的草又变成了黄褐色的枯草。

我们收拾好背囊，开始爬最高的那座山。途中我们坐下歇了多次，然后接着往上爬，直到中午才爬上山顶。据气压计测量，这座山高 1570 米。我给它起名叫色旦山。这是锡霍特山脉中央的最高峰。东坡是陡峭的石崖，西坡平缓。色旦山山顶布满石头，一块块垒得十分结实，让人觉得这是有人专门砌的，石头与石头之间严实而平整。

下山同样花费了不少时间。在旁边另一个山坳里，气压计测量的结果为 1066 米。锡霍特山脉从这里又转到了东北方。

我们在这里没有再沿着山脊走，开始下山，走进西岔河谷。从高山上往下走，时刻需要小心，不能慌张，有时还要停留一下。

乱石堆、青苔和偃松，如今都落在后面了。我在这里发现了一种毛茸茸的黑果茶藨。再往下走，那里长着花楸、小落叶松和矮桦；继续向下是红松，接着有黑桦、柞树以及其他各种树木。

中午我们停下来休息。士兵烧茶的时候，我去拍摄了几张照片。

西岔河上游是由两条小河汇流而成的。这两条小河又各自分成两条支流，支流又有支流，越分越小。所有这些小河流进了一块宽阔的盆地，盆地里有许多冲沟。

锡霍特山脉的任何地段，都不如西岔河河源这一带这么雄伟挺拔高峻。这里的确有高山峻岭的样子。

到处都可以看到裸露的含有氧化铜的结晶板岩和石英。中国人说，西岔河里可以淘到金子，山上有水晶矿石。从前，西岔河的河谷里曾经有一片挺好的针叶混交林，后来被野火烧光了。如今在火烧迹地上长起了一片片 25 年树龄的桦树林。

都认为西岔河是最好的猎场，确实也是这样。几乎每走一步都可以看到鹿的蹄印。被践踏的泥地、撞断的灌木枝、一团团鹿毛和一块块鹿角碴儿，都说明这里是鹿角斗的主要战场。

傍晚，我们走到一座小碓子房前。据常林说，这座碓子房是一个淘金的朝鲜人盖的。他没找到金子，可是那一年捕到很多貂。我们就在这里落脚。天黑时，常林和德尔苏出去打猎，打到一只刚满一岁的小鹿。夜里，他们俩轮流烤鹿肉。

第二天，我们顺着西岔河继续往下游走。西岔河宽约 4 米，深 0.6 米。它的下游地带石滩颇多，水流湍急。我们离开分水岭往下走，河谷越来越窄，最后变成了一道很深的山涧。这里两侧都是高耸的古河阶地。阶地是由黏土页岩构成的，其中夹杂着细粒的黄沙层和乳白色石英层。黏土页岩经受过重压，好像出现了褶皱。

河阶地的左侧有一座孤峰，很像一座古塔。我和常林一起爬上峰顶，想从高处观察一下大克马河的上游。这里离河源还很远。大克马河向北弯去，将库松河的河源围在了里面。在大克马河最上游一带，左右两岸各有一条支流注入。右边的叫城身子[1]，左边的叫小东岔[2]。从小东岔河口往上走不远，在大克马河左岸有一座陡峭的山岭，据常林说，那里经常有石头从山顶

1 又译作成神沟，成了神的河谷。

2 东边的小支汊。

滚落，乌德海人都害怕从那里经过，他们说，那里是魔鬼卡克扎木住的地方。

由上述可知，锡霍特山脉的走向与大克马河呈交角，角度开始很小，随着河水向南流去，角度越来越大。

从锡霍特山下到西岔河河谷，我们在常林的碓子房里住了一夜。常林在这里两年间捕到了86只貂。

第二天中午我们到达了大克马河，沿河谷右侧顺着河流往下走去。在路上我们看到了一只熊和几只马鹿。我们欣赏了一下四周美丽的山景，便沿着大克马河右岸下行，在快到小东南岔[1]河河口的地方停下宿营。

从早上开始就是阴天，傍晚下起了大雨。一开始就看得出来，这雨将持续不断。我们把帐篷搭得很牢固，弄来了干柴，所以一夜平静无事。早晨雨下得更急了，我们只好在原地休息。我的旅伴们在一起聊天消磨时间，有的睡觉，有的喝茶，我又干起自己每天要干的工作。上午11点，响了一阵雷，没看见闪电，只听雷声在天空上方某个地方，在乌云里隆隆响起。乱云飞驰，滚滚而来，风向也变化无常。这雨很惊人，足足下了一天一夜。9月17日黎明，乌云散了，接着严寒再次袭来。山顶一片皑皑白雪，群山仿佛穿上了节日的盛装。大地被太阳照暖，开始解冻了。刚刚沉静下来的小溪苏醒了，一小股一小股地顺着斜坡奔流，越往下，流得越快。这一切也使大家振奋起来，

1 东南边的小支流。

我们不约而同地迅速收拾好背囊，精神饱满地继续向前走，中午时分到达奥戈特霍河（阿加托）附近。这条河从左侧注入大克马河。顺着这条河走，翻过山就是柴比雅扎尼河（库松河的支流）。无论我们怎么拼命往前走，但是这一天只走到了天青沟子河口。一条小道将我们引到一座盖在林中的小房前。这座小房离大克马河一公里远。我们在这里住了一夜，第二天早上继续顺着大克马河谷向下游走去。

雷雨过后是大晴天，所以我们走得相当快。

我发现每当小道靠近河道时，我的旅伴们就有些担心，相互议论着什么。很快全都明白了：由于这场大雨，大克马河涨水了，高出平时的水位很多。这样一来，我们就无法涉水过河了。只有两条路可走，一条是顺着右岸继续前进，走到小翁锦河，然后翻过山去伊利莫河谷，另一条路是在大翁锦河上游找个地方渡过大克马河。若从伊利莫河谷穿过，路又长又绕弯。大家商量了一下，决定做个筏子尝试渡河，如果不成功，再奔伊利莫河上游，沿着伊利莫河走到大克马河河口。

要想乘筏渡河，必须找到河流的深水段，因为那里河水又深又稳。这个地方很快就在最后一道石滩的上方找到了。河水在对岸附近流过这里，从我们这岸伸出一条长沙洲，如今已经被水淹没。我们放倒了 3 棵大冷杉，砍去枝丫，截成两段，绑成一个相当结实的木筏。直到天黑我们才完成了这项工程，所以渡河的任务只能推到明天早晨了。

晚上，我们又商量了一次。最后这样决定：木筏一靠近对岸，阿里宁和张保先跳下去，我往岸上扔东西，常林和德尔苏撑住木筏。扔完东西我就跳上岸，随后是德尔苏，最后离开木筏的是常林。

第二天我们就按既定方案过河。背囊全都堆在木筏中间，上面放枪，人分别站在两头。我们刚用木杆将木筏推离河岸，水流立刻就将木筏带走了。尽管我们用尽全部力气，水流还是把木筏冲到远离我们预定上岸的地方。木筏刚一靠近对岸，张保和阿里宁每人拿着两支枪，跳到岸上。他们这一蹬，木筏又稍微向河心漂过去一些。趁着木筏离河岸还不远，我开始往岸上扔东西。德尔苏和常林竭尽全力用木杆支撑着，使木筏尽量靠近河岸，以便我能够跳到岸上。我已经准备向岸上跳的时候，常林手里的木杆突然断了，他一头栽进水里。从水里浮出来后，他就向岸边游去。于是我抓起备用的篙杆，急忙帮助德尔苏撑住木筏。前面不远处有一块伸进河里的石头，德尔苏朝我大喊，叫我赶快跳下去。可是我没明白他的用意，继续用篙杆子撑住木筏。还没等我弄明白是怎么回事，德尔苏用双手一把将我抱起来扔到河里。我用手抓住灌木枝，爬上了岸。在这一瞬间，木筏撞到石头上，打了个转儿，又向河心漂去。木筏上只剩下德尔苏一个人了。

我们几个人顺着河岸飞跑，想把篙杆递给赫哲人，但是河水在这里拐了个弯，我们赶不上木筏。德尔苏用尽平生的力气，想让木筏重新靠岸，但是他的力量怎么能与河流的力量相比！前面大约 30 米远，就是喧嚣着的石滩。显然，德尔苏已经驾驭不住木筏，河水一定会把木筏冲向瀑布。离石滩不远，水面上露出一棵淹没在水里的杨树树枝。离瀑布越近，水流越急，木筏就漂得越快。看样子，德尔苏是注定要淹死了。我顺着河岸边跑边喊。透过茂密的树木，我看到他扔掉了篙杆，站到木筏边上。就在木筏从杨树旁边漂过的一瞬间，他像一只猫，纵身跳到树枝上，用双手紧紧抱住它。

一分钟后，木筏被冲到石滩上。只见木筏头从水中浮出两次，接着就被撞散了。我情不自禁地发出欢呼声。但是这时又出现了新的难题：怎么才能把德尔苏从树上救下来，他的力气能坚持多久呢？那根树枝顺着水流斜着伸出来，和水面形成30° 的角。德尔苏双手双脚紧紧盘住树枝。糟糕的是我们身边连一根绳子也没有，所有的绳子都用来捆绑木筏了，现在这些绳子已经和木筏一起同归于尽了。怎么办？时间紧迫，刻不容缓。德尔苏的手可能会冻僵，也许会太累而无力，那就……我们几个人正在商量办法，这时常林发现德尔苏向我们打手势。河水喧嚣奔腾，根本听不清他在喊些什么。最终，我们明白了他的意思：他叫我们放倒一棵大树。砍倒的大树若正对着水中德尔苏紧抱着的大树是危险的，因为大树倒下去有可能把德尔苏从那根树枝上打落水中。就是说，还应该再往前走几步再放倒大树。我们选中了一棵大杨树，就动手砍起来，但是看见德尔苏又一个劲摆手，表示不好。我们又走近一棵椴树——德尔苏还是摆手。最后我们在一棵大云杉前站下……德尔苏做了一个同意的手势。现在我们明白了他的意思，云杉没有大树杈，所以倒进河里不容易被挂住，可以顺水漂浮。这时我又发现德尔苏用手指着皮带。张保明白他的手势。德尔苏的意思是，应当用皮带把云杉拴住。我急忙打开背囊，把凡是用得上的和能够代替绳子的东西都收集起来。有枪上的皮带、皮腰带和皮鞋带。还在德尔苏的背囊里找到一条备用皮带。我们大家把这些皮带连接起来，把一头拴在云杉树的树根上方。

拴好之后，我们拿起斧子一起开始砍树。砍了一会儿，云杉摇晃了。又砍了几下，云杉向河里倒去。这时，张保和常林抓起皮带的另一头，捆到树桩子上。水流立刻将云杉浮起，冲向石滩，云杉从河心到河岸画出一条弧线，就在树冠经过德尔苏旁边时，他用双手一下子抱住了它。接着我递给他一根棍子，没费多大劲就把他拖上岸了。

我要做的第一件事，就是向赫哲人表示感谢，多亏他及时把我从木筏上推下来。德尔苏挺不好意思，他说当时只能这样做，如果他先跳下来，让我留在木筏上，那么我就可能淹死了。可是现在我们大家又都在一起了。他的话是对的，不过，为了使我脱离危险，他毕竟也是冒着丧命的危险。

人是很容易忘记危险的。险境刚刚过去，大家又开始有说有笑了。常林哈哈地笑着，模仿着德尔苏趴在树枝上的样子。张保说德尔苏能这么紧紧地抓住树枝，他心里暗自猜测，德尔苏会不会和熊瞎子是一家人？德尔苏也拿常林一头栽进河里的狼狈相开玩笑，又笑我自己不知道是怎么爬上岸的，大家说笑不断。然后我们开始收拾扔得凌乱的东西。这些事全部做完时，太阳已经隐没到树林后面了。晚上，我们围着火堆又坐了很久。张保和常林讲述起他们以前每一次落水和脱险的经历。宿营地的说话声渐渐沉寂下来，讲故事的人又默默地抽了一阵烟，然后去收拾睡觉了，我拿起了我的笔记本。

周围一片黑暗。河水仿佛是无底深渊。水面上映照出星星。星星在天空中一动不动，而浮在水面上却随波荡漾，移动一下，突然又回到原位。我感到特别欣慰的是，没有人发生任何意外。我就怀着这种喜悦的心情入睡了。

第二天，我们继续沿着大克马河谷往下游走，下午 3 点半到达海边，没有发生任何意外。这一天是 9 月 22 日。我躺在一个鞑子家干净的炕席上，伸伸腰，心里有说不出的高兴！好客的乌德海人待我们非常殷勤周到：有的送肉，有的送茶，还有的拿来干鱼。我洗漱过，换上干净衬衣，又开始工作了。

接着下了两天雨，尤其是第二天，雨下得挺大。我躺在炕上，在被窝里睡懒觉。晚上临睡前，鞑子最后一次从灶坑里取出炭火，放在屋子中间有灰烬的火盆上。半夜，我被一阵嘈杂声惊醒。原来外面风雨交加，下起了暴雨，雨点敲打着窗户。我完全忘记了我们身在何处，觉得仿佛还在大森林里，在篝火旁的露天下。透过黑暗，隐隐看见快要熄灭的火炭的光亮，大吃一惊。

“德尔苏，德尔苏！”我喊了起来，“快起来！雨马上就要把火浇灭了。”

德尔苏从自己的被窝里爬起来。

“不要紧，不要紧，长官！我们马上把篝火往前挪挪。”他说着，开始找斧子。

“呸！”突然我又听到他的声音，“干吗骗我？我们的房子里睡觉。你的，长官，开玩笑。”

这时我才恍然猛醒，想起我不是睡在森林里，而是睡在屋里，躺在炕上暖和的被子下。我怀着这种美满的心情又钻进被窝，在雨声中酣睡起来。

9 月 25 日早晨，我们告别了大克马河，继续向北前进。我要常林和我继续往前走，但是他拒绝了。捕貂的季节快到了，他需要准备好网套和工具，总之就是做好一冬打猎的准备。我送给他一支贝尔登步枪，我们恋恋不舍地分别了[1]。

从大克马往北去有两条道：一条是山道，离海边很远，另一条路沿着海边的冲积沙滩延伸。A.И. 麦尔兹利亚科夫带着马匹走第一条道，我走后一条道。

A.И. 麦尔兹利亚科夫那条道，从乌德海人修建的房前开始，直接向东走，穿过几道小山口。过了胡利亚河，他就向东北拐去，接着再过一条河——绍奥米河（上游），然后走 3 天就到了库卢姆别河。在这里，在马弗峰附近，麦尔兹利亚科夫看到了露出地面的煤层。翻过山后沿一条无名山泉走到奈纳河，就可以直接到朝鲜人的房子那儿了。

刚才说过，我选择第二条道——沿着海岸走。

---

1 1925 年，常林惨死在大克马河伊利莫一带。

走到大克马河口前，我看到，就在我们进山这几天，大克马河口已经改道了。现在的河口在河谷左侧，旧河口，就是我们乘船过河的地方，由砂砾和乱石堆成了一道高高的沙岗。在沿海地区，这类河口改道的现象频繁发生，这是洪水和海浪作用的结果。

大克马河以北的沿岸地带，有大片裸露的岩石，主要是由熔岩和凝灰岩（生物英安岩）构成，然后是一片长石页岩和闪长岩。海岸的地形属于侧面布幕型。确实，海角一个接一个伸入大海，就像剧院里的侧面布景。沿岸哪儿都没有岛屿，被海浪冲毁的海角周围，某些地方形成了许多拱门。后来拱顶坍塌了，只剩下一些石柱——这是水鸟喜欢休憩的地方。

大克马以北有两条山间河流，依次是科阿米河（乌德海语叫作阿加纳，航海图上标作老阿音沟）；接着是位于鲍利舍夫角附近的绍奥米河（中国人叫它虾蟆河，乌德海语为索米河）。这两条河的河谷在临近海岸处连在一起，形成一片广阔的低洼地，上面长着稀疏的树木。绍奥米河长 12 公里，河源在雾山一带，翻过雾山就是大克马的伊利莫河谷。

绍奥米河的河谷，其宽度不成比例，尤其是河谷上游。河谷左侧的山岗几乎被洪水冲平了，以致可以丝毫感觉不到地势起伏，就走到邻近的库卢姆别河。我在这里看到的乱石滩，和奥霍别河的一样。石滩中间有许多直径约两米，深一米半的漏斗状坑，可以存水。水从坑里渗到地下，然后又重新出现在河口附近的表面。

绍奥米河以北是一片陡峭险峻的山岭。也可能，这不过是由于尖顶的山峰与平稳的海面对照而产生的印象。

山坡上生长着疏林，主要有柞树、紫椴和棘皮桦。灌木主要有佛头花、绣线菊、胡枝子、山刺玫和毛榛。在这里的石坡上，我顺便采了一些桔梗，这是在森林过火迹地的榛丛和草地上最常见到的最美丽的植物群落。桔梗的种名称（俄语种名称 крупноцветный，意思为大花的。——译者注）表明，它的花开得非常大。接着，我又看到了百里香，紫色的花已经枯萎变硬了；还有大婆婆纳，柔软的毛茸茸的茎，小而尖的叶子呈锯齿状。大婆婆纳开什么样的花——我说不出来，不过从凋谢的花冠看，花不是白色的，而是蓝色。还有乌头，一种长得茂盛而高大的植物，茎的上半部有细小的茸毛，叶子挺大，也是毛茸茸的；乌头花像一个巨大的穗子，已经干枯了，好像是深天蓝色的。最后是小叶麦瓶草；花已经凋谢，只剩下高脚杯状的花萼，花萼上有向外伸出的长长的雄蕊。

测量绍奥米河耗费了相当长的时间。午后，我们又回到海边，向河谷左侧的高山进发。乌德海人将这两座山峰叫作萨哈角和坎达角（坎达鬼角）。每座山的高度都在 240 米左右。

又走了两个半小时，我们来到了库卢姆别河边。河右侧的南角值得特别注意。在这里可以看到玄武岩呈柱状剥落的雄伟样本。河左侧是高阶地，证明海岸线在不断后退。

河两岸的岛上长着细柳条丛，阶地上是稀疏的椴树和柞树林。树林后面高耸着一座悬崖，当地的中国人给它起名叫烟筒砬子[1]。

我们蹚过库卢姆别河，爬上阶地，笼火烤衣服。从这里，即高阶地上放眼望去，河里的一切都看得清清楚楚。

大马哈鱼秋季入江产卵期刚刚开始。成千上万条鱼把河底都遮住了。有时候，大马哈鱼停在那里一动不动。但是突然，仿佛被什么吓着了，向一边蹿去，然后又慢慢向后退。张保开枪打到两条鱼。这就足够我们晚饭吃了。

在河谷北面，沿岸阶地和高山相接的地方，有一座悬崖挡住去路。悬崖是由角闪安山岩构成的。到这里只好往上爬了，但是不能攀缘石头，因为石头是活的，它会掉下去。小路在这里顺着悬崖紧贴着高出海面 20 米的一道突出的石棱延伸。直接沿小路走过去非常危险，因为石棱很窄，只能侧着身子，脸朝石壁，用手攀缘着突出的岩石慢慢移动。石棱本身也不平稳，向大海倾斜。这里死过很多人，乌德海人把这座山峰叫作库列-拉帕尼，中国人叫它王新砬子，用的是一个中国人的名字。王新由于不小心，成了这里的第一个牺牲品。穿皮靴过石棱也有风险；人们一般都是光着脚或穿又软又干的鞋在小路上走。下雨天，早晨下过露水或结冰的时候，王新砬子都是不能过的。

我们刚刚蹚过库卢姆别河，鞋都湿了，过王新砬子的任务只好推迟到明天，于是开始选择宿营地。正在这时，有个动物从水里钻出来，昂起头，带着明显的好奇心打量我们。这是一

---

1 又译作险东砬子，危险的东砬子。

只海豹。

海豹属于鳍脚目动物，身长超过两米，体重约 80 公斤。在乌苏里地区的沿海地带，到处都可以遇到海豹，不过越往北越多，这是因为北部沿岸没有人烟的缘故。海豹身体的颜色是浅灰色中闪着银白色光泽，还有清晰明显的环状深色花斑。这种动物大部分时间都待在水里，但有时也爬到岸边的石头上休息。海豹睡觉很警觉，它常常醒来，四面张望。它的听觉和视觉比其他感觉发育得更好。海豹在陆地上有多笨，在水里就有多灵活。一到它天然生长的大海里，海豹就变得胆大妄为，甚至敢袭击人。海豹的性格特点是好奇和喜爱音乐。捕捉海豹的猎人常常用哨子或用木棒击打随便某种金属来引诱它。

德尔苏不知向海豹喊了些什么，海豹钻进水里了，可是不一会儿又钻了出来。于是他拾起石头向海豹打去，海豹又钻进了水里，但很快又钻出来了，仰起头，紧张地向我们这边看着。这一下赫哲人可不耐烦了，他随手抓起一支枪，端起来就打。子弹在海豹身边溅起了水花。

“哎，老兄，你打空了。”我对他说。

“我的他的吓唬吓唬。”他说，“打死的没想。”

我问他为什么要把海豹撵跑。德尔苏说，这海豹在数岸上来了多少人。人可以数有多少动物，可是海豹也能数人?！这极大地伤害了他的猎人的自尊心。

这一天剩下的时间我们是这样安排的：张保和德尔苏去察看悬崖——他们想把活动的石头都扔掉，在可能的地方搞出一些台阶来，我一直绘制我的路线图，几乎到天黑。

工作结束后，我带上我的狗，拿上枪，沿岸边去走走。

来到库卢姆别河边，我在一块石头上坐下来，在寂静中聆听傍晚的原始森林永远充斥着的簌簌作响的低语声。无边无际的海洋、睡意蒙眬的大地和这布满千千万万不知道名字的星球的深邃黑暗的天空，都如此恢宏壮丽。

狗坐在我的身旁，竖起耳朵，也全神贯注地听着森林的声音。突然，狗颤抖了一下，仔细向河的上游望去。随后我听到身后有呼哧声。我迅速回过头。有一团黑乎乎的影子正在河边移动。这是一只大熊。去年在穆图河上得到的教训记忆犹新，我克制住自己没开枪。但是阿利帕却忍耐不住，大叫起来。熊停下脚步，伸着鼻子向空中嗅嗅，然后转回身去，又呼哧呼哧地走进柳条丛里去了。

我站起身来，急忙返回宿营地。宿营地上篝火通明，红色火光照亮了王新砬子悬崖。篝火旁边人影幢幢，我认出了德尔苏，他正在拨弄柴火。火星宛若烟火飞上天空，又像雨点似的散落下来，在空中渐渐熄灭。

一刻钟后，我回到了同伴们身边。吃过晚饭，我们围着篝火坐了好久，大家随便聊天，多半是德尔苏和张保两个人讲，我坐着听。时间不知不觉过去了，当我们结束谈话的时候，双子星座表明已经是午夜了。我们又往火堆里添了一次柴火，然后用毯子裹住身子，躺下睡觉。不知道为什么，这个宿营地给我留下了不可磨灭的印象。

第二天，9 月 26 日，不知什么缘故，大家都起得非常早。朝霞红艳艳的，太阳升起，轮廓模糊不清；气压计的指针显示为 758 毫米，温度为 6℃。

我们围着篝火取暖，喝茶。突然，张保喊了一声。我转过身来，看到了海市蜃楼的景象。在比水面稍高一点的上空，清晰地出现了一艘轮船、两只帆船，接着是层峦叠嶂的崇山峻岭，然后又出现了建筑物，完全不像俄国建筑，也不像中国房屋。这种景象持续了几分钟，然后开始暗淡，渐渐消失在空中。

大家对此议论纷纷。张保说，海市蜃楼的景象在沿海地带秋季时有发生，多半是在早晨。我试图向旅伴们解释这种景象产生的原因，但是显然，大家并没有理解。我从德尔苏的神情中看出，他不同意我的说法，只是出于礼貌，不愿意反驳。我决定在路上再和他谈谈这个话题。

从宿营地出发时，我就开始问他。起初他支支吾吾，避而不答，我已经不抱希望从他那能了解些什么了，但是我不经心说出的一个词，却使他开了口。我说了个“影子”，恰好切中了要点。但是，他把“影子”理解为星象，即灵魂的意思。之后，德尔苏给我讲解了海市蜃楼的原因，讲得十分复杂。按照他的说法，不仅人、动物、鱼、鸟、昆虫有灵魂，而且植物、石头，以及一切非生物的物体也都有灵魂。

“人的睡觉，”德尔苏说，“魂的到处走；魂的回来——人的醒了。”

当人睡觉的时候，灵魂离开了肉体，四处游荡，看到各种景物。他这样来解释梦。非生物的灵魂同样可以脱离它的本体。按照德尔苏的观点，我们刚才看到的海市蜃楼，就是处于静止状态的那些事物的灵魂在空中闲荡。未开化的人就是这样，认为万物有灵，并以此来简单地解释像海市蜃楼这样复杂的光学现象。

翻越王新砬子悬崖的确十分危险。我尽量不往下看，小心翼翼地一步一步挪动。德尔苏走在最后。当他从小路上下来，走到海岸上的时候，我才松了一口气。

紧靠悬崖后面有个小山泉，叫扎梁库尼（地图上标作塔梁库尼），山泉旁边是温古山。山那面又有两条小河，莫莫克奇河和阿谢克塔尼河（地图上为奥斯捷格尼）。从库卢姆别河口到阿谢克塔尼河有 10 公里。

从动物地理学的角度看，这个地段十分有趣。这里是梅花鹿的最后一个天然繁殖场。这种动物就其身长说来，介于狍子和马鹿之间，并且是有尾鹿的唯一代表。夏天，梅花鹿的毛色斑斓耀眼：全身的毛底色为砖红色；体侧各有七行白斑，每个白斑都如苹果般大小；脊背上有一道黑色纵纹。梅花鹿经常摆动长着长长黑毛的尾巴。冬天，梅花鹿的毛变成了灰褐色，体侧的白斑几乎完全消失。结实的脖颈上长出相当长的毛，脖子前面和前胸的毛色比身体其他部位的略微深些。梅花鹿的角和马鹿不同，公鹿没有前面那两只矮小的眉枝；梅花鹿的鹿茸，中国人认为非常值钱（一对值 800—1200 卢布）。

在乌苏里地区，梅花鹿只栖息在南部。在乌苏里江流域，可以把伊曼河和阿马古河（阿尔卡角）作为梅花鹿分布的北部界限。近20年来，梅花鹿分布的区域缩小了90%。在梅花鹿从前成群栖息的地方，居住了朝鲜人。他们毁灭了森林，可怜的动物不得不往北迁移，但是它们在针叶林里无法活下去，不久就纷纷死亡了。目前，整个乌苏里地区只有三个天然繁殖场：大彼得湾的阿斯科耳德岛；苏子河上游右侧的山区（云白石一带）；日本海沿岸的库卢姆别河和奈纳河（阿尔卡角）之间一块不大的地段。猎人一得到这个消息，马上就会到那里把梅花鹿全部斩尽杀绝。乌苏里地区的地方当局应该立即考虑如何保护这些繁殖场，现在还为时不晚。

第十二章　捕貂的朝鲜人

沿海一带的小河　朝鲜房子　水力舂米　奈纳河　朝鲜人捕貂的套子　移民的后果　阿尔卡角　宽大沟河　库佳河　旧教徒村　乌德海人　沿海地区的气候　植物学和动物地理学的界限　阿马古河　驼鹿

越往北走，海岸的阶地越高。尤其是在山间小河河口附近，比如：加帕克西河、布拉河（中国人叫羊角子河）、托洛姆基河、库卢姆别河、莫莫克奇河和奈纳河。这些河流河口两旁的阶地高达 15 米。莫莫克奇两岸的阶地一直伸进河谷，形成明显的石檐。阶地的基座厚重。上部是由多棱的碎石混杂黏土构成，因而阶地上都是沼泽。在这一带海岸上，我们第一次看到了一丛丛的落叶松。

莫莫克奇河和奈纳河之间的沿海地带，地理状况是这样的：高大的加巴季山的走向与海岸相交，构成锐角。山那边是库卢姆别河流域，这边是一些小河。这些小河只有乌德海人给起的名字：亚舒河（地图上标作亚恰苏河）、乌亚赫基河、桑凯河、卡普蒂河、亚努扎河等等。在这些小河中间还有三座山峰：加巴季山、久哈涅山和烟筒尤子山，在亚舒河口附近还有一座孤峰，叫作哈达-布季，航海图上被称作奥日达尼耶山（标号为603）。

从库卢姆别河向北，直到奈纳河之间，岩石分布如下：先是安山岩，已呈柱状剥落（有的地方甚至呈扇形剥落），然后是含有鳞石英的英安岩和硅质页岩。莫莫克奇河口（亚历山大角）一带，山峰都是由严重变质的石英玢岩和一种近似云英岩的质密岩石构成的。这种岩层还含有稀疏条纹状的硫黄。在亚舒河和莫莫克奇河之间，支脉从起伏的群山中伸入大海，形成两个海角。乌德海人把它们叫作乌赫角和科波奇角。最后，在奈纳河沿岸有一种裸露的褐色岩石，这是经过严重变质的混合岩。

在奈纳河的河阶地脚下，紧靠海边，我们找到了一座朝鲜房子，里面住着9个朝鲜人，都是单身汉。他们以捕蟹和捕貂为业。其中两个人的衣着是中国人的装扮，一个是乌德海人装扮。他们都留着辫子，前额刮得锃光。我一直以为他们就是中国人和乌德海人，后来才认出他们实际上也是朝鲜人。

我走到房前，就听见哗哗的流水声，接着还听到一种沉重的敲击声。开始我并没怎么在意，但这种响声一次又一次不断重复，我便问这是怎么回事。张保说这是朝鲜人在利用水力舂米。

这种舂米的工具一般都安在小河旁边，装置方法如下：把一根能转动自如的小轴放在两个支架上，一根两头长短不一的长横杆穿过小轴。短头那面装一个很重的捣杵，下面放一个大木臼。横杆另一头即长头末端是一个罐子。河水顺着木槽流进罐子里，罐子里水满了，变重，下沉，这时另一头的捣米杵就被提起来。罐子往旁边歪去，里面的水一下子流出来，于是捣杵又比罐子重了，便落向下面，正好打进大木臼里。

这种舂米工具有时候也可以安在院子里或屋里。这时就不用罐子，在横杆的长头末端安一块木板，用脚踩踏，横杆就上下跳动了。这种活儿一般都是妇女来做。

在走回房子的路上，我又听到仓房里有一种声响，这是朝鲜人用手磨在磨面。这种手磨有上下两扇磨盘，上面那扇安着一个短木把，磨面时用手握住这个木把不停地转动。谷物先被倒进一个木槽里，再顺着木槽流进上面的磨眼，然后进入两扇磨盘中间。

果然不出所料，我们的出现引起了朝鲜人的不安。房子很宽敞，我们几个就占了一铺炕。德尔苏装作听不懂朝鲜话的样子，却在仔细听他们相互说些什么。

从他们的谈话中德尔苏得知，这些朝鲜人中有几个是淘金的，其余的人都是猎人。他们是从库卢姆别河来的，在那里他们都有各自的碓子房。

9 月 27 日勘察奈纳河。不知为什么，在航海图上这条河被标作亚霍载–桑卡。奈纳河长20公里，发源于卡尔图山。关于卡尔图山，下面再谈。奈纳河起初从北向南流去，后来拐向东南方。最后的10公里由西向东流入大海。在这条河拐弯的角落里，有一座碓子房。碓子房前有一条小道正直向西延伸。A.И. 麦尔兹利亚科夫率领的考察队就是从这条小道走来的。

朝鲜人的碓子房建的不大，墙用圆木搭成，树皮屋顶为两面坡状，坡度不大。房子有两三扇窗户，一面一扇。还有两扇门，门总是朝着河。房子内部的格局和中国房子一样。有一个灶坑，上面安着一口铁锅。有睡觉的炕，炕底下走烟，也就把炕面烧热了。屋里所有的摆设都粗糙简陋，这是为了不得不搬到另一个地方时，可以毫不可惜地把它扔掉。朝鲜人的碓子房无论就外表搭建的样式，还是内部的陈设，总是可以与中国人的房子区别开来。

时值深秋，朝鲜人已经开始捕貂了。我们在离房子不远的地方，看到了被朝鲜人称作“桥”的捕貂工具。这种工具是用风倒木做的，从这岸架到对岸。有时候如果觉得哪个地方适于架“桥”，附近又没有风倒木的话，他们也特意伐倒树木架“桥”。在架起的原木中间设置一道用细树枝编的栅栏，栅栏中间留一个窄口，通道口垂直安置一个结实的马尾活套。为了防止貂从旁边绕过栅栏，圆木两侧都被削平了。套子的另一头拴在一根小木棍上。小木棍一头搭在刚好能支撑它的小支架上，另一头拴着一块有三四公斤重的石头。当貂从这样的“桥”上跑过时，就被栅栏挡住了，貂想绕过去，但是两边都很平滑，绕不过去；于是它试着从活套中间跳过去，慌乱中就被套住了，貂在挣扎时，又把支架上的小木棍拉倒了。石头落进水里，也将这个珍贵的动物带进了水中。

朝鲜人认为他们的捕貂方法是最好的，因为这种套子非常牢靠，从来不会让貂逃掉。此外，貂落入水里可以保持皮毛的完整，以免被乌鸦或松鸦啄坏。朝鲜人的套子跟中国人的套子一样，经常有松鼠、榛鸡和其他小鸟落入套中。

奈纳河河谷是一片烧焦了的树林——这里几年前曾经发生过一场野火，把针叶林都烧光了。如今这里又长出一片幼林，有桦树、落叶松和山杨。

傍晚，我们返回了驻地。

德尔苏不喜欢朝鲜人，因此尽管院子里寒冷有风，他也不肯在房子里过夜。他将自己露宿的地方安在海边可以防风的阶地脚下。

晚上，吃过饭后，我去看看他在做什么。德尔苏盘腿坐着，在抽烟。我觉得他这里非常舒适，不由得坐下来，在火堆旁愉悦地烤火、喝茶，和他聊天。

“德尔苏，”我对他说道，“我很想你。你一不在身边，就好像缺少点儿什么似的。”

“谢谢长官，”他笑着回答说，“谢谢。我的也是这样，你的一个人山里的走，我的很不放心。”

他往旁边挪了挪。我挨着他坐下，问他为什么不喜欢朝鲜人。

德尔苏回忆起他的童年时代。那时候，除了赫哲人和乌德海人外，根本没有其他人。不久中国人来了，接着是俄国人。日子一年比一年不好过。后来，朝鲜人也来了。森林常常着火，貂远远地跑走了，其他的野兽也日渐减少。如今海边又出现了日本人。今后的日子该怎么过呢？

德尔苏沉默了，陷入沉思。遥远的往事一幕幕呈现在他眼前。他完全沉浸在自己的回忆中。我也在思考。的确是这样，沿海一带的移民正在迅速增加。原始森林眼看就要被完全毁灭了。野兽当然也就绝迹了。

我们俩默默地坐着，各自按着自己的思路思考着同一个问题。

“以后的，怎么过呢？”德尔苏突然又把这句话重复了一遍，并深深地叹了一口气。

“没关系，老头儿，”我回答他，“咱们这辈子够用的了。”

这时张保走来了，他笑着说，有一个朝鲜人在黑暗里踩到了另一个朝鲜人的脑袋，那个朝鲜人为了报复，端起小米粥泼到了他脸上。我们转到了别的话题上了。

第二天，我们继续向北行进。

天阴沉沉的，但是还没有下雨。

奈纳河以北直到阿马古河为止，是一片安山岩和石英斑岩质的凝灰岩。尤其是阿马古河附近（别尔金角和阿尔卡角）的裸露岩层值得特别关注。在凝灰岩斑驳的岩层中，可以看到由灰质晶石和某种绿色软物质凝固成的气泡。

航海图上标出了这一带沿岸的两座石门：小一点的石门就在岸边；另一座大石门在海里。如今只剩下紧靠岸边的这座小石门了。乌德海人把它叫作桑加苏，意思是多孔的岩石。中国人把它叫作窟窿嘴子[1]。

关于这些有孔洞的岩石，当地土著人有这样的传说：从前，一部分乌德海人住在纳赫托胡河，另一部分住在绍奥米河。绍奥米河的乌德海人从纳赫托胡河的乌德海人那里娶亲。按照风俗习惯，作为交换，绍奥米河的乌德海人也得把他们的姑娘嫁给纳赫托胡河的乌德海人。有一次，纳赫托胡河的乌德海人趁绍奥米河的男人都不在家，去绍奥米河抢亲，他们需要多少女人就抢走了多少。绍奥米河的乌德海人听说后，划着小船去追赶。当他们追到桑加苏海角时，没做祷告，反而大喊大骂着把船驶进石门。他们看见石门顶上落着一只潜鸟，可是这只潜鸟并不是一只普通的鸟，而是泰穆（海神逆戟鲸）。一个乌德海人朝它开了一枪，没有打中。在这瞬间，拱顶塌了，两只船上的22个人都葬身海底了。

过了桑加苏石门不远，小道离开海岸向上延伸，翻过山口通往宽大沟河（阿马古河的支流）。宽大沟河长约30公里，跟奈纳河发源于同一座山岭。宽大沟河起初同样流向一个深涧，深涧里乱石累累，然后河谷逐渐宽阔。河的上半段从西北流向东南，后来突然拐向东北，沿着海岸流去，一座不高的山

---

1 孔洞。

脉——昌戈蒂卡拉尼山，把它与海岸隔开。

再往前去，有两个海角，分别叫作纽姆梅角和拉阿姆奇角，最后，在阿马古河附近还有一个海角，俄国人起名为别尔金角。别尔金角旁边是个不大的海港——拉佐恰罗瓦尼耶港（意思为失望港。——译者注）。

宽大沟河从崇山峻岭中奔流而出，就变得安静平缓了。河水蜿蜒曲折地从河谷里流过，而且很早就碰到了石滩，几乎到了海边才与阿马古河汇合。

翻过山隘，小道先是贴着河右岸，然后穿过泥泞的沼泽拐到左岸，接着又回到右岸，沿着右岸一直延伸到河口。宽大沟河的上游长着茂盛的针叶林，而下游则是一色的阔叶林，有杨树、柞树、桦树、黑杨、山杨、槭树等。

沿着宽大沟河的这段路程，我觉得太长了。我们中途休息了两次，然后继续赶路，一心盼望马上就会出现大海。树林终于渐渐稀落；小道爬上一座小山岗，展现在我们眼前的是阿马古河风景如画的宽阔河谷。河对岸有一座旧教徒村。我们喊了几声。有几个男孩给我们送来一条小船。我们一路上耽搁太久了，引起麦尔兹利亚科夫的不安。士兵们本想前来迎迎我们，但是旧教徒劝阻了他们。

过了不一会儿，我已经坐在了旧教徒的农舍里，在桌子旁边一边喝牛奶，一边听 A.И. 麦尔兹利亚科夫的汇报。我来到阿马古的消息，马上传遍了全村。

旧教徒们十分殷勤地接待我。我也把来看我的人当作客人，以礼相报。

我们在这里连着休息了 3 天。好好休整了一下，养精蓄锐。我每天都到海边去观察四周的地形。阿马古河（乌德海人叫阿穆利，中国人叫阿马沟）由 3 条河汇流而成：阿马古河本身，宽大沟河，即我们沿着它走来的河，库佳河，也是从右侧注入阿马古河，只是比宽大沟河稍微往上一点。所以，如果从大海那面向陆地上看，你就会无意中把库佳河当作主流了。其实，主流是从北面流过来的，它的河谷被山挡住了，所以看不见。

库佳河水流湍急，石滩很多，是一条长约 20 公里的小河。它也发源于卡尔图山，流经宽阔的河谷。上游的河谷覆盖着一片片烧焦的枯树。如今新长出的幼林主要有白杨、落叶松和白桦。靠近海边的山上大都是针叶树。

旧教徒住在阿马古河下游的河谷里，这里从前显然是一个海湾。库佳河和宽大沟河都曾经各自流入大海，后来发生了海湾被河水冲积沙淤堵的这一常见过程，于是大海后退。河左岸直到现在还有一块长条形的泥炭沼泽，不过这块沼泽也处于干涸期。如今，阿马古河在离别尔金角很近的地方流入大海，河口附近正在形成一个小水湾。小水湾有一条狭窄的河汊子可以往返于大海。

旧教徒村阿马古共有 18 户人家。第一批移民有 7 户，是 1900 年从刀毕河搬来的。这些旧教徒虽然居住在边远的山区，却保持了纯正的俄罗斯人的风貌。家族的宗法制，服装、器具、衣服上的绣花和木头上刻的花纹等——所有这一切都让人想起古代的罗斯。看到这些，我感到自己好像一下子被带回到了几个世纪前。很有趣的是看这些旧教徒是如何按照“旧历”生活的。那些早已成为过去的、在俄国早就无人感兴趣的事，对他们来说则依旧是轰动的大事件。

日本轮船经常到这里来，俄国船偶尔也来。所以他们都去日本购买一切日常生活用品，只是在万不得已时，才长途跋涉走陆路到奥耳加湾去买东西。他们以种地和捕貂为生。他们的捕貂方法各种各样：用中国人的方法，也用朝鲜人和乌德海人的方法。此外，他们同样打猎，捕捉鹿和驼鹿，也捕鱼。他们在衣着和室内陈设及其他方面，并看不出多么奢华，但是一切都表明，他们的日子过得很富足。旧教徒们牛马成群。我数了一下，一共有 82 匹马和 84 头牛。

阿马古河除了旧教徒之外，还住着一家乌德海人。这家有老两口和 3 个成年的儿子。需要指出的是，这里的旧教徒值得赞扬，他们来到阿马古河后，不但不欺侮当地的土著人，反而尽量帮助他们，教他们种地和饲养牲畜。如今乌德海人已经学会了说俄语，会养牛养马，还修建了浴室。

在沼泽旁边阔叶林的边缘处，旧教徒常常在那里不很深的地方挖出东西来，有珠串、耳环、手镯、纽扣、箭、矛和人的骨骸。我观察了这个地方，也发现有人居住的遗迹。在旧航海图上，阿马古河口一带曾标出许多土著帐篷。一个乌德海老头儿告诉我，大约 30 年前，这里的确住过不少乌德海人，后来他们全都死于天花。鲍戈柳勃斯基也说，1870 年在阿马古河一带的海岸上住着许多土著人。

沿海这一带的气候，与锡霍特山脉以西差别悬殊。夏季这里潮湿而凉爽，秋季很长，气候温暖，冬季干燥寒冷，春季来得很晚。前半个冬季无雪，只在二三月才下雪。然而，11月、12月两个月风大得吓人。平常，风都是从卡尔图山刮过来。据旧教徒观察，如果西山的上空晴朗无云，就一定是无风的好天气；如果从早晨山上就有不断上升的积云，那就一定有猛烈的西北风。一个月30天当中，大约只有5天无风，但却是“阴霾”天；10天刮大风，剩下的15天刮的风可以称为清凉风。天刚刚亮的时候，一般都没有风，太阳一出来就开始刮，越刮越大，下午将近两点时风力达到顶点，然后渐渐减弱，过了午夜，风就完全停了。

在南乌苏里地区，把锯末埋在土里，很快就会腐烂，变成肥料。但是在沿海地带，锯末埋上3年也不会腐烂，这大概是因为夏季冷雾弥漫，土壤任何时候也没有水气的缘故。

阿马古河一带的第一次降雪时间，大约是在12月中旬。秋季漫长而温暖，因而草不会干枯，只是变蔫了。在湿润的地方，长在土墩上的青草，下部还会长时间保持绿色。所以，一年里的大部分时间，都可以放牧牛羊。只有到了春天才需要给马另加点饲料。旧教徒说，他们刚搬到这里来的那一年，干饲料一点也没有，整个冬天全靠在野地里放牧喂养牛马，而且据他们观察，牲畜一点也没有掉膘。由于这里的春天来得晚，旧教徒直到5月才开始种地，8月打草。因为夏天阴冷多雾，庄稼成熟得晚，到9月底才动镰收割，有时还要拖到10月中旬。各种蔬菜都长得很好，特别是马铃薯。只有香瓜和西瓜长不熟。这里的植物开花结果的时期，与乌苏里江流域属于同一纬度的地方相比，几乎要晚整整一个月。

阿马古河的植物和它的气候一样有趣。山上长着相当多的紫杉。奇怪的是，这种树木在沿海地带并不是到处都有，只能看到一小丛一小丛的。从穆图河再往南一些，紫杉在森林中只是单棵生长。这里的椴树没有南乌苏里地区的那么高大，但是树干十分粗壮，没有树洞。乌苏里江上游和再往南去，情况恰恰相反，那里的椴树虽然长得很高大，但几乎都是空心的。阿马古的赤杨同样粗壮高大，不仅河两岸可以见到，而且背阴的山坡上也有。橡树长得不大，树皮发白（南乌苏里的橡树皮发暗）。虽然橡子也能成熟，但是自己不会落到地上，只有秋季刮大风的时候，才能将其刮落。很明显，这里生长病瘤的树木要比锡霍特山以西少，即使有，也只是在河流的上游地带可见。在南乌苏里地区，这种树瘤长得异常大。阿马古河的红松、落叶松、云杉、冷杉、桦树、山杨都生长得很好，可是梣树、槭树以及一切硬木树都长得不好。刺龙牙十分少见，长得干枯瘦弱，树梢都枯死了。阿马古河可以算作山葡萄和胡桃楸分布区的北部界限。山葡萄长得矮小，只生长在向阳的背风处，即便如此，它的果实也不成熟。到了库松河两岸（再稍微往北一点），山葡萄便完全绝迹了。至于胡桃楸，阿马古的农民从来没看见过，只是有一次发大水，顺水漂到这里一根带着新鲜叶子的胡桃楸树枝。他们由此得出结论：河上游什么地方一定有一棵这样的树。

大海对植物的影响非常有趣。比如，海边生长的金丝桃、乌头、藜芦，比山里生长的毒性要小。同样，海边的毒蛇、胡蜂和黄蜂的毒性也要弱一些。

阿马古河附近可以养蜂，但是一定要精心照料。过冬的时候要仔细盖好蜂箱，并且要多留一些花蜜。从外地引进的蜜蜂采蜜十分困难。这些蜜蜂往往要飞很远，去寻找蜜源。旧教徒发现，如果真正能采蜜的植物不多，蜜蜂也会从别的植物上采蜜，有时甚至从藜芦上采蜜。不过这种蜜可以引起蜜蜂得病。如果把好蜜拿给蜜蜂吃，它们马上就会把有毒的蜜从蜂房里扔掉。再往北去，旧教徒也尝试过养蜂，但都没有成功。

阿马古河一带在动物地理学方面也很值得自然科学家关注。比如，黑熊由南往北，只走到库卢姆别河为止。老虎的出没具有周期性。豹子则根本没有人遇到过。7 年之中，旧教徒只有一次在山顶上见到过豹子的足迹，可是他们也不确定，足迹究竟是豹子的还是小老虎的。胡狼类的“野狗”也极为少见。

因为西部寒冷来得早，所以那里的貂和松鼠的毛也都长出来得早，两者的时间差几乎是一个月。据旧教徒说，他们头一次来到阿马古时，曾经在这里看到过鸨。1904—1905 年，鸨还偶尔出现过，可是从那以后则完全绝迹了。大约两年前，有一次突然在庄稼地里出现了几只野鸡。这几只野鸡从哪儿来的，谁也不知道。第二年野鸡不见了。有一回有人在海边看到，那里落着一只灰褐色的大老鹰，长长的脖颈光秃秃的，没有羽毛。根据他们说的形状判断，是一只秃鹫。这只秃鹫可能是从中亚偶然飞到这里的。阿马古河是松鸡分布区的南部界限，同时又是绿啄木鸟分布区的北部界限。

10 月 4 日发出命令：准备出发。现在我打算溯阿马古河而上，一直走到河源，然后翻过卡尔图山，再沿库卢姆别河回到海边。

旧教徒对我说，这两条河都有很多石滩，山上乱石重叠，劝我把骡子留在村里，背着背囊徒步走。于是我决定只带德尔苏上路。

按照我的估算，我们随身带的干粮只够走完三分之二的路程，所以我和 A.И. 麦尔兹利亚科夫说好，让他派乌德海人萨列带两名士兵把粮食运到王新砬子，在那里放到一个显眼的地方。

第二天，10 月 5 日下午两点，我们背着沉甸甸的背囊出发了。

阿马古河长约 50 公里，发源于卡尔图山，并从西边绕过山岭。阿马古河起初向东北流去，然后折向正东，快到海边时才稍微向南偏去。阿马古河的支流，值得提到的是东南岔河，长 19 公里，溯河而上，翻过山就是库松河。整个阿马古河谷和两侧的山峦都长着茂密的针叶混交林，这种木材适于做建筑材料和制造家具。

植物的生长期几乎已经结束了。大部分显花植物都已经枯萎，只有少数几种植物还维持着一线生命。这类植物有：珍珠香青，叶背带毛；一种样子特别的紫菀，茎上有深色绒毛，鳞片状紫色吊兰花；大叶柴胡，伞科植物，叶面有突起的弧状叶脉；最后是茗葱，叶子与铃兰的叶子相仿。

我们沿着依稀可辨的羊肠小道，来到东南岔河注入阿马古河的地方。这里离海大约有10公里。东南岔河口旁边有个悬崖，旧教徒用中国话把它叫作砬子，并且把它当作动词ЛАЗИТЬ的派生词（俄语发音与砬子相似，意思是爬行。——译者注）。的确是这样，要想过这个“砬子”，必须肚子贴着地，两只手攀住石头爬行。

我们又走了大约一公里，便在一块砾石滩上安下宿营地。

离太阳下山还有一个多小时，我利用这段时间去打猎，溯东南岔河往上走。碰到头一座小山便爬了上去，在一根倒木上坐下来，观察四周的地形。这里居高临下，可以看到阿马古河、库佳河、宽大沟河和沿海一带。正值落叶纷飞的最盛时节。森林的景色一天比一天萧瑟暗淡，毫无生气，意味着冬天即将来临。只有橡树的叶子没有脱落，不过这些叶子也都枯黄了，因而显得更加凄凉。灌木丛脱去了华丽的盛装，变得彼此极其相似。寒冷的黑色大地覆盖着厚厚的落叶，陷入昏睡状态。植物都顺从地、毫无抗拒地准备着死亡。

我完全陷入沉思，忘记了在这黄昏时刻为什么跑到这里来。突然一阵剧烈的响声从我身后传来。我回过头，看见一个样子奇怪的动物，它背部隆起，腿长着白毛，向前伸出自己的大脑袋，在森林里飞快奔跑。我举起枪刚要瞄准，但是有人已经在我之前开了枪。只听砰的一声，这只野兽应声倒地。过了一会儿，我看见德尔苏从陡坡上走下来，朝野兽倒下去的地方走去。

被他打死的这个动物，原来是一只驼鹿。

这是一只 3 岁的小公鹿。身长（从上唇直到尾梢）2.2 米，身高（从蹄掌到耆甲）1.7 米，体重大约 240 公斤。

这只样子极为难看的动物有着粗壮的脖子，大脑袋向前探着，脸又大又蠢，向下弯曲。有光泽的长毛平整光滑地贴在身上，毛色几乎是发黑的深褐色，四肢的毛色浅。驼鹿是一种非常小心谨慎的野兽，只要受过一次惊吓，就会离开原来栖息的地方，很长时间不再回去。一旦有猎人追逐，它就会疾走，有时还会大步跑。驼鹿非常喜爱在沼泽地带的水泡子里洗澡。一旦受伤，它就急忙逃走，不过在发情期驼鹿会变得很凶猛，不但进行自卫，还会攻击人。那时的驼鹿后腿站立，把两只前蹄交叉到一起，竭力用前蹄把敌人踢倒，然后毫不留情地踩死他。

阿马古河是驼鹿沿河走向海边的南部界限。随着严寒的到来，驼鹿开始向西迁徙。11 月在锡霍特山附近还可以看到驼鹿，但是在 12 月，驼鹿就全部迁移到比金河流域去了。比金河两岸的密林中没有冰凌，驼鹿可以找到足够的食物和适于生存的条件。从外形上看，乌苏里地区的驼鹿和欧洲驼鹿没有什么区别，只是它们的角不一样：乌苏里地区驼鹿的角没有那么多分枝，与其说那是驼鹿的角，倒不如说更像马鹿的角。

德尔苏动手剥鹿皮，把肉切成块。这画面并不令人愉快，不过，我不能不欣赏他干活儿的那种麻利劲儿。他手里的刀使用自如，没有一个动作多余，没有一刀不准确。显然，他干这种活儿非常娴熟。我们商量好了：我们只带走一点鹿肉，剩下的让张保和福金想法给旧教徒和考察队带回去。

第十三章　瀑布

遇虎　禁地　德尔苏和乌鸦　阿马古河上游　瀑布　祭奠　卡尔图山　牙疙瘩（越橘）　夜宿山中　进入库卢姆别河谷　关心动物

晚上吃过饭，大家开始聊打猎的故事。德尔苏讲，我们听。这个人的一生充满了极为有趣的奇遇。德尔苏说，有一次他去打马鹿——那是10年前的事了——正是采鹿茸的季节，他在二道沟河（刀毕河支流）的河源一带。洪水把那里的山谷冲出一道道又长又深的冲沟，陡峭的斜坡上长满了树木。德尔苏带着一支步枪、一把猎刀和6颗子弹。在离宿营地不远处，他看见一只马鹿，就开枪将它打伤了，不过伤势很轻。马鹿跌倒了，但很快又站起来，跑进了树林。赫哲人追上去，又连开4枪，都没有毙命，马鹿继续往前跑。于是，德尔苏打出了第6枪，也是最后一枪。这回马鹿一头栽进冲沟里。这条冲沟和另一条同样的冲沟相连，马鹿正好掉进这两条冲沟相连的溪水里，只有肩、颈和头还在石头上。受伤的马鹿抬起头，显然快咽气了。德尔苏就坐在石头上，抽起烟来，等着马鹿断气。他抽了两袋烟，那马鹿才咽下最后一口气。于是德尔苏走近马鹿，想割下带着鹿茸角的头。不过那个地方很不方便：溪边长着一棵粗大的赤杨。德尔苏无论怎么尝试，也只能采取一种姿势。他右腿跪地，左脚蹬住小溪里的一块石头。他把枪甩到背后，动手给鹿开膛。他还没来得及下第二刀，突然透过哗哗的水声，听见身后传来一阵沙沙声。他刚想回头看看，就在此刻一只老虎已经到了他身旁。老虎正想踏上一块石头，可是踩空了，爪子落进了水里。德尔苏知道，此刻哪怕他稍微动弹一下，就必死无疑。他在原地一动不动，屏住气。老虎瞥了他一眼，看到一个静止的形体，就继续往前走。可是，它觉察到这个静止不动的物体既不是树桩，也不是石头，而是某种活物。它两次转回身来，使劲儿地嗅着空气。幸好德尔苏在下风头，风由老虎那面刮来。这只可怕的野兽没有嗅到鹿血的腥味，开始往峭壁上爬。碎石和沙土从老虎的爪子下纷纷落到小溪里。老虎已经爬上峭壁顶了，却突然嗅到了人的气味。只见它脊背上毛发直竖，狂怒地咆哮着，甩动着尾巴。这时德尔苏大声喊叫着，顺着冲沟就跑。老虎向下扑来，扑到死鹿前，用鼻子嗅着。就这样，德尔苏得救了。他冲出峡谷后还跑了很久，就像一只被狼群追赶的狍子一样。

于是他明白了，那只死鹿不该归他所有，而是属于老虎的。

难怪他连发6枪都没能打死它。德尔苏感到奇怪的是，为什么他当时就没能领悟这一点呢。从此以后，他再也不到那个地方去了。那里对他而言成了永远的禁地，他已经受到了警告……

晚饭后，我和士兵福金躺下睡觉，德尔苏和张保睡在另一边。他们揽下了照看篝火的事。

夜间我醒了。月亮周围有一圈白点——这是明天早晨有霜冻的准确预兆。果然，黎明前气温迅速下降，水坑结冰了。

张保和德尔苏最先醒来。他们往火堆里添了柴火，烧好了茶，这才叫醒我和福金。

乌鸦真是一种令人惊讶的鸟：什么地方有肉，它们马上就知道！太阳刚刚给周围的山巅涂上一层金黄色，就有几只乌鸦出现在我们宿营地附近。它们彼此呼应，高声聒噪，从这棵树飞到那棵树。有一只乌鸦落在离我们很近的树上，叫个不停。

“嘿，该死！等着，看我马上把你打下来。”士兵福金说着，伸手去摸枪。

“不要，不要打，”德尔苏劝住他，“他的不碍事。乌鸦也想吃。他的来看看，人的有没有。不行——他的飞走。我们一走，他的就蹦到地上，看有什么剩下了——就吃。”

那只乌鸦好像是为了印证他的话，从树上飞走了。这番话蛮有道理，说服了福金；他把枪放回原地，再不骂了，尽管这些乌鸦飞得离他比刚才更近了。

德尔苏说得完全对。“射杀”乌鸦的习惯已经成为猎人的一种残酷的娱乐。甚至有教养的人有时候也拿打乌鸦消遣，对着乌鸦射击就像打瓶子一样，因为黑色的乌鸦是很好的射击目标。

乌鸦多半应该归为益鸟类，而不是害鸟。乌鸦吃掉原始森林中的动物尸体、河流两岸的臭鱼、海浪抛来的软体动物，特别是人居处的各种垃圾。它们是不可替代的清洁工，在保护自然方面起着巨大的作用。乌鸦对农户产生的危害与它的益处相比，是微不足道的。

我们在这个宿营地分手了。张保和士兵福金往回走，我和德尔苏继续前进。

从这里起，阿马古河谷收窄，河里出现了很多石滩；山中也出现了乱石堆和一块一块被野火烧光了树木的空地；到了河谷，树林变得茂密；阔叶林里混杂着许多针叶树。在离大海约20公里的地方，阿马古河再次分为两条支流。一条大一点的从西面绕过卡尔图山，另一条小一点的从南面流过来。从这两条支流的汇合点起，是一片片连绵不断的火烧迹地。我们两次蹚水过河，最终，无意间又重新走上右岸。再往前走，河谷变得像一个山峡。有些悬崖的形状非常奇特，它们正在渐渐损毁，变成石屑。有时候会从山上滚下一块大石，带落了其他石块，于是碎石和被撞断的枯树洪流般倾泻到河谷里。难怪乌德海人害怕这个地方，他们认为这里有恶魔居住。我和德尔苏边走边讲着打猎的故事。忽然，他向我做了个手势，让我站住。我们仔细地听着。远处传来一阵响声，不知是地下的轰隆声，还是远处的雷鸣。

“瀑布。”德尔苏用手指着河说。我瞥了一眼，看见水面上漂浮的泡沫。

我们加快了脚步，半小时后果然来到瀑布前。

在我见过的所有瀑布中，阿马古河的瀑布是最美丽的。河槽看上去如一条窄窄的长廊，长廊上方的边缘稍稍向内弯曲，于是水流仿佛是从管子里流过。在一个地方管子突然断开了，这里便形成了高达 8 米的瀑布。但是长廊上方的边缘仍继续向内弯曲，由此可以断定，最初瀑布的位置还靠前一些，如果能够测量出一年之中水流把形成瀑布的这一段河床冲掉了多少，那么就可以推断出瀑布形成和存在的时间，以及还能存在多久。瀑布为自己开辟了道路，它穿过的岩层是红棕色的海绿石砂岩，夹杂着十分密致的胶合物。水就总体而言呈现碧绿色。在灿烂的阳光照耀下，那白色的泡沫和蓝绿色的水，两侧红棕色的石崖，石崖上五颜六色的石蕊和绿油油的青苔，构成一幅极其动人的画面。瀑布下面，水流打着漩涡。多少年来，瀑布冲蚀着两侧的岩石，形成一个深潭。我走到潭边，感觉这直泻而下的瀑布，有时震得大地都在颤动。

这时我忽然闻到一股烟火味。转过身，看见德尔苏正在点燃篝火。他接着解开背囊。我以为他想在这里住下，就劝他再往前走一段路。赫哲人同意，但他仍然解开了背囊。他从背囊里取出一块糖、两根火柴、一块面包和一张烟叶，然后把这些东西都放到一只手里，另一只手拿着一小块红火炭，口中念念有词。他的神情十分严肃，眼睛看着地面。瀑布的哗哗声震耳欲聋，他说了什么我无法听清。然后他走到悬崖边，把那些东西全部扔进了水里。

“你在做什么？”我问他。

“我们的常常这样，”他说，“他的，”他指着瀑布，“反正都像雷一样，鬼的驱赶。”

连我看到这瀑布，都生出一种既恐惧又特别着迷的感觉。瀑布中好像有着某种活物，具有超自然的力量。德尔苏本来就认为万物有灵，瀑布在他心里会留下什么印象，可想而知！

德尔苏默默收拾起他的背囊。我想向他表达我也赞同他的想法，便顺手掏出一块鱼干，也捡起一块大木柴，走到瀑布前。

德尔苏一看我要把这些东西扔进水里，连连摆手，跑到我跟前；他的神色十分惊慌。我明白了，他不让我扔。

“不要，不要，长官！”他又着急又害怕地说。

我把木柴头和鱼干给了他。他把木柴头扔到火堆里，把鱼干扔到树林里。然后背上背囊，我们又继续前进。路上我问他，为什么不让我把木柴头和鱼干扔进水里，德尔苏立即对我解释说：只能往水里扔水里没有的东西，往树林里扔树林里没有的东西。烟叶可以扔进水里，鱼只能扔到地上。可以往水里扔一点火——只能扔一小点，但是不能用水浇火；同样，也不能把大块的木柴头扔进水里，不然就会激怒火和水。于是我暗自决定，今后再也不参与这类事了，以免如他所说，使我们两人都遭遇不测。

我们又走了半公里，停下安置宿营。

第二天，10月7日，我醒来的时候，德尔苏已经起来了。

可能我睡的时间太长，因为他已经打好背囊，耐心地等我醒来。

“为啥你不叫醒我？”我问他。

他说，今天我们要爬高山，所以必须养好精神，睡足觉。

临出发前，我看了看气压计，测量海拔高度是 458 米。看样子，将是一个平和温暖的天气。我们离开宿营地就直接开始攀登卡尔图山，这条山脉的主线由东北向西南绵延。我们爬得越高，眼前的地平线越开阔。一眼望去，周围看不见一点树木，甚至连一棵干枯的小树也没有。这样的山岭景色特别凄凉。由于没有森林，也就没有林下植物，没有青苔，雨水冲走了地面上薄薄的植物覆被，裸露出大片土地。无论你往哪里看——全都一个样，到处是单调而死气沉沉的景象：灰色的悬崖，灰色的乱石堆。卡尔图山——这里就是一片既无生命又无水的荒漠。

我们登上的头一座山峰有 900 米高。在山顶上稍事休息后，我们继续前进。第二座几乎和第一座山的高度一样，但是由于我们先下到山坳里，然后又爬上去，所以它显得要高得多。爬到第三座山顶，据气压计测得海拔高度是 1016 米。

我看了一下表：大小指针都指向正午。就是说，在 3 个半小时内我们只来得及“拿下”了三座山峰，而主峰还在前面。

我渴得要命。忽然看见一棵越橘树（牙疙瘩），果实已经冻了。我贪婪地吃起来。德尔苏诧异地望着我。

“他的叫什么名字？”他问道，一边摘下几颗野果放在手掌上。

“越橘。”我回答说。

"你的知道，"他又问，"他的能吃？"

"可以吃，"我回答说，"难道你不认识这种野果？"

德尔苏说，他经常见到这种野果，但是不知道它能吃。

有的地方越橘非常多，整片整片的空地好像都被涂成了深红色。我们一面摘着野果，一面慢慢地向前走，不知不觉登上了高达1290米的高峰。在这里，我们第一次走进了雪地，雪厚约15厘米。

据旧教徒的观察，1907年，锡霍特山的第一场雪是在9月20日，卡尔图山则是10月3日。降雪后就不再融化。10月7日，降雪线下降到海拔900米。

从这里往南走，我们开始攀登第四座高峰（1510米）。这座山特别难爬。我们常常吞下雪，来减轻干渴对我们的折磨。

卡尔图山脉的东坡非常陡峭，西坡平缓。在这里可以观察到山的毁坏过程。从山顶不断向下滚落碎石，这些碎石渐渐填满了河谷，将一块块肥沃的土地和幼小的植物埋在下面。森林失火的结果就是这样。

无论我们怎么努力，想在这一天爬上最高峰，结果还是没有成功。日落时又刮起了寒冷的西北风。该考虑宿营的问题了。因此，我们从山脊上往下走了一点，在西坡上寻找宿营地点。现在需要关心的是三件事：第一，找水；第二，找柴火；第三件事，是找一个避风的地方。我们很幸运，立即找到了一个具备这三个条件的地方。在离山凹一公里的地方有一片偃松。我们钻进这片偃松丛安置下来，甚至还挺舒适。用雪可以代替水。

在偃松丛中有许多枯枝，我和德尔苏拾了不少柴火，把篝火烧得旺旺的。在迎风的那面支起了一面坡帐篷，把松树叶垫在身下，树叶上铺上狍子皮。

这是个明亮而寒冷的月夜。德尔苏的预料完全正确。太阳刚一落入地平线，立即刮起了凛冽的寒风。风摇摆着偃松的枝条，篝火的火焰在风中摇曳不定。帐篷被吹得像船帆一样，我真担心它从支架上被掀掉。一轮明月照亮了大地，白雪闪闪发光。光秃秃的卡尔图山现在显得更荒凉了。

白天走得太累了，我们在篝火旁坐了不大会儿，就早早躺下睡觉了。

早晨醒来，第一眼看到的是大雾。很快搞清楚了，是又下雪了。幸亏昨天我们确定好了方位，因此今天从宿营地出发，就知道应该往哪里走。

喝了茶，吃了些面包干，我们又开始攀登卡尔图山。现在我们就要爬上海员们称之为阿马贡秃山的最高峰了。不知是因为精力充沛，还是因为大雪天催促我们急着赶路，反正我们相当快就爬到了山顶。这座山高达 1660 米，库卢姆别河（乌德海语称其为库列河）从这里发源；根据旧教徒的测量，这条河长 50—60 公里。与阿马古河一样，库卢姆别河形成一条曲线，只不过方向不同，它是朝正南和东南蜿蜒流去的。当我们下山走到 1200 米的高度时，雪被雨替代了。这是非常讨厌的；但是没有办法，只好忍受。

我们在火烧迹地足足走了 5 公里，一直下到 680 米时才看到了生气勃勃的树林。这是沿着小河边生长的窄条状的混交林，主要有白桦、冷杉和落叶松。

快到晌午时雨更大了。秋雨不同于夏天的雨，人很容易感冒。我们都冻僵了，不得不早点宿营。不一会儿我们就有幸找到了一座用树皮搭的窝棚。从这座窝棚的盖法和其中一些遗弃的物品看出，这是朝鲜人搭的。我们把它稍加修理，捡来了柴火，点火烤衣服。下午4点左右雨停了。沉重的云幕撕裂开，我们看到了白雪皑皑的卡尔图山脊。

太阳坠入地平线的时候，西天一片血红的晚霞。晚霞消失后，月亮升起；月亮周围又是一圈浓重的白点和一个大光圈——这是明天又要下雨的可靠征兆。

晚上，我记下自己的观察，德尔苏用铁叉子烤鹿肉。吃晚饭的时候，我把一块肉扔进篝火里。德尔苏看见后，急忙把它从火里抢出来，扔到一边。

"干吗扔肉到火里？"他不满意地问我，"怎么可以把他白白烧掉！我们的明天走了，别的人会来这里的吃。把肉扔到火里，他的就完蛋了。"

"还会有谁来这儿呢？"我反问他。

"怎么有谁？"他惊异地问道，"貉子啦，獾子啦，还有乌鸦啦；乌鸦的没有——老鼠的来，老鼠的没有——蚂蚁的来。深山老林，各种各样的人的有。"

我明白了：德尔苏不仅关心人，还关心动物，甚至关心像蚂蚁这样的小动物。他热爱原始森林和栖息在其中的一切生物，并且千方百计关心它们。

我们的话题转到了有关打猎、偷猎者以及森林失火方面。

不知不觉我们俩聊到了半夜。德尔苏终于开始打盹儿了。我合上了笔记本，裹上毯子，躺在离火堆更近一点的地方，很快就睡着了。夜里，蒙眬中我听到德尔苏又添了点火，并把自己的帐篷盖在我身上。

第十四章　艰苦的路程

库卢姆别的剥蚀河谷　蹚水　马弗悬崖　筋疲力尽　冰冻　倒木林　热病与噩梦　饥饿　海岸　王新砬子　沮丧　“雷厉号”鱼雷艇　脱险　回到阿马古　A.И. 麦尔兹利亚科夫离去

拂晓。严寒。泥泞的大地冰冻了，在脚下发出咯吱咯吱的响声。雾气在河面上升腾。就是说，水的温度比空气的温度要高得多。临出发前，我们又检查了一遍食品储备，面包还够吃两天的，但我并不特别担心。据我估计，这里离海边已经不太远了，到了王新砬子山崖，乌德海人萨列也应该带着士兵把食品送到那儿了。

一夜的工夫，我们的鞋都烤干了。太阳刚刚升起，我和德尔苏就穿好衣服，精神饱满地踏上行程。

库卢姆别河谷是最典型的剥蚀河谷，比它更有代表性的我还没见过。夹在两岸山岭中的河流从悬崖中蜿蜒穿过。好像山脉给河流的每一步都设置了障碍，但是河水顽强地为自己开辟了通往大海的道路，最终取得了胜利。

四周的群山可以说是没有一棵树的秃山。只在河两岸好像镶了边似的，长着两条细长的林带。这里的植物主要有落叶松、云杉、桦树和赤杨。山下不远处的开阔地带上，长着山刺玫和花楸，花楸旁边是主茎上长叶子的岩生蒿。一眼看去，谁也不会猜想到它与草地上的野蒿是亲姊妹。在另外一个地方，我们碰到了杜香和大量蕨类植物。第一种蕨叶子不大，上有细网状；另一种的叶面为褐绿色，叶背微红，还有一种叶子虽然很一般，但长得十分雅致。

库卢姆别河河谷一条小路也没有，所以我们只好走荒野地。不想蹚水过河，我们试着沿河岸走，但是很快就确信，这不可能：碰到头一座峭壁，我们就不得不蹚河到对岸去。我本想换双鞋，但是德尔苏劝我就穿着湿鞋走，快步走，脚就暖和了。走了还没有半公里，我们不得不又回到河右岸，然后左岸，接着右岸，就这样没完没了。小腿浸在冰冷刺骨的河水里，非常疼，就像被钳子夹住了一样。

两边矗立着陡峭的山峰，山峰对着河谷的那面都是悬崖峭壁。绕过去不可能，因为那样太费时间，要多用4天工夫，况且现在我们的食品有限，所以根本不合适。于是我和德尔苏决定径直走，指望走过悬崖峭壁就是开阔的河谷。但是不久我们就明白了，实际情况恰恰相反，前面还是山崖，我们只好不断地蹚水过河，一会儿到这岸，一会儿又上了对岸。

“呸！”德尔苏生气地说，“我们像水獭的一个样，在河岸走一会儿，看见有水，钻进河里，然后又上岸走，接着又得钻水……”

他这个比喻十分恰当，水獭正是这样走路。

不知道是我们蹚惯了水，还是太阳把我们晒暖和了，可能两种原因都有，反正我们已经觉得蹚水不怎么可怕了，河水也不那么凉了。我不再发牢骚，德尔苏也不嘟囔了。曲折蜿蜒的小路代替了直路。我们就这样一直走到晌午，快到黄昏的时候，我们进入了一条真正的峡谷。这条峡谷有400多米长。我们只好直接蹚水沿着河床走。有时候我们也爬到沙滩上晒晒太阳，然后再下水。我终于感到筋疲力尽了。

白天结束了。天也冷起来。于是我建议同伴停下别再走了。悬崖中间有一块平坦的河岸。河水冲到那很多漂木。我们便爬上岸，第一件事就是点起一大堆篝火，然后动手做晚饭。

晚上我计算了一下蹚水的次数。在15公里的路程内，我们蹚了32次水，还没算那400米的峡谷。夜里天空又布满了乌云，黎明前下起了毛毛细雨。早晨我们起得比平时早，吃了点东西，喝完了茶，便动身上路了。开头的6公里我们在水里走的路要比走旱路多。

库卢姆别河中游曲折多弯。河流一直紧贴着悬崖流过，并在悬崖脚下形成一个个深坑。河床上有许多地方都堆满乱石和风倒木。可想而知，山洪暴发的时候这里是什么情景！我和德尔苏都跌进坑里一次，浑身都湿透了。

河谷这部分又窄又陡的路途终于走完了。群山好像向两边退去。我满心喜悦，以为离海不远了。德尔苏却指着一只鸟说，这种鸟只生活在离海边很远的密林里。他说的很有道理，我马上就信服了。接着又得来回蹚水，而且越往前走，水越深。我们篼了两次火，主要都是为了取暖。

大约中午 12 点，我们来到了一座陡峭的高山——马弗峰前。马弗是乌德海语，意思是熊。的确，这座山峰的外形很像一只熊。马弗峰是由密实的砂岩构成的，中间夹杂着一层层的石英和方解石。山脚下有一条新踏出来的小道，横穿库卢姆别河，向北延伸。德尔苏在山崖那面找到一个曾经的宿营地。据宿营地上留下的迹象，他辨认出这是麦尔兹利亚科夫率领考察队从大克马河到阿马古河去时的宿营地。

我们估计，如果走这条小道，可以走到奈纳河的朝鲜房子那儿，要是向前直走，可以走到海边上的王新砬子。往奈纳河去的路需要多少时间我们完全不知道。往海边走的话，估计如果今天走不到，明天中午无论如何也到了。

我们吃完剩下的一点肉，便继续赶路。大约下午两点，小雨变成了倾盆大雨，这让我们不得不提前停下，找个地方搭帐篷避雨。我完全冻僵了，两手发麻，手指不能弯屈，上下牙不住打战。而且很不凑巧，拾到的柴火都是湿的，很难点着。一切终于安排妥当了，于是我们开始烤衣服。我感到身上没有一点力气，浑身发冷。德尔苏从背囊里拿出最后一点面包干，劝我吃了，但是我不想吃东西。喝完茶我便靠近火堆躺下了，但是怎么也烤不暖和。

大约到了半夜，暴雨停了，但是毛毛雨仍然下个不停。德尔苏一夜没有合眼，一直看着篝火，不让它熄灭。

后半夜3点左右，大自然发生了某种非同寻常的变化。天突然晴了，气温急剧下降，落到树枝上的雨珠没等掉到地上，就冻成了冰柱。空气清新透明。冉冉升起的朝阳用金光给月亮镀上了一层银色，月亮显得格外皎洁，好像刚刚沐浴过，准备过节似的。深红色的冷冰冰的太阳升起来了。

早晨起来，我头很疼，身上仍然发冷，骨头酸疼。德尔苏说他也浑身没有劲。已经没有什么东西可吃了，当然，也不想吃。我们喝了一点热水，便又上路了。

走了不多时，又得蹚水。今天我感到河水特别冰凉，走上对岸很长时间也暖和不过来。直到太阳从山后升起，冰冷的空气才在灿烂的阳光下被晒暖了。

虽然我们尽力避免蹚水，却怎么也无法完全避开，不过需要蹚水的地方明显减少了。又走了几公里，河水分成两条支流，支流当中有许多长满柳条丛的小岛。这里有许多松鸡。我们开了枪，却一只也没有打中，因为双手哆嗦，也没有力气举枪瞄准。我俩一前一后、没精打采地走着，一路沉默。

突然，前面显出某种亮光。我以为快到大海了，但等我们走近一看，却更加失望。原来是一片森林全部倒在了地上，是去年被台风刮倒的。就是去年10月20—22日我们翻越锡霍特山脉遇到的那场暴风雪。显然，台风中心正是从这里经过的。

或者绕过这片风倒木，或者从小岛上的柳条丛中穿过去。因为不知道这片风倒木的面积，有多长多宽，我们便选择了后一条路。河面上漂满了横七竖八的倒木，因此从哪里都可以随意往返河两岸。河流被倒木堵塞的地段至少有6公里。我们前进的速度十分缓慢，常常停下来休息。风倒木终于走到头了，前面又得蹚水。我数到了23次，后来便记不清蹚了多少次水，干脆不计数了，只管往前走。

午后，我们拖着脚步勉强往前走。我觉得浑身乏力，德尔苏也病了。有一次，我们看到一只野猪，但是没有心思打它。今天我们很早就宿营了。

在这里我完全病倒了。只觉得忽冷忽热，浑身发抖，不知道为什么，脸、手和脚都肿了。整个晚上只有德尔苏一个人忙着做事。后来我就陷入昏迷状态，总是梦见一个很薄的蜘蛛网。蜘蛛网在我周围缠绕着，越缠越厚，最后竟然大得吓人。我又觉得好像卡尔图山以惊人的速度飞快奔跑，把我压在山底。我惊吓得跳起来大喊，于是卡尔图山一下子不见了。接着又出现了蜘蛛网。蜘蛛网还是越变越大，同时还迅速地不停旋转着。迷迷糊糊中我感到头上有凉意。

这种状态持续了多久，我不知道。当我清醒过来后，看见德尔苏的皮袄盖在我身上。

已经是夜晚了，天上闪烁着明亮的星星。德尔苏坐在篝火旁边，他的样子也无精打采，疲惫不堪。

原来我在昏迷中躺了12个小时以上。在这段时间里，德尔苏一直照看我，没有合眼。他把湿布敷在我头上，把我的两脚挪到篝火前烤暖。我要喝水，他端给我不知用什么草熬的汤，有股令人讨厌的甜味。德尔苏坚持要我尽量多喝一点。然后我们俩盖着一个帐篷并排躺下，很快就入睡了。

第二天是10月13日。睡过一觉后，德尔苏感到稍微有点精神了，但是我还是觉得身上一点力气也没有。可是也不能停留在这里啊，我们身边连面包屑都没有了。于是只好强打起精神爬起来，顺着河继续往下游走。

河谷越来越宽。风倒木和火烧迹地已留在身后。这里已经看不见云杉、红松和冷杉了，桦树林、柳条丛和适于建筑用的落叶松替代了它们。

我像喝醉了似的走着，摇摇晃晃。德尔苏也勉强迈着沉重的脚步。我们发现前面左岸上有几座高大的悬崖，于是便蹚水走到右岸。库卢姆别河在这里一下子分成8条支流。这倒是大大减轻了我们渡河的困难。德尔苏想尽一切办法鼓励我坚持下去。有时还说几句笑话，但是从他的脸色看得出，他同样病得难受。

“海鸥，海鸥！”突然他指着天空中掠过的一只白鸟喊了起来，“海的不远了。”

就像为了证实他说的话，在左岸拐弯的地方看见了烟筒砬子。这就是我们前几天从大克马往阿马古去的路上在库卢姆别河口附近看到的那座山峰。一想到我们的苦难即将结束，便增添了力气。但是现在我们又要蹚过库卢姆别河到左岸去。库卢姆别河在这里只有一条河床，水流湍急。有一棵长长的落叶松横在河上，它摇晃得很厉害。这次过河，我们用了很长时间。德尔苏先把我们俩的枪支和背囊送到对岸，然后又回来扶我过河。

最后，我们终于走到了烟筒砬子。我们在一片柞树林边上休息了一会儿。离海大约还有一公里半。河谷在这里猛然拐向东南。我们鼓起最后一点力气，艰难地向前走去。柞树林越来越稀疏了，前面就是波光粼粼的大海。

我们的艰苦路程已经结束。士兵们应该已把粮食送到这里了。在这里我们可以好好休息一下，直到身体完全康复。

下午6点，我们走到了王新砬子。在这里等待我们的是大失所望：根本没有找到食品。我们仔细寻找了每个角落，倒木和乱石后面，但是什么也没有找到。只剩下了最后一线希望：士兵可能把粮食放在王新砬子那边了。德尔苏自告奋勇到砬子那边去看看。他爬到砬子顶，看见小道所经过的那道石棱上结了一层冰。德尔苏不敢再往前走，从砬子上把海边都仔细察看了一遍，还是什么也没发现。回来后，他把这个糟糕的消息告诉我，但是马上又尽力安慰我。

“不要紧，长官，”他说道，“海边上任何时候都可以找到吃的。”

于是我们便向海边走去，翻开一块石头，从石头下面果然爬出很多小螃蟹来。小螃蟹四下乱爬，机灵地藏到别的石头下。我们开始用手捉螃蟹，很快就捉到了20多只。就在这里，我们又找到了两个石鳖和100来个海螺。然后我们选好了宿营地，生起一大堆火。石鳖和海螺生吃了，螃蟹煮了吃的。是的，这点东西真不够填饱肚子，但是毕竟把刚上来的饥饿感压下去了。

我知道，我手下的士兵总是认真执行任务的，所以我怎么也不明白，为什么他们没把粮食送到指定的地点。明天要翻过王新砬子，试着沿海岸走到奈纳河边的朝鲜房子那里去。

我的热病已经过去了，可是还很虚弱。德尔苏打算明天一大早去打猎，因而早早就躺下睡了。我又在篝火旁边坐了好久，烤火取暖。

这是个明亮而寒冷的夜。天上的星星亮晶晶的，闪烁的星光映照在海面上。周围一片静谧，渺无人迹，甚至连浪花的声音也听不到。美丽的半月出来得很晚，若有所思地凝望着沉睡的大地。巍峨高峻的群山、无边无际的海洋和暗蓝色的深邃天空——一切都是如此宏伟壮丽。德尔苏的喃喃自语将我从沉思中惊醒，他在说梦话呢。

这艰苦的行程使我筋疲力尽，这场热病又让我憔悴不堪，我在他旁边躺下就睡着了。

天蒙蒙亮了。昏暗的夜还在与黎明搏斗。但是显然，黑夜无力阻挡曙光升起。朦胧的曙光照亮了平静的大海和荒凉的海岸。

我们的篝火几乎熄灭了。我叫醒德尔苏，我们两人一起吹火。这时，两声短促的叫声传来，好像野兽的嚎叫。

“这是鹿叫，”我对我的朋友说，“快去吧，也许你能打中它。”

德尔苏仍然不声不响地收拾东西，然后停下来，想了一会儿说：

“不是，这不是鹿的。现在他叫的不能。”

这时，叫声又响起来，于是我们清楚地分辨出来，这声音来自海上。我只觉得这种声音耳熟，但是怎么也想不起来以前在什么地方听到过。我在火堆旁背朝大海坐着，德尔苏坐在我对面。突然间，他一下子跳起来，伸手指着大海说：

“你的看，长官！”

我一回头，看见了“雷厉号”鱼雷艇，雷艇从海角后面驶过来了。

我们不约而同地朝天放了两枪，接着跑到火堆前，抓起水草添到火堆里。篝火一下子冒起了白烟。“雷厉号”发出几声刺耳的汽笛声，向我们这边驶来。我们被发现了……我们俩顿时如释重负，高兴极了。

几分钟后，我们已经到了鱼雷艇的甲板上。П.Г. 季格尔斯捷特在甲板上热情地迎接我们。

原来，他从善塔尔群岛返回时，路过阿马古河，在那里听А.И. 麦尔兹利亚科夫说我进山了，现在应该走到了库卢姆别河一带的海边上。旧教徒告诉他说，乌德海人萨列和两名士兵应当把食品送到王新砬子，但途中遇到了暴风，小船撞毁在礁石上，他们带的食品全都沉落海底了。此后他们立即返回阿马古村，准备重新带一些粮食来迎接我们。于是 П.Г. 季格尔斯捷特决定来找我。昨天夜里他到达大克马河，然后返回来。黎明时来到了库卢姆别河附近，鸣了汽笛作为信号，刚才，正是这汽笛声让我误以为是鹿叫了。

П.Г. 季格尔斯捷特将驾艇把我送回考察队去。桌子上摆满了丰盛的食品，我们边吃边喝茶，不知不觉已经到了阿马古。

А.И. 麦尔兹利亚科夫在这里见到我后，说他关节炎发作了，请求让他去符拉迪沃斯托克，我欣然同意了。并且还派了两名士兵——季亚科夫和福金跟他一起走，命令他携带粮食和冬衣沿着比金河来迎我。

一个小时后，“雷厉号”起锚了。

我带着极其深厚的友情与这些海军朋友告别。站在岸上，我看见艇长站在鱼雷驱逐舰的驾驶台上，他向我挥帽致意。我一直等到“雷厉号”舰艇走远了，再也看不清艇上的人影时，才转身回到旧教徒村。

现在考察队里只剩下 7 个人了：我、德尔苏、张保、扎哈罗夫、阿里宁、图尔蒂金和萨比托夫。这几名士兵不想回符拉迪沃斯托克，自愿留下来，和我一起，直到考察结束。他们都是考察队最忠诚和最优秀的人。

第十五章　库松河下游

卡拉明斯基山脉　流沙　索音河　山涧小溪　维图河　最后的迁徙鸟　会飞的鸡　库松河土著　神树　萨满的住处　海把头　告别张保　出发

我接连休息了 5 天，准备沿海岸继续北上。

冬天临近了。树木光秃的枝丫看上去毫无生气。它们夏天那美丽的叶子，现在变成了黄褐色，像垃圾一样铺满大地。乌苏里地区初秋时节如此丰富的植物群，展现的那种多姿多彩、生动明艳的色调哪里去了呢？

喂骡子的饲料也越来越难找了，于是我决定把骡子暂时留在旧教徒家里，到明年春天再用。

10 月 20 日早晨，我们动身了。旧教徒涅费德・切列帕诺夫自告奋勇，把我们送到索音河。一路上有几条小河流入大海，它们只有土著人起的名字：迈亚库河（中国人叫它密河嘴子）、奈纳河、卡拉马河、基安库尼河和洛西河。

这几条小河发源的那座山脉，旧教徒把它叫作卡拉明斯基山，其走向与海岸平行，它是阿马古河和上述几条小河的分水岭。卡拉明斯基山脉的最高峰有：基甘库尼峰、雷苏哈峰、沃多列伊峰和三兄弟峰。这几座山峰外形都很平展，是由暗玢岩和玄武岩以及它们的凝灰岩构成的。

山上无论野草还是灌木都十分茂盛，然而乔木很少，就如沿海地带那样，非常贫乏。稀疏的树林主要有落叶松、赤杨、柞树、白桦和黑桦。

我们从阿马古河出发的时间很晚，所以没走多远，到了索音河就宿营了。

索音河（乌德海人叫它苏阿河或索阿加河）是由两条小河汇流而成的，一条叫加加河，另一条叫奥戈米河，每条河都有7—8公里长，在离海一公里半的地方汇合起来。加加河又有三条支流：右侧是农基河和杜尼河，农基河也有一条支流达格达苏河；左侧只有一条泉水，叫阿达泉，流过山口就是库松河。奥戈米河有两条支流：坎霍贾河和查格达穆河。索音河河口有一个不大的深水湾，水湾有一条狭窄的河汊子与大海相连。这个水湾和它旁边松散的沼泽草地，都是从前潟湖的遗迹。

我们走到索音河时，已经是下午两点了。从海上刮来了大风。波浪泛着泡沫，哗哗地拍打着海岸，沿沙滩涌来。一个浅滩从河口伸入大海。我没想到会有危险，就往浅滩上走，突然感到两只脚往下陷。我刚想后退，却可怕至极，双脚已经拔不出来了。我整个身子在慢慢陷入水里。

“流沙！”我失声大喊，连忙把枪拄在地上，但是枪也沉下去了。

士兵们不明白是怎么回事，莫名其妙地站在那里，看着我挣扎。但这时德尔苏和张保来了，他们急忙上前援救：德尔苏把他的枪架递给我，张保把一根漂木扔到我脚下。我用手抓住漂木，先拔出了一只脚，然后又拔出另一只脚，好不容易才爬到硬实的地面上。

据切列帕诺夫和张保说，海边的流沙极为寻常。海浪把岸边的沙土打松了，对来往行人很危险。但是风浪平息后，就安全了，不但人可以随便走，就连驮着东西的马匹走在上面也没问题。没办法，只得停下来，这真的是“在海边等好天”的意思。

加加河离大海约 5 公里的地方，正对着阿达河口，有一个温泉。温泉四周全是辉绿岩。实际上，这里有两个山泉，一个是温泉，另一个是冷泉。两股泉水各自从一个不大的水坑中冒出，水坑长 2 米，宽 5 米，深 0.6 米，冒出的泉水发出分解硫化氢的嗞嗞声。水温为 28.1℃；泉眼四周地表的温度是 12℃，空气温度是 7.5℃。

夜里，大海平静下来。切列帕诺夫说得一点儿也不错：到了早晨，沙滩变得非常结实，人踩上去连脚印都没留下。

卡拉明斯基山脉在索音河附近向大陆一侧稍稍弯去，往北山脉渐渐变高，而在大海附近则是一片连绵不断的山丘，海水沿着山丘的走向不断冲刷山体。

这一带海角在土著人当中往往有各种传说，值得一提的有两个海角：奥穆连-加哈尼角和苏格德马-奥诺戈尼角。拍岸浪在这里沿岸的悬崖中间冲刷出一些很深的石洞，后来悬崖顶坍塌了，到处留下了一根根孤零零的石柱。

小路在离索音河大约10公里处离开了海岸，经过一个由角闪安山岩构成的小岗，就到了维图河即库松河的第一条右支流。这条河沿海岸从西南向东北流去，只有一条支流，是一条无名小泉。四周的群山长满了桦树、矮小的柞树和西伯利亚冷杉。

已经是深秋了，但天气还这么暖和，走起路来只要穿绒衣就够了。早晨有时会有霜冻，但是到了白天，气温又升到4℃—5℃。秋季漫长而温暖是外乌苏里地区的特点。

尽管已是晚秋，在树林里的一些地方还可以看到未飞走的候鸟和留下过冬的鸟。旧教徒放马的田野里，有些灰椋鸟在枯草里跳来跳去，它们的样子愉快而活泼。再往前走，在稀疏的树林里我又看到一只挺大的毛色斑斓的啄木鸟。这种鸟随处可见。这里还有白肚皮山雀，它们不停地飞来飞去。和白肚皮山雀混在一起还有许多更小的鸟，其中我能认出来的是颊白鸟。按季节来说，它早该飞到南方去了，但是大概因为沿海地区秋天长，春天又来得晚，候鸟迁徙南方的时间也推迟了。此外还碰到了一种头上有红点的花鸟，可能是朱顶雀吧。这些北方来客出现得这样早，可能是因为外乌苏里地区一些山林失火后，长出了许多白桦树，朱顶雀可以在这里找到丰富食物的缘故。

在外乌苏里地区，阿马古河和库松河大概就是朱顶雀分布的南部界线了。这种粉红色的小鸟栖息在茂密的山林中，过着隐居生活。接着我又看到了两只亚洲猫头鹰。这两只灵巧的猛禽一直在天空盘旋，画出很大的圆圈。看到行人便迎面扑来，发出凄厉的叫声，在我们头上打转。河边的一棵树上落着一只喜鹊，我是根据它那叽叽喳喳的叫声和黑白间杂的羽毛认出来的。当我们的队伍走近时，喜鹊便离开树枝，张开长长的尾巴，忽高忽低地飞走了。

翻过山岗后，小道沿维图河遍地沼泽的河谷延伸。一路上穿过四个严重沼泽化的峡谷，峡谷里长满了稀疏的落叶松。在干燥的地方生长着柞树、椴树和黑桦。林下长着蚊子草，混杂着达斡尔佛头花。我们沿小道走到一座高险的断崖边，这曾经是古河道的阶地。稀疏的树林和灌木丛都不见了，面前展现出库松河宽阔的河谷。远处有几座中国房子。

长途跋涉后，眼前突然出现了人家，人，骡子和狗都走得更带劲了。下了河阶地，我们加快了步伐。

我的狗跑在前面，仔细查看路两旁的灌木丛。不一会儿我们走到一块田地前。庄稼已经收割完，垛成了垛。阿利帕突然站住了。“难道这里有野鸡？”我想着，并端起了枪。我发现阿利帕非常不安，不断回头看我，似乎在问：是继续前进，还是停下来。我打了一个手势，它便小心翼翼地向前走去，使劲嗅着空气。根据它的姿势我看出，这不会是野鸡，而是别的什么鸟。突然，呼啦啦飞出来三只鸟。我开枪就打，没有打中。这些鸟飞得很吃力，频繁地扇动着翅膀，落地之前十分笨拙地滑行。我盯着它们，只见这几只鸟落到了离我们最近的一家院落里。原来是几只家鸡。因为当地土著人养鸡并不专门喂食，鸡只得到田地里去觅食，为此它们要走出很远。显然，家鸡会飞的能力是经常实践、逐步发展的结果。因为家鸡会受到野兽的惊扰，为了逃命，就不仅要跑得快，而且还要学会用翅膀飞。

这几只家鸡，还有小道，把我们引到乌德海老头儿刘尔的房前。他家有 9 口人：5 个男人和 4 个女人。

库松河的乌德海人自己不种菜，都是雇中国人来种。他们的穿着一半中国式，一半乌德海式。他们说汉话，只是在不希望别人知道他们的谈话内容时，才说本族语。妇女穿的衣服都装饰着五颜六色的刺绣，前襟、底襟和袖子上还装饰着亮晶晶的纽扣、小贝壳、小铃铛和各式各样的小铜饰物。因此女人的一举一动，都会发出叮叮当当的响声。

我很想近距离地结识库松河的乌德海人。所以，尽管中国人再三邀请，我还是住在了土著人家里。我很快就取得了他们的信任。他们愿意回答我的问题，招待也十分周到。对德尔苏更是特别殷勤。

大约 40 年前，沿海地区的乌德海人非常多。如刘尔所表述的，如果天鹅从萨马尔加河飞到奥耳加湾，它那洁白的羽毛也会被乌德海人帐篷里冒出的烟熏黑。当时大部分乌德海人居住在大柞树河和捷丘贺河两岸。库松河有 22 座帐篷，阿马古河只有 3 座，大克马河有 18 座。当时乌德海人居住的地区，一直延伸到苏子河及苏子河以西。

库松河的乌德海人和其他地方的一样，都欠下了中国人还不清的债。他们固有的古朴诚实的品质如今也渐渐消失了，他们隐瞒自己究竟捕到了多少只貂，只把不好的貂皮交给债主抵账，好貂皮留下来，拿到外地偷偷卖掉。这种欺骗方式是他们与残酷剥削他们的中国人斗争的唯一办法。再有，他们尽可能多地向债主借债，指望债主担心收不回本钱时做出让步，少收利息。有时他们以此可以得手，但有时候中国人被惹烦了，便对他们施以残酷的惩罚。

第二天，我用来考察四周的地形。

库松河（中国人叫它枯松沟，乌德海人称其为库伊河或库基河）在马克西莫夫角偏北一点入海。从维图河河口到库松河河口之间形成了一个长水湾，一条沙滩将水湾与大海相隔，沙滩宽80米，由卵石和细沙构成。中国人的船只在海上遇到风浪，一般都停到这里避险。从前，贪得无厌的日本渔人也藏到这里避风。无疑，库松河下游的河谷和沿海一带的其他地方一样，过去也曾经是潟湖，有关这一点已经谈过不止一次了。

库松河从河谷左侧流过，它只有一条河床，两边有许多干河汊子，起排水作用，因此每年雨季，库松河河谷不会被水淹没。据乌德海人讲，近30年来这里没有发过一次大水。

河左岸高约30米，呈阶地形，由白黏土构成，白黏土中混杂着零星的黄铁矿砂。乌德海人在山里的某个地方采到了体积巨大的黑曜岩。库松河下游的植物长得相当不好，品种单一。

河两岸、河心岛上和干河汊里，有茂密的河柳丛。这些河柳长得很像高大的金字塔形的杨树，几乎从根部就开始分蘖，枝条向上伸展。在河柳丛里也可以碰到白杨，赤杨也不少。

适于耕种的土地都分布在河右岸，那里的土质十分肥沃，由淤泥和黑土构成，中间夹杂着卵石和沙土层，因而地面上杂草丛生，尤其是芦苇最茂盛，高达2.5—3米。与芦苇长在一起，或者单独生长的是一整片一整片的普通艾蒿。而在河边，在冲积成的砾石滩和沙滩上，长着另一种艾蒿，茎很高，分枝很多，有着稠密的圆锥形花序。这里还有许多禾本科植物和显花植物。但是它们都已经枯萎了，根据其外形来确定它们的品种，甚至是大概判断也不可能。继续采集它们做植物标本没有意义。

库松河的乌德海鞑子的生活方式，处于从渔猎向农耕过渡的阶段。由于相隔太远，中国人对他们的影响不深。所以我有幸在这里看到了许多在南乌苏里地区没有的现象。例如，在一个深水塘旁边有一棵树上刻着人像，树干上刻满了各种花纹，主要枝干上挂着各种神像，有的像人，有的像鸟兽。这种树叫作神树（即 Тхун，可能是乌德海语。——译者注），这是一块禁地：这里居住着恶魔奥格卓。这棵树的来历是这样的：几年前，在这个水塘旁边住着一家乌德海人：3 男 3 女和 7 个孩子。一天夜里，三兄弟中有一个人走出房子，听见水塘里有溅水声，还有呼哧声。走到跟前一看，原来是一只大动物，很像北海狮。这个水塘既不通河，也不通海。于是这个乌德海人吓得赶忙跑回了家。那时大家都断定：这是妖怪。

过了不久，他们的孩子接二连三地死去，于是请来了萨满。萨满跳了两天大神，最后说应当在水塘旁边某个地方立一棵神树。但是仍然没有用，这家人还是一个接一个地死去。显然，鬼住进了屋子里。于是这家人只好把最后的财产——这座房子让给鬼。他们就这样收拾好了全部家当，搬到乌林沟河去了。

萨满的住处在离神树一公里远的地方。我从房子周围的景物一下子就认出来了。小道旁边竖着四根木桩子，上面雕刻着粗俗的人头像，这是护路神“柴格达”。神像的头上都顶着刀刃，这样就可以吓跑鬼怪。大树上还装饰着熊的头骨和木雕的神像。还有几个树墩子，把树干削尖埋进土里，树根朝天，上面也雕刻着粗俗的人头像。一座很大的木雕神像——曼加尼-谢沃希正对着房门，他一手握剑，一手持矛。神像旁边有两棵被砍光了树枝的落叶松，树皮被一圈一圈地剥掉了。

这座房子内部的格局和土著人的房子没什么区别。墙壁上挂着带木槌的手鼓、腰铃，画着各种图形的萨满短裙和用熊毛装饰边缘的木面具。萨满在跳神时戴上面具，为的是用极为恐怖的样子吓跑鬼怪。

我从刘尔老头儿那里了解到，库松河位于沿海地区最南面，沿库松河可以翻山到达比金河，最北的河是叶金河（格拉德基角）。溯叶金河而上，既可以走到金河，也可以到达和罗河。叶金河上游有两条支流，就看你沿着哪一条支流走了。他还告诉我，外乌苏里地区沿海一带秋天总是很长，封河期比分水岭以西地区要晚一个月，有时甚至晚一个半月。所以，我决定继续沿着海岸走，直到封河为止，封河后再向锡霍特山前进。

在库松河的水湾里，我们遇到一个老船夫，他是满洲人，叫海把头，翻译过来的意思就是“航海老大”。这是一个有航海经验的人，从小就在乌苏里地区沿岸航行。他的父亲在海上谋生，所以父亲从小就教他下海航行。起初他在南乌苏里地区沿岸航行，但是近几年在俄国人的逼迫下转移到北方了。

海把头要到萨马尔加河往返一趟。张保劝他和我们一起沿海岸航行。于是决定，明天乌德海人把我们的东西送到库松河河口，傍晚把东西装到海把头的船上。

当我们回来时，天已经很晚了，家家都点上了灯火。几乎所有的中国人和乌德海人都聚集到我们的住处来了。人很多，显得很拥挤。德尔苏告诉我，“所有的人”都来为我们考察队隆重送行，因为我们待他们很友好。中国人送来了烧酒、猪肉、面粉、蔬菜，举行了欢送晚宴。

我没等晚宴散席，便早早躺下睡了。半夜，我从门缝里看到亮光，听见人们的交谈声。没有人喝醉，也没有人吵架骂街。中国人安静和睦地交谈着，议论将要发生的事情。

第二天早晨我起得很早，然后马上收拾东西，准备出发。根据经验我知道，如果不催促乌德海人，他们很长时间也做不好出发的准备。果然不出所料。乌德海人先是补鞋，然后又修船，一直拖到晌午我们才动身。

在库松河我们不得不和张保分手了。他有许多事要回三河皮沟去办。我给他钱，他不肯要，并且答应如果明年我还到沿海地区来的话，他一定帮忙。我们彼此紧紧握手，友好分别了。

渡过库松河后，我们爬上河阶地，向海边走去。从这里直到大霍别河，沿岸都是由凝灰岩和玄武质熔岩构成的。在淡水和阳光的映照下，凝灰岩五光十色，十分美丽。

早晨天气极冷（–10℃），但是太阳出来后，温度开始上升。到了下午 1 点，气温就达到了 3℃。海岸一带，秋天的特点正是这样：白天很暖和，可以穿单衣走路，傍晚就得穿上绒衣，而夜里睡觉的时候，则要裹着皮毛毯子才行。所以我吩咐把棉服都放到航海船上，随身只带食品和枪支。海把头应当把船划到大霍别河口，在那里等我们。

从库松河到大霍别河有 7 公里。在这段路上有几条山间小河注入大海。乌德海人把这些小河叫作多古姆、托洪克西、巡迪、阿姆波和季延苏。

第十六章　索伦人

大霍别河　委屈的松鼠　鬼窟　雷雪天　雷神　索伦人的美味积雪的山口　耐寒的土著人　库穆胡河　驼鹿　回到海边

大霍别河河口位于马克西莫夫角和奥林匹克角之间。河口以前在河谷的左侧，但是后来河水改道，结果形成了一条死河汊，死河汊后来又变成了沼泽。

大霍别河下游的河谷里长着稀疏的杂木林，有榆树、椴树、柞树和黑桦。稍稍往上去，离海约两公里的地方是一片开阔空旷的地带，适于人居住。

我们在这里发现了一座小房子。起初我把房子里的住户当作乌德海人了。到晚上才搞清楚，原来他们是索伦人。

从外表看来，我们新相识的人和乌苏里地区的土著差别不大。只是给我的感觉似乎个子矮一些，骨骼粗一些。此外就是，他们更好动，脾气更直率。他们说汉语，也使用一种由索伦语和赫哲语混合的方言。他们的服装同样与乌德海人没什么区别，只是颜色没那么花哨，装饰图案少一些而已。

这家索伦人共有10口人。一个老爹，两个成年的儿子和他们的媳妇，还有5个小孩。

他们怎么从满洲流落到这里来的呢？详细询问后才知道是这么回事：从前他们住在松花江上，为了打猎从那里搬到乌苏里江的支流诺尔河畔。后来那里出现了大量的红胡子匪帮，中国政府派兵去剿匪。这一家索伦人落到被两面夹击的境地，一方面是红胡子的攻击，另一方面，清政府军不分青红皂白，滥杀无辜。于是他们就逃到比金河，后来又翻过锡霍特山，在海边住下来了。

接下来的4天我们考察了大霍别河和库穆胡河。索伦人的小儿子达·帕尔自告奋勇陪同我们。这是一个体格结实的年轻人，没有留胡子，神态傲慢，根本不把士兵们放在眼里。我无意中发现他走路很灵巧，动作敏捷，姿势优雅。

两天后我们出发了。

大霍别河长约68公里，从西向东流去，稍稍偏南一点。河两岸约有200米宽的地方是一片卵石，上面堆满了树根和风倒木。

24日，我们到达了巴利河，25日开始向分水岭行进。这一带的山峦没有了尖峭的轮廓，而是一些坡度平缓的低矮山丘。

1907年在沿海地区收松子，但是锡霍特山向西完全没有松子。而乌苏里江流域橡子很多，到了外乌苏里地区恰恰相反，橡树只开花不结果。

我们沿着河左岸走。我、德尔苏和达·帕尔走在前面，扎哈罗夫和阿里宁走在后面，离我们大约有15步远。突然，前面的一棵倒木上出现了一只松鼠，松鼠用后腿蹲着，尾巴卷到后背上，在那里嗑松子。当我们走近时，松鼠抱着自己的战利品一下子爬到了树上。它在树上好奇地向下打量着行人。索伦人悄悄走到松树下，突然大喊一声，并用棍子在树干上狠劲儿敲打。松鼠吓坏了，抛下松塔就往高处跑去。索伦人要的就是这个结果。他从地上拾起松塔，看都不看一眼那个受欺侮的松鼠，继续向前走去。松鼠在树枝上跳来跳去，气咻咻地对光天化日之下的抢劫者表示着极端的不满。我们都开心地笑了。连德尔苏都不知道用这种方法可以弄到松子，他决定以后也要仿效索伦人的这种办法。

“你的别生气，”他安慰松鼠说，“我们下面的走，松子怎么弄得到？你朝那看，松子很多很多的有。”他用手指着一棵高大的红松说。松鼠好像听懂了他的话，向那边跳去了。

关于满洲松鼠，这里顺便再说上两句。这种啮齿兽身子长长的，长尾巴毛茸茸的。漂亮的小脑袋上有一对黑黑的大眼睛，圆滑的小耳朵，耳朵尖上长着长长的黑色丛毛，像扇子一样张开。松鼠的毛色总体为灰色，尾巴和头部是黑色，腹部为白色。偶尔也可以碰到一只身上带黄点的松鼠。

松鼠这种动物有时定居在一个地方，有时搬来搬去，全看它选定的地点食物多不多了。松鼠能预知哪种果实将获丰收，哪种果实歉收，并会提早搬家，或者到橡树林，或者到松树林，再不就到长着榛子的阔叶林去。松鼠经常一整天都在活动，即使刮风下雨，也要从洞里钻出来，在树上爬上爬下。可以说，它一刻也不能安静，直到天黑时才蜷起身子，把尾巴贴到脑袋上，侧身躺下。天刚刚亮，松鼠就已经爬起来了。对它说来，活动就像水、食物和空气一样必不可少。

20 年前，一张松鼠皮值 20 戈比。随着销路增加，松鼠皮也涨价了，现在一张松鼠皮值 3 个卢布。

松鼠的主要敌人是密狗、紫貂和猎人。

今天一整天都是烟雾弥漫，天空布满了蜘蛛网状的卷层云。太阳周围出现了“光圈”，光圈越来越小，最后缩成一个暗淡的斑点。森林里一片沉寂，而风已经在树梢漫步了。

这种现象显然使德尔苏和索伦人感到不安。他们彼此议论着什么，还不时望望天空。

“不好了，”我说，“风从南边刮来了。”

“不对，”德尔苏慢条斯理地说，“它的从那边刮。”他用手指着东北方。

我感觉是他错了，正要反驳他。

“看鸟！”德尔苏叫道，“看哪，它的迎着风！”

果然，有一只乌鸦落在一棵云杉上，头朝东北。这是最适合它的姿势了，风迎面刮来，顺着羽毛就滑过去了。相反，如果它侧身或背风站着，那么冷风就会钻进它的羽毛里，把它冻僵。

傍晚时分，天空乌云密布。地面散发的热量减少了。但气温却从 -2℃升到了 10℃。这也是个不祥的征兆。为了防备变天，我们把帐篷搭得结结实实，捡了很多柴火。

一夜平安无事——我们的担心多余了。

早晨醒来后，我首先去看天空。只见乌云一条一条地自北向南平行铺在天上。

不能耽搁。我们急忙收拾好背囊，溯大霍别河而上。我原打算在这一天走到锡霍特山。但是由于天气不好，没能实现。

晌午，空中又出现了浓密的烟雾，群山变成了忧郁的深蓝色。4 点左右下起了倾盆大雨，接着又飘下湿润密集的雪花。小道一下变成了白色，现在目光可以远远地追寻到在灌木丛和风倒木中伸向远方的小道了。风一阵比一阵猛烈。

应该停下宿营了。河右岸不远的地方有一座孤峰，形状很像四角设有炮台的城堡遗址。山脚下长着矮小的桦树林。我觉得这个地方挺合适，便做了一个停下的手势。

士兵们去捡柴火，索伦人到树林里去砍支帐篷的树枝。过了不多会儿，我看见他匆匆往回跑，跑到离山崖 100 步的地方站住了，向上望望，接着又跑了不长一段路。他回到宿营地后，惊慌失措地对德尔苏说了些什么。赫哲人也朝悬崖看了看，啐了一口，把斧子扔到地上。

接着，他俩一起来找我，请求我换一个宿营地。我问他们为什么，索伦人说，当他在山脚下砍树时，有个鬼从山上两次扔石头打他。德尔苏和索伦人再三请求离开这里，他们的神色极为恐慌不安，我只好顺着他们，下令转移。我们顺着河往下又走了约 400 米，在这里找到了一个比刚才更合适的地方。

大家齐心协力一齐动手干活：有的捡柴火，有的点燃大堆的篝火。德尔苏和索伦人又花了很长时间竖起一道栅栏。他们砍倒大树，埋进地里，用木桩支住两侧，甚至毫不可惜地用自己的毯子蒙在栅栏上。

我问德尔苏为啥修这道栅栏，他说是为了不让山鬼从悬崖上看见宿营地。我觉得挺可笑，但为了不得罪老朋友没说出来。

士兵们在一边已经安置停当了，他们没怎么考虑山鬼能不能从悬崖上看见他们，他们更感兴趣的是晚饭。

晚上天气更糟糕了，我们都躲进帐篷里喝茶取暖。半夜 11 点突然降下大雪，随后天空中出现了一道闪光。

“闪电！”士兵们异口同声地惊呼。

我还没来得及回答，就听见了震耳的雷鸣。

隆隆雷声伴随着茫茫大雪，一直持续到后半夜两点。闪电频繁，微微发红。雷声滚滚，震耳欲聋，传得很远，感觉到大地和空气被震得颤动。

雷电伴随大雪的现象非常新奇和不寻常。我们大家都好奇地望着天空，但是天上一片漆黑，只是在闪电时可以看到厚重的乌云向西南驰去。

有一个雷声特别震耳，闪电恰好向那座孤峰划去。在雷声中还夹杂着某种剧烈的响声：这是山崩了。你们是没看到，这把索伦人吓成了什么样子！他认定这是鬼生气了，折断了那座山崖。

他又点燃一堆火，然后藏到栅栏后边。我看了德尔苏一眼，他正在发愣，很惊讶的样子，甚至有些慌乱：山鬼扔石头、下雪天打雷、山上滚下泥石流——这一切在他脑海中交织在一起，似乎这些都有着某种内在的联系。

“恩杜利天神把鬼的赶走！”他以满意的语气说，然后又突然对索伦人不知讲了些什么。

与此同时雷声远去了，只是闪电还在空中长久闪耀，在地平线上映出一大片火光，那时远山的轮廓和沉重的雨云都清晰可见。雨雪交加不停地下着。

远处的隆隆雷声经久不息，震得大地和空气都在振颤。

士兵们喝完茶，躺下睡觉了。我和德尔苏还在火堆旁坐了好久，仔细询问他有关鬼怪和下雪天打雷的事，他很爽快地回答了我。

“打雷，这是雷神阿格迪的事。鬼的在一个地方待得时间长了，天神恩杜利派遣雷神，阿格迪就鬼的撵走。就是说，打雷的地方有鬼。鬼的走了（打过雷了），周围就安静了：野兽、小鸟、鱼、草、小昆虫都知道，鬼的走了，都变得生机勃勃的，高兴快乐的……”

关于雪天打雷，他说，从前打雷打闪都是在夏季，冬天的雷电是俄国人带来的。这一次冬天打雷，他记得，这是他有生以来第三次遇到。

时间在谈话间不知不觉地过去了。

天蒙蒙亮了，苍翠的山峦、鬼住的孤峰、河面上低垂的灌木丛，都渐渐从黑暗中显露出来。一切都预示着，这是一个阴天……但是突然，从东边山峦的背后，出人意料地出现了血红的朝霞，把阴沉的天空染成绛紫色。在这一片朦胧美妙的金光照耀下，每一棵灌木、每一根树枝都看得清清楚楚。我出神地望着冉冉升起的朝阳射出的万道金光。

“哎，老头儿，咱俩也该睡一会儿了。”我对德尔苏说，可是他已经靠着篝火旁的一棵倒木睡着了。

第二天我们都睡过了头，起得很晚。

乌云仍在天空缓缓移动，但是已经不像昨夜那么可怕了。

我们吃了点东西，喝了茶，溯大霍别河继续向上走去，这条河应该可以将我们带到锡霍特山脉。从我们的宿营地到达主峰还要翻过一道山岭。据索伦人说，这座岭并不高。

山岭的那面就是梅赫河（比金河支流），这条河沿着锡霍特山脉流去。我没有往那边走，而是右拐，顺着阿达泉走去，我想走到与库穆胡河相邻的上游支流中的一支，然后沿着它下来回到海边。黄昏时，我们已经离分水岭不远了，在密林中安下宿营地。

晚上，索伦人打死一只松鼠，他剥了皮，把肉叉在铁钎上，又把铁钎子插在火堆旁烤肉。然后，他取出松鼠的肚子放在炭火上。当松鼠肚子烤得发红时，索伦人就连肚子里的东西一起津津有味地吃起来。士兵们恶心得要吐，但是索伦人并不在乎。他说松鼠是非常干净的动物，只吃松子和蘑菇。他还请我们尝一尝这种美味。大家都拒绝了……

这时，阿里宁拨弄了一下火堆，碰倒了松鼠肉。阿里宁又把它放回原处，只是没像原先那么放，而是头朝下了。索伦人急忙拿下来，迅速把它脑袋朝上放好，一边放一边说，烤松鼠只能这样，不然松鼠一见怪，猎人就没有好运了。烤鱼刚好相反，应该头朝下，尾巴朝上。

28 日和昨天一样，依旧阴沉沉的。山间小溪虽然还哗哗地流着，但是也开始结冰了。水面上到处漂浮着冰凌，岸边也出现了冰碴。有的河底也结了冰。

我们离开宿营地，立刻开始爬坡。越往上爬雪越厚，山口上的雪埋到了膝盖。深绿色的针叶林银装素裹，好像穿上了节日的盛装。雪压弯了云杉的枝丫，张力十足，直到偶尔从上面掉下一根小树枝或者松塔，把树枝上蓬松的白雪打落，于是冰冷的雪沫撒到从旁经过的路人身上。

完全是一幅萧瑟的冬景。森林里出奇地寂静。

气压计显示，这个山口的高度为海拔 880 米。

索伦人很急。他说马上就要刮西北风了，如果在这里碰上坏天气，那可就倒霉了。

一场大雪后紧接着刮风，山里就会有暴风雪——这很常见。刮风的征兆已经出现了：乌云飞快地向东方驰去，变得越来越薄，越来越透明，现在已经可以指出太阳在什么位置了。

我听从索伦人的劝告，加快了脚步。

从山口到库穆胡河向下是一个陡坡，与从大霍别河上山的坡一样陡峭。

在两条河的分水岭的北坡上，是一片阴郁的满是风倒木的针叶混交林。

索伦人的预言应验了。当我们走到山下时，山上便风声大作，声音越来越大，并渐渐传到河谷里来。我回头一看，只见雪山扬起烟雾状的白色雪尘，暴风雪来了。

我们顺着一个小山泉走到乱石叠嶂、倒木纵横的查奥尼河。查奥尼河从右侧注入库穆胡河。中午休息后我们走出了风倒林，傍晚就到了库穆胡河。库穆胡河在这一带比查奥尼河稍宽一点，两条河没有太大的差别。库穆胡河上游，宽度不超过 4—5 米。如果从这里溯河而上去锡霍特山，那么翻过山还是梅赫河，不过已经到达它的河源了。土著人估计，从查奥尼河口到锡霍特山有一天的路程。

我们和平时一样，在河岸上安营扎寨。

傍晚，乌云消散了，天空晴朗了，看样子今夜一定很冷。索伦人的衣服很差，于是我便把我离火堆近的地方让给了他。自己到一边躺下睡了。我觉得我的毯子不会让我挨冻。凌晨 3 点我被冻醒了，无论我用毯子把自己裹得多严实，却一点都没用，寒气真是无孔不入，不是肩膀感到冷，就是双脚。我只好爬起来。

四周一片漆黑。篝火已经熄了。我把还有一点微火的木柴头收集到一起，吹起火来。一会儿，火就燃烧起来了，周围的一切清晰可见：扎哈罗夫和阿里宁躺在帐篷下，德尔苏穿着衣服坐在那里睡着了。

我在重新点火时，看到索伦人在离篝火老远的地方睡觉呢。他既没盖被子，也没穿棉衣，躺在一根放倒的杉木上，只盖着一件长衫。我担心他受凉，便去摇他的肩膀。但是索伦人睡得非常死，好容易才把他叫醒。达·帕尔坐起来，挠了挠头，打了个哈欠，便又躺在原地，鼾声如雷接着睡着了。

乌德海人的耐寒能力十分惊人。他们从小就习惯于挨冷，从呱呱坠地起就养成了不怕冷的体质。

我在火堆旁烤了一会儿火，便钻进帐篷，在士兵们旁边躺下，总算好好睡了一会儿。

第二天早上我们都起得很早。随身带的食品快吃完了，应当尽快赶路。我们的早饭有烤松鼠，在木材灰烬里烤的剩饼，和每人一杯热茶。

我们出发时，太阳刚刚从森林后面冉冉升起，耀眼的光芒照亮了白雪皑皑的山巅。

库穆胡河（乌德海人称其为库穆河），俄国人起名叫库兹涅佐夫河，发源于锡霍特山脉，自西向东流去，到了下游稍稍偏南，在奥林匹克角（格林尼治东经 138°20′，北纬 46°12.5′）旁边入海。库穆胡河在一路奔流中汇合了这些支流：左面有头道亚阿萨河、二道亚阿萨河、乌斯马加河、塔普库河、诺戈河、塔格迪河、汉佳米河、迪昂戈河，右侧除了我们刚才顺着它走来的齐戈尼河外，还有利戈河、查奥洛索河、布蒂切河和阿穆克塔河。这些河流中水流最急的是利戈河，最缓慢的是塔格迪河。溯塔格迪河而上，翻过山就是斯瓦英河。斯瓦英河在库兹涅佐夫河更北面一些入海。

乌德海人划船溯库穆胡河上行可以到达塔格迪河，继续向前则只有等到冬天封河之后坐雪橇走。库穆胡河中游，尤其是左岸塔格迪河和亚阿萨河之间，从前的山火留下的痕迹很醒目。跟别的地方一样，山上的森林大多数都被烧光了，只有河谷里的树木被保存下来。

库穆胡河还有一点也十分有趣：这里恰好是两个植物区系的交叉点——满洲植物区系和鄂霍茨基植物区系。满洲植物生长在河谷里，鄂霍茨基植物在山上。使人产生这样一种印象，一种植物群好像楔子似的嵌入另一种植物的分布区里。当秋季落叶时，从山上向下望，可以清楚地看见阔叶林在哪里终结，针叶林又从什么地方开始。河谷里一片灰蒙蒙的，而山上却是一片苍翠。

在这一带的灌木中还可以看到某些满洲植物，例如：毛榛，榛子外面那层软皮长成了长管状，上面布满刺人的细毛；大叶蔷薇，有着结实的细长形小果实，几乎整个冬天都挂在枝头；佛头花，浅红色果实繁密多汁；穿地龙，属于鸢尾科植物，爬蔓，雄株和雌株长得不同；狗枣子在林下长得密密麻麻；五味子结出一串串红色果实，放在嘴里好像辣椒，有一点烫嘴的感觉。

库穆胡河中游宽约 20 米，航道深 1 米左右。水浅时平均流速每小时 8 公里。据土著人说，在离海不远的地方有煤炭矿苗露出地表。

无论我们怎么努力，当天只走到了塔格迪河。还剩下大约20公里就到海边了。

每当拟定的路线快走完时，大家总是走得更急，恨不得立刻走完它。其实，就是赶到了海边，也没有什么好处。我们从库穆胡河河口又要沿着随便哪条河上山，还要露营、搭帐篷、捡柴火、准备过夜。但是即便如此，快走完拟定的路线时，总是有着特别的吸引力。所以大家都早早躺下睡觉，准备明天起早。

第二天，东方刚被朝霞染红，就像有人下了命令似的，大家都起来了，收拾东西，准备上路。我拿了毛巾到河边去洗脸。

大自然一片寂静，万物还在沉睡，享受着黎明前的安闲。河面上升起寒冷的雾气，大地落满了露水……徐徐晨风掠过树林，雾气马上开始移动，可以看到河对岸了。

宿营地上静悄悄的，人们都在尽量多吃点，以便增加气力。突然有石子的哗啦声传来，不知道谁在砾石滩上走动。我回过头，看见两个影子，一高一矮。原来是两只驼鹿：一只母鹿和一只刚一岁的小鹿。它们跑到河边，贪婪地喝起水来。母鹿晃了晃脑袋，用牙在体侧搔痒。我欣赏着这两只驼鹿，就怕士兵发现它们。突然，母鹿感觉到了危险，警觉地竖起两只大耳朵，仔细地向我们这边张望。水珠从它的嘴唇上滴落下来，平静的水面上出现了一圈圈涟漪。母鹿浑身一抖，发出嘶哑的叫声，纵身向树林跳去。此刻一阵微风吹来，对岸又隐没在大雾之中。扎哈罗夫打了一枪，没打中，我暗暗为此高兴。

太阳终于出来了。一团团的雾气变成了橙黄色。透过雾气，显露出了灌木丛、树木、山峦……

半小时后，我们已经走在路上了，高高兴兴地相互交谈着。

在离海很近的一块林间空地上，住着一个旧教徒多尔加诺夫，他专靠剥削附近几条河上的土著人为生。像他这样靠剥削穷人获取自己幸福的人，我不想在他那里停下过夜，所以我们只是经过那里，直接向海边走去，在河口附近找到了海把头和他的小船。他从库松河出发，当天就到了库穆胡河，在这里已经等了我们一星期左右了。

晚上，士兵们点起好几大堆火。他们兴高采烈，就像回到家了一样。这些人已经习惯了长途跋涉，一点儿也不觉得这种生活艰苦。

我们在这里停留了一天一夜。需要休息一下，积蓄力量，还要整理一下东西。11 月 1 日——冬季的第一天终于来到了。早晨刮起大风，气温骤然降到 -10℃。

不论风往哪边刮，是从陆地往海上刮，还是从海上往陆地刮，它都总是顺着河谷来回肆虐。如果河谷朝着西北，风就刮得更为凶猛，刮倒地上的大树，刮走屋顶。通常，太阳一出来，风就停了，到了下午 4 点左右，又会刮起来。

从大霍别河到库穆胡河有一条人走的小路，这条小路穿过山岭，经过离海不远的地方，距海 16 公里。从地形和地质角度来说，这两条河流之间的地带是一片广阔的熔岩覆盖层，如今这里是许多被大冲沟切割了的低矮丘陵。从前某个时候这里曾经有过一片极好的森林。现在只剩下了一些树桩和稀落的枯树。有几条山泉——查拉、安库加、洛洛滨加、塔哈伦、卡拉马和库莫伦，沿着这些大冲沟流入大海。关于这些山泉，我已经提到过了。

第十七章　外乌苏里地区的心脏

海边的小河　烟尘和空气的传音性　猎人的嗅觉　不安和疑虑　通向纳赫托胡河的山口　人的脚印　乌德海人杨谢利　河汉　乌德海人蒙古利　偷貂的中国人　土著居民　墓地　令人不安的消息　海把头失踪　困境

在库兹涅佐夫河我们与索伦人分手了，他返回自己的大霍别河，我们继续向北走。我吩咐海把头沿着海岸行船，到霍隆库河口等我们。

虽然气温一直很低，但是雪花一落地就无影无踪了。大地上并没有一点解冻的迹象，但雪花却不知道消失到哪里去了。这是由于冬天的西北风过于干燥，把湿气全都吸收了，因而使得外乌苏里地区的冬天和大陆的气候极其相似。

这里的植物和沿海地带的其他地方一样，也都同样枯萎了。针叶树明显居多。树林里的落叶松越来越占据优势，柞木林则退居其次。

我们原来沿海岸走的小道，在库穆胡河到了终点。从奥林匹克角到萨马尔加河的直线距离是150公里，实际走来却有230公里。这一带海岸山峦起伏，荒无人烟。山上长满了好像密集的树皮刷子般的布满青苔的针叶林，一直延伸到海边。都说这一段路很难走，甚至乌德海人也避免走这条道。如果从海上坐船走，这段路有半天时间就够了，如果沿着海岸徒步走，4昼夜也未必能走到。

我们走了一天，没走多少路，便在巴勃科夫河附近安营休息了。这里可以看到清晰的河岸阶地，高约12米。河水在阶地之间冲出一道狭窄的河床，很像一道深谷。在已经沼泽化的宽阔的高原上，有的地方长着孤零零的白桦、落叶松和矮小的柞树林。

海把头的小船只能停在没有浅滩却有小河湾的河口。巴勃科夫河没有这种条件，所以海把头经过这条河，打算到索苏诺夫角附近停船。

天气从早晨起就异常平和。空中整天弥漫着烟雾，过了中午更加浓重。太阳从白色变成黄色，接着又变成橙黄，最后变成了红色，直到隐入地平线下，始终是这种颜色。我发现黄昏非常短，不知不觉天就黑了。大海完全平静了，听不到一丝波涛声。好像大海也沉入了梦乡。晚上10点月亮升起，一轮很大的月亮，看上去挺奇怪，甚至到了半夜还保留着刚从地平线上升起的那种红色。海岸上的悬崖、山上的森林、孤零零的灌木丛和树木，都显得与平时不同，有些异样。半夜，烟雾更浓了，在眼前就看得出来。这不是烟，因为闻不到一点烟火味。同时，空气具有惊人的传音力：在远处听起来，平时的说话声就像高声喊叫；老鼠在草丛中出没的沙沙声如此响亮，让你不由自主地发抖，并急忙转身张望。似乎，我们突然来到另一个世界，挂在天上的也不是月亮，而是一个不知名的昏暗的星球。随之空中又充满了一种声响，仿佛轰鸣的雷声，低沉的爆炸声，或是远方的排炮声。这种声音是从海上某个地方传来的。这是地下的轰鸣声，可能是我们有生以来听到的唯一的一次。

这种现象让所有的人都感到害怕。德尔苏说，他这一辈子从来都没有听到过这样的声音。

我认为有必要用仪器测量一下：气压计显示为 759 毫米，温度 –3℃。风速表指示完全无风。这种有趣的现象一直持续到黎明。当烟雾刚消散，就又刮起了寒冷的西北风。

从巴勃科夫河往北，海岸拐了一个小弯。为了少走弯路，我们就沿着石河的一条支流向上走，翻过一道不高的山岭——我们翻越的地方高 430 米，走到霍隆库河。在离霍隆库河河口不远的地方，我们遇到了海把头和他的小船。安静了一夜的风，似乎想弥补昨夜的不足，现在刮得特别猛烈；风速表的指针指向 215 千米 / 小时。

这一天的剩余时间，我们去考察了霍隆库河下游的河谷。在这里我们又看到了一个潟湖，长 5 公里，宽 1 公里。有两道沙堤把它与大海隔开。霍隆库河口又宽又深，这是原有的潟湖的最深处。两道沙堤的长度均为500米左右，一道是由磨光了的大圆石构成，圆石上蒙着石蕊，这说明这些石头早就处于静止状态了。另一道靠海的沙堤比较小，看来是不久前才被海浪冲积成的。如今在曾经是潟湖的地方，形成了长满青苔的沼泽，沼泽里长着笃斯越橘、杜香和兴安悬钩子。

晚上，我做了如下安排：明天海把头应当把船驶到哈托胡河，并在那里等我们，我们溯霍隆库河而上，直奔锡霍特山，然后再顺纳赫托胡河下来，返回海边。

我吩咐大家今晚就做好他们应当做的一切准备，因为海把头想明天拂晓就出发。

第二天，11月3日，我醒得最早，穿好衣服，走出了帐篷。

眼前的景色异常美丽。东方是一片火红的朝霞。初升的朝阳那明亮的金光映照着平静的大海，仿佛熔化的金属。河面上升起了薄雾。一群野鸭被我的脚步声惊动了，喧嚣着离开水面，叫着向沼泽那边飞去了。

当太阳升起在地平线上时，我在海上远远看到了海把头的船帆。

我烧好茶，叫醒了旅伴。

我们吃得很饱，然后收拾好自己的背囊，按预定路线出发了。

霍隆库河（乌德海人称其为哈兰库河）在地图上标作斯维特拉亚河，长约90公里，发源于锡霍特山，自西向东流去。如果溯河上行，那么在下游一带可以先后遇到如下几条支流：右面有洪迪河和佳河。洪迪河比佳河稍大些。鲑鱼溯流而上，只到佳河，大部分都拐进洪迪河里去了。左侧只有一条支流汇入霍隆库河，即塔利马克西河。溯河而上，可以走到皮亚河。皮亚河在普利特尼亚克角以北 20 公里入海。霍隆库河谷从前曾经有一片很好的森林，如今全都被野火烧毁了。只在上游地带还保留着一小片一小片孤岛似的树林。

我们这一天出发比较晚，所以走的路不多。刚一上路，德尔苏便断定：霍隆库河一带没有人烟，土著人也很少到这里来，两年前曾有朝鲜人来这里捕貂。

天黑前德尔苏出去打猎，却空手回来了。他把枪往树杈上一挂，在火堆跟前坐下，说他在林子里发现了一种东西，但是忘了用俄语怎么说。

他半天也想不起来这个东西的名字，我于是提出各种问题启发他，突然，德尔苏想起来了。

“橡树的孩子！”他天真地喊起来，并递给我一个普通的橡子。

接着他告诉我，这个橡子是在河左岸的山顶上找到的，可是那一带并没有看见橡树。显然，这颗橡子是什么鸟或松鼠或花鼠一类的小动物从别的地方带到那里的。

天气一天比一天冷了，昼夜的平均气温下降到 6.3℃。白天也明显缩短了。夜里为了避风，必须钻到密林深处。为了准备烧柴，不得不早早安下宿营地，所以一天走不了多少路。夏季用一天可以走完的行程，现在要多花一倍的时间。

11 月 4 日早晨，我们都被冻醒了。温度计显示 –11℃。

我们围着火堆取暖，喝热茶，然后就上路了。

从海边开始，河两岸的山上全是火烧迹地，连绵不断。

前边和左边耸立着普洛斯卡亚山，高 600 米，当地居民称其为克亚莫山。霍隆库河有三条支流发源于由普洛斯卡亚山组成的群山中，这三条支流是普伊穆河、索洛利河和达格迪河。这里是霍隆库河流域唯一还能遇到马鹿和野猪的地方。坐船溯霍隆库河而上，也只能走到索洛利河。

在普伊穆河口附近，我们发现了一座已经倒塌的朝鲜人的碓子房，碓子房旁边还有一只旧木板船。这证明了德尔苏的观察是完全正确的。

选好了过夜的地点，我吩咐扎哈罗夫和阿里宁搭帐篷，自己则和德尔苏一起去打猎了。在这里，沿河两岸某些地方还保留着一长条活着的树林，有山杨、赤杨、红松、绢柳、桦树、槭树和落叶松。

我们一边走，一边低声交谈着，德尔苏在前，我在几步远的后面。突然，德尔苏给我打了个手势，让我站住。我开始以为他在听什么，但是很快看出来是另一码事：他踮起脚，弯着腰，向四外使劲闻着什么。

“有味，”他悄声地说，“人的有。”

“什么人？”

“野猪。”赫哲人回答说，“我的气味闻到的有。”

不论我怎么闻也没闻出任何气味。德尔苏小心翼翼地转向右边，并向前走去。他不时停下来，仔细闻着。我们就这样走了150步左右。突然，什么东西蹿向了一边，原来是一只野猪带着一只半岁的小猪崽，另外还有几头野猪，也四下逃散了。我打了一枪，把小猪崽撂倒了。

在回来的路上我问德尔苏，为什么不开枪打野猪。赫哲人说他没看见野猪，只在它们逃跑时听到密林中发出的声音。德尔苏很不高兴，骂出声来，并突然将帽子摘下，用拳头打自己的脑袋。我笑了，对他说，他的鼻子比眼睛更好使。当时我还不知道，这件小事竟然是随后发生的悲剧的前兆。

小猪崽重约24公斤，大小再合适不过了。晚间我们美美地吃了一顿新鲜的野味。大家都兴致勃勃，有说有笑。只有德尔苏一个人没兴致，一个劲地唉声叹气，自言自语地问："我怎么就没看见野猪呢？"

吃过晚饭，士兵们轮流在火上烤肉，我写我的考察笔记。

11月5日，早晨依旧寒冷（–14℃），气压挺高（757毫米）。天空晴朗，升起的太阳没有一丝暖意，不过却很明亮。寒冷倒使大家精神振作，增添了能量。我们从河这岸到对岸来回走了两次。霍隆库河在这里宽约6米，河床都被倒木堵塞了。

今天我们又走过霍隆库河的两条支流：头道莫宁基河、二道莫宁基河和季格达穆古河。这两条支流是从左侧注入霍隆库河的。这些支流也都发源于克亚莫山。在那两条莫宁基河的河谷里都有驼鹿，常常可以看到新鲜的鹿蹄印。我们随身携带的干粮十分充足，所以走过这里没有耽搁。从季格达穆古河到奥洛苏河（霍隆库河上流左侧的支流）有一天的路程。溯霍隆库河或者溯奥洛苏河走，只需一天便可到达分水岭。这一带的锡霍特山东坡光秃秃的，西坡长满了针叶林。

我们现在已经没有向导了，只是按照索伦人告诉我们的标志物前进。这里的山脉和河流彼此非常相似，很容易混淆，以至于走错了路。这是我最担心的。德尔苏正相反，对一切都满不在乎。他对于森林已经如此习惯，显然，另一种环境对他来说是难以想象的。对他来说，在哪里过夜——无论在这里还是在其他地方——没有任何区别……

按照索伦人的指点，过了季格达穆古河，我们又走过两条无名小河，便在第二道小河旁边安下宿营地。我们应该沿着这条小溪走到纳赫托胡河的山口。

夜里我没睡好觉。不知道为什么一直担心我们走的路对不对，这个疑虑始终萦绕在脑海，搅得我心绪不宁。万一我们找错了小溪，迷了路呢！我翻来覆去好久睡不着，最后爬起来，走到火堆前。德尔苏坐在篝火旁边睡着了。他身旁躺着两只狗，有一只狗大概做梦了，不知看到了什么，低声叫了起来。德尔苏也在说梦话。他听到我的脚步声，便睡意迷蒙地大声喝问：“什么人的走？”随即马上又沉入了梦乡。

大地浸没在一片黑暗之中，布满无数颗星星的黑色苍穹无边延伸，变幻着霓虹般的色彩。银河好像一条宽阔的带子，从这头一直伸展到那头。河对岸坐落着一片沉寂的森林。四周一片沉寂，悄无声息……

我在火堆旁坐了约半个小时，心情平静了下来。于是走进帐篷，盖好毯子睡着了。第二天早晨醒来的时候，大家已经在准备出发了。太阳刚刚露出地平线，阳光洒到了周围的山顶上。

我们从宿营地就开始爬山了。刚翻过山口就看到了皮亚河的河谷。河谷后面耸立着另一座秃山，后面还有一座山，覆盖着积雪。这两座山脉的那面，大概就是纳赫托胡河了。

一路上遇到许多小河，想必是皮亚河的支流。没有向导带路很糟糕，总归就像瞎子一样。傍晚，我们走到了某条河边。第二天下午两点，走到了第三个山口前。

爬这个山口需要一些时间，但是山坡不陡。山脚下长着杂木林，越往上走树木越稀疏，种类也越杂。阔叶树很快就让位给针叶树了，林下生长着灌木丛和野草，出现了青苔和杜香。

爬得越高，山上的积雪越厚。当发现头上有一线亮光时，我十分高兴，以为离山顶已经不远了。但是高兴得太早了，那是一片偃松。还好，这片偃松面积不大。我们穿过偃松，踩在光秃秃的山顶上。我看了一下气压计，指针显示海拔高度为760米。

从山顶眺望，眼前展现出极其壮阔的景色。西北有一道已经沼泽化的低矮的山口，从纳赫托胡河通向比金河。向另一面极目远望，只见山峦起伏，绵亘不断，宛如一片白色浪峰的巨浪，波涛滚滚奔向北方，并消失在烟雾中。东北面可以看到纳赫托胡河，南边很远的地方是蔚蓝色的大海。

刺骨的寒风不允许我们长时间欣赏这美丽的景色，只好下山去河谷。雪越来越少了。现在我们已经走在冰冻的青苔上。青苔在脚下发出清脆的响声，并被踩倒在地上。

我在前面走，德尔苏在后面。突然，他跑到我前面，在地面上仔细察看起来。这时我才发现有人走过的脚印。这些脚印行走的方向，与我们的方向是一致的。

“谁从这里走过了？”我向赫哲人问道。

“小的脚；俄国人的没有这种，中国人的没有，朝鲜人的也没有。”他说，接着又补充道，“这是翁得印，靴尖的朝上翘。刚刚的走过去。我的想，我们很快地赶上他。”

还有一些迹象我根本看不出来，但德尔苏却看出来了：这是一个乌德海人，捕貂的，他手里拿着木棍、斧子、捕貂网，据步伐来看，是个年轻人。他在森林里直线行走，不在乎灌木丛，靠着空地边。德尔苏据此断定，这个乌德海人是打完猎往回走，大概是回自己的宿营地去了。我们也决定顺着他的脚印走，何况脚印的方向就是们要走的方向呢。

森林到了尽头，前面又是一片火烧迹地。我们又走了一个小时。突然，德尔苏站住了，说闻到了烟味。果然，又走了十来分钟，下了坡，快到河边的时候，在这里看到一个窝棚，旁边还有一堆篝火。当我们离窝棚还有 100 步远的时候，从里面跳出一个持枪的人。这是乌德海人，叫杨谢利，是从纳赫托胡河来的。他刚刚打猎回来，正在做饭。他的背包扔在地上，靠着背包有一根棍子、一支枪和一把斧子。

让我感兴趣的是，德尔苏怎么知道杨谢利一定带着捕貂网呢。他说，在路上他看到一根被砍断的花楸树条，旁边还有一个坏了的网圈扔在地上。显然，树枝是为了做新网圈用的。德尔苏问那个乌德海人有没有捕貂网，乌德海人不声不响地解开背包，取出德尔苏问的东西。果真，中间是一个新换的网圈。

从杨谢利那里得知，我们现在的位置在达格迪河，这条河向纳赫托胡河流去。我们颇费了一番口舌才说服了他给我们当向导。吸引他的主要不是钱，而是图贝尔登步枪和子弹。我答应到了海边就给他。

一路上我仔细问他，我们刚刚走过的都是些什么地方。

纳赫托胡河（乌德海人称它为纳克图河或纳克塔纳河），地图上标作天鹅河，其大小刚好和霍隆库河一样，也发源于锡霍特山脉，这座山在这里叫作昆卡–基阿马尼山。纳赫托胡河上游是由农基尼河和达格迪河汇流而成，这两条河恰好在从海边到锡霍特山的中间汇合到了一起。右边还有两条支流注入纳赫托胡河：阿穆克蒂河和哈格迪基河。

在达格迪河和南古尼河之间耸立着高峻的山峦，其中以阿达峰和蒂昂戈尼峰为最高。达格迪河右岸还有两条河汇入：马卢–萨格迪河和马卢–纳伊萨河，以及两道山泉注入：埃福泉和阿达尼泉。这两个山泉都是从同名的山上流下来的。达格迪河左岸还有几条小河注入其间：杰伊贾河、头道阿达河、二道阿达河和蒂昂戈尼河。从达格迪河口走到锡霍特山需要 3 天时间。

从达格迪河右岸直到洛克托利亚基河，其间的树木全部被野火烧光了。左岸的山上只长着针叶林。在河谷里，一片片火烧迹地和一丛丛混交林参差交错。混交林里同样夹杂着不少针叶树。

11月初的天气已经特别冷了。河面出现了冰碴，这倒使我们的行走更为轻松。所有的河汊子都封冻了。我们在河汊上走，缩短了行程，傍晚就走到了达格迪河跟农基尼河汇流的地方。其实从这里开始，才是纳赫托胡河。

近两日一直刮着猛烈的西北风。树枝被刮断了，并被带到空中飞舞。11月6日傍晚，风突然停了。我们已经听惯了风声，这出乎意料的宁静反倒使人不敢信以为真。

杨谢利在河里的一个坑里捉到了红点鲑。在外乌苏里地区，这种鱼就相当于淡水鲑。我们用这些鱼做了一顿可口的晚饭。饭后喝了茶，我们便早早躺下睡觉了，让那两条狗守卫宿营地。

后半夜满天乌云。我从德尔苏那里学会了如何看天气，大致能够判断出，在这个季节乌云预示着什么：在没风的天气出现薄薄的层云，如果云层在天空中拉成长条形状，就说明一定有风，这种平静状态持续越久，风就会越猛。

早晨我们都吃得很饱，为了白天不再休息。9点左右我们踏上了旅途。

从农基尼河和达格迪河汇流的地方开始，纳赫托胡河越来越曲折，但是有了有经验的向导，遇到河水拐弯的地方，如果可以直着走过去，我们就不绕弯，所以走得相当快。

在这段路上，有下述河流注入纳赫托胡河：左边有比亚河和洛克托利亚基河。从这两条河逆水往上走，翻过山就是埃赫河。从那一带高山溯河而上，只能走到马卢–萨格迪河。逆水上行需要走4昼夜，而顺流向下只要一天就够了。杨谢利说，纳赫托胡河里有大马哈鱼、红点海鲑和驼背大马哈。大量大马哈鱼的方向是去洛克托利亚基河，红点鲑溯流而上，一直游到达格迪河的石滩；而驼背大马哈则要游到农基尼河去。

午后，杨谢利带着我们走上一条小道，小道顺着河岸向前延伸，沿路有许多捕貂的碓子。我问向导，谁在这里捕貂。他说，这一带很久以来就是乌德海人蒙古利的地盘，也许，我们很快就能碰到他本人。果然，走了两公里，就看见一个人站在碓子前，仔细地察看着什么。看见有人从锡霍特山那面走来，他起初吓了一跳，想跑开，但是一看见杨谢利，立刻放心了。和通常这种情形一样，大家一下子都停住了脚步。士兵们抽起烟来，德尔苏跟乌德海人交谈起来，谈得十分热烈。

“出什么事了？”我问德尔苏。

“蛮子貂的偷走了。”他回答。

据蒙古利说，两天前有一个中国人从这条小路走过，从碓子里拿走了貂，又把碓子重新架好。我说可能碓子一直就是空的。蒙古利指着血迹——这足以证明碓子确实套住貂了。

“可能掉进来的不是貂，而是一只松鼠？”我又问道。

“不是，”蒙古利回答说，“当圆木把貂压住后，貂用牙咬桩子，上面还留着牙印呢！”

于是我问他，根据什么断定偷貂的是中国人呢？这个乌德海人回答说：偷貂的人穿着中国鞋，左脚后跟上缺一个钉子[1]。

这些论据不能不令人信服。

我们休息了一会儿，继续往前走，大约用 5 点钟走到了霍德河口。

晚上坐在火堆旁，我才有机会好好打量我们这位新相识的人。纳赫托胡河的乌德海人个子不高，干瘦，有一张高颧骨的椭圆形脸，塌鼻梁，一双蒙古人的棕色小眼睛，眼距很宽，眼皮上有褶皱，嘴巴相当大，牙齿不整齐，手和脚都很小。

“真像是儿童的！”我的旅伴仔细看着他们的鞋说。他们穿的鞋是用驼鹿皮缝制的，鞋尖向上翘着，样子很像奥洛奇鞋。

乌德海人的皮肤可以说是橄榄色的，略微带点黄色。夏天，他们的皮肤被晒得黝黑，就像红种人。加上他们五光十色的服装，更加深了这种印象。长长的直发又黑又亮，编成两条短辫，向上卷起，用红绳子紧紧扎住。辫子耷拉到胸前肩膀处。为了防止弯腰时辫子碍事，又用一条带子在后脑勺下系住，带子上装饰着小玻璃珠和小贝壳。

纳赫托胡河流域的乌德海人，他们的服装主要是三件长衫：两件布的贴身穿，一件是用熟过的薄鹿皮做的，穿在外面。长衫在右肩和侧面系扣，就像腰部有褶子的男外衣，穿的时候腰部一圈要向上松垂出一些。袖头上有一副特别的套袖，箍得紧紧的。下身穿短裤和护膝，护膝用小皮条系在腰部。头部的装

---

1 中国人穿的乌拉，后跟上有两个大扁钉子。

扮由垂到后背和肩上的白色风帽和小帽子组成，帽顶上竖着一条松鼠尾巴和几根带穗的红绳。

他们的服装从头到脚，前面和后面，都绣着彩色花纹和大量的螺旋状圆形红色装饰图，仿制出鱼、鸟和各种野兽的形象。

乌德海人酷爱金属饰物，尤其是手镯和戒指，有的老头儿还戴着耳环，如今这种风俗已经破除了。每个男人，甚至男孩，都在腰间佩戴两把刀：一把是普通猎刀，另一把是小弯刀。小弯刀运用起来得心应手，非常灵巧，可以代替锥子、刨子、钻子、凿子以及其他各种工具。

我们几乎聊到了半夜。应该去睡觉了。乌德海人负责值守宿营地。我背朝火堆在德尔苏旁边躺下，很快就睡着了。

第二天我们一早就从宿营地出发，沿着紧靠河边的小道行走。在这一段路上，纳赫托胡河右边有两条支流注入：胡列米河和戈比利亚基河，左边只有一条小河——霍德河汇入。纳赫托胡河下游的河谷里生长着茂密的达斡尔桦树和蒙古柞树。从洛克托利亚基河开始，纳赫托胡河渐渐向南偏斜，直到胡列米河附近才又向东流去。

河谷自霍德河开始变得开阔了。两边的山上长着针叶林，河谷里长着杂木林，大部分是杨树和呆板的白桦。此外，我们在这里还遇到了灰树皮、树冠茂密的色木槭，树皮呈浅灰色、挺拔秀丽的榆树，和紫杉——一种独特的针叶树，结红色浆果。再往前走，则是一些不知道该归入灌木还是乔木的植物，例如阔叶卫矛，果实带有长翼；矮赤杨，黑树皮闪着光泽。纳赫托胡河沿岸，常常遇到接骨木叶片的蚊子草和蓝靛果。蓝靛果的酸味果实黑色，上面蒙着一层灰蓝色的薄膜。

近几天寒冷多风。风速表的示度为225千米/小时。许多地方冰冻的河面已将两岸连接起来，形成天然桥梁，可以从上面随意过河。

离戈比利亚基河大约10公里的地方，森林到头了。前面是一片空旷地带。在最后一块林间空地上，我们发现有三座乌德海人的房子。这里的乌德海人盖中国式的房屋安家，完全是不久前才开始的。几年前他们还住在帐篷里。每一家房子旁边，都有一块不大的菜园，雇中国人种菜。中国人还参与乌德海人的毛皮业。经过详细询问我们得知，纳赫托胡河是从南边来的中国人向北扩展他们影响的边界线。这里一共有5个中国人：4个是长住户，一个刚从库松河来。

给我们带路的乌德海人一看到那个刚来的中国人，便向他奔去，仔细察看起他的鞋子。果然他的鞋后跟少了一个钉子。他们便解开他的背包，从里面拿出一只貂，并讲述了他偷貂的详细情节。这个中国人以为他们藏在灌木丛里看见他偷貂了，就承认了。

乌德海人终于找到了自己的猎物，满意地走了。但是，另外4个中国人对这个人却十分不满。他们低声相互商量了一阵，便向偷貂人宣布：他的行为让大家蒙羞，因此他必须永远离开纳赫托胡河，到别的地方去。这个人光着头站着，听完了对他的宣判，答应第二天就离开这里，永远不再回来。

从这儿所土著人的房子到海边，剩下不到 8 公里了。离最后一座房子不远，小路分成两条。阿里宁从左边走，我们直奔河岸。不一会儿他回来告诉我们，在河柳丛中的一只小船里躺着“海神”。我让他把这个神像拿来，但随即改变了主意，决定自己去看看。所谓小船里的“海神”，原来是一个躺在棺材里的死孩子。尸体已经干枯，变成了木乃伊。这附近是一片坟地。有的棺材放在棚下，用短木桩架起来，有的就放在河柳丛里。坟冢附近有扔掉的破船、雪橇、破渔网、船桨和渔叉。

我正想撬开一口棺材看看，但这时听到旁边有人说话，便迎了过去。不一会儿，从灌木丛里走出两个乌德海人，他们是刚从叶金河来的。

他们告诉了我们一个非常不愉快的消息：11 月 4 日我们的小船离开霍隆库河之后，从那时至今一点消息也没有。我回想起来，正是那一天风刮得特别大。普古伊（我们新认识的一个乌德海人的名字）看到一只小船在海上和大风搏斗，风把小船从岸边带走了，越漂越远。但是他不知道，这是不是海把头的那只船。

对我们来说，这是无法弥补的不幸。我们的全部家当——冬衣、鞋和粮食——都在船上。而随身带的东西只有秋天穿的夹衣、每人一双翁得、毯子、帐篷、枪支弹药和有限的一点粮食。我知道，往北去，叶金河上还有乌德海人居住，但是这里离叶金河还很远，而且乌德海人又那么穷，指望他们满足整个考察队的吃住需求，想都别想。

怎么办?

我们这样想着，不知不觉走到了一片低矮的针叶林前。这片树林隔开了纳赫托胡河畔的空地与大海。

往常，我们总是高高兴兴地走到小船前，就像回到了家似的。但是现在，纳赫托胡河和其他小河一样，也那么令人感到陌生和荒凉。另外，海把头——这个航海的能手，也许现在已经葬身鱼腹了，真令人惋惜。

我们默默地走着。所有的人都在想：怎么办？士兵们都明白现状的严重性，而我必须想办法使大家摆脱这种困境。终于出现了一线亮光，树林突然走到头了，前面是一片汪洋大海。

第十八章　遗言

准备过冬　叶金河　寻找小船　貂熊　库穆胡河和纳赫托胡河之间的沿海地带　皮亚河　不幸的一枪　德尔苏的恐慌　条约　归程

从前纳赫托胡河附近是一个潟湖，有一条沙滩把它与大海隔开。如今这里变成了一大片长满青苔的沼泽，上面丛生着杜香、笃斯越橘和岩高兰。杜香的枝条上蒙着一层厚厚的发亮的铁锈色；笃斯越橘长着蓝色嫩叶；岩高兰枝繁叶茂，细小的叶子卷成筒状。在这些灌木丛中还可看到一些已经凋谢和枯萎的植物：根茎爬蔓的委陵菜；斜着长的兴安悬钩子，多刺，结黄色浆果；沼泽山黧豆，外形很像野豌豆，茎上长叶片，结扁形豆；还有燕子花，粗大干枯的灰色叶片；最后还有沼泽里常见的棉花莎草——一种挺拔秀丽的白色植物。

纳赫托胡河流进了一个小海湾，海湾两旁各有一个由光怪陆离的火山凝灰岩构成的海角，乌德海人把北面的叫作北角，即扎阿利角，把南面的叫作南角，即马阿斯角。我们就在这海边上的悬崖脚下安下宿营地。

晚上，我和德尔苏坐在火堆旁，商量该怎么办。小船失踪已经4天了。如果它被刮出不远，早该回来了。我说，应该到阿马古河去，在旧教徒那里过冬。但是德尔苏不同意，他劝我们留在纳赫托胡河打猎，得到的皮子可以缝制新鞋。据他说，从土著人那里可以弄到干鱼和小米。但是这样的话，又出现了另外的困难：天气一天比一天冷，再过两个星期，穿秋季的服装走路已经不行了。总的看来德尔苏的方案毕竟最合理，我们决定按他的意见办。

晚饭后士兵们都躺下睡了。我和德尔苏还在火堆旁坐了很久，讨论我们的处境。

我本想回到乌德海人的房子那里去住，但是德尔苏劝我留在海边，因为第一，这里比较容易弄到吃的东西；第二，他仍对海把头回来抱有希望。如果海把头还活着，他一定会回来，沿着海岸寻找我们。如果没找到我们，可能是从旁边经过了。若回到乌德海人那里，我们仍将一无所有。

我不能不同意他列举的理由。

各种念头出现在我的脑海里，一个比一个可怕，使我不得安宁。

一阵阵寒风把枯草刮得沙沙响，旁边一棵孤零零的小树在风中东摇西晃。从黑暗里，从沿岸的悬崖那边，传来了一种奇怪的声音，好像是狼嚎。

担心和焦虑折磨了我一夜。

没有完成考察便中途返回，这太让人痛心，我恨不得掉下泪来。但是另一方面，在严冬时节，没有良好的装备冒险前进，也是轻率的。如果只有我一人和德尔苏，我不会多虑，而是继续向前走。但是现在和我在一起的有好几个人，我对他们的安全承担着道义上的责任。天快亮时我才睡着了一会儿。

第二天，风刮得特别大。气温降到 –6℃，气压 766 毫米，风速表的示度是 242。

士兵们听说我们可能在这里长久停留，甚至可能过冬，便动手把海浪冲到岸上来的漂木搬来，修了一个地窖。这是一个很聪明的主意。他们用石板砌了炉灶，学朝鲜人的方法用空心树当烟囱。门口用帐篷挡上，窖顶用带青苔的草皮子苫上。地窖里面铺上厚厚的云杉枝和干草。总体来看，这个地窖修建得相当舒适。

11 月 10 日，有几个乌德海人从索苏诺夫角来到宿营地。其中一个人随手捡起一根木棍，在沙地上灵巧地勾画出了平面图。当我展开一幅 40∶1 的地图给他看时，他很快就判定了方位，并指着地图上的山、河和海角，准确无误地说出它们的名字。他这么迅速就掌握了比例尺，并且马上就能明白投影原理，我感到很震惊。记得当年老师教我认地形图时，好长时间我都看不懂，可是这个普通的原始人，从来没看见过地形图，却对此这么熟悉，好像他一辈子都干这行似的。我对此的解释是，这些人经常在山上游走，熟悉了按照投影原理从高处俯瞰地面的缘故。同时，他们对空间的比例感也很容易领悟。

第二天我决定和德尔苏两人沿海岸往南走，看看那里有没有海把头停船的痕迹，顺便也打打猎。

扎哈罗夫和阿里宁带着同样的任务往北走。萨比托夫和图尔蒂金溯河而上，奔霍德河河口。

我们一早就离开了纳赫托胡河，沿着海浪冲击的沙滩向前走去。

一大早天气就阴沉沉的，空中弥漫着烟雾，或者是乌云。有一次，从云雾后面射出一道阳光，掠过水面，好像探照灯光一下照亮了岸边的山峰，然后又隐藏到云雾里去了。接着下起了小雪。我担心有暴风雪，想留在宿营地，可是看到西边有亮光，乌云又向东南驰去，这是天气转晴的迹象。德尔苏也这么认为，于是我们精神十足地向前走去。雪下了约两小时就停了，烟雾也散了，竟然是一个好天气——温暖而无风。

山间的溪水还在流动，但是它那潺潺声已经越来越小，显然，山泉应该很快冻结，并完全沉寂。从石缝里往外渗水的地方，以前看不到水，现在却冻结成了大冰块。冰块还在不断增大，很像冰冻的瀑布。

我们沿着海岸边走边谈论着海把头怎么杳无音信。这个问题我们已经提出来 100 次了，得出的只有一个结论：应该赶快缝鞋，回到阿马古旧教徒那里去。

我的狗阿利帕跑在前面大约 150 步远的地方。突然我发现了两个动物：一个是阿利帕，另一个是野兽，样子也很像狗，黑色，毛挺厚，短腿。它在沿岸的悬崖旁笨拙地跳着向前走，似乎想赶过我的狗。这个毛茸茸的野兽赶上阿利帕之后，便采取了防御姿态。我认出这是貂熊，是鼬科里最大的一种动物，这种动物跎行（即脚掌着地行走。——译者注），毛茸茸的，很粗笨，身长最多可达 1 米，高 45 厘米。毛色总体为深褐色，背部为黑色，两侧从肩膀到臀部各长着一条宽宽的浅灰色横带。躯干下部和腿的上半部比其他地方的毛都长。貂熊颈短、头大、脸长，爪结实有力。

貂熊栖息在山林中有狍子，特别是有麝的地方。貂熊在麝经常出没的小道旁边，找一棵树或一块石头，一动不动地蹲在上面，一连几个小时狩猎。貂熊对于它要猎取的动物了解得很透，知道它们喜欢走什么路，绕什么弯。比如：它知道在很厚的雪地上，麝总是在一个地方和那个大圈内跑，不愿踏出新路。所以貂熊追赶麝的时候，总是拼命追赶，直到跑完一圈回到起点为止。这时貂熊便爬到树上，等麝再次经过这里。如果这种方法不成功，它便采取疲劳战术，一直猛追，直到麝跑累了跌倒在地为止。如果这时貂熊在路上又看到了别的麝，也不去追赶，而是继续追赶第一只麝，虽然这只麝可能已经跑出貂熊的视野之外了。貂熊是一种祸害人的动物。它闯进仓房，看到什么都会狂暴地撕碎。干肉、干鱼以及其他食品，它看见了就一定要糟蹋够了才溜走。从前土著人把貂熊皮看得比貂皮还贵重，直到中国人和俄国人来到这里，他们才明白自己搞错了。20 年前，一张貂熊皮价值不超出 3 个卢布。猎人并不专门去打貂熊，只是偶尔碰上了才对它开枪。

貂熊分布在整个乌苏里地区，大约南至北纬 44°。波谢茨基、巴拉巴什斯基、绥芬河一带和尼科利斯克－乌苏里斯克附近都没有貂熊。在锡霍特山脉，这种动物颇为常见。

阿利帕停下来，好奇地打量着这个偶然相遇的伙伴。我想朝它开枪，但是德尔苏阻止了我，说要节省子弹。他的意见明智合理。我于是唤回了阿利帕。貂熊撒腿就跑，消失在了一个冲沟里。

霍隆库河和纳赫托胡河之间的海岸线有些曲折，有三个海角：普利特尼亚克角、巴克兰尼角和索苏诺夫角（乌德海人叫它胡洛角、列尼克托角和霍尔洛角）。这些海角很明显地伸入大海。过了这些海角，海岸又向西北方弯去，直到奥林匹克角附近又伸进海里。

从纳赫托胡河起到翁图古河的沿海地带，岩石种类分布如下：先是硅质页岩，接着是安山岩，间或夹杂着玻璃质玄武岩。再往南去，下面延伸着一片绿泥石，高处是玄武安山岩，继续往前是玢岩。覆盖层由色彩交替的一层层凝灰岩构成。这里有一个特别有趣的悬崖哈迪埃，它的岩层纹理呈垂直板状形和单独的弧线形。

皮亚河附近有两座悬崖，名字是萨德扎苏–马马萨–尼，形状很像人。乌德海人说，这两座悬崖原来就是两个人，是海神泰穆（鱼和海底动物之主）把他们变成了悬崖，强迫他们看守沿岸的山岭。

这一带沿岸有许多被海水冲上来的干木头。我们选好了宿营地，把东西放下，便分头去打猎。

皮亚河河床极为曲折，在河谷里游移不定。如果像飞鸟那样从高处向下看，这条河就好像一条花边。河谷下游的土壤是冲积而成的，都是淤泥和新冲下来的沙土，把野草和灌木丛都埋上了。这说明今年夏末这里发过两次大水。靠近海边长着矮赤杨和高高的绢柳，沿着河谷往上去有落叶松、白桦、山杨和杨树，再往前去则是槭树、黑杨、稠树，有些地方还有云杉和红松。河谷两旁的山坡上，向阳那面是一片低矮的柞树林，北坡则是树苔斑驳的古老的针叶林。

我们没打多长时间的猎。当我们又走到一起时，天快黑了。太阳已经落山，阳光的金色余晖照进了森林的最深处，柔和的金光洒在杨树的树干上、云杉的树顶上和红松毛茸茸的树冠上。在我们旁边不知什么地方，响起一阵尖厉的叫声。

“麝！”好像在回答我询问的目光，德尔苏小声说。

大约过了两分钟，我看到了那只野兽，样子很像狍子，只是个头要小得多，毛色也更深，嘴里龇出两根细长的獠牙。这只麝跑出去有 100 步远，站住了，把它优雅的小脑袋转向我们，一动不动，好像在等待什么。

“它的在哪儿？”德尔苏问我说。我用手指给他看。

“在哪儿？”他又问。

我用手指着那个很明显醒目的物体，将他的目光引向麝，但是，不管我多努力，他还是什么也没看见。德尔苏慢慢地举起枪，再一次仔细看了看麝站的地方，打了一枪，没有打中。枪声响彻整个森林，消失在远方。受惊的麝往旁边一闪，钻进密林不见了。

“打中的有？”德尔苏问我。从他的眼神来看，他不知道这一枪打得怎么样。

“这次你可打空了。”我说，“麝跑了。”

“难道我打中的没有？”他惊慌地问。

于是我们走向麝刚刚站过的地方。地上没有血迹。毫无疑问，德尔苏的确放了空枪。我对老朋友开了几句玩笑，德尔苏却一屁股坐到地上，把枪放在膝盖上沉思起来。突然，他又猛跳起来，用刀在树皮上刻了一个很大的记号，然后拿起枪，向后跑出有 150 步远。我想他是要在我面前证实一下刚才的失误不过出于偶然。但是这么远的距离看不清树上的记号，他应当离得稍微近一些。他终于选好了位置，用支架把枪架好，开始瞄准。德尔苏瞄了半天，两次将头从枪托旁边挪开，好像犹豫不决，要不要扳动枪机。终于开枪了，接着他便向大树跑去。我看到他的两只手一下子耷拉下来，就明白他没有打中目标。当我走近他时，只见他把皮帽子扔在了地上，枪也倒下了。他眼睛睁得很大，空洞的目光茫然望向空中某个地方。我把手放在他肩上，德尔苏哆嗦了一下，连珠炮似的飞快地说：

“以前，任何的人，野兽先看到的不能。总是我的第一个看到。我的开枪，总是打到它的皮上的洞。我的子弹，任何时候飞了的没有。现在我的 58 岁了。眼睛不好了，看见的不能。

麝的打，没打着；树的打，也没打中。到中国人那里的干活儿，我的不想。他们的活儿我的不懂，以后我的怎么活呢？”

这时我才明白，我的玩笑开得并不恰当。他一直以打猎为生，视力的衰退就等于死亡。何况德尔苏孤苦伶仃，无依无靠，这就更加剧了他的悲惨处境。到哪里去呢？怎么生活？哪里是一个白发苍苍的老头儿的归宿？

我忍不住对老头儿生出一股怜悯之情。

“不要紧，”我对他说，“别害怕。你帮了我很多忙，救了我好几次命，我应当报答你。你随时都可以到我家去，有你住的，有你吃的。我们将在一起生活。”

德尔苏忙碌起来，开始收拾自己的东西。他捡起枪，用生疏的目光瞥了它一眼，好像从今以后再也不需要它了。

这时，太阳刚刚落入地平线。山峦向东边延伸出长长的阴影。还没有结冰的河水像镜子一样闪闪发亮。水面上倒映出灌木丛和岸边的树木。好像水下和这里一样，是同一个世界，也有这样一个明朗的天空……

我们在小河附近分手了，德尔苏回宿营地去，我决定再打一会儿猎。我在森林里转悠了好久，什么也没有看到。最后我觉得累了，也往回走去。

西天的晚霞渐渐熄灭了。发蓝的天空睡意迷蒙，一动不动；河谷变得阴郁，好像是群山中的一条很深的裂缝。

突然，灌木丛中有什么东西在动。我马上站住，准备开枪。接着又是一阵轻微的咔嚓声。接着从赤杨丛里悄悄走出一只狍子，慢慢走到林间空地上，吃起草来，看样子，它根本没有发现我。我迅速瞄准，打了一枪。不幸的狍子向前一蹿，便一头栽倒在地上，一分钟后它就断气了。我取出自己的皮带，把它的四蹄绑好，扛在肩上。有一股热乎乎的东西流到了我的脖子后面，这是狍子的血。于是我把这个战利品放到地上，高喊起来。不一会儿就听见德尔苏的回应。他没有带枪，空手来了。我们俩用一根棍子把狍子抬了回去。

我们回到宿营地，已经暮色苍茫。月亮升起了，它那磷光般的清辉照亮了大海、岸边的岩石、森林和河水。四周一片寂静，只有徐徐的夜风吹拂着野草，发出低微的沙沙声。这种声音非常单调，听惯了也就觉察不出来了。我们的宿营地上篝火点点；火光照在地面上，现出斑驳的红色光影，与黑魆魆的阴影和悄悄透过灌木枝洒落下来的暗淡月光交织在一起。远处依稀可见在海水的雾气中高耸的巴克兰尼角。

打完猎后，我感到十分疲倦。吃晚饭时，我向德尔苏讲述了俄国的情况，劝他放弃在原始森林里的这种危险艰苦的生活，跟我一起到城市里去。但他仍像刚才那样默默不语，苦苦思考着什么。

我终于感到眼皮发涩，便裹上毯子，沉沉睡去。

半夜我醒了。月亮高高挂在天空。紧贴着地平线的星星，钻石般熠熠闪光。已经是下半夜了，整个大自然都沉浸在朦胧中。一望无际的大海洒满月光，寂静深邃的天空布满亮晶晶的星星，没有什么比这夜色更美妙的了。黑魆魆的海水、岸上高大的悬崖、山中沉寂的森林，一切都是那么和谐，构成一幅雄伟壮丽的画面。

德尔苏坐在火堆旁。我一眼就看出来了，他一直没有睡。他看我醒了，非常高兴，连忙给我烧茶。我发现老头儿的样子很激动，十分殷勤地照料我，想尽办法不让我再去睡。我顺从他的意思，告诉他我不想再睡了。德尔苏又往火堆里添了点柴火，当火着旺后，他从坐着的地方站起来，语气庄重地说：

“长官，现在我的说话，你的要听。”

他从早年的生活讲起，怎么成了一个孤苦伶仃的人，如何一直靠打猎为生。他一直就靠着这杆枪生存。他卖掉鹿茸，再从中国人那里换来弹药、烟草和做衣服的布料。他从来没有想到眼睛会这样，这是用多少钱也买不回来的。已经有半年了，他感到视力减弱，他没在意，以为这种状况会过去。但是今天他明白了，他的打猎生涯结束了，这把他吓坏了。后来他又想起我说的话，他什么时候都可以到我那里去，有住的，有吃的。

“谢谢，长官！”他说，“大大地谢谢！”

他突然跪下，给我磕头。我急忙把他扶起来，对他说，倒是我应该感谢他的救命之恩；如果他愿意和我一起生活，只能使我感到高兴。为了排解他的这些悲伤念头，我劝他喝点茶。

“等等，长官。”德尔苏说，“我的说完的还没有。”

接着他又继续讲述自己这一辈子的生活。他说到一件事：他还年轻的时候，从一个中国老头儿那学会了寻找人参，掌握了人参的特征。他从来不卖人参，而是把活参带到勒富河上游的一个地方栽上。他最后一次到他的参营去已经是 15 年前了。人参都长得很好，一共有 22 棵。他不知道人参现在是否还在那里，大概还在吧，因为那个地方非常偏僻，附近没有看到过人的踪迹。

“这些全部的给你！”他就这样结束了自己的长篇叙述。

他的话使我深感惊讶。我劝他把人参卖给中国人，钱留给自己。但是德尔苏仍然坚持他的意见。

“我的不要。”他说，“我的不多的生命了，很快的会死。我的一定想棒槌[1]的送给你。”

他的目光中流露出恳求的神情，我无法驳回。如果我再拒绝，会让他伤心。我表示同意，但也要他答应我，这次考察工作结束后，就跟我到哈巴罗夫斯克去。德尔苏也答应了。

我们决定明年春天到勒富河去看看那些珍贵的人参。

银白色的月亮已经西斜了。天空东边出现了新的星座。空气中的湿气落到地面上，薄薄的白霜覆盖了一切。这是黎明即将来临的准确征兆。

德尔苏又往火堆里添了点柴火。耀眼的火苗向上飘动盘旋，红通通的火光照亮了灌木丛和岸边的悬崖——这是我们俩的约定和互相承担义务的无言证人。

瞧，东方出现了条状的玫瑰色，朝霞升起来了。星光马上暗淡下去，美妙的夜景也消失了。柔和的曙光洒向暗淡的蓝灰

---

1 指人参。

色的空中。篝火的红火炭已经暗淡，蒙上了一层灰烬，柴火头冒着烟，看样子好像火在里面燃烧似的。

“让我们稍微睡会儿吧。”我向我的旅伴提议。他站起来，整理了一下帐篷，然后我们俩盖着一条毯子躺下，立刻睡着了，睡得像死人一样。

当我们醒来时，太阳已经升得老高。这是一个寒冷而晴朗的早晨。水塘上已经冻了一层亮晶晶的薄冰，没冻冰的地方看上去好像一块块黑斑。

我们匆忙吃了点冷肉，喝了茶，便收拾背囊，返回纳赫托胡河。

我们到了那里，人员都到齐了。阿里宁打了一只北海狮，扎哈罗夫打到一只海豹。这样，我们弄到了很多皮子，肉也很充足。

11月12日到16日，我们在原地休息。士兵们出去采笃斯越橘，捡松子。德尔苏用两张生皮子和乌德海人换了一张熟鹿皮。他叫土著妇女给裁剪成翁得，我们按照每个人的脚的大小，自己动手缝制。

17日早晨我们离开纳赫托胡河，踏上了归途，向旧教徒村走去。临走时，我又期待地向大海望了一阵，或许海把头的小船说不定会在什么地方出现。但是海面上空空荡荡。风从陆地吹去，岸边很平静，远处却波浪滔天。我挥了挥手，发出了上路的信号。就这样回去真令人沮丧，但是又能怎么办呢。我们的归途很顺利，没有发生任何意外。

第十九章　海把头归来

狂风　海把头遇险　冬天行军的准备　做爬犁（雪橇）　捕鱼　耐寒的乌德海人　毛腿沙鸡　冬天行军　出发前夕　爬犁队　库松河及其支流　老虎崖　岩石　烧光的森林　冬天的帐篷　林中鸟　鬼的民族性　乌德海人孙财

从地质学角度来看，这一带海岸没多大意思。翁图古河与库兹涅佐夫河之间，沿岸的岩石分布如下：翁图古河－萨格迪河口右岸可见露出地表的小卵石结成岩，自东北向西南延伸，构成 51° 角，倾斜度为 18°；接下来，在霍尔洛角附近，是变质的红色熔岩；往南去，坎州河一带是不同色彩交替出现的玄武质凝灰岩，厚度约有 120—130 米，再往前去是火山喷出的某种贯有异离体的绿石岩。库阿泉附近是一片高高的海岸阶地，基座厚实，由一种不知名的有着不规则裂隙的暗色岩石构成。最后，靠近哈迪埃悬崖处，也是那种不知名的岩石，有着垂直的板状节理。

11 月 22 日，我们到达了大霍别河，23 日早晨，来到了库松河。

从昨天就开始阴天了。气温在 –10℃时，气压为 756 毫米。天空布满了乌云。上午 10 点左右下起了小雪，一直下到中午。

在库松河土著人那里短暂休息后，我想继续往前走，但是他们劝我在这里停留一天。乌德海人说，好久没有刮风，天气也阴沉沉的，想必一定有大风。当地的中国人也惶惶不安，不断向西面张望。我问他们在看什么。他们指着白雪皑皑的克亚莫山让我看。

这时我才发现，刚才还看得极为清晰的山脊，现在已经隐隐约约，模糊不清了；山上在冒烟。据他们说，再过两个钟头，风就会从克亚莫山刮到大海。

中国人用绳子把房顶网住，系在附近的树桩子和大树上，用草编的网把禾谷垛罩起来。下午两点左右，果然起风了，开始是徐徐微风，接着风势越来越猛，与此同时还出现了某种烟雾。这是雪、尘和枯叶被大风从地上扬起，在漫天飞舞。傍晚，风势达到了顶点。我拿着风速表出去，想测一下风力，可是一阵狂风刮断了风速表的轮子，连我也差一点儿被刮倒在地。仓促间我看见一块木板和树皮从空中飞过，这是被掀开的哪家房子的屋顶。房子旁边停着一辆中国式的两轮大轱辘车。风把它从院子这头一直刮到那头，紧贴到栅栏上了。有一堆干草垛得不严实，几分钟工夫便被刮得一根也不剩了。

拂晓，风力开始减弱。刮一阵，停一阵，周期性地变换。天色大亮时，我已经认不出这个地方了：有一座房子完全倒塌了，另一座房子刮倒了一面墙；很多大树被连根拔起，横躺在地上。太阳刚一升起，风就无声无息了；过了半个小时又重新刮起来，不过已经是南风了。

应该继续赶路，但又不那么想走：我的旅伴都累了，中国人又这么好客。我决定继续在这里停一天——这个主意很棒。这天晚上，有一个年轻的乌德海人从海边跑来，带来一个喜讯：海把头驾船回来了，我们所有的东西都完好无缺。我的旅伴们高喊“乌拉”，兴高采烈地互相握手。确实，这太令人高兴了，我都要手舞足蹈了。

第二天天刚亮，我们都来到海边。海把头的高兴劲儿不亚于我们。士兵们把他紧紧围住，吁长问短。原来，他走到坎州河附近时起了大风，大风将他一直吹向萨哈林岛，海把头没有一丝慌乱，竭尽全力使船靠近海岸，因为他知道，否则就会被刮到日本去。后来，他从萨哈林岛渡过海峡，驶到苏维埃港（当时叫皇帝港），从苏维埃港又顺岸南下。在纳赫托胡河上，他从乌德海人那里得知，我们到阿马古河去了，于是他就驾船追赶我们。昨天那场暴风，他是在霍隆库河躲避的，然后用一天的工夫到达了库松河。

这时，我脑海中马上想出了一个新的计划：决定溯库松河而上，翻过锡霍特山，直奔比金河。粮食、工具、冬衣、棉鞋、装备和子弹——所有这些东西，现在我们一应俱全。

海把头也决定在库松河过冬。海上航行现在变得十分困难，因为岸边漂浮着许多冰排；河口也要封冻了。

士兵们毫不拖延，连忙卸船。把桅杆、舵和帆都拆下来后，大家把船拖上岸，用圆木垫好，两边用木橛子支住。

第二天，我们着手做爬犁[1]。一共需要6副。3副已从乌德海人那里弄到了，另外3副只好自己动手来做。

扎哈罗夫和阿里宁会干木匠活儿。另外又找了两个乌德海人帮忙。委托德尔苏指导全盘工作。他提出来的所有意见总是非常中肯，士兵们习惯了，不和他争辩，什么活儿都要得到他的赞同之后，才动手去做。

这项工作花了10昼夜。这期间，我的旅伴时常去打猎，有时候顺利，但往往是空手而归。我们和库松河的乌德海人建立了友谊，认识所有的人，并能叫出他们的名字。

11月25日，我、德尔苏、阿里宁和土著人一起到库松河口去捕鱼。乌德海人随身带了一些芦苇火把和沉重的木槌。

河汊子中间的一个小岛上，长着白杨、赤杨和绢柳，我们在岛上发现了一种很奇怪的用草搭的窝棚。我马上就认出来，这是日本人搭的。这里是他们偷偷大肆捕鱼的地方，因为这里无论从陆地还是从海上都看不见。我们便为自己选了一个这样的窝棚。

---

1 一种轻便雪橇，用3根支柱架起，长3.6米，宽0.7米，高0.6米；雪橇的滑木前后都向上翘起，以便遇到雪地里有倒木时，雪橇拉得上去，下来也很稳当。

河湾里的水封冻了。冰面光滑如镜，清澈透明；冰底下的浅滩、深坑、水藻、石头和沉没的树木历历可见。乌德海人凿穿了几个冰窟窿，放下去一张双层网。天黑的时候，他们点燃芦苇火把，然后朝冰窟窿这边跑，时不时用木槌使劲敲击冰面。鱼被火光和响声吓昏了，向前猛蹿，落进渔网。捕到的鱼相当可观，一网就打了 1 条哲罗鱼、3 条红点鲑、4 条白点鲑和 11 条雅罗鱼。接着，乌德海人把网重新放进冰窟窿里，从另一面撵鱼，后来挪到了湖上，又从湖上挪到河汊子上和河上，最后又回到河湾。

晚上 10 点多钟我们结束了捕鱼。一部分土著人回家了，其余的人留在窝棚里过夜。留下的人中有一个叫老疙瘩的乌德海人，我在去年就认识了他。夜里寒风逼人，就是守在火堆旁，也无法驱走寒气。半夜我忽然想起老疙瘩，问他在哪里。他的一个伙伴说，老疙瘩在外面睡觉呢。我穿好衣服，走出窝棚。外面一片漆黑，寒风扑面，像刀割一样。我在河上转了一圈，回到窝棚告诉他们说，哪里也没看见篝火。乌德海人回答说，老疙瘩睡觉不点火。

“怎么，没有火？”我惊异地问。

“是这样。”他们无所谓地回答。

我担心老疙瘩出什么事，点上我的小灯笼又去找他。有两个乌德海人愿意陪我一起去。在离窝棚大约 50 步远的河岸下找到了老疙瘩，他睡在一堆干草上。

他身上只穿着用熟鹿皮做的上衣和裤子，脚上穿着鹿皮翁得，头上戴着白风帽和一顶插着貂尾巴的帽子。他的头发上挂满了白霜，后背也是一层白霜。我使劲摇他的肩膀。他坐起来，用手擦掉眼睫毛上的霜。我看他既不哆嗦，也不耸肩，就知道他没有冻着。

“你不冷吗？”我奇怪地问。

“不冷。”他说，立刻又问，“出什么事了？”

那两个乌德海人告诉他，我担心他出事，摸着黑找了他好久。老疙瘩说，窝棚里人多太挤，所以他决定在外面睡。说完，把皮衣裹得紧紧的，躺在干草上又睡着了。我回到窝棚里，把这事讲给德尔苏听。

“没关系，长官。”赫哲人回答我说，“这些人冷的不怕。他的常常山里的住，貂的撵。哪里的黑夜，哪里的睡。他的总是背对着月亮取暖。”

天亮的时候，乌德海人又去捕鱼了。这回他们采取另一种办法。在冰窟窿上面支起一座不大的皮帐篷，四面遮住光。阳光透过冰照亮了河底。卵石、海螺、沙底和水藻都清晰可见。渔叉伸进水里差一点够到底。这样的帐篷一共支了 4 座，一个紧挨着一个。每一个帐篷里蹲一个人；其余的人从四外悄悄地撵鱼。鱼一跑到冰窟窿前，帐篷里的人就用渔叉把它叉住。用这种方法捕的鱼比头天晚上收获的还大。昨天一夜和今天一天，乌德海人捕到了 22 条哲罗鱼，136 条白点鲑，240 条海鲑和大量的雅罗鱼。

从海边往回走的路上，我的狗撵出 4 只鸟。这些鸟多半栖息在沙土上，毛色和沙土的颜色极为相似，就是走得很近了也根本发现不了；直到这些鸟飞到空中的时候，我才再一次看清楚它们。我开枪打死了一只。原来是毛腿沙鸡，大概是大风把它们从蒙古东部偶然刮到这里来了。在外乌苏里地区这种鸟是第一次出现。我把沙鸡拿给土著人看时，他们七嘴八舌，表示惊奇，说从来没见过这种鸟，并且马上就给它起了一个乌德海名字："马弗"（熊的意思）。之所以给沙鸡起这个名字，是因为它的脚掌让人想起熊掌。

很快我就发现，刚看到的这种鸟并非唯一的一群。一路上我们还碰到好几群。后来听说，那年的 11 月末，在奥耳加湾和萨马尔加河附近也有人看见过毛腿沙鸡。这些鸟大约只待了一星期，然后突然消失了，和突然出现一样。

士兵们做爬犁和滑雪板期间，我到四周转悠了一下，但是大部分时间都在家里。一切都需要检查，需要预先考虑到。根据个人经验我知道，土著人多少世纪积累的经验是不容忽视的。随后发生的许多事情证明，真该感谢他们，我们多亏听从了他们的建议，按照他们所说的那样去做了。

12 月 2 日，士兵们结束了所有的工作，又给了他们一天时间做最后的准备。一个满洲老人齐世武答应把我们送到比金河的第一个中国屯子去。3 日下午，我们把东西装上爬犁。明天早上出发前只剩下收拾行李和喝茶了。

晚上，乌德海人跳神。他们求神灵保佑我们一路平安，保佑我们沿途打猎走运。房子里聚集了很多人。中国人又送来了烧酒和甜点。酒精使乌德海人兴奋起来。他们整夜在火堆旁跳舞，随着鼓点唱歌。

黎明前，我去了最远的一座中国房子里，在那里睡了一会儿。

12 月 4 日天气很冷：零下 19℃，气压计显示为 756 毫米。微风从西方吹来。天上万里无云，蔚蓝的天空显得深远。山上白雪皑皑。

第一次出发总要耽搁一些时候。往往都耽误在向导身上：他们不是没准备好鞋，就是还没吃饭，再不就是路上没有烟草了，等等。直到上午 11 点，经过三番五次催促后，我们才终于出发了。中国人举着小旗，打着呱嗒板，放鞭炮为我们送行。

最后这 4 天的时间，河都冻得很结实了。冰面平滑如镜，闪闪发光。由于河底都冻实了，加之封河时水位上升，因此所有的河汊都结了很高的冰。我们因而可以少走不少路，抄近路直着走，只需绕着河湾和河里有冰堆的地方即可。

我们的大队总共有 8 副爬犁[1]。每副爬犁上装着 30 公斤东西。我们没有拉爬犁的狗，因为我没有钱了，而且在库松河也未必能买到那么多只狗。所以，这爬犁只好自己拉了。

乌德海人冬天拉爬犁的办法是这样的：在爬犁前面拴上一根绳子或者皮带，绳头上是一个宽带子做的套，可以套在肩上。在爬犁架右边第一个主柱上固定一根长杆，叫作扶手。人拉爬

1 另外两副爬犁是我们的向导——土著人的。

犁时，用右手把住扶手，可以校正爬犁的方向，在急转弯时还可以扶住爬犁。

天气对我们非常有利。爬犁走在冰上十分轻快。人们一路高高兴兴，有说有笑。

在库松河中游，切河和扎瓦河之间，耸立着一座孤峰，当地人称它哲列-卡达尼。老头儿刘尔对我讲过这么一件事。有一次，他和一帮猎人在这座山脚下住了好长时间。有一个乌德海人发现山顶上有一只老虎，老虎卧在那里一动不动。他们在这里待了好几天，这期间下过两场雪，大雪把老虎完全盖住了。让他们惊讶的是，到了第六天早晨，突然，老虎站起来了，抖了抖毛，往山下的河边走去。这时，他们才明白，老虎不过是暂时死去（只要它愿意，随时都可以这样做）。老虎的魂离开了身体，到很远的某个地方游荡了，后来魂回来了，老虎又活了。这帮乌德海人全都吓跑了。从那以后，就没有人敢去哲列-卡达尼山了。另一个神秘的地方在库松河下游的左岸，那里有一座山峰，形状很像人的面孔。乌德海人把它叫作卡达-德林，意思是石人头。

据土著人观察，库松河里的各种鲑鱼游向不同的地方：大马哈鱼游到索洛利河，驼背大马哈游到比亚加穆河，红点鲑一向比别的鱼走得更远。阿格迪尼亚河的红点鲑总是特别多。

库松河长约 100 公里，发源于锡霍特山，蜿蜒曲折向东北流去。库松河和大克马河一样水流湍急，石滩也那么多。

从库松河上可以看到锡霍特山离这里最近的支脉。在头道尧尼亚河、二道尧尼亚河、三道尧尼亚河和奥洛索的河源，高高耸立着尧尼亚-克亚莫尼山脉，从海上可以看得很清楚。据乌德海人说，在三座山头之间的盆地上有一片淡水湖。

库松河附近的山脉从海滨溯河往上，岩石是这样分布的：最初玄武岩，接着是安山岩和玢岩，然后是一种深色熔岩，熔岩的空隙中充填着亮绿色的结核体；继续往上，是细粒玄武岩，到了布伊河附近，是辉安岩。布伊河往上 10 公里左右有煤矿。大约 30 年前，因森林失火，也点燃了煤，从那以后，地下煤层一直在隐隐燃烧。另外，在库松河左岸，离海 25 公里有涅奥别山泉，那一带也有煤层露出地表。

不久前库松河的整个河谷还覆盖着稠密的混交林。后来接连发生了两场大火，彻底烧光了森林。如今这里是一片片火烧迹地。尤其是布伊河、霍洛苏河、富河、比亚加穆河、索洛里河和三道扎瓦河一带，树木烧得最为厉害。只有奥多河、阿格迪尼亚河和西德克西河（也叫西登盖伊河）沿岸，保存下来一些森林。

栖息在库松河河谷里的动物有：马鹿、狍子、麝、密狗、黄鼠狼、紫貂、貂熊、豺、狐狸、棕熊、猞猁和老虎。在二道西登盖伊河和奥德格河一带，老虎尤为常见。

这一天我们走了很少的路，早早宿营了。第一次宿营，帐篷里睡觉的位置大家不过是偶然而随意的。我、德尔苏和满洲人齐世武睡在火堆这边，士兵们睡在那边。后来一路上都按照这个位置睡觉，再没有变过。

冬天，特别在刮大风的时候，要善于搭两面坡的帐篷。帐篷的架子是用柳树杆支撑（这种柳树在河边上到处都是，用帐篷布在四面围住；顶上留个走烟的洞。为使帐篷里的火烧得旺，就得把一面的帐篷布（通常是在门口）掀起一点儿。然而，冷风也随着新鲜空气一起钻进帐篷。这时，又是机灵能干的德尔苏帮了我们。他弄来一棵空心树，把它放倒在地上，一头对着篝火，另一头朝着外面。这棵空心树成了极妙的送风口。火苗立刻有了抽风，帐篷里空气也新鲜了。士兵们把砍下的云杉枝铺在地上，上面再铺一层干草。夜里大家都睡得很好。

第二天（12 月 5 日）我醒得最早，穿好衣服走出帐篷。黎明前的微光把黑夜撵到西边去了。朝霞升起，严寒凛冽，森林冻得嘎巴嘎巴响；温度计显示为 -20℃。河上的冰窟窿冒着白气。周围的树木挂满了冰霜，好像白色珊瑚。冰窟窿旁边有两只水獭在嬉戏。它们的动作十分奇怪，像蛇似的弯曲着身子，发出的叫声像吹口哨，又像嘻嘻的笑声。有一只水獭有时还用后腿站起来，四下张望。我躲在灌木丛里看着水獭，但是它们还是发觉了我，一下子钻进水里去了。

回来的路上我打了几只松鸡，从另一个方向回到宿营地。篝火的浓烟夹杂着雾气，一团团地从帐篷里冒出来。人们都起来了，大概是被我的枪声惊醒的。

士兵们喝完了茶，穿好了靴子，十分麻利地拆掉帐篷，绑上爬犁。过了差不多半个小时，我们已经上路了。太阳从烟雾中升起，像鲜红的火球。又一天开始了。

河两面保存下来的一个个小岛一样的活着的树丛，好像沙漠里的绿洲。根据这些树丛可以判断出，这一带曾经长过什么样的植物。这里长过茂密的红松和杨树，随处可见灌木丛般的槭树，那灰褐色枝丫上挂着粉红色的干果，旁边是暴马子，深灰色的树皮和光秃的枝丫顶上有一串串的干果，现在只能由此来辨认它了。走到近处才能辨认出来的灌木有茉莉花和阿穆尔伏牛花，伏牛花上挂着冰冻的果实。

冬天临近的时候，外乌苏里地区的野鸟急遽减少。最常见的是交嘴雀——一种很招人喜欢的小鸟，毛色斑斓，上下嘴端互相交叉。交嘴雀聚成一小群一小群的，而且红羽毛的公鸟独自成群，不掺合到灰黄毛色的母鸟群里。交嘴雀常常在地上啄食，并且让人走得很近，甚至可以看清楚它的羽毛上的花纹。即使受到惊吓，也不往远飞，而是落在近处的某个地方。其次要指出的是数量锐减的蓝大胆。我是根据毛色和叫声判断出来的。蓝大胆的叫声就像低微的吱吱声。在一个地方我看见了两只日本戴菊——这种鸟长得很小，躲在云杉树丛里避风。斑啄木鸟到处可见，羽毛黑白间杂，尾巴根是红色。这种好斗又爱叫的鸟既不怕冷也不怕风。火红的松鸦夏天很爱叫，冬天却一声不响，同样躲到了密林里。它们一看见我们就发出刺耳的尖叫声，向同伴报警。偶尔也能碰到大嘴乌鸦和一种白天活动的猛禽，由于距离太远，我没看清楚到底是什么鸟。在河汊子上雪化了的地方，我们有两回惊起了秋沙鸭。它们总是一对一对的，大概是一公一母。萨比托夫用枪打死了一只，子弹把它炸成了碎块，因而不能剥下皮来确认，这让我感到非常惋惜。

大约 4 点钟，我们走到了奥洛索泉。从这里开始又是火烧迹地。

我们不再继续走了，选了一个有树林的小岛，钻到林中最茂密的地方，在那里舒适地安下了宿营地。

晚上，士兵们互相讲起了各种可怕的故事，讲到鬼怪、家神，谁遇到过什么事，谁又看见了什么。

说来奇怪，这些士兵相信自己的鬼怪，却怀疑和嘲笑乌德海人的鬼怪。对宗教也是这样；我不止一次发现，乌德海人对待别的民族的宗教比欧洲人宽容得多。如果说乌德海人对其他人的宗教不够关注的话，那也不过就是冷漠而已。这也可以从德尔苏身上看到。当士兵们讲各种鬼怪故事的时候，他安静地抽着烟袋听着，在他的脸上没有微笑，也看不出他是相信还是怀疑。

12 月 6 日早晨，天不亮我们就起来了。温度计显示 –21℃。太阳出来之后夜风渐渐停了，因而天气好像暖和了一些。

从前，库松河河谷被森林覆盖的时候，这里有很多貂，如今一片荒凉。山上长出了山杨林和桦树林，春汛时被淹没的森林长出了一簇簇的细柳条、赤杨和幼小的落叶松。

这一天我们走到了布伊河河口，中国人把它叫作乌林沟[1]。我们在这里要离开库松河，向锡霍特山进发了。

---

1 又译作五连沟，五个相连的河谷。

乌林沟河口附近住着一个乌德海人，名叫孙财。他是一个典型的乌德海人。他从父亲那里继承了萨满教的衣钵。他的住处摆满了各种各样的大量神像。此外，他还是一个远近闻名的出色猎手，一个能渡过险滩的机智果敢、精力过人的好船夫。我请他把我们送到锡霍特山岭，他高兴地答应了，不过他要求我们在他那里停留一天。他要打发他弟弟出去打猎，还要给老母亲治病，另外他也需要为自己的远行做准备。

他的老母亲已经60岁了。她是古老传统、风俗和各种仪式的守护者。她记得许多传说，知道处理什么事情应该出多少罚金（巴伊塔），凡是遇到订婚或离婚对聘礼发生争执的时候，她是解决这类问题的公认权威。

我同意第二天在孙财家里待上一天，一点都不后悔。主人和他的老母亲都是相当喜欢交际的人，因此我了解到了关于萨满教的许多有趣的事，还记下了好几个民间故事。

晚上，他请我们吃冻鱼片，端上桌的是一整条冻鱼。这是一条细鳞鱼（比小的驼背大马哈还稍小一点）。我们抛开了欧洲人对生鱼的成见，给了它应有的荣耀。

第二十章　翻越锡霍特山脉

乌林沟河　火烧迹地　沿流水（冰堆）　中国人的尸体　地垒马克山口　云和雪　锡霍特山西坡　镰翅鸡　闹鬼的帐篷　梅格河与比亚加穆河　暴风雪　比金河上游　遗弃的帐篷　撵鬼　恐怖（的故事）　夜半响声

接下来的4天（从12月9日到12日）时间，我们沿着乌林沟河行走。这条河发源于锡霍特山脉，起初是向东南流去，然后拐向正南，接着又向东南流了大约30公里，最后的5公里又向南流去。乌林沟河的中游分出许多小河汊，这些小河汊在乱石倒木中穿过一片森林。由于年年发生火灾，山上的树木全被烧光了。只有河两岸和河汊之间的小岛上还保存着一些树木。

看到结冰的河汊子，会以为乌林沟夏天水量充足。其实不然，水从山上下来，迅速流进河里，不会在这里留下明显的痕迹。到了冬天完全是另一种情境，水一流进坑里、沟里和河汊子就冻住了。在冰面上又有流来的水结成新的冰层，于是冰面越来越高，越来越宽，这样，我们拉起爬犁来就方便多了。大河里倒木被水冲走了，可是小河里，它们倒在哪儿就躺在哪儿。我们对此十分了解，随身带了几把斧子和两把截锯。有了这些工具，士兵们就可以迅速地排除障碍，清出道路。

12 月 1 日后，强劲的西北风开始减弱。有时几天也没有一点风，风速表显示风速在 60—75 千米 / 小时之间徘徊，但是天气却越来越冷了。

越接近山口，沿流水（冰下溢水）越多。凡是这样的地方，都冒出白色的蒸气，离很远就能看见。要想绕过这种地方，就得爬山坡。这样就会耗费很多力气和时间，要特别小心别弄湿鞋。在这种情况下，穿用猞猁皮做的、皮条缝的乌德海翁得是最好不过的了。

在这里发生了一件小事，耽搁了我们几乎一整天时间。半夜里我们没有发觉水已经流到了宿营地前面。结果一副爬犁被冻住了。只好用斧子砍开冰，把爬犁弄出来，然后用火烤干滑木，再修好坏的地方。有了这次教训，以后宿营时，我们再也不把爬犁直接放在冰上，而是用圆木把它垫起来。

路一天比一天难走。我们常常不是碰到密林，就是遇到堆满倒木的乱石滩。德尔苏和孙财手拿斧子走在前面，遇有灌木或小树妨碍爬犁前进，他们就用斧子砍掉；在爬犁容易翻倒的坑洼之地或斜坡上，他们就砍些树枝垫上。越往深山走，雪越多。目极之地，到处都是黑压压一片没有了树皮和树枝的烧焦的树干。这些火烧迹地的景象十分凄凉，哪里都看不到一点儿野兽的足迹，看不到一只鸟……

我、孙财和德尔苏走在前头，士兵们走得很慢，从后面传来他们的说话声。我在一个地方站下，考察从雪底下露出来的岩层。过了几分钟，我赶上了自己的伙伴。看见他俩弯着腰向前走，仔细察看着自己脚下的什么东西。

“在看什么？”我问孙财。

“有一个中国人，3天前的走过。”德尔苏回答说，“我们的，他的脚印的找。”

的确，某个地方勉强可以看出人的足迹，但几乎完全被雪遮住了。德尔苏和孙财又发现一个情况：从脚印看，这个人走得不稳，忽左忽右，常常坐在地上，而且他的两个宿营地之间的距离也非常近。

“病人。”他们断定说。我们加快了脚步。

脚印一直顺着河走去。从这些脚印可以看出，那个中国人已经不从倒木堆上爬过去，而是从旁边绕过去。我们这样走了大约半小时，只见脚印忽然拐到另一边去了。我们于是循着脚印走。突然，从旁边的树上飞起了两只乌鸦。

“啊！”德尔苏站下来说，“人死了的有。”

果然，离河边约50步的地方，我们看见了那个中国人。他紧靠着一棵树坐在地上，右胳膊肘支在石头上，头向左歪去。右肩上还落着一只乌鸦。我们的出现把乌鸦从死人身上吓跑了。

死人的眼睛睁着，身上落了一层雪花。我的旅伴察看了一下死者周围，解释说，那个中国人感觉自己不好时，就打算住下来，他解下背囊，想支起帐篷，可是已经没有气力了；他坐到大树底下就这样死了。满洲人齐世武、孙财和德尔苏留下来埋葬那个中国人，我们继续前进。

我们整天不住手地开通道路，甚至连午饭都顾不上吃，即便如此也走不到10公里远。风倒木、冰下溢水、塔头甸子、乱石中间积满雪的陷坑，造成了重重障碍。8小时内只走了4.25公里，平均每小时走560米。傍晚，我们快走到锡霍特山脊了，据气压计所测海拔高度为700米。

第二天是12月14日。一个寒冷无风的早晨。红彤彤的太阳升起来了，人却久久感觉不到暖意。山顶上的积雪被染成了浅粉色，背阴的山坡显出淡淡的蓝色。

观察周围的地势时，我发现旁边有一个地方冒出一团团的蒸气。

我招呼德尔苏和孙财一起去那里看看，究竟是怎么回事。原来，这是一个含铁、硫、氢的温泉。温泉周围的岩石是红色的；漂起的浮沫是白色的，含有石灰；水温27℃。乌德海人都知道乌林沟有温泉，因为凡是有温泉的地方，就有驼鹿栖息，但是他们小心翼翼地瞒着俄国人。

由于温泉冒出热气，泉眼的四周都挂满了霜；石头、柳条墩和横在地上的倒木上，都布满了奇异的花纹，在阳光下像钻石一样闪闪发光。可惜由于寒冷，不能把水带走去做化学分析。当我们去看温泉的时候，士兵们已经拆下帐篷，捆好了睡袋。

离开宿营地，我们立刻开始攀登锡霍特山。我们先把东西送到山顶，再把空爬犁拉上去。

山口上有一座中国人的小庙，上面写的是“昔日齐国为大帅，今在大清镇山林”。（意思是：古时候在齐国当统帅，如今在大清王朝治下守护着山岭和森林。）

在投影图上，锡霍特山这一带的地形显示为一条折线。山的走势起初是东北方向，后来弯向正东，接着又拐向北—北—东。在这里，锡霍特山仿佛出现了明显的断层（地垒）。后来许多地方多次发生山崩，在坍塌下来的沙土后面聚集的水形成了水坑。锡霍特山的东面非常陡峭。布伊河（乌林沟河）的河源是由几条小溪汇流而成的。这些小溪经过的冲沟把地表切割得很厉害。根据气压计显示的度数得出了海拔高度，山口的绝对高度为 860 米。我以 1855 年曾经到过阿穆尔地区进行考察的马克的姓名给山口命名。山口两旁的高峰有土著人起的名字：右面的是阿塔克谢奥尼，高 1120 米，左面的叫阿达胡纳梁格姜，高 1000 米。我的旅伴给它们起的教名是戈列雷科努斯山和格列宾恰塔亚山。

锡霍特山的东坡完全是光秃秃的。很难想象出有比乌林沟的河源更凄凉的地方了。甚至无法相信，这里曾经有过一片蓬勃的树林。现在只剩下不多的几棵树长在那里。孙财说，从前这里有很多驼鹿，这条河就是由此而得名的，布伊的意思就是驼鹿；但是自从森林被大火烧光后，所有的野兽都离开了，整条乌林沟河谷变成了一片荒漠。

士兵们把最后一副爬犁拉到山口的时候，太阳已经走完了自己的一多半路程。

一整天都是好天气，天空晴朗，阳光灿烂。温度计为 –17.5℃。气压 685 毫米。微风把一片片积云从东边吹来，从远处看，这些云朵好像飘在高空。但是靠近锡霍特山时，白云却像慢慢地降落地面。云朵低低地飘过分水岭上空，变成了某种灰黄色。每朵白云都放射出极其微小的雪尘的光泽。这时太阳周围出现了七彩光圈，但是云彩飘过之后，光圈就消失了。

锡霍特山西坡平缓，但是比阿尔穆河源还是要陡一些。翻过山口就是一片松林，有云杉、冷杉和落叶松。小河的两岸生长着树皮蓬松发黄的桦树、山槭和赤杨。

大量的青苔和湿气使野火没能蔓延到分水岭这里，虽然西坡有些地方也被火烧成了光秃秃的一片；用望远镜可以看得很清楚，那不是乱石堆，而是火烧迹地。

我们绑好爬犁立刻上路了。

锡霍特山的西坡生长着一小片一小片的古老森林，这些树木只适宜做烧柴。在这样的树林里想找个宿营地总不是那么容易：不是树根盘绕的石头堆，就是长满青苔的乱倒木，尤其是烧柴不好找。城里人一定感到奇怪，在大森林里怎么能找不到烧柴……然而，就是这样。云杉、冷杉和落叶松会迸出火星，把帐篷、衣服和毯子烧着。赤杨非常湿，水分多，光冒烟不着火。剩下的只有岳桦了。可是在锡霍特山西坡的针叶林中，岳桦极少，偶尔才能碰到一两棵。孙财对这一带十分熟悉，很快就找到了宿营地需要的一切。于是，我下令停下来宿营。

士兵们动手支帐篷，我和德尔苏去打猎，指望能在什么地方打到一只驼鹿。离宿营地不远，我看见 3 只松鸡。它们在雪地上走来走去，对我们不大在意。我刚想开枪，被德尔苏拉住了。

“不要，不要。”他急忙说，“他们的可以抓住。”

我看他大摇大摆地向松鸡走去，感到十分奇怪。可是更奇怪的是，松鸡一点儿也不怕他，就像家鸡似的，看见来人，不慌不忙走向一旁。最后，我们离松鸡只有 4 米远了。这时德尔苏拿出刀来，也不管会不会吓跑松鸡，砍下一棵小云杉，削光了枝丫，在头上系了一个绳套。然后，他走到松鸡跟前，用绳套套在一只松鸡的脖子上。被套住的松鸡扑棱着翅膀挣扎起来。这时，另外两只松鸡意识到该飞走了，便从地上飞起来，落到不远的一棵落叶松上：一只在下面的树枝上，另一只在树梢上。我以为这两只松鸡一定吓坏了，刚想用枪打，但是德尔苏又阻止了我，他说落在树上比在地上更容易捉到。他走到落叶松跟前，悄悄举起棍子，尽量不弄出声响。绳套正要往下面这只松鸡的脖子上套时，不小心棍子碰到了松鸡的嘴。松鸡偏了一下头，回过去，又往我们这边看。过了一分钟，它已经掉到地上，做最后的挣扎了。树梢上的第三只松鸡太高了，站在地上根本够不到。德尔苏爬上树。那棵落叶松细长单薄，德尔苏爬上去，树来回摇晃。那愚蠢的松鸡继续栖息在那里，并不飞走，用爪子紧紧抓住树枝，尽力保持身体的平衡。德尔苏用棍子刚刚能够到它的时候，就把绳套套到了它的脖子上，把它拽下来了。我们就这样一枪没放捉到了 3 只松鸡。这时我才发现，它们比一般的松鸡要大，羽毛的颜色也更深。此外，公的松鸡眼睛上面长着红眉毛，和黑雷鸟一样。原来，这是黑松鸡，或者叫“季库什卡”（即镰翅鸡，俄语词根的意思是荒野，野蛮。——译者注），在外乌苏里地区，只有锡霍特山以南直到阿尔穆河源一带的针叶林里才有。“季库什卡”是旧教徒给它起的名字，实际上它与这个名字完全不符。也许，旧教徒看到这种松鸡栖息在最荒野、最偏僻的地方，才给它起了这么个名字。中国人把它叫作大松鸡。大松鸡的嗉囊里全是松树叶和牙疙瘩（越橘）。

当我们走近宿营地时，已经暮色苍茫了。帐篷里点起了火堆，因此很像一个点了蜡烛的大灯笼。被火光照得通亮的浓烟和雾气，一团团盘旋上升。帐篷里人影幢幢：我认出了扎哈罗夫，他手里拿着茶壶，满洲人齐世武嘴里叼着烟袋。狗一听到有人走动，就叫着向我们迎面扑来，一认出是自己人后，便表示出亲热。帐篷里的活都已经干完了，士兵们在喝茶。孙财说他们对大松鸡有自己的叫法，还说这是天神恩杜利特意造了这种不怕人的鸟，让它生活在最荒无人迹的地方，为那些偶然迷路的猎人不至于被饿死。

晚上我们庆祝翻越了锡霍特山脉，把大松鸡做成了晚饭，然后煮了巧克力，喝了掺有罗木酒的茶，睡觉前，我给士兵们讲了果戈理的一个恐怖故事。

早晨醒来，我们立刻感到锡霍特山将我们和大海隔开了。黎明时温度计显示为 -20℃。我们在这里和孙财分别了。继续向前我们自己也能走了，只要沿着河走就能找到比金河。尽管如此，德尔苏还是向他询问了路。

太阳升起时，我们收起帐篷，装好爬犁，多穿了点衣服，就动身沿着老岭沟子河而下。这是一条山间小河，石滩很多，河床里堆满乱石、倒木。离马克山口约 15 公里的地方，老岭沟子河与从东北流来的另一条小河汇合，乌德海人把这条小河叫作梅格河。逆梅格河而上，翻过山就可以到达居住着索伦人的大霍别河。据孙财说，那边越过锡霍特山的山口很低，上下坡很长，但很平缓。

梅格河蜿蜒曲折，经过测量有 50 公里长。两岸的树木只适于做烧柴，全部是针叶林。

一大早天就阴了。空中飘洒着雪沫。太阳一出来，就起了风，到晌午，风刮得一阵比一阵猛。河面上的旋风把积雪扬到空中；这些旋风来得突然，仿佛约好了似的向同一个方向刮去，接着又突然消失了。那些茁壮的红松看上去十分威严，却被刮得东倒西歪，发出呜呜的喧哗声，仿佛在抱怨恶劣的天气。

冷天逆风走路非常吃力。我们常常停下来烤火。结果，一整天才走了不到 10 公里。梅格河在一个地方分出三条支流，我们就在那里过夜。由于是大风天，帐篷里烟气弥漫。我们不得不早早睡下。

夜里，月亮周围出现了一圈模糊不清的暗色斑点。

12 月 17 日早晨，天气一点儿也没有好转。风刮得像先前那样猛烈：风速表指向 220 千米 / 小时；气温是 -30℃。尽管如此，我们仍然继续前进。可以看出，从锡霍特山往西，雪比沿海地区大得多。

梅格河中游宽 6—7 米。两岸近处许多地方可以看到薄薄的冰碴，这是由于河面冰冻后水位下降的缘故。

梅格河中游河谷宽阔，上面覆盖着稠密的针叶混交林。这里的阔叶树有赤杨、稠李、绢柳、山杨、黑杨和桦树。根据我们一路上所看到的脚印判断，梅格河上有驼鹿、麝、狼、水獭、松鼠、紫貂，大概还有熊。

12 月 19 日，我们考察队到达了比亚加穆河，这条河从东南流过来，溯比亚加穆河而上可以走到库松河。这条河的大小和蓄水量都是梅格河的两倍，比亚加穆河河口附近宽约 20 米，深为 1—1.5 米。据乌德海人说，比亚加穆河谷全部是火烧迹地，森林只在比金河附近保全下来。从前比亚加穆河是野兽最多的地方之一，尤其是驼鹿最多，如今这里是一片荒芜。大火之后，所有的野兽都逃到伊曼河的支流——阿尔穆河和库卢姆别河去了。

我们沿着比亚加穆河又走了两公里，便在左岸一块茂密的云杉林中宿营。算起来，这是我们从海边出发以来的第 12 个宿营地了。

黄昏时扎哈罗夫去打猎，虽然他没打到鸟兽，却带回来不少鱼，是在冰下的水坑里捞到的，有雅罗鱼、白鲢和细鳞鱼，一共9条。

12月20日，是我们到达比金河的最后一天的行程。比亚加穆河右岸是一片高山，左岸低矮，丛林密布。这里山的名字是中国人起的，叫北西砬子和丹仓子。光秃的山顶现在覆盖着积雪，积雪在苍翠的松林映衬下，显得格外洁白。

比亚加穆河从南面绕过北西砬子，然后向西流去。

在比亚加穆河的下游，河流分成一对对支流，中间是树木茂密的岛屿。河谷上游生长着落叶松、云杉和冷杉，中游可以遇到红松，下游生长着良好的杂木林，有水曲柳、山榆、杨树、黑杨、赤杨、稠李、暴马子、黄瓤子、椴树和绢柳。

我量了一些云杉的树围。在4个地方测量了40次（每个地方测量10次），得出如下的数字：44厘米、80厘米、103厘米和140厘米。这些数字表明，离锡霍特山越远，树木的质量越好。

比亚加穆河上游地带，大型哺乳动物有驼鹿、猞猁、棕熊和貂熊；下游有马鹿、野猪和老虎。这里的飞禽王国，我在雪地上看到过松鸡的脚印，还看见过几次大嘴乌鸦、松鸦、星鸦、北噪鸦、斑啄木鸟、黑啄木鸟、蓝大胆和灰雀。德尔苏告诉我，冬天当河水开始结冰的时候，所有的大猛禽都顺河而下，在那里更容易找到食物。

在比亚加穆河遇到比金河的地方，河宽100米左右，深2—2.5米。

比金河（乌德海人称其为毕齐河，中国人叫它聚金河）是乌苏里地区最大的河流之一。河长约500公里，发源于锡霍特山，和格拉德基角在同一纬度。

离比亚加穆河口不远，有一座孤零零的乌德海人的帐篷。看样子早就没有人住了。在土著人看来，凡是被遗弃的帐篷，都成了魔鬼的住所。

是宿营的时候了。我刚想走进帐篷，德尔苏却让我稍等一会儿。他把桦树皮缠在棍子上点燃，把火把伸进帐篷里，一边大声喊叫，一边四下挥舞。扎哈罗夫和阿里宁笑了起来，而他却郑重其事地对他们说，只要把火塞到帐篷里，鬼就会随着烟从帐篷顶上的烟口飞出去。只有把鬼撵走，人才可以安然走进帐篷。

士兵们清理了帐篷里的垃圾，把一块帐篷布挂在门上，点着了火堆。这里立刻变得舒服了，帐篷里洋溢着令人惬意的温暖。

到了深夜，士兵们还彼此讲述各种恐怖的故事：讲到死人、坟墓、空屋子和鬼怪。突然，河上发出一种强烈的轰隆声——好像放了大炮似的。讲故事的人刚说了半句话，就停住不说了。大家惊慌不安，面面相觑。

“冰裂了。”扎哈罗夫说。

德尔苏转过头，朝着发出响声的方向，用赫哲语大声高喊了些什么。

“你对谁喊呢？”我问他。

“我们的把鬼从帐篷里的撵走，现在他的生气——把冰的劈开。”赫哲人回答说。

然后他把头从门口伸出去，又对着空间高喊起来。

“反正，我们的不怕。你的应该到别的地方去。那边，往高处，空帐篷的还有一个。”

当德尔苏回到自己的地方时，他的神情仍然一本正经。士兵们捂着嘴偷偷地笑，然而，俄罗斯士兵对待自己的神灵，不是也像德尔苏对待赫哲人自己的鬼一样地天真幼稚嘛。

这时候，远处什么地方冰又裂了。

“走了。”德尔苏高兴地说，向发出响声的方向挥了挥手。

我穿好衣服，走出帐篷。夜色明净。一轮满月高挂在清朗的天空。冰上的积雪闪闪发光，因而显得更加明亮。夜色中，四周又笼罩着一片寂静。

工作结束之后，我又喝了一次茶，裹上毯子，背朝着火堆，酣然入睡了。

第二十一章　冬天的节日

比金河中游　冬天围猎野猪　帐篷夜话　换钱的误会　土著人对距离的概念　林中的新年枞树　冰上游戏　抽彩

果然不出所料，天亮时极为寒冷，气温下降到 -32℃，我们离开锡霍特山越远，气温越低。大家都知道，在沿海地带，山顶上往往要比河谷里暖和。显然，我们离海已经很远了，进入了乌苏里江流域的“冷空气的湖”。

太阳刚刚升起，我们就上路了。

从比亚加穆河口起，如果不算频频出现的小弯，比金河一直向西流去。右侧有很长一段是高高的阶地河岸，形状很像台地，中国人把它叫作老北砬子[1]。这是一片很厚的熔岩覆盖层，最上一层的玄武岩已经变成了黏土。这就是阶地沼泽化的原因，

1 古老的北方的石峰。

而阶地沼泽化又影响了植被的种类。所以我们在这里看到的只有桦树林、山杨林和细弱的落叶松。

从老北砬子台地上流下两条泉水：克亚姆图泉和西基米－比亚萨泉。再向前去，从右岸注入比金河的有：从北西砬子山上流下的北西砬子河、穆结子[1]小山泉和老虎涧[2]，老虎涧显然是由老虎得名的。据乌德海人说，头几年这里出现了一只老虎，经常在下捕貂套子的地方出没，套住的动物都被它吃掉了，而且把套子也弄坏了。

没有一条河的小河汊像比金河的小河汊这么多。乌德海人说，在一个地方，竟然可以数出来 22 条河汊。比金河的水流比伊曼河平稳得多，但是有许多倒木沉在河里，堵塞了河床，因而行船非常困难。从比亚加穆河口到铁路线约有 350 公里。

从老虎涧稍往下一点儿，有一个不大的乌德海人聚居地。那里也叫老虎涧，共有 3 座帐篷。

我们黄昏时分来到这里。“从山上”下来了许多陌生人，这把乌德海人吓坏了。但是当他们看到队伍里有德尔苏之后，马上就放心了，并且十分亲热地接待我们。这一次我们没有另搭帐篷，而是分别住在了乌德海人的帐篷里。

晚上，我向乌德海人详细地询问他们在比金河上的生活情况，以及他们与中国人的关系。

1857 年曾经在乌苏里地区旅行过的 M. 维纽科夫说，那时

---

1 又译作乌贼河，即乌贼的河。

2 老虎害怕（这个地方）。

候比金河上根本没有中国人，只住着一批乌德海人（他把他们称作鄂伦春人）住在这里。相当晚的时候天朝的子孙才来到这里。他们带来的天花在这里迅速蔓延，以致有几处乌德海人的聚居点死得不剩一个人。1895 年比金河上的居民男女都算在内，只有 306 人。来到比金河的中国人很快就在数量上超过了乌德海人，并且制服了他们，成为这条河的真正主人。于是乌德海人背上了还不清的债，沦为他们的奴隶。有关中国人惨无人道地对待他们的传闻骇人听闻：屠杀，像牲口那样贩卖，用木棍毒打……为了知道欠债人捕到多少只貂，中国人经常对他们刑讯拷打。这种状况一直延续到亚斯特列鲍夫长官来到这里援助乌德海人为止。他带着军队溯河而上，从比金河上撵走了所有的中国人，只留下了老人和残疾人。这个办法很奏效，乌德海人总算松了一口气，但是最近几年，中国人又纷纷来到比金河。这一次，他们定居在西沟一带。

我们已经在原始森林中行走了两周。我看到士兵和哥萨克都急着赶到有人家的地方，知道他们需要更长时间的休息，光住一宿是不够的，于是决定在老虎涧停留一天。士兵们得知这个消息后，都在帐篷里舒适地安顿下来。野营的工作不再需要：不需要砍树、捡柴火等等。他们脱下靴子，马上动手做晚饭。

傍晚有两个乌德海青年打猎回来说，他们在离这不远的地方发现了野猪的足迹，打算明天找一些人去围猎。我想围猎野猪一定很有趣，决定和他们一起去。

冬天如果雪下得很深，阿穆尔的土著都滑着雪打野猪。野猪虽然跑得很远，但是很快就累了。于是猎人赶上野猪，用扎枪扎。围猎都不带枪，是为了节省子弹，因为在原始森林里子弹一向非常珍贵。此外，乌德海人把围猎野猪当作一种运动来喜好。尤其是年轻人，围猎野猪使他们有机会展示自己的力量和灵活敏捷。

他们从晚上就开始做准备：套好滑雪板上的皮带，磨好扎枪。因为明天早晨不等太阳出来就得出发，所以吃过晚饭大家都早早睡下了。

我觉得有人摇我的肩膀，醒来一看，天还黑着。帐篷里火光通明。乌德海人已经做好了出发的准备，就等我了。我迅速穿好衣服，往兜里塞了两块面包干，走出帐篷，来到河边。

天刚破晓，星星一个接一个消失了，苍白的月亮迎着轻盈的浮云慢慢移动。东方，朝霞渐渐升起。这是一个寒冷的早晨，温度降到了 –39℃。四周笼罩着庄严肃穆的寂静；草木纹丝不动。黑魆魆的森林像一堵高墙伫立在那里，仿佛在倾听树木被冻得咔嚓咔嚓的声响。这种声音在清晨凝然不动的空气里，好像甩动的长鞭，在林中散开。

乌德海人走在前面，我跟在他们后面。他们沿老虎涧走了不远，就拐弯了，爬上一座小山岗，又下了山岗，走进旁边一条峡谷。在这里，他们开始商议如何围猎。商量了一会儿，他们又向前走去，这回都是轻轻地走，没有人说话。

过了半小时，天色大亮。阳光已经照到山顶上，告诉森林的居民，白昼降临了。

这时候我们刚好走到昨天晚上那两个年轻人看到野猪足迹的地方。

需要说明一下，野猪在夏天是白天休息，夜里出来吃食。冬季则相反，白天它们到处乱跑，夜里睡觉。就是说，昨天看到的那群野猪不会走出很远。围猎开始了。

我平生第一次看到，乌德海人在林中滑雪是多么迅捷。不一会儿我落在了他们后面。接着，他们的身影已经从我的视线中消失得无影无踪。追赶他们没什么意义，所以我沿着他们留下的雪板印儿不慌不忙地滑去。我这样滑了大约半小时，觉得滑不动了，就坐下来休息。突然，从我身后传来一阵响声。我回头一看，有两只野猪迈着小碎步横着跑过我前面的小道。我赶紧举枪射击，但是没有打中。野猪被枪声一惊，向旁边蹿去。它们跑过的地方没有血迹，我决定往前追。大约走了 15 或 20 分钟的样子，我又赶上了野猪。显然，它们已经累了，在雪地里吃力地走着。野猪突然发觉了危险，就像士兵听到命令一样，迅速转过身来对着我。从它们下颌的动作和传到我耳边的声音，我知道它们在磨獠牙。野猪两眼通红，鼻翼鼓起，耳朵竖立。要是只有一只野猪，我就开枪了，但是我面前是两只公猪。毫无疑问，开枪的话它们会向我猛扑过来。我没敢开枪，决定等待更合适的机会。那两只野猪不再磨牙了；它们仰起脸，使劲地嗅着空气，然后慢慢转过身去，往前走了。于是我从旁边绕过去，又赶上了野猪。野猪也重新站住了，其中一只用獠牙撕掉了倒木的树皮。突然，野猪又警觉起来，发出一声短促的嚎叫，向我的左边闯去。这时我看见了4个乌德海人。从他们的神情看出，他们看到了野猪。我跟他们会合之后，便跟在他们后面。野猪此刻已经不能跑很远了，它们站下来，准备自卫。乌德海人从四面围住，渐渐向中心收缩，迫使野猪在里面东一头西一头地乱闯，它们到底忍不住了，往右边蹿去。乌德海人以惊人的灵巧，用扎枪一下就扎住了野猪。有一只野猪被扎在肩胛骨下面，另一只野猪被扎到了脖子上。最后面那只野猪又向前猛冲过去，那个年轻的乌德海人想扎住它，这时只听得一声短促的咔嚓声，野猪用獠牙把扎枪折断了，就像折断了一根细树枝似的。年轻猎人失去了平衡，向前摔倒。这时野猪朝我扑来，我本能地举起枪，几乎是用枪口顶着野猪射出了子弹，子弹正巧打在野猪的脑门上。这时我才发现，被野猪折断扎枪的乌德海人坐在雪地上，用手捂着腿上的伤口，伤口流出了大量鲜血，连他自己也没有发觉，野猪是什么时候用獠牙把他划伤的。我给他包扎了伤口。乌德海人匆忙给他安排了休息的地方，捡来一些柴火，留下一个人看护伤员，另一个人去取爬犁，其余的人又去打猎了。

回到家后，猎人受伤并没有引起四邻的惊慌；他老婆笑着拿丈夫开玩笑。这种事时有发生，谁都不会特别在意。每个男人的身上都可以找到野猪牙和熊爪留下的伤痕。

士兵们用了一天的时间修好了爬犁。乌德海女人给我们缝补了翁得和衣服。为了减轻大家的负担，我又雇了两个人赶着狗爬犁，把我们送到下一个居民点。

第二天，12 月 23 日，我们继续赶路。

比金河继续向西北流去。河谷时窄时宽，窄的地方只有 200 米，宽的地方有 3 公里，或者还宽。

这里的山上主要生长着适于建材的针叶林，下面的河谷里是一片杂木林，有水曲柳、杨树、榆树、山榆、槭树、柞树、椴树和黄檗。

过了老虎洞，比金河右岸有下列河流注入：萨格德河、坎加图河和哈巴沟河。左岸有丘古梁库尼河、达瓦西格奇河和萨格德–格河（中国人叫它西特齐河）。溯达瓦西格奇河上行，翻过山还是阿尔穆河，不过已经是河的中游了。河右岸有两座高峰，叫作老北砬子和四方台。

达瓦西格奇河口附近有一个乌德海人的聚居点，一共有 4 座帐篷。男人都打猎去了，家里只留下妇女和小孩。我本来想在这里换一个向导，再雇一些人，可是由于男人都不在家，也就不可能了。让我高兴的是，老虎洞的乌德海人同意再送我们一段路。

午后，又经过一个乌德海人的聚居点——坎戈图。在这里我们和满洲人齐世武分手了。我支付给他钱和粮食。

黄昏临近的时候，离哈巴沟河已经不远了。我们又发现一座有人住的帐篷，于是就在这座帐篷附近安下宿营地。帐篷里住着一个年轻女人，带着两个孩子，她丈夫也打猎去了。这一次，我和士兵们都住到了帐篷里。晚上，德尔苏来找我，说那个女人请我到她家做客。通常，乌德海女人都极度沉默寡言。

她们总是皱着眉头，现出不信任的神色，不与外人交谈，甚至对你的问题连简短的回答也没有。这个女人却完全相反，她十分殷勤，举止自然，毫不拘束。她向我们详细询问库松河鞑子的情况，城市里怎么生活，以及有关铁路的情况，等等。晚饭后，我请她换给我 10 个卢布。那个女人低声和德尔苏嘀咕了一阵。德尔苏回答了她，并大笑起来。后来我才知道，她不认得钱，问德尔苏，如果她拿出钱来让我自己换，我不会骗她吧。得到放心的回答后，她去了仓房，从那里拿来一只用桦树皮做的小匣子，上面还画着图案。小匣子里大约有 40 卢布的纸币。她把匣子递给我说，她丈夫认为银币比纸币好，因为银币可以藏在地里，她也认为银币好，因为银币可以装饰衣服。

我想尽量换成零钱，于是把一张 10 卢布纸币放在她的膝盖上；然后就从匣子里往外挑 1 卢布的纸币。忽然，我看见她眼睛里涌上泪水。

"怎么啦？"我问赫哲人。

"她说，"德尔苏回答我，"你的给了她一张钞票，可是从匣子里拿了 10 张。"

我告诉她不必担心，我不会骗她，等她丈夫回来就会知道我很公平。可是乌德海女人说，她丈夫也不认识钱，继续掉下眼泪。为了安慰她，我就说不换了，并把她那些 1 卢布的纸币放回原处，把我那张 10 卢布的拿回来，又送给她一枚崭新的半卢布银币。她脸上的不安立刻消失了，转而破涕为笑，然后请我们吃掺鱼子熬的小米粥，又开始打听住在锡霍特山东坡的乌德海人的生活情况。

晚上9点，我走出了帐篷，不由得仔细张望天空。不知道是由于空气特别透明还是其他什么原因，星星显得格外大，也格外明亮，因而天空比大地显得更明亮。周围山峦的轮廓和云杉的尖顶，都看得格外清晰，然而地面上，一切都沉没在黑暗中。睡意蒙眬的空气中充满了用耳朵几乎捕捉不到的隐隐约约的响声：夜鸟飞翔的声音，雪片在树枝间坠落的声音，微风吹拂枯草的簌簌声——所有这一切声响也没有打破笼罩着大自然的一片寂静。

我走近帐篷。士兵们早已睡了。我在火堆旁坐了一会儿，然后脱了鞋，爬到自己的铺位上，马上入睡了。

第二天，我们继续前进。从山顶上可以看到长势极好的红松林。可是河谷里针叶树渐渐消失了，代替它们的是喜欢淤泥和水分的阔叶树。

这一带森林里的动物多种多样。这里有老虎、猞猁、山狸子、松鼠、花鼠、马鹿、狍子、麝、貂熊、紫貂、黄鼠狼和小飞鼠。黑熊栖息在比金河下游，只有到了哈巴沟河一带才能看到。哈巴沟河往上就是棕熊的领地了。松子结得多的年份，野猪就溯河而上，一直走到比亚加穆河。如果松子结得少，它们就往下走，走到西冈库–古利亚尼悬崖那边。比金河的确是乌苏里地区产鱼最多的河流之一。河里有大量的鱼：上游有茴鱼和细鳞鱼，河汊子里水藻厚的地方有鲤鱼、江鳕和狗鱼。下游接近河口处有哲罗鱼和鲶鱼。大马哈鱼溯流而上，几乎一直游到河源。

西冈库山崖附近住着乌德海人。我从他们那里听说，有人在比金河那找人，而且来了一位警官，但是由于雪太深，又回去了。我当时还不知道，他们找的正是我。据乌德海人说，再往前走，有两座空帐篷……我决定在节日的前一天赶到无人居住的帐篷那儿，休整一天。

“在什么地方？”我问乌德海人。

“北西砬子–达塔尼。”一个乌德海人回答说。

“有几俄里？”扎哈罗夫问他。

“两个。”乌德海人满有把握地回答说。

我请他把我们送去，他高高兴兴同意了。我们从他们那里买了一些鹿肉、鱼、熊油，就继续往前走。已经走了 3 公里，我问向导，离帐篷还有多远。

“不远。”他回答说。

但是我们又走了 4 公里。那两座神秘的帐篷好像离我们越来越远了。已经到了宿营的时候，可是那里放着现成的帐篷，在雪地里刨雪现搭帐篷，总是不太情愿。不管我们问多少遍，到底还有多远，乌德海人总是简短地答道：

“不远了。”

每拐过一道河湾，我都以为能看见那两座帐篷，可是河湾一个接一个地走过了，沙洲也一个接一个地落在后面，那两座帐篷却哪里也看不见。我们就这样又走了大约 8 公里。我忽然想起来，应该问问向导，离北西砬子–达塔尼还有几俄里。

“7 个。”他同样蛮有把握地回答说。

士兵们一听就坐下不走了，骂起街来。原来，我们这位向导关于俄里的概念一点也没有。其实，任何时候也不应该向乌德海人询问有多少俄里。他们是用时间测量距离的：走半天的路、一天的路或两昼夜的路等等。

这时候我下令安营。乌德海人还说，帐篷马上就到了，可是已经没有人再信他的话了。士兵们连忙扫雪、捡柴火、搭帐篷。我们停下来太晚了：在一片漆黑中忙着干活儿。尽管这样，宿营地还是安置得十分舒适。

晚上，我请旅伴们吃巧克力，喝罗木酒。接着给他们讲了古代罗马人的生活，讲科洛西姆斗兽场和那些奴隶角斗士如何用自己的痛苦，供荒淫无耻的贵族们娱乐开心。

士兵们聚精会神地听我讲述。

后来，我把天上的星座指给他们看。白天，在阳光下我们只能看见大地，夜里我们可以看见整个宇宙。好像有无数闪光发亮的尘埃撒满整个苍穹。这些静静地闪烁着柔和光晕的星星，好像把宁静送到了人间，因此大自然中的一切都显得这么庄严肃穆。

第二天，我们在原地休息。

从符拉迪沃斯托克出发的时候，我就随身携带了装饰新年枞树的小玩意儿：响炮、镀金的梭桃、带夹子的烛台、金雨丝、蜡烛、动物饼干等等。另外类似的礼品还有银酒杯、用珠镶的削铅笔刀、琥珀烟嘴等，不一而足。我把所有这些东西都放在标本箱里保存起来，准备节日使用。

我们的帐篷旁边长着一棵小松树。我们用精致的糖果盒和冰溜子把它装饰起来。

白天在河上举办了游戏。把一根橛子钉在冰上，拴上两根绳子，绳子末端扎在两个人的腰上，蒙住他们的眼睛。一个人的手里拿着铃铛，另一个人拿着用毛巾拧成的绳子。游戏规则是这样的：拿铃的人摇一下，马上走开；另一个人根据铃声找他，并用绳子打他一下。这种游戏让大家都十分开心，当地土著人笑得前仰后合，在地上打滚，以致我都担心他们会不会摔坏了。天黑的时候，我吩咐点燃五彩烟火，黄昏晴朗而宁静。

抽彩的时候，德尔苏抽到一个烟斗。这可正合他的心意。接着分发了糖果，大家都心满意足，兴高采烈。士兵们的歌声沿着河面远远传去，引起了回声，惊醒了林中的野兽。

午夜时分，士兵们回到帐篷里，躺在干草上，相互开玩笑，讲笑话，说俏皮话。他们的声音渐渐沉寂下去，说话声越来越少。图尔蒂金还想引起话头，但是已经没人搭话了。不一会儿，传来一片和谐的鼾声，这说明大家已经睡熟了。

第二十二章　老虎的袭击

换钱　封河　鞑子奇真布　卡泰塔巴乌尼河　霍尔河山口　坏天气　雪地露营　德尔苏和阿利帕　暴风　野猪　恐怖之夜　老虎黎明　追逐野兽　足迹　返回露营地　貂熊

早晨，我放走了那两个向导。这时发生了一件相当有意思的事。我付给他们每人 10 卢布：给了一个人一张 10 卢布的纸币，另一个人是两张 5 卢布纸币。于是头一个人不高兴了。我以为他嫌钱少，就让他看看他的伙伴那副满意高兴的样子。原来，完全不是这么回事：那个乌德海人不高兴的原因是，我给了他一张纸币，给他的伙伴却是两张纸币。我忘记了他们不认识钱。为了让他高兴，我就把他那一张 10 卢布的换了三张 3 卢布的和一张 1 卢布的。可是，那个得到两张 5 卢布的人又不满意了。为了使两个人都满意，只好付给他们票面价值相同的纸币。真该看看，他们当时怀着怎样的心满意足回家去了。

经过一天的休整，大家都情绪饱满，走起路来精神十足，开心愉快。

听乌德海人说，我们11月26日在纳赫托胡河遇到的雪天打雷的现象，同一时间在比金河也发生了。这里的头一场雪是11月11日下的，那时河刚刚开始封冻。被雪盖住的冰就不再继续冻了。倒是那些风把雪刮走的河面上，冰冻得很厚。这就是为什么这一带河流的冰层厚薄不一的原因。冰层的厚度一般都在1—70厘米之间。所以，如果降雪早，在河上行走就要十分小心，一直需要用粗棍子敲打冰面，看看是否冻结实了。在这种情况下，滑雪板是再好不过的了。如果冰面禁得住棒子敲打，没有滑雪板也可以随便走。士兵们对乌德海人的话十分怀疑，满不在乎地在冰上走，但在洗过一两次冰水澡之后才确信：这样的忠告不可忽视。

这一天我们走了大约18公里，在卡泰塔巴乌尼河附近宿营。

这里有三座帐篷和一座房子，房子叫西通沟[1]。里面住着两个老头儿，一个是鞑子，另一个是捕貂的中国人。房子的两位主人非常好客，十分殷勤地招待我们。

我很想登上霍尔山口，于是向他们详细打听上山口的路怎么走。鞑子奇真布（房主的名字）表示愿意给我们当向导。他有60岁左右，头发已经斑白，脸上布满皱纹。从外表看，他和

1 又译作石东沟，多石的东边的沟。

中国人没什么差别。但他自称是土著人出身，这是他的土著人身份的唯一证据。他告诉我说，从前他住在乌苏里江，受到俄国移民的排挤，不得不搬到比金河，他在这里已经生活了10多年了。

奇真布马上就开始做准备。他带了一条打补丁的毯子、一张狍皮和一支修理过多次的旧贝尔登枪；我带了一把茶壶、一个笔记本和一个睡袋，德尔苏带着帐篷布、烟袋和干粮。

除了我们三个人，还有两条狗也跟着去：我的阿利帕，和鞑子奇真布的卡迪，一条尖嘴巴、竖耳朵的小灰狗。

卡泰–塔班（卡泰塔巴乌尼）是一条山间小河。河谷的河口附近很窄，往上游去，变得多少宽阔了一些。周围的山上长满了古老的针叶混交林。

从早晨开始就是个好天气。我们打算在傍晚赶到分水岭那边的碓子房。但是我们的想法注定不能实现。午后，天空布满一层层乌云；太阳周围出现光圈，同时起风了。我想转身往回走，可是德尔苏安慰我说，暴风雪不会来，只是要刮大风，明天就会停。果然如他所言。大约到下午4点，太阳被遮住了，分不清天空中哪是乌云哪是大雾。空中也充满了干雪尘。

大风迎面刮来，脸上感觉如刀割一般。当暮色初现时，我们刚好到达分水岭。德尔苏在这里站下来，不知跟鞑子老头儿在交谈什么。我走过去才知道，老头儿有点转向了。

因为担心迷路，他们决定在露天过夜。

“长官，”德尔苏转身对我说，“今天我们的房子找到的没有，露天住吧。”

“好的，”我说，“那就选个地方吧。”

我的两位同伴又商量了一下，朝旁边走出20步远，解下背囊。

露营地挑选得很理想。这是一块平坦的山坳，覆盖着茂密的树林。一道长长的支脉由这里向一边延伸，支脉的尽头是一座不大的圆锥形山峰。山坳两旁长着茂密的红松和一种灌木，灌木的枯叶还没有凋落。为了避风，我们有意走到树林最密的地方，在一棵粗大的红松底下安顿下来。这棵红松大约有20米高。

德尔苏拿着斧子砍木柴去了。鞑子老头儿砍了些松枝，准备睡觉时铺在身下，我动手生篝火。

直到6点半，我们才结束了露营的准备工作，大家都累得疲惫不堪。篝火一点燃，宿营地立刻变得舒适了。现在可以换换鞋、烤烤衣服，考虑晚饭了。过了半个小时，我们一边喝茶，一边谈论着天气。

我的阿利帕没有卡迪那一身暖和的皮毛，它被冻坏了，一路又走得疲乏，现在蹲在篝火旁眯缝着眼睛，似乎在打盹儿。鞑子那条狗从小就习惯了各种艰难困苦，对长途跋涉的辛苦不怎么在意，它蜷着身子躺在一旁，立刻睡着了。雪花落了它一身。有时它站起来抖抖身子，原地跺跺脚，然后又朝另一面躺下，把鼻子伸到肚子底下，竭力用呼出的热气来暖和自己。

德尔苏一向怜爱阿利帕，每次在他自己脱下靴子以前，总要用松枝和干草给阿利帕铺好窝。要是附近没有松枝和干草，他就把自己的上衣给它铺上，阿利帕也很领他的情。中途休息的时候，阿利帕总是粘住德尔苏，围着他前蹿后跳，用爪子抚摸他，千方百计引起他的注意。只在德尔苏拿起斧子时，阿利帕就安静下来，耐心地等着他抱一大抱松枝回来。

我们自己的疲惫不亚于这两条狗，所以喝完茶后，又往篝火里尽量多添了些木柴，便安顿睡觉了。

我们在篝火旁各自安置好睡觉的地方。我躺在篝火的上风头，德尔苏睡在篝火旁边，他给自己搭了个像帐篷似的东西，把大衣披到肩上。鞑子老头儿躺在松树底下，盖着毯子。他负责守卫露营地，并负责篝火整夜不灭。我砍了许多松树枝，把睡袋铺在上面，十分舒适。迎风的那面有倒木为我挡风，另一面是燃烧着的篝火。

在莽莽森林里遇到坏天气总是十分恐怖。你会觉得在下面睡觉的那棵大树一定会倒下来，压在你身上，把你砸死。尽管非常疲倦，我却久久不能入睡。

不知是谁把风惹怒了，它像一头疯狂的野兽，猛烈扑向它遇到的一切，特别是树木。这是森林巨人与空中发疯了的自然力的一场真正的较量。风一阵阵刮来，摇动树枝，然后又刮过去，在旁边留下一片凄凉的哀号。风绕了一个大大的圈子，随后又回到了我们的宿营地，向红松猛扑过来，竭尽全力想把它刮倒。但是它没有成功。

那棵高大的树木愁眉苦脸，却不失尊严地来回摇摆着。我不禁想起兴凯湖畔的狂风和越过锡霍特山脉时的大雪。我听见鞑子老头儿往火堆里添柴火，还听到篝火的火焰被风刮得呼呼响。后来，一切都变得模糊不清了，于是我打起盹儿来。大约半夜，我醒了。德尔苏和奇真布都没有睡，正在谈论着什么。从他们谈话的口气我猜到，有某种事让他们惶恐不安。

“不会是这棵红松摇来摇去，有被风刮倒的危险吧。”我脑海里闪过这样的念头。

我连忙从头上掀开睡袋的面罩，问他们出了什么事。

“没什么，没什么，长官。”德尔苏回答我。可是我察觉到他说的不是真话。他不过是不想让我不安罢了。

宿营地上篝火燃起明亮的火焰。德尔苏坐在篝火旁，用手遮住脸拨弄火堆，将木炭拢到一起；奇真布老头儿抚摸着他的狗。阿利帕蹲在我旁边，冻得直哆嗦。

大风让人觉得，似乎所有的魔鬼都聚集到这里来了，带着自己的号叫和哭泣在森林里横冲直撞，他们就是要毁掉自然界已有的秩序，在大地上重新制造混乱。忽而传来一阵疯狂的哭号和呻吟，忽而是一阵怪异的大笑和号叫；突然，又是瞬间的寂静，这时才可以分辨出附近发生了什么。不过，从这些间歇可以看出，风很快就会停息。

篝火里的木柴烧得通亮。黑影和红色火光在地面交替晃动，忽而离篝火很远，忽而又回到篝火前，在灌木丛和雪堆上跳跃。

“没什么，长官。”德尔苏又对我说，“你的可以睡觉。我们的随便的说话。”

我不等他们再劝，又把头蒙上睡了。大约过了半小时，我又醒了，是被他们的谈话声惊醒的。

“好像有什么地方不对头。”我想，于是从睡袋里钻出来。

暴风逐渐平静。天上出现了几颗星星。每一阵风刮过后，都沙沙地向地上撒下一片干雪，就像撒下沙子一样。我看到我的两个伙伴都在篝火旁。鞑子站着倾听着什么，德尔苏侧身站着，用手挡住火光，向黑夜里凝视着。两条狗也没睡，它们紧靠着篝火，刚想卧下，马上又跳起来跑到另一个地方。它们察觉出有什么东西，也朝德尔苏和鞑子老头儿凝望的方向张望。

风猛烈地吹着篝火，刮起千万颗火星，在天空中盘旋，然后又把它们送到某个密林深处。

“德尔苏，怎么回事？”我问赫哲人。

“野猪的走。”他回答说。

“那又怎么样？”

森林里有野猪，这是很自然的事。野猪乱走，碰到了我们的宿营地，现在狂怒地嚎叫着表示它们的不满。

德尔苏做了个懊恼的手势说：

“你的常在森林里的走——怎么不明白！……冬天的夜里，野猪的不想走。”

从德尔苏和奇真布注视的那面，传来了树枝折断的咔嚓声和野猪特有的哼哧声。

不多时，野猪群走到了我们的宿营地，下了山坳，从旁边绕过圆锥形山峰。

我活动了一下身子，已经不想再睡了。

“那为什么这些野猪夜里走动呢？”我问德尔苏。

“他的没事走的不会。”他回答说，“他的是叫别人撵的。”

我以为他指的是乌德海人，心里奇怪，他们夜里在森林里怎么能滑雪呢。可是又想起来，德尔苏口里的“人”不仅仅是指人，于是恍然大悟：是老虎在追逐野猪。这么说来，这只猛兽就在我们附近什么地方。

自然界一点一点地恢复了秩序。某种其他力量制伏了暴风，迫使它安静下来。不过，根据古松的摇晃可以看出，天空中还没有完全平静下来。

我没等喝茶，就把睡袋向火堆又挪近了些，钻进去接着睡着了。我觉得睡了很长时间，突然有一个沉重的东西压到我胸上，同时听见狗的尖叫声和德尔苏绝望的叫喊声：

“快，快！”

我急速掀开睡袋的面罩，雪和枯叶落了我一脸。在这一刹那，我看见好像一个长长的黑影斜着朝森林里蹿去。我的胸脯上趴着的是阿利帕。

篝火差不多完全熄了，只有两根木柴头上还亮着红火。风刮着火炭，把火星刮到雪地上。德尔苏坐在地上，两脚伸进雪里。他用左手捂住前胸，似乎想止住心跳。鞑子老头儿趴在雪地上，一动也不动。

有一瞬间我不明白到底发生了什么，应该怎么办。我好不容易把狗从身上推下去，钻出睡袋，走到德尔苏跟前。

“出什么事了？”我摇着他的肩膀问道。

“阿姆巴，阿姆巴！”他惊慌失措地喊道，“老虎到我们宿营地的来！一条狗的叼走了。”

这时我才发现，鞑子的狗没了。

德尔苏从地上站起来，开始拨弄篝火。

火刚着起来，鞑子也清醒了；他惊魂未定地东张西望，那神情和疯子一样。如果是在另一种场合，他的样子一定会引人发笑。

这一次，我比他们都保持了镇静。这是因为我睡着了，没有看到方才发生的事。但是，很快我们的角色就变了：德尔苏镇静下来，我却害怕了。谁能担保老虎不会再到宿营地来袭击人呢？这一切是怎么发生的，怎么谁也没开枪呢？

原来，第一个醒来的是德尔苏，他被狗叫惊醒了。这两只狗围着火堆一直乱跑，一会儿跳到这边，一会儿跑到那边。阿利帕直接跳到了德尔苏的头上。德尔苏睡眼蒙眬地推开了它，这时才看到老虎就在眼前。那可怕的猛兽抓住鞑子的狗，叼着它，不慌不忙地往森林里慢慢走去，它就知道没有人能阻拦它带着战利品回到森林去。阿利帕被德尔苏一推吓坏了，一下子蹿过火堆，跌到我的胸上。就在这时，我听到了德尔苏的叫喊声。

我本能地抓起枪，但不知道应该往哪里打。突然，在我身后的灌木丛中响起了一阵簌簌声。

“在这儿！”鞑子用手指着松树的右边，悄声地说。

“不对，那边。”德尔苏回答说，指着完全相反的方向。

这时又响起一阵簌簌声，不过这次两边同时都有声响。风刮得树梢哗啦啦直响，听不清楚。有时我觉得好像真的听到了树枝折断的咔嚓声，甚至看到了老虎，然而很快就明白，根本不是老虎：那是一根倒木或是一棵小云杉树。

周围的树林如此茂密，就是白天也无法透过它看清什么。

“德尔苏，”我对赫哲人说，“上树吧。你在树上会看得很清楚。”

“不行，”他回答说，“我的不行。我的老了，现在的上树——根本明白的没有。”

鞑子老头儿也不肯上树。于是我决定自己爬到松树上去。这棵松树树干笔直光滑，迎风那面落了一层雪。我费了很大劲才爬了不到3米高。我的手很快就冻僵了，只好从树上下来。

“别爬了。”德尔苏望着天空说，“很快黑夜的完了。”

他拿起枪，朝空中打了一枪。恰好这时刮来一阵大风，枪声在近处就消失了。

我们点起一个大火堆烧茶。阿利帕不是挤在我身边，就是挨着德尔苏，只要有一点儿动静，就吓得发抖，惊慌不安地向四下张望。

我们在火堆旁边又坐了40分钟光景，彼此讲述自己的感受。

天终于亮了。空气里充满了朦胧的阴影，星星渐渐暗淡，好像躲进了深邃的天空里。又过了一会儿——血红的朝霞出现在东方。风很快就静止了，天气则更加寒冷。这时，德尔苏和奇真布向灌木丛走去。他们根据踪迹断定，有 9 只野猪从我们宿营地旁边走过，而那只老虎又大又老，在宿营地附近转悠了好久，直到篝火完全熄灭的时候，才把狗叼走了。

我向德尔苏提议，把东西放在宿营地，我们去跟踪老虎。我以为他一定会拒绝，可是出乎我的意料，德尔苏竟然同意去夺回被老虎叼走的那条狗。

赫哲人开始滔滔不绝地讲起来：老虎在大森林里有的是吃的东西，不许它袭击人。这只老虎本来是要追踪野猪，可是途中看见了人，就袭击了我们的宿营地，还偷走了狗。

“这样的阿姆巴可以打，罪的没有。”他结束了他的长篇大论。

我们急急忙忙吃了点凉肉，喝了热茶，然后绑上滑雪板，就去追踪老虎。

暴风几乎完全平静了。古老的云杉和红松脱去了白色的外衣，然而地面上却堆起了许多大雪堆。阳光照在雪堆上，森林里显得格外明亮，洋溢着节日的气氛。

那只老虎离开我们的宿营地，顺着它来时的脚印往回走，把我们引到一堆风倒木前。老虎的脚印径直走进了倒木底下。

“别着急，长官。”德尔苏对我说，“径直走的不要，要绕着走，好好看看。”

我们从风倒木旁边绕了过去。

“跑了！”德尔苏突然喊道，并急忙向新脚印奔去。

在这里看得很清楚了，老虎在一个地方蹲了半天，把身子底下的雪都坐化了。它把狗放在面前，仔细倾听有没有人赶来。然后又叼着狗，继续往前走。

我们就这样又走了 3 个小时。

老虎不是走直线，而是选择雪少、林密和倒木多的地方走。有一个地方，它爬到一棵倒树上站了好久，突然不知被什么东西吓着了，于是跳到地上，用肚子贴地爬了几米。它时不时就停下来听一听。当我们走近时，它先跳了几跳，然后迈开大步逃走了。

最后，德尔苏站下来，和鞑子老头儿商议。他的意见是应该返回去，因为老虎没有受伤，雪也不够深，这样追赶是白白浪费时间。

我感到奇怪，完全不理解，为什么老虎不吃掉那只狗，而是一个劲儿叼着它走。德尔苏好像在回答我的疑问，他说，这只虎不是公虎，而是一只母虎，它有虎崽子；它是要把狗送给虎崽子吃。这只母虎绝对不会把我们领到它的洞穴去，而是领着我们在山上转来转去，直到把我们甩掉为止。我不得不同意他的这些判断。

当我们决定返回宿营地的时候，德尔苏转身朝着老虎逃走的方向喊道：

“阿姆巴！你的脸的没有。你是小偷，比狗还坏。我的不怕你。下次你的看到——我的就开枪。”

喊完之后，他点着了烟袋，沿着滑雪板的印迹动身往回走。

马上就到宿营地的时候，不知怎么搞的，我走在最前面，把鞑子和德尔苏落在后面了。当我登上山口时，好像看到有什么东西从我们的宿营地往山下跑。几分钟后，我们到了宿营地前。

我们所有的东西都被撕得稀烂，扔得遍地都是。我的睡袋只剩下一片片碎布。从雪地上的踪迹看，这是两只貂熊干的坏事。快到宿营地时我看见的东西，大概就是貂熊。

我们把凡是能收拾的东西都收拾起来，然后急速走下山口，返回考察队的驻地。

下山是十分轻快的，因为有旧滑雪道，虽说又落了一层雪，但毕竟硬实而光滑。我们不是走，简直是飞奔，傍晚就回到了考察队。

第二十三章　旅行结束

比金河下游　在空帐篷里过夜　脏水　西沟　新年　中国人的款待　与麦尔兹利亚科夫会合　鄂伦山　刁民　塔班多　阿尔昌河火车站

12 月 29 日，我们继续沿比金河向下游进发。比金河在这一带正直向西流去。越到下游，河汊越多。只要会从河汊子抄近路走，就可以大大缩短路程。

在霍通河和米塔河子一带的河汊中间的小岛上，我们遇到了中国人和乌德海女人结婚生下的土著人。这是跟大柞树、捷丘贺和三河皮沟沿岸地带的土人一样的“扎古拜”（中国人称其为“混血儿”）。他们住的是中国式房子，从事捕鱼、打猎，也种蔬菜。他们耕种的地上还有不少树墩子没刨出来，由此可见，他们是不久前才开始种地的。

都说比金河流域树木最多。山顶、河谷和岛屿，全部为森林所覆盖。无边无际的原始森林向四面延伸，足有几百公里远。不难想象，这里也被认为是乌苏里流域野兽最多的地方。

我们在比金河右岸的苞米顶子山附近，发现了一座乌德海人的空帐篷。经过观察，德尔苏弄清了这座住人的帐篷被抛弃的原因——鬼怪扰乱了他们的生活，各种怪事不断出现：不是死人，就是有人摔断了腿，老虎也时常光顾，叼走了狗。我们就在这座帐篷里过夜，并且安顿得十分舒适。

士兵们去砍木柴了，德尔苏又点上火从帐篷里往外撵鬼。我带上枪顺河往下走，去察看一下周围的情况。

从早晨起就一直阴沉沉的天空，没有一丝风，突然降下湿润的鹅毛大雪。

高大的红松像魁梧的哨兵，现在一动不动地伫立着，不再窃窃私语。

苍茫的暮色、懒洋洋地飘落的雪花、阴郁沉默的森林——这一切构成了一片十分凄凉的景色……

从我身边无声无息地飞过一只猫头鹰，受惊的兔子急忙钻进灌木丛，猫头鹰马上跟了过去。我在山顶上坐了一会儿，就往回走。几分钟后走到了帐篷前。从帐篷顶上的洞孔里冒出浓烟和火星，据此我断定，我的旅伴已经安置好了，正在做晚饭。

大家喝茶时，又谈论起妖魔鬼怪。

扎哈罗夫总是要德尔苏讲讲赫哲人的鬼是什么样的。德尔苏说，鬼没有固定的面孔，常常换“衬衫”。有人问鬼是不是和善良的天神恩杜利斗法时，赫哲人一本正经地回答说：

“不知道！我的从来这个没见过。”

喝完茶，当所有的人都躺在了自己的地方后，我又工作了一个小时，整理了自己的日记，然后进入梦乡。

12月30日，我们的队伍到达了图古卢，这里的居民大都是“混血儿”土著人。我们越接近乌苏里江，遇到的中国人越多，真正的乌德海人也就越少。

这一带注入比金河的小河有：安巴河、疯子砬子[1]河、乌戈利科科利河、罗霍洛河和图古卢河。这个区域值得一提的高山有：右岸的花岗岩峰疯子砬子山、罗霍洛山、扎拉–杭科尼山和凡齐卡米地带的山，左岸有主峰为安班峰和乌戈利峰的王八脖子山，还有兰索罗伊山，兰索罗伊山有由暗玢岩构成的班加悬崖。

从四方台往下，比金河宽200米，深两米左右，流速每小时4公里。

不知是由于地球相对于太阳的平面位置发生了变化，还是由于我们离大海越来越远（大概两种原因都有），白昼明显地长了，气候也变得平和。强风远远地落在后面。气压渐渐上升，接近760毫米。早晨温度很低（–30℃），白天略微上升一点儿，但是到了晚上，又降到了–25℃。

今天发生了一件小事，使德尔苏很难过，却使我感到好笑。

我的挎包里有各种各样的小物件：彩色铅笔、铅笔刀、橡

1 疯人山。

皮、针线盒、锥子、怀表、秒表等。我把这些东西分出一些交给德尔苏带着，其中包括一个鹿角制的墨水瓶，里面装满了墨水，拧紧了瓶盖。午后，德尔苏突然跑来，慌慌张张地告诉我说，丢东西了……

“丢什么了？”我问他。

他犹豫着，不知道如何回答。我看出他十分为难，在心里一个个寻找他所知道的俄语单词。

“你丢了什么？”我又问他一遍。

“脏水。”他不好意思地回答说。

在他的词汇里没有“墨水”这个词，他不知道怎么称呼这种液体，只知道就是乱涂乱写的。我的旅伴都哈哈大笑起来，他生气了，以为我们笑他疏忽大意，便解释说，他十分珍惜这种“脏水”。他说，人用嘴说出来的话，只能在空气里传到近处。另一些话被塞到瓶子里，一旦落到纸上，便传得很远。用嘴说的话，说完就不见了，落到纸上的话，可以流传 100 年，甚至更久。这种奇妙的“脏水”，他，德尔苏，根本不该带，因为他不知道该怎么带着它。

1907 年的最后一天，我们向西沟走去，这是比金河上人口最多的居民点。这里住着清一色的中国人。1882 年这个村落叫瞎摸杵子，1894 年这里只有 70 口人。西沟往上不远（大约两公里）还有两个屯子：草帽顶子[1]和大堡子沟（后一个屯子现在

1 又译为小帽顶子，像小帽子的山顶。

已废弃了）。西沟的居民以挖参、打猎、捕貂、酿酒为业，此外还盘剥乌德海人。他们费很大力气伐树开荒，在开垦出来的一块块地上种小麦和玉米。

河右岸有一条山脉叫鄂伦春子，它有两座很醒目的山峰：丹沟子和草帽顶子。这两座山峰的支脉延伸到河边，形成了扎加利、杭科尼和大亚沟[1]三座悬崖峭壁。

比金河旁边还有一条大河——阿尔昌河，几乎与它平行向西流去。在这两条河之间的牛石顶子山的山口，有一个椭圆形的天然水池，周长约有150米。

有一位警官前来迎接过我们，这在中国人的眼里提高了我的威望。大概正是由于这个缘故，他们为我们安排了隆重的欢迎场面，挥着小旗，放了鞭炮，提着纸灯笼，敲着呱嗒板。我们就在这么热烈的欢迎场面中进入西沟屯。

中国人宰了猪，恳切地留我在他们那里待一天。我们的粮食已经全都吃光了，如果能在比通常的宿营地更讲究的地方度过新年，士兵们一定会微笑。于是我接受了中国人的邀请，但也对我的旅伴提出约束，他们必须保证不多喝酒。我的旅伴履行了自己的诺言，他们没有一个人喝得醉醺醺的。

第二天是个阳光灿烂的寒冷日子。早晨，我让士兵们排好队，向一切资助我们考察的人表示良好的祝愿。最后我向大家致敬，感谢他们的忠诚服务。“乌拉”的喊声传遍了森林。

---

1 即大桠沟，大的分支的沟。

邻近房子里的中国人跑出来，得知是怎么回事后，又敲起呱嗒板来。

我们刚刚分头到各家去吃午饭，忽然从外面传来铃铛声，中国人跑来报告说警官来了。过了几分钟，有个身穿皮大衣的人闯进屋里。这位警官突然变成了 А.И. 麦尔兹利亚科夫。我们互相问候、寒暄。原来，他（根本不是警官）早就想来迎接我，因为雪太深而推迟了行程。

我的旅程接近终点了。我们坐上 А.И. 麦尔兹利亚科夫带来的马拉雪橇离开了西沟村。他一共带来 3 副雪橇。

从西沟到比金车站全长 160 公里，有一条伐木工人开出来的很好的雪橇道。这段路我们走了 3 昼夜。

比金河在这一带究竟有多宽，说不清楚，河水的流速也没法计算。因为河汊子很多，流速也不一样。比金河下游要流送很多木材，因此河床里的乱倒木每年都要清理，但是尽管如此，往河里放木排也不总是那么顺畅。很多木排在扎加利、杭科尼和大亚沟悬崖附近被撞得粉碎。

比金河右岸延伸出一座高峻的山脉，叫作鄂伦春子山。它向南伸出一条厚实的支脉，支脉的尽头是鄂伦古–沃尼峰。比金河从南面绕过这座山峰，然后又向西流去。在这条支脉上有几座险峻的山峰，依次是北高砬子峰[1]，中台子山峰和高石蕻子[2]峰。高石蕻子峰在靠近河边处变成了悬崖，叫作新大富和隔山

1 北面的高山。

2 高峰间的通道。

子。中台子附近有褐煤矿露出地表。

沿比金河下行，离西沟约15公里，有一块没有树的空地，土壤良好，适于耕种。这里住着汉化了的赫哲人。

这里的中国人大部分是各种各样的无赖，靠明火执仗、拦路抢劫为生。他们钱来得容易，就抽大烟、赌博。赌起钱来常常闹到流血残杀的地步。乌苏里地区，聚集了一切惹是生非、行为不端的坏分子，他们把比金河下游当作老窝。在纵横交错的支流间，岛屿星罗棋布，他们就在这些小岛上仿照土著帐篷的样子，用树皮搭起窝棚，从而找到了十分适合他们生存下去的地方。

当地的土著人对他们必须俯首听命，给他们送去食品。这还不算，中国人还要求女人来送肉送鱼。被吓破了胆的鞑子一切唯命是从。对于这种情况俄国当局竟然容忍，不采取措施来减轻受奴役的土著人的痛苦，实在令人震惊。

从西沟顺比金河而下，常常可以遇到俄国伐木工人盖的过冬的房子。这些房子之间的距离为25公里。这一天我们大约走了50公里，在黄瓜砬子河口附近过夜。

1月3日，没等太阳出来，我们就早早出发了。赶雪橇的哥萨克一个劲儿催促我们，我们大家都一样，想尽快赶到铁路那里。

当前面的路途还很遥远的时候，你一般会不慌不忙地走，但是越接近终点，你就越激动，开始疾走，就会出差错，甚至陷入窘境。在这种情况下应该把控住自己，不必加快步伐，而是要耐心地朝前走。

从鄂伦山到塔班多屯大约有40公里。在这里，河水紧贴着河谷的右侧流过，左岸是一大片沼泽。群山退向一边，消失在西南方雾蒙蒙的远处。

阿尔昌河是比金河右岸最大和最后一条支流。它的上游流过鄂伦山（中国人叫作鄂伦春子[1]）。

这条河长约100公里，河源是由两条河汇流而成：桑格河（乌德海语意思是“熊”）和阿尔昌河本身，阿尔昌河在上游自东向西流去。

继续向前，阿尔昌河的流向是由一座低矮而宽阔的山脉决定的，这条山脉的走向从北—北—东到南—南—西。山脉的尽头靠近比金河，叫作打鱼台[2]。

这一带叫作巴纳多，意思是“拖船的地方”。把小船从这条河拖到另一条河上去，一般都在这里，可以大大缩短行程，节省不少时间。

在哥萨克中间，流传着关于塔班多的很坏的传闻。这里是红胡子长期占据的巢穴。他们在这里拦劫往乌苏里去的中国人，将他们抢劫一空。如果俄国人偶然来到这里，而且没有人护送的话，红胡子也绝不放过他们。

阿尔昌河河谷宽阔，右岸山峦起伏，左岸平缓。到了拖船的地方，河谷收窄，不足1公里宽。这正是从前阿尔昌河注入

---

1 鄂伦春山顶。

2 又译作大玉台，大的古塔。

比金河的地方。从这里开始，阿尔昌已经是一条大河了，宽60—80米，深2—2.5米。中游一带的河谷里，可以看到大量的闪长岩、孔雀岩、玄武岩、安山岩以及它们的凝灰岩。

上面已经说过，阿尔昌河绕过打鱼台山后，流入比金河的旧河床，在这一段路上，右侧还有3条水量充足的支流注入：奥利杜河（中国人叫它库尔图河）、头道河[1]和小卢尔图河。阿尔昌河注入比金河的地方在与它同名的比金火车站南面10公里处。比金河谷很久以来就以好猎场和盛产人参享有盛名。

栖息在这里的动物有：马鹿、狍子、麝、野猪、老虎、貂熊、山雀、狸子、紫貂和猞猁。猞猁在库尔图河尤为常见。从1904年起，阿尔昌河流域的树木被大量采伐，顺流漂放，因此在很大程度上赶走了野兽。但是尽管这样，目前哥萨克还按照老习惯到阿尔昌河去打猎，而且从来不会空手返回。

黄昏时我们走到了塔班多屯。这里有8座房子，住着将近70个中国人。

1月4日是我们旅行考察的最后一天。哥萨克很早就叫醒了我。

天还很黑，但是星光已经暗淡，太阳离地平线不远了。寒气逼人……温度计显示-34℃。马鬃、马背和马脸都蒙上了一层霜。我们出发的时候，天刚微微发亮。

拖船的地方积雪太少，我们只好下了雪橇，自己背着东

1 第一条大河。

西走。

比金河下游的河底为淤泥和沙子。常常可以在河两岸碰到干燥的漫岗，漫岗中间是一个个水泡子，再往两边去便是沼泽，上面长着稀疏的落叶松和瘦弱的白桦。

刚过中午，我们来到了哥萨克的格奥尔吉耶夫村，在这里稍事休息后，便向乌苏里铁路的车站出发了。

生活的美好就表现在反差明显的对比之中。从乌德海人的帐篷一下子回到堂皇富丽的城市住宅，多么让人愉快！遗憾的是，这种变化通常总是逐步实现的：先是帐篷，然后是中国房子，随后是俄国农舍，最后才是城市。

旅途中一直是用茶缸喝那种有烟熏火燎味的廉价砖茶，现在我用玻璃杯品尝着上等好茶，这是多么愉悦啊！我到理发馆里理了发，到澡堂洗了澡，然后躺在干净的被褥上，枕着柔软的枕头，真是无比舒适惬意！……

第二十四章　德尔苏之死

我们到达哈巴罗夫斯克是 1 月 7 日晚上。士兵们回到连队了，我和德尔苏一起到了我的住处。那里已经聚集了我的许多好朋友。

大家都用诧异而好奇的目光不时打量着德尔苏。德尔苏也感觉很不自在，很长时间对新的生活环境不适应。

我给他腾出一个小房间，放了一张床、一张桌子和两个凳子。显然，凳子对他毫无用处，因为他更愿意坐在地板上，或者常常坐在床上，像土耳其人那样盘着腿。这时，他的样子就活像庙宇中的佛像。睡觉他也按照老习惯，在草垫子和棉褥子上还要铺上狍皮。

火炉旁边的角落是德尔苏最喜欢的地方。他往木柴上一坐，久久地凝视着火苗。室内的一切陈设，对他来说都是陌生的，唯有这熊熊燃烧的木柴可以使他回忆起原始森林。木柴不好烧的时候，他就对炉子生气地说：

“坏人，他的根本的不情愿烧。”

有时我到他那里坐坐，我们回忆起旅途中经历的一切。这样的谈话给我们俩都带来莫大的满足和愉快。

有一次，我萌发了一个念头，想把德尔苏的话用录音机录下来。他很快就明白了对他的要求，便对着话筒讲了一个很长的神话故事，差不多用了一整盒录音带。然后，我换上听音的机头，又给机器上了发条，放给他听。德尔苏听到录音机把他讲的故事复述一遍，丝毫也不惊奇，脸上的肌肉纹丝不动。他专心地听完后说：

“他的，”他指着录音机，“说得很对，一个字漏掉的没有。”

德尔苏真是个改不了的万物有灵论者，他把录音机也人格化了。

考察回来后，总有许多工作要做：写经费报告和工作报告，绘制路线图，整理采集的标本，等等。德尔苏看到我整天趴在桌上写东西。

“我的从前想，”他说，“长官这么坐着，”他模仿长官坐着的姿势，“东西的吃，人的审问，别的活计没有。现在我的明白：长官山里的要去——要干活儿，城里的回来——要干活儿。完全闲着的不能。”

土著人这样想象当官的十分自然。从德尔苏的话里我们可以了解中国官吏的样子，他们主要担负审判的职责，擅自决定对违法者宽恕还是给予惩罚。德尔苏也许没见过他们，然而从到过三姓的赫哲人那里，他大概听说过不少。

有一次，我走进他的房间，看见他穿好了衣服，手里拿着他的枪。

“你去哪儿？”我问。

“打枪。”他坦然地回答，发现我惊异的目光后，便解释说，枪膛里落满了灰，打一枪，子弹顺着来复线射出去，就可以把灰尘除掉；然后只要用布擦擦枪膛就行了。

城市禁止打枪，对他来说是一件颇不愉快的发现。他把枪放在手里摆弄了一阵子，叹了口气，放回到墙角的老地方。这件事不知为什么使他特别烦躁不安。

第二天，我从德尔苏房间的门前走过，看到房门半开着。我也不知道怎么回事，悄悄走了进去。德尔苏站在窗前，轻声地自言自语。我发现，长期孤独生活在原始森林里的人，有把自己心里想的事说出声的习惯。

“德尔苏！”我喊了他一声。

他转过身来。脸上掠过一丝苦笑。

“你怎么了？”我问他。

“没什么。”他回答说，“我的这里坐着，像鸭子一样。人怎么能老在箱子里坐着呢？”他用手指着屋里的天花板和墙壁，“人应该常常山里的走，枪的打。”

德尔苏沉默了，转身朝着窗户，又向街上呆望起来。他在怀念已经失去的自由。“不要紧，”我想，“住一段时间就会习惯的。”

有一次，他住的房间需要简单修理一下：收拾炉子，粉刷墙壁。我让他搬到我的办公室去住两天，等房间修好之后再搬回来。

“没关系，长官。”他对我说，“我的可以在街上睡：搭个帐篷，烧一堆火，碍事的没有。”

他觉得一切都很简单，我费了好大劲儿才劝住他打消了这个念头。他没有觉得委屈，但是对城市里的很多限制感到不满：这里不允许开枪，怕打扰了行人。

有一天，我买柴火时德尔苏恰好在场；他看见我付柴火钱大为惊异。

“怎么！”他喊了起来，“林子里木柴大大的有，干吗白白的钱给？”

他咒骂卖木柴的，说他是“坏人”，并竭力使我相信，我受骗了。我试图向他解释，说付的钱不是木柴本身的价值，而是劳动的报酬，但白费口舌，没有用。德尔苏久久不能平静，当天晚上就没有生炉子。第二天，为了不让我花钱，他自己到树林里砍柴去了。结果被当场扣押，还做了讯问笔录。德尔苏提出抗议，吵嚷起来，于是被送到警察局。警察局打电话将此事通知了我，我便尽量调和，将此事顺利解决了。

后来我向他解释了好多次，为什么不许砍伐市郊的树木，他却仍旧不理解。

这件事在他心里留下了很深的印象。他明白了，要在城里生活，不是自己想干什么就干什么，而是要按照别人的想法去活。这些陌生人从四面八方包围着他，使他寸步难行。老头儿开始整天想着心事，变得孤僻了；他瘦了，面容憔悴，甚至好像更苍老了。

随后发生的一件小事彻底打乱了他内心的平衡。他看见我付水费。

“怎么！”他又喊了起来，“水的也要花钱？看那河，”他指着阿穆尔河，“水很多的有。土地、水、空气，神的赏给。怎么可以花钱？”

他没说完话，就用双手捂着脸回到自己的房间了。

晚上，我坐在办公室里写材料。忽然听见吱嘎一声，房门被轻轻推开了。我回头一看，门槛上站着德尔苏。我一眼就看出来，他有事找我。他脸上现出一副不好意思和惴惴不安的神情。没等我问他有什么事，他突然跪下说：

“长官！请放我山上的去吧。我的在城里住根本不行：柴火的买，水的也要买，树的砍——别人的骂。”

我扶起他，让他坐在椅子上。

“那你想上哪儿去呢？”我问。

“那边！”他用手指着远处郁郁葱葱的赫赫齐尔山。

我舍不得和他分别，但又不忍心硬留他。只好顺从他的意思。

我让他保证去一个月马上回来，那时我们将一起到乌苏里江去。我想在那里把他安置在我认识的鞑子家里。

我以为德尔苏还会在我这住两天才走，并想给他一些钱，准备粮食和衣服。

可是没想到并非如此。

第二天早晨，我走过他的房间，看见门敞开着。我往里一瞧——屋子已经空了。

德尔苏的出走，给我留下十分沉重的印象，好像我心中有什么东西被撕裂了。某种不祥的预感暗暗袭来，我害怕着什么事，害怕有人告诉我，说再也见不到他了。一整天我都忐忑不安，工作也干不下去。最后，只好扔下笔，穿上衣服走了出去。

外面已经春意盎然。雪化得很快，由原来的白色变得肮脏，好像有人在上面撒了一层油烟子。雪堆朝着阳光的那面现出了薄薄的冰层；白天薄冰被晒化了，夜里又冻上。雪水顺着沟渠奔流，发出快乐的淙淙声，仿佛急于向每一棵枯草报告喜讯：它苏醒了，现在就要使大自然复活了。

从野外演习回来的士兵们说，在路上看到一个人背着背包，手里拿着枪，高高兴兴、欢天喜地地走着，还一边哼着歌。从他们的话里可以断定，这个人就是德尔苏。

他走后大约过了两星期，我收到我的朋友 И.А. 德尤里发来的电报，内容如下：

“您派进森林的人已遇害。”

“德尔苏！”——我的脑海里马上闪过他的名字。我想起来了：因为怕他在城里再被警察拘留，我把自己的名片给了他，背面写明他的身份，还注明他在我家住。他们大概是发现了这张名片，于是打电报来通知我。

第二天，我就动身到赫赫齐尔山南面的科尔佛福斯卡亚车站去。在那里得知，工人曾在森林中的路上看见过德尔苏。他手里拿着枪，一边走，一边和落在树上的乌鸦说话。他们据此断定，他可能是喝醉了。

火车到达科尔佛福斯卡亚车站时已近黄昏。

因为天色已晚，我和И.А. 德尤里便决定第二天早晨再去出事地点。

我整夜都没合眼，极度的悲伤啃噬着我的心。

我感到失去了一个最亲近的人。我们曾经同甘苦，共患难。多少次他都在死亡威胁我的关头救了我！

为了解脱痛苦，我拿起书来看，但是读不下去。两眼机械地辨认着字母，脑海里却萦绕着德尔苏的形象——正是最后那次请求我放他回到山里的德尔苏的样子。

我责备自己把他带进城来。然而谁又能料到一切会是这样的结局呢！

直到天亮我才打了一会儿盹儿，而且马上还做了一个奇怪的梦，梦见我和德尔苏在森林里的一个宿营地。德尔苏正在打背包，准备要走，我劝他和我一起留下。他把一切都准备停当后，告诉我要去找他老婆，然后就匆匆忙忙地朝森林里走去。我感到害怕，便跑去追他，却被绊脚索缠住了。这时，又出现了一棵五品叶的人参。人参叶变成了一只大手，一下子把我抓住，摁倒在地上。

我轻轻地喊了一声，掀开头上的被子。明亮的阳光一下子照进我的眼睛。И.А. 德尤里站在我面前，摇晃着我的肩膀。

“您可睡得真香啊！”他说，“该起来了。”

上午9点，我们走出了屋子。

已经是3月末了。太阳高挂在天空，向大地洒下耀眼的光辉。空气中还能感到夜间的清新寒意，特别是在背阴处。但是，已经融化了的雪、潺潺的溪水和节日般高兴欢快的树木都表明，夜间的寒冷已经不能吓唬住谁了。

我们沿着一条小路走进大森林。走了好久，默默无语，大约走了一公里半的样子，我看见小路右边有一堆篝火，旁边有3个人影。我认出其中有一个是警官。有两个工人正在挖坑，旁边放着一具尸体，用蒲席盖着。我从脚上那双熟悉的靴子认出了死者。

“德尔苏！德尔苏！”我不由自主地喊了起来。

那两个工人诧异地望着我。我不想在生人面前流露出自己的感情，于是走到一旁，坐在一个树墩上，沉浸在自己的悲伤中。

土地还是冻的；工人用火烤化了，选择能用铁锹挖动的地方挖下去。大约过了5分钟，警官走到我面前。他的样子高兴而愉快，好像来过节似的。不知是由于他一生中可能收拾这类无名尸体太多了，对自己的工作已经养成了冷漠的习惯，还是因为这一次埋的是一个微不足道的“异族人”，总之，我从他的面部表情已看出，他并不打算立案追查凶手，只是打算做个记录了事。他告诉我，德尔苏的尸体是在篝火旁发现的。根据现场判断，看样子他是在睡梦中被打死的。强盗们翻了他身上，没有钱，把枪拿走了。

又过了约一个半小时，墓穴挖好了。工人走到德尔苏跟前，取掉他身上的蒲席。阳光透过浓密的针叶，落到大地上，照亮了死者的脸。这张脸几乎没有任何变化。他大睁两眼望着天空，那眼神似乎是他忘记了什么，现在正竭力回想。工人将他抬进墓穴，用锹填上了土。

“永别了，德尔苏！”我轻轻地说，“你生在森林里，又在森林里结束了自己的生命。”

大约20分钟后，在掩埋赫哲人尸体的地方，隆起了一个小小的土包。

工人干完自己的活儿，抽起烟来，然后拿着工具，跟在警官后面回车站去了。我坐在路旁的地上，久久地思念着死去的朋友。

就像放电影似的，在我面前浮现出一幕幕往事：在勒富河上与德尔苏的初次相遇、兴凯湖畔、里伏锦河遇虎、三河皮沟的森林大火、毕楞河的山洪、乘木筏渡过大克马河、沿伊曼河的旅行、库卢姆别河上的饥饿、沿比金河的跋涉，等等。

这时飞来一只蓝大胆，落在坟头的灌木枝上，信任地看着我，叽叽喳喳地叫起来。

“性情温顺的人”——我想起了德尔苏，他是这样称呼原始森林中的这些小鸟的。忽然，这只鸟拍打着翅膀，飞进了灌木丛。于是，悲伤又啃噬着我的心。

“别了，德尔苏！”我向他最后一次道别，然后沿着来路往回走。

1908年夏天，我又去做第三次旅行考察，这次花了两年的时间。

1910年冬，我回到哈巴罗夫斯克，立即去了科尔佛福斯卡亚车站，为老朋友扫墓。我认不出那个地方了——一切都变了样：车站附近出现了整座市镇，赫赫齐尔的山坡上开辟了花岗岩采石场；在那里砍伐森林，做成枕木。我曾经跟И.А.德尤里几次寻找德尔苏的坟墓，都没有找到。那里的松树也不见了，出现了许多新修的路，到处是土堤、深沟、土堆、车沟和大坑……

别了，德尔苏！

附录

植物和动物名称俄语、拉丁语、汉语对照表

（拉丁语及俄语名称引自 В. Л. 科马罗夫院士和 Е. Н. 克洛布科娃–阿利索娃所编《远东地区植物检索表》）

一、植物名称

Акация см. Маакия амурская 见 Маакия амурская

Актинидия коломикта Actinidia kolomikta Max. 狗枣子（狗枣猕猴桃）

Аралия маньчжурская Aralia manshurica Rupr. et Max. 刺龙牙（辽东楤木）

Астра татарская Aster tataricus L. 紫菀

Астра трехнервная Aster trinervius Roxb. 三脉叶紫菀（山白菊）

Астра шероховатая Aster scaber Thunb. 东风菜

Астрагал перепончатый Astragalus membranaceus Fisch. 膜荚黄芪

Багульник болотный Ledum palustre L. 杜香（喇叭茶）

Барбарис амурский Berberis amurcnsis Max. 狗奶子（黄芦木）

Бархат см. Бархатное дерево 见 Бархатное дерево

Бархатное дерево Phsllodendron amurense Rupr. 黄檗

Берёза белая Betula manshurica（Rgl.）Nakai 东北白桦

Берёза кустарниковая Betula ovalifolia Rupr. 油桦（卵叶桦）

Берёза торфяниковая см. Берёза кустарниковая 见 Берёза кустарниковая

Берёза чёрная Betula dahurica Pall. 黑桦（棘皮桦）

Берёза Эрмана Betula Ermani Cham. 岳桦

Бересклет широколистный Euonymus macroptera Rupr. 黄瓤子（翅卫矛）

Борец Фишера Aconitum Fischeri Rchnb. 乌头

Боярышник Максимовича Crataegus Max'moviczii C. Schn. 毛山楂

Брусника Vaccinium vitis idaea L. 牙疙瘩（越橘）

Белокопытник дланевидный Petasites palmata Asa Gray 掌叶蜂斗叶

Вероника крупная Veronica grandis Fisch. 大婆婆纳

Вика уссурийская Vicia ussuriensis Oett. 野豌豆（乌苏里草藤）

Виноградник см. Виноград амурский 见 Виноград амурский

Виноград амурский Vitis amurensis Rupr. 山葡萄

Володушка длиннолучевая Bupleurum longiradiatum Turcz. 大叶柴胡

Вяз см. Ильм белокор 见 Ильм белокор

Герань Власова Geranium Wlasovianum Fisch. 绒背老鹳草

Гнездовка настоящая Neottia nidus avis Rich. 燕巢兰

Голубика Vaccinium uliginosum L. 笃斯越橘

Горечавка крупнолистная Gentiana macrophylla Pall. 大叶龙胆

Горец раскидистый Polygonum divaricatum L. 分叉蓼

Горошек полевой см. Вика уссурийская 见 Вика уссурийская

Гречишник раскидистый см. Горец раскидистый 见 Горец раскидистый

Груша уссурийская Pirus ussuriensis Max. 出梨（秋子梨）

Дёрен канадский Cornus canadensis L. 加拿大山茱萸（御膳橘）

Диоскорея Жиральди Dioscorea Giraldii R. Kunth. 穿地龙（加氏薯蓣）

Донтостемон шершавый Dontostemon hispidus Max. 毛花旗竿

Дуб монгольский Quercus mongolica Fisch. 柞树

Ель аянская Picea ajanensis Fisch. 鱼鳞松

Жасмин тонколистный Philadelphus tenuifolius Rupr. et Max. 细叶山梅花

Живокость Маака Delphinium Maacklanum Rgl. 翠雀花（飞燕草）

Жимолость съедобная Lonicera edulis Turcz. 蓝靛果（羊奶子）

Журавельник волосистый см. Герань Власова 见 Герань Власова

Заячье ушко см. Володушка длиннолучевая 见 Володушка длиннолучевая

Звездчатка водяная см. Звездчатка лучистая 见 Звездчатка лучистая

Звездчатка лучистая Stellaria radians L. 垂梗繁缕

Ива корзиночная Salix viminalis L. 蒿柳（绢柳）

Ива пирамидальная см. Ива росистая 见 Ива росистая

Ива росистая Salix rorida Laksch. 粉枝柳

Ильм белокорый Ulmus japonica Sarg. 白杆榆（春榆）

Ильм горный Ulmus montana Wither v. heterophylla Max. 山榆

Ирис–касатик см. Касатик гладкий 见 Касатик гладкий

Калина даурская см. Калина Саржента 见 Калина Саржента

Калина Саржента Viburnum Sargenti Koehne 佛头花（鸡树条子）

Касатик гладкий Iris laevigata Fisch. 燕子花

Кедр корейский Pinus koraiensis S. et Z. 红松

Кислица заячья см. Кислица обыкновенная 见 Кислица обыкновенная

Кислица обыкновенная Oxalis acetosella L. 酢浆草，浆花

Клён жёлтый Aser ukurunduense Tr. et Mey. 黄槭，花楷槭

Клён кустарниковый см. Клён приречный 见 Клён приречный

Клён мелколистный Acer mono Max. 色木（地锦槭）

Клён приречный Acer ginnala Max. 茶条

Клинтония удская Clintonia udensis Tr. et Mey. 蓝果兰（七筋姑）

Княжник охотский Atragene ochotensis Pall. 鄂霍次克铁线莲

Козелец белостебельный Scorzonera albicaulis Bge. 鸦葱

Кровохлёбка аптечная Sanguisorba officinalis L. 地榆

Колокольчик см. Платикодон крупноцветный 见 Платикодон крупноцветный

Крыжовник буреинский Ribes burejense Fr. Schmidt. 刺儿李（刺果茶藨）

Крыжовник колючий см. Крыжовник буреинский 见 Крыжовник буреинский

Крыжовник оригинальный см. Смородина ощетиненная 见 Смородина ощетиненная

Курильский чай Dasiphora fruticosa（L.）Rydb. 金蜡梅

Лапчатка см. Курильский чай 见 Курильский чай

Леспедеца двухцветная Lespedeza bicolor Turcz. 胡枝子（扫条）

Лещина колючая см. Лещина маньчжурская 见 Лещина маньчжурская

Лещина разнолистная Corylus heterophylia Fisch. 榛

Лещина маньчжурская Corylus manshurica Max. 毛榛（胡榛）

Липа Такета Tilia Taqetii C. Schn. 小叶椴

Лиственница даурская Larix dahurica Turcz. 兴安落叶松

Лимонник китайский Schizandra chinensis Baill. 五味子（北五味子）

Ломонос маньчжурский Clematis manshurica Rupr. 东北铁线莲

Любка зеленоцветная Platanthera chlorantha Custor. 长距兰

Любка ятрышниковая см. Любка зеленоцветная 见 Любка зеленоцветная

Маакия амурская Maackia amurensis Rupr. et Max. 山槐（朝鲜槐）

Майник камчатский Majanthemum kamtschaticum（Gmel.）Kom. 舞鹤草

Можжевельник даурский Juniperus dahurica Pall. 兴安桧（爬山松）

Морошка Rubus chamaemorus L. 兴安悬钩子（托盘）

Ольха кустарниковая Alnus fruticosa Rupr. v. manshurica Call.
矮赤杨（东北桤木）

Ольха пушистая Alnus hirsuta Turcz. 毛赤杨

Орляк Pteridium aquilinum Kuhn. 蕨菜

Орех маньчжурский Juglans manshurica Max. 胡桃楸（山核桃）

Орешник см. Лещина 见 Лещина

Осина Populus tremula L. v. Davidiana. 山杨

Осока лесная（волосистая）Schn. 长毛苔草

Осокорь Carex pilosa Scop. см. Тополь 见 Тополь

Папоротник кочедыжник женский Athyrium filix femina（L.）Roth.
猴腿蹄盖蕨

Папоротник игольчатый Athyrium spinulosum（Max.）Milde. 尖齿蹄盖蕨

Папоротник широкий Dryopteris dilatata A. Gray. 鳞毛蕨

Пихта белокорая Abies nephrolepis Max. 臭松（臭冷杉）

Платикодон крупноцветный Platycodon grandiflorus A. DC. 桔梗

Подбел см. Белокопытник 见 Белокопытник

Полынь обыкновенная Artemisia vulgaris L. 艾蒿

Полынь каменная см. Полынь Кёйске 见 Полынь Кёйске

Полынь Кейске Artemisia Keiskeana Miq. 岩生万

Плаун кольчатый Lycopodium annotinum L. 杉蔓石松

Пробковое дерево см. Бархатное дерево 见 Бархатное дерево

Пушица широколистная Eriophorum latifolium Hoppe. 宽叶棉花莎草

Рододендрон даурский Rhododendron dahuricum L. 兴安杜鹃花（映山红）

Роза даурская Rosa dahurica Pall. 山刺玫（刺玫果）

Роза иглистая Rosa acicularis Lindl. 大叶蔷薇

Рябина двухцветная Sorbus discolor Max. 白果花楸

Рябина кустарниковая см. Рябина бузинолистная 见 Рябина бузинолистная

Рябина бузинолистная Sorbus sambucifolia Tr. 花楸

Рябина обыкновенная см. Рябина двухцветная 见 Рябина двухцветная

Рябинолистник обыкновенный Sorbaria sorbifolia A. Br. 珍珠梅（山高粱）

Сабельник болотный Comarum palustre L. 沼萎陵菜

Сирень амурская Syringa amurensis Rupr. 暴马子

Смолёвка листовая Silene foliosa Max. 叶麦亲草

Смородина ощетиненная Ribes hcrridum Rupr. 黑果茶藨

Соссюрея Максимовича Saussurea Maximowiczii Herder. 羽叶凤毛菊

Стланец кедровый Pinus pumila Rgl. 偃松

Схизопепон Schizopepon bryoniifolius Max. 裂瓜

Таволга иволистная Spiraea salicifolia L. 柳叶绣线菊（空心柳）

Таволожник см. Рябинолистник обыкновенный 见 Рябинолистник обыкновенный

Таволожка иволистная см. Таволга иволистная 见 Таволга иволистная

Тимьян боровой Thymus serpyllum L. 百里香

Тис Taxus cuspidata S. et Z. 紫杉（赤柏松）

Тополь душистый   Populus suaveolens Fisch.   甜杨

Тростник обыкновенный   Phragmites communis Trin.   芦华

Хохлатка охотская   Corydalis ochotensis Turcz.   黄紫堇

Хмель охотский см. Княжник охотский 见 Княжник охотский

Чемерица зелёная   Veratrum Lobelianum Bernh.   山白菜（山梗菜芦）

Черёмуха   Маака padus Maackii Rupr.   山桃稠李（斑叶稠李）

Чина болотная   Lathyrus palustris L. v. pilosus Ldb.   沼生山黧豆

Чёртово дерево см. Аралия маньчжурская 见 Аралия маньчжурская

Шиповник даурский см. Роза даурская 见 Роза даурская

Шиповник красноветвистый см. Роза иглистая 见 Ясень носолистный

Шикша   Empetrum nigrum L.   岩高兰

Ясень китайский см. Ясень носолистный 见 Ясень носолистный

Ясень маньчжурский   Fraxinus manshurica Rupr.   水曲柳

Ясень обыкновенный см. Ясень маньчжурский 见 Ясень маньчжурский

Ясень носолистный   Fraxinus rhynchophylla Hance.   花曲柳

二、动物名称

б) Зоологические названия.

Бурундук   Eutami. ir sibincus orientalis Bonh.   花鼠

Бычок–подкаменщик   Coitus poecilupus Heckel.   社父鱼

Белка   Sciurus villains iiiaiitcliiiricus Thos.   松鼠

Береговичок   Littorina litturea.   滨螺

Ворона большеклювая   Corvus levaillanli iiiniulsliiinciis But.   大嘴乌鸦

Волк красный　Cyon alpinus I’all.　　豺

Выдра　Lutra lutra L.　　水獭

Глухарь　Tetrao urogalioides Midd.　　细嘴松鸡

Горбуша　Oncorhynchus gorbuschn W.　　驼背大马哈鱼

Гриф　Aegipius monachus L.　　秃鹫

Дикуша　Falcipennis falcipcmiis（llartl.）　　镰翅鸡

Дрозд каменный　Monticola solitarius magnus l. a Toiiche.　　蓝矶鸫

Дрозд краснобрюхий　Turdus naumanni Топни.　　斑鸫

Дятел пёстрый уссурийский　Dryobates japonicus tsdierskii（But.）

斑啄木鸟

Дятел седоголовый　Picus canus jessocnsis Sk’jn.　　绿啄木鸟

Дятел зелёный　Picus viridis viridis L. well Ha Dryocopus martins martins（L.）.　　欧绿啄木鸟

Изюбр　Cervus elaphus xanthopigus M. E.　　马鹿

Кабан　Sus scrofa continentalis Nehr.　　野猪

Кабарга　Moschus moschiferus parvipes Holl.　　麝

Касатка–мухоловка　Muscicapa sibirica Gmelin　　乌鹟

Камнешарка　Arenaria interpres L.　　翻石鹬

Каменушка　Clangula histrionica pacifica（Brooks）　　丑鸭

Кета　Oncorhynchus keta Walb.　　大马哈

Кит–полосатик　Balaenoptera sp.　　鳁鲸

Клёст　Loxia sp.　　交嘴雀

Коза дикая　Capreolus capreolus bedfordi Thos.　　狍

Колюшка　Pygosteus sinensis Guich.　　刺鱼

Королёк японский Regulus regulus japonensis Blak. 戴菊莺

Кошка дикая Felis euptilura Elliot. 豹猫（山狸子）

Краб Hemigrapsus penicillatus（de Haan） 蟹

Краснопёрка Leuciscus brandti（Dyb.） 雅罗鱼

Крохаль белый Mergus sp. 秋沙鸭

Кулик-песочник Erolia sp. 滨鹬

Кулик-сорока Haematopus ostralegus osculans Sw. 蛎鹬

Кунжа Salvelinus leucomaenis（Pall） 白点鲑

Куница（харза） Martes flavigula Bodd. 密狗

Ленок Brachymystax lenok（Pall.） 细鳞鱼

Летяга Pteromys volans arsenjevi Og. 小飞鼠

Лисица Vulpes vulpes L. 赤狐

Лось Alces alces bedfordi Lyd. 驼鹿（堪达罕）

Мальма Salvelinus alpinus malma（Walb.） 红点鲑

Махаон Papilio maacki Men. 凤蝶

Медведь белогрудый Ursus tibetanus ussuricus Heude 黑熊

Медведь-бурый Ursus arctos L. 棕熊

Налим Lota lota（L.） 江鳕

Нерпа Phosa hispida Schr. 斑海豹

Овсянка белоголовая Emberiza sp. 鸥

Огуречник Osmerus eperlanus dentex Stn. 若鹭鱼

Олень пятнистый Cervus nippon hortulorum Swinhoe. 梅花鹿

Ореховка Nucifraga caryocatactes macro rhynchos Brehm. 星鸦

Пантера Felis pardus orientalis Schleg. 金钱豹

Поползень　Sitta europaea amurensis Sw.　䴓（蓝大胆）

Протомоллюск　Cryptochiton stelleri.　石鳖

Ронжа　Cractes infaustus maritiraus But.　北噪鸦

Росомаха　Gulo gulo L.　貂熊

Рысь　Felis lynx L.　猞猁

Рябчик　Tetrastes bonasia ussuriensis But.　榛鸡

Саджа　Syrrhaptes paradoxus（Pall.）　毛腿沙鸡

Сазан　Cyprinus carpio.　鲑鱼

Сизоворонка　Eurystomus orientalis calonyx Sharpe.　三宝鸟

Сокол–сапсан　Falco peregrinus brevirostris Menz.　游隼

Сорокопут　Lanius sp.　伯劳

Соболь　Martes zibellina arsenjevi B. Кигп.　紫貂

Синица белобрюхая　Parus sp.　山雀

Сивуч　Eumetopias jubatus Schr.　北海狮

Скворец серый　Spodiorsar cineraceus Temm.　灰椋鸟

Сорока　Pica pica jankowskii Steg.　喜鹊

Сойка рыжая　Garrulus glandarius brandtii Ev.　松鸭

Снегирь　Pyrrhula pyrrhula griseiventris Laf.　红腹灰雀

Стриж иглохвостый　Hirundapus caudacutus（Lath.）　针尾雨燕

Сеноставец–пищуха　Ochotona hyperborea Pall.　鼠兔

Таймень морской　Salvelinus perryi Brev.　哲罗鱼

Тигр　Felis tigris longipillis Fitz.　东北虎

Толпыга　Hypophthalmichthys molitrix（Val.）　白鲢

Улит　Tringa sp.　鹬

Утка серая Anas platyrhyncha L. 绿头鸭

Фазан Phasianus mongolicus Pall. 雉（野鸡）

Хариус Thymallus arcticus grubel Dyb. 茴鱼

Хорёк Mustela sibirica Pall. 黄鼬（黄鼠狼）

Чайка белая Pagophila eburnea（Phipps） 白鸥

Чайка сизая Larus canus major Midd. 海鸥

Чечётка Acanthis flammea L. 白腰朱顶雀

Чирок-клоктун Querquedula formosa（Georg.） 花脸鸭

Щука Esox reicherti Dyb. 狗鱼

Ястреб Accipiter virgatus gularis（Temm et Schleg.） 松雀鹰

地名索引

（本索引是译者根据原书中出现的地名编译。地名后面的数字为原书页码。）

A

AI

AN

ANG

AO

BA

BAN

BAO

BEI

BI

BIAN

BIE

BO

BU

DA

DU

DUO

E

ER

FA

FAN

FENG

FU

GAO

GE

GU

JIA

JIE

JIU

KA

KAI

KAN

KE

KU

LIU

LU

LUO

MA

NI

NIE

NIU

NONG

NU

NUO

PI

PU

QI

QIA

SHUI

SI

SONG

SU

TU

TUO

WA

WENG

WO

WU

XIE

XIN

XING

XIU

XUN

作者对某些章节地理状况的说明

第四章

头道谢库穆（乌德海人称其为谢克托祖）是一条小河（长5公里），从与海岸平行的山脉的两条支脉中间流过。那两条奥德加（乌德海语“少女”的意思）河，中国人叫它奥德沟，一条长12公里，另一条长15公里，共有一个河口。它们中间有一道同名的山梁隔着。山的平均高度为150米。山东坡很平缓，在海边形成一带高阶地，阶地上长着稀疏的落叶松和细瘦的桦树林。奥德加河谷里长着杂木林，适于做烧柴，只有河源地带可以零星地碰到红松、云杉和冷杉。四周的山顶大部分都是光秃秃的，山上的树木早被野火烧光了。

二道奥德加（乌德海语叫奥戴河）左侧有一条卢戈沃伊泉注入。据中国人说，从前这里有一片不太长的鹿窖，后来被火烧了。中国人没再修复它，而是搬到普松河去了。

塔尼亚河（中国人称其为斜道捻儿，乌德海语称作达纳）、维亚兹蒂格尼河、霍奥马河、霍泰河和奥涅克托沃河（乌德海语为奥涅克戈佐，中国人叫它米兰嘴），都是沿着小山涧流入大海的小河。再往前去，有条小河叫塔埃列（乌德海语称作塔埃），长 12 公里。河口一带河谷逐渐收窄，河水仿佛从峡谷中间流过。塔埃列河源是一带山结，还有几条河也发源于此。比如，毕楞河从这里流向东北，还有一条小溪叶良向南流去。

沙基拉河也是一条小河。它的河口和毕楞河毗邻。实际上，这条河根本没有河口，河水到了海岸附近漫过洼地，然后从卵石滩上渗进海里。沙基拉河谷相当狭窄，快到河源时才逐渐开阔。谷底多石；两边山上也到处都是乱石堆。草本植物主要有：野蒿、蕨菜、豌豆。河沿上长着灌木丛，有毛榛、山刺玫、绣线菊和胡枝子。海边上长着稀疏的树林，有柞树和落叶松，但是沿河往上走，树木越来越大，种类也越来越多。

第十二章

过了奈纳河以后的第一条小河，便是蒂钦加河（乌德海人称为泰延加河）。长 20 公里，也发源于卡尔图山。蒂钦加河的上游从一条又窄又深的峡谷里流过。这条峡谷的壁深与河面几乎成 60° 或 70° 角，上面全是乱石堆。

过了蒂钦加河有好几道泉水：瓦坚加（地图上标作巴童恰）、恰尼、卡利马（乌德海人叫作卡拉马，意思是“鲸鱼”）和安奇。再往前走有几条小河：库阿河、桑加舒河、昌戈米河和拉穆克西河。小道在这里离开海边，溯河而上，翻过山就是宽大沟（弯弯曲曲的大沟）。宽大沟是阿马古的一条支流，长约 30 公里，跟库佳河和奈纳河发源于同一地方。宽大沟起初也流经一条挺深的峡谷，峡谷里乱石累累，但是后来河谷逐渐开阔。河的上半段从西北流过来，然后突然转向东北，沿着海岸流去，它跟海岸之间有一条名为昌戈蒂卡拉尼的低山脉隔着。从安奇河到阿马古河有 15 公里。

第十六章

从右岸注入大霍别河的山间小河有科德河——这条河还有三条支流：华蒂河、鲍诺克谢河以及布拉尼亚河。接着就是胡利亚利基河、巴利河、奥纽希河、安马利河和塔哈河。在这些小河中间，有一座高山叫安古希山，山顶上有一块怪石，因而索伦人给它编了种种神奇的传说。再往前走，还有奥纽希河、安马利河、达达武河和塔阿河。从左岸流入大霍别河的支流有：砍猪河、头道阿格迪尼亚河、二道阿格迪尼亚河。后面这两条河，河谷里的森林都被火烧光了。

第十七章

过了斯瓦英河，还有几条山间小河：尤克萨、格乌、苏尼亚（苏涅尔）、西格巴利、巴连和比齐苏。最后这条河，俄国人叫它卡缅纳亚河。

过了库穆胡河，还有好几条小河，只有乌德海人起的名字，它们的顺序是：休思河（俄国人称其为斯瓦英河，地图上标作巴勃科夫河），接着是奥莫索河、伊梁图河和亚克蒂加河。奥莫索河河源有一座山，山顶光秃秃的，因而叫作秃山。在奥莫索河和伊梁图河之间，离海不远还有一座山，名为威索卡亚山。库穆胡河以北到索苏诺夫角之间的海岸，是一片裸露的花岗岩、片麻岩和正长岩。

第十八章

我从乌德海人那里听说，再往北去还有几条山间小河入海：丘莫河、奈纳河、埃盖别河、比亚普河和叶金河。叶金河在纳赫托胡河以北20公里。在这两条河的流域之间有一条山脉相隔，这条山脉叫作马塔麦。再稍微往前走，还有一座山，与海岸线构成锐角。这便是卡穆兰山脉，它有两座高峰，叫作库尔海峰和沃峰。再向前去，有一条大河，叫作萨马尔加河，河畔住着许多土著人。

叶金河（乌德海人叫作伊季别河）地图上标作佩列蒂奇纳河，长约150公里，发源于锡霍特山。叶金河有许多支流。如果从河源朝海边走，这些支流排列顺序如下：河右岸有达卡河和童加河，沿这两条河往上走，翻过山就是比金河。接着是巴尼亚河、皮尤戈塔河、阿姆达苏河、索洛戈耶河、奥楚拉河。

奥楚拉还有一条支流叫胡尼米克奇。溯奥楚拉河上行，翻过山就是埃赫河。再往下游去，便是乌利哈河，乌利哈河有一条支流，即扬戈河。从乌利哈河逆水上行，翻过山就是大海。

从左岸注入叶金河的有：塔利河和比亚河，比亚河有一条支流叫乔克奇河。比亚河往上走，翻过山就是扬河（和罗河的支流）。接着是扎格达苏河，扎格达苏有一条支流叫霍伊莫河，然后是鄂伦河和尤基河（它有两条支流叫头道久戈–尤基河和二道久戈–尤基河），最后是叶深古河和阿达河，阿达河有一条支流叫丘河。

从扎格达苏河开始，所有北面的山口都通向萨马尔加河流域。

叶金河自西向东流去，只是在塔尔马河、阿达河和乌利哈三条河之间，向北拐了两个大弯，过了乌利哈以后又照直流去。据乌德海人说，坐船溯流而上，可以走到很远的地方，一直走到童加河。这条路线是这样计算的：每天坐船可以走完下面一段路程：（1）从海边走到乌利哈河；（2）从乌利哈河走到谢深古河；（3）从谢深古河走到扎格达苏河；（4）从扎格达苏河走到比亚河；（5）从比亚河走到童加河。然后徒步走，只要一天就可走到锡霍特山了。

叶金河的各条支流中，水流最急的是塔利河和童卡河，最缓的是塔尔乌河。塔利河附近高耸着奇峰陡峭，有许多悬崖的形状很像人或野兽。比亚河、安达苏河、鄂伦河、德基河和扎格达苏河一带的森林完全被火烧光了。大马哈鱼溯叶金河往上走，只能走到塔利河。驼背大马哈鱼可以走到阿姆达苏。走得最远的是红点鲑和一种叫作“丘莫”的上等鱼。

在这段距离中入海的小河有：尼安萨河和埃赫河，埃赫河在地图上标作斯科沃罗德基纳河，离它10公里便是皮亚河（俄国人叫它巴什基尔卡），接着是翁图古河、瑟因河、坎苏河（中国人叫它砍猪河）和奥戈米河。

在纳赫托胡河和皮亚河之间，离海岸5公里，有一座不大的低山脉，与海岸平行，叫作加拉松山脉，平均高度约为275米。

第十九章

库松河（乌德海人叫它库伊，中国人叫它枯松沟）长约120公里，发源于锡霍特山，河道弯曲，与大克马河相似，只是流向不同（向东北流）。库松河和大克马河一样水流湍急，其中石滩颇多。如果溯流而上，可依次遇到下列支流：右岸（按顺流方向）有埃格河和蒂安加河，以及蒂安加的三条支流：宽苏、头道扎格戴河、二道扎格戴河、奥多河、巴兰蒂、阿格迪尼亚（阿格迪尼亚有两条支流叫作头道塔格迪尼河和二道塔格迪尼河）、头道朝利亚河和二道朝利亚河、头道西德克西河、二道西德克西河、奥德格、扎格达（扎格达有两条支流：霍伊马和尼亚奥比亚扎尼河）。从左岸注入库松河的有：头道尧尼亚河、二道尧尼亚河（即鲍赫捷）、三道尧尼亚河、奥洛索河、鲍卢尼亚河、布伊河、哈扎索河、富古河、比亚加穆河、索洛利河、比亚亚河、奇加利河、切河（及其支流霍隆库河）、头道扎瓦河、二道扎瓦河、三道扎瓦河和四道扎瓦河。其中切河最大。再往上去，就到了库松河的河源，都是小溪，没有名字。乌德海人统称之为“多奥尼–库伊”，意思为库松河源。翻过山可通向比金河的最靠上游的小河是索洛利河，另外大概还有切河。从 4 条扎瓦河往上走，翻过山都是大克马河的河源。靠海最近而又能通往比金河的河流是布伊河。我拟定的路线就是沿着这条河走。库松河的支流中最平稳的是比亚加穆河。乌德海人驾船溯流而上，可以一直走到切河。这一段路逆水走需要 4—5 昼夜。这条路线应该这么走：第一天——从海边走到三道尧尼亚河，第二天——从三道尧尼亚河走到布伊河，第三天——从布伊河走到比亚加穆河，第四天——从比亚加穆河走到扎格达河，第五天可以到达山口。库松河从切河河口往上，石滩非常多，河床里巨石重叠，倒木成堆。从这里往上走就得背着背囊步行了。冬天从冰上走，只要两昼夜就可以到达山口。切河河谷两侧都是陡峭的石峰，经常发生山崩。乌德海人认为这一带是恶魔卡扎穆住的地方。

第二十章

比金河上游由两条河汇流而成：一条叫毕齐–纽尼，另一条叫毕齐–扎法。头一条从东北（沿着锡霍特山脉）流过来，后一条从东边流过来，构成 30° 角。这两条河在离比亚加穆河 55 公里处汇合。溯毕齐–纽尼河而上，翻过山是叶金河，而溯毕齐–扎法河上行，翻过山是纳赫托胡河、霍隆库河、库穆胡河和大霍别河。

比金河左岸有下列小河注入：亚翁加河、伊马加西格奇河、胡童格河和霍凡达河（中国人叫它堪达沟——驼鹿的河谷）。溯霍凡达河而上，翻过山是阿尔穆河。比金河快要到老虎洞时，右岸是陡峭的尼扬库拉克奇峰，左岸是坦仓子山，河水从这两座山的山脚下流过。

第二十一章

比金河从哈巴沟起仍然向西北流去，沿途有下列支流注入：加努河、萨格德乌拉河（满语“大河”之意）、桑凯里河、穆姜河、苏穆格河、哈阿坦格河和东沟子河。比金河谷在坦查子一带突然变狭，只有一条小窄道流水。山脉到了这里紧贴着河边，形成高峻的悬崖，乌德海人把这些悬崖叫作西冈库–古利亚尼。

第二十二章

比金河在这段距离内的流向为西北西，从右岸注入比金河的小河有：曼古河、东基河（中国人叫它董家沟，东基还有一条支流叫亚勃凯河）、古尼耶托河和前面提过的卡泰塔巴乌尼河。后者长约10公里。这里是通往和罗河的最近的山口。古尼耶托河稍稍往上，可以看见西冈库–古利亚尼山——这是乌德海的萨满教徒最崇拜的地方。从左岸注入比金河的有东沟子河（东边的河谷）和两条泉水：凯柳及水獭沟（水獭栖息的河谷）。

再往前去，比金河蜿蜒曲折，并形成好几条长长的死水湾。比金河下游比较大的支流，右岸有长直沟子（笔直的河谷）和乌列马；左岸有哈凯泉和米塔河子（中国人叫它木头沟子，意为打柴火的河谷）、布伊季河子（北边的大河）。前一条长45公里，溯河而上，翻过山是泰齐别里（伊曼河左岸的支流），后一条更长一些，水量也更充足，但由于石滩多，倒木充塞，在河上航行十分困难。

比金河谷两侧的山峰引人注目的有：霍通、泰钦、召格戴；左岸有：丘公台、休格顿台（中国人叫它四方台）和苞米顶子（玉米峰）。

第二十三章

从图古卢起，比金河向南拐了个挺大的弯，随后又向西北弯去，后来一直向西奔流。从图古卢往下，有下述河流注入比金河：右岸有扎哈利河、扎马蹄沟子河（那里的泥地上有马蹄印）、马大沟河（马家的大沟）、萨音沟河（山羊沟）、大沟河、二壕子河和草帽顶子河；左岸有胡比阿萨河（蛆皮沟子——

生蛆的地方）和达乌登河（中国人叫它大阳沟，意为向阳的大河谷）。

在大比例尺的地图上，比金河的大量河汊纵横交错，像一座迷宫。其中有的河汊长达几公里，离开主流很远，从而形成了一个个挺大的岛屿，上面长着椤树、黄檗、椴树、杨树、槭树和胡桃楸等。有一些河汊有乌德海名称，另一些有中国名称，还有一些是俄国名称。例如，马乌马萨、阿加穆、卡加拉童、清大陆（干净的很大的地方）、扎佳日纳亚等。

从西沟往下走，自右岸注入比金河的支流有：鄂伦河（它的河口就在鄂伦山旁边）、清塔富河、清坦苏河和加阿努河（中国人叫黄瓜砬子，意思是外形像黄瓜的石峰），左岸有：萨拉苏–曼古河、马穆河、恰姆巴纳河（即波塔姆奇河）、西阿塔河（即切姆宾河），然后是石头河，再往下去，是几道山泉：中台子（中心的地方，一座塔）、良心沟、三通泉和丰达苏河（风打水，乌德海人叫它洪达利）。石头河长约 25 公里。溯河而上，翻过山是泰齐别里河（伊曼河的支流）。

阿尔昌河和右岸的山溪大阳沟汇合之后，便成为一条大河，分出许多河汊，然后向南拐去。靠上边的支流有三条：左侧是水流湍急的小河利苏河（或叫柳树河），右面是别涅泽河（或叫白泥河子）。阿尔昌河到了这一带宽达 50 米，水流蜿蜒曲折。

在这一带从右岸注入比金河的有：阿莱奇河、头道粮食河子、二道粮食河子、玛瑙嘴子河（玛瑙洞，山洞，地穴）和纳米尼亚尔河（纳米尼亚尔河发源于荞麦顶子山，还有几条支流，叫霍亚基）；左岸有：戈赫桑-扎法尔河（赫哲语）、旱泥河子（黏土小河）、牛戴尔古河（中国人叫牛泥河子）和单家岗河（单家高地牧场）。

如上所述，从前阿尔昌河在塔班多附近曾有一个河口。如今它的下游利用了比金河的旧河床。比金河不知在哪一年洪水泛滥时（那次洪水是很久以前的事了，甚至老住户也记不得）离开了旧河床，冲进从南面流来的西蓝河，把西蓝河的河床据为己有，这样就形成了一条新的比金河。

我上面提到的西蓝河由三条河汇合而成：西蓝山（西边蓝色的小山）河、大西蓝河和小西蓝河。从塔班多沿齐亚戈姆鲍河到大西蓝河上游的这条直线，是山脉和宽阔的乌苏里河谷的交界。这一带地势平坦，只有几座孤零零的圆锥形小山，名为天山子。漫岗上长着一簇簇细弱的阔叶林，只适于做烧柴，其余是全部沼泽化了的洼地。尤其在冬季，这一带的景色萧瑟荒凉。

从塔班多到天山子之间，全是闪长岩、辉绿岩、玢岩、凝灰岩和角砾岩。

从西蓝河口开始，比金河又把所有的支流都汇总起来，再往下，变成了一条河床，宽达240—300米。比金河与其他河流一样，在平原地区河湾极多。它有很长一段向北流去，然后拐向西北，接着从右侧绕过一座不高的冲刷得很厉害的萨穆尔山脉（河的左侧有两座花岗岩山，叫古米和巴库马纳，巴库马纳山有一个山尖叫大西顶子），然后一个急拐弯，向西流去。

从西蓝河到比金河口大约 75 公里（据天文学家加莫夫测定，比金河口位于格林尼治东经 138°56′，北纬 46°51′）。在这段距离内，左岸还有一条支流注入比金河，叫作横道崴子河（俄国人叫萨姆布罗夫河）。

再向前是塔埃列河（乌德海人叫塔埃河），长 12 公里。河口附近河谷逐渐变窄，河水好像从峡谷中间流过。塔埃列河河源是一个山结，还有几条河流也发源于此：毕楞河从这里流向东北，还有一道小溪叶良向南流去。

沙基拉河也是一条小河。它的河口和毕楞河毗邻。实际上，这条河根本没有河口——河水到了海岸附近，漫过洼地，然后从卵石滩上渗到了海里。沙基拉河谷相当狭窄，快到河源时才渐渐开阔；谷底多石；两边的山上到处都是乱石堆。草本植物主要有野蒿、蕨菜和豌豆；河沿上长着灌木丛，有毛榛、野刺玫、绣线菊和胡枝子。

译后记

关于作者旅行家、科学家、作家
弗·克·阿尔谢尼耶夫

弗拉基米尔·克拉夫季耶维奇·阿尔谢尼耶夫（1872—1930）是俄罗斯（苏联）远东地区著名的旅行探险家、科学家，出色的人文科普作家、地理学家和民族学家。他曾任俄国地理学会会员、俄国东方学会会员，担任过哈巴罗夫斯克（伯力）博物馆馆长、俄国地理学会阿穆尔（黑龙江）分会会长以及华盛顿国家和英国皇家地理学会名誉会员。

阿尔谢尼耶夫出生在圣彼得堡的一个铁路职工家庭。母亲是农奴，父亲费奥多罗维奇出生低微，是个私生子。但费奥多罗维奇凭借自己的聪明才智，从一个普通的小职员奋斗成了莫斯科地区铁路局局长。他有 9 个孩子。他教孩子们阅读和学习，尤其喜欢推荐给孩子们阅读有关旅行的书籍。家里经常做一种特别的游戏，让孩子们在地图上画出不同的旅行线路。

受父亲的影响，阿尔谢尼耶夫从小就向往去旅行。当时

最现实的一个途径就是参军。因此年轻的阿尔谢尼耶夫进了彼得格勒士官生学校。学校里有远东地理课，由著名探险家姆·伊·格里姆–格日麦洛教授地理，阿尔谢尼耶夫对这门课程格外感兴趣。此外，他还可以在学校自愿选听彼得格勒大学教授关于地理和民族志的课程，这些知识对他后来探险和考察都起到了极为有益的作用。

去远东旅行和探险，看看那块神奇的土地。他当时就这样决定了自己的人生。

1895 年阿尔谢尼耶夫从圣彼得堡步兵学校毕业后，被派往波兰沃姆扎服役。1900 年他终于如愿，被调往符拉迪沃斯托克，踏上了去远东的路。那一年他 28 岁。

来到远东的最初几年，年轻的军官不过是在符拉迪沃斯托克周边打打猎，沿伊曼河短途旅行。1902 年至 1903 年，阿尔谢尼耶夫开始沿南海进行了一系列的探索；1903 年 1 月，他被任命为骑兵狩猎队的队长。接着爆发了日俄战争。在 1904 年至 1905 年的日俄战争中，他指挥了驻防侦察，并获得三枚勋章。

与日本战败后，沙皇需要在远东沿海进行军事考察，深入了解和研究该地区的军事经济状况，以及这里的自然环境和移民情况。这就需要一名既能干又对此有兴趣的组织者。没有人比阿尔谢尼耶夫更适合这项工作了。他迅速去见了阿穆尔边区总督，请求自愿承担这项工作。此后，阿尔谢尼耶夫在乌苏里地区开始了一系列探险考察活动，一直到他生命终结。考察成为他的毕生事业。在考察探险的同时，他也一直没有中断写作。

1906年至1910年，阿尔谢尼耶夫带领考察队，三次勘探了锡霍特山脉。勘察线路极为漫长，工作异常艰辛，困难难以想象。仅在1908—1910年的考察探险中，阿尔谢尼耶夫带领他的考察队，从阿穆尔河下游走到涅韦尔斯科伊湾，时长19个月。考察队从开始的16人，到最后因病及其他原因只剩下了3个人。

阿尔谢尼耶夫在写给一个朋友的信中说："我有4次几乎饿死。一次是吃皮革，一次是用海带填满了胃，还有一次是吃贝壳。最后一次情况最糟糕，21天没有任何食品。你还记得我最喜欢的那条狗阿利帕吗？我们在饥饿的濒死关头吃了它，才逃过一劫。我还被大水吞没3次，两次被野兽（老虎和熊）袭击。有一次暴雪几乎摧毁了整个小队……我们连续76天滑雪，拖着雪橇……"

1906—1910年的三次考察成果惊人。绘制出了考察区域所有居民点的详细居住图；做了长期气象观测记录；画出所经之地的地形图，植物区系图，动物栖息区域图；搜集了苔藓、海藻、地衣、蘑菇样品和寄生真菌样品。采集的大部分标本都成为在圣彼得堡建立植物园的很好的展品，或者被收藏在《俄罗斯真菌标本集》中。此外，所有动物学标本（60只鸟，50只两栖动物，400条鱼和500只昆虫）都被送往科学院动物博物馆。探险队还收集了50个不同种类的矿石样本。

1910 年，尼古拉二世下令解除阿尔谢尼耶夫原有的职务，调往土地和农业管理总局任职，保留军衔和军阶。

十月革命后，阿尔谢尼耶夫带领考察队考察了堪察加岛（1918 年），吉日加湾（1922 年），科曼多尔群岛的苏维埃湾（1923 年），和乌苏里地区北部（1927 年）以及鄂霍次克海的约内岛等地。阿尔谢尼耶夫一如既往，以极大的热情和认真负责的精神，全部出色地完成了这些考察任务，研究了远东人民的生活、习俗、思想、宗教信仰和民间传说。尽管在他率队考察期间，他的家人发生了令人震惊的悲剧：1918 年 11 月 24—25 日，他的父母、弟弟和弟媳以及两个姐姐在乌克兰遭到匪徒杀害。

阿尔谢尼耶夫在 1910 年至 1918 年间，担任哈巴罗夫斯克地区博物馆馆长，同时在远东大学和符拉迪沃斯托克师范学院等大学任教。1921 年他被授予教授。他还是西伯利亚和远东 20 个科学协会和机构的成员。

自 1908 年起直至逝世，阿尔谢尼耶夫撰写出版了多部游记性文学作品和几十本科学著作。其中最引人注目的是《在乌苏里的莽林中》。这套书由两部独立的、但在内容上有密切关联的作品构成，一部是《乌苏里山区历险记》，作者写于 1910 年，刚开始以《旅途日记摘抄》为题，在当地报刊上陆续发表，是系列游记性文章，或者如他所说是“科学普及性质的地区纪行”；1921 年后结集成书出版；另一部是 1923 年出版的《德尔苏·乌扎拉》。1926 年，作者对这两部书做了删改，“以适应学校和广大读者的需要”，合为一本，以《在乌苏里的莽林中》为书名，在符拉迪沃斯托克出版。

乌苏里地区是指黑龙江右支流乌苏里江以东至太平洋海岸的大片土地，大约44万平方公里。这里有广袤的森林，绵延的高山峻岭，丰富的矿藏，肥沃的土地，漫长的太平洋海岸线。这个地区原属中国，1860年被沙皇俄国通过不平等的《中俄北京条约》割占。沙俄政府为开发这片土地，向这里移民，曾多次组织人马进行探险考察。阿尔谢尼耶夫的考察也属其中的一部分。

《在乌苏里的莽林中》，阿尔谢尼耶夫呈现在读者眼前的是100多年前那片广袤神奇、人迹罕至的地域的特有风貌。壮美苍茫的原始森林，险峻挺拔的奇山异峰，林间丰饶的各种植物、鸟类，出没其间的大批动物，变幻无常的天气，暴风雨，暴风雪，以及探险队在旅途中遇到的种种艰难险阻，陷入生死莫测的绝境和摆脱险境的经历，生活在那里的各种族的人和他们有趣的生活习俗、故事……这一切读来不仅生动新奇，引人入胜，而且使人大开眼界，增长知识。作者不但为我们展现出大自然的壮美，而且字里行间处处可以看到他对大自然的敬畏、热爱，以及他对人如何与大自然和谐相处的思考。

《德尔苏·乌扎拉》一书，讲述了作者在探险考察中，在原始森林里遇到的一位赫哲族猎人。阿尔谢尼耶夫请他做了考察队的向导。德尔苏是原始森林里的原住民，没有接触过任何现代文明。但是在他身上，作者却发现了文明人已经丧失和不具备的许多优秀品质。德尔苏知晓原始森林的一切，能嗅出动物气息，辨认出人的足迹和野兽踪迹。他善于捕捉野兽，能观天测象，预知天气。他练就了在原始森林中生存的一切绝活本事。德尔苏淳朴善良，热心助人，数次在生死关头不顾个人安危，解救出了作者和探险队员。他自己的身世却很悲惨：父母、妻子、孩子全部死于天花病，只剩下了他孤独一人。阿尔谢尼耶夫在与老人的相处中，对他极为钦佩和感激，与他结下了深厚友情。在这个赫哲族老人身上，作者还发现他具有极为朴素的保护大自然、保护森林和森林里一切动物的观念。他是一个猎人，靠打猎为生，却痛恨和反对滥杀滥捕。后来，阿尔谢尼耶夫把德尔苏带到符拉迪沃斯托克自己家里一起生活。他希望老人在他那里安度晚年。但是老猎人根本适应不了城里人的生活，处处与现代社会文明产生矛盾。他离不开他的森林。他很快离开城市，返回莽林。但不幸的是，几天后，他就在林中被盗贼杀害了。

阿尔谢尼耶夫不惜笔墨，将这样一位普通老猎人记述下来，使读者对这位不善言辞却身手不凡、通晓原始森林中一切的淳朴善良的老人，留下了极为深刻的印象，从中也可以看出作者的高尚情操和对普通人的深切关怀。

阿尔谢尼耶夫笔下的德尔苏成了一个传奇性人物，他被俄罗斯人视为“森林之子”。他的死令作者痛惜，也让读者惋惜。1975 年，日本导演黑泽明根据该书改编成同名电影《德尔苏·乌扎拉》，该片获得当年度奥斯卡最佳外语片奖。

阿尔谢尼耶夫的这部作品，其主题是人与自然的关系，这里既没有时间也没有空间的限制。无论何时，无论在哪里，这都是人类面临的永恒课题。今天，这个问题甚至变得比任何时候都更为紧迫和突出。这也就是阿尔谢尼耶夫的作品不断被一代又一代读者津津有味阅读的原因。

《在乌苏里的莽林中》在俄罗斯被多次出版；苏联儿童文学出版社从《在乌苏里的莽林中》和其他经典作品中精选了10多个森林探险故事，1970年特意出版了专供少年儿童阅读的《原始森林中的奇遇》。他的作品也在全世界广为流传，被译成30种语言在各国出版。

这套书还有第三部分:《锡霍特山脉》。《锡霍特山脉》在作者离世7年后，即1937年才得以问世。

此外，他还撰写了《外乌苏里地区的鲑鳟鱼研究》《乌苏里地区古历史研究资料》《阿穆尔流域地形概要》《西伯利亚外族人的萨满和他们对自然界的万物有灵论》《太平洋海象》《鞑子和乌德海人》《东西伯利亚的民族志考》等多部科学著述。遗憾的是他没有完成《乌德海人》这本专著。这是他最感兴趣的一个题目，写作时间长达27年。卫国战争结束后，符拉迪沃斯托克出版了阿尔谢尼耶夫的六卷本文集。

阿尔谢尼耶夫1930年9月4日死于结节性肺炎，年仅58岁。那时他刚从阿穆尔流域下游回来，还给远东大学写了一封信，其中有未来两年的工作规划，却不想突然发病，短短几日就去世了。符拉迪沃斯托克整个城市的居民几乎倾巢出动，参加了他的隆重的葬礼。他在当地享有崇高威望，受到俄罗斯人的爱戴。但是后来，他的遗孀和女儿的命运却令人唏嘘：1938年，他的妻子因间谍罪被枪决（1958年平反）；1941年，女儿受牵连被判10年监禁。他还有一个弟弟，1937年被捕，一直下落不明。

阿尔谢尼耶夫去世后，以他的名字命名的有乌苏里江的支流、两座山峰（在锡霍特山里和帕拉穆舍尔岛上）、堪察加半岛的火山和城镇。其中，1952年被命名的阿尔谢尼耶夫市，位于滨海边疆区中部。这是一座舒适整洁的典型俄罗斯小城，约有7万人口。在阿尔谢尼耶夫诞辰100周年前夕，符拉迪沃斯托克市民与俄罗斯学术人士捐资，为这位探险者在市内建起了一座高4米的纪念碑。1956年，苏联发行了一枚“俄罗斯旅行家阿尔谢尼耶夫”纪念邮票。

译者在翻译《在乌苏里的莽林中》一书时，参阅了黑龙江大学俄语系翻译的该书（1977年由商务印书馆分上下两册出版）。译者在此对黑龙江大学俄语系当年参加译校的人员表示谢意。他们是：王士燮、卢康华、张大本、张寰海、李石民、李景琪、沈曼丽、姜长斌、俞约法、黄树南、鲁桓。

当年出版的这本书，是作为中苏关系史料内部发行的。本书中不少篇幅描述了乌苏里地区的大量中国人居民点，他们在这里从事农业、手工业、畜牧业、猎渔业、交通运输业、商业、开采业等经营活动。由此看出，最早在这里繁衍生息的是中国人，他们是乌苏里地区的开拓者，对乌苏里地区的发展做出了重要贡献。这些资料对我们研究乌苏里地区的历史，有一定的参考价值。

西　蒙

2019.7.1